MERIDIANE

Aus aller Welt

Band 54

Bernard MacLaverty

Die Schule der Anatomie

Roman

Aus dem Englischen von
Hans-Christian Oeser

Ammann Verlag

Die Originalausgabe ist 2001 unter dem Titel »The Anatomy School«
im Verlag Jonathan Cape in London erschienen.

Der Verlag bedankt sich beim Ireland Literature Exchange in Dublin, Irland,
für die Förderung der Übersetzung.
www.irelandliterature.com – info@irelandliterature.com

Erste Auflage

Homepage: www.ammann.ch

Satz: Gaby Michel, Hamburg
Druck und Bindung: Clausen & Bosse, Leck
ISBN 3-250-60054-7

Für Jude

Erster Teil

Erstes Kapitel

Einkehrtage

Seine Mutter kam mit einem leeren Koffer in sein Schlafzimmer und riß die Vorhänge auf.

»Es ist Zeit, Martin«, sagte sie. Martin stöhnte und stieg aus dem Bett. Das Fenster war mit Eisblumen überzogen. Er kratzte an der Scheibe, um zu sehen, ob sich das Eis innen oder außen befand. Sein Fingernagel hinterließ eine deutliche Spur.

»Wie viele Nächte?«

»Drei.« Sie zählte sie an den Fingern ab, dabei flüsterte sie stumm die Namen der Wochentage. »Warum legen sie die Exerzitien ausgerechnet in diese Jahreszeit? So viele ausgefallene Schultage, kurz vor der Prüfung.« Seine Mutter faltete die benötigte Anzahl Unterhosen und Socken und lief zwischen der Kommode und dem Bett, auf dem der geöffnete Koffer lag, nervös hin und her.

»Die Prüfung ist doch erst in ein paar Monaten.« Seine Stimme klang noch ganz verschlafen. Bei dem Versuch, ihre Argumente zu belegen, mußte sie ständig übertreiben. Sie konnte die Zeit in jede von ihr gewünschte Richtung dehnen. Wenn er bis um halb elf im Bett lag, wurde daraus »bis Mittag schlafen«, und wenn er abends um halb zwölf nach Hause kam, wurde daraus »sich um ein Uhr morgens heimstehlen«.

»Deswegen sollst du ja auch jetzt lernen«, sagte sie. »*Vor* der Prüfung. Hinterher hat das Lernen wenig Sinn.« Sie faltete ein Hemd zusammen, so daß die Ärmel verschwanden. Sie warf ihm eine frische Unterhose zu. »Sei nicht so ein fauler Strick. Rühr dich. Zieh dich an.« Er zögerte. »Ich guck dir schon nichts weg.« Er kehrte ihr den Rücken zu und stieg aus seinem Schlafanzug in die Hose. »Ich sage immer, es führt zu nichts, wenn du

Maulaffen feilhältst.« Er setzte sich auf den Stuhl neben dem Bett, um seine Socken und Schuhe anzuziehen. »Und paß mir bloß auf den Koffer auf. Das war wirklich nett von Schwester Gilliland. Etwas Ausgeliehenes möchte ich nicht ramponiert zurückgeben.«

Nachdem er sich angezogen hatte, ging er nach unten in die Küche. Sie rief ihm nach: »Die Batterie ist fast leer.«

Es war noch ziemlich dunkel, so daß er die Taschenlampe von ihrem Tassenhaken nahm, bevor er auf den Hof hinausging. Aus Angst davor, auszugleiten, bewegte er sich vorsichtig, breitbeinig voran. Wenn er auftrat, machte das Eis unter seinen Füßen ein Geräusch wie bei einer statischen Entladung. Sein Atem bewölkte die kalte Luft. Er ging auf die Toilette und verriegelte die Tür. Es roch muffig, nach Spinnweben und Gedärmen. Die Taschenlampe warf einen fahlen, milchigen Lichtkreis auf die weißgetünchte Wand. Er stellte sie so auf die Bank, daß die Decke beleuchtet wurde und das reflektierte Licht den ganzen Raum schwach erhellte. Dann zog er seine Hose und die saubere Unterhose herunter und rutschte auf der Bank über das Loch. Das Holz hatte sich mit den Jahren glatt gescheuert. Aus dem Dunkel stieg ein eisiger Luftzug hoch. Auf jedem Blatt des halbdurchsichtigen Toilettenpapiers standen am unteren Ende in grünen Lettern die Worte BEHANDELT MIT DEM DESINFEKTIONSMITTEL IZAL.

Als er in die Küche zurückkam, schmierte seine Mutter ihm gerade ein Brot. Er ging zur Spüle und drehte den Wasserhahn auf.

»Wasch dir die Hände«, sagte sie. Er seufzte. »Wenn es um Hygiene geht, müssen wir vorsichtiger sein als andere Leute, die ein richtiges WC haben.«

Er nickte vielsagend.

»Was ist drauf?«

»Salat.«

»Mit Mayonnaise?«

»Natürlich.«

An der Handtuchrolle auf der Rückseite der Tür trocknete er sich die Hände ab.

»In der Kanne ist Tee«, sagte sie.

»Dafür habe ich keine Zeit mehr.«

»Dein Koffer steht im Flur.«

Am Brotbrett schlug sie ein hartgekochtes Ei auf. Behutsam klopfte sie so lange, bis die Pelle vollkommen rissig war. Dann begann sie, die unregelmäßig gemusterte Schale abzupellen, so daß das glitschige Weiß darunter zum Vorschein kam.

»Wie lange soll das denn noch dauern?«

»Nicht mehr lange.« Sie ging zur Spüle und hielt das gepellte Ei unter den laufenden Wasserhahn. »Es gibt nichts Schlimmeres, als beim Abbeißen ein Stück Schale zwischen die Zähne zu kriegen. Wie Küstensand.« Aus der Besteckschublade holte sie einen Eierschneider, der aussah wie eine kleine Lyra. Sie legte das Ei in die ovale Vertiefung und drückte die Metallsaiten von oben durch das Ei hindurch. Es zerfiel in Scheiben, jede mit einem Kreis Dotter in der Mitte.

»Mach zu, schließlich sind sie nicht für Vater Farquharson.«

»Werd nicht frech, Martin Brennan.«

»Ich komme noch zu spät zur Schule.«

»Du solltest dich über den Klerus nicht lustig machen.«

»Wenn ich zu spät komme, kriege ich vom Klerus eins über die Rübe.«

»Besonders nicht über jemanden wie Vater Farquharson. Er ist ein wandelnder Heiliger.«

»Ja, ja.«

»Und dabei gar nicht von oben herab«, sagte Mrs. Brennan. »Gleichzeitig ist er ein ganz gewöhnlicher Mensch.«

»Das kannst du laut sagen.«

»Martin, du bist zwar schon groß, aber im Grunde ein Kindskopf. Am liebsten würde ich das Sandwich in den Abfalleimer werfen. Du bist so dankbar wie ein... Was hast du gegen Vater Farquharson?«

»Es ist nur ein Sandwich für die Mittagspause – nicht eine deiner Abendgesellschaften.«

»Du solltest Vater Farquharson ewig dankbar sein. Er sucht längst nicht jedes Haus in der Gemeinde auf. Und es sind nicht die Großkopferten in der Somerton Road, die er besucht. Nein, er kommt hierher, in unser Haus. Obwohl wir nicht einmal ein richtiges WC haben. Vor so einem Mann solltest du auf die Knie fallen.« Martin verdrehte die Augen und wünschte, sie würde endlich das Sandwich fertig belegen. »Es ist ein Zeichen des Respekts vor deinem Vater, Gott hab ihn selig. Wenn es etwas zu tun gab, hat sich dein Vater immer als erster gemeldet. Wer wird am Sonntag den Klingelbeutel herumreichen? Dein Vater. Wer wird graben und den Friedhof in Ordnung halten? Dein Vater. Er war in der St. Vincent de Paul und bei den Rittern des Columbanus und Gott weiß wo sonst noch. Er hat mir bei weitem nicht alles erzählt. Und in der Legion Mariens. Ich habe gerade mal Zeit für die Ladies of Charity – aber so bin ich nun mal. Selbstsüchtig. Ich bin wie du – immer nur auf mich bedacht.«

»Vater Farquharson ist ein bißchen ...«, Martin suchte nach einem Wort, das nicht beleidigend klingen würde, »... langweilig.«

»Na schön.« Seine Mutter sprach in einem knappen Dem-habe-ich-nichts-mehr-hinzuzufügen-Ton. Sie legte die obere Brothälfte auf das Sandwich und schnitt es in vier Dreiecke. »Mit oder ohne Kruste?«

»So wie's ist.« Sie nahm das Wachspapier, in das der Brotlaib verpackt war, und wickelte das Sandwich darin ein.

»Nur weil deine Mutter sich dafür entscheidet, die Dinge etwas besser hinzukriegen als andere ...« Die Königin der unvollendeten Sätze. »Aber das gefällt Leuten wie unserem Martin nun mal nicht. O nein, der würde Dinge, die das kleine bißchen besser sind, am liebsten verächtlich abtun ... Mary Lawless macht sich nicht mehr für dich stark. Früher hat sie den Boden verehrt, auf dem du gingst. Und Schwester Gilliland meint, du hättest dich verändert. Siebzehn zu sein bekommt dir nicht.«

»Ich dachte, du magst Veränderungen«, sagte er.

»Was willst du damit sagen?«

»Die Möbel.«

»Ich mag *Verbesserungen.* Nicht ganz dasselbe.« Als Martin noch ein Kind war, war es gelegentlich vorgekommen, daß seine Mutter, wenn er morgens die Treppe herunterstieg, sämtliche Möbel umgestellt hatte. Statt an der Wand stand der Tisch dann unter dem Küchenfenster; die Anrichte war an die andere Wand gerückt und die Porzellanvitrine aus der guten Stube herbeigeholt worden; die Sessel vor dem Kamin hatten ihre Plätze vertauscht. Dann stand sie wartend da und studierte seinen Gesichtsausdruck.

»Und?«

Er wußte, daß sie gekränkt wäre, wenn er ihr sagte, vorher hätte es ihm besser gefallen. Er war der Meinung, daß sie die alten Sachen nur deswegen hin und her schob, weil sie nicht genug Geld für *neue* Möbel hatten. Nach einer wenig begeisterten Reaktion verschränkte sie die Arme und sagte: »Ich finde, das Zimmer ist überhaupt nicht wiederzuerkennen.«

Sie reichte ihm das eingepackte Sandwich. Im Flur nahm er den Koffer in die Hand und rannte hinaus.

»Sprich eins für mich«, rief sie ihm nach.

Mittags saß Martin in dem gemieteten Bus und verzehrte sein Sandwich. Er hoffte, daß sich niemand neben ihn setzen würde. Der Bus stand am oberen Ende der Schulauffahrt, umdrängt von Burschen, die nicht mit in die Exerzitien fuhren. Sie schnitten den Insassen Gesichter und zeigten ihnen den Stinkefinger. Einer von ihnen war Kavanagh. Er warf Martin einen Blick zu, der mehr oder weniger besagte: »Du armes frommes Schwein, ich hoffe, daß du deinen Spaß haben wirst, ich jedenfalls habe Besseres vor.« Auch Kavanaghs Kumpel Brian Sweeny war da. Er lehnte, die Hände in den Taschen, lässig an der Mauer. Der Fahrer fand großes Interesse, da er nicht aus dem Ort stammte. Er saß hoch oben hinterm Steuerrad, rauchte und hatte für die Jungen auf der Auffahrt ein paar Sprüche auf Lager. Der Junge, der sich schließlich neben Martin setzte, hieß Eddie Downie; Martin kannte ihn nicht besonders gut, zumindest nicht gut genug, um mit ihm zu frotzeln. Wenn Kavanagh nicht da war, kam es nicht darauf an, wer neben ihm saß.

Der Bus fuhr durch die kurvenreichen, engen Sträßchen der Grafschaft Down nach Ardglass, und die Jungen sangen republikanische Lieder. Ein Schüler namens Sharkey kannte sämtliche Texte und brüllte sie ihnen vor: *»Up went Nelson in old Dublin.«* Kaum war in Irland irgend etwas geschehen, gab's auch schon ein Lied darüber. Alle legten sich gleichzeitig in die Kurven. In der Nähe von Downpatrick tanzte einer aus der Reihe und steckte sein kreidebleiches Gesicht aus dem Fenster. Alle jubelten ihm zu. Er kotzte, wie bei der Ankunft im Exerzitienhaus festgestellt wurde, eine fast waagerechte Gerade entlang der gesamten Busseite. Martin machte ein paar Aufnahmen, um sie später Kavanagh zu zeigen. Als er und Eddie Downie die Spur genauer untersuchten, stellten sie fest, daß es sich eindeutig um Frühstücksreste handelte.

Das Exerzitienhaus stand auf einem Hügel, an dessen Hängen eine Parkanlage bis zu einer hohen Steinmauer hinabführte. In ihrem Schutz wuchsen Osterglocken und andere Pflanzen. Ein Weißdornbusch stand in Blüte, einige der weißen Blütenblätter wirbelten auf und vermengten sich mit dem feinen Schnee, der von Norden wehte. Auf der anderen Seite der Mauer fiel die Stadt Ardglass zum Meer ab. Die Jungen standen bibbernd umher und warteten darauf, daß der Fahrer ihr Gepäck aus dem Stauraum holte. Der Horizont war grau und, als der Schneeschauer vorüberzog, vom Himmel kaum zu unterscheiden. Krähen- vermischte sich mit Möwengeschrei.

Das Innere des Hauses war riesig, wie ein Schloß. Die Jungen trugen ihre Koffer eine Treppe mit gewienerten Holzstufen hinauf zu den Schlafsälen. Das Getrampel und Gepolter, das Knarren der Stufen war ohrenbetäubend. Im ganzen Haus roch es nach Mansion-Politur. In der Eingangshalle stand ein Redemptorist, der die Hände in die gegenüberliegenden Ärmel seiner Soutane gesteckt hatte. Er war klein und dick und trug ein Birett auf dem Kopf. Auf der Nase saß eine dicke Hornbrille.

»Macht den Krach jetzt, Jungen«, schrie er aus voller Kehle. Als Martin an ihm vorüberging, gluckste er: »Denn später wird's keinen mehr geben.«

»Entschuldigen Sie, Hochwürden. Dürfte ich wohl Fotos machen? Ich soll einen Artikel für die Schulzeitung schreiben.«

»Nur zu. Nur zu, Junge. Wie heißt du denn?«

»Martin Brennan.«

»Na prima.«

Das war wohl kaum des Lobes wert – die Tatsache, daß er einen Namen hatte. Warum mußte er immer um Erlaubnis bitten, wenn er etwas tun wollte? Was war er nur für ein Kriecher? *Ob ich Pfirsiche verzehr? Hat es Zweck, das Weltall aufzustören?* Jeder andere würde einfach voranmachen. Der kleine Jacky hatte T. S. Eliots Gedicht mit ihnen durchgenommen. Hatte gesagt, das sei moderne Lyrik – und über Eliots Suche nach dem Spirituellen gesprochen. Aber Kavanagh hatte geflüstert, der Name des Dichters sei ein Anagramm von TOILETS, und die ganze Sache hatte in einem schrecklichen Kicheranfall geendet. Martin stieg die Treppe hinauf. Plötzlich hörte er von unten die unverkennbare tiefe Stimme von Condor – Vater O'Malley, dem Disziplinarleiter der Schule.

Vor der Abreise hatte er in der Schulkapelle zu ihnen gesprochen.

»Ich kann's nicht fassen, daß ich es sagen muß, aber bei den Oster-Exerzitien im letzten Jahr haben sich erwachsene Jungen dieser Schule so danebenbenommen, daß man mich dieses Jahr gebeten hat mitzukommen. Ich werde dasein – wie ein Feueralarm, für alle Fälle. Es sollte jeden einzelnen von euch zutiefst beschämen. Daß junge Männer, die das Zeug dazu haben, Priester zu werden, so beaufsichtigt werden müssen.« Anschließend war er in seinem schwarzen Volkswagen nach Ardglass gefahren. Jetzt, da sie seine Stimme gehört hatten, war das Schwätzen und

Lachen verstummt, und als die Jungen die Treppe auf und ab liefen, war nur noch das Knarren der Holzstufen zu hören.

Zwischen den grünen Schlafnischen oben im Schlafsal lag ein Läufer aus Kunstfaser. Es gab keine Türen, die Schlafnischen hatten nur drei Wände. Martin wählte die erste freie Nische und setzte sich auf das Bett. Die Zudecken waren grau. Neben jedem Bett stand ein schmuckloser Holzspind. Am Fußende des Bettes lag ein sauberes, gefaltetes Handtuch. Es war schon so oft gewaschen worden, daß der Flor fast ganz abgerieben war, sah aus wie eines der Geschirrtücher seiner Mutter. Oder wie eines der Handtücher, die man in öffentlichen Bädern bekam.

Er verstaute seine Sachen und schob Schwester Gillilands Koffer unter das Bett. Alle versammelten sich unten in einem großen Salon, der zur Hälfte aus einem Wintergarten mit Glasdach bestand. Der Saal war mit Rohrstühlen und Glastischen vollgestellt. Martin fand, daß er wie eine vornehme Eisdiele aussah. Bis auf die Bücherregale. Als sich die Jungen um die Stühle stritten, herrschte ein ziemliches Gerangel. Einige mußten auf dem Fußboden sitzen.

»Wer ist denn das nackte Mädchen im Garten? Ein entzükkender Anblick.« Mehrere Jungen sprangen auf, um einen Blick in den Garten zu werfen, und flugs ließen sich andere auf ihren Stühlen nieder.

»Ich war zuerst hier.«

»Rattenarsch.«

»Verdammt noch mal, hör auf mit dem Scheiß.«

Da sie sich in ungewohnter Umgebung befanden, wurde der Streit flüsternd ausgetragen. Die Tür flog auf, und Condor trat ein. Stille. Zwei Redemptoristen folgten ihm. Einer von ihnen war der rundliche Priester, der sie die Treppe hinaufgewiesen hatte. Der andere war groß und schlank und hatte einen Adamsapfel von der Größe eines Hühnereis. Condor schaute in die ihm zugewandten Gesichter. Er lächelte den Redemptoristen zu, dann zeigte er auf die versammelten Zuhörer.

»Meine Jungs.« Er drehte sich auf dem Absatz um und ging aus dem Zimmer.

Der Priester mit dem großen Adamsapfel sprach zuerst und bekreuzigte sich dabei überschwenglich. Ein bißchen sah er aus wie Papst Pius XII. auf Fotos.

»Im Namen des Vaters und des Sohnes und des Heiligen Geistes.« Er faltete korrekt die Hände und sprach das Vaterunser, ein Ave-Maria und ein Ehre sei dem Vater.

»Herzlich willkommen, Jungs. Mein Name ist Pater Valerian. Und dies ist Pater Albert. Willkommen in diesem wunderschönen Haus.« Er steckte in jeden Ärmel einen Arm und begann, im Zimmer auf und ab zu gehen. »Bestimmt habt ihr schon einmal von Lough Derg gehört – wo die Pilger nicht schlafen, nur trockenen Toast essen und schwarzen Tee trinken und wo sie bei Wind und Wetter barfuß auf spitzen Steinen umherlaufen. Nun, so geht es bei uns nicht zu. Gott sei Dank, werdet ihr sagen.« Es gab ein belustigtes Gemurmel und kurze Wortwechsel unter den Jungen. »Ihr mögt lachen, aber diese Ostern sind wir zu einer ernsten Sache zusammengekommen. Wir stellen nicht unseren Leib auf die Probe – wir erforschen unsere Seelen, unsere Gewissen.« Für Martin klang das letzte Wort fast wie »unsere Pisse«. Auch für andere. Aus dem Gemurmel wurde prustendes Gelächter. Pater Valerian schaute in die Richtung, aus der das Lachen gekommen war, gleich neben Martin, und quittierte es mit einem leicht gequälten Lächeln, da er es für eine verspätete Reaktion auf seinen vorherigen Witz hielt. »Meine Herren, Sie alle müssen sich fragen: *Warum bin ich hier?* Sowohl im ursprünglichen Sinn dieser Frage, *hier in dieser Welt, auf dieser Erde,* als auch im unmittelbaren Sinn, *an diesem Ort, in diesem Exerzitienhaus. Was hat mich hierhergeführt?*«

»Ein vollgekotzter Bus«, flüsterte jemand. Es gab ein Schnauben und Kichern und viel wortloses In-sich-hinein-Lachen. Martin setzte eine ernste Miene auf und bemühte sich aufrichtig um eine Antwort auf die Frage. Er hatte seiner Mutter die maschinengeschriebene Ankündigung gezeigt, und sie hatte gesagt:

»Natürlich mußt du mitfahren. Letztes Jahr konnte ich es mir nicht leisten, aber dieses Jahr, gerade dieses Jahr, werde ich das Geld schon irgendwie auftreiben. Wenn du die Abschlußprüfung diesmal bestehen willst, mußt du viel lernen und viel beten.«

»Aber ich hab doch schon letztes Jahr viel gebetet.«

»So wie's aussieht, nicht genug. Für Prüfungen ist der heilige Joseph von Copertino zuständig. Jede Stunde, die Gott dir schenkt, solltest du an den Himmelspforten rütteln. Ostern ist eine günstige Zeit. Da hat unser Herrgott ein besonders offenes Ohr. Und ein bißchen mehr Fleiß würde nicht schaden.«

Am nächsten Tag war seine Mutter zur Bank gegangen und hatte von ihrem Sparkonto abgehoben. Sie sagte, das Geld wäre gut angelegt. Wenn er nur inbrünstig genug beten und hart genug büffeln würde, könnte er das Examen bestehen und eine gute Stelle finden, eine Stelle, in der er gut verdienen würde. Die Exerzitien seien eine Investition.

Pater Valerian setzte sein Birett ab, nahm eine der Kanten vorsichtig zwischen Zeigefinger und Daumen und legte es vor sich auf den Tisch. Er versuchte, seine Glatze zu verbergen, indem er seine dünnen Haare von links nach rechts kämmte. Der Priester schien Gefallen an seiner Stimme zu haben, an der Art, wie sie anstieg und abfiel, wie er einzelne Wörter betonte. Es war offensichtlich, daß er gelernt hatte zu predigen. »Ihr alle habt das gewisse Alter erreicht – in dem ihr euch zwischen den Pickeln rasiert.« Er wartete ab, wie sie auf seinen Witz reagierten. »Für euch alle ist dies das letzte Jahr auf der Schule – und in diesem letzten Jahr müssen Entscheidungen für die Zukunft getroffen werden. Soll ich Arzt, Anwalt oder Jockey werden?« Die drei Optionen wurden von Gesten seiner Hände begleitet und untermalt. Letztgenannte Option hatte er nur spaßeshalber hinzugefügt, doch ließ er sich nichts anmerken. Wieder kam bei den Jungen ein belustigtes Gemurmel auf. »Wir alle haben jedoch die Pflicht – eine heilige Pflicht vor Gott –, uns zumindest zu fragen, ob wir unser Leben in Seinen Dienst stellen wollen. Wir sollten dieser Frage ernsthaft nachgehen. Ihm unser Leben widmen, uns vor Ihm auf den Boden werfen und sagen: ›*Mir geschehe, wie du gesagt hast.*‹ Jungs, als Jesus vor all den Jahren am Kreuz das Haupt neigte und sagte: ›*Consummatum est*‹ – ›*Es ist vollbracht*‹, war dies erst der Anfang. Durch Sein Leiden und Seinen Tod hat Er Menschen wie euch und mir die Tore zum Himmel geöffnet. Und ich denke, daß es nur recht ist, wenn wir uns fragen, was wir Ihm zurückgeben können. Ob wir ein Opfer bringen sollen. Vor vielen Jahren habe ich genau diese Gedanken gedacht und bin, für mich, zu einer richtigen Entscheidung gelangt, und glaubt mir, Jungs, nicht einen Moment habe ich sie bereut. Das ist unsere Aufgabe diese Ostern. Ernsthaft in uns zu gehen, um herauszufinden, ob wir die Großmut finden, unser Leben in die Hände des Herrn zu legen und Ihm zu sagen: ›*Mir geschehe, wie du willst.*‹ In welchem Teil des Weinberges ihr schließlich eure Arbeit verrichten werdet, ist jetzt noch nicht so wichtig – wir sind nicht parteiisch. Ob Zisterzienser, Regularkleriker, Passionisten oder Redemptoristen, ob ihr euch der äußeren Mission verschreibt oder in eurer Heimatdiözese bleibt, ist völlig einerlei. Worauf es ankommt, ist allein euer Engagement. Über die Details möchte ich jedoch an dieser Stelle noch nicht sprechen. Wir, Pater Albert und ich, werden in den nächsten paar Tagen ausführlicher mit euch darüber reden. Die Zahl der Berufungen geht zurück. Wir müssen, verdammt noch mal – entschuldigt mein Französisch –, unser Äußerstes tun, um diese Entwicklung rückgängig zu machen...«

An diesem Punkt legte Pater Valerian eine Pause ein und blickte in die Runde. Er faltete die Hände und bedeckte seinen Mund. Dann senkte er die Hände, als wolle er seinen Mund freimachen, um ihnen etwas äußerst Wichtiges mitzuteilen. »Was in den nächsten Tagen zur Atmosphäre der Einkehr beitragen kann, ist freiwilliges Schweigen. Wir ergeben uns in die Stille. Bis Samstag mittag wollen wir uns dem Lärm und Geschrei der Welt entziehen. Keine Gespräche. Keine albernen Witze, kein Rock 'n' Roll, keine Pferderennen. Wie ich immer sage: Knaben sollten ihre kärglichen Geldmittel nicht damit vergeuden, daß sie auf die relative Geschwindigkeit von Quadrupeden der Spezies Canis oder Equus setzen.« Wieder setzte er eine unbewegte Miene auf. Aber sämtliche Jungen, Martin eingeschlossen, lachten. Der Priester wartete, bis das Gelächter sich gelegt hatte, wartete mit viel Geduld. »Lesen, spazierengehen und nachdenken könnt ihr, soviel ihr wollt, jedoch alles in Stille. Ausgenommen natürlich die Worte, die wir, sei es inwendig oder laut, zu unserem Herrn und Heiland sprechen werden. Und diese Stille beginnt – *jetzt.*«

Er stand da und sah sie an. Lange, sehr lange. Bis sich jeder des eigenen Atems und des leisesten Raschelns seiner Kleidungsstücke inne wurde. »Der Grund hierfür ist, daß wir den Strom an Unsinn unterbrechen wollen, der normalerweise jedem Schuljungen durch den Kopf jagt. Wenn wir nichts zu sagen haben, lenken wir andere nicht ab. Und wenn wir innerlich still werden, wird alles, werden all unsere Gedanken und Gefühle auf unseren Herrn und Heiland Jesus Christus gelenkt.« Wieder legte er eine Pause ein. Seine Pausen wirkten sehr dramatisch, als denke er sich jetzt erst das Wichtige aus, das er als nächstes sagen wollte. »Ich möchte hier keine spezielle Werbung machen, doch für jeden, der sich berufen glaubt, könnte ich ein Wort für unseren eigenen Orden einlegen, die Kongregation vom allerheiligsten Erlöser. Der heilige Alfonso Liguori würde jeden Jungen mit offenen Armen empfangen, vorausgesetzt, er ist geeignet. Missionsarbeit unter den Armen und Kranken leisten, das Wort Gottes in dunkle Weltgegenden tragen, nach Afrika, in die tropischen Regenwälder Brasiliens, die vom Geschrei der Affen widerhallenden Lichtungen Borneos, dort zu den Eingeborenen gehen und ihnen das Licht unseres Herrn Jesus Christus bringen – das, Jungs, verschafft wirkliche Befriedigung. Und so weit müßt ihr gar nicht reisen. Direkt vor unserer Haustür haben wir die heidnischen Engländer. Und ein wenig weiter weg leben die Schotten, bei denen auf 60 000 Katholiken nur ein Priester kommt. Habt Mitleid mit ihnen, Jungs. Dankt euerm Glücksstern, daß ihr im heiligen Irland aufgewachsen seid.«

Er preßte seine Lippen zusammen und nickte. Martin glaubte

den Priester schon den Tränen nahe. Pater Valerian schluckte schwer und fuhr fort: »Doch vielleicht überstürze ich die Dinge. Laßt uns in den nächsten paar Tagen von ganzem Herzen beten und mit unserem ganzen Verstand denken. Und zum Schluß möchte ich euch mit einem Gedanken über die Religion allein lassen. Wenn sie überhaupt wichtig ist, muß sie von allesbestimmender Wichtigkeit sein.« Er ging mehrere Schritte hin und her. Er führte seine Hände zusammen, legte beide Zeigefinger gegen die Lippen und starrte auf einen vor ihm liegenden Punkt. Dann hob er die Augen und sagte: »Wenn sie überhaupt wichtig ist. Muß sie von allesbestimmender Wichtigkeit sein. Ich möchte, daß ihr Jungs euch für den Rest eures Lebens hieran erinnert.«

Pater Valerian ließ sich wieder in seinem Sessel nieder. Hier gab es keine Rastlosigkeit wie in der Schule. Dies war eine ernste Angelegenheit. Wenn er einmal davon absah, daß sich Condor irgendwo im Gebäude aufhielt, war dies eine Art Eintritt in die Welt der Erwachsenen. Sie standen vor Entscheidungen, die Auswirkungen auf den Rest ihres Lebens haben würden. Der andere Priester, Pater Albert, hatte sich noch nicht gesetzt.

»Nur noch ein paar Dinge zur Hausordnung.« Er schaute über die Schulter zu der Tür, durch die Condor das Zimmer verlassen hatte, und tat so, als habe er Angst. »Ich bin mir darüber im klaren, daß ich mit älteren Jungen rede. In diesem Haus herrscht Rauchverbot.« Dann senkte er die Stimme und sprach sie, mit hochgezogenen Augenbrauen, von der Seite her an: »Sollte es unter euch jedoch welche geben, die dem Giftkraut verfallen sind – am unteren Ende des Gartens, hinter den Eiben, ist eine Stelle, wo wir niemals nachsehen. Darf ich hierzu vielleicht noch nebenher bemerken, daß auf Friedhöfen bevorzugt Eiben angepflanzt werden und diese im Gegensatz zu Rauchern ein hohes Alter erreichen. Und noch eins. Gibt es unter euch Jungen jemanden, der weiß, was ein Ministrant zu tun hat?« Martin schaute sich um, doch keiner der anderen Jungen rührte sich. »Kennt einer den Drill?« Als wolle er sie ermutigen, kauerte der Priester sich ein wenig zusammen und stützte die Hände auf die

Knie. Er schaute von rechts nach links. Martin hob einen Finger. Pater Albert registrierte die Bewegung. »Na prima, wie war doch gleich dein Name?«

Martin hielt es für einen Trick. Wie bei dem Spiel, wo man Satzfragen nicht mit Ja oder Nein beantworten durfte. Er blickte mißtrauisch und blieb stumm. Plötzlich begriff Pater Albert und lachte. Martin spürte, wie ihm die Schamröte ins Gesicht schoß. Er konnte es nicht verhindern. Daß er vor all den anderen stand, machte die Sache nur noch schlimmer.

»Im Dienste des Herrn ist alles gestattet. Du darfst sprechen. Wie heißt du?«

»Martin Brennan.«

»Braver Junge.«

»Aber Hochwürden, es ist schon lange her...«

»Seit dem Vaticanum II ein Kinderspiel.« Pater Albert lächelte wieder. »Fünf vor neun in der Sakristei, dort drüben.« Er zeigte auf die Kapelle am Ende des Korridors. »Vielen Dank, Mr. Brennan, für dieses schöne Beispiel zur Schweigeregel.«

Wie in einem Bankettsaal standen im Refektorium lange, mit Bänken verbundene Holztische, an denen die Jungen einander gegenübersaßen. Am obersten Tisch thronten Condor und die Redemptoristen, insgesamt sechs. Martin setzte sich und starrte auf das Besteck, das vor ihm auf dem nackten Holz lag, ein Messer, eine Gabel und zwei Löffel. Der Löffel, den man ihm für die Suppe gegeben hatte, war ein Dessertlöffel, und eine Zinke seiner Gabel war so verbogen, daß sie ihre Nachbarin berührte. Wenn er sein Gegenüber anschaute, fing er womöglich noch zu lachen an. In gleichmäßigen Abständen standen zerbeulte Wasserkrüge aus Aluminium auf dem Tisch. Pater Valerian erhob sich, und alle anderen taten es ihm nach. Es fiel Martin schwer, sich gerade hinzustellen, da bei seiner Größe die mit dem Tisch verbundene Bank gegen seine Kniekehlen drückte. Er stand ein wenig zusammengekrümmt. Wie ein alter Mann.

Nach dem Gebet setzten sich alle wieder. Dann wurde eine

Tür aufgestoßen, und eine Prozession von Ordensbrüdern in schwarzen Soutanen kam herein, um ihnen das Essen zu servieren. Jeder erhielt eine Kelle Suppe. Sie hatte die Farbe von Wasser, in dem man Pinsel ausgewaschen hat, und schmeckte vage nach Linsen und Staub. In dem allgemeinen Schweigen war nur das Klappern der Löffel auf den Suppentellern zu hören. Einer der Ordensbrüder stapfte auf ein Podium zu und begann mit lauter Stimme vorzulesen:

»Es war aber ein reicher Mann, der kleidete sich mit Purpur und köstlicher Leinwand und lebte alle Tage herrlich und in Freuden. Es war aber ein Armer mit Namen Lazarus, der lag vor seiner Tür voller Schwären und begehrte, sich zu sättigen von dem, was von des Reichen Tische fiel; dazu kamen auch noch die Hunde und leckten ihm seine Schwären ...«

Als Martin die Suppe aufgegessen hatte, legte er seinen Löffel auf den Teller. Auf den körnigen Überresten der Suppe machte er ein seltsames Geräusch.

Im Haus war es dunkel. Nur an der Decke war ein Lichtschimmer zu sehen. Er kam von einigen Straßenlampen unten in der Stadt. Schatten von Bäumästen bewegten sich. Hin und wieder glitten die Lichtkegel von Autoscheinwerfern durchs Zimmer – an einer Wand hinauf, die Decke entlang und an der anderen Wand wieder herunter. Kavanagh würde es hier sehr gefallen. Er würde sich über alles kaputtlachen. Wenn er sich beim Essen anhören müßte, daß einem Bettler die Schwären abgeleckt wurden. Aber Martin nahm es ihm immer noch ein wenig übel, daß er sich geweigert hatte mitzukommen. Der Saftsack hatte gesagt, er wisse auch, ohne an Exerzitien teilzunehmen, daß er kein Priester werden wolle. Er wolle Medizin studieren. Martin hatte versucht, ihn zu überreden. Er würde seinen Spaß haben. Mal was ganz anderes. Aber Kavanagh hatte nur den Kopf geschüttelt und gesagt, er sehe ihn nach seiner Rückkehr.

Im letzten Jahr war Kavanaghs bester Kumpel Gus Brannigan gewesen, der auf St. Columb's in Derry übergewechselt war – der Umzug hatte etwas mit dem Beruf seines Vaters zu tun. So blieb ihm nur Brian Sweeny, mit dem nicht viel los war. Er war ein freundlicher, schlapper Kerl, der kaum was Interessantes zu sagen wußte. Jede Bewegung von Martin in seinem Bett konnten sie an den Sprungfedern hören. Bewegte er sich heftiger, knarrte der ganze Bettrahmen. Der Zweck der Exerzitien, ermahnte er sich, war ernst. »Wenn sie überhaupt wichtig ist, muß sie von allesbestimmender Wichtigkeit sein.« Einige schnarchten, andere flüsterten – brachen das Schweigen –, obwohl Condors Zimmer auf demselben Stockwerk lag. Martin wünschte sich, er hätte nicht eingewilligt, bei der Messe am nächsten Morgen zu ministrieren. Aber so war es immer. Nie konnte er sich einer Autorität verweigern. »Möchte jemand Lose für die Tombola verkaufen?« »Wer möchte seinen Sonntagmorgen opfern, um mit einer Spendendose für die Hungernden in Afrika zu sammeln?« Martin Brennan konnte nicht anders, er mußte die Hand heben. Wenn im Unterricht eine Frage gestellt wurde und darauf ein langes Schweigen folgte, war immer er es, der sich zumindest bemühte, eine Antwort zu geben. Selbst wenn er keinen blassen Dunst hatte. Hauptsache, die peinliche Stille hatte ein Ende. Einer der Lehrer hatte ihn vor der Klasse gelobt. »Brennan tritt nie zurück, wenn es darum geht, vorzutreten.« Und alle hatten gelacht. Saftsack.

Martin ging in Gedanken noch einmal die Dinge durch, die er als Meßdiener zu verrichten hatte. Es war fünf oder sechs Jahre her, seit er zuletzt ministriert hatte. Wenn sie aufs Gymnasium wechselten, wurden die Meßbuben in ihrer Gemeinde zwangsweise in den »Ruhestand« versetzt. Er versuchte, sich an den genauen Hergang des Händewaschens zu erinnern. Es war alles symbolisch. Vermutlich hatte sich der Priester vor Beginn der Messe vierzigmal mit Karbolseife die Hände gewaschen. Die Zahl Vierzig war gleichfalls symbolisch. Religiöse Gestalten waren vierzig Tage und vierzig Nächte in die Wüste gegangen, aber das war nur eine andere Art, »für lange Zeit« zu sagen. Schließlich hatte Johannes der Täufer sich nicht eingeredet: Dies ist nun meine neununddreißigste Nacht hier, morgen geht's ab nach Hause.

Er zog seine Hände unter der Decke hervor und faltete sie hinter dem Kopf. Das Bett knarrte laut. Es war eine Katastrophe gewesen, als er im letzten Jahr durch die Abschlußprüfung gerasselt war. Zu Hause lebten nur er und seine Mutter, so daß herzlich wenig Geld ins Haus kam – die Witwenrente und kleinere Beträge für Teilzeitjobs.

Die Prüfungsergebnisse wurden an einem Schwarzen Brett im Hauptflur der Schule ausgehängt. Alle hatten am Trinkwasserhahn im Hof hinter der Schule herumgestanden. Es war ihnen wie Stunden vorgekommen. Endlich ging der Direktor mit einer riesigen Papierrolle vom Sekretariat her auf sie zu. Alles stürmte zum Schwarzen Brett. Das Aushängen der Ergebnisse hätte auch jeder andere im Sekretariat übernehmen können; der Direktor genoß jedoch die Macht, die es ihm verlieh. Offenbarer von Geheimnissen, Verkündiger guter Botschaft.

»Meine Herren, meine Herren – bitte. Obacht – Obacht.« Er kramte in seiner Tasche. »Einige von Ihnen werden dies *nicht* lesen wollen.« Die Jungen sprachen vor lauter Spannung kein Wort und drängelten sich vor, um einen Blick auf das Brett zu erhaschen. Martin stand hinten in der Menge. Ihm war flau im Magen, und er hatte das Gefühl, als würde er jeden Moment ohnmächtig. Der Direktor zog eine Schachtel mit Heftzwecken hervor und schüttelte sie wie ein Streichholzschächtelchen, um sich davon zu überzeugen, daß sie nicht leer war. Als er begann, das Ergebnisblatt aufzuhängen, steckte er sich einige der Heftzwecken in den Mund. Einige Jungen versuchten schon jetzt, ihm über die Schulter zu spähen. An einem Punkt drehte er sich, so gut er konnte, herum, um die ihn bedrängenden Jungen zurechtzuweisen. Wegen der Heftzwecken im Mund konnte er jedoch nicht sprechen, so daß er sie in seine Hand spuckte.

»Zurück, Brian. Sie auch, Finbar. Wenn dieses blödsinnige

Gedränge nicht sofort aufhört, gehe ich zurück ins Sekretariat und nehme die Ergebnisse wieder mit.« Die Jungen lehnten sich zurück, so daß um den Direktor eine Lücke entstand. Im Innersten wußte Martin, daß er nicht schwer genug gebüffelt hatte. Es bestand jedoch die Möglichkeit, daß er sich täuschte. Vielleicht hatte er sich ja unterschätzt und glänzende Ergebnisse erzielt. Man würde ihm auf die Schulter klopfen, es würde Partys geben, und seine Mutter sähe ihn mit vor Stolz glänzenden Augen an.

Als sich der Direktor entfernt hatte, stürmten alle Jungen nach vorn. Martin suchte die Spalten nach seinem Namen ab. Von hinten wurde er gestoßen. Dem Alphabet nach stand sein Name immer zu Beginn der Liste. Er fand sich und versuchte, eine horizontale Linie zu den Fächern zu ziehen. Ohne Lineal ging das nur mit Mühe. Sein Herz rutschte ihm in die Hose. Nun hatte er Gewißheit. Er war in allen drei Fächern durchgefallen. Immer wieder starrte er auf die Ergebnisse, aber sie änderten sich nicht. Andere Jungen um ihn herum juchzten und hüpften vor Freude. Sie johlten wie Cowboys. Wenn sie Hüte aufgehabt hätten, sie hätten sie in die Luft geworfen. Die Saftsäcke. In diesem Moment ging der Sommer für ihn zu Ende. Alle seine Pläne und Möglichkeiten schwanden dahin. Die Universität besuchen zu wollen war ein zu ehrgeiziges Ziel gewesen, doch den Lehrerberuf hatte er sehr attraktiv gefunden: auf ein Studienkolleg zu gehen, vielleicht gar Priester zu werden. Jeder Posten, eine Beamtenstelle, eine Position beim Zoll oder bei der Post, Geld verdienen, am Ende jeder Woche eine Lohntüte – all das verflüchtigte sich in dem Augenblick, als er auf dieses vermaledeite Schwarze Brett schaute. Er würde ein weiteres Jahr zur Schule gehen müssen.

Als er seiner Mutter das Ergebnis mitteilte, war sie bedrückt.

»Ich hab's gleich gemerkt, an der Art, wie du hereingekommen bist«, sagte sie. Auch später machte sie wenig Aufhebens, bis sie eines Samstagmorgens in sein Zimmer gestampft kam. Sie fiel mit der Tür ins Zimmer und blieb an seinem Bettende stehen, in der einen Hand einen braunen Umschlag und in der anderen einen Brief. Beide zitterten.

»Da haben wir die Bescherung.«

»Was ist?« Es setzte sich im Bett auf. Er hatte nur seine Schlafanzughose an.

»Das Stipendium ist dir durch die Lappen gegangen.« Sie warf den Brief vor ihn auf die Steppdecke. Er schaute hin und sah die Worte: *Wir bedauern, Ihnen mitteilen zu müssen ...* »Die Schule schreibt, daß du das Jahr wiederholen darfst, aber nur, wenn du die Gebühren bezahlst.« Martin zuckte mit den Achseln und biß sich auf die Innenseite seiner Backe. »Stoßseufzer nützen jetzt nichts. Daran hättest du denken sollen, als du herumgefaulenzt hast. Du mußt lernen, dich auf den Hosenboden zu setzen. Woher in Gottes Namen soll ich soviel Geld nehmen?«

Als sie aus dem Zimmer gestürmt war, starrte er auf sein Bild im Spiegel des Kleiderschranks und dachte, wie blaß und dünn er war. Wenn er ernsthaft daran dachte, Priester zu werden, mußte er dieses Jahr besser abschneiden. Sehr viel besser.

Während der Exerzitien war die Stunde zwischen Andacht und Abendessen geistlicher Lektüre gewidmet. An diesem Abend hatte Martin die Bücherregale im Wintergarten durchgesehen und ein Buch über Heilige gefunden. Seine Mutter hatte ihn ständig angehalten, zum heiligen Joseph von Copertino, dem Schutzpatron der Prüflinge, zu beten. Also schlug er nach. 1603 als Kind sehr armer Eltern in Italien geboren. Ein Dummkopf mit dem Spitznamen »Gaffer«, vermutlich weil er stets Maulaffen feilhielt. Als er sich schließlich richtig anstrengte, brachte ihn das auch nicht weiter. Er hatte die Grenzen seiner intellektuellen Fähigkeiten erreicht. Er konnte nur noch beten. Und das tat er. Und als er während der Prüfung vom Bischof Fragen gestellt bekam, die er beantworten konnte, war er außer sich vor Freude. Er bestand das Examen und wurde Priester. Ansonsten waren da noch seine Levitationen; unversehens – so das Buch – schwebte er durch die Luft, was den anderen Mitgliedern seines Ordens erhebliches Unbehagen verursachte. Weiterhin war dem Buch zu entnehmen, daß er nicht nur der Schutzpatron der Prüflinge, sondern auch von Leuten mit Flugangst war. Das mußte er sich merken, um es Kavanagh zu erzählen. Gleich auf dem morgendlichen Schulweg. Der würde sich nicht einkriegen können.

Jemand stand auf und begann umherzugehen. Martin hörte das leise Schlurfen nackter Füße auf Holzdielen und dann, ein wenig später, die Spülung einer Toilette in der Ferne. Sogleich verspürte auch er einen Druck auf der Blase.

Ein anderes Buch, das er sich angeschaut hatte, war ein Gedichtband des heiligen Johannes vom Kreuz. Äußerst seltsam. In einem der Gedichte stellte ein tief religiöser Mann Christus als Bräutigam nach. Er konnte sich nur an Bruchstücke erinnern. In einer pechschwarzen Nacht, als das ganze Haus schlief, stahl der Mann sich ins Freie. Im Dunkeln schlich er eine geheime Treppe hinauf und umarmte Christus leidenschaftlich. Er kam mit einem Knutschfleck zurück – *»meinen Hals hat er versehrt«*. Er wußte, dies war, wie die vierzig Tage und vierzig Nächte, symbolisch zu verstehen, aber er war doch ziemlich verwirrt über die Tatsache, daß der heilige Johannes vom Kreuz und Christus beides Männer waren. Doch er liebte die Satzmelodie: *»Verzaubert verweilte ich und schmiegte mein Antlitz an das des Geliebten«* – an die nächsten Zeilen konnte er sich nicht genau erinnern – *»alles Streben kam zur Ruh, unsre Sorge ließ uns los, ich warf sie unter die Lilien, auf daß sie dort verwelke.«*

Ein Gedicht, das sie im Unterricht durchgenommen hatten, stammte von einem Priester, Gerard Manley Hopkins. Sie hatten ein Sonett von ihm besprochen: *»Ich wache und fühle den Balg der Nacht, nicht des Tages.«* Ein Balg war das Fell eines Tieres, das den Dichter erstickte, hatte der Lehrer gesagt. Martin liebte ein anderes: *»Eisvögel entbrennen, Libellen locken Flammen.«* Priester zu sein, sich für den Rest seines Lebens Christus zu widmen wäre eine wunderschöne Sache. Ein schönes, komfortables Haus mit großen Zimmern und richtigem WC zu haben. Und eine Haushälterin. Vielleicht Gedichte zu schreiben. Jeden Tag die Messe zu lesen. Auf dem Rückweg zum Frühstück im Pfarrhaus würde er sich wohl fühlen. »Guten Morgen, Frau Soundso.« Vielleicht ein großer Teller mit Schinken, Eiern und Kartoffelbrot. Doch es gab auch schreckliche Pflichten. Verkehrstoten die Letzte Ölung geben.

Er bekam einen Steifen. Er versuchte, es zu verhindern, indem er sich den Schwanz zwischen die Oberschenkel klemmte, doch das machte die Sache nur noch schlimmer. Sein Ständer wollte nicht wieder verschwinden. Und das in einem solchen Haus! Wo er doch hier war, um wichtige Lebensentscheidungen zu treffen. Er stieg aus dem Bett. Das Gummiband im Bund seiner Schlafanzughose war ausgeleiert. Er knautschte eine Handvoll zusammen, damit seine Hose nicht herunterrutschte und sein Zustand sichtbar würde. Er versuchte, sich daran zu erinnern, wo das Badezimmer war. Als er von der Kokosmatte abkam, spürte er die trockenen Dielen unter den Füßen und hatte Angst, sich einen Holzsplitter in die Fußsohle laufen.

Es dauerte Ewigkeiten, bis er den Zugschalter für die Badezimmerbeleuchtung gefunden hatte. Er bestaunte die Rohrleitungen aus einem anderen Jahrhundert. Eichentüren, Messingriegel, Messingkräne, dickes, weißes Porzellan. Der Luxus eines richtigen Badezimmers gab ihm ein gutes Gefühl. Inzwischen hatte sich sein Schweif wieder gesenkt, und er konnte ohne Mühe pinkeln. Merkwürdig, daß es nicht klappte, wenn er stand. Er wusch sich die Hände mit Zitronenseife. Auf dem Rückweg zu seinem Bett war der Korridor noch dunkler. Er mußte die Hände ausstrecken und vorsichtig nach den Wänden tasten, um sicher zu sein, wo er sich befand. Dann rutschte ihm wieder die Schlafanzughose herunter, und er mußte sie festhalten. Er erinnerte sich, daß Mary Lawless ihnen einmal davon erzählt hatte, wie sie aus dem hellen Sonnenschein in ein Kino getreten war: Sie habe absolut nichts sehen können und Bruststöße machen müssen, um sich auf dem Weg durch den Mittelgang vorzutasten. Sie hatte sich gewundert, als plötzlich alle lachten; sie glaubte, es gelte dem Film. Später, als sich ihre Augen an die Dunkelheit gewöhnt hatten, stellte sie fest, daß man deutlich hatte sehen können, wie sie den Mittelgang »hinuntergeschwommen« war. Wie eine Blöde. Ihm war noch etwas viel Peinlicheres passiert. An jenem Tag, an dem er aus der Sitzreihe im Kino getreten war und eine Kniebeugung gemacht hatte. Immer wieder, den ganzen Gang entlang. Nicht einfach nur ein leichtes Einknicken des Knies, als hätte er sich beim Fußball oder sonstwie verletzt. Es ließ sich nicht abstreiten. Er hatte gekniet wie in der Kirche. Im Kino. Vor allen. Verfluchte Scheiße.

Er fand sein Bett und kletterte hinein. Das Bett knarrte und knispelte, während er es sich bequem machte. Wenn es zu lange dauerte, würden ihm die Jungs alles mögliche nachsagen. Eigentlich nur eins. *Brennan reißt sich am Riemen.* Er hielt die Hände auf Abstand. Sie rochen nach Zitrone.

Wenn seine Mutter zum Abendessen Gäste eingeladen hatte, veranstaltete sie immer ein großes Theater. Servietten und Papierdeckchen, winzige Sandwiches, Würstchen im Schlafrock, Vol-au-vents und Champignonpastetchen, runde Küchlein und Apfeltörtchen.

Solange er zurückdenken konnte, waren immer dieselben Leute gekommen. Mary Lawless und Schwester Gilliland fehlten nie. Schwester Gilliland war schon seit vielen Jahren im Ruhestand, doch aus irgendeinem Grunde führte sie ihre Berufsbezeichnung noch immer. Vater Farquharson kam, sooft er es einrichten konnte. Martin sah in ihm einen Sultan, umringt vom Harem seiner drei Frauen – ein Gebieter, zu seinen Füßen Sklavinnen. Eine von ihnen war Martins Mutter. Mary Lawless nannte sich selbst die »makellos liebliche Mary Lawless«, dabei war sie dick und kurzatmig. Schwester Gilliland war das genaue Gegenteil: mager und grobknochig mit hohen Wangenknochen. Ihr graues Haar band sie zu einem Knoten zusammen. Sie trug eine kastanienbraune Schmetterlingsbrille. Sie bevorzugte »Hagelschauermuster« in Marineblau oder Braun und besaß dazu passende, eher männlich wirkende Halbschuhe.

»Mit Stöckelschuhen bin ich noch nie zurechtgekommen«, sagte sie.

Immer war es ein feierlicher Anlaß, wenn der Priester zugegen war.

»Und wie geht's unserer Mary?« pflegte er zu fragen.

»Nun ja, mehr schlecht als recht, Hochwürden. Wenn man einen Körper wie den meinen mitbekommen hat, braucht man nicht lange auf Wehwehchen zu warten«, sagte sie dann und sank, gestützt auf ihre Ellbogen, in einen Sessel zurück. Im letzten Augenblick ließ sie sich hineinfallen, und halb schnaufte sie, halb kreischte sie: »Jesus, Maria und Joseph!« Nachdem sie es sich im Sessel bequem gemacht und ihren üppigen Busen zurechtgerückt hatte, drehte sie sich zu dem Priester um und sagte: »Entschuldigen Sie, Hochwürden. Es war ein Stoßgebet und gut gemeint.«

»Ich weiß, ich weiß. Sie müssen es mir nicht erklären.«

»Ich hänge heute abend in den Seilen.«

»Und Sie, Schwester Gilliland?«

»Man schlägt sich halt so durch, Hochwürden«, antwortete diese stets. »Leider.« Schwester Gilliland war Hebamme gewesen und meinte, sie hätte mehr als genug Frauen ins falsche Ende geschaut. Das hatte sie eines Abends gesagt, als Vater Farquharson nicht anwesend war. Mit Martin sprach der Priester wie mit einem ebenbürtig Gebildeten. Von Mann zu Mann. Das englische Wort für Wohnzimmer, *parlour,* sagte er, leite sich vom französischen *parler* her.

»Es ist genau das richtige Zimmer«, sagte er immer, »für unsere *coterie.* Noch so ein französisches Wort.«

»Hält sie ihr Haus nicht immer in bester Ordnung?« fragte Schwester Gilliland. »Es macht Ihnen alle Ehre, Mrs. Brennan.«

»Ich weiß, daß manchen Leuten diese Redensart nicht gefällt, aber ich muß sagen, bei Ihnen sieht's aus wie in einem kleinen Palast.«

»Das tut es ganz gewiß.«

»Martin«, sagte seine Mutter, »ich glaube, es ist Zeit.« Martin verließ das Zimmer und setzte den Kessel auf. Als sie ihn pfeifen hörte, kam seine Mutter in die Küche und goß den Tee in ihrer größten Kanne auf. Anschließend servierten sie beide, Mutter und Sohn, all die Speisen, die sie am Nachmittag vorbereitet hatte.

»Es soll keine Kritik sein, Mrs. Brennan«, sagte Mary Lawless, »aber heute abend hätten die Champignonpastetchen eine leichte Prise Salz vertragen können.«

»Entschuldigen Sie bitte, Wachtmeister!« sagte Mrs. Brennan. »Aber ich mag es gar nicht, wenn man mich für etwas kritisiert, das ich absichtlich getan habe. Ich habe beim Kochen an unseren Blutdruck gedacht. Und den Salzstreuer wieder aus der Hand gelegt.«

»Sie haben vollkommen recht«, sagte Vater Farquharson. »Zuviel Salz ist schädlich.«

»Darüber habe ich etwas in *Frau und Haus* gelesen«, sagte Mrs. Brennan.

»Ich wußte gar nicht, daß Sie *Frau und Haus* abonniert haben.«

»Ich war im Waschsalon.«

»Oh.«

»Ich dachte mir, wer mehr Salz möchte, kann ja nachsalzen. Wohingegen man das Salz nicht *entfernen* kann.«

»Mein Großvater hat jeden Bissen, den er aß, mit dem Zeug zugeschüttet«, sagte Mary Lawless. »Er hat den Salzstreuer einfach über den Teller gehalten. So.« Sie machte es vor. »Das Essen mußte fast weiß sein, bevor er zulangte. Und er ist siebenundachtzig geworden.«

»Donnerwetter! Hatte der aber Glück!« sagte Vater Farquharson.

»Ein Problem der Industrieländer, der hohe Blutdruck«, meinte Schwester Gilliland.

»Die Welt ist gespalten.«

»In solche, die alles haben.«

»Und solche, die nichts haben.«

»Stellen Sie den Priester wieder ins Dorf«, sagte Mary Lawless. Schwester Gilliland stellte den Salzstreuer wieder aufs Tablett. »Gerade merke ich, was ich da gesagt habe.« Mary Lawless hielt sich die Hand vor den offenen Mund. »Entschuldigen Sie, Hochwürden. Es ist eine Redewendung, die wir zu Hause immer benutzt haben. Dafür, daß das Salz wieder auf den Tisch gestellt werden sollte. Nichts für ungut.«

»Ist schon gut«, antwortete Vater Farquharson. Schwester Gilliland nahm den Salzstreuer und inspizierte ihn genauer.

»Ein einlöchriger. Wenn Sie sich solche Sorgen um unseren Blutdruck machen, sollten Sie sich einen anderen Salzstreuer zulegen. Einen mit vielen kleinen Löchern. Wie man sie für Pfeffer verwendet. Dann kommt nicht soviel heraus.«

»Doch, wenn man ihn länger schüttelt. Wie Großvater.«

»Könnte man denn nicht einfach einen Pfefferstreuer für Salz verwenden?« fragte Mrs. Brennan.

»Ich denke schon. Verboten ist es nicht...«, sagte Mary Lawless.

»Vielleicht werde ich es einmal ausprobieren. Ein bißchen experimentieren.«

»Wo wären wir ohne die Wissenschaft?« fragte Vater Farquharson und lachte.

»Auf den Bäumen.«

»Waren Sie schon einmal am Toten Meer, Hochwürden?«

»Nein, noch nicht. In Lourdes und in Knock bin ich gewesen, aber im Heiligen Land noch nie. Bevor ich sterbe, habe ich den Ehrgeiz, noch einmal dorthin zu fahren.«

»Es heißt, daß man nicht untergehen kann, wegen der hohen Salzkonzentration«, sagte Schwester Gilliland.

»Nennt man das nicht Auftrieb?«

»Oder sich treiben lassen, wie wir dazu sagen. Läuft letzten Endes auf dasselbe hinaus.«

»Ja, man kann im Wasser treiben und seine *Irish News* lesen.«

»Und nachsehen, wer gestorben ist. Und welcher Priester auf welcher Beerdigung war.«

»Wann waren Sie in Lourdes, Hochwürden?«

»1958. In dem Jahr, als Papst Pius XII. starb.«

»Das wollte ich Sie schon immer mal fragen, Hochwürden. Papst Pius XII. – bedeutet das … heißt das, daß es vor ihm elf andere Päpste mit Namen Pius gegeben hat?«

»Ja, das heißt es.«

»Kaum zu glauben.«

»Gab es da einen nach dem anderen?«

»Ich nehme es an. Ich bin der Sache nie nachgegangen. Das könnte ein interessantes Forschungsprojekt für unseren Martin sein. Die Namen der Päpste.«

Es folgte eine lange Pause.

»Ich weiß nicht, wie es bei Ihnen ist«, meinte Mary Lawless, »aber einige der glücklichsten Augenblicke meines Lebens habe ich mit dem Zusammensetzen von Puzzles verbracht.«

Es ärgerte ihn, daß er nicht einschlafen konnte. Und wenn man sich ärgerte, fiel einem das Einschlafen noch schwerer. Er versuchte, an entspannende Dinge zu denken, die nichts mit Sex zu tun hatten. An warmes Wasser. Den Schein eines Kaminfeuers. Als Kind war er jeden Samstagabend in der Küche gebadet worden. Das Feuer wurde angefacht, um den Raum aufzuheizen, und ein Radiosender mit Musik eingestellt. Sie hatten eine grüne Badewanne aus lasiertem Pappmaché, die im Kohlenschuppen hing. Seine Mutter füllte die Wanne aus dem großen Kessel und kühlte das Wasser mit Leitungswasser, das sie aus einem Emailleeimer hinzugoß. Manchmal kam im Anschluß an die Musik ein englischer Komiker. Das war ein schlechtes Zeichen, denn er wußte, daß seine Mutter das Radio wenig später ausschalten würde.

»Ich verstehe nicht, warum die Leute sich immer produzieren müssen. Jedesmal.« Hinterher zog er frische Unterwäsche an. Als er jedoch älter wurde – er vermutete, um die Zeit, als seine Schamhaare zu sprießen begannen –, gab ihm seine Mutter Geld, um ins öffentliche Bad zu gehen. Dort bekam er ein steifes städtisches Handtuch und eine Scheibe roter Karbolseife. Meistens brachte er von zu Hause ein Frottierhandtuch mit und benutzte das andere als Badematte. Im ersten Jahr am Gymnasium lernte er schwimmen. Erst eine Breite. Dann eine Länge. Von da an ging er immer ins Schwimmbad statt zur Badeanstalt, wo sich all die alten Männer hinbegaben. Wenn er keine Zeit fand, ins Schwimmbad zu gehen, wusch er sich mit entblößtem Oberkörper vor der Küchenspüle.

Einmal in der Woche ging er nach der Schule mit einem Sack voller Wäsche zum Waschsalon. Er saß dann dort und horchte auf das Surren und Brummen der Waschmaschinen, bis eine von ihnen in den Schleudergang schaltete und der Boden unter seinen Füßen vibrierte. Er blätterte die Frauenzeitschriften durch, wobei er so tat, als schaue er sich die Werbung für Damenunterwäsche nicht allzu lange an. Zu Hause gab es solche Illustrierten nicht. Auf dem Heimweg war der Wäschesack immer um vieles schwerer.

Am selben Abend sah er seiner Mutter beim Plätten zu. Was für ein seltsames Wort – *plätten.* Sie nahm Wasser aus einer Schale und besprengte die Wäschestücke, indem sie ihre nassen Finger ausschüttelte. Das Bügeleisen zischte auf dem befeuchteten Stoff. Man hörte ein leises Klicken, wenn das Eisen gegen die Knöpfe stieß, und das Knarren des Bretts, wenn das Bügeleisen fester aufgedrückt wurde. An einem Ende des Bügelbretts befand sich eine Asbestplatte, und wenn das Bügeleisen hin und her bewegt wurde, schlug die Schnur dagegen. Im Hintergrund leise das Radio. Der Sack mit den verhedderten, gewaschenen Sachen aus dem Waschsalon auf der einen Seite und auf der anderen der ordentliche Stapel warmer und gefalteter, nach Seife duftender Kleidungsstücke. Geplättet. Wie wenn sie die Möbel umräumte – nicht wiederzuerkennen.

Eine Berufung würde sein Leben von Grund auf verändern, würde ihm eine Richtung weisen, ein Ziel. Sein Leben der Religion widmen, anderen helfen. Ein Leben mit Gebeten führen. Seine Mutter würde so stolz auf ihn sein. Zu Hause gab es eine

Black Magic-Pralinenschachtel mit lauter Fotos von ihm in verschiedenen Phasen seiner Kindheit. Mit zum Gebet gefalteten Händen, nach der Erstkommunion mit einer weißen Armbinde um den Ärmel. Ein ähnlicher Satz von Fotos nach seiner Firmung, doch nunmehr als Soldat Christi. Die Hände für die Kamera gefaltet. Mutig genug, den Backenstreich des Bischofs zu empfangen. Eigentlich war es Blödsinn. Vorher hatte es in seiner Klasse ein solches Theater darum gegeben. Die Kindsköpfe übertrieben immer alles. Das konnte er nicht ausstehen. Sie liefen herum und spielten den Bischof, holten dabei aus wie John Wayne bei einer Keilerei. Imitierten das Ohrfeigengeräusch mit dem Mund und fielen seitwärts zu Boden. Es war symbolisch – wie die vierzig Tage und vierzig Nächte. Als der Bischof seine Backe berührte, hatte er nicht das geringste gespürt. Wirst du darum kämpfen, deinen Glauben zu bewahren? Mehr hatte es nicht zu bedeuten. Und wer würde das nicht tun? Er versuchte, sich Fotos von seiner Priesterweihe in der Black Magic-Schachtel vorzustellen.

Die Sache mit dem Einschlafen war, daß man nie genau wußte, wann es geschah. Es gab keine andere vergleichbare menschliche Aktivität. Entweder wußte man, was man tat, oder man konnte es nicht tun. Das Einschlafen war ein vorsätzlicher Akt der Selbstaufgabe – sich selbst aus der Verantwortung entlassen. Manchmal geschah es nicht vorsätzlich: manchmal nickten die Leute einfach ein. Doch nie konnte man sagen, von jetzt an *schlafe* ich. Oder: Gleich *werde ich schlafen.* Im letzten Moment verwischte sich alles. Der Zeitpunkt des Übergangs in den Schlaf blieb im verborgenen. War verdeckt, so wie ein Lid sich über ein Auge schiebt. Da war seine Mutter, aber weit und breit kein Baum zu sehen, es war eine Art Heide. Es wurde völlig finster, und immer wieder griff er nach dem Tragriemen ihrer Handtasche, doch statt dessen bekam er nur ihre Hand zu fassen. Verärgert schlug sie ihm auf die Finger. »Hör auf damit, du!« Eine Flugmaschine kam auf sie zu, ihr Lärm wurde immer lauter. Sie wußten, daß sie ihr ausweichen mußten, aber nicht, wie ihr zu entkommen war, da der Pilot sie in der Dunkelheit nicht erkennen konnte. Und ehe er sich's versah, befand er sich auch schon im Inneren der Maschine, war hochgehoben worden und von seiner Mutter getrennt. Er saß in einer Art Cockpit, und der Pilot sprach mit ihm, gab ihm Anweisungen, versicherte ihm, daß alles gut ausgehen würde und er unter keinen Umständen in Panik geraten dürfe. Was auch immer geschehe. Das Fluggerät war eine Kreuzung aus einem Modellflugzeug aus Draht und Balsaholz und einem Hubschrauber. Und der Wind jagte an ihm vorüber. An den Querstreben waren Stoffetzen befestigt, so daß man die Windgeschwindigkeit einschätzen konnte. Über seinem Kopf ratterte ein Rotor, und unter sich konnte er Hügel und dunkle Wälder erkennen. Straßen und Flüsse schlängelten sich durch taschentuchgroße Felder. Und als er wieder aufschaute, befand er sich nicht mehr im Cockpit, sondern stand auf einem Flügel. Er hielt sich an einer aufgeblasenen gelben Schwimmweste fest, doch die war dazu da, ihn auf hoher See zu retten. In seiner Lage ziemlich nutzlos. Nichts konnte ihn vor dem freien Fall durch die Luft retten. Das Flugzeug neigte sich nach rechts, und er fühlte, wie er abzurutschen begann. Kilometer unter sich sah er die aufblitzende Windschutzscheibe eines dahinfahrenden Autos. Das Flugzeug neigte sich nicht nur zur Seite, sondern trat einen Sturzflug an. Langsam glitt er nach vorn. Er klammerte sich an der Schwimmweste fest, bis seine Knöchel und Finger weiß waren. Doch es half nichts. Er fiel. Das Flugzeug flog weiter, und er fiel herab. Sein Magen rutschte nach oben. Vor lauter Angst bekam er keinen Ton heraus. Es war, als versagten die Stimmbänder ihm den Dienst. Schließlich, es kam ihm wie Ewigkeiten vor, brachte er einen Schrei heraus. Er brüllte so laut, daß er davon aufwachte, und kam gerade schnell genug zu sich, um noch den Rest seines Schreis zu hören. Sein erster Gedanke war, daß er das Schweigen gebrochen hatte.

Am nächsten Morgen dachte er daran, sich mit einer Hand das Gesicht zu waschen und mit der anderen seine Schlafanzughose hochzuhalten. Doch dann zog er sich an, bevor er sich wusch. Es war eine seltsame Erfahrung, so viele halbnackte Jungen an den Becken zu sehen, die sich, ohne ein Wort zu sagen, das Gesicht wuschen und die Zähne putzten. Man hörte Wasser in Abflußlöchern gurgeln, die Toilettenspülungen und das Platschen nasser Füße auf dem Marmorboden.

Er ging den Korridor entlang zur Sakristei.

»Guten Morgen, Mr. Brennan.« Pater Albert wartete bereits auf ihn. Sein feistes Gesicht lächelte und glänzte. Auf Zehenspitzen lief er auf und ab. »Ich weiß, daß wir nicht miteinander reden sollten – aber es geschieht ja im Dienste des Herrn. Suchen wir etwas zum Anziehen.« Sie gingen in eine Ankleidekammer neben der Sakristei. Einige Schränke, eine niedrige Sitzbank und eine Reihe von Kleiderhaken. »Welche Größe hast du?« Pater Albert holte eine schwarze Soutane hervor und reichte sie ihm. »Eine größere haben wir nicht.« Martin musterte sie – sie war viel zu klein. »Komm schon, probier sie an.« Er konnte sich eben in sie hineinzwängen, doch unter den Achseln war sie zu eng, und seine weißen, knochigen Handgelenke baumelten aus den Ärmeln.

»Nein«, sagte Martin. »Ich bin zu groß.«

»Ein Junge im Wachstum. Warte einen Moment.« Pater Albert öffnete einen der Schränke und holte eine scharlachrote Soutane hervor. Herrje – nein. Darin würde er wie ein Chorknabe aussehen, wie eine bescheuerte Weihnachtskartenfigur. »Die paßt bestimmt.« So war es. Pater Albert gab ihm ein weißes Chorhemd aus Spitze, das er darüber tragen sollte. Er hatte noch nie so filigrane Spitze gesehen: an den Ärmeln herabhängend und in der Taille mit einem Zackenmuster versehen. Es sah aus wie die Tischdecke auf der Tafel einer Königin. Der Redemptorist faßte Martin an beiden Schultern und hielt ihn auf Armeslänge vor sich. Dann trat er einen weiteren Schritt zurück.

»Das Problem hätten wir gelöst. Perfekt.«

Vor versammelter Mannschaft würde er so auftreten müssen. Draußen schlug eine Tür.

»Da kommt Vater O'Malley. Kommen Sie, Mr. Brennan, kommen Sie.«

Der Redemptorist drängte Martin aus der Ankleidekammer. Condor stand mit gesenktem Kopf vor der kunstvoll gearbeiteten Frisierkommode in der Kleiderkammer. Pater Albert fragte ihn, ob er wisse, wo sich alles befand. Condor nickte. Pater Albert gab ihm den Schlüssel zum Tabernakel, grüßte Martin und ging. Erst jetzt wurde Martin klar, daß es Condor war, für den er ministrieren mußte.

Als er sein Gebet beendet hatte, ließ Condor eine Hand in seine Tasche gleiten und nahm etwas Kleingeld heraus. Es klimperte, als er es beiseite legte.

»Der Klang des schnöden Mammon«, sagte er. Wenn überhaupt, war seine Stimme morgens noch tiefer. »Das Geräusch, das den Herrn dazu bestimmte, die Wechsler aus dem Tempel auszutreiben.« Der anderen Tasche entnahm er einen Schlüsselbund und ein Taschentuch. Ein zweiter Griff in die Tasche förderte eine Streichholzschachtel und ein Pfeifenbesteck zutage, komplett mit dünnem Dorn, Stopfer und Löffel. Aus seiner Brusttasche holte er zwei Federhalter hervor und legte sie neben die anderen Sachen. »Warum müssen wir auch all diesen Mist mit uns herumschleppen?«

Die Schubladen der Kommode waren riesig, so groß wie die im Geographiesaal zum Aufbewahren der Karten – groß genug, um die Gewänder ausgebreitet aufzunehmen. Die Griffe waren aus Messing, und als Condor die Schublade herauszog und die Griffe losließ, schwangen sie weiter und machten klakkende Geräusche. Er legte eine Alba an, die ihn bis zu den Spitzen seiner schwarzen Schuhe umhüllte. Er entrollte den weißen Gürtel, der wie eine zusammengeringelte Schlange in der Schublade lag.

»Stille und Heiligkeit sind Zwillinge. Was trägst du an den Füßen, Brennan?« Martin zeigte ihm seine Lederschuhe. »Gibt es hier keine Turnschuhe? Ich erinnere mich an Jungs mit genagelten Stiefeln, sogar mit Stahlkappen – hielten sich für zähe

Burschen. Am Altar mußten sie Turnschuhe tragen. Wenn du Meßdiener bist, solltest du dich lautlos wie ein Geist bewegen.«

Condor ging in die andere Ankleidekammer, kramte unter der Sitzbank und holte ein Paar weiße Hallenturnschuhe hervor. »Welche Größe hast du?« Martin nannte sie ihm. Condor kniete weiterhin vor der Bank. Er roch nach Tabak, selbst durch die Alba hindurch. Vom Pfeifenrauchen waren seine Zähne gelb geworden, besonders die unteren, wie dünne braune Stengel. Mahagonizähne. »Hier. Probier mal die an.«

Sie waren zwar zu klein, taten aber nicht so weh, daß er sich hätte weigern können, sie zu tragen. Während er sich die Schnürsenkel zuband, stieg ihm der Fußgeruch der Schuhe in die Nase. Sie waren sehr flach. Als er wieder in die Sakristei kam, hatte Condor bereits seine Meßgewänder übergeworfen. Der Priester griff nach seinem Taschentuch und schob es sich in den Ärmel. Das hatte Martin bisher nur bei Frauen beobachtet. Besonders bei Schwester Gilliland. Condor gab ihm durch eine Geste zu verstehen, daß er gehen wolle, und mit fest gefalteten Händen schritt Martin ihm voran zum Altar. Dabei starrte er auf den Marmorfußboden. Er wagte es nicht, die anderen Jungen anzuschauen. Er spürte, wie ihm die Hitze ins Gesicht schoß, wußte, daß die Schamröte wie der Widerschein der roten Soutane aussehen würde.

Bei der Händewaschung faltete er das Leinentuch über sein Handgelenk, nahm das Meßkännchen in die Rechte, die Silberschüssel in die Linke und näherte sich dem Altar. Condor trat auf ihn zu und hielt die Finger über die Schüssel. Seine Nägel hatten einen schwarzen Rand – Pfeifenrauchernägel. Daumen und Zeigefinger jeder Hand berührten einander, die übrigen Finger waren abgespreizt. Es sah aus, als forme er zwei Kaninchen in einem Schattenspiel. Martin goß das Wasser aus seinem Kännchen. Condors Finger sahen furchtbar aus, rundlich, mit dikken Knöcheln. Auf der Oberseite wuchsen ihm schwarze Haarbüschel. Martin sah gebannt zu, wie Condor sich die Hände trocknete und das dazugehörige Gebet sprach. Er faltete das Leinenhandtuch und legte es Martin wieder übers Handgelenk. Die Finger sahen auch nicht sauberer aus als vorher, und noch immer roch er nach Tabak.

Nach der Messe wartete Pater Albert in der Sakristei auf ihn. Er klatschte in die Hände und strahlte.

»Das war mir aber ein guter Meßdiener, Mr. Brennan. Absolut fehlerfrei. Du hast nicht einen Fuß falsch gesetzt. Rod Laver wäre stolz auf dich gewesen.«

Der Tag verging mit Predigten, mit Vorträgen und Gebeten. Dazwischen gab es Gelegenheit zu geistlicher Lektüre und Selbstprüfung. Hin und wieder lief Martin hinter die Eiben am Ende des Gartens, um eine zu rauchen. Der Kies war mit Zigarettenfiltern übersät. Das Spazierengehen auf dem Gelände war eine komische Sache. Normalerweise liefen die Jungen zu zweit oder zu dritt, aber wegen des Schweigegebots ging jeder allein. Sie standen umher, die Hände in den Taschen, und schauten aneinander vorbei. Zumeist aufs Meer hinaus. Da jeder für sich stand, ließen sich gut Fotos machen – die Jungs waren über den ganzen Garten verteilt. Wie Statuen. In den Ecken lag noch etwas verwehter Schnee. Martin ging ins Haus, um seine Kamera zu holen. Er machte eine Aufnahme nach der anderen und freute sich am Surren und Klicken der Verschlußmechanik. Plötzlich stand Pater Albert neben ihm, die Hände auf dem Rücken verschränkt.

»Mr. Brennan bei der Arbeit, was?« Martin nickte. Er wußte nicht, ob er sprechen sollte oder nicht. Diesmal hatte es nichts mit dem Dienst am Herrn zu tun.

»Bist du dir darüber im klaren, daß du mit deinen Aufnahmen die Stille störst?«

»Sie haben doch gesagt, ich dürfte Fotos machen.«

»Ich weiß, ich weiß. Aber es lenkt ab. Das Verschlußgeräusch. Die Betriebsamkeit. Denk an den Zweck eures Aufenthalts.«

»Wollen Sie, daß ich aufhöre?«

»Was meinst du?«

Martin nickte und steckte die Kamera weg.

Vor der Abendpredigt und der Andacht trat Condor mit forschen Schritten zum Altar vor.

»Es betrübt mich, dies sagen zu müssen, aber ich habe heute eine Beschwerde von den Leuten direkt unterhalb unseres Geländes bekommen. Es hat den Anschein, daß ein Junge oder mehrere Jungen mit Steinen geworfen haben.« Ein amüsiertes Gekicher wogte durch die Versammlung. »Das ist nicht lustig«, brüllte er. Die Gesichter wurden ernst, alles verstummte. »Wann werden Sie jemals erwachsen werden? Ich mußte die Demütigung über mich ergehen lassen, herbeizitiert zu werden, um mir das Grundstück des betreffenden Herrn anzusehen – eines Herrn, wie ich hinzufügen möchte, der sich nicht zu unserem Glauben bekennt. Einige Scheiben seines Gewächshauses sind eingeworfen worden. Er versicherte mir, daß sie gestern noch intakt waren. Die Steine können nur von hier aus geworfen worden sein. Die Schule ist verpflichtet, für den Schaden aufzukommen. Ich möchte den oder die beteiligten Jungen bitten, sich dazu zu bekennen. Angeblich sind Sie mittlerweile gereifte Individuen, o Himmel, hilf! Wegen der Bösartigkeit einiger weniger sollte nicht die ganze Schule in Verruf gebracht werden.« Die Jungen in den vorderen Reihen reckten die Hälse, um zu sehen, ob jemand die Missetat zugeben würde. Niemand meldete sich. »Der Herr war äußerst aufgebracht und drohte damit, die Polizei einzuschalten. Doch ich möchte unter keinen Umständen die Polizei auf dem Grund und Boden der Kirche haben. Die Herren wären die letzten, die ich in dieser Angelegenheit hinzuziehen würde. Einer Angelegenheit von *Recht und Ordnung,* wie unsere Freunde in England das nennen; wir müssen die Sache also selbst wieder ins Lot bringen. Sollte jemand etwas gesehen haben – Pater Albert und Pater Valerian stehen jederzeit zur Verfügung. Ein Wort in eines ihrer Ohren … würde schon genügen.«

Nachdem Condor den Altar verlassen hatte, trat Pater Albert vor die Jungen.

»Ein Wort in eines unserer Ohren«, begann er. »Doch wenn ihr zu mir kommt, sprecht in mein linkes Ohr. Damit höre ich besser.« Er hielt seine leicht gewölbte Hand hinter das linke Ohr und grinste. Die Jungen lachten. Condor wegen seiner Grammatik gerügt zu sehen… Ja, so von der Leine gelassen, machten die Jungen mehr Aufhebens um seinen Witz, als ratsam gewesen wäre. Um ihrem Gelächter ein Ende zu setzen, sprach Pater Albert laut über sie hinweg: »Wenn irgend jemand irgend etwas oder irgend jemanden gesehen hat, der damit zu tun hat, wäre dies eine gute Gelegenheit, unter Beweis zu stellen, daß er ein Mann ist. Denn die Wahrheit ist eine männliche Angelegenheit.« Die Jungen wurden still. Pater Albert hielt inne und räusperte sich, dann sah er zu den Dachbalken auf. Es folgte eine Pause, um sie auf seine Predigt einzustimmen. »Und auch die Reinheit ist eine männliche Angelegenheit. Wenn ich mich umschaue und eure aufgeweckten, hübschen Gesichter sehe…« Er hüstelte gekünstelt. »Ähem! Ich sehe sofort, daß ein schönes, weißes Tischtuch euch nicht fremd ist. Wenn dieses Tischtuch zum ersten Mal aus der Schublade geholt wird, ist es frisch und weiß – wunderschön anzusehen. Seine Bügelfalten stehen als kleine Kanten vor – sofern ihr auch nur entfernt eine Mutter wie die meine hattet.«

Es gab keine Kanzel. Pater Albert schien es vorzuziehen, mit den Jungen auf einer Höhe zu stehen. Ein- oder zweimal trat er vom Altar herunter, um zwischen den Jungen auf und ab zu wandern. Gab einem Jungen zum Spaß eine Ohrfeige oder zeichnete einem anderen in der Luft einen Heiligenschein um den Kopf, um ihn zum Gespött der übrigen zu machen. Martin fühlte sich nicht recht wohl dabei – es war wie in einem Western, wenn die Sängerin von der Bühne kam, um mit den Cowboys zu flirten. Aus Gründen, die er nicht genau in Worte fassen konnte, war es ihm peinlich. Martin hatte das Gefühl, daß ihm die Augen schwer wurden.

»So, Jungs, sieht eure Seele am Tag eurer Geburt aus. Gottgegeben. Unbefleckt. Und so bleibt sie auch für einige Zeit, bis die ersten Gerichte aufgetragen werden. Die *Hors d'œuvres.* Die Vorspeisen, wie man heute zu sagen pflegt. Die Horst-Öfchen. Doch während das Mahl unseres Lebens seinen Fortgang nimmt, unterlaufen uns immer wieder Mißgeschicke – Kleinigkeiten, ein Ausrutscher hier, ein Ausrutscher dort, Salz wird verstreut, Brotkrümel liegen herum, die Karaffe mit Wasser schwappt über. Die läßlichen Sünden haben begonnen. Doch damit werden wir fertig. Mit der Serviette weggewedelt, hier und da mit der Bürste weggewischt, vielleicht mit einem feuchten Tuch abgerieben. Dies sind Gerätschaften, Jungs – wie die Sakramente, die tägliche Messe und Kommunion, Gebet und Andacht –, Mittel, die Seele rein zu erhalten. Wir können Buße tun, und wenn wir den festen Vorsatz haben, uns zu bessern, wird unser Tischtuch ... fast so sauber sein wie an dem Tag, an dem wir es aus dem Wäscheschrank geholt haben.« Martin schloß die Augen. So konnte er ebensogut zuhören. Sogar noch besser, weil er sich besser konzentrieren konnte und durch das Gesehene nicht abgelenkt wurde. »Doch die Mahlzeit wird fortgesetzt, Jungs, und es werden immer gefährlichere Dinge aufgetischt – Bratensoße, schwarze Johannisbeermarmelade, Tomatensaft, vielleicht sogar der größte Besudler, der größte Beschmuddler von allen, Rotwein – mit verführerischen perlschnurartigen Bläschen am Rand des Glases. Wir werden unvorsichtig, und schließlich stoßen wir mit dem Ellenbogen etwas um. Und ehe wir's uns versehen, hat die Todsünde in unser Leben Einzug gehalten. Unsere Tischdecke ist befleckt, verdorben. Was können wir nur tun? Ein Gang in den Waschsalon. Warum sonst, glaubt ihr, hat die Kirche das Sakrament der Beichte ...«

Da er in der vorigen Nacht so schlecht geschlafen hatte und am Morgen früh aufgestanden war, begann Martin einzunikken ... In der Kapelle war es sehr heiß, und er spürte, wie er von den Schultern der Jungen zu beiden Seiten aufrecht gehalten wurde ... Eben wollte er schon in Schlaf sinken, da riß er

RUCKARTIG den Kopf nach oben. Und war wieder wach. Dann wieder dieselben schweren Augenlider, dasselbe schläfrige Gefühl, und RUCKARTIG riß er wieder den Kopf nach oben und war wach. Er schämte sich. Wie Christus in Gethsemane gefragt hatte: *»Könnt ihr denn nicht eine Stunde mit mir wachen?«* Er konzentrierte sich, grub die Fingernägel in den Rücken seiner Hand, damit die Schmerzen ihn wach hielten. »Dann kommt der Tag, an dem wir sterben müssen. Und wir müssen unser Tischtuch zur Prüfung vorlegen, zur genauen Untersuchung. Ihr befindet euch in einem Lebensabschnitt, in dem Prüfungen eure ganze Aufmerksamkeit fordern. Nun, glaubt mir, Jungs, dies ist die einzige Prüfung, die wirklich zählt, und wenn wir die nicht bestehen, haben wir gar nichts bestanden. Und was noch wichtiger ist: Diese Prüfung können wir nicht wiederholen. Am Jüngsten Tag, am Tag des Gerichts, wird das Verhalten eines jeden von uns unserem Herrn zur Begutachtung vorgelegt. Die Geheimnisse unseres Herzens werden ausgeleuchtet. Womit wir uns hier beschäftigen, das ist, mit den Worten des heiligen Paulus, *etwas, was kein Auge gesehen hat und kein Ohr gehört hat und in keines Menschen Herz gekommen ist, was Gott bereitet hat*...................................

... *denen, die ihn lieben.«* ...... Die Auferstehung des Fleisches ...... der Jüngste Tag die Apokalypse .... Johannes .... dort .... sind ..... könnten ...... Jesus Christus vorbehaltlos Frangwine Melopiten Karinge St. Paulus schmie glotenfort mong

RUCK!

»... in den denkwürdigen Worten des Evangelisten Matthäus: *›Wenn aber des Menschensohn kommen wird in seiner Herrlichkeit und alle Engel mit ihm, dann wird er sitzen auf dem Thron seiner Herrlichkeit, und werden vor ihm alle Völker versammelt werden. Und er wird sie voneinander scheiden, gleichwie ein Hirt die Schafe von den Böcken scheidet.‹* Die Prüfung, die allen Prüfungen ein Ende macht. Im Vergleich zum Jüngsten Gericht ist eure Schulabschlußprüfung ein Deckchensticken. Jede Handlung, jeder Gedanke, selbst die – ja *besonders* die –, die ihr zu verbergen sucht, werden hervorgezerrt und vor dem Gericht des Himmels untersucht, und zu Gericht sitzen über euch werden diejenigen, die ihr liebt, eure Mutter, euer Vater, eure Brüder und Schwestern. Eure Freunde. Die ihr getäuscht habt. Denen ihr ungehorsam gewesen seid, über die ihr unkeusche Gedanken unterhalten habt.

Scheißkerl Scheißkerl? Kann nicht sein Kann unmöglich sein

sepf färlick bargisch …

Sünde Tag

Am Karfreitag, nachdem sie die Stationen des Kreuzwegs gebetet hatten, wurden sie aufgefordert, Fragen zu notieren. »Sie können anonym sein«, sagte Pater Valerian, »und zu jedem beliebigen Thema.« Eine Woge der Erheiterung durchlief die Versammlung, und als der Priester ihren Gedankengang begriffen hatte, verdrehte er die Augen zum Himmel und sagte: »Ja, sogar zu diesem Thema.«

Auf den Tischen des großen Salons lagen kleingeschnittene Zettel und Bleistiftstummel herum. Auf einem Tisch in der Mitte stand eine Holzkiste mit einem Schlitz. Sie war mit einem kleinen Messingschloß verriegelt. Das Schweigegebot wurde zwar immer noch beachtet, doch die Jungen zwinkerten und grinsten einander zu, während sie ihre Fragen auf die Zettel schrieben.

Nach dem Abendessen war es dunkel, und alle gingen in den Salon. Einige Jungen mußten aus einem anderen Teil des Hauses weitere Stühle herbeiholen. Pater Albert und Pater Valerian saßen vor den Jungen an einem Tisch. Pater Valerian kramte einen kleinen Schlüssel hervor, öffnete die Kiste und schüttete ihren Inhalt auf den Tisch.

»Demokratie«, sagte er und lächelte. Die Priester begannen, die Zettel zu sortieren. Pater Albert hob den Kopf.

»Normalerweise würde ich in einer Situation wie dieser sagen: ›Unterhaltet euch solange untereinander.‹ Aber in Anbetracht der besonderen Umstände einer stillen Einkehr sage ich es nicht.« Die Jungen beobachteten die Gesichter der Priester, während diese die Fragen lasen. Allmählich entstanden zwei Häufchen mit Zetteln. Pater Valerian versuchte, das eine flach zu drücken.

»Das hier sind Fragen«, sagte er. Dann drückte er auf das andere Häufchen. »Und das hier sind Unverschämtheiten.«

Sie wechselten sich ab. Pater Valerian beantwortete eine Frage über die Erbsünde, während Pater Albert die Frage beantwortete, ob es sündhaft wäre, den Rückzug der Briten aus Irland mit Gewalt zu erzwingen. Martin war sich sicher, daß sie von Sharkey stammte. Die Frage »Wird die Pflicht zum sonntäglichen Kirchgang auch im Himmel bestehen?« brachte jeden zum Lachen. Ebenso die Frage: »Stimmt es, daß Shakespeare die Legion Mariens gegründet hat?« Solche Fragen wurden verworfen, jede ernsthafte Frage jedoch erörterten sie sehr ausführlich. Dann hielten beide, wie auf ein Signal, plötzlich inne und beäugten den Zettelhaufen, den sie noch nicht angetastet hatten. Sie seufzten wie aus einem Mund.

»Ich glaube, die werde ich noch nicht einmal vorlesen«, sagte Pater Albert, »weil sie sich alle um dieselbe alte Geschichte drehen. Heutzutage wird viel über reine Luft und sauberes Wasser geredet, über die Umwelt. Zur Erreichung dieser Ziele sind wir alle bereit, Einschränkungen unserer Freiheit hinzunehmen. Doch wie viele von uns sind mit der Zensur einverstanden, wie viele von uns wollen die harte Pornographie mit Stumpf und Stiel ausrotten? Sie umgibt uns allenthalben, in Theaterstücken und Filmen, in Illustrierten, auf Reklamepostern, zwanzig Stockwerke hoch. Nirgendwo werden heute noch die Grenzen des Anstands respektiert. Wer sich dagegen stemmt, gilt als unzeitgemäß. Es besteht eine Verschwörung, unsere Jugend zu verderben, und sie hat ihren Ursprung auf der Nachbarinsel.«

»Aber wir müssen alles in unserer Macht Stehende tun, dies zu unterbinden, Jungs«, sprach Pater Valerian. »Wir müssen die

Anstrengung auf uns nehmen, die Reinheit unserer jungen Männer wiederherzustellen.«

Er nahm eine der geschriebenen Fragen zwischen Daumen und Zeigefinger und hielt sie weit von sich weg.

»*Ist es eine Todsünde, mit einem Mädchen intim zu sein, das man liebt?* Was ist das für eine Frage? Wir dienen Gott doch nicht wie Angestellte, in Erwartung unseres Lohns. Moralisches Verhalten hat seinen Zweck in sich selbst. Die Tugend ist ihr eigener Lohn. Und überhaupt, ist das etwas, das Jungen in eurem Alter fragen sollten? Ihr solltet draußen Fußball spielen und euern Spaß haben, statt in Situationen zu geraten, in denen euch die Sünde auflauert.«

»Frauen anhimmeln«, sagte Pater Albert. »In Verzückung geraten.«

»Den eigenen Leidenschaften frönen.« Die Sitzung hatte den Charakter einer Szene aus *Dick und Doof* angenommen. »Keiner von euch wird in den nächsten Jahren in der Lage sein, ein Mädchen zu heiraten. Und es hat keinen Sinn, sich schon jetzt darüber aufzuregen. Das meiste hat mit Angeberei vor euren Kumpels zu tun: Bin ich nicht ein toller Hecht – ich habe eine Freundin.« Pater Valerian neigte seinen Kopf zu Pater Albert und schaute ihn über seine Brillengläser an. Dieser reagierte, indem er das Gesicht abwandte und sich mit der flachen Hand die Haare tätschelte.

»Es geht hier natürlich um einen sehr wichtigen Punkt, auf den wir euch hinweisen wollen. Die Keuschheit eines jungen Mannes ist eine wunderschöne Sache. Ein starker Charakter gibt den Leidenschaften nicht nach. Die Unfähigkeit, Herr seiner selbst zu sein, bedeutet Sklave der schlimmsten nur vorstellbaren Knechtschaft zu sein. Ein Junge muß in der Lage sein, nein zu sagen.«

»Das gleiche gilt für eine junge Frau.«

»Und wenn wir uns nach Kräften darum bemühen, unsere Reinheit zu erhalten, zur größeren Ehre Gottes, wird es alles der Mühe wert gewesen sein.«

Martin hatte zum ersten Mal ein Mädchen geküßt, als er zwölf oder dreizehn war. Auf einer Nachmittagsparty an einem Sommerabend. Dort waren Mädchen in Kleidern gewesen, der Geruch von Parfüm. Er war nervös und brachte keinen Ton heraus. Die Musik hatte einen stampfenden Rhythmus. Jemand schlug ein Spiel vor. Martin saß auf dem Sofa, bis Pauline Lunny seine Nummer aufrief. Sie war älter als die anderen. Sie baute sich in der Nähe der Zimmertür auf – die weit offen stand. Zum Schutz vor Zugluft hatte die Tür einen Samtvorhang, der zu einem dunklen Zelt werden konnte. Martin stand feixend da, als ob es um eine Art Test ginge, den er zu bestehen hatte. Pauline hatte die Haare zu einem Pferdeschwanz zusammengebunden. Sie streckte ihre Arme aus und winkte ihn hinter die Tür. Sie hob den Vorhang, und als er bei ihr war, ließ sie ihn wieder fallen. Es herrschte ein Dunkel wie in einem Beichtstuhl. Aus Filmen wußte er, daß er ihr einen Arm um die Schultern legen mußte. Sie trug Lippenstift. Er bewegte sein Gesicht auf ihres zu, ohne zu wissen, was er als nächstes tun mußte. Sie schloß die Augen und erlaubte ihm, sie zu küssen. Ihre Münder berührten sich. Zunächst fühlte sich ihr Mund trocken an, dann saugte er sich an seinem fest und wurde feucht, wurde in seinem Bewußtsein ungeheuer groß, wie ein Universum. Er schloß die Augen. Die Partygeräusche im Hintergrund stampften dumpf weiter. Die Größe und Feuchtigkeit ihrer Lippen nahm seine ganze Aufmerksamkeit in Anspruch. Es war, als sei er durch diese eine Empfindung wie hypnotisiert – ein Bett, das ihn umhüllte, ein unermeßliches Wohlgefühl, wie er es noch nie erlebt hatte. Und ihr Geruch. Der Geschmack ihres Mundes und ihrer Zunge. Die weiche Haut ihrer Wange und das Ohrläppchen, das den Zeigefinger seiner rechten Hand berührte. Er registrierte, daß seine andere Hand ihre schmale Taille umfaßt hielt, ein Muskelgefühl, ein prickelndes Gefühl wie unter Strom, das von dem Kleiderstoff zwischen seiner Hand und ihr nur wenig abgeschwächt wurde. Darunter war sie wie ein Aal, ein vibrierender Leib, ein einziger Muskel. Doch bevor er sich seinen

Empfindungen überlassen konnte, bemerkte er zu seinem Entsetzen, wie ihre Zunge mit zuckenden Bewegungen seinen Mund zu erforschen begann – sie schmeckte nach Säure, wie eine abgelutschte Kupfermünze, fühlte sich wie rauhe Haut an –, und er wollte ihr sagen, dies sei nicht die richtige Art, sich zu küssen. Es war unhygienisch. Doch er wußte, daß sie sich in diesen Dingen besser auskannte als er. Wenn Pauline es so machte, dann mußte man es so machen. Und da sie es so gut konnte, fühlte er sich unterlegen. Er wußte nicht, wie er reagieren sollte. *Sie* küßte *ihn* – was sie schon sehr bald langweilig fand, denn sie brach den Kuß ab und kam hinter dem Türvorhang hervor, um sich einen anderen Jungen zu suchen. Martin stellte erstaunt fest, daß in seiner Hose etwas geschah. Ausgerechnet jetzt. Es passierte unversehens, auf dem Oberdeck eines Busses oder wenn er zur Kommunion ging oder wenn er an sich herumspielte, aber weshalb es gerade jetzt passierte, da er ein Mädchen küßte, konnte er sich überhaupt nicht erklären.

Und es passierte *jetzt,* in einer religiösen Frage-und-Antwort-Sitzung. Pater Valerian sprach darüber, wie man schlechte Gedanken im Zaum halten konnte – genau zu dem Zeitpunkt, als Martin sie genoß. Er kreuzte die Beine und hoffte, den Störenfried auf diese Weise zu vernichten. »Denkt an etwas«, sagte Pater Valerian, »das der Mutter Gottes gefallen würde. Fröhliche Aktivitäten – Spaziergänge in den Bergen, Hechtsprünge ins Meer, ein besonders spannendes Handballspiel, das ihr mal gesehen habt.« Pater Albert schaute mit einer demonstrativen Geste auf seine Uhr und beendete die Sitzung. Er sagte, falls jemand noch weitere Probleme diskutieren wolle, könnten sie in der Beichte abgehandelt werden. Zum Abschluß sprachen sie noch ein Gebet.

Zum Abendessen gab es Reis mit Stücken von geräuchertem Fisch und hartgekochten Eiern. Es schmeckte, als ob man einen Aschenbecher aß. Ein Ordensbruder verlas mit zitternder Stimme:

Da ging der Satan hinaus vom Angesicht des HERRN und schlug Hiob mit bösen Geschwüren von der Fußsohle an bis auf seinen Scheitel. Und er nahm eine Scherbe und schabte sich und aß von der Asche.

Martin fragte sich, ob er recht gehört hatte. Er wagte es nicht, irgend jemanden anzuschauen, damit er nicht in einen Lachkrampf ausbrach. Der Vorleser hielt inne und sagte: »Tut mir leid – *und saß in der Asche.*«

Martin starrte weiterhin auf seinen Teller. Die Fischstücke waren braun. Schließlich verließ ihn das Gefühl, lachen zu müssen, und er aß genug, um zu zeigen, daß er sich zumindest bemühte. Der Typ neben ihm, ein Internatsschüler, aß Martins Teller leer. Das Essen hinterließ einen gelben Fleck auf dem Teller. Als Nachtisch setzten die Ordensbrüder jedem einen Teller mit einem harten, keilförmigen Keks und einer Pflaume aus der Dose vor. Martin gelang es nicht, den Keks mit seinem Löffel zu zerteilen, so fest er auch drückte. Er hob den Ellbogen, um das Gewicht seiner Schulter einzusetzen, doch statt daß der Keks zerbrach, schoß das Ding vom Teller und fiel zu Boden. Alle sahen, was geschehen war.

Martin saß allein auf einer Holzbank im Flur vor Pater Valerians Zimmer und wartete darauf, daß er mit der Beichte an die Reihe kam. Er schaute auf die Standuhr am Ende des Korridors. Viertel nach. Sein leerer Magen knurrte. Er fand es gut, wie er die Sache eingefädelt hatte. Seit seiner letzten Beichte, die er am Samstag in seiner eigenen Gemeinde abgelegt hatte, hatte er sich nur wenig zuschulden kommen lassen. Die ganze Woche hatte er absichtlich nicht an sich herumgespielt, da er wußte, daß die Exerzitien bevorstanden. Die Jungen, die im vorhergehenden Jahr hiergewesen waren, hatten ihnen von der offenen Beichte erzählt, die sie, dem Priester in seinem Sessel gegenübersitzend, im vollbeleuchteten Zimmer ablegen mußten. Allein die Vorstellung dieses Gesprächs »von Mann zu Mann« jagte ihm einen heiligen Schreck ein. Während der Beichte zu lügen, das hätte er niemals fertiggebracht. Wenn er gewichst hätte, hätte er es sagen müssen, da die Beichte wie ein direktes Gespräch mit Gott war. Der Priester war nur der Mittler, wie ein Telefon: Man sprach durch ihn hindurch. Man beichtete ihm seine Sünden, und Gott hörte sie. Wie konnte man vor Gott irgend etwas verhehlen? Das ihm gegenüberliegende Fenster war aus Buntglas, doch des Nachts war es schwarz. An den Wänden zwischen den Fenstern hingen Kunstgegenstände aus Afrika – Masken, Köpfe. Daneben Aufnahmen von Redemptoristen in weißen Soutanen, die sich neben Schwarzen hatten fotografieren lassen. So ähnlich wie die Bilder in der Zeitschrift *Der Ferne Osten.* Seine Mutter bezog sie jeden Monat von der Legion Mariens. Die Missionare unterstützen, sagte sie, sei das Mindeste, was sie tun könnten. Sie sagte auch, es müsse verdammt schwer sein, eine weiße Soutane während eines langen Arbeitstages sauberzuhalten. Weiß sei für Afrika eine völlig unpraktische Farbe.

Martin sah wieder auf die Uhr. Zwanzig nach. Was ging da drinnen nur vor?

Schließlich öffnete sich quietschend die Tür, und McGarrity kam heraus. Er zog ein Gesicht – halb grinsend, halb warnend – und hielt, während er den Korridor hinunterging, die Hände wie zum Gebet. Martin stand auf und holte tief Luft. Verdammte Scheiße.

Das Zimmer war nur schwach beleuchtet. Als er die Tür schloß, quietschte sie andersherum.

»Komm nur herein, mein Junge. Hier herüber. Ich werde dich schon nicht auffressen.« Martin schaute sich um. Die Stimme kam aus dem Sessel neben dem Kamin. »Setz dich, Mann, setz dich.«

Martin setzte sich. Es war kein Sessel, sondern ein Stuhl mit einer harten, geraden Lehne. Pater Valerian trug eine lila Stola um den Nacken, und auf seinem Kopf saß sein Birett. Martin versuchte, sich an die einmal wöchentlich gesprochene Eingangsformel zu erinnern, doch der Priester überrumpelte ihn mit der Frage: »Wann hast du zuletzt gebeichtet?«

»Vor einer Woche, Hochwürden. Segnen-Sie-mich-hochwürdiger-Vater-denn-ich-habe-gesündigt. Meine-letzte-Beichte-war-vor-einer-Woche…«

»Und …?« Es folgte langes Schweigen. Martin versuchte, sich etwas zurechtzulegen. Der Priester ermunterte ihn. »Bist du diese Woche sauber geblieben?«

Martin zögerte, da er sich nicht sicher war, ob die Frage etwas mit Wichsen oder feuchten Träumen zu tun hatte.

»Ja, Hochwürden.«

»Du bist ein prima Kerl, ein prima Kerl. Aber weißt du, man kann immer noch besser werden. Ein anständiger Mann wie du kann von einer noch strengeren Gewissenserforschung profitieren. Weißt du, was ich damit meine? Bei einer Gelegenheit wie dieser laß uns versuchen, einen Überblick zu gewinnen – eine Art gründlichen Frühjahrsputz veranstalten. Hast du irgendwelche unnatürlichen Angewohnheiten?«

»Was… sind…?«

»Selbstbefleckung?«

»Ich bin mir nicht sicher…«

»Unkeusche Berührungen?«

»Ich… Ich… Ich bin mir nicht sicher…«

»Nun, wenn du dir nicht sicher bist, will ich dich gewiß nicht auf schlechte Gedanken bringen.« Der Priester lehnte sich vor, seine Hände ruhten auf seinen Knien.

»Hochwürden, ich habe schlechte Gedanken, falls Sie das meinen. Und ich berühre mich auf unkeusche Weise.« Pater Valerian seufzte.

Martin ging in die Kapelle, um Buße zu tun und allein zu sein. Der Raum war klein und bis auf die brennenden Kerzen dunkel. Das Ewige Licht glühte rot. Er kniete hinten in der Kapelle nieder und versuchte, sich aufs Gebet zu konzentrieren. Er kniff die Augen fest zu und bemühte sich, in eigenen Worten zu denken, statt sich auf Phrasen wie *Wir flehen dich an, o Herr* zurückzuziehen. Wenn Du willst, daß ich mein Leben dem Priestertum, Dir, widme, laß es mich auf irgendeine Weise wissen. Er wollte um kein Zeichen bitten, aus Angst, es könnte eintreten. Er sprach den Gedanken nicht aus. Sobald er den Gedanken ausgesprochen hatte, bestand die Möglichkeit, daß der Raum von gleißendem Licht durchflutet wurde und er sich flach auf dem Rücken liegend wiederfand: daß Gott zu ihm sprach. In Irland war es wahrscheinlicher, daß die Mutter Gottes zu ihm spräche. Sie schien darin Priorität zu genießen. Andererseits jedoch wollte er einen Anhaltspunkt haben, ob er nun berufen sei oder nicht. Die Flammen der Kerzen zogen sich nach oben, lang und gelb und fast ohne zu flackern.

Herr, willst Du, daß ich Priester werde? sprach Martin in sich hinein.

Ein anderer Junge, Brendan O'Connell, kam in die Kapelle und kniete nieder. Einer Geldbörse entnahm er seinen Rosenkranz. Himmel noch mal – aus einer Geldbörse mit Schnappverschluß. Martin hörte, wie er sie öffnete, und anschließend das leise Klappern der Perlen. Durch den Luftzug flackerten und tanzten die Kerzen. Der Typ kratzte sich am Kopf und vergrub das Gesicht in den Händen. Er stöhnte häufig und schniefte – ging ihm überhaupt auf die Eier – und ließ alle wissen, daß er eine schwere Entscheidung traf.

Martin stand auf und trat in die Nacht hinaus, um eine Zigarette zu rauchen. Es war bitter kalt. Auf den Steinplatten vor dem Gebäude glitzerte der Rauhreif. In der kalten Luft war sein Atem ebenso deutlich zu sehen wie der Rauch seiner Zigarette. Als er zum Himmel aufschaute, war kein Mond zu sehen: Der Himmel war schwarz und wolkenlos, jedoch voller Sterne. Er trat hinter das von den Lichtern der Stadt abgeschirmte Exerzitienhaus, wo es noch dunkler war. Von den erleuchteten Fenstern bewegte er sich in den Schutz einer von Efeu überwucherten Mauer. Da er das Knirschen des Kieses unter seinen Schuhen nicht mochte, lief er auf dem steifgefrorenen Gras. Wieder schaute er hinauf in den nächtlichen Himmel. Von hier aus war der Anblick der Sterne atemberaubend. Der Wirbel der

Milchstraße ließ sich von einer Seite des Himmels zur anderen verfolgen. Als Stadtkind hatte er dergleichen noch nie gesehen. Es gab keinen Abschnitt des Himmels, der nicht von Sternen übersät war. Es war unmöglich, einen Finger, unmöglich, die Spitze einer Schreibfeder zwischen sie zu schieben. Die Konstellationen, die er aus Büchern kannte, schienen fast überschwemmt von weniger bekannten Sternen. Nach und nach gelang es ihm, einige Sternbilder auszumachen – zuerst den Großen Wagen, dann das W der Kassiopeia, Orion mit dem Schwert in seinem Gürtel. Er wurde sich ihrer absoluten Stille bewußt. So ungeheuer zu sein, und dennoch nicht den geringsten Laut zu verursachen. Sein Nacken begann ihm weh zu tun. Wenn er sich nur hinlegen könnte. Seine Zähne fingen an zu klappern, wie wenn er dem Schwimmbecken entstieg. Wenn er seine Gesichtsmuskeln entspannte, würde es aufhören. Wenn er sich gegen die Kälte verkrampfte, würde sein Kiefer zu zittern anfangen. Er steckte die Hände in die Jackentaschen und versuchte, sich in sich zusammenzuziehen, um der Kälte eine geringere Angriffsfläche zu bieten. Er war hier draußen, um eine Entscheidung zu treffen, nicht um darüber nachzudenken, wie kalt ihm war, oder um die Sterne zu betrachten. Er inhalierte den letzten Rest der Zigarette und schnipste den glühenden Stummel über die Mauer ins Dunkel. Ja – wenn er die Prüfung bestünde, würde er danach streben, Priester zu werden, sein Leben nach Kräften dem Dienst an anderen zu widmen; vor allem dem Dienst an Gott. Er spürte, wie das Gewicht seiner Entscheidung auf ihm lastete, und war schon im Begriff, aus der Kälte ins Haus zurückzugehen, als ihm das Wort »nein« in den Sinn kam. Er ging mit gesenktem Kopf. Es war, als habe jemand es gesprochen. N-e-i-n. NEIN. Es war eindeutig von irgendwo außerhalb in seinen Kopf gedrungen. Er wandte sein Gesicht wieder dem Himmel zu. Nein. Und abermals Nein. In seinem Kopf war ein sehr deutliches Nein. Konnte dies das Zeichen sein, um das er gebeten hatte? NEIN. Er fragte sich, ob das Nein die Antwort auf die Frage war, die er gestellt hatte – konnte dies ein Zeichen sein? –, oder auf die allgemeinere Frage, ob er Priester werden sollte oder nicht. Nein. Da war es schon wieder. Aus dem Weltraum – eine Botschaft. Es mußte sich auf die große Frage beziehen und nicht auf die Frage innerhalb der Frage. Er spürte, wie in ihm Dankbarkeit für das Wort aufbrandete, das in seinem Kopf echote. Das Gewicht der Entscheidung, die er soeben getroffen hatte, wurde von seinen Schultern genommen. *Am Anfang war das Wort, und das Wort war bei Gott, und Gott war das Wort. Dasselbe war* NEIN. Er konnte etwas anderes werden. Gott hatte ihn noch einmal davonkommen lassen. Was den Bedarf des Allmächtigen betraf, war Martin Brennan überschüssig. Wie Pater Albert gesagt hatte, ein Junge mußte auch nein sagen können. Und siehe da, er tat es. Nein – er sagte es sich noch einmal. Gleichzeitig empfand er eine ungeheure Dankbarkeit für – ausgerechnet – Gott. Als er um das Haus bog, waren wieder die Lichter der Stadt zu sehen. Im Hafen waren sie klar zu erkennen, so still war es. Das Wasser stellte die Stadt auf den Kopf. Er kam an eine Stelle, an der die Mauer ihm nur bis zur Hüfte reichte, sützte sich auf und sah hinunter. Die Mauer war zwei oder drei Fuß breit. Er kletterte hinauf, legte sich auf den Rücken und beobachtete wieder die Sterne. Um seinen Nacken zu schonen, seinen Hals zu retten. Sein Atem schwebte über ihm. Er würde nicht Priester werden. Er war von einem Element in ein anderes hinübergeschritten. Wie seine Mutter immer sagte: Es war ihm nicht gegeben. Er würde etwas anderes mit seinem Leben anfangen, das ebenso wertvoll wäre – nur hatte er noch keinen Schimmer, was. Jedenfalls war es Karfreitagnacht, und er lag zitternd auf einer Mauer und grinste die Sterne an. Plötzlich schoß eine Sternschnuppe über den Nachthimmel – schnell wie der Kratzer eines Federhalters. Ein Glücksgefühl durchströmte ihn. Alles hatte die richtige Farbe und war am richtigen Platz, und seine Gefühle schlugen der Schwerkraft ein Schnippchen.

Zweites Kapitel

Ein morgendlicher Schulgang

Seine Büchersammlung bewahrte Martin auf dem Kaminsims in seinem Schlafzimmer auf. Er konnte sich nicht entscheiden, wie er sie aufstellen sollte: senkrecht, wie in einer richtigen Bibliothek, oder waagerecht, als Bücherstapel. Er besaß nur vier eigene Bände, die übrigen waren Schulbücher. Er nahm sein Hausaufgabenheft zur Hand, das fast auseinanderfiel. Da er es meist in der Gesäßtasche aufbewahrte, hatte es die Wölbung seines Hinterteils angenommen. Er griff sich die für die Unterrichtsstunden des heutigen Tages benötigten Bücher und stopfte sie in seine Schultasche, dann stürzte er die Treppe hinunter, wobei er zwei Stufen auf einmal nahm.

»Ich gehe«, brüllte er.

Er bekam gerade noch mit, wie seine Mutter ihm aus der Küche nachrief: »Mach nicht so einen Krach.« Die Haustür schlug zu.

Er schlang sich einen der Taschenriemen über die Schulter und lief mit schnellen Schritten zur Hauptstraße. Der Himmel war blau und voll jagender weißer Wolken. Es war ein gutes Gefühl, der erste Schultag nach Ostern. Er brauchte keine Hausaufgaben vorzuweisen und konnte sich einfach darauf freuen, seine Kumpel wiederzusehen. Als er zu O'Grady's kam, dem Zeitungsladen an der Ecke, verhielt er den Schritt. Auf dem Bürgersteig stand ein zweiseitiger Plakatständer, auf dem in Großbuchstaben zu lesen war: VIETNAMEINBERUFUNG VERWEIGERT. Kavanagh müßte jeden Moment den Hügel herunterkommen. Auf der Uhr an der Bank of Ireland war es Viertel vor neun. Er ging auf und ab, weil er nicht wollte, daß es so aussah, als warte er auf jemanden. Auf der anderen Seite des

Plakatständers stand irgendein dummes Zeug über Captain Terence O'Neill. Er schaute sich die Verkaufsanzeigen im Schaufenster an, handgeschriebene Karteikarten. Es war beruhigend zu wissen, daß er genügend Geld für seinen Tagesbedarf an Zigaretten in der Tasche hatte. Aber O'Grady's verkaufte Zigaretten nicht einzeln, die würde er sich erst in dem Süßigkeitenlädchen neben der Schule besorgen können. Lieber hätte er das Geld für eine Zehnerpackung gehabt, aber schließlich war er kein Millionär. Jemand wollte ein Herrenrennrad verkaufen. Gab es denn überhaupt Damenrennräder? Mit hübschen Vorderlämpchen? Wenn er die Anzeigen las, konnte Martin dem Hügel den Rücken zukehren und ihn gleichzeitig im Auge behalten, da er sich im Ladenfenster spiegelte.

Kavanagh kannte er erst seit zwei Trimestern, und sie hatten sich noch nie verabredet, bis auf ein »Ich sehe dich morgen«, wenn sie sich nachmittags trennten. Es war besser, wenn sie sich zufällig auf der Straße begegneten. Kavanagh war der Typ, den jeder kennen wollte, und Martin konnte von Glück sagen, daß sie denselben Schulweg hatten. In seiner jetzigen Klasse kannte Martin nur wenige Mitschüler. Alle seine Kumpel waren in die nächste Klasse versetzt worden, nur er war sitzengeblieben. Auf einer Anzeige stand: NACHHILFE FÜR SITZENBLEIBER. Er schaute weg. Es tat noch zu weh. Er mußte seine Mutter davon überzeugen, daß er sich anstrengte, was bedeutete, daß er abends nur selten etwas unternehmen konnte. Er las noch ein paar Karten. Er haßte es, Rechtschreibfehler zu finden. Jemand verkaufte einen »Kindervagen«. Er konnte das Widerbild der Bankuhr sehen, brauchte aber eine Weile, bis er die spiegelverkehrte Uhrzeit ablesen konnte, es war wie einer von den Intelligenztests in der Aufnahmeprüfung fürs Gymnasium. Er entzifferte zehn vor neun.

»Nun komm schon, du Arschbacke.«

Er drehte sich vom Schaufenster weg und schaute direkt den Hügel hinauf. Keine Spur von Kavanagh. Vielleicht war er krank. Oder er war mit seiner Familie über Ostern weggefahren und noch nicht zurückgekehrt. Oben an der Einfahrt würde Condor gleich auf die Zuspätgekommenen einprügeln, obwohl es der erste Schultag nach den Ferien war.

Als er sich wieder dem Schaufenster zugewandt hatte, sah er, wie Kavanaghs Spiegelbild in sein Blickfeld geriet. Martin ging sofort weiter, als ob er nur angehalten hätte, um einen kurzen Blick auf die Anzeigen zu werfen. Er schaute über seine Schulter, und Kavanagh erkannte ihn aus der Ferne. Martin wartete, bis er neben ihm stand.

»Na, wie geht's?«

»Bestens«, sagte Kavanagh. »Und dir?«

»Es geht. Allmählich kommen wir ins Gedränge.«

»Wir schaffen es schon bis neun, kein Problem.«

»Ich muß mir noch Glimmstengel besorgen.« Martin beschleunigte seinen Schritt und ging schließlich im gleichen Tempo wie Kavanagh. Kavanagh war ein großer Kerl, ein Basketball-Hüne, und seine Schritte waren ausgreifender. Außerdem hatte er tolle Haare. Martin reichte ihm nur bis zur Schulter. Beide trugen dieselbe Art von Tasche auf dieselbe Art und Weise. Einen khakifarbenen Leinenrucksack, einen Riemen über die rechte Schulter geschlungen. Daß ihn jemand richtig auf dem Rücken trug, mit beiden Riemen über den Schultern, war völlig unvorstellbar. Falleri, fallera, Bergwandern in den Alpen, fröhliche Lieder pfeifend. Das Khaki hob sich deutlich von dem schwarzen Blazer ab, eine gefährliche Kombination, die ihn an die Black and Tans, die Hilfstruppe der Engländer, erinnerte. Und es gab sogar Messing. Die obere Klappe war mit billigen Schnallen und Stoffriemen am unteren Rand befestigt. Man hatte nie genug Bücher dabei, um den Rucksack zu füllen, und es galt als flott, wenn sie lose hin und her rutschten.

Kavanagh zog seinen Rucksack ein wenig höher auf die Schulter und sagte: »Jesus, wie ich es hasse.«

»Was?«

»Zurück in die Schule zu müssen. Das Schlimmste ist, morgens aus dem Bett zu kommen.«

»Vielleicht könntest du auf die Abendschule gehen«, fragte Martin.

»Noch besser wär's, im Bett zur Schule geschoben zu werden. Entzückend.«

»Ja, mit riesigen Rädern, so groß wie Kinderwagenräder. Und deine Mutter schiebt.«

»Die Auffahrt hinauf, vorbei an Condor. Im Schlafanzug. Mit 'ner Morgenlatte wie 'ne Zeltstange.«

»Ich bin völlig baff, wofür die Leute morgens aufstehen«, sagte Martin. »Zum Beispiel für ein Duell. Stell dir mal vor, du stehst morgens um diese Uhrzeit auf, um dich abknallen zu lassen. Oder noch schlimmer, stell dir vor, du stehst früh auf, um jemanden umzulegen. Um acht hinter der Kathedrale.« Martin mußte einige Schritte laufen, um den Anschluß nicht zu verlieren. Doch es machte ihm nichts aus, denn er wußte, daß sie spät dran waren und daß Condor einem Schüler nie etwas durchgehen ließ.

Sie kamen zu dem Süßigkeitenlädchen, und Martin ging hinein. »Bin gleich wieder da.«

»Das Rauchen wird nur dein Wachstum hemmen«, sagte Kavanagh, als er hinter ihm eintrat. Im Laden war es sehr dunkel, es brannte nur eine einzige 60-Watt-Birne. Die Frau mittleren Alters hinter der Verkaufstheke starrte Martin an. Das Haar trug sie in einer toupierten Hochfrisur.

»Drei Regal«, sagte er und holte sein Geld hervor. Die Frau verdrehte die Augen und schnaubte fast. Sie zog eine Holzschublade auf und wählte eine Schachtel Regal. Sie nahm drei Zigaretten heraus und rollte sie über die Theke.

»Hätten Sie eine Schachtel?« Der Gesichtsausdruck der Frau blieb unverändert. Sie öffnete nochmals die Schublade. Beinahe ohne hinzusehen, durchstöberte sie mit einer Hand den Inhalt. Dann warf sie ihm eine leere Zehnerschachtel Park Drive hin. Kavanagh kam hinter ihm hervor.

»Habe ich da nicht eben einen Goldschimmer gesehen?« sagte er zu der Frau.

»Wovon reden Sie?«

»Ich bitte nur um eine etwas ansehnlichere Schachtel für meinen Freund.« Er legte Martin eine Hand auf die Schulter und wies auf die Schublade. Die Frau holte eine andere Schachtel hervor.

»Wäre eine Benson & Hedges recht?« fragte sie.

Kavanagh und Martin nickten gleichzeitig. Martin gab ihr das Geld, und sie schnipste die leere goldene Schachtel auf die Theke. Er schob die drei Regal hinein und klappte den eng schließenden Deckel zu.

»Danke«, sagte er.

»Der macht einen auf vornehm«, sagte Kavanagh zu der Frau. Sie lächelte. Kavanagh wußte mit alten Leuten zu reden.

Draußen sagte Martin: »Das habe ich ja noch nie gesehen.«

»Was?«

»Daß die Alte lächelt.«

»Vielleicht hast du ihr noch nie einen Grund dazu gegeben«, sagte Kavanagh. Sie gingen weiter. »Hast du viel geschafft?«

»Was?«

»Gepaukt.«

»Nee.«

»Hast du schon eingelocht?«

»Nee. Was ist mit dir?« fragte Martin.

»Wie: Was ist mit mir?«

»Du denn schon?«

»Ich muß es wissen, und du mußt's herausfinden.«

»Was hast du über Ostern gemacht?«

»Es war einfach gräääßlich.« Kavanagh ahmte einen vornehmen Akzent nach. »Im Ernst. Ich lag mit Maaasern darnieder...«

»Sie Ääärmster.« Martin ahmte den denselben Akzent nach.

»Im Ernst. Ich mußte im Schlafsaal bleiben, bis mir die Hausmutter grünes Licht gab. Onkel Quentin hat mich auf eine Landpartie mitgenommen – voller Abenteuer.«

»Wo waren Lucy-Ann und Philip und Jack und...?«

»Die haben sich aus dem Staub gemacht, ein eigenes Abenteuer – *Fünf Freunde erforschen die Vulvainsel* – mit Kiki, dem Papagei.«

»Philip kann einfach toll mit Tieren.«

»He, schau dir das an...« Neben der Friedhofsmauer auf der anderen Straßenseite gegenüber der Schule stand eine Gruppe von Straßenarbeitern, die ein Kabel verlegten. Um die Männer herum war der Gehweg mit einem Absperrband abgetrennt.

»Verdammter Mist«, sagte Martin.

»Was ist?«

»Ich habe die Kamera vergessen. Ich habe einen Artikel über die Exerzitien in Ardglass geschrieben. Und heute sollte ich sie Klöterich zurückgeben.«

»Der wird schon keinen Aufstand machen.«

»Da bin ich mir nicht so sicher.«

»Wenn er dir blöd kommt, schick ihn zu mir.«

Condor stand oben an der Einfahrt. Um ihn herum standen einige Sextaner, die darauf warteten, den Scharfrichter bei der Arbeit zu beobachten. Es war jeden Morgen dasselbe. Kurz vor neun schlenderte er – als Disziplinarleiter der Schule – zum Haupteingang, um Stellung zu beziehen. Er trug eine schwarze Soutane mit einem kleinen Schulterumhang. Während er aus der Türe trat, ließ er die Hand in die Brust seiner Soutane gleiten, zog einen gelben Bambusstock hervor und schlug den Schulterumhang zurück. Den Stock hielt er lotrecht hinter dem Rücken, so daß er spielerisch die Stelle zwischen seinen Schulterblättern berührte und an die Haare auf seinem Hinterkopf tippte. Dann horchte er auf die sechs kurzen Töne des Pausenzeichens vor den Neun-Uhr-Nachrichten aus der Küche. Anhand seiner eigenen Uhr überprüfte er stets gewissenhaft, ob die Uhr der BBC auch richtig ging. Mit vorgeschobener Unterlippe starrte er auf das Zifferblatt. Die Jungen, die sich noch in der Einfahrt befanden, setzten sich in Trab. Nun zeigte Condor den Stock vor, hielt ihn wie ein Schwert in die Höhe. Inzwischen rannten alle. Condor lächelte. Wenn ihm danach zumute war, senkte er den Stock, und jeder, der ihn jetzt noch nicht passiert hatte, wurde gezüchtigt. Zwar hörte er sich Entschuldigungen an, wobei er den Kopf zur Seite neigte, als sei er schwerhörig, doch kaum je akzeptierte er eine Ausrede. Wenn er die Entschuldigung beseite wischte, mußte man seine Hand ausstrecken. Er peitschte den Stock nach unten und schlug einem auf die Finger. Ein Streich auf jede Hand. Er schwang den Stock so hart durch, daß er mit einem lauten Knall gegen seine Soutane klatschte. Ab zehn nach neun gab es zwei Hiebe auf jede Hand. Kalte Morgen waren am schlimmsten. Es war wie ein Elektroschock. Unglaubliche Schmerzen in den Fingerspitzen. Dann ein, zwei Augenblicke Taubheit, gefolgt von dem zweiten Schmerz, wenn das Blut versuchte, durch das verletzte Gewebe zurückzufließen. Es war einfach unerträglich, daß erwachsene Kerle eine solche Erniedrigung über sich ergehen lassen mußten. Dazu noch von einem Priester. Wenn sich jemand über seine Züchtigung beklagte, sagte Condor: »Ihr Jungs seid nichts als Knorpel, noch nicht zum Knochen der Mannheit gehärtet.«

Diese Aussage lag auf derselben Ebene wie die Ansicht, Disziplin müsse entwickelt und gelehrt werden. Irgendwo im Wesen der Schüler gebe es einen Muskel für Disziplin, der, werde er nur ausreichend trainiert, immer in bester Form sei. Gewisses nichtsnutziges Gesindel sei zu faul, diesen Muskel zu trainieren, doch das Gute sei, daß man ihm die Aufgabe abnehmen könne. Condor würde sie schlagen, hierdurch würde der Disziplinmuskel gestählt, und alles wäre in bester Ordnung. Sie würden diszipliniert *werden,* da man sie diszipliniert *hatte.*

Aber an diesem Morgen hatten sie Glück. Sie waren gerade noch durchgewitscht. Martin freute sich immer noch über den kleinen Zwischenfall im Süßigkeitenlädchen. Kavanaghs Hand auf seiner Schulter. Und daß er ihn *mein Freund* genannt hatte, auch wenn es eher ironisch klang. Als sie in den Korridor eintraten, hörten sie hinter sich die ersten Stockschläge für die Zuspätgekommenen.

Eine bestimmte Gruppe traf sich regelmäßig im Umkleideraum. Zwar waren die Spinde schon vor Jahren entfernt worden, aber der Raum hieß noch immer Umkleideraum. Alle begrüßten Kavanagh und Brennan. Es war gut, morgens bei der Ankunft in der Schule zusammen gesehen zu werden. Kavanagh und Brennan. Brian Sweeny kam zu ihnen herüber. Kavanagh und Sweeny klopften sich ausgiebig auf die Schultern. Am ersten Tag nach den Ferien herrschte immer dasselbe Ritual.

»Hat jemand einen Witz auf Lager?« fragte Sweeny.

Sie scharten sich zusammen, Kavanagh grinste, und alle beugten sich vor.

»Es war da mal ein Typ, ja?« sagte er. »Im Ernst. Vom Lande, ein Einfaltspinsel, der hatte sich mit dieser Frau verabredet. Sie war super, 'ne echte Sexbombe, wunderschöne Haare, großer Mund, viel Holz vor der Hütte. Jedenfalls, am Ende des Abends fragt sie ihn, ob er mit auf ihre Bude kommt. Und sie führt ihn die Treppe rauf ins Schlafzimmer, zieht sich aus, legt sich aufs Bett und macht die Beine breit. Und unser Mann denkt: *Jesus, wenn ich mich jetzt geschickt anstelle, komm ich vielleicht noch zum Zuge.*«

Jemand hinten im Gedränge, der nicht genau mithören konnte, fragte immer wieder: »Was? Und was hat sie gesagt?«

»Geschlechtsverkehr ist ja nicht übel«, sagte Brian Sweeny, »aber es geht doch nichts über die eigentliche Sache.«

»Da war dieser Priester«, sagte Kavanagh, »der fragte einen Jungen: *Masturbierst du viel?* Und der Junge antwortet: *Ungefähr einen Teelöffel voll.*«

Es klingelte.

»Au Scheiße.« Fast alle sagten es gleichzeitig. Kavanagh und Martin hatten in den ersten beiden Stunden verschiedene Fächer. Bevor sie sich trennten, fragte Kavanagh: »Ich seh dich in der Mittagspause. Hier?«

»Ja, ja, klar.« Auf dem Weg zu seiner ersten Unterrichtsstunde konnte Martin ein Lächeln nicht unterdrücken. »Ich bitte nur um eine etwas ansehnlichere Schachtel für *meinen*

Freund.« Die goldene Zigarettenschachtel, die Hand auf der Schulter.

»Entzückend. Im Ernst«, sprach Martin laut vor sich hin.

Ned Kelly, der Lateinlehrer, hatte seinen Glatzkopf leicht zur Seite geneigt und las in seiner Morgenzeitung. Alle arbeiteten an einer Übersetzung. Das Klassenzimmer war still – in der Ferne das Geräusch eines Preßlufthammers. Es klopfte an der Tür.

»Herein.« Die Tür öffnete sich, und der Direktor kam mit einem neuen Jungen in Zivil herein. Ned Kellys Platte glänzte, als er sich vorbeugte und dem Direktor zuhörte. Dann bedeutete er dem Jungen mit einem Nicken, sich zu setzen. Der Typ lächelte und bot dem Direktor – in einer Art Abschiedsgeste – vor allen anderen die Hand an, bevor er sich einen Platz suchte. Einen Moment lang schien der Direktor nicht zu wissen, was er tun sollte.

»Haben Sie vielen Dank für all Ihre Hilfe, Hochwürden«, sagte der Junge in einer für das Klassenzimmer zu lauten Stimme. Es war eine kultivierte Stimme, leicht nachzuäffen. Der Direktor schüttelte dem Neuen die Hand. Dabei sah er aus, als wünschte er, er hätte es unterlassen. Er rieb sich die Hand an der Hüfte und ließ sie zwischen den Falten seiner Soutane verschwinden.

Martin saß allein an einem altmodischen Doppelpult hinten in der Klasse. Der Neue kam den Gang herunter und rutschte auf die leere Bank neben ihm. Martin nickte ihm zu, aber der Neue sah durch ihn hindurch. Einige Mitschüler drehten sich um und versuchten, den Neuen zu inspizieren.

Der Direktor sagte: »Das ist ein neuer Mann – Blaise Foley.«

»Blaise wird mit s, nicht mit z geschrieben«, sagte der Neue. Der Direktor spähte über die Gläser seiner Halbbrille zu dem Neuen hinüber und starrte ihn an. »Der Name schreibt sich genauso wie Pascal, der Philosoph.«

»Vielen Dank für die Belehrung«, sagte Ned Kelly. Er und der Direktor flüsterten sich etwas zu, dann sagte der Direktor, bevor er ging: »Verhalten Sie sich Mr. Foley gegenüber so, wie Sie behandelt werden wollen, wenn Sie an eine neue Schule kämen.«

»Brennan, können Sie dem neuen Mann erklären, was wir heute morgen tun?«

Martin nickte. Er schob sein Buch über das Pult und zeigte auf den behandelten Abschnitt. Der Typ schaute sich die Passage an, als hätte er seine Brille vergessen. Außerdem saß er da, als trüge er eine Halskrause oder hätte einen steifen Rücken. Er schien weder Papier noch ein Schreibwerkzeug bei sich zu haben. Martin grinste und tat so, als wende er sich wieder seiner Übersetzung zu.

»Wie lange dauert die Stunde noch?« fragte der Neue. Er hatte die Stimme zu einem Flüsterton gesenkt.

»Noch zehn Minuten.« Der Neue griff in seine Innentasche und zog einen Bleistift hervor, den er in die Rille am oberen Rand des Pults legte. Er begann sich umzusehen, die hohe Decke, die Fußleisten, den Zeitung lesenden Ned Kelly.

»Brauchst du was zu schreiben?« fragte Martin.

»Nein.«

Der zu übersetzende Textabschnitt stammte aus Cicero. Martin hatte Probleme mit dem Tempus des Hauptverbs.

»Noch ein paar Minuten«, sagte Ned Kelly, ohne von seiner Zeitung aufzuschauen.

Der Neue lehnte sich herüber und fragte: »Wer is 'n der fette Arsch?«

»Heißt Ned Kelly. Er ist gar nicht so übel, im Vergleich zu einigen anderen ist er in Ordnung.«

Der Neue zog eine Augenbraue hoch.

»Alle Lateinlehrer sind Dummficks. Sadisten.«

Bei der Korrektur der Übersetzung ging Ned Kelly den Text Zeile für Zeile, Wendung für Wendung durch, wobei er sich die Antwort bald von einem der Jungen sagen ließ, bald selber gab.

»*Silent enim leges inter arma.* Freiwillige?« Niemand meldete sich. »Wie sieht's mit dem neuen Mann aus? Hat der vielleicht eine Idee?«

»Ich hab nicht den blassesten.«

Ned Kelly starrte ihn an. Plötzlich herrschte Stille. Niemand rührte sich. Ned Kelly hielt den Augenkontakt aufrecht, und der Junge starrte zurück.

»Ich weiß nicht, wo Sie bisher gewesen sind, aber das ist nicht die Art, wie wir an dieser Schule Fragen beantworten. Der nächste bitte – Brennan, wie würden Sie übersetzen?«

»Im Krieg sind Gesetze überflüssig.«

»Richtig. Wie an den Schulen von heute gutes Benehmen.«

Der Korridor war eben noch leer gewesen, doch dann, eine Sekunde nach dem Klingeln zur Mittagspause, wimmelte er von schubsenden, schreienden Jungen. Martin lehnte an der Wand. Alle stürzten zur Tür. In einiger Entfernung sah er Kavanaghs Kopf über die Köpfe aller anderen hinausragen. Er kämpfte sich durch die Menge zu ihm vor.

»Na, wie war's?« Martin zuckte mit den Achseln. Sie ließen sich durch den Ausgang schieben. Die Sonne schien. Martin fragte: »Was ist mit Brian?«

»Der geht nach Hause.«

»Hast du was zu essen dabei?«

»Nee. Laß uns 'n paar Pommes holen. Vielleicht zu mir nach Hause gehen«, sagte Martin. »Ich könnte die Kamera holen. Damit Klöterich sich beruhigt.«

»Ist er sauer?«

»Ich habe ihn nicht gesehen. Der Film ist noch nicht ganz verknipst. Ich könnte einige künstlerisch wertvolle Aufnahmen von dir machen, wie du Pommes ißt.«

Sie gingen die Auffahrt hinunter, und Martin erzählte Kavanagh von dem seltsamen Neuen. »Er heißt Blaise, verdammt. So 'n Namen gibt's doch gar nicht.«

»Wenn es der Name deines Vaters wäre, fändst du ihn wahrscheinlich halb so schlimm. Wenn dein Vater Tätowierungen hätte, wäre deine Einstellung zu Tätowierungen auch eine andere.«

»Aber er hat 'n tolles Wort verwendet«, sagte Martin. »Hat wirklich 'n scharfes Mundwerk. Verdammt, was hat er noch gleich gesagt?« An den riesigen Eisentoren der Schule bogen sie links ab.

»Ned Kelly hat ihm 'ne Frage gestellt, und der Typ sagt doch glatt: *Ich habe nicht den blassesten.*«

»Meine Fresse! Hat er das wirklich gesagt? Hat er Ned Kelly echt mit so 'nem Spruch geantwortet?«

»Im Ernst.«

»Mich laust der Affe. Der legt sich ja gleich voll an.«

Auf der anderen Straßenseite hackte noch immer eine Kolonne von Arbeitern den Gehweg vor der Friedhofsmauer auf. Preßlufthämmer knatterten mit ohrenbetäubendem Lärm. Der Verkehr wurde um große, hölzerne Kabelrollen geleitet. Martin mußte schreien, um sich verständlich zu machen. Aber Kavanagh schüttelte den Kopf, um ihm zu zeigen, daß er nichts hören konnte. Martin beugte sich dicht an sein Ohr und brüllte, so laut er konnte: »Nicht der Rede wert.«

»Wenn's nicht der Rede wert ist, brauchst du auch nicht zu brüllen.«

Sie lächelten und schwiegen eine Weile. Je mehr sie sich von der Schule entfernten, desto geringer wurde der Krach, bis allmählich nur noch der Verkehr zu hören war. Kavanagh fragte: »Wie waren denn nun diese Exerzitien?«

»Du hättest mitkommen sollen. Es war nicht schlecht. Ich hab 'n paar Fotos gemacht – eins von einer Kotzspur entlang der gesamten Busseite.«

»Ich kann's kaum erwarten.«

»Es war schon komisch, wie alle geschwiegen haben.«

»Hat sich denn jeder an das Schweigegebot gehalten?«

»Mehr oder weniger. In den Schlafräumen haben sie ein bißchen herumgealbert, aber die meisten haben die Sache ernst genommen.«

»Jesus. Das hätte ich mit Sicherheit nicht gekonnt.«

Die Haustür der Brennans stand immer offen. Martin trat ein, während Kavanagh auf einer Mauer sitzen blieb und die Hakken dagegenschlenkern ließ. Hätte Martin ihn mit ins Haus genommen, so hätte seine Mutter wissen wollen, wer er war und warum sie ihm nicht vorgestellt wurde. »Manchmal glaube ich, daß du dich meiner schämst.« Dann hätte es ein Riesenpalaver über die Abschlußprüfung und das Medizinstudium gegeben, wie schwierig es war reinzukommen und wie lange es dauerte, bis man sein erstes Geld verdiente. Sechs Jahre, oder? Und ob er Martin nicht helfen könnte, sich *anzustrengen.* Denn Martin würden alle Wege offenstehen, wenn er sich nur anstrengen würde. Und daß Martin im vergangenen Jahr die Prüfung nicht bestanden habe, aber dieses Jahr werde es anders kommen, da er reichlich Grips im Kopf habe. Was im fehle, sei allein die gehörige *Anstrengung.*

Es schien einfacher, Kavanagh draußen warten zu lassen, während er die Kamera aus seinem Schlafzimmer holte. Im Flur roch es stark nach Kochdünsten.

»Ich bin's nur«, rief er.

Als er wieder die Treppe herunterkam, wartete unten seine Mutter auf ihn und fragte: »Wieso bist du um diese Zeit schon zurück?«

»Ich hab was vergessen.« Er zeigte ihr die Kamera.

»Hast du schon zu Mittag gegessen?« Er zog ein Gesicht, unsicher, was folgen würde. »Ich habe gerade einen Topf Suppe aufgesetzt.«

»Das geht nicht. Es wartet jemand auf mich.«

»Wer?«

Er nickte nach draußen. Seine Mutter öffnete die Tür und sah einen jungen Mann in Schuluniform auf der gegenüberliegenden Mauer sitzen. Sie winkte ihn herbei.

»Nein, wir haben keine Zeit, Mama.«

Kavanagh sprang von der Mauer und überquerte die Straße.

»Sie haben aber einen beflügelten Schritt, wer immer Sie sind.«

Martin stellte ihr Kavanagh vor. Dieser schüttelte ihr die Hand und verneigte sich dabei sogar ein wenig.

»Das mag ich, einen festen Händedruck. Manchmal glaube ich, unser Martin schämt sich meiner.« Martin seufzte. »Haben Sie Zeit für einen Teller Suppe?« Kavanagh sah Martin an.

»Nein, wir sind in Eile«, sagte Martin.

»Es dauert nicht lange, ein paar Löffel Suppe zu essen.« Sie sprach direkt mit Kavanagh.

»Ja, das wäre prima, Mrs. Brennan«, sagte er. Sie führte sie in die gute Stube und sagte, sie sei in einer Minute wieder da. Kavanagh setzte sich in den Sessel, in dem normalerweise Mary Lawless saß. In dem beengten Möbelstück sah man nur seine hervorstechenden Knie und linkischen Ellbogen. Es schien, als versuche er, sich der Größe des Zimmers anzupassen. Oder Martin den Platzmangel weniger peinlich sein zu lassen. Martin hängte sich die Kamera über die Schulter und setzte sich auf Vater Farquharsons Stuhl. Er rollte mit den Augen und verzog das Gesicht.

»Schon gut. Riecht prima«, sagte Kavanagh. »Was verwendet die Schule jetzt?«

»Eine Leica.«

»Die gefällt mir.« Es schienen nur wenige Augenblicke zu vergehen, bis Mrs. Brennan mit einem Tablett zurückkam, auf dem sich Papierservietten, zwei Schälchen mit Suppe, Salz und Pfeffer, ein Teller mit Butterbroten und zwei Suppenlöffel befanden.

»Hier ist eure Bestellung.« Sie setzte das Tablett ab, und die Jungen griffen nach den Schälchen.

»Ausgezeichnet«, sagte Kavanagh. Mrs. Brennan stand gerade noch im Wohnzimmer. Sie trug einen blauen Nylonkittel. Da ihre Hände jetzt frei waren, ließ sie sie in die Taschen gleiten. Kavanagh nahm einen Löffel Suppe und blies darauf. Er kostete und ließ durch ein lobendes Brummen erkennen, daß sie ihm schmeckte. Mrs. Brennan lächelte.

»Das ist wirklich eine ausgezeichnete Suppe.«

»Es geht doch nichts über eine Suppe aus einem Knochen. Alles drin. Möhren, Lauch und Suppenextrakt...«

»Suppenextrakt!« Kavanagh schrie fast vor Begeisterung. »Damit kenne ich mich aus: getrocknete Erbsen, Linsen, Gerste und was sonst noch dazu gehört.«

»Ja, genau.«

»Alles drin, bis auf die Küchenspüle«, sagte Kavanagh. Mrs. Brennan lachte. Sie fummelte mit ihrer Hand nervös in der Tasche.

»Ich lasse euch beide jetzt lieber allein«, sagte sie. Doch sie rührte sich nicht vom Fleck. »Wissen Sie schon, was Sie nächstes Jahr machen werden?«

»Medizin studieren. Hoffe ich.«

»Arzt?« Als sie dies hörte, setzte sich Mrs. Brennan auf die Lehne des Sofas. Ihre Nervosität schien zuzunehmen. Sie nahm einen Kartoffelschäler und einige Ringe angebräunter Apfelschale aus der Kitteltasche und lachte. »Seht nur, wie dumm, ich mit meinem Kartoffelschäler.« Sie blickte etwas verlegen drein und steckte ihn mitsamt den Schalen zurück in die Tasche.

»Schwierig reinzukommen«, sagte Kavanagh.

»Das habe ich auch schon gehört. Ein langes Studium. Es dauert ewig, bis man sein erstes Geld verdient.«

»Ja, es wird sich ziemlich hinziehen, Mrs. Brennan. Sechs, manchmal sogar sieben Jahre.«

»Gott bewahre. Aber es ist der Mühe wert.«

»Nur keine Sorge. Sobald er seine Fotos erst einmal in Zeitschriften unterbringt, wird Martin mir Geld zustecken.«

»Ja, wenn unser Martin sich nur mal *anstrengen* würde, stünden ihm alle Türen offen. Letztes Jahr, das war ein Ausrutscher, aber dieses Jahr wird's anders kommen, nicht wahr?« Martin führte den Löffel zum Mund und nickte im Takt zum mütterlichen Singsang hin und her. »Unser Martin hat genügend Grips, es mangelt ihm nur an der nötigen *Anstrengung*.«

»Ach, machen Sie sich keine Sorgen, Mrs. Brennan. Dieses Jahr kriegen wir ihn durch – auf Biegen oder Brechen.« Kavanagh warf den Kopf zurück und lachte. Mrs. Brennan lächelte.

»Na, wunderbar! Es war mir ein Vergnügen, Sie kennenzulernen... Äh... ich muß jetzt wieder in meine Küche. Und warten Sie nicht so lange mit Ihrem nächsten Besuch.«

»Wenn die Suppe so gut ist wie heute, komme ich bestimmt wieder.« Während er noch sein Suppenschälchen zwischen den Händen hielt, versuchte Kavanagh, sich aus seinem Sessel zu erheben, doch Mrs. Brennan hinderte ihn daran mit ausgestreckter Hand. »Nicht nötig«, sagte sie. Martin schob sich Brot in den Mund. »Ich lasse euch beide allein. Martin! Du magst ja in Eile sein, aber es besteht kein Grund, dein Essen so in dich hineinzustopfen.«

Als sie das Zimmer verlassen hatte, rollte Martin mit den Augen. Kavanagh sagte: »Sie ist in Ordnung.«

»Laß uns abhauen«, sagte Martin. Er nahm die restlichen Butterbrote vom Teller, und sie gingen die Straße hinunter, um eine Tüte Pommes frites zu kaufen und sich Fritten-Sandwiches zu machen. In der Imbißstube arbeitete eine Neue. Sie war dick und trug einen frischen weißen Kittel. Als sie aufsah und Kavanagh erblickte, errötete sie heftig. Sie bat die ältere Frau, ihn zu bedienen, und verschwand lachend im Hinterzimmer.

»Die steht auf dich«, sagte Martin, als sie wieder draußen waren.

»Ich fühle mich zutiefst geschmeichelt«, sagte Kavanagh, »aber ich gestatte dir, sie mir vom Leib zu halten. Wie wär's? Ein heißer Ofen für heute abend, eh?«

»Hör bloß auf.« Martin wischte sich die Finger mit seinem Taschentuch ab, bevor er einige Aufnahmen von Kavanagh machte, wie dieser in sein Brot biß; mit weit aufgerissenem Mund kaute; wie ein Betrunkener ausspie.

»Das ist der Bolus«, sagte Kavanagh. »Der zerkaute Speisebrei kurz vor dem Herunterschlucken wird als Bolus bezeichnet.«

»Bolus.« Martin hatte sein letztes Bild verschossen. »Ein Bonus für jeden, der's weiß.«

»Wenn früher jemand keine Zähne hatte, hat man ihm Bolus-Sandwiches verabreicht. Es gibt nichts Leckereres.«

Martin zündete sich eine seiner Zigaretten an.

»Weißt du eigentlich, wie schädlich diese Dinger für dich sind?« fragte Kavanagh.

Martin spulte den Film zurück und steckte ihn in die Tasche. Sie blieben auf einem Betonklotz sitzen, bis Martin seine Zigarette aufgeraucht hatte. Dann gingen sie gemeinsam zurück zur Schule.

»Oh-oh«, sagte Kavanagh, »da ist was passiert.« Gegenüber dem Eingangstor der Schule stand eine Gruppe von Polizisten.

»Vielleicht hat jemand Condor umgebracht?«

»Soviel Glück werden wir wohl kaum haben.«

Als sie zum Eingangstor der Schule kamen, schien das Interesse der Mauer auf der anderen Straßenseite zu gelten. Martin und Kavanagh überquerten die Straße. Dort stand eine Gruppe, die größtenteils aus Schülern bestand und von der Polizei zurückgehalten wurde. Kavanagh war groß genug, um über die anderen hinwegspähen zu können.

»Was ist los?« fragte Martin.

»Keine Ahnung.« Kavanagh blickte sich zu ihm um. »In dem Loch liegt einer.«

Martin drängelte sich zwischen den anderen nach vorn. Er fragte einen Sextaner: »Was ist los?«

»Woher zum Teufel soll ich das wissen?« Neben dem ausgehobenen Graben befand sich ein grünes Leinentuch, auf dem einige Stöcke lagen. Oberhalb des Gehsteigs tauchte der Kopf eines Arbeiters auf. Ein Polizist stützte die Hände auf die Oberschenkel und starrte in das Loch hinab. Dann bahnte sich der Neue, Blaise, mit den Ellbogen einen Weg zu Martin.

»Das sind Knochen«, sagte er. »Die haben einen Haufen Knochen ausgegraben.«

»Jesus.«

»Ist ja wohl auch nicht weiter verwunderlich. Gleich hinter der Mauer liegt der Friedhof.« Blaise schien nicht direkt mit

Martin, sondern mit jedem zu sprechen, der es hören wollte. »Zunächst haben sie geglaubt, sie seien einem Mord auf die Spur gekommen. Aber das hätte ihnen jeder sagen können, wen sie da vor sich haben.«

»Wen denn?« fragte Martin.

»Henry Joy McCracken«, antwortete Blaise. Alle lachten.

»Du hast ja wohl nicht mehr alle Tassen im Schrank.«

»Im Ernst. Das sind die Knochen des Berühmtesten der United Irishmen.«

»Daß ich nicht lache.«

»Sein Grab befindet sich genau auf der anderen Seite der Mauer. Ich habe davorgestanden. Da hat es eine Bewegung gegeben...«

»Eine Untergrundbewegung...«, sagte Kavanagh.

»Einen kleinen Erdrutsch. Kein Zweifel: genau den haben sie vor sich. Behaupten zumindest die Bullen.«

»Verdammt, und ich habe keine Aufnahmen mehr auf meinem Film«, sagte Martin. Er betrachtete die Stöcke auf dem grünen Leinen. Sie sahen ihm nicht nach Knochen aus.

»Das ist Straßentheater«, meinte Kavanagh. »Die spielen die Szene aus *Hamlet.*«

»Welche Szene?«

»Na, welche wohl?«

»In der Mutter Zimmer«, sagte Martin, und alle lachten.

»Woher wollen die wissen, daß es Henry Joy war?« Kavanagh grinste übers ganze Gesicht, er glaubte Blaise kein Wort.

»Die Polizei sagt, daß sie das Glasfläschchen gefunden haben.«

»Welches Glasfläschchen?«

»Das Fläschen mit dem Pergament darin.«

»Der hat auch Enid Blyton gelesen«, sagte Kavanagh. *»Der Friedhof der Abenteuer.«*

Blaise drehte sich um und starrte ihn an. Er sagte: »Zu Beginn des Jahrhunderts wurden McCrackens Gebeine auf dem alten Friedhof in der High Street ausgegraben und hier wieder beigesetzt. Man hat ein Pergament in einer Flasche dazugelegt, auf dem stand, um wen es sich handelt.«

»Der einzige wiedervereinigte Ire der Welt«, sagte Kavanagh.

»Spotte du nur«, sagte Blaise. »Aber ich spreche die Wahrheit.«

Brian Sweeny tauchte mit rotverschmierten Mundwinkeln auf. »Was ist los?«

»Du hast hier Tomatenketchup.« Kavanagh zeigte auf beide Seiten seines Mundes, und Brian wischte ihn mit dem Ärmel seines Blazers ab.

»Marmelade«, sagte Brian. »Brot und Marmelade.«

In der Ferne hörten sie durch den Verkehrslärm hindurch die Klingel, die das Ende der Mittagspause anzeigte. Die vier – Brian, Martin, Kavanagh und Blaise – liefen gemeinsam die Einfahrt hinauf.

»Da ist Bungalow«, sagte Martin.

»Wer ist das?« fragte Blaise.

»Ein Internatsschüler. Er wird Bungalow genannt, weil er nichts im Oberstübchen hat«, sagte Martin.

»Keiner von den Internatsschülern hat was im Oberstübchen«, sagte Kavanagh.

»Ich werde auch Internatsschüler sein«, sagte Blaise.

»Hoppla.« Kavanagh zog ein Gesicht und sagte, es tue ihm leid.

»Du armer Teufel«, sagte Martin. »Wo kommst du her?«

»Von hier. Aus Belfast.«

»Warum dann ins Internat?«

»Mein alter Herr wünscht es so.«

»Da ist der Sexualathlet, auch Internatsschüler«, sagte Martin und nickte in Richtung eines etwas dümmlich aussehenden Typen mit Bürstenschnitt.

»Weißt du, warum man ihn Sexualathlet nennt?« fragte Kavanagh.

»Nein«, sagte Blaise. »Aber du wirst es mir schon noch verraten.«

»Jeden Abend geht er zur Aschenbahn, um sich einen runterzuholen.« Martin und Kavanagh sahen Blaise an, um seine Reaktion zu beobachten. Der Neue lächelte nur. »Dann wird er wohl Schwielen an den Händen haben, was?« sagte er.

Der erste Unterricht nach der Mittagspause war eine Doppelstunde Physik im obersten Stock des naturwissenschaftlichen Gebäudeflügels. Die Jungen saßen auf der Treppe herum und versuchten zu verhindern, daß jemand auf sie trat. Die Luft schwirrte von »Verdammte Scheiße!«, »Immer mit der Ruhe!« und »Paß doch auf, wo du hintrittst!«.

Eine Stimme sagte: »Cousteau.« Als der Lehrer mit seinen Schlüsseln klimpernd die Treppe hinaufkam, herrschte Stille. Er sperrte die Tür auf, und alle drängten in den Raum.

»Gemach, gemach. Immer mit der Ruhe«, sagte er. Es war ein sanftmütiger, ältlicher Herr, der stets eine Weste trug.

Auf Hockern saßen die Jungen um die Labortische herum. Bis auf die Gashähne waren sie leer. Auf den Tischen an den Fenstern befanden sich Wasserbecken mit schwanenhalsförmigen Wasserhähnen. Martin und Kavanagh saßen zusammen. Brian Sweeny hatte Physik nicht als Wahlfach. Als Blaise sich bei Cousteau vorstellte, gab dieser ihm ein neues Versuchsprotokollheft und forderte ihn auf, sich zu setzen. Blaise ging durch die Bankreihen und rutschte auf einen Hocker neben Martin und Kavanagh. Während der Lehrer einen Teil der Tafel wischte, ging ein leises Raunen durch die Klasse. Die Tafel bestand abwechselnd aus Abschnitten mit und ohne Hilfslinien und ließ sich herunterziehen wie eine Handtuchrolle. Cousteau begann, ein Experiment an die Tafel zu schreiben und zu zeichnen. Martin wisperte Blaise zu: »Er hat nur ein Ei.«

»Welches?«

»Ich glaube, das linke.«

»Wie will das jemand wissen?« fragte Kavanagh. »Das ist doch ein Schülerwitz, nichts als ein verdammtes Gerücht. Das ist wegen seines Nachnamens aufgekommen.«

»Wie heißt er denn?«

»O'Loan.«

»*Oh lone ball.* O einsames Ei.« Martin versuchte nachzuhelfen.

»Cousteau heißt O'Loan?« fragte Blaise. Die anderen nickten.

Cousteau drehte sich zur Klasse und zog seine Weste an den Schößen straff.

»Es wird zuviel geredet.« Seine verhaltene Stimme klang leicht verärgert. Das Geflüster erstarb. Er wandte sich wieder der Tafel zu und schrieb weiter. Die Kreide klapperte in der Stille und schlug gegen die Schreibleinwand.

»Es paßt auch zu dem Lied.«

»Zu welchem Lied?«

Martin lehnte sich zu Blaise herüber und sang im Flüsterton: »Cou-steau hat nur ein Ei.«

»Bei Experimenten arbeiten wir normalerweise zu zweit«, sagte Cousteau dem Neuen, nachdem er sich wieder der Klasse zugekehrt hatte.

»Wie die Hoden«, flüsterte Kavanagh.

»Doch leider hat diese Klasse eine ungerade Anzahl von Schülern. Zu den Experimenten können Sie sich zwei anderen anschließen. Oder für sich allein arbeiten.«

»Ich werde für mich allein arbeiten«, sagte Blaise. Cousteau rieb sich die Kreide von den Fingern und begann zu lesen, was er angeschrieben hatte.

»Schreiben Sie das ab«, sagte er. Blaise zuckte mit den Achseln und stellte die Frage aus dem Mundwinkel, so als sei sie unvermeidlich. »Also, warum heißt er Cousteau?«

Kavanagh lehnte sich vor, um ihm Auskunft zu geben.

»In der zweiten Klasse hat er mal ein Experiment vorbereitet, bei dem ein Wasserbecken gefüllt werden mußte. Dabei war etwas Wasser über den Rand geschwappt. Jedenfalls hat er sich vorgelehnt, und weil er die falschen Schuhe anhatte, ist er ausgerutscht und mit dem Kopf im Becken gelandet. Jacques Cousteau – Unterwasserforscher.«

»Total bescheuert«, sagte Blaise.

»Es ist heute viel zu laut«, sagte Cousteau, indem er sich umdrehte. »Wenn Sie wie Oberstufenschüler behandelt werden wollen, müssen Sie sich auch wie Oberstufenschüler benehmen.« Es wurde still. Cousteau stellte sich seitlich neben die Tafel und nahm einen Zeigestock zur Hand. »Beschleunigung durch die Schwerkraft. Wenn ein Objekt fällt, geschieht dies mit zunehmender Geschwindigkeit.«

Martin stützte die Ellbogen auf die Arbeitsfläche und verdeckte mit den Händen Nase und Mund. Er flüsterte Blaise zu: »Warum will dein alter Herr, daß du aufs Internat gehst?«

»Er glaubt, daß ich gezwungen bin, gescheit zu lernen, wenn ich hier bin. Außerdem hat's was mit Einsperren zu tun.« Blaise schien ganz natürlich aus dem Mundwinkel sprechen zu können.

»Warum würde er dich einsperren wollen?«

»Weil er der Meinung ist, daß ich Scheiße gebaut habe, was die Büffelei angeht. Letztes Jahr hat's in meinem schulischen Werdegang einen bedauerlichen Hiatus gegeben.«

»Einen was?«

»Eine Unterbrechung.«

»Kommt mir bekannt vor«, sagte Martin.

Cousteau fragte: »Stört mein Unterricht Ihr Gespräch? Hätten Sie es lieber, wenn ich ihn unterbreche? Wie war Ihr Name noch?« Alles blickte unschuldig in die Runde. »Ich meine den neuen Mann. Ich habe Ihren Namen vergessen.«

»Blaise Foley, Sir.«

»Nun, Mr. Foley, ich wäre Ihnen sehr dankbar, wenn Sie aufhören könnten, wie ein Knastbruder aus dem Mundwinkel zu sprechen. Und sich auf das konzentrieren wollten, was ich zu sagen habe. Wer weiß, vielleicht fallen Sie eines Tages durch die Luft und interessieren sich für die Geschwindigkeit, mit der Sie dies tun. Vielleicht sogar aus diesem Fenster hier.«

Cousteau sprach endlos weiter über Beschleunigung und Schwerkraft. Martin starrte vor sich hin. Die Sonne brach durch die Wolken und warf Fensterschatten auf die cremefarbene Wand. Blaise saß auf einem Hocker direkt vor ihm. Sein Hinterkopf sah merkwürdig aus. Oder lag es an seinem Haarschnitt? Er hatte gelbliches, sandfarbenes Haar, das in Stufen geschnitten war, so daß sein Schädel Kanten zu haben schien. Wie Gras auf einer steilen Böschung. Was hatte es mit diesen zehn Metern pro Sekunde pro Sekunde auf sich? Hatte Cousteau angefangen zu stottern? Das Sonnenlicht fiel auf einige Prismen, die auf einem Schrank standen, und projizierte einen hellen horizontalen Regenbogen an die Wand. Richard Of York Gave Battle In Vain. Eine Gedächtnisstütze für die Farben des Regenbogens: Rot, Orange, Gelb, Grün, Blau, Indigo, Violett. Martin hatte einen Film gesehen, in dem Leute im freien Fall aus Flugzeugen stürzten. Sie schienen eine Ewigkeit lang fallen zu können. Er fragte sich, ob man sich wohl je daran gewöhnen könnte. Was beispielsweise würde geschehen, wenn man seinen Fall in extrem großer Höhe anträte und ein paar Tage lang fallen müßte? Vielleicht sogar, wenn das physisch überhaupt möglich wäre, ein paar Wochen lang? Würden die Augen irgendwann aufhören, wegen des Luftwiderstands zu tränen? Würde man Hunger verspüren? Einschlafen? In Schlaf *fallen!* Jesus, das gäbe ein Erwachen, was? Du machst die Augen auf, und Scheiße – der Magen hängt dir im Mund. Dann versuchst du, ihn wieder nach unten zu drücken. Aufzustehen und dich anzuziehen, blind vor Tränen – das war nichts Neues –, und das alles mit knapp zehn Meter pro Sekunde pro Sekunde pro Sekunde pro Sekunde pro Sekunde. Du versuchst, deinen Toast zu kauen, und der heiße Tee steigt dir wie Coca-Cola in die Nase.

»Ich nehme an, Sie wissen das alles schon, Brennan?«

»Wie bitte, Sir?«

»Sie machen sich keine Notizen, also wissen Sie es schon.«

»Ich hab's mir letztes Jahr aufgeschrieben, Sir.«

»Mit durchschlagendem Erfolg, wenn ich mich recht entsinne.«

Und was würde beim freien Fall aus dem anderen allmorgendlichen Ereignis? Wenn er kacken müßte, würde seine Kacke mit derselben Geschwindigkeit fallen? Würde seine Kacke ihn auf seiner restlichen Lebensreise begleiten? Mit einem verkackten halben Meter pro Sekunde pro Sekunde?

Er mochte Cousteau. Außer der anstrengenden Arbeit und dem Auswendiglernen mochte er alles, was mit den Naturwissenschaften zusammenhing: die Experimente, das Abwiegen von Substanzen in Chemie und Physik, die Kästen mit den Bronzegewichten, wie sie genau an ihrem Platz saßen. Der Kasten war mit einem kleinen Haken und einer Öse verschlossen. Der grüne Samt auf der Innenseite des Deckels war dort, wo er mit den Knäufen der Gewichte in Kontakt gekommen war, eingedrückt. Die Knäufe waren erforderlich, um die Gewichte mit einer Pinzette herausheben zu können. Man durfte nicht die Finger verwenden: der Schweiß veränderte ihr Gewicht und ließ sie ungenau werden. Alle Gewichte gefielen ihm, angefangen vom 50-Gramm-Gewicht – einem echten Klotz – bis hin zu den leichtesten, kaum mehr als ein bißchen Metallfolie und so empfindlich, daß sie mit einer Glasscheibe abgedeckt werden mußten, damit sie nicht verlorengingen, damit sie nicht von einem Luftzug fortgeweht wurden. Die Waage selbst stand in einem Kasten aus Glas und Holz, um sie vor Zugluft zu schützen. Ein Luftzug konnte die Resultate verfälschen, sagte der Lehrer. Bei wirklich kritischen Wägemanövern mußten sie die vordere Glasscheibe herunterlassen, damit ihr Atem das Meßergebnis nicht beeinflußte. Das Gewicht ihres Atems. Die dunkle Nadel pendelte vor der weißen, kalibrierten Skala und ließ sich mit dem kleinsten Hauch eines silbernen Foliestückchens exakt in die Vertikale bringen.

»Haargenau«, pflegte Martin zu sagen.

Im Chemieunterricht faszinierten ihn Titrationen. Wie konnte sich etwas nur so vollständig und restlos verändern? In der linken Hand hielt er etwa einen Erlenmeyerkolben mit blauer oder roter Flüssigkeit. Er mußte ihn schwenken, um die Flüssigkeit in Bewegung zu halten, bis sie plötzlich – durch das Hinzufügen eines einzigen Tropfens aus der Bürette – so klar wie Leitungswasser wurde.

Dabei durchfuhr ihn jedesmal ein freudiges Entzücken. So wie wenn eine Rechnung aufging. Oder wenn er plötzlich etwas begriff, was der Lehrer gesagt hatte. Eine Klarheit. Wie an dem Tag, als er das Konzept »Gewicht« verstanden hatte. Daß es von der Gravitation abhing. Wie sehr ein Gegenstand nach unten drückte, das war sein Gewicht.

Cousteau beendete seine Erläuterungen und gab ihnen grünes Licht, mit dem Experiment zu beginnen.

Martin sagte zu Kavanagh: »Hast du eine Ahnung, was wir zu tun haben?«

»Klar.«

Da alle versuchten, die gleichen Geräte gleichzeitig zu ergattern, gab es ein Gedränge. Kavanagh besorgte sich eine Kerze und zündete sie am Bunsenbrenner an.

»Hol eine Glasplatte aus der Schublade«, sagte er zu Martin. Martin tat, wie ihm geheißen. Kavanagh hielt die Platte schräg über die Kerze. Die Flamme züngelte über die Platte und machte sie rußig. Kavanagh bewegte die Kerze so, daß die gesamte Fläche der Platte geschwärzt wurde, bis auf die Fingerabdrücke an den Ecken, wo er sie festhielt.

»Ein Prachtstück«, sagte Kavanagh und lehnte sie aufrecht gegen einen Dreifuß. Martin drehte sich um und wollte sehen, wie Blaise zurechtkam. Er stand mit den Händen in den Hosentaschen da und schaute ihnen zu. Martin stieß Kavanagh an. Kavanagh musterte den Neuen und fragte: »Brauchst du Hilfe?«

»Ich glaube, ich werde doch mit euch beiden zusammenarbeiten«, sagte Blaise. Kavanagh blies die Kerze aus, und der Qualm schwebte umher.

»Wo kriegen wir Madame La Guillotine her?« fragte er.

Martin zuckte mit den Achseln. Die beiden Typen neben ihnen hatten sich den Apparat vor ihnen geholt.

»Wo hast du die her?«

»Aus meinem Hintern.«

»Nun sag schon.« Einer der Typen zeigte auf einen Schrank neben dem Waschbecken. Martin ging hinüber und kam mit einem Gerät zurück, das wie eine Guillotine aussah, aber ohne Beil.

»Hier stinkt's wie in 'ner gottverdammten Kirche«, sagte Blaise.

Vor der Guillotine befand sich eine Pendelfeder. Am Ende dieser Feder mußte eine Nadel befestigt werden, die die geschwärzte Platte berührte. Die Feder mußte in Schwingung versetzt und die Glasplatte wie das Beil einer Guillotine fallengelassen werden. Auf der Platte entstand eine Nadelspur, und indem man ihre Höhe- und Tiefpunkte maß, konnte man ein Diagramm erstellen, mit dessen Hilfe sich die Beschleunigung aufgrund der Schwerkraft errechnen ließ. Ihre erste Spur sah aus wie eine Schlange. Sie reinigten die Glasplatte, schwärzten sie erneut und wiederholten das Experiment. Diesmal lief der Versuch wesentlich besser. Als Kavanagh die Höhe- und Tiefpunkte der Nadelspur maß, wurden seine Hände schwarz, und der Ruß übertrug sich auf sein Arbeitsheft. Martin begann zu lachen, er konnte sich kaum halten.

»Was ist los? Warum lachst du?« Kavanagh lächelte den lachenden Martin an.

»Was sagte das Schaf, als es von der Klippe fiel?«

»Weiß nicht.«

»Scheißgraaa-aa-aa-vitation.«

»Ein bescheuerter Witz.« Kavanagh lehnte sich zu den Jungen neben ihnen hinüber. Die zwei spielten Gälisch-Fußball, sie waren Verteidiger in der Mannschaft, die um den McCrory Cup spielte.

»Was sagte das Schaf, als es von der Klippe fiel?«

»Keine Ahnung.«

Als Kavanagh ihnen die Antwort gab, öffnete sich die Tür, und Condor kam herein. Das geschäftige Gemurmel der Klasse ging in Schweigen über. Condor sprach mit Cousteau, dann wandte er sich um und winkte Blaise zu sich.

»Foley, kann ich einen Moment mit Ihnen sprechen?« Der Neue trat nach vorn, und Condor führte ihn hinaus auf den Korridor. Martin nahm an, daß es sich um keine allzu ernste Angelegenheit handelte, da Condor die Tür ein wenig offenstehen ließ. Sie konnten eben noch den Saum seiner Soutane sehen und seine tiefe Stimme hören. Martin ging nach vorn, um die Guillotine wieder an ihren Platz zu stellen, doch konnte er nicht hören, was auf der anderen Seite der Tür gesprochen wurde.

Als Foley wieder in die Klasse zurückkam, ruhten aller Augen auf ihm. Er tat so, als wäre nichts gewesen, und gesellte sich wieder zu Brennan und Kavanagh.

»Was wollte er?« fragte Kavanagh.

»Noch ein paar Informationen zu Henry Joy McCracken.«

»Du hast uns verscheißert, stimmt's?« fragte Martin.

»Aber das weiß er ja nicht. Er ist unterwegs zur *Irish News,* um über die Sache zu berichten.«

»Woher weißt du das alles eigentlich, über das Glasfläschchen und so?«

»Man hört, man behält«, sagte Blaise. »In Gesellschaft spitzt man die Ohren.«

»So wie ich mich mit Suppenextrakt auskenne«, sagte Kavanagh.

Martin schleppte sich allein die Straße entlang, da Kavanagh noch am Basketball-Training teilnehmen mußte. Er freute sich darauf, sich zu Hause mit dem Fleisch von gestern ein Sandwich zu machen. Mit Senf drauf – er war erst kürzlich auf den Geschmack gekommen. Ein Krankenwagen überholte ihn und brauste die Straße hinunter. Ein Polizeiwagen fuhr ihm voraus. Als seine Straße ins Blickfeld rückte, sah er, daß etwas nicht stimmte. Die Menschen standen in kleinen Gruppen beisammen, sprachen miteinander und starrten auf die Straße. Sie trugen keine Straßenkleidung – Leute in kurzärmeligen Hemden, der Metzger in seinem Kittel. Martin versuchte zu erkennen, worum es ging, doch er sah nur, daß jede Menge Sand auf die

Straße gestreut worden war. Dann begriff er, was es zu bedeuten hatte, und ihm wurde flau im Magen. Der Sand sollte etwas verdecken. Martin mischte sich unter die Leute und hörte zu.

»Was ist passiert?« fragte er die Frau von O'Grady's.

»Zwei Leute vom Bus überfahren.« Martin war wie gelähmt. In unserer Straße? Die Frau erzählte weiter. »Sie fuhren Motorrad. Es ist einfach unter die Hinterräder geschlittert. Ein Junge und ein Mädchen. Keiner von ihnen hatte einen Sturzhelm auf.«

Ein Motorrad war auf den Gehweg gezogen worden. Es lag auf der Seite. Das Vorderrad war stark verbogen. Niemand schien weggehen zu wollen. Sie standen in kleinen Grüppchen herum, meistens Frauen, flüsterten, unterhielten sich und deuteten auf die Straße.

»Beide tot, Gott hab sie selig.«

»Wir sind so etwas nicht gewohnt.«

»Gleich zwei?«

»So viele Todesopfer.«

»Sie trug ein kurzes weißes Kleid.«

»Es ist beängstigend.«

»Ich werde nie darüber hinwegkommen.«

»Mir wurde fast schwarz vor Augen.« Diejenigen, die den Unfall gesehen hatten, waren immer noch kreidebleich. Benommen. Eine Frau sagte: »Was für ein Ort.« Sie zeigte hin. »Wenn man sich vorstellt, daß vor zwei Jahren nur einen halben Kilometer von hier eine Frau ermordet wurde.«

»Er hat ihr ein fürchterliches Ende bereitet.«

»Er wurde freigesprochen, weil er Protestant war.«

Martin versuchte, nicht hinzuschauen, aber ob er es wollte oder nicht, der Sand zog seinen Blick an. Er vermeinte, oder bildete sich ein, darunter etwas Dunkelrotes zu sehen. Er versuchte, sich den Druck eines Busreifens gegen einen Kopf vorzustellen. Und das Blut und die Hirnmasse im Sand. Und spürte, wie es ihm den Magen umdrehte.

Langsam wanderte er die Straße hinunter. Er schwankte zwischen dem Zwang, daran zu denken, und dem Versuch, nicht daran zu denken. Um sich abzulenken, schaute er um sich. An den roten Backsteingiebeln klebten Wahlkampfplakate wie Briefmarken auf Umschlägen, alle in einer Ecke zusammengedrängt. Wählen Sie die Unionisten. Wählen Sie die Nationalisten. Wählen Sie Fitt. Wählen Sie Kilfedder. Wenn die Wahlen vorüber waren, fühlte sich niemand für die Plakate verantwortlich, man ließ sie einfach hängen, bis sie zerfetzt und vergilbt waren. Sie wurden naß und lösten sich. Sonne und Wind trockneten sie wieder. Das Rot und Blau, das Grün und Gelb verblaßten zu Grautönen. Die Gesichter der Politiker wurden faltig und rissig wie Ikonen. Männer mit Schnauzern und Hornbrillen, Männer, die nach nichts aussahen. Männer, die ansonsten keinen Anlaß hatten, sich ablichten zu lassen. Sie waren es nicht gewohnt: Ihr Lächeln war eingefroren. Kinder bewarfen die Plakate, die Gesichter der Gegenseite mit Dreck. Wenn sie sie zu fassen bekamen, rissen sie sie ab. Hingen sie zu hoch, behalfen sie sich mit einer Räuberleiter.

Einmal hatte er gehört, wie eine Katze von einem marineblauen Lieferwagen überfahren wurde. Seine Mutter hatte ihn gebeten, die Milch vor der Tür ins Haus zu holen. Er hatte die Tür geöffnet und sich gebückt, um eine der Flaschen hochzuheben. Dabei mußte er eine schwarze Katze aufgestört haben, da sie auf die Straße sauste. Der Lieferwagen überrollte sie. Ihr Kreischen und das Geräusch des gummiartigen Aufpralls waren ihm noch gegenwärtig. Er wollte nichts sehen und rannte mit der Milchflasche ins Haus. Mit der Milch sollte Tapioka gemacht werden. Doch als seine Mutter sie ihm vorsetzte, mit ihren gallertartigen Klümpchen, konnte er nichts davon essen. Jetzt ging es ihm genauso. Zu Hause angekommen, war ihm der Appetit auf ein Fleischsandwich, ob mit oder ohne Senf, vergangen.

An diesem Abend hatte seine Mutter die übliche Runde eingeladen. Die selbsternannte »makellos liebliche Mary Lawless« war gekommen. Einmal hatte Martin statt »die makellos liebliche« »die mäkelig beleibte« gesagt, und seine Mutter hatte ihm gehörig den Kopf gewaschen.

»Wie kannst du nur so was sagen? Und überhaupt: sie ist nicht beleibt. Es sind die Hormone.«

Es war Martins Aufgabe, das Abendessen aufzutragen, das seine Mutter auf zwei Tabletts verteilt hatte. Dann durfte er eine Tasse Tee trinken und etwas essen.

»War das nicht eine entsetzliche Tragödie heute?« sagte Schwester Gilliland.

»Ich bin etwa eine halbe Stunde später vorbeigekommen«, sagte Mary Lawless. »Von dem Schock habe ich mich jetzt noch nicht erholt. Es steht mir ständig vor Augen.«

»Eine doppelte Tragödie.«

»Gütiger Gott!«

»War es der 77er oder der Antrim Road Bus?«

»Der 77er.«

»Muß auch für den armen Busfahrer ein furchtbarer Schock gewesen sein.«

»Wir müssen diese Dinge schweren Herzens annehmen«, meinte Vater Farquharson.

»Doch Er weiß, was Er tut«, entgegnete Mrs. Brennan, »unser guter Herrgott.«

»Er kreuzt deinen Pfad und fragt dich, wie es dir gefällt.«

»Einige Seiner Beschlüsse mögen hartherzig erscheinen ...«

»Er weiß, was Er tut.«

»Dennoch, es ist ein großer Jammer. Zwei so junge Leute.«

»Waren sie katholisch?«

»Ich glaube nicht.«

»Trotzdem ...«

»Wir alle müssen uns mit der Geduld Hiobs wappnen«, sagte Vater Farquharson. »*Wieviel kannst du ertragen, bevor du dein Gesicht von Mir abwendest?* Das ist die Frage, die der Herr uns stellt.«

»Es ist immer das Gesicht, nicht wahr, Hochwürden? Nie etwas anderes. Das Gesicht.«

»Der Sitz der Seele. In den Augen.«

»Das Gesicht ist die Seele des Körpers.«

»Sieh einem Menschen lange genug in die Augen, und du schaust seine Seele. Ich liege doch richtig, Hochwürden, oder?«

»Ja, das tun Sie.«

»In die Augen der jungen Leute von heute muß man ziemlich lange schauen, ehe man darin Begeisterung für die Religion erblickt«, sagte Mrs. Brennan. »Wie viele junge Leute trifft man schon bei den Novenen an? Was ist nur aus den heiligen Pflichten geworden?«

»Also, wenn Sie mich fragen, ist mehr als nur das verschwunden. Die halten heute doch alles für selbstverständlich. Kleidung, Nahrung, ja sogar Geld...«

»Sprechen Sie irgendein Mädchen auf der Straße an und fragen Sie, ob es stopfen kann, und es wird Sie anstarren, als hätten Sie zwei Köpfe.«

»Es hat Zeiten gegeben...«

»Entschuldigen Sie, Wachtmeister. Fragen Sie sie, ob sie Suppe aus einem Knochen zubereiten kann.«

»Da zeigt's sich mal wieder.«

»Das war ein prima Junge, der neulich hier war. Ein Freund von Martin. Will Arzt werden. Wußte genau Bescheid über Suppenextrakt.«

»Und wenn sie an einem Jäckchen oder sonstwas einen Knopf verlieren, wandert gleich das ganze Ding in den Mülleimer.« Alle nickten.

»Ich bitte Sie, wann haben Sie zuletzt einen jungen Menschen gesehen, der ein Jäckchen trägt?«

»Wenn man sie fragt, was ein Fingerhut ist, glauben sie, daß man den fangen muß. Sie kennen höchstens das Gesellschaftsspiel, das man in der guten Stube spielt: *Fang den Hut!*«

»Immer gemach, meine Liebe. Die wissen doch nicht einmal, was ein Gesellschaftsspiel ist.«

»Da haben Sie wohl recht. Immer geht's nur um Diskos, Diskos und noch mehr Diskos.«

»Hören Sie mir bloß auf.«

»Da Sie gerade davon sprechen«, sagte Vater Farquharson, »selbst ›gute Stube‹ klingt altmodisch.«

»Ich hasse es zu sehen, wie sich die Welt verändert. All die alten Werte. Die alten Bräuche.«

»Die haben keine Vorstellung davon, was es bedeutet, seinen Teller leer zu essen.«

»Ich habe junge Leute gesehen, die haben Portionen zurückgelassen, die hätten mir eine Woche gereicht«, sagte Mary Lawless.

»Ja, und Messer und Gabel über Kreuz gelegt.« Bei bestimmten Bemerkungen schoß Mrs. Brennan Martin bedeutungsvolle Blicke zu. »Nicht nebeneinander, um zu zeigen, daß sie fertig sind – o nein, für Tischmanieren ist sich diese Generation zu schade. Wie soll eine Gastgeberin wissen, ob jemand fertig gegessen hat, eh? Junge Leute könnten verhungern, während sie auf den nächsten Gang warten, weil sie nicht wissen, wie man Messer und Gabel richtig zusammenlegt. Wenn man mit den jungen Leuten von heute über ein Gedeck spricht, starren sie einen nur an.«

»Da zeigt sich's mal wieder.«

»Und der Himmel bewahre mich vor den Feder-Haltern. Davon gibt's auch immer mehr.« Mrs. Brennans Miene wurde ganz verdrossen vor lauter Zorn. »Warum können die Leute ein Messer nicht so halten, wie Gott es vorgesehen hat, statt wie eine Feder. Es sieht so weibisch aus, besonders wenn Männer es tun.«

»Daß eine Frau weibisch aussieht, ist ja in Ordnung, schließlich ist sie ein Weib.«

»Ja, schon komisch«, meinte Schwester Gilliland. »Aber schädlich ist nicht, *wie* man ißt, sondern *wieviel* man ißt. Man kann nicht nur zuwenig, man kann auch zuviel essen.«

»Ich kann abends keine umfangreichen Mahlzeiten mehr zu mir nehmen«, sagte Mary Lawless. »Nichts für ungut, Mrs. Brennan. Aber sie rauben mir den Schlaf. Da liege ich dann mit weit aufgerissenen Augen da, und mein Gedärm rumort nur so vor sich hin. Alles schwappt in mir herum, und ich fühle mich, als hätte ich einen Swimmingpool verschluckt.«

Schwester Gilliland zog ein kleines Taschentuch aus ihrem Ärmel und wischte sich die Nasenspitze.

»Ach, erzählen Sie mir bloß nichts davon«, sagte sie. »Dieses Sodbrennen, das einem säuerlich in die Kehle steigt. Besser wär's, aufzustehen und sich zu übergeben. Dann hätte man die Sache hinter sich.«

»Weihnachten ist es am schlimmsten«, sagte Martins Mutter. »Kannst du dich noch an das Weihnachten damals erinnern, Martin? Statt abzuwaschen, mußte ich mich geschlagene zwei Stunden lang rücklings auf den Fußboden legen, bevor ich auch nur einen Rülpser herausbrachte. Es war, als hätte hier« – sie klopfte sich mit den Fingerknöcheln unter den Kehlkopf – »ein harter Luftkloß gesessen. Das werde ich nie vergessen.«

»Wahrhaftig, wir leben in guten Zeiten«, sagte Vater Farquharson. »Für solchen Überfluß sollten wir alle dankbar sein. Es war, weiß Gott, nicht immer so. Also, wie geht's denn nun unserem Jungen im Wachstum, unserem Abschlußschüler?«

»Gut«, sagte Martin.

»Ich hoffe, du strengst dich gehörig an?«

»Ja.«

»Natura vacuum abhorret.«

»Ja.«

»Ist das nicht wunderbar«, sagte Mrs. Brennan. »Sie beide – sitzen da und unterhalten sich auf lateinisch.«

»Aus dem wird noch mal ein Priester, Mrs. Brennan«, sagte Mary Lawless. »Nichts sicherer als das.«

Drittes Kapitel

Mittagspause

Es hatte den ganzen Morgen geregnet. Um die Mittagszeit kam die Sonne hervor, und Martin und Kavanagh gingen zur Ladenzeile. In der Imbißstube rief die ältere Frau über die Schulter: »Isobel, da ist jemand für dich.«

Von hinten trat das dicke Mädchen mit dem weißen Kittel ein. Als sie Kavanagh sah, errötete sie. Aber sie kam herbei, um an der Theke zu bedienen, auch wenn sie die ältere Frau mit einem finsteren Blick bedachte.

Als er seine Bestellung erhielt, sagte Kavanagh: »Danke, Isobel.« Draußen sagte er: »Langsam scheint sie aufzutauen.«

Die Jungen schlenderten die Straße entlang und aßen jeder eine Tüte Pommes.

»Ich habe auf die *Irish News* geachtet«, sagte Martin. »Aber da hat noch nichts dringestanden. Über die Knochen von Henry Joy.«

»Blaise hat uns verscheißert.«

»Das meine ich ja. Wenn es wahr wäre, hätte es in der Zeitung gestanden. Condor ruft die *Irish News* an – die prüfen's nach. Es ist dummes Zeug, und sie drucken die Story nicht. Condor schaut blöd aus der Wäsche. Demnächst wird er's ihm heimzahlen.«

Die Straßen waren noch naß, aber der Himmel blaute. Als Kavanagh aufgegessen hatte, zerknüllte er seine Tüte und warf sie in einen Abfalleimer.

»Sehr verantwortungsbewußt«, sagte Martin. Kavanagh wusch sich die Hände in einer nassen Ligusterhecke und versuchte, sie hinten an Martins Blazer abzutrocknen. Aber Martin sah es kommen und konnte gerade noch wegrennen. Er formte seine Tüte zu einer Kugel, ließ sie zu Boden fallen und schoß sie auf ein unbebautes Grundstück.

»Na, das ist ja prima«, sagte Kavanagh. »Du hast wirklich ein prima Benehmen drauf.« Er blieb stehen und trocknete sich die Hände am Gesäß seiner Hose.

»Was machen wir jetzt?« fragte Martin.

»Wir heben deinen beschissenen Abfall auf.«

»Das ist ein unbebautes Grundstück. Da liegt schon soviel anderer Mist, daß du meinen Abfall auch nicht mehr finden wirst.«

»Komm, gehen wir zurück – sollen wir zur Aschenbahn?«

Sie liefen die Auffahrt hoch und durch den Hauptgang zur Rückseite der Schule. Sie kamen am Wee Field vorbei, einem Fußballplatz, der mit feiner schwarzer Asche bedeckt war, so daß man, wann man stürzte, sich die Knie zu blutigen Fetzen aufschlug. Die Torpfosten hatten die Form eines H für gälische Sportarten. Früher einmal weiß, waren sie inzwischen dort, wo der Ball gegen das Holz geprallt war, von braunen Monden und Halbmonden übersät. Der Platz wurde so häufig benutzt, daß der Torraum ganz ausgehöhlt war. Wenn es regnete, füllten sich die Vertiefungen mit Wasser. Das Mittelfeld bestand aus schwarzem Schlamm, der von Stollenabdrücken gesprenkelt war. Die Schule verfügte sowohl über ein Gälisch-Fußball- als auch über ein Hurling-Team. Der Gedanke an eine Fußballmannschaft wurde von der Schulleitung als zu britisch mißbilligt.

Am Ende des Wee Field gab es Rücken an Rücken zwei Handballplätze, die aus grauem, regenfeuchtem Beton erbaut waren. Kavanagh nannte das Spiel »das Squash des armen Mannes«. Man brauchte keine Schläger. Nur sehr wenige spielten es noch. Die Spielplätze waren ein Überbleibsel aus einer anderen Epoche. Jeder, der amerikanischen Handball spielte, bekam besonders schwielige Hände, und die Züchtigung mit dem Stock war weniger schmerzhaft.

»Ob Brian schon zurück ist?«

»Weiß nicht. Wahrscheinlich nicht.«

»Sollen wir auf ihn warten?« Kavanagh zuckte mit den Achseln. »Brian ist in Ordnung, aber manchmal geht er einem auf den Wecker«, sagte er.

»Wie meinst du das?«

»Er ist so fade. So verdammt fade. Aus dem wird noch mal ein Golf spielender Bibliothekar.«

Sie gingen an den Handballplätzen vorbei zum Big Field, einem sehr viel besseren Grasspielfeld, das von einer behelfsmäßigen Rennbahn umgeben war. Zu beiden Seiten gab es einen von Baumreihen abgeschirmten Spazierweg. Am unteren Ende, auf einem Grashang, stand alles beherrschend die Gefängnismauer. Schwarze, nasse Steine, die zehn bis zwölf Meter aufragten. An beiden Enden der Mauer thronten Wachtürme mit waagrechten Sehschlitzen. Abends gingen im Gefängnis die Lichter an, und man konnte die Häftlinge hören, wie sie brüllten oder mit irgendwelchen Gegenständen an den Gittern entlangratschten. Auf dem Grashang unterhalb der Mauer saß jemand, zusammengekauert. Es war Blaise. In seinem Tweedjackett und seiner cremefarbenen Hose war er leicht zu erkennen. Es war verboten, dort zu sitzen. Um hinzugelangen, mußte man über einen niedrigen Drahtzaun steigen. Das Gelände unterhalb der Mauer wurde häufig von Polizisten mit Maschinenpistolen patrouilliert. Es hieß, sie könnten auf einen losgehen und hinterher behaupten, man habe einem Gefangenen bei der Flucht zu helfen versucht.

Als sie näher kamen, sagte Blaise: »Hallo.«

»Blaise, es ist verboten, hier zu sitzen. Wenn du erwischt wirst, kann es sein, daß gleich zwei Dinge passieren«, sagte Kavanagh. »Zuerst pusten dir die Bullen die Birne weg. Dann beißt dir der Direx die Eier ab, weil du ihnen einen Vorwand gegeben hast, dir die Birne wegzupusten.«

»Dann sollte ich wohl lieber nicht hiersein.«

»Im Ernst.«

Blaise stützte sich auf einen Ellbogen und lächelte. »Tja, tja, tja.«

»Manchmal redest du wie eine alte Dame«, sagte Kavanagh.

»Von wegen«, sagte Martin. »Wie hieß noch gleich das Wort, das du neulich benutzt hast?« Blaise hob die Schultern. »Du hast Ned Kelly so genannt. Du hast gesagt, alle Lateinlehrer wären...«

»Dummficks?«

»Ja.« Martin wandte sich zu Kavanagh. »Das is 'n geiles Wort.«

»Dummfick«, sagte Kavanagh, als wolle er es wiegen. Er nickte anerkennend. »Nicht schlecht. Aber wenn du jetzt nicht deinen Arsch bewegst, kommt aus der Tür da drüben gleich ein bewaffneter Dummfick und schießt uns alle über den Haufen.« Blaise erhob sich lächelnd und streckte seine Hand aus. Kavanagh ergriff die hingehaltene Hand und stützte Blaise, als dieser einen Seitschritt über den Drahtzaun auf die Aschenbahn machte. Blaise betrachtete seine Füße und grub seine Schuhspitze in die schwarze Asche.

»Wo kommt denn der Sexualathlet?«

»Auf dem Boden«, sagte Kavanagh. Alle drei lachten.

»Verboten«, sagte Blaise. »Ein verdammt widerliches Wort. Das Betreten des Grases ist *verboten.* Das Verlassen des Schulgeländes ist *verboten.* Und noch schlimmer ist es außerhalb der Schule – zu Hause. Es ist *verboten,* so lange auszubleiben. Es ist *verboten,* in der Öffentlichkeit in der Nase zu bohren. Das beinhaltet doch, daß sich irgendein Arsch sämtliche Regeln für uns ausdenkt, daß wir alle Unterlinge von jemandem sind. In jedem ›Ich *verbiete* dir‹ steckt das Verhältnis von Herr und Knecht. Also, nehmt das *niemals* unwidersprochen hin!«

Sie setzten sich in Bewegung und liefen über die Bahn. Blaise hörte sich an, als sei er aufgewühlt.

»Ich kann einfach nicht glauben, daß es heutzutage immer noch Zensur gibt«, sagte er. »In Irland ist es den Leuten *verboten,* gewisse Dinge zu lesen. Die irischen Bischöfe lesen ein Buch und setzen es auf den Index. Was sie betrifft, ist das ja schön und gut, aber was ist mit uns? Das heißt doch, daß eine Gruppe von Menschen einer anderen sagt: Wir sind besser als ihr. Und im Norden kriegen wir's gleich von zwei Seiten zu hören. Kirche *und* Staat. Wußtet ihr, daß jedes Theaterstück, das hier auf die Bühne kommt, der Zustimmung des britischen Haushofmeisters bedarf? Und daß er es, wenn er will, verbieten kann? Oder ganze Brocken herauskürzen kann, wann immer ihm danach ist?«

»Ich war noch nie im Theater«, sagte Martin.

»Das überrascht mich nicht«, entgegnete Blaise. »In diesem provinziellen Nest.«

»Wie sollte es nicht provinziell sein? Nordirland ist eine Provinz.«

»Ein gottverlassenes Notstandsgebiet, wo sonntags die Schaukeln festgekettet werden«, sagte Blaise. »Und was ist mit dieser Scheißpenne? Ist die so wie jede andere katholische Einrichtung im Norden Irlands auch? Habt ihr zum Beispiel einen Debattierklub?«

»Nein.«

»Ein Orchester? Einen Chor? Hat die Schule eine Bibliothek?«

»Nein.«

»Jesus, eine Schule ohne Bibliothek. Einen Schachklub?«

»Wenn du keinen Gälisch-Fußball magst, ist das dein Pech.«

»Was für ein rückständiges Kaff! Gibt's wenigstens ein Plätzchen, wo man rauchen kann?«

»Das haben wir zu bieten.«

»Der Direktor behält die Stelle im Auge«, sagte Martin. »Von seinem Zimmer aus. Durch einen Feldstecher. Er blickt aus einiger Entfernung auf uns herab, die Arschgeige.«

»Bringt das den Sexualathleten nicht aus dem Takt?« fragte Blaise.

»Dieses Tier ist nachtaktiv, meistens. Ein Geschöpf der Nacht.«

Der Direktor war ungewöhnlich fahl. Einer seiner Spitznamen war »Mond«. Wenn es an Winterabenden eindunkelte, konnte man am Fenster seines Studierzimmers sein Gesicht sehen, wie es – fast leuchtend – auf die Vorgänge unten hinabschaute. Er kannte jeden Jungen in der Schule mit Vornamen.

»Und was tut er, wenn er sieht, daß ich gegen die Regeln verstoße?«

»Er trillert auf seiner Pfeife. Einer Schiedsrichterpfeife.«

»Und zwar so laut, daß man fast taub wird«, antwortete Kavanagh. »Dann hat man sich ins Büro des Direktors zu verfügen.«

»Um sich die Eier abbeißen zu lassen«, ergänzte Martin.

»Wenn er guter Laune ist, begnügt er sich mit einer tüchtigen Tracht Prügel. Im Ernst.«

»Ich hätte nichts gegen eine Zigarette«, sagte Martin. »Der sicherste Ort sind die Donnerbalken...«

»Die Toiletten«, erklärte Kavanagh Blaise.

»Oder hinter den Handballplätzen, wo der Feldstecher nicht hinreicht«, sagte Martin. Sie liefen weiter die Aschenbahn entlang, aber keiner machte Anstalten umzukehren. »Vorhin hast du gesagt, daß man ein Verbot niemals unwidersprochen hinnehmen soll.« Blaise nickte. »Wenn wir das täten, wären wir die Knechte. *Du* hast es *uns* gesagt. Und wir würden dir gehorchen.«

»Hast du die ganze Zeit darüber nachgedacht?« fragte Blaise. Er schüttelte ungläubig den Kopf. »Oh über die Geistesgegenwart.«

»Was?« Auf der schwarzen Asche machten ihre Schuhe scharrende Geräusche.

»Ach, nichts.«

»Ruhig Blut, Jungs.« Kavanagh legte eine Hand auf Martins, dann die andere auf Blaises Schulter. »Der Regen hat sich gelegt. Der Himmel ist blau.« Er machte einen kleinen Hüpfer auf den Zehen und hievte sich in die Luft, dabei drückte er die Arme durch und verlagerte sein ganzes Gewicht auf die Schultern der beiden Jungen. Blaise und Martin wußten sofort, was von ihnen erwartet wurde: gleichmäßig weiterzugehen und Kavanagh so lange wie möglich in die Höhe zu stemmen. Aber es gelang ihnen nur wenige schwankende Schritte lang, bevor er wieder den Boden berührte. »Bin schon mal besser gehoben worden. Ihr müßt euch besser aufeinander einstellen.« Er klopfte den beiden auf die Schultern.

»So 'n Stuß, nun hör dir den feinabgestimmten Athleten an«, sagte Martin. »Was ist das überhaupt für ein Name, Blaise?«

»Genauso ein Name wie Martin.«

»Was meinst du damit?«

»Nach einem Heiligen. Der heilige Blasius soll ein Kind geheilt haben, das an einer Gräte zu ersticken drohte, daher das ganze Getue mit dem Blasiussegen bei Halsleiden. Und laut Jacobus de Voragine ist er ein Beschützer stummer und siecher Geschöpfe, eine Art Franz von Assisi. Und er ist der Schutzpatron der Wollkämmer.«

»Das wird mir eine Lehre sein, Fragen zu stellen«, sagte Martin.

»Wie kommt es, Brennan, daß du neulich im Physikunterricht das Experiment schon aufgeschrieben hattest?«

»Ich wiederhole dieses Jahr.«

»Wieso?«

»Bin letztes Jahr hängengeblieben.« Martins Stimme klang gereizt. »Ich muß die ganze Prüfung noch mal machen.«

»Bist du beschränkt?«

»Leck mich am Arsch. Ich hab halt nicht gepaukt.«

»Kommt mir bekannt vor.«

»Warum machst du Latein?«

»Man hat's mir empfohlen«, erwiderte Blaise, »damit mir mehr Berufsmöglichkeiten offenstehen. Zahnmedizin, Medizin, Jura. Römischer Legionär. Außerdem bin ich gut darin.« Er lachte nicht und verzog auch keine Miene, als er sich selber lobte. »Diese Scheißprüfungen, die sind doch lächerlich. Man dreht uns durch die Mangel, damit wir geplättet sind. Wie lange haben wir noch?«

»Ungefähr sieben Wochen«, antwortete Kavanagh.

»Jesus.« Martin fröstelte.

»Können wir unsere Chancen irgendwie erhöhen?« fragte Blaise.

»Ja.«

»Wie?«

»Pauken. Jeden Abend vier oder fünf Stunden. An den Wochenenden mehr.«

»Sagt mir nicht zu.«

»Die Prüfungsbögen der Vorjahre helfen«, sagte Kavanagh. »Du kannst sämtliche Aufgaben der vergangenen Jahre durchgehen, ein Muster erkennen und dir ausrechnen, was drankommt. Cousteau soll gut darin sein, Fragen vorwegzunehmen.«

»Ich muß einfach bestehen«, sagte Martin. »Jesus, meine Mutter mußte dieses Jahr für mich bezahlen. Sie mußte sich Geld leihen. Ich hab versprochen, ich würd's ihr zurückzahlen, aber wenn ich durchfalle ...«

»Schraub deinen Mut nur bis zum Punkt des Halts, und es mißlingt uns nichts«, sagte Blaise.

Martin ballte die Fäuste und schob sie in die Hosentaschen.

»Mit Ach und Krach würde ja schon genügen«, sagte er.

»Leck mich. Ich muß in *allen* Fächern die besten Noten kriegen«, sagte Kavanagh.

»Ist das ein Persönlichkeitsdefekt?« fragte Blaise.

»Nee. Ich will Medizin studieren.«

»Wie Daddy, nehme ich an?«

»Wer hat dir denn das erzählt?«

»Jemand.«

»Warum so höhnisch?«

»Ich habe nicht gehöhnt. Ich red halt so.« Blaise drängte die Gruppe von der Aschenbahn zum Spazierweg. Die Blätter begannen eben zu sprießen. An dieser Stelle war der Gehweg nicht breit genug, als daß sie zu dritt nebeneinander hergehen konnten, und Martin fiel hinter den anderen beiden zurück.

»Ich scheiße auf die Aufgaben der letzten Jahre«, sagte Blaise. »Was wir brauchen, das sind die Aufgaben von diesem Jahr.«

Alle drei Jungen lachten.

»Das wäre sagenhaft.« Martin sprang in die Höhe und riß von einem Ast ein Blatt ab. »In die Prüfung zu gehen und die Fragen zu wissen.«

»Wenn man die Fragen wüßte«, sagte Kavanagh, »könnte man ohne Umstände ein paar Erläuterungen besorgen und die Prüfung mit allen Büchern, Zitaten und so zu Hause ausarbeiten, dann in die Schule gehen und so tun, als würde man sie jetzt erst schreiben, die guten Antworten dalassen und das Gefasel mit nach Hause nehmen. Das wäre eine herrliche Mogelei.«

»Das Nächste zu erfassen«, sagte Blaise. »Hat von euch jemand schon mal gemogelt?«

»Du solltest dir anhören, wie er's in der Zwischenprüfung getrieben hat. Sag's ihm, Kavanagh.«

»Eine ganz gewöhnliche Streichholzschachtel, ja? Mit einem Zeichenstift – die feinste Spitze, die du kriegen kannst – schreibst du alle deine Zitate auf winzige Pappstückchen. Dann schiebst du sie in die Streichholzschachtel. Im Ernst. Oben rechts organische Formeln, unten rechts anorganische, oben links Definitionen, unten links... was immer... ich weiß es nicht mehr.«

»Woher weißt du, was oben und was unten ist?« fragte Blaise.

»Die Reibfläche befindet sich nur auf der rechten Seite. Jedenfalls bei Swan Vesta-Schachteln. Wenn du Bluebell benutzt, löst du die Reibfläche auf der linken Seite ab. Jedenfalls sind deine Pappstückchen so klein, daß du sie in der Hand verschwinden lassen kannst.«

»Sehr elegant.«

»Wir haben immer gespickt. Solange man sich nicht erwischen läßt. Das machen alle.«

»Ich weiß noch letztes Jahr, als Ned the Ted Aufsicht geführt hat«, sagte Kavanagh. »Ned kümmert sich einen Scheiß um irgendwas, versteckt sich hinter seiner Zeitung und sitzt den ganzen Tag auf seinem Arsch. Das war nur die Vorprüfung zu Weihnachten, nichts Wichtiges. Jedenfalls geht die Tür auf, und herein kommt der Direktor. Man konnte hören, wie überall die Bücher zu Boden fielen.«

»In der Sexta«, sagte Martin, »hab ich die Bischofsprüfung abgelegt. Hast du die an deiner letzten Schule auch abgelegt?«

»Ja, jeder Katholik in jeder Diözese muß sie machen«, antwortete Blaise. »Das ist wie die spanische Inquisition noch mal ganz von vorn.«

»Und ich hatte ein Furunkel am Nacken. Jesus, das war so schlimm, daß du deinen Herzschlag darin gespürt hast. Wie der größte Pickel, den du je hattest. Hart wie ein Ziegelstein. Jedenfalls hab ich zur ersten Frage so viel geschrieben, wie ich nur konnte, aber was die anderen angeht, hatte ich nicht den leisesten Schimmer. Da hab ich das Ding aufgedrückt. Ausgedrückt.«

»Ach du Scheiße, du fieses Schwein«, rief Kavanagh und schubste ihn von sich.

»Hab ich wirklich, dann bin ich zu dem Typen hin und hab ihm den Eiter gezeigt, der mir in den Kragen lief. Und der konnte kaum hinsehen. Raus, sagt er, raus mit dir. Und ich bin nie mehr zurückgekommen. Hab meinen Abschied genommen, kriegsversehrt.«

»Ein Bischof weniger in Irland«, sagte Blaise.

»Weißt du noch, wie wir zum ersten Mal eine aufsichtführende Lehrerin hatten?«

»Ja. Die war in Ordnung. Nicht so 'ne Schreckschraube.«

»Sah toll aus. Graues Kostüm, hochhackige Schuhe und so.«

»Jedenfalls verkündet sie gleich zu Beginn: *Wenn es irgend etwas gibt, wobei ich euch helfen kann, fragt nur.*«

»Und Brennan hier wollte schon seine Hand ...«

»Du Drecksau ...«

»Nein, nein, er wollte seine Hand heben, damit unsere Frau ganz besorgt zu ihm kommt, sich zu ihm beugt und sich anhört, was er zu sagen hat. Nämlich ...«

»Und ich wollte sagen: *Bitte, Miss, ich habe eine Erektion.*«

»Verwirrung. Tiefes Atemholen«, schaltete Kavanagh sich wieder ein. »Unsere Frau denkt nach. Dann sagt sie: *Wenn du kurz hinaustrittst, könnten wir versuchen, das Ding mit einem kalten Löf-*

fel zu bearbeiten, und wenn das nichts fruchtet, hilft vielleicht ein Stich mit der Kompaßnadel.«

Martin mußte lachen. Er lief jetzt rückwärts. Er hatte die Angewohnheit, Dinge einzurahmen: Mit den Fingern formte er ein Rechteck, das einer Filmleinwand oder einem Foto glich. Das Sonnenlicht fiel schräg durch die Linden, und auf dem Boden tanzten die Schatten der frischen Blätter. Vor ihnen erstreckten sich die Bäume und der Weg wie die Illustration einer Perspektive. Martin rannte umher und rahmte das Bild.

»Sei doch nicht so 'ne Nervensäge«, sagte Kavanagh. Martin machte eine Weile weiter. Er wollte nicht aufhören, nur weil Kavanagh es verlangt hatte. »Nichts als Angeberei.«

»Ganz bestimmt nicht. Eine Sache der Übung. Ich muß mein Auge trainieren.« Martin hatte das Gefühl, lange genug ausharren zu müssen, um zu beweisen, daß er nicht Kavanaghs Knecht war. »Sind Fotos nicht was Erstaunliches?« fragte Martin. »Ich meine, wissenschaftlich gesehen? Papier, das man mit Silbernitrat bestreicht, und der Lichteinfall schwärzt es. Das ist das ganze Geheimnis der Fotografie. Das ist das Beste an allen Fotos, die je gemacht worden sind – den Meisterwerken *und* den Schnappschüssen mit der Box Brownie aus fast allen Haushaltungen der westlichen Welt –, all die Emotionen, all die Politik, all die Nachrichtenbilder von Katastrophen ... all die Liebe, die Posen, Leute, die man mit der Kamera überrascht ...«

»All die Pornographie«, sagte Blaise.

»Das alles nur deswegen, weil sich Silbernitrat bei Lichteinfall schwarz färbt. Leck mich!«

»Was ist mit LPs? Das ist noch bessere Wissenschaft«, meinte Kavanagh. »Auf Plastik aufgenommene Schwingungen. So daß man die beste Musik der Welt aufzeichnen kann.«

»Das ist doch alles Stuß«, sagte Blaise. »Mit Wissenschaft hat das nichts zu tun. Das ist so wie das, was man über Holzkohle sagt. Ein verbranntes Stück Holz. Dann hebst du's auf und malst damit was auf Papier, und bevor du weißt, wie dir geschieht, ist es eine Zeichnung von Leonardo. Das heißt, wenn dein Name Leonardo ist. Weshalb sich darüber wundern? Das ist so, wie wenn man Chrom oder Strontium zu Glas hinzugibt und es unterschiedliche Farben annimmt. Na, und wenn schon? Um eine Fensterrose in Chartres zu gestalten, hat's ein bißchen mehr als Wissenschaft gebraucht.«

»Wie können Buntglasfenster nur einfarbig sein?« fragte Martin.

»Jesus, weißt du denn aber auch gar nichts? Fenster*rose,* nicht Fenster*rosa.* Eine Rose ist eine Form, keine Farbe, verdammt noch mal. Das Fenster in Chartres hat die *Form* einer Rose.« Es folgte betretenes Schweigen. Blaise hatte die Stimme gehoben, und Martin sah sich ertappt. Kavanagh ergriff das Wort, um die Situation zu retten.

»Ein guter Kumpel von mir, Gus – er war letztes Jahr hier –, hat mir erzählt, Mathe wäre genauso schön wie Musik. Mathe treibt ihm Tränen in die Augen. Ist das nicht erstaunlich?«

»Ja.«

»Der einfachste und kürzeste Lösungsweg ist der schönste. Resultat: Tränen.« Alle drei lachten. »Hast du dir schon die Fenster in der Kapelle angeschaut?«

»Ich bin erst eine Woche da«, antwortete Blaise. »Die Kapelle ist ja wohl nebensächlich.«

»Ich dachte, Internatsschüler müßten jeden Morgen zur Messe«, sagte Kavanagh. Blaise betrachtete ihn mit hochgezogener Augenbraue. »Man kann auch andernorts um Asyl nachsuchen.«

Inzwischen waren sie am Ende des Spazierwegs angelangt. Sie bewegten sich auf das Wee Field zu.

»Hey, wenn wir eine paffen wollen, dann besser jetzt«, sagte Martin. »Ich will im Unterricht nicht nach Qualm riechen.« Sie steuerten auf die Toiletten zu.

Blaise fragte Kavanagh: »Rauchst du?«

»Nein«, antwortete Kavanagh. »Ich ziehe es vor, meine Gesundheitsrisiken auf die venerischen Krankheiten zu beschränken.«

»Das gefällt mir«, sagte Blaise.

Als sie in die Toilette gingen, kamen einige Mitglieder der Gälisch-Fußball-Mannschaft heraus. Logan hielt Kavanagh an und fragte: »Was sagten die Lemminge, als sie sich über die Klippe stürzten?«

»Keine Ahnung«, erwiderte Kavanagh. »Was sagten denn die Lemminge, als sie sich über die Klippe stürzten?«

»Scheißgraaa-aa-aa-vitation.«

Drinnen fanden die drei ein Plätzchen vor der weißgekachelten Wand. Martin nahm eine Zehnerpackung Regal mit zwei Zigaretten heraus.

»Steck sie weg«, sagte Blaise. Er holte eine volle Zwanzigerschachtel Marlboro hervor und öffnete sie.

»Wo hast du denn die her?« fragte Martin.

»Aus dem Duty-free.« Martin nahm eine und zündete sie an.

»Schmeckt sie dir?«

»Ja, ganz passabel.« Blaise nahm ebenfalls eine Zigarette. Er wirkte linkisch, zündete sie unbeholfen an.

»Ihr seid doch verrückt, alle beide«, sagte Kavanagh. »Zerstört eure Lungen. Mehr als eure Lungen. Wußtet ihr, daß einem vom Rauchen die Beine abfallen?« Sie lachten. »Das ist nicht zum Lachen. Die Arterien in euren Beinen verkümmern und werden brandig. Eure Füße werden schwarz, dann fallen sie ab.«

»Doch nicht nach einer Zigarette«, sagte Blaise.

»Sei nicht so 'n verfluchter Schwarzmaler.«

»Ich bin nur Gelegenheitsraucher«, sagte Blaise. »Ich rauche nur in Gesellschaft. Hier.« Er reichte den Rest der Schachtel Martin. Blaise hielt die Zigarette zwischen Mittel- und Ringfinger. Seine Augen zogen sich zusammen, wenn er die Zigarette an die Lippen führte. Schließlich gab er's auf, ließ die nur halb aufgerauchte Zigarette zu Boden fallen und drückte sie mit dem Schuh aus.

»Schmecken dir Balkan Sobranie?«

»Was is 'n das?«

»Ganz vornehmer Tabak. Hast du die noch nie gesehen? Pastellfarben, goldener Filter? Ich kann dir welche besorgen, wenn du sie ausprobieren möchtest.«

»Wie?«

Blaise grinste und steckte die Hände in die Hosentaschen.

Eine Zeitlang war Blaise es zufrieden, sein Tweedjackett und seine Freizeithose zu tragen. Er erzählte Martin und Kavanagh, zu Hause hätte er einen mit verschiedenen Schuluniformen vollgestopften Kleiderschrank. Aber die Schulleitung bestehe darauf, daß er sich schnellstens die neue Schuluniform besorge. Eine ältliche Frau, nicht seine Mutter, hieß es, kam und nahm ihn mit zu Fergal Quinn's. Quinn's hatte ein Monopol auf die Lieferung von Schulblazern. Fergal Quinn war ein Bruder des Bischofs.

So erschien denn Blaise zur Mittagspause in seiner hellen, neuen Uniform auf dem Klo. Da sie vor ihm noch auf der Hut waren, pfiff niemand durch die Zähne. Er trug eine kleine Sporttasche, aus der er ein Kistchen mit fünfzig Balkan Sobranie hervorholte. Er öffnete das Kistchen und ließ die vielfarbigen Zigaretten herumgehen. Dann entnahm er der Tasche eine Flasche Bison-Wodka. In der Mitte hatte sie einen aufrecht stehenden blassen Grashalm aus der russischen Steppe. Als nächstes eine Säule kegelförmiger Pappbecher wie winzige Narrenkappen. Er reichte sie herum und gab in jeden Pappbecher einen Schuß Wodka. Er entschuldigte sich mit den Worten, Wodka müsse eigentlich eiskalt getrunken werden. Es waren so viele, die Wodka trinken wollten, daß niemand betrunken wurde. Ein Spritzer für jeden. Sie alle taten so, als seien sie betrunken, wankten umher, prallten gegen die gekachelten Wände, grölten und johlten, einige rauchten pastellfarbene Zigaretten, so wie sie sich vorstellten, daß weltgewandte, aber beschwipste Frauen es täten, andere balancierten die Becher auf dem Kopf, als wären sie Clowns, noch dazu betrunkene Clowns, wie sie so herumkasperten. Doch als es schellte, beruhigte sich ein jeder, glättete seinen Blazer und seine Krawatte und ging in den Unterricht.

Blaise stellte sich mit geöffneter Sporttasche und der leeren Wodkaflasche am Toiletteneingang auf – es gab einen Schutzwall aus Ziegelsteinen, der einen direkten Einblick in die Toiletten verhinderte – und sammelte die gebrauchten Pappbecher ein. »Die Spuren verwischen, man muß immer die Spuren verwischen«, sagte er zu Martin, als dieser hinausging. Später erzählte ihm Kavanagh, Blaise sei herumgegangen und habe die Becher aus den Klosettbecken gefischt, da sich das Wachspapier nicht hinunterspülen ließ.

Eines Tages hing an allen wichtigen Türen der Schule eine maschinengeschriebene Bekanntmachung der Schulleitung, wonach die Schule aufgrund unvorhersehbarer Umstände bereits um 14.20 Uhr schließen müsse. Sämtliche Schüler zogen es vor, der Notiz Glauben zu schenken, und begaben sich nach Hause. Eine Untersuchung der Notiz führte das Schriftbild mit seinem leicht exzentrischen »e« unterhalb der Linie auf die Schreibmaschine des geistlichen Ratgebers zurück. Dieser hatte den Jungen gestattet, ihre Artikel für die Schulzeitung mit der Maschine zu tippen. Danach ließ die Schulleitung eine Notiz anschlagen, derzufolge »offizielle« Bekanntmachungen nur am Schwarzen Brett mit den abschließbaren Glastüren angeschlagen würden.

Zwei Wochen später tauchte eine weitere Notiz auf – diesmal innerhalb des Glaskastens –, mit der die Schüler um 14.20 Uhr entlassen wurden, und bevor die Lehrer es verhindern konnten, stürzte alles zum Schulportal. Die Notiz besagte, für alle, die deswegen zurückkehren wollten, gebe es um 18.00 Uhr in der Schulkapelle eine Messe für die heilige Mary Euphrasia Pelletier, Jungfrau.

All dies wurde Blaise angelastet, doch der stand mit erhobenen Händen da und sagte: Ich bekenne mich nicht schuldig. Er wisse ja nicht einmal, wo der geistliche Ratgeber sein Büro habe. Was für ein Interesse er daran habe, so etwas zu tun? Er sei Internatsschüler und könne sich ohnehin nicht verdrücken.

Viertes Kapitel

EIN ABENDSPAZIERGANG

Die Fotografie ist eine Sache von Bruchteilen einer Sekunde. Ein Mann versucht, über eine große Pfütze zu springen. Man sieht jedoch, daß er's nicht schaffen wird – er hat nicht einmal eine Chance, es zu schaffen. Sein Bein ist angelegt wie ein Gewehr und kurz davor, im Wasser auf sein eigenes Spiegelbild zu treten. Der Mann bewegt sich so schnell, daß er unscharf ist, verschwommen, doch sein Spiegelbild wirkt aus irgendeinem Grunde schärfer. Er hat sich von einer halb versunkenen Holzleiter abgestoßen, und um die Leiter herum hat der Rückstoß kleine Wellen ausgelöst. Sie haben noch keine Zeit gehabt, sich auszubreiten und die Stille des Wasserspiegels zu durchbrechen.

Martin war ganz in das Buch von Cartier-Bresson vertieft. Er war völlig gefesselt davon, hatte über jedem der unglaublichen Bilder viel Zeit zugebracht. Er hörte jemanden lachen, zu laut für die Handbibliothek der öffentlichen Bücherei. Es war Kavanagh. Er stand am anderen Ende des Lesesaals und unterhielt sich vornübergebeugt mit einem Mädchen. Martin konnte sehen, daß ihr der Lärm, den Kavanagh gemacht hatte, peinlich war. Sie senkte den Kopf, so daß Martin den geraden Scheitel sehen konnte, der von der Stirn zum Wirbel verlief, ihre Schultern schüttelten sich jedoch vor Lachen. Es war Philippa Dobson, aber jeder nannte sie Pippa. Sie sah zu Kavanagh auf und sagte nein zu dem Vorschlag, den er ihr unterbreitete.

Martin gähnte und erhob sich. Er konnte einen Gang nach unten, zur Toilette, vertragen. Die Türen des Lesesaals schlossen sich mit einem Luftzug hinter ihm. Die Treppe war aus weißem Marmor, und Martin gefiel es, daß die Stufen flach waren. Man konnte hinabgleiten statt hinunterzusteigen. Er blieb stehen und stützte die Linke aufs Geländer. Auf dem Treppenabsatz befand sich eine Vitrine, in der immer irgendwelche Bücher ausgestellt wurden. Vor der Vitrine stand ein Mädchen und spähte hinein. Er war sofort von ihr angetan. Sie sah hübsch aus. Nicht eigentlich schön, aber doch so, daß er das Gefühl hatte, sich in sie verlieben zu können. Das widerfuhr ihm zwar des öfteren, bei diesem Mädchen aber war es unvergleichlich intensiver. Er war sich sicher. Sie hatte sich halb geduckt und hielt sich die Haare, damit sie ihr nicht ins Gesicht fielen und den Blick auf die Bücher verdeckten. Martin verlangsamte das Tempo seines Abstiegs: er wollte sie, so lange es irgend ging, vor Augen haben. Sie war anbetungswürdig. Sie trug Jeans und eine weiße Bluse und drückte einen Ordner und einige Bücher an die Brust. Martin beschloß, einen Blick in die Vitrine zu werfen, obwohl er im vergangenen Monat Hunderte Male an ihr vorübergegangen war. Das Mädchen ging auf die gegenüberliegende Seite und konzentrierte sich, ohne ihn im geringsten zu bemerken, auf die Auslage. Sie war braungebrannt und hatte blonde Strähnchen. Ihre Augen waren sanft und von einem tiefen Braun. In der Vitrine hingen Halogenspots, die die Ausstellungsgegenstände anstrahlten, und in der Scheibe sah er im schrägen Winkel ihr Profil gespiegelt. Sie war von beiden Seiten hübsch anzusehen. Wie ein italienischer Filmstar, dessen Name ihm entfallen war. Durch eines ihrer Spiegelbilder konnte er hindurchsehen, so daß sie ihm wie ein Geist vorkam. Das Bild war blasser als die Wirklichkeit. Eine Erscheinung. Sie hielt den Kopf leicht geneigt, damit sie etwas besser erkennen konnte, und er stellte sie sich als Schneewittchen vor. In ihrem gläsernen Sarg. Scheiße, jetzt wünschte er sie schon tot, noch ehe er sie kennengelernt hatte. Um den Hals trug sie ein Kettchen mit einem kleinen silbernen Kreuz. Sie griff mit der Hand von den Haaren zum Kreuz und nestelte an dem dünnen Kettchen herum. Selbst ihre Hände waren hübsch. Dann hob sie den Blick und sah zu Martin auf. Der sie anstarrte. Er hätte im Erdboden versinken mögen. So tief und dunkel waren die Augen des Mädchens. Ihr Blick hielt dem seinen einen Moment stand, dann wandte sie ihn ab und schaute wieder in die Vitrine. Er wäre fast in Ohnmacht gesunken – sah sich ein Rad schlagen und die marmorne Treppe hinunterpurzeln. Je flacher die Stufen waren, desto häufiger würde er mit dem Kopf aufschlagen. Als würde er mit den Fingern ein gläsernes Waschbrett entlangfahren. Schwingungen in sich auslösen. Martin schaute weg, er hatte Angst, wenn sie ein zweites Mal zu ihm aufsähe, würde sie ihn wieder dabei ertappen, wie er sie anstarrte. Er spürte, daß sich ihm die Nackenhaare sträubten, und wußte nicht, ob es eine Reaktion war oder seine Erwartung. Durch den Stoff ihrer weißen Bluse konnte er die Schnörkel noch weißerer Spitze erkennen. Jesus. Er tat so, als betrachte er konzentriert die Ausstellungsstücke, während sie um die Vitrine herumliefen. Und doch, hätte man ihn gefragt, was diese enthielt, er hätte keine Antwort gewußt. Es waren Bücher. Ja, dessen war er sich sicher. Aber ob sie nun in englischer, lateinischer oder irischer Sprache waren, ob sie von Kochkunst, Brückenbau oder Etymologie handelten, er hatte nicht die leiseste Ahnung. Sie betrachtete weiterhin die Exponate, dann zog sie, auf ähnliche Art wie Blaise, eine Augenbraue in die Höhe. Etwas mißfällt ihr. Vielleicht solltest du dir etwas ausdenken, was du sagen könntest. *Aha, du bist anderer Meinung?* Oder ein Gespräch mit *Ich habe hier auch schon Ungereimtheiten entdeckt* eröffnen. Sie richtete sich auf, lächelte ihm flüchtig zu und stieg die Treppe hoch, fort von ihm. Ruf ihr nach: *Hey, komm zurück, ich hab dir noch mehr zu sagen …* Oder: *Entschuldige, du hast dein Dingsbums vergessen …* Oder: *Warum hast du mir eben zugelächelt?* Sie stieg die Treppe hoch, aber so, daß die Sohlen ihrer Schuhe mit dem Marmor nur eben in Berührung kamen. Sie schritt mit geradem Rücken, voller Anmut. Und nicht ein einziges Mal sah sie hinter sich. Wäre sie Lots Weib gewesen, sie hätte gelebt. Eine Salzsäule weniger in der Welt.

Er mußte sich in acht nehmen, wenn er zurückging. Sollte er Kavanagh erzählen, daß er die erstaunlichste Frau seit langem gesehen hatte, eine Frau, auf die er über das übliche Maß hinaus scharf war? Wenn er sie Kavanagh zeigte, würde der sie wie der Blitz umschwänzeln und sagen, wie heißt du, auf welche Schule gehst du, mein Kumpel schätzt dich sehr, im Ernst – er hält dich für das entzückendste Ding, das er je gesehen hat. Dann würde er grinsen und auf Martin zeigen. »Da – das ist er. Der mit dem scharlachroten pochenden Gesicht.« Und damit hätte sich die Sache. Das Mädchen wäre verlegen, würde seine Bücher packen und gehen. Und nie mehr wiederkommen. »Irgend so 'n Hungerhaken, den ich auf der Treppe in der Bücherei hab rumschleichen sehen, ist scharf auf mich.«

Als er in den Lesesaal kam, saß Kavanagh wieder an seinem Platz, und Pippa hatte den Kopf gesenkt und lernte. Martin setzte sich und suchte den Saal ab. Wo war sie? Die Geisterfrau, das Spiegelbild? Dann sah er sie in der hinteren Saalhälfte mit dem Rücken zu ihm sitzen – ihre blonden Strähnchen, ihren geraden Rücken.

Kavanagh fragte: »Worüber lächelst du denn so?«

»Nichts.« Martin ließ die Bügel seines Physikordners aufschnappen und hakte sie in die Löcher des letzten Blatts mit den Notizen, die er sich gemacht hatte.

»Da ist doch irgendeine Gaunerei im Gange. Irgendein Klamauk wird da ausgeheckt«, sagte Kavanagh.

»Ehrlich? Nee«, erwiderte Martin. Dann konnte er nicht länger an sich halten. »Ich hab da eben eine ganz außergewöhnliche Frau gesehen.«

»Wen?« Martin zuckte die Achseln. »Welche?« Kavanagh ließ seine Blicke durch den Saal wandern. Lächelnd schüttelte Martin den Kopf. »Auf wen Brennan wohl scharf ist?«

»Diesbezüglich hüllt Brennan sich in Schweigen.«

Aber für den Rest des Abends richtete Martin es mehrere Male so ein, daß er zu den Karteikästen gegenüber ihrem Sitzplatz gehen und – mit gerunzelter Stirn, weil der Band, nach dem er suchte, unauffindbar war – die Karten durchblättern konnte.

Gegen acht Uhr stand sie auf, packte ihre Bücher und ging.

Er blickte dem Weiß ihrer Bluse und der Neigung ihres Kopfes bis zur Türe nach. Er wollte ihr nachstürzen und fragen: *Hättest du Lust auf einen Kaffee? Oder auf einen Tee?,* doch die Angst vor ihrer Antwort hielt ihn davon ab. *Mit dir?* Ungläubige Stimme. *Im Ernst?* Gelächter.

Als wollte er ihm vorführen, wie's gemacht wird, stand Kavanagh auf und ging wieder zu Pippa hinüber, um sich mit ihr zu unterhalten. Er wirkte so unbeschwert, so entspannt, als er die Hüfte gegen ihren Tisch lehnte und sich vorbeugte, um ihr etwas auf ihrer Seite zu zeigen. Ein Augenzwinkern in Martins Richtung, ein Lächeln, ein Senken des Kopfes.

Martin hoffte, die Geisterfrau würde wiederkommen. *Ich habe mein Portemonnaie vergessen. Vielen herzlichen Dank. Nicht jeder ist heutzutage so ehrlich. Ach, du hattest dir also überlegt, Priester zu werden? Ich glaube auch nicht, daß es das richtige für dich wäre. Ja, ein Kaffee wäre nett. Laß mich zahlen, wo ich doch mein Geld wiederhabe.* Unentwegt blickte er zwischen Kavanagh und der Tür hin und her. Zu seiner Überraschung sah er statt der Geisterfrau Blaise hereinkommen. Und das zufällige Zusammentreffen erinnerte ihn an die Zeile, die Macbeths erstes Auftreten bei Hofe begleitet: *Er war ein Mann, auf den ich gründete ein unbedingt Vertrauen.* Blaise hatte einen dunklen Pullover und eine dunkle Hose an. Die Hände in den Hosentaschen, blieb er stehen und schaute sich um. Er sah, daß Kavanagh mit dem Mädchen redete, ließ aber weiter seinen Blick durch den stillen Saal schweifen. Dann kam er auf Martin zu.

»Hallo.«

»Hallo«, sagte Martin. Er spürte, wie ihm die Röte ins Gesicht stieg, konnte aber nichts dagegen tun. Blaise hatte es vorgezogen, zuerst zu ihm zu kommen. »Du darfst doch gar nicht hier sein. In diesem Moment gehörst du eingesperrt.«

»Ja«, sagte Blaise. »Ich war im Kino.«

»Und was ist mit den überwachten Hausaufgaben?«

»Die machen mir keinen Spaß.«

Martin lächelte und fragte: »Was für ein Film war's denn?«

»Einfach sagenhaft. Heißt *Die Rechnung ging nicht auf.* Mit Sterlin Hayden – kaut dauernd auf 'nem Streichholz rum. Es geht darum, mit einem Trick die Wettkasse einer Pferderennbahn auszurauben. Und sie lenken davon ab, indem sie das gottverdammte Siegerpferd erschießen.«

»Klingt gut.« Martin merkte, daß Blaise sich richtig mit ihm unterhielt, statt in seiner Gegenwart nur Sprüche abzulassen.

»Aber viel wichtiger ist, *wie* der Film gemacht ist. Springt dauernd vor und zurück. Baut die Story mit Hilfe kurzer Szenen auf. Glänzend!«

»Hatten sie denn selber auf das Pferd gesetzt?«

»Nein, wieso würdest du auf ein Pferd setzen, wenn du es erschießen willst?«

»Dann hatten sie aber gewettet, daß das Pferd den zweiten Platz macht?«

»Nein! Mann, das war doch nur ein Ablenkungsmanöver, um sich die Bullen vom Hals zu schaffen. Und es wirkt ein großartiger Schauspieler mit, der wunderbare Elisha Cook jun. Wenn du den sähst, würdest du ihn wiedererkennen. Der Schutzpatron der Feiglinge. Ein Mann, dem dauernd der Schweiß auf der Oberlippe steht.«

Martin hatte fast Angst, noch etwas von sich zu geben.

»Hab mir schon gedacht, daß ihr zwei noch hier steckt.«

»Tun wir auch.«

»Ich gehe jetzt lieber zurück. Läufst du mit die Straße hoch?«

»Ja, klar.«

»Hol Kavanagh, ich will ihn nicht bei seinem Tête-à-tête stören.«

»Bei seinem was?«

»Nun hol ihn schon«, sagte Blaise. Er ließ sich auf den Stuhl neben Martin gleiten und begann, dessen Buch zu inspizieren. »Cartier-Bresson, da hast du dich heute abend aber nicht sehr ins Zeug gelegt, was?«

Zu dritt gingen sie einen Kaffee trinken, anschließend liefen sie, den ganzen Gehsteig einnehmend, die Clifton Street hinauf zum Carlisle Circus. Martin und Kavanagh hatten sich ihre Taschen über die Schulter gehängt. Sie unterhielten sich und gingen so langsam, als hätten ihre Schritte weder Zweck noch Richtung. Kavanagh etwa brachte irgendein Argument vor und lehnte sich gegen einen Laternenpfahl, dann schwang er sich um ihn herum. Martin streifte mit der Schulter gegen die schwarze Steinmauer des alten Armenhauses. Blaise ging in der Mitte und setzte seine Füße, als wolle er die Fugen vermeiden, mitten auf die viereckigen Platten. Die Sonne war untergegangen, das Tageslicht am Verdämmern. Auf einem Baumwipfel in der Parkanlage des alten Armenhauses sang aus voller Kehle eine Amsel. Einmal fand Martin sich in der Mitte wieder. Er ließ seine Tasche auf den Gehsteig fallen.

»Immer sachte mit den jungen Pferden«, sagte er und legte erst Kavanagh, dann Blaise eine Hand auf die Schulter. Er sprang in die Höhe und versuchte, sich hochzustemmen, indem er die Arme durchdrückte, doch Kavanagh war zu groß, und statt vorwärts zu gehen, bewegten sich die beiden Jungen seitwärts, so daß Martin kaum vom Boden abheben konnte.

»Danke – tausend Dank«, sagte er. Die anderen beiden lachten. Sie schienen sich zu freuen, daß sie im gleichen Augenblick auf die gleiche Strategie verfallen waren.

»Was für Musik hörst du gern?« fragte Kavanagh Blaise.

»Alles mögliche. Ich mag jede Art Musik.«

»Als da wären?«

»Deutsche Barockmusik, Klassik des 18. Jahrhunderts, Moderne.« Er zuckte mit den Achseln. »Es gibt nichts, was ich nicht mag. Sogar Vaughan Williams, wenn die Umstände danach sind.«

»Was ist mit den Stones?« fragte Martin.

»Was soll mit denen sein?«

»Magst du die Stones?«

»Ich dachte, du hättest mich nach Musik gefragt.«

»Leck mich. Was ist mit Dylan?« Martin fing an zu singen – *The times they are a-changing.* Blaise verzog das Gesicht. Es war nicht leicht zu erkennen, ob er sie verarschen wollte oder nicht. Martin machte ein paar langsame, riesige Schritte weg von den anderen.

»Komm zurück!« Kavanagh gab einen gespielt wehleidigen Schrei von sich. Martin blieb unvermittelt stehen. Kavanagh prallte gegen seinen Rücken und fragte: »Dann willst du uns also nicht verraten, wer diese wunderbare Frau ist?«

Martin schüttelte den Kopf. »Ich kann nicht. Ich weiß nicht, wer sie ist. Hab sie heute abend zum ersten Mal gesehen.«

»Was ist mit Pippa?« fragte Blaise.

»Die sieht aus wie eine gerettete Seele«, sagte Martin.

»So schlimm ist sie nun auch wieder nicht.«

»Keine Schminke. Schlüpfer mit V-Ausschnitt.«

Kavanagh machte Anstalten, Martin in den Hintern zu treten. Doch Martin wich dem Tritt aus.

»Und was ist daran so schlimm?« fragte Kavanagh. »Das erhöht ihre Schönheit doch nur. Im Ernst. Die Eisblume, die Unerreichbare. In Bälde wird die liebliche Pippa meinen nicht geringen Reizen verfallen sein.«

»Frauen stören bei guten Freundschaften nur«, meinte Blaise.

»Aufgeschnappt eines Abends in einem Belfaster Hauseingang«, sagte Martin. *»Halt mal meine Bibel, ich zieh sie selber aus.«*

Diesmal nahm Kavanagh ihn von hinten in den Schwitzkasten. »Du verdammter Scheißkerl. Die Frau, die ich liebe, in den Schmutz zu ziehen. Nimm das zurück.«

»Au – aaauuu – du würgst mich.«

»Das ist kein Betragen für Söhne aus gutem Hause. Laßt ab, eh ich euch beide niederstrecke.«

»Laß mich los!«

Kavanagh ließ Martin los, und er taumelte über den Bürgersteig. Kavanagh sagte zu Blaise: »Bist du denn ein Sohn aus gutem Hause?«

»Ja, falls du damit das gebildete Proletariat meinst.«

»Also, wie verdient denn nun dein Alter seinen Lebensunterhalt?« fragte Kavanagh.

»Aus dem Handgelenk.«

»Was?« Martin kniff die Augen zusammen.

»Er schüttelt alles aus dem Handgelenk.«

»Was soll das heißen?« fragte Martin.

Kavanagh lachte. »Er hat ein lockeres Handgelenk«, sagte er.

»Nein, er schüttelt Formeln aus dem Handgelenk«, sagte Blaise. »Ich werd nie schlau daraus, ob er nun Physiker oder Mathematiker ist. Meistens ist er weg – in Australien, Amerika. Wahrscheinlich will ich deshalb Philosophie studieren.«

»Weil dein Alter weg ist, willst du Philosophie studieren?«

»Martin, lern gefälligst, logische Verknüpfungen herzustellen«, entgegnete Blaise. »Sei nicht so ein Dummfick.«

»Tut mir leid, Sir.« Er machte einen Kotau.

»Mathematik und Philosophie gehorchen derselben Logik.« Kavanagh schubste Martins niedergekauerten Körper mit einem Kniestoß vorwärts.

Martin fragte: »Was ist das eigentlich, ein Dummfick?« Blaise sah ihn, wie es seine Art war, unter schweren Augenlidern hervor an.

»Du bist einer, Martin.« Blaise stierte ihn weiter an. »Du bist einer.«

»Sei doch nicht so nickelig«, sagte Kavanagh. »Wie studiert man Philosophie?«

»Indem man denkt. Man nimmt ein Problem, eine Idee oder eine Aussage und prüft sie.«

»Zum Beispiel?«

»Wir sind gerade dabei.«

»Was? So leicht kann's nun auch wieder nicht sein.«

»Na schön. Wenn der Barbier von Sevilla alle Männer der Stadt rasiert bis auf die, die sich selbst rasieren, mit was für einer Situation haben wir's zu tun?« Blaise legte den Kopf schief und zog eine Augenbraue hoch.

»Der Barbier von Sevilla scheffelt ein Vermögen«, sagte Martin.

»Warte, die Sache hat einen Haken«, sagte Kavanagh.

Blaise lächelte und fuhr fort: »Wenn der Barbier sich selbst rasiert, wird er nicht *von* sich rasiert. Wenn er sich *nicht* selbst rasiert, dann ist der einzige, der ihn rasieren kann, er selbst. Das ist ein Paradox.«

»Von wegen Paradox, du bist ein Paradeochs«, sagte Martin.

»Sag das noch mal, aber langsam«, sagte Kavanagh zu Blaise.

Martin und Kavanagh wollten zur Schulauffahrt weiterlaufen, als Blaise stehenblieb. Inzwischen wurde das große Tor abends abgeschlossen. Blaise deutete mit dem Kopf in eine Seitenstraße mit einer Zeile umgebauter Häuser aus rotem Ziegelstein. Die Häuserzeile war von der Diözese aufgekauft worden, um Studenten von der Universität, die Priester werden wollten, darin unterzubringen. Über einen Anbau war sie mit der Schule verbunden.

»Ich gehe durch den Trakt rein«, sagte Blaise.

»Das muß ich sehen«, sagte Kavanagh. »Was ist, wenn du erwischt wirst?«

»Der Trakt ist für Seminaristen. Er soll verhindern, daß jemand hineingelangt, nicht hinaus.« Zu dritt liefen sie die Straße hoch.

»Wie willst du dann reinkommen?« fragte Martin.

»Durch meine Katzentür.«

»Was meinst du?«

Blaise hielt vor einem Fenster an und setzte sich auf das steinerne Fensterbrett. Er kramte in seinen Taschen. Dann sagte er: »Das Fenster befindet sich gegenüber dem Zimmer des geistlichen Ratgebers und ist nicht verriegelt.«

»Woher weißt du das?«

»Weil es das Fenster ist, durch das ich rausgekommen bin.«

»Und du hast es offenstehen lassen?«

»Ja. Ich glaube, Vater Barry ist heute abend ausgegangen.«

»Was, wenn jemand gemerkt hat, daß es offensteht, und es verriegelt hat?«

»Ja – das ist mir auch schon mal passiert.« Zum ersten Mal hörte Martin einen Unterton des Bedauerns in Blaises Stimme. »In meiner vorletzten Lehranstalt mußte ich bis zum Morgengrauen auf einem Fensterbrett im zweiten Stock ausharren. Fünf vermaledeite Stunden lang. Da hab ich mir gesagt, nie wieder. In diesem Fall könnten sie's nicht«, sagte Blaise.

»Wieso nicht?«

Er zog ein Fensterschloß aus Messing und zwei Schrauben aus der Tasche und zeigte sie ihnen. Dann einen kleinen Schraubenzieher.

»Auf wie vielen Schulen bist du gewesen?« fragte Kavanagh. Blaise hob die Schultern.

»Die hier ist die schlimmste.«

Er griff hinter sich und schob das Fenster hoch. Dabei senkte er nicht einmal die Stimme.

»Bis morgen.« Dann stieg er übers Fensterbrett ins Dunkle. Martin und Kavanagh warteten. Mit einem dumpfen Schlag glitt der Fensterrahmen nach unten, und sie sahen, wie Blaises schattenhafte Gestalt den Schließhaken wieder festschraubte. Sie mußten lachen und machten Abschiedsgesten, darunter das V-Zeichen, indem sie die Handflächen gegen die Milchglasscheibe preßten.

Eines Samstags um die Mittagszeit klingelte es bei Brennans an der Haustür.

»Martin, machst du auf? Meine Hände sind ganz naß.« Martin ging zur Tür. Soviel er sah, war der Schatten hinter der Milchglasscheibe weder der Brotlieferant noch der Mann, der die Miete kassierte. Er öffnete die Tür. Vor ihm stand Kavanagh und versuchte, sich durch eine gebückte Haltung ein bißchen kleiner zu machen.

»Na, Martin, wie steht's?«

»Hallo.«

»Was treibst du so?«

»Nichts.« Martin spürte, wie ihm die Röte ins Gesicht stieg.

»Hast du Lust, mit in die Stadt zu kommen?«

»In Ordnung.« Er spürte seine geröteten Wangen so intensiv, daß er sich in die Diele wegduckte und Kavanagh draußen an der Mauer stehen ließ. Er konnte es kaum glauben. Kavanagh hatte bei ihm zu Hause geschellt. Er nahm seine Jacke vom Garderobenständer.

»Wer ist das?« rief seine Mutter.

»Für mich.« Martin hastete in die Küche. »Hast du Geld?« Sie stand mit rosa Gummihandschuhen an der Spüle und wusch ab.

»Wofür?«

»Zum Ausgeben.«

»Ich bin doch keine Millionärin. Wer war da an der Tür?«

»Kavanagh.«

»Ooooh – warum hast du ihn nicht hereingebeten?«

»Er ist in Eile.«

»Du siehst ein bißchen erhitzt aus. Fehlt dir was?« Er schüttelte den Kopf. »Hol mir mein Portemonnaie.« Er brachte es ihr zum Abtropfbrett. »Mach's auf.« Er löste den Verschluß und nahm den Betrag heraus, den sie ihm gestattete. Und schon war er auf und davon, zog sich seine Jacke über und stürzte zur Tür hinaus auf die Straße. Einen ganzen Samstagnachmittag mit Kavanagh!

Martin saß am Küchentisch und suchte nach einem Einstieg in seinen Aufsatz. Seine Mutter war in der Wirtschaftsküche am Backen. Sie bereitete eine ihrer Abendgesellschaften vor. Verschiedene Brotsorten: Sodabrot, Weizenbrot, Rosinenbrot. Als die flachen Sodabrote gar waren, stellte sie sie zum Abkühlen auf einem Drahtrost gegeneinander. Mit einem mehltrockenen Geräusch rutschten sie zusammen. Sie eilte hin und her, ganz Geschäftigkeit. Manchmal redete sie mit sich selbst. »Jetzt die süßen Brötchen«, sagte sie. Sie gab einen harten Block Margarine in eine Backschüssel und bedeckte ihn mit einem Hügel aus Zucker. Dann stellte sie die Schüssel auf den Kaminvorsetzer, so daß sie dem Feuer zugewandt war. »Behältst du sie im Auge, Martin? Ich bin ziemlich spät dran – kannst du mir die ein bißchen zerkleinern?« Er legte den Füller hin und zerteilte die Margarine mit dem Holzlöffel in kleinere Stücke. Sie begann zu schmelzen, und er sah, wie der Zucker glasig wurde. Als er fertig war, rief er seine Mutter. Sie kam aus der Wirtschaftsküche und verrührte die Mischung rasend schnell mit der rechten Hand, indem sie die Schüssel auf der linken Hüfte balancierte. Als die Mischung die gewünschte Festigkeit erlangt hatte, stürzte sie wieder in die Wirtschaftsküche. Martin folgte ihr. Mit dem Ende des Löffels hob sie die Mischung klacksweise heraus und ließ die richtige Menge in die geriffelten Papierförmchen plumpsen, die sie in die Vertiefungen eines schwarzen Backblechs gesetzt hatte. Martin fuhr mit dem Zeigefinger am Rand der Schüssel entlang und steckte ihn in den Mund.

»Du wirst dir noch den Magen verderben«, sagte sie. »Um Himmels willen, wie spät ist es?«

»Fast sieben.«

»Heiliger Schreck! Die kommen doch schon um acht. Hilfst du mir, Martin? Trägst du ein bißchen von der Glut ins Wohnzimmer? Es ist ja fast wie im Winter. Ich möchte, daß es glutrot und gemütlich aussieht, wenn sie kommen, nicht nur gelbe Flammen. Aber sei vorsichtig!«

Martin rückte die Stühle beiseite, um die kürzeste Wegstrecke zwischen Küche und Wohnzimmer frei zu machen. Mit der Zange hob er die glühenden Kohlenstücke heraus und häufelte sie auf die Schaufel. Sie waren miteinander verschweißt und hörten sich gefährlich an – sandig, aschig, knispelnd. Die Hitze zog nach oben. Die Küchentür und die Wohnzimmertür standen beide offen, so weit es ging. Als die Schaufel voll, aber nicht übervoll war, sprintete er von einer Feuerstelle zur anderen, das Gesicht über Qualm und Flamme verzerrt. Seine Mutter rief: »Gib auf den Kaminvorleger acht!«

Sobald die brennende Kohle an ihrem Platz war, mußte sie mit frischer Kohle bedeckt werden. Der Kohlenschuppen befand sich neben der Außentoilette im Hof. Es gab keine Tür und kein Licht. In dem schwarzen Loch mußte sich Martin wie mit Radar vorarbeiten. Er legte die Schaufel flach auf den unebenen Boden und schob sie vor, bis sie auf Widerstand stieß. Er machte schaufelnde Bewegungen, bis er das Gepolter der fallenden Kohle hörte und die Schaufel sich schwer genug anfühlte. Dann tastete er sich wieder hinaus. Wenn es regnete, lief das Wasser vom Hof in den Kohlenschuppen. Auf dem Fußboden hatte sich eine Art schwarzer Suppe gebildet, die er aus Versehen mit der Schaufel aufgeschippt hatte.

Die frische Kohle entzündete sich, und mit dem Blasebalg fachte er das Feuer an, bis es zu einer flammenden Pyramide wurde. Nach seinem Sprint von einem Zimmer ins andere war die Luft voller Kohlenstaub, der winzige stecknadelkopfgroße Flocken auf dem Kaminsims hinterließ. Seine Mutter kam herbei, begutachtete die cremefarbenen Flächen und wischte mit einem feuchten Tuch hinter ihm her.

»Nun sieh dir an, was du angestellt hast«, keifte sie. »In der Diele hast du die schwarze Brühe aufs ganze Linoleum tropfen lassen. Martin, sei so lieb, wisch die Schweinerei auf und bohnere einmal drüber, bevor sie eintreffen. Nur einmal kurz drübergerubbelt.«

»Ich hab 'ne Menge Hausaufgaben.«

»Wenn irgendwas zu tun ist, hast du *immer* 'ne Menge Hausaufgaben.« Martin bewegte sich zur Wirtschaftsküche, wo der Korb mit dem Putzzeug aufbewahrt wurde. »Und du bist zu alt, um mir frech daherzukommen, Junge.«

Er kniete sich auf den Läufer in der Diele und kramte zwischen Staubtüchern und Pledge-Dosen nach dem Mansion-Bohnerwachs. An der Seitenwand der Dose war ein winziger Schmetterling aus Metall angebracht, mit dem man den Deckel aufdrückte. Es war eine neue Dose, und die wächserne, ziegelrote Fläche war unberührt – jungfräulich wie frisch gefallener

Schnee. Er wischte mit dem Tuch drüber und ruinierte die glatte Fläche. Das Linoleum war in Quadrate unterteilt, und er nahm sich einen Abschnitt nach dem anderen vor. Mit dem Bohnerwachs machte er sie stumpf und ließ das Wachs einziehen, bevor er es mit einem anderen, trockeneren Tuch wieder abrieb. Jeden Abschnitt sah er als eine kleine Errungenschaft an, Schritt für Schritt entstand ein Glanz. Er erinnerte sich daran, wie er als Kind diese Arbeit verrichtet hatte, grollend. Er hatte schon daran gedacht, den Kinderschutzbund zu informieren – den Schutz und Trutz, wie Schwester Gilliland ihn immer nannte. Er war viel zu jung, um so schwer zu schuften. Seine Mutter behandelte ihn wie einen Knecht. Er wurde mißbraucht. Man würde ihn fortschaffen, irgendwo in einem Heim würde er ein angenehmes Leben führen, und seine Mutter käme hinter Gitter.

»Du darfst nicht *unter* dem Läufer bohnern«, sagte seine Mutter und stieg mit den guten Tellern aus dem Porzellangeschirrschrank über ihn hinweg. »Damit niemand ausrutscht. Kannst du dir vorstellen, was mit Mary Lawless' Knochen passieren würde?«

Das Feuer hatte seine Frische verloren, als es klingelte. Martins Mutter rief ihm von oben zu, er solle aufmachen. Sie sei dabei, sich umzuziehen. Mary Lawless sah recht blaß und mitgenommen aus. Martin nahm ihr den Mantel ab und hängte ihn an den Garderobenständer. Er hatte die Größe eines schwarzen Zirkuszelts.

»Gott sei Dank, daß du noch im Wachstum bist. Was ich eben gesehen habe...«, sagte sie immer wieder und schüttelte den Kopf. Martins Mutter kam die Treppe herab.

»Wie ist Ihnen, Mary? Sie sehen ja aus, als hätten Sie ein Gespenst gesehen.«

»Ich wünschte, dem wäre so, Mrs. Brennan. Es wäre tausendmal besser als das, *was* ich eben gesehen habe.«

»Meine Liebe – was denn?«

»Einen Jungen, nicht viel älter als unser Martin hier. Er kam aus einem Pub getorkelt. Und dann hat er sich vor mir erbrochen.

Bestimmt sind meine Schuhe verdorben.« Sie mußte sich ziemlich weit vorbeugen, um ihre Füße sehen zu können.

»Stimmt, die sind vollgespritzt. Ich hole Ihnen einen kleinen Lappen«, sagte Mrs. Brennan und ging in die Küche.

»Holen Sie mir einen großen«, rief Mary Lawless. Wie seine Mutter immer sagte: Mary Lawless konnte allem etwas Komisches abgewinnen. »Ich danke Gott für das Parfüm, von dem Sie zuviel aufgetragen haben«, brüllte sie Mrs. Brennan hinterher. Martin liebte den Geruch dieses Parfüms. Er hatte es seiner Mutter zu Weihnachten geschenkt.

»Wie heißt es?« fragte Mary, als Mrs. Brennan mit einem nassen Lappen zurückkam.

»Le chien mort«, sagte Martin.

»Unfug.«

»Chanel«, antwortete Mrs. Brennan und kniete sich zu Mary Lawless' Füßen.

»Exquisit.«

»Daß Ihnen aber auch so etwas passieren mußte, wo Sie sich in Ihren Sonntagsstaat geworfen haben.«

»Was heißt hier Sonntagsstaat? Das sind Alltagsklamotten, was ich da trage.«

Sie säuberten Marys Schuhe. Vater Farquharson traf zur gleichen Zeit ein wie Schwester Gilliland. Nachdem sie sich's vor dem Kaminfeuer bequem gemacht hatten, welches sie überschwenglich priesen, als sie erfuhren, daß Martin es angezündet hatte, erzählte Mary die Geschichte mit dem Betrunkenen. Vater Farquharson pflichtete ihr bei, daß es mit dem Trinken immer schlimmer wurde. Da er selber Abstinenzler sei, könne er dem Zeug nichts abgewinnen, aber er nehme an, daß ein, zwei Drinks zur Entspannung beitrügen. Doch alles in Maßen. Martin entschuldigte sich unter Verweis auf seine Hausaufgaben.

»Du bist ganz schön in die Höhe geschossen«, sagte Schwester Gilliland.

»Ich bin noch im Wachstum«, sagte Martin. Er flocht die Wendung ein, ehe Mary Lawless sie von sich geben konnte.

Gegen zehn Uhr hörte er die Wohnzimmertür gehen und seine Mutter rufen: »Martin, bist du wohl so gut?« Er machte den Tee und trug eines der reichbeladenen Tabletts hinein.

»Nur ein paar Häppchen«, sagte seine Mutter. »Stell's hier ab, Martin.«

Auf Tellern, die mit papiernen Zierdeckchen versehen waren, brachte Mrs. Brennan weitere Sandwiches herbei. Sie waren in winzige Dreiecke geschnitten, die obere Scheibe Mischbrot, die untere Weißbrot. Die Krusten hatte sie entfernt. Zwischen den verschiedenfarbigen Brotscheiben gab es Belag, Eigelb, rosa Lachs, grünen Salat mit roter Tomate, braunes Roastbeef, lila Schinken. Obenauf lagen ein paar Sträußchen Petersilie.

»Ach du lieber Himmel. Damit könnte man ja ein ganzes Regiment verköstigen, Mrs. Brennan«, sagte Vater Farquharson. Mary Lawless klopfte wie immer in dankbarer Anerkennung auf die Armlehne ihres Sessels.

»Erstklassig, der Adel speist auch nicht besser.«

»Was reden Sie da, Mary? Der Adel bekäme dergleichen nie zu kosten«, sagte Schwester Gilliland. »Nicht so, wie sie sie zubereitet.«

Mrs. Brennan reichte jedem von ihnen eine Papierserviette für die Knie und einen Porzellanteller.

»Ach, nun aber«, sagte sie. »Das ist doch nur zusammengestoppelt, nichts als eine Tasse Tee in die Hand. Irgendwann werde ich mir die Zeit nehmen und die Sache vernünftig hinkriegen.«

Mary Lawless wählte ein Sandwich und biß hinein.

»Was ist das?« fragte sie mit gespieltem Staunen. Mrs. Brennan sah hin.

»Roastbeef.«

»Das Fleisch ist so zart, daß man's mit der Nase essen könnte.«

»Hier, Hochwürden, nehmen Sie eine Serviette«, sagte Mrs. Brennan. »Man sollte meinen, Schwarz schmutzt nicht, dabei ist es fast schlimmer als jede andere Farbe.«

»Da haben Sie recht«, erwiderte Vater Farquharson. »Im Grunde betont es einen Fleck nur noch.«

»Ich hoffe, meine Schuhe sind nicht verdorben«, sagte Mary Lawless. »Die Kraftausdrücke der jungen Leute von heute, wenn man aus dem Pub kommt – sie könnten einem geradezu Angst einjagen.«

»Allmächtiger«, sagte Mrs. Brennan. »Sie sind ein wahrer Schrecken.«

»Sie sind aus dem Pub gekommen, Mary?« fragte Schwester Gilliland.

»Ich doch nicht. Eine Gruppe junger Leute.«

»Slang«, sagte Vater Farquharson, »es gibt eine Unmenge Slang.«

»Wer redet hier von Slang? Ich rede von den Schimpfwörtern. Davon, daß sie jeden in Hörweite wie einen dreckigen Köter beschimpfen. Unverfälschte ›Sch‹s und ›F‹s. Entschuldigen Sie meine Ausdrucksweise, Hochwürden, daß ich so geradeheraus bin. Und, Gott im Himmel, es sind ja nicht nur die Pubs. Schon wenn man heutzutage an einer Volksschule vorbeigeht, könnten einem die Haare zu Berge stehen.«

»Martin – *du* würdest so was doch nicht sagen, oder?«

»Nein.«

»Gott steh uns bei! Das würde er gewiß nicht, nur über meine Leiche«, sagte Mrs. Brennan. »Ich liebe die Unschuld der Kleinen. Ist es nicht furchtbar schade, daß sie heranwachsen müssen?«

»Das ist es wohl, aber so hat's der Herrgott nun mal eingerichtet. Sie können doch nicht für immer unwissend bleiben.« Vater Farquharson wirkte sehr entschieden. Entschlossen biß er in sein Sandwich.

»Unwissenheit *ist* Unschuld«, sagte Martins Mutter. »Und wunderbar anzuschauen. Das sage ich immer.«

»Es ist keine Philosophie, für die sich heutzutage jemand noch ernsthaft stark macht.« Vater Farquharson begann, an etwas herumzulutschen, das sich zwischen seinen Zähnen verfangen hatte.

»Hochwürden, ich würde mich sogar zu der Behauptung versteigen, daß dieser Satz nicht nur auf – Sie wissen schon, was – Anwendung findet, sondern auch auf Dinge wie ärztliche Behandlung und was nicht noch«, fuhr Mrs. Brennan fort. »Wenn ich Krebs hätte, würde ich es vorziehen, nicht Bescheid zu wissen. Am besten weiß man darüber nicht das geringste. Das ist meine Theorie.«

»Ein wenig Wissen ist ein gefährlich Ding«, sagte Mary Lawless. »Ein Arzt hat mir mal gesagt, was mit meinem Ohr nicht stimmte; ebensogut hätte er mir *Blue Suede Shoes* vorpfeifen können.«

»Haben Sie einen Zahnstocher, Mrs. Brennan?«

»Das ist das einzige, was ich nicht im Hause habe.«

»Wir haben doch die Cocktailspießchen«, sagte Martin. Er ging aus dem Zimmer und kam mit einem Cocktailspießchen zurück, das er Vater Farquharson reichte.

»Danke, Martin. Jedenfalls, da war mal ein Mann in einem Restaurant, der bat um einen Zahnstocher. Ich glaube, er hatte ein Schnitzel bestellt – in meinen Augen immer ein Fehler. Und das Komische...«

»Kein Fehler, ein Schnitzer, Hochwürden.« Alle lachten.

Vater Farquharson bürstete sich die Krümel von der Hose und sagte: »Ah, Sie sind wirklich fix, Mary, viel zu fix für mich.«

»Und...?« fragte Mary Lawless.

»Und was?«

»Was ist passiert? Was war das Komische daran?«

»Ach ja, das Komische war – er brach entzwei.«

»Wer?«

»Der Zahnstocher. Zwischen seinen Zähnen. Es war einer von diesen Plastikstochern, wie ein altmodischer Federkiel, haben Sie die noch nie gesehen?«

»Nein, ich wüßte nicht«, antwortete Mary Lawless. »Aber wir sind ja auch bei weitem nicht so weltgewandt wie Sie, Hochwürden. Wir würden doch nicht mit diesem und mit jenem speisen, so wie Sie es tun. Mit Bischof Soundso und mit Kardinal Diesunddas, die wo Zahnstocher benutzen.«

»Jedenfalls«, sagte Vater Farquharson, »mußte er sich einen anderen Zahnstocher kommen lassen, um den ersten Zahnstocher herauszupopeln. Einen Zahnstocher für einen Zahnstocher. Es war wirklich ziemlich amüsant.«

Martin saß vor dem Porzellangeschirrschrank auf dem Fußboden und aß ein Sandwich. Von hier unten konnte er Mary Lawless' behaarte Beine sehen. In ihren Nylonstrümpfen, oder war es eine Strumpfhose?, wurden die Haare flach gegen die Haut gepreßt. Wie Sägespäne. Dagegen senkten sich Vater Farquharsons Beine, weiß und unbehaart wie Kerzen, aus seiner schwarzen Hose in seine schwarzen Socken, die in seinen schwarzen Schuhen verschwanden. Martin machte Anstalten, sich zurückzulehnen, und seine Mutter rief ihm zu: »Wag es bloß nicht, dich an den Geschirrschrank zu lehnen, Martin. Der ist viel zu zerbrechlich.«

»Wollte ich doch gar nicht.«

»Martin, bist du so lieb und setzt noch einmal Tee auf.« Seine Mutter reichte ihm die Teekanne.

Als er wieder ins Wohnzimmer kam, sagte Schwester Gilliland: »Ist es nicht großartig, dieses Alter zu erreichen, und alle Teile funktionieren noch.«

»Da wäre ich mir nicht so sicher«, meinte Mary Lawless.

»Was? Ob's großartig ist oder ob alle Teile noch funktionieren?«

»Ich glaube, bei mir gibt's Teile, die funktionieren schon seit Jahren nicht.«

»Darf man fragen, welche Teile?«

»Na, na, das wäre zuviel verraten.«

»Ihre Zunge ist jedenfalls noch völlig funktionstüchtig«, sagte Vater Farquharson. »Stimmt's, Mary?«

»Ich sage nichts.«

»Das dürfte das erste Mal sein.«

»Was?«

»Daß Sie nichts sagen.«

»Ach, Sie.«

Mary Lawless rührte ihren Tee um, und der Löffel stieß laut klirrend gegen das Porzellan.

»Hat einer von Ihnen schon einmal daran gedacht, seinen Leichnam der Wissenschaft zu überlassen?« fragte sie.

»Gott bewahre«, erwiderte Martins Mutter. »Können Sie sich die Untersuchungen vorstellen, die Sie über sich ergehen lassen müßten, und dabei sind Sie mausetot? Nein, nein, das ist nichts für mich.« Ihre Porzellantasse klirrte auf der Untertasse.

»Was hat die Kirche dazu zu sagen, Hochwürden?«

»Ich bin nicht im Dienst, Mary. Verschonen Sie mich.«

»Es kommt anderen zugute«, sagte Schwester Gilliland. »Wie würden die Ärzte sonst lernen, wo die Dinge sitzen – welches Organ welches ist?«

»Eine Sache, die mir Sorge bereiten würde«, entgegnete Mary Lawless, »ist das Jüngste Gericht...«

»Himmel! Glauben Sie mir, das bereitet uns allen Sorge«, sagte Vater Farquharson, und wieder mußten sie alle laut lachen.

»Nein, aber wenn Sie zerstückelt wären, und es käme zum Jüngsten Tag, und Gott müßte Sie wieder zusammenstoppeln...«

»Wir werden alle wiederhergestellt werden, ist es nicht so, Hochwürden?«

Vater Farquharson hob lachend die Hände in die Höhe.

»Fragen Sie doch mich nicht«, sagte er.

»Ach, gehen Sie, Hochwürden«, sagte Mary Lawless, »würde ich nun mit all meinen Krampfadern und meinem Übergewicht wiederkommen oder in der Blüte meiner Jahre? Wäre ich wieder die makellos liebliche Mary Lawless?«

»Mit einer Wespentaille, Mary«, sagte Schwester Gilliland.

»Wie eine Sanduhr.«

»Mühelos auf den Kopf zu stellen.«

»In der Blüte Ihrer Jahre, Mary – Sie werden in der Blüte Ihrer Jahre wiederkehren. Daran besteht kein Zweifel.«

»Dann werde ich mit meinem Blinddarm wiedervereinigt werden«, sagte Mrs. Brennan.

»Hochwürden, wenn wir – Sie wissen schon – entschlafen …« Schwester Gilliland verzog, als sie die Frage zu formulieren versuchte, ihr mageres Gesicht. »Nein, lassen Sie mich die Sache anders angehen. Was ist das allgemeine Gericht?«

»Oh, das ist ein sehr schwieriges Terrain.«

»Wollen Sie damit sagen, das sei zu hoch für mich, Hochwürden?«

»Nein, nein, durchaus nicht, aber es ist wohl kaum der angemessene Gesprächsstoff für einen angenehmen Abend mit vorzüglichen Backwaren wie diesen hier.« Er hielt das Brot in die Höhe, das er gerade aß.

»Ach, kommen Sie, Hochwürden«, sagte Mrs. Brennan. »Das ist doch dasselbe wie immer, wenn Sie da sind.«

»Nein, wirklich, es schmeckt köstlich.«

»Ich hasse Leute«, warf Mary Lawless ein, »die Brot lediglich als fahrbaren Untersatz für Marmelade ansehen.«

»Brot ist Brot«, sagte Mrs. Brennan. »Brot ist nichts als es selbst.«

»Da haben Sie recht«, meinte Vater Farquharson. »Ein wahres Wort.«

»Das allgemeine Gericht?«

»Wenn Sie denn darauf bestehen, Schwester Gilliland. Die Kirche lehrt uns, daß, wenn ein jeder von uns stirbt, ein ›besonderes Gericht‹ abgehalten wird. Wir sterben, wir treten vor unseren Schöpfer und werden entsprechend gerichtet.«

»Hoho, das wird was Rechtes werden«, sagte Mary Lawless.

»Wir nehmen unseren rechtmäßigen Platz an Seiner Seite ein. Oder wir werden abgewiesen. Dann, am Jüngsten Tag, wird das allgemeine Gericht abgehalten, wenn Christus in all Seiner himmlischen Herrlichkeit kommt, um das Verhalten jedes einzelnen von uns und die Geheimnisse unseres Herzens ans Licht zu fördern.«

»An dem Tag kommt alles heraus, Martin, nicht wahr?«

sagte seine Mutter. Schwester Gilliland hob die Hand, als wolle sie allen Einhalt gebieten.

»In Anbetracht der Tatsache, daß der Jüngste Tag noch etliche – vielleicht ein paar Millionen – Jahre entfernt sein mag, was geschieht in der Zwischenzeit, Hochwürden?«

»Für Gott ist die Zeit etwas anderes als für uns. Sie ist kein Kontinuum. Vielleicht kann ich es am besten so erklären... Man muß sich vorstellen, daß man eine Landkarte anschaut. Man kann alles auf einmal sehen. Für den Schöpfer des Universums ist die Zeit etwas Zweidimensionales. Er sieht alles, vom ersten bis zum letzten Augenblick, in einem Nu.«

»Milton hat etwas Ähnliches gesagt«, meinte Martin.

»Milton wie weiter?« fragte Mrs. Brennan.

»Der Dichter John Milton.«

»Ah, ein Verstand im Wachstum«, sagte Mary Lawless.

»Darf ich hiervon kosten?« fragte Vater Farquharson und griff nach den Biskuitküchlein.

Schwester Gilliland preßte die Lippen aufeinander und kniff die Augen zusammen. Dann sagte sie: »Das wird aber ein anstrengendes Tagwerk werden, Hochwürden, jeden, der je gelebt hat, an ein und demselben Tag zu richten.«

Mrs. Brennan lachte. »Ein wahres Wort.«

Vater Farquharson schluckte seinen Bissen hinunter, und alle warteten auf seine Antwort.

»Wollen Sie mich etwa auf den Arm nehmen?« fragte er. Schwester Gilliland lächelte und gab sich einen kleinen Klaps aufs Handgelenk.

»Möge Gott mir verzeihen.«

»Immer muß sie einen aufziehen«, sagte Mary Lawless. »Vorhin haben Sie gesagt, Hochwürden, daß die Leute trinken, um sich zu entspannen. Ich kenne einige Leute, die entspannen sich die ganze Nacht. Die sind so entspannt, daß sie vor lauter Entspanntheit umfallen.«

»Heutzutage trinken die Leute doch nicht, um sich zu entspannen, Hochwürden. Letzten Endes trinken sie, um sich zu betrinken. Besonders die jungen Leute.« Aus irgendeinem Grunde drehten sich alle zu Martin um.

»Ich trinke nicht«, sagte er.

»Was wir heute brauchen könnten, ist die Wiederkunft eines Mannes wie Vater Mathew«, sprach Mary Lawless. »Der jeden dazu bringt, dem Alkohol abzuschwören.«

»War das der Mann, der in den fünfziger Jahren Kurat in Ballyhackamore war?« fragte Martins Mutter.

»Aber nicht doch«, antwortete Mary Lawless. »Da müssen Sie schon sehr viel weiter zurückgehen, Mrs. Brennan. Bis zur Großen Hungersnot, glaube ich. Er hat die Corker Temperenzgesellschaft begründet.«

»Und sie verschworen sich, weder zu essen noch zu trinken«, sagte Schwester Gilliland und lachte gackernd, wie es ihre Art war.

»Sieben Millionen von ihnen haben den Schwur abgelegt«, sagte Vater Farquharson und nickte, um sein Einverständnis mit Mary Lawless zu bekunden.

»Allein in Cork?«

»Nein, Mrs. Brennan, überall. In Irland, in England, selbst in den Vereinigten Staaten. Sieben Millionen haben den Schwur abgelegt, den sogenannten Pledge.«

»Es gib eine Politur dieses Namens«, sagte Martin. »Pledge. Penner trinken die Politur mit gewöhnlicher Kohlensäure versetzt.«

»Sieben Millionen Menschen saufen das Zeug. Das wäre vielleicht 'ne Party, was, Martin? Gott verzeih mir, da mache ich mich über die Leidgeplagten lustig.« Schwester Gilliland zwinkerte ihm zu.

»Scherze über derlei Dinge helfen wirklich nicht weiter«, sagte Mrs. Brennan. »Alkohol führt stets zu Schlimmerem.«

»Ein wahres Wort«, sagte Schwester Gilliland. »Hochwürden, waren Sie Ihr ganzes Leben lang Abstinenzler?«

»Aber ja.« Er deutete mit dem Daumen auf sein Revers, in dem die Temperenzlernadel stak. »Mir ist noch nie Alkohol über die Lippen gekommen.«

»Ich hoffe, Sie halten mich nicht für unverschämt, Hochwürden, aber was ist mit dem Meßwein?« fragte Schwester Gilliland.

»Ich bin erstaunt, daß Sie mir eine solche Frage stellen.«

»Wieso, Hochwürden?«

»Wenn ich den Wein trinke, ist seine Essenz schon verwandelt.«

»Wie bitte?«

»Ich weiß, Essenzen sind ein schwieriges Kapitel...«

Mrs. Brennan bewegte sich unruhig.

»Sie halten sehr lange«, sagte sie. »Ich habe das Zeug schon seit Jahren im Schrank, und es ist so gut wie neu. Vanille mag ich am liebsten. Nur ein, zwei Tropfen, mehr braucht's nicht. Und Mandelessenz ist gut für die kleinen Küchlein, die ich backe. Denen Sie so zugetan sind, Hochwürden.«

Schwester Gilliland neigte den Kopf zur Seite, als schmerze ihr Ohr.

»Ich bin nicht sicher, ob ich verstehe, was Sie meinen. Verliert der Wein durch die Wandlung seinen Geschmack? Oder seinen Alkohol?«

»Natürlich nicht. Das wissen Sie sehr wohl. Er sieht aus wie Wein, schmeckt wie Wein – aber er ist verwandelt. In das hochheilige Blut. Seiner Essenz, seinem Wesen nach.«

»Ich verstehe«, sagte Mrs. Brennan. »Möchten Sie noch einen Schluck Tee, Hochwürden?«

»Danke, ich hatte reichlich.«

»Aber...« Schwester Gilliland knautschte immer noch ihr Gesicht zusammen. »Es ist mir unlieb, auch nur Andeutungen zu machen..., aber könnte man davon betrunken werden? Wäre der Alkohol immer noch da? Auch wenn er seiner Essenz nach verwandelt ist?«

»Jetzt widersprechen Sie sich doch selbst. Wenn er seiner Essenz nach verwandelt ist, ist er kein Alkohol mehr.« Vater Farquharson schien allmählich unruhig zu werden. Er zwirbelte und nestelte an seiner Papierserviette herum.

»Wo wir schon mal bei dem Thema sind, Hochwürden, ich hoffe, es hört sich nicht frech oder respektlos an, aber...« Schwester Gilliland hielt inne, faltete fest die Hände und drehte sie hierhin und dorthin. Mit den Handtellern nach oben, mit den Handtellern nach unten. »Ach nein, vielleicht sollte ich doch lieber nicht...«

»Sie sind hier unter Freunden.«

»Aber daß Sie uns nicht übermütig werden...«, sagte Mary Lawless.

»Es fällt mir schwer, Hochwürden. Vielleicht denken Sie, daß ich es ins Lächerliche ziehen will, aber dem ist nicht so. Ich mache nichts und niemanden lächerlich, Hochwürden. Ich will's einfach nur wissen...«

»Wenn ihr nicht werdet wie die Kinder«, sagte Mrs. Brennan.

»Nun?« Vater Farquharson versuchte, seine Serviette wieder so zu falten, wie sie ursprünglich ausgesehen hatte. »Ich weiß nicht, was heute in Sie gefahren ist, Schwester Gilliland. Eigentlich soll das mein freier Abend sein.«

»Wenn eine Frau – oder meinetwegen auch ein Mann – früh aus dem Haus gegangen ist, um Brot zu kaufen... Und auf dem Heimweg gehen sie zur Messe und sitzen in der ersten Reihe...«

»Was kommt jetzt?« fragte Vater Farquharson.

»Wenn der Priester die Worte zur Wandlung spricht, warum..., was hindert ihr Brot daran, sich zu verwandeln, in unseren Herrn, in den hochheiligen Leib?«

»Heiliger Strohsack! Wo nehmen Sie nur Ihre Fragen her, Schwester Gilliland?« fragte Mrs. Brennan.

»Ihr Hirn arbeitet ja unter Hochdruck«, sagte Mary Lawless. »Der alte Kasten läuft auf Hochtouren.«

Schwester Gilliland ignorierte die Bemerkungen und wartete darauf, daß Vater Farquharson ihr eine Antwort gab. Sie versuchte, ihn zu ermuntern, indem sie sagte: »Das Brot ist sozusagen in Hörweite, es könnte sogar ein ganz ordinäres Weißbrot sein, Hochwürden.«

Während Vater Farquharson sich seine Antwort zurechtlegte, herrschte langes Schweigen. Er breitete die säuberlich gefaltete Serviette auf dem Schoß aus und legte die Hände unterm Kinn zusammen, Fingerspitze an Fingerspitze. Schließlich räusperte er sich und sagte: »Priesterliche Intentionalität.« Alles nickte. »Das ist der Schlüssel. Priesterliche Intentionalität.« Er blickte von einer zur anderen und wartete, um zu sehen, ob ihm jemand widersprach. »Der Zelebrant spricht die Worte: ›*Das ist Mein Leib*‹, und die Intention ist – die Worte, die er spricht, gelten dem, was er zwischen den Fingern hält, der Hostie. Das Wunder dringt zu irgendwelchem Brot in der Nähe gewissermaßen nicht durch.«

»Danke, Hochwürden«, sagte Schwester Gilliland.

»Wie zum Beispiel gerade eben. Ohne es zu merken, habe ich die Wandlungsworte gesprochen, hier in diesem Zimmer. Auf dem Tisch stehen Teller mit Brot. Es bleibt unverwandelt.«

»Gott sei Dank. Wer würde auch Mrs. Brennans Backwaren verwandeln wollen?«

»Sie haben mich beruhigt, Hochwürden«, sagte Schwester Gilliland. »Die Frage mag ja weit hergeholt sein, aber sie hat mich schon so manche Nacht um den Schlaf gebracht.«

»Ich hab's ja schon immer gesagt und sage es noch einmal – eine Tasse heißer Milch«, meinte Mrs. Brennan. »Eine Tasse heißer Milch mit einem Löffel voll Honig, zum Einschlafen ist das der wahre Jakob.«

Als er später seiner Mutter beim Abwasch half, fragte er sie nach Mary Lawless und weshalb sie behaarte Beine hatte.

»Das braucht dich nicht zu kümmern«, sagte sie und leerte geräuschvoll die Abwaschschüssel. »Was für eine schreckliche Frage! Vielleicht macht sie sich nichts daraus. Oder vielleicht ist sie zu dick, um sich zu bücken und sie zu rasieren.«

»Frauen rasieren sich die Beine?«

»Oder sie benutzen eine gewisse Creme. Jesus, Maria und Joseph, was unterhalte ich mich mit einem Jungen in diesem Alter über solche Sachen?«

Kurz vor dem Läuten gab ihnen Wee Jacky, der Priester, der sie in Englisch unterrichtete, die korrigierten Hausaufgaben zurück. Er stand mit dem Stapel Schreibhefte am vordersten Pult und warf einen Blick auf jeden Namen.

»Brennan.« Er schleuderte das Heft durch die Luft, so daß es flach auf Martins Pult landete. »Coyle.« Eine weitere präzise Wurfbewegung. »Foley.«

Kavanagh schlug das Heft auf, sobald es auf seinem Pult gelandet war.

»Was hast du bekommen?« fragte Martin.

»Ein A++.« Kavanagh formte mit Zeigefinger und Daumen einen Kreis und hielt ihn Martin unter die Nase. »Und du?«

»B.«

»Ohne Plus?«

»Bei dem Geschäft habe ich kein Plus gemacht.«

»Wie sieht's bei dir aus?« Kavanagh wandte sich an Blaise. Dieser lächelte und schob sein Schreibheft in seinen Ordner.

Blaises Heimlichtuerei mißfiel Martin. Und er mochte es gar nicht, daß Blaise sich wegen der Fensterrose über ihn lustig gemacht hatte. Woher sollte er so etwas wissen? Er hatte das Gefühl, daß Blaise zu sehr an ihm herummäkelte. Letzte Woche im Englischunterricht sollten sie still bei sich einen Essay lesen. Als Martin damit fertig war, hatte er das Inhaltsverzeichnis aufgeschlagen und den Titel des gerade gelesenen Essays abgehakt. Vier der Essays waren bereits abgehakt.

Blaise saß hinter ihm. Nach dem Unterricht sagte er: »Was für Leute haken Sachen ab, wenn sie sie gelesen haben?«

»Ich.«

»Leidest du an Altersschwäche? Das kannst du dir wohl auch merken, ohne es abzuhaken.«

»Ich hab's doch bloß abgehakt.«

»In zwei, drei Jahren, wenn du wieder auf diesen Essay stößt und den Haken siehst, wirst du sagen – ah, den hab ich ja schon gelesen. Ich hab zwar keinen Schimmer, was drinsteht, aber verdammt und zugenäht, er ist abgehakt.«

»Du bist wirklich oberschlau«, sagte Martin. »Und oberdämlich.«

Mehrere Gruppen Schüler bummelten über die Aschenbahn, in beide Richtungen. Auf der linken Seite des Big Field unterhalb der Gefängnismauer befand sich eine Weitsprunganlage aus grauem Sand mit schmaler Anlaufbahn und einem Absprungbalken, der früher einmal weiß angestrichen, inzwischen aber nachgedunkelt war. Kavanagh und Blaise schlenderten dicht nebeneinander die schmale Anlaufbahn entlang. Als sie den Sandkasten erreichten, traten sie zur Seite und sprachen und stritten weiter miteinander. Martin blieb auf der engen Bahn zurück.

»Silentium!« schrie er. Aber sie schienen nichts anderes tun zu wollen, als sich zu unterhalten. Martin setzte sich in Trab, berührte das Absprungbrett und sprang mit einem gellenden Schrei ab. Er landete zwischen Kavanagh und Blaise auf dem Hintern.

»Menschenskinder.«

»Reiß dich zusammen, Martin.«

Martin gefiel die Konstellation. Eine Dreiergruppe war besser, als nur mit einer einzigen Person zusammenzusein. Bei nur einer Person mußte man sich dauernd ausdenken, was man als nächstes sagen wollte. In Gesprächen ging es darum, daß jeder an die Reihe kam. Zu zweit wußte man nicht genau, wann man an der Reihe war, zu dritt dagegen schien es leichter. Man konnte dazwischenfahren. Und sich wieder zurückziehen. Die Unterhaltung kam besser in Schwung. Und man brauchte nicht unbedingt zu reden.

Blaise sagte: »Schon gut, schon gut, ich geb's ja zu – aber was mich mehr interessiert, ist diese verdammte Abschlußprüfung. Ich hab das neulich ernst gemeint: Gibt es irgendeine Möglichkeit, die Prüfungsbögen von diesem Jahr einzusehen?«

Kavanagh und Martin zuckten die Achseln. Blaise sagte: »Die Prüfungsbögen werden gedruckt. Stimmt's? Das bedeutet also, daß es irgendwo eine Druckerei geben muß, die – noch während wir hier reden – unsere Physikaufgaben ausspuckt. Es steht zu vermuten, daß in derselben Druckerei auch die Chemie- und Englischaufgaben gedruckt werden. Sowie Sanskrit und Chinesisch.«

»Was redest du da?« fragte Kavanagh.

»Wirklich hochinteressant«, sagte Martin, beugte sich übereifrig vor und ließ in gespielter Erwartung die Zunge heraushängen.

»Wenn man die Druckerei im Telefonbuch nachschlägt, stellt sich heraus, daß sie ihren Sitz in der Whittycombe Street Nr. 43 oder irgendwo hat.«

»Und?« sagte Kavanagh. »Verdammt, komm endlich zur Sache.«

»Unsere Prüfungsbögen werden dort sein. In kleinen Stapeln. Womöglich in großen Stapeln.«

»Und was sollen wir tun? Sollen wir etwa in die Whitty-was-auch-immer-Straße marschieren und darum bitten, die diesjährigen Prüfungsaufgaben in Chemie einsehen zu dürfen?«

»Nein, das nicht. Wir denken nach.«

»Worüber?«

»Darüber, wie wir da reinkommen, wie wir einen Blick auf die Aufgaben werfen können, ohne daß jemand davon erfährt.«

»Du bist doch nicht ganz dicht im Kopf.«

»In diesem Augenblick tütet jemand, der einen Hungerlohn verdient, sie ein – in versiegelte Umschläge. Vielleicht ist er bestechlich und korrumpierbar.«

»Ist es dir denn so wichtig, die Abschlußprüfung zu bestehen?« fragte Kavanagh.

»Ich habe allerhand Zeit damit verbracht, mich von den sogenannten Christlichen Brüdern erziehen zu lassen«, sagte Blaise. »Ich war in Derry und Armagh, in Garron Tower und jetzt in dieser verdammten Klitsche.«

»Warum bist du von so vielen Schulen runtergeflogen?«

Blaise überhörte Martins Frage.

»Wenn ich diese Prüfung verbasele, dann bleibt mir nur noch

irgendeine Schule in England«, sagte er. »Könnt ihr euch etwas Schlimmeres vorstellen? Mein Alter sagt, daß ich klug bin und daß er mich so lange unterrichten lassen wird, bis ich bestehe. Bis ich mich dem Erfolg unterwerfe.«

»Aber diese Methode, zu bestehen, ist ...« Martin suchte nach einem passenden Wort.

Anderntags in der Mittagspause sprach Blaise sehr wenig. Martin und er bummelten die Auffahrt entlang. Internatsschüler durften in der Mittagspause hinaus, »zu den Geschäften«, wie sie es nannten. Martin hoffte, daß Kavanagh bald aufkreuzen würde. Er wußte nicht, wie er mit Blaise allein ein Gespräch bestreiten sollte.

»Wo steckt der Lange?« fragte Blaise.

»Der zieht sich um. Er hatte die letzte Stunde frei und hat in der Turnhalle Korbleger geübt.«

»Was sind Korbleger?«

»Du weißt schon, wenn du zum gegnerischen Korb läufst und den Ball vom Korbbrett abprallen läßt. Der leichteste Wurf im Basketball.«

»Und den muß er üben?«

»Kavanagh schon. Er hat ihn noch nicht perfektioniert. Er schafft es in rund 99,9 Prozent der Fälle. Aber die 0,1 Prozent Fehlerquote fuchst ihn so richtig.«

»Ich hasse das ganze Trara. Jemand sollte eine Sportart ohne Wettstreit erfinden. Die Typen sollten einander über die Ziellinie helfen.«

»Nach Ihnen, mein Herr. Nein, nach Ihnen.«

»Wenn ich beim Speerwurf weiter werfe als der nächste, ist er nur beschämt, also stecke ich den Speer vor meinen Füßen in den Boden. Ich hoffe, daß ich nie wieder im Leben turnen muß. Dem Turnlehrer hab ich erzählt, daß ich am offenen Herzen operiert worden bin, aber ich fürchte, er hat mir nicht geglaubt. Er will, daß ich eine Entschuldigung von meinem Alten beibringe.« Schweigend gingen sie weiter.

Nach einer Weile sagte Blaise: »Ich habe gestern ein paar Anrufe getätigt.« Er seufzte tief. »Anscheinend werden die Prüfungsbögen – obwohl sie hier aufgesetzt werden – in England gedruckt.«

»Was?« Martin kreischte fast. »Wen hast du angerufen?«

»Die nordirische Schulprüfungsbehörde oder so ähnlich.«

»Jesus – was hast du gesagt?«

»Ich hab gesagt, daß ich eine Arbeit schreibe. Für mein Pädagogikdiplom. Hab mir 'ne tiefe Stimme zugelegt.«

»Hast du doch gar nicht nötig.«

»Danke.«

Sie bestellten sich Fish & Chips. Kavanagh, der gerannt war, um sie einzuholen, begegnete ihnen, als sie eben aus dem Imbiß traten. Seine Haare waren noch naß vom Duschen. Er tauchte gleich die Hand in Martins Tüte und fischte ein paar Fritten heraus.

»Verdammt noch mal, das reicht«, sagte Martin. »Kauf dir dein eigenes Essen.« Sie warteten, bis Kavanagh sich seinen Fischimbiß besorgt hatte. Das dicke Mädchen im weißen Kittel errötete zwar immer noch, schaffte es aber, Kavanagh zu bedienen.

»Wie geht's, Isobel?«

»Gut«, sagte sie und lachte nervös, während sie seinen Fisch einwickelte und ihm das Wechselgeld herausgab. Dann liefen sie wieder die Straße hoch.

»Wirklich, sie macht sich«, sagte Kavanagh. »Sie kann schon sprechen. Wer weiß, was als nächstes kommt.«

»Das liegt daran, daß du sie mit ihrem Namen angeredet hast.«

»Willst du, daß ich sie mit einem anderen Namen anrede?«

»Dieser verrückte Kerl«, sagte Martin und deutete mit einem Kartoffelstäbchen auf Blaise, »hat die Beamten von der nordirischen Schulbehörde angerufen und behauptet, er schreibe an einer Diplomarbeit. Er hat herausgefunden, daß die Prüfungsbögen auf der anderen Seite der Irischen See gedruckt werden.«

»Von einer streng geheimen Druckerei«, sagte Blaise. »Scheiße, wieder mal typisch.«

»Wofür?«

»Unser Pech.«

»Irgendwann müssen sie sie ja wohl hierhertransportieren«, meinte Kavanagh.

»Letztes Jahr sind sie ungefähr zwei Wochen vor Prüfungsbeginn eingetroffen«, sagte Martin.

»Das hast du gesehen?« Blaises Stimme wurde eine Oktave höher, und er neigte den Kopf zur Seite.

»Ja. Das weiß doch jeder. Ich hab vor mich hingetrödelt, da kommt so 'n Mann mit all den braunen Umschlägen des Wegs, auf einem Wägelchen. Er hat Joe Boggs gebeten, ihm zu helfen, es die Treppe hinaufzutragen. Sie lagern sie in dem Raum neben der Kapelle. Wo Joe Boggs sein Putzzeug aufbewahrt. Hochgeheim.«

»Mich laust der Affe«, sagte Blaise. »Wann, sagst du, war das?«

»Eine Woche, vielleicht auch zwei, vor der Prüfung.«

»Es wäre schön zu wissen, wann genau sie dieses Jahr eintreffen.«

»Die Aufsicht wird von Externen geführt«, sagte Martin. »Sie kommen eine halbe Stunde vorher in die Schule und holen sich die Prüfungsbögen für den Tag, dann gehen sie in die Turnhalle oder wo immer die Prüfung stattfindet.«

»Hör mal, Philip«, sagte Kavanagh. »Ich merke, daß sich ein Abenteuer zusammenbraut. Sollen wir ein Stück Schnur mitbringen und Lucy-Ann?«

»Nicht zu vergessen Kiki, den Papagei.«

Fünftes Kapitel
VIERZIG MINUTEN

Martin saß hinten im Studiensaal und versuchte, sich ein, zwei Sätze auszudenken, um die er seine unfertige Hausaufgabe ergänzen könnte. Aber was für einen Sinn hatte das? Er hatte nur etwa eine halbe Seite geschrieben – darüber, daß Milton es leichter fand, Satan zu erschaffen als Gott –, basierend auf dem Zitat »*Doch wie gefallen! wie verwandelt …*« Er haßte Milton. Milton mit der Orgelstimme war völlig hirnrissig. Er hatte die halbe Seite aus einer kritischen Studie in der Bücherei und seinen eigenen kümmerlichen Bemühungen zusammengestoppelt. Am Vorabend hatte er länger als eine Stunde dagesessen und sich einen unbeholfenen Satz nach dem anderen aus den Rippen geschnitten, bis er einen Absatz beisammenhatte. Dann war er so angewidert, daß er aufgab. Er wollte nicht noch mehr Gefasel schreiben, also schrieb er nichts.

> *Dieses große epische Gedicht ist durch klangvolle Würde des Ausdrucks und eindringliche moralische Inbrunst charakterisiert. John Milton schrieb es auf dem Höhepunkt seiner dichterischen Laufbahn, obwohl er blind war. Blinde können die Wahrheit oft besser erkennen als wir anderen. Als Stoff wählte er den Sündenfall, die Sündenfälle der gesamten Menschheit seit Adam und Eva. Und die Sache wurde weiterhin kompliziert durch Miltons feste Überzeugung, seine Dichtkunst müsse belehren.*

Er klappte das Schreibheft zu. Heute abend würde er es noch einmal versuchen. Heute abend würde er fertig werden.

Warum mußte man sich als Schüler mit so etwas herumplagen? Wenn man sämtliche Iren in einer Reihe aufstellte, ihnen eine Pistole an den Kopf hielte und sie fragte: *Wie wichtig ist es, Miltons* Verlorenes Paradies *mit einem gewissen Maß an Verstand und Einsicht erörtern zu können?,* und es gäbe zwei Kästchen mit der Aufschrift WICHTIG und NICHT SO WICHTIG, und man erschösse jeden, der NICHT SO WICHTIG angekreuzt hätte, sähe es um vieles schlimmer aus als nach der Großen Hungersnot. Verdammt, es wäre eine einzige Ausrottungsaktion. Die einzigen, die übrigblieben, wären Englischlehrer. Irland wäre ein von Englischlehrern regiertes Land.

Fürs erste aber bedeutete sein katastrophaler Versuch, einen Aufsatz abzufassen, daß er den Englischunterricht meiden mußte. Wee Jacky kontrollierte nur selten die Anwesenheit. Im vergangenen Jahr hätte Martin geschwänzt, aber er hatte seiner Mutter ein Versprechen abgegeben. Er mußte einfach dasein, wenn beim Morgenappell die Namen aufgerufen wurden. Und danach mußte er eine Möglichkeit finden, sich vierzig Minuten lang unsichtbar zu machen. Jetzt im Gang sah er auf die Uhr. Es war erst zehn nach. Gottlob hatten sie keine Doppelstunde. Er mußte sich eine Ausrede ausdenken, falls er angehalten wurde. »Ich gehe nur eben auf die Toilette.« Oder komme gerade daher, je nachdem, wo er geschnappt wurde. Aber das half alles nichts, wenn er sich irgendwo hinsetzte. Er verstaute seine Tasche in dem alten Umkleideraum und ging zum Trakt hinunter. Hier war Blaise durchs Fenster eingestiegen. Es schien ihm ein gutes Versteck.

Mit einem der Seminaristen, Alfie Gribben, hatte er sich einmal unterhalten. Sein Spitzname war Big Alpha. Martin stieg langsam eine schmale Treppe hinunter, die zum Anbau führte. Er hätte ein Buch mitnehmen sollen. »Das soll ich in Big Alphas Zimmer bringen.« Am Fuß der Treppe blieb er stehen und lauschte. Irgendwo war jemand am Tippen. Er setzte sich auf die letzte Stufe. Wenn niemand vorbeikam, konnte er stundenlang hier sitzen bleiben. Der geistliche Ratgeber, Vater Barry, sein Zimmer war auch irgendwo hier unten. Wenn ihn jemand erwischte, konnte er immer noch sagen, daß er nach ihm suchte. »Ich bedarf geistlicher Anleitung.«

Aber er wurde unruhig, und so stand er auf und lief dem Schreibmaschinengeklapper entgegen. Die Türen zur Straße hin waren zugemauert worden, und in die Räume gelangte man von einem zentralen Korridor, der mitten durch die Häuser getrieben worden war. Vom Hauptgang gingen schmale Alkoven ab – die Dielen der ursprünglichen Reihenhäuser. Das Schreibmaschinengeklapper brach ab. Martin trat in einen der Alkoven. Er hörte, wie eine Tür aufflog. Schritte kamen den Korridor entlang, eine weitere Tür ging auf und schloß sich wieder. Martin hörte den Typ pinkeln, hörte die Pisse ins Klosettbecken rinnen, dann die Spülung. Die Toilettentür ging auf und schloß sich wieder, und die Schritte näherten sich. Ein abscheulich starker Geruch nach Rasierwasser. Aber der Typ ging nicht wieder in sein Zimmer, sondern kam zum Fuß der Treppe. Es war ein Rothaariger, dessen Namen Martin nicht genau wußte. McGratten oder McClatchey oder so ähnlich. Aus den Augenwinkeln bemerkte er Martin in dem Alkoven.

»He – stimmt was nicht?«

»Doch. Ich suche das Zimmer des geistlichen Ratgebers.«

»Das ist hier.« Der Typ deutete hin. »Aber ich weiß, daß er gerade unterrichtet.« Sie lächelten einander an. »Kann ich irgend etwas für Sie tun?«

»Nein. Eh – wieviel Uhr ist es?« Der Typ sah auf seine Uhr.

»Viertel nach.«

»Das kann doch nicht sein ...«

»Vielleicht geht sie ein bißchen nach.« Er sah wieder auf die Uhr, um sich noch einmal zu vergewissern.

»Vielleicht warte ich einfach auf ihn.«

»Du liebes Lottchen – wenn es später ist, muß ich mich aber sputen.«

Und schon war er auf und davon, stampfte die Treppe hinauf und ließ eine Wolke von Old Spice zurück. Du liebes Lottchen. Du liebes Lottchen – wer sagte heute noch »Du liebes Lottchen«? Wie seltsam. Einmal hatte er einen Mann sagen hören: »Lieber Gott, leck mich am Arsch.« Und Vater Farquharson verfügte über ein ebenso merkwürdiges Arsenal an Kraftausdrücken. Zu verschiedenen Zeiten hatte Martin ihn je nach dem Ausmaß seiner Verwunderung sagen hören: »Bei meinen Sternen« oder »Bei meiner geheiligten Tante«, und einmal, als er von Mamie Dorans erster Schwangerschaft im Alter von dreiundvierzig Jahren erfuhr, hatte er gesagt: »Bei meinen zerrütteten Nerven.«

Martin wollte sich wieder auf die unterste Stufe setzen, aber dann merkte er, daß er sofort ins Auge fallen würde, sobald die Tür am Kopf der Treppe aufgestoßen wurde. Lautlos lief er den Gang entlang und besah sich die Türen. Er fand das Badezimmer. An der Tür war ein kleines Männchen angebracht, das Martin, als er darüber nachdachte, völlig überflüssig fand. Er trat ein und verriegelte die Tür. Er klappte den Toilettendeckel zu und setzte sich darauf, als wäre es ein gewöhnlicher Stuhl. An der Seitenwand der Badewanne klebten zwei Haare. Eins hatte die Gestalt eines musikalischen Zeichens, dessen Namen er nicht wußte: 𝄞. Er wünschte, er hätte ein Buch oder etwas anderes zu lesen mitgebracht. So wenig war hier verunziert worden. Es gab keinerlei Graffiti, aber das konnte man von Leuten, die Priester werden wollten, wohl auch nicht erwarten. Andererseits war da die Geschichte mit den Kerlen gewesen, die das Treibhaus in Ardglass mit Steinen beworfen hatten. Er erhob sich und betrachtete sich in dem runden Rasierspiegel, der an der Wand angebracht war. An einem Gitterarm aus Metall ließ er sich heranziehen. Eine Seite des Spiegels war normal, die andere vergrößerte. In der nach innen gewölbten Fläche sah sein Gesicht wie das eines Riesen aus, und die Pickel auf seiner Stirn wirkten zehnmal so schlimm. Es brachte ihn auf den Gedanken, daß er sich rasieren mußte – an der Kinnlade wuchsen ihm Stoppeln. Wie einem Cowboy. Das war gut, so einen Spiegel hätte er auch gern zu Hause. Er strich sich übers Kinn, spürte aber nicht viel. Er drehte den Spiegel herum, und da war er wieder in Normalgröße. Wie spät es wohl war?

Hinter dem Klosett befand sich ein Fenster aus Milchglas. Darüber ein kleineres, das man aufklappen konnte. Er stieß es auf und klinkte den Riegel in das äußerste Loch. Das einzige, was er sehen konnte, war das Eck einer Ziegelsteinmauer und ein Stück Bürgersteig, auf dem Bonbonpapiere umherwirbelten. Soviel zur Außenwelt. Er setzte sich auf den Rand der Badewanne und blickte auf den Klosettsitz. Er hatte keine Ahnung, weshalb er ihn von unten betrachten wollte, aber er hob den Deckel an. Auf der Rückseite des Beckens stand ARMITAGE SHANKS. Das also war es – er suchte etwas zum Lesen. Verdammt, er war ein zwanghafter Leser. Schlichten Lesestoffs. Zeigt mir eine Cornflakes-Packung, und ich bin zufrieden. Oder, wenn ich mich wie ein Intellektueller fühle, eine Flasche HP-Sauce. *Cette sauce de haute qualité.* Lesen war eine Möglichkeit, sich die Zeit zu vertreiben.

Am Innenrand der Klosettbeckens war ein Stück weißes Plastik mit einem himmelblauen Barren festgeschnallt. Er hatte die Beschaffenheit von schmelzendem Eis. Etwas von seinem antiseptischen Geruch stieg auf. Was zum Teufel trieb er da? Daß er in der Seminaristentoilette saß und ins Klosettbecken starrte? Er wäre weit besser dran gewesen, in der Englischstunde auszuharren und Wee Jaky die Wahrheit zu gestehen. Ich hab's nicht geschafft, Hochwürden. Ich geb ihn morgen ab.

Scheiß-Milton. In der Quinta hatten sie ein Sonett auswendig lernen müssen, das mit den Worten begann: *»Cromwell, du unser Haupt ...«* In einer katholischen Schule in Irland? An das verfluchte Ding konnte er sich heute noch erinnern: *»... der du gemacht dir Bahn durch Kriegsgewölk und Lästerung zu Fried' und Wahrheit in Bereinigung, im Glauben stark und einzig in der Schlacht.«* Statt seine Mannen für all ihre Plünderungen, Brandschatzungen und Meuchelmorde mit Geld auszubezahlen, hatte Cromwell ihnen Teile Irlands übereignet. Das hatte Martin nicht in der Schule gelernt, nicht vom Lehrer, der ihnen das Gedicht zu lernen aufgab, sondern von dem Mann, dem der Eckladen auf dem Weg zum Park gehörte. Ob er es wohl wagen durfte, eine Zigarette zu rauchen? Den Rauch könnte er durch das winzige Fenster blasen. Vielleicht wartete er besser bis zur Pause.

»Bei mir heißt er Oliver ›aus und vorbei‹ Cromwell«, hatte der Ladeninhaber gesagt. »Überall in Irland hat er wie die Pest gewütet. In Drogheda hat er dreitausend Menschen durch das Schwert hinrichten lassen, und als er entdeckte, daß sich die Leute – Greise, Weiber und Kinder – in einer Kirche vor ihm versteckten und um – wie heißt das noch gleich, worum man in einer Kirche nachsucht? –, was hat er da getan? Er hat sie in Brand gesteckt. Für die war nun wirklich alles aus und vorbei. Das warzengesichtige Schwein. Die Grausamkeiten Cromwells...«, und er schüttelte den Kopf, als fehlten ihm die Worte.

Um etwas zu tun, betätigte Martin die Spülung. Wieviel Uhr es wohl inzwischen war? Sein Versuch, die Zeit totzuschlagen, war jämmerlich gescheitert. Wahrscheinlich war er der einzige Typ in der Schule, der keine Uhr hatte. Aber seine Mutter bestand darauf: »Du bekommst deine Uhr an deinem achtzehnten Geburtstag, und keine Stunde vorher.«

»Woher würde ich wissen«, fragte er, »ob es eine Stunde vorher ist oder nicht? Im *Verlorenen Paradies* sieht Gott alles auf einmal – die Vergangenheit, die Gegenwart und die Zukunft. Er ist der einzige hier, der keine Uhr braucht.«

»Geh und laß mich in Frieden.«

Asyl. So hieß das, wenn sich jemand in einer Kirche versteckte. Martin überlegte, ob er zur Schulkapelle hinaufgehen sollte. Da wäre niemand. Wenn er ertappt wurde, konnten sie ihm nichts anhaben. Es wäre eine Angelegenheit zwischen ihm und seinem Gott.

»Sie können mich nicht dafür bestrafen, daß ich bete. Ich habe mich in einer tiefen spirituellen Krise befunden. Englisch hin, Englisch her, ich mußte es mit meinem Heiland ausmachen.«

In der Kapelle wäre es interessanter. Nicht, daß es hier unten völlig uninteressant war.

Das einzige Problem war die Wegstrecke, der kilometerlange Korridor. Er konnte nicht wissen, wo Condor sich aufhielt, ob er im Gebäude herumschlich oder nicht. Oder womöglich erwischte ihn ein anderer Lehrer, der ihn Condor melden würde. Hier war er ziemlich sicher. In der Kapelle wäre er ziemlich sicher. Das Problem war der Sprint von den Sanddünen zum Meer. Er hatte eine Sendung über Meeresschildkröten gesehen, die zu Millionen im Sand ausschlüpften und versuchten, ins Wasser zu gelangen, bevor sie von Seemöwen verschlungen wurden. Er konnte den Hauptgang entlanglaufen, aber dann mußte er die erste Treppe nehmen. Das hatte den großen Nachteil, daß er an der Tür des Direktors vorbeimußte. Wenn er die andere Treppe nahm, mußte er im ersten Stock am Lehrerzimmer vorbei, was schlimmer war. Dauernd kamen und gingen Lehrer, und sie würden wissen wollen, weshalb er sich hier herumtrieb, wenn er im Englischunterricht sein mußte. In all seinen Jahren an der Schule war er erst einmal mit einer Botschaft zum Lehrerzimmer gegangen. Wee Clo, der Französischlehrer, hatte aufgemacht.

»Un moment«, hatte er gesagt. Die Luft hinter ihm war blau vor Zigarettendunst. Vater McGrady beugte sich über den Billardtisch und wollte eben eine Kugel stoßen. Wee Clo schlug Martin die Tür vor der Nase zu. Das Ganze passierte rasend schnell, wie bei einer Fotografie, als wäre die Tür der Verschluß. Als Vater McGrady seinen Stoß machte, hörte Martin von drinnen die Kugeln klacken.

Wenn er erst einmal an der Tür des Direktors vorbei wäre, hätte er gewonnen – schnurstracks in die Kapelle. Im Hauptgang würde er die Uhrzeit sehen, das wäre eine Hilfe.

Jesus, er war wie Hamlet. Warum handelte er nicht einfach?

»Also gut«, sagte er laut. Er griff nach dem Riegel der Toilettentür. Er ging schwer, und als er fest zudrückte, schnappte er plötzlich mit einem lauten metallischen Knacken zurück. Es hörte sich an wie ein Gewehrschuß. Er steckte den Kopf zur Tür hinaus und blickte umher. Nichts rührte sich. Vermutlich war überhaupt niemand in der Nähe gewesen. Er stieg wieder die Treppe hinauf zum Trakt, dann durch die Tür und auf den Schulkorridor. Das mußte die Strecke sein, die Blaise neulich gegangen war.

Die verdammte Uhr war offenbar stehengeblieben. Was war mit dem Scheißding los? Es war erst zwanzig nach. Er mußte noch eine Ewigkeit totschlagen.

Es war niemand in der Nähe. Er ging so leise und beiläufig wie möglich. Er hörte die Stimme von Ding-Dong, der in der Sexta Geschichte unterrichtete. Einmal hatte Ding-Dong einen Sextaner ins Sekretariat geschickt, damit er sich ein neues Schreibheft besorgte. Klöterich, der Schulsekretär, hatte die Luke aufgeschoben.

»Für wen?«

»Mr.... eh, Mr. Dong.«

»Sein Spitzname lautet Ding-Dong, weil er Bell heißt. Für dich immer noch Mr. Bell. Hier.« Und er reichte ihm das neue Schreibheft.

Mr. Dong – so ein Quatsch.

Martin hörte, wie im Nebenzimmer der Zeigestock gegen die Tafel klickte, dann die Stimme von Ned Kelly, der brüllte: *»Wird auch langsam Zeit... Es ist doch nicht zu fassen.«*

Den Gang entlangzulaufen, vorbei an den Klassenzimmern, war, wie wenn man an der Sendereinstellung eines Radios drehte – man hörte bloß Bruchstücke und Fetzen. Martin kam an einer weiteren Tür vorbei. Nichts als Stille. Entweder war der Raum leer, oder Condor stand vor der Klasse. In seinem Unterricht kauerten sich die Jungen in ihre Bänke. Man wußte nie, was er als nächstes tun würde. Man hatte das Gefühl, daß er einen wie eine Wespe wegklatschte, wenn man ihn verärgerte, und sei es noch so geringfügig. Irgendwo schlug eine Tür. Schritte.

Martin stieg, zwei Stufen auf einmal nehmend, die erste Treppe hoch und war außer Sicht, bevor der Betreffende in den Hauptgang einbog. Hier oben war der Fußboden mit Linoleum ausgelegt und roch nach Bohnerwachs. An der rechten Seite zogen sich Fenster entlang. Martin schaute hinunter auf den Pausenhof. Mitten auf dem Asphalt befand sich ein eingezäuntes Gartenstück mit einer Trauerweide in der Mitte. Ein Auto wendete. Wie konnte er sich im Trakt nur zehn Minuten lang aufgehalten haben? Es war ihm wie eine halbe Stunde vorgekommen, mindestens.

Das Büro des Direktors war zur Linken. Martin merkte, wie er den Atem anhielt. Er stellte sich an wie ein Sextaner. Er atmete wieder aus. Neben der Tür stand eine Vitrine mit Trophäen. Es gab eine Menge Silberteller, Pokale und Medaillen, die auf grüne Samttafeln aufgesteckt waren. Die Trophäe in der Mitte der Vitrine war der bedeutendste Preis im Gälisch-Fußball der Schulen, der McCrory-Pokal. Neben der Vitrine hingen die gerahmten Fotos der siegreichen Mannschaften, die bis zu den Anfängen der Schule zurückreichten. Eine kurze Treppenflucht, und er stieß die Tür zur Kapelle auf. Sie war menschenleer. Die Schwingtür schloß sich mit einem Hauchlaut hinter ihm. Geschafft.

Er schob seinen Hintern auf die hinterste Kirchenbank. Es gab eine mit Gummipolster überzogene Bank zum Niederknien, die sich über die gesamte Länge der Sitzreihe erstreckte.

»Heutzutage haben sie's leicht«, sagte Mary Lawless immer. »Zu meiner Zeit mußte man leiden. Gute harte, hölzerne Kniebänke. Da werden die ollen Knie hübsch zäh – aber für die Nylonstrümpfe war's bös.«

»Was hätte es auch für einen Zweck, Hochwürden«, sagte Schwester Gilliland, »nach Lough Derg zu pilgern, um Buße zu tun, wenn's leicht wäre?« Vater Farquharson nickte und lächelte.

»Da könnte man ebensogut in Mrs. Kellys Pension in Portstewart übernachten«, entgegnete er. »Dabei fällt mir ein, Mrs. Brennan, ich habe da einen Freund in Dublin, der ein bißchen Urlaub machen will, er ist Ordensgeistlicher, ein Diener Mariens. Sehr zurückhaltend. Ob Sie wohl etwas dagegen hätten? Es wäre nur für ein paar Nächte.«

»Ach, Hochwürden. Sie wissen doch, wir können nicht...« Vater Farquharson wartete darauf, daß sie den Grund nannte.

»Das Gemeindehaus ist in der Woche belegt. Ich muß ein Schild ins Fenster stellen«, sagte er.

»Jetzt haben Sie mich ganz verlegen gemacht«, sagte Mrs. Brennan. Aber Vater Farquharson starrte sie weiter an und harrte einer Erklärung. »Sie wissen doch, es wäre mir ein Vergnügen. Aber wir haben nicht die besten – eh – Waschgelegenheiten.«

»Ach, du liebe Güte, lassen Sie sich doch nicht von so etwas beunruhigen. Es handelt sich um einen Mann des Geistes, nicht des Körpers. Und weiß der Himmel, wenn er ein Bad benötigt, kann er doch zum Gemeindehaus kommen, oder nicht? Er ist ein großer Verehrer der Wüstenväter. Da hat's auch nicht soviel Wasser. Sein Name ist Vater O'Hare – Vater Estyn O'Hare.«

»Ach, Vater Farquharson, ehe ich's vergesse. Ich habe da eine Karte zum Lesen einer Messe, die Sie mir bitte unterschreiben wollen.«

Vater Farquharson nickte flüchtig und sah erst auf seine Schuhe nieder, dann zur Decke hinauf. Martins Mutter stand mit flatternden Händen mitten im Zimmer und versuchte, sich daran zu erinnern, wo sie die Karte hingelegt hatte. Es war, als ginge ihr Körper zurück und verrichtete noch einmal all die Dinge, die sie in der vergangenen Stunde erledigt, aufgehoben und hingelegt hatte. Dann stürzte sie in die Küche.

»Wann beginnt die nächste Versetzungsrunde, Hochwürden?« fragte Mary Lawless.

»Nicht vor dem nächsten Frühjahr, glaube ich. Gott sei Dank.«

»Haben Sie sich hier eingelebt, Hochwürden?«

»So gut ich es je vermag.«

Die Tür ging auf, und Mrs. Brennan kam mit der Karte wieder. Sie reichte sie dem Priester. Er nahm einen Füllfederhalter aus der Innentasche. Das Futter seiner schwarzen Anzugjacke war aus Seide. Er faltete die Karte sorgsam auseinander, um sie zu unterschreiben, und um ein Haar wäre der Fünf-Pfund-Schein, der darin lag, in den Kamin gesegelt. Seine Hand berührte ihn kaum, da war er auch schon in seiner Hosentasche verschwunden. Er schraubte den Füllfederhalter auf und unterzeichnete mit einem Schnörkel. Dann blies er ein wenig auf die

Tinte, faltete die Karte wieder zusammen und gab sie Mrs. Brennan zurück.

»Danke, Hochwürden. Sehr freundlich von Ihnen.«

Vater Farquharson sagte nichts. Er setzte nur eine Art verlegenes Grinsen auf und versuchte, das Thema zu wechseln, indem er Mary Lawless' Frage beantwortete.

»Für mich ist es eine sehr gute Gemeinde gewesen. Im großen und ganzen.«

Martin kniete sich auf das Gummipolster. Er versuchte zu beten, aber es fiel ihm schwer, wußte er doch, daß er schwänzte und wissentlich eine Sünde beging, wie läßlich auch immer. Er setzte sich wieder auf den Sitz, beugte sich vor, bedeckte das Gesicht mit den Händen und versuchte, Worte zu finden, mit denen er beten könnte. Er wußte, daß sein Gebet nichts taugte, wenn es einen Schacher beinhaltete. Hilf mir nur durch diese eine Vierzig-Minuten-Stunde, und ich werde es nie wieder tun. Schütze mich, o Herr, in Deinem Haus. Vor denen, die mich drangsalieren. Und mir ordentlich das Fell gerben werden. Gestatte mir diese kleine Sünde, und danach werde ich ein besserer Mensch sein. Leuchte mir, Ewiger. Das Ewige Licht brannte wie eh und je, und seine Flamme flackerte in dem roten Glas, das es barg. Rubinrot. Rot – die Farbe der Gefahr.

Vater O'Hare war der wunderseltsamste Priester, dem er je begegnet war. Er hatte bei ihnen übernachtet, als Martin zehn war. Martin erinnerte sich noch daran, weil er kurz zuvor die Aufnahmeprüfung fürs Gymnasium abgelegt hatte und jedermann sagte, wie jung er doch dafür sei, noch nicht einmal elf. Vor dem Besuch hatte Martins Mutter in einem Zustand unterdrückter Freude gelebt. Für Priester war sie genau die Richtige. Nichts machte ihr zuviel Arbeit. Mahlzeiten zu kochen war ihr ein Vergnügen, Besorgungen wurden mit Verve erledigt, über Scherze gelacht. Aus einem Schrank hinten wurden der viktorianische Krug und die Waschschüssel hervorgeholt, und Martin mußte dem Priester heißes Wasser und Seife aufs Zimmer bringen. Dieser blieb, die Decken bis zum Kinn hochgezogen, im Bett, bis Martin aus dem Zimmer gegangen war.

Martin war nicht sicher, weshalb, aber er wußte, daß seiner Mutter nichts lieber war als die Vorstellung, einen Priester im Haus zu beherbergen. Ihr Glück war augenfällig, wie sie, einen Choral summend, herumhantierte, ihm das Bett machte, seinen Schlafanzug faltete und unters Kopfkissen stopfte, seine Waschschüssel die Treppe hinuntertrug und in die Spüle entleerte.

Er war ein dünner, grauhaariger Mann Anfang Sechzig, kaum vorhanden. Mary Lawless behauptete von ihm, wenn er sich zur Seite drehe, verschwinde er ganz und gar. Martins Mutter sagte, sie glaube, Vater Farquharson habe ihn auf ein paar Urlaubstage eingeladen, um ihn »aus sich herauszuholen«. Der alte Priester saß in der Ecke, die Ellbogen auf die Holzlehnen des Sessels gestützt und das Kinn auf die verschränkten Knöchel gelehnt. Er schien ins Leere zu starren. Ein völlig bekloppter Typ. Gelegentlich bewegte er den Kiefer und klapperte mit seinem künstlichen Gebiß. Nie las er eine Zeitung oder sah fern. Mrs. Brennan fragte sich, ob es sich um Frömmigkeit oder Geistesabwesenheit handelte. Am Ende befand sie, daß er unter Depressionen litt. Schwester Gilliland pflichtete ihr bei, und noch Monate nach seinem Besuch fügte sie den persönlichen Anliegen ihres allabendlichen Rosenkranzes ein Gebet hinzu, daß sie sich legen möchten.

Am anderen Ende der Kapelle befand sich eine Kreuzigungsszene mit Unserer Lieben Frau und Maria Magdalena, die am Fuß des Kreuzes standen. Sie war sehr alt und auf Tafeln gemalt, man konnte sehen, wo sie in der Mitte des Gemäldes aneinanderstießen. Der Lacküberzug war stumpf geworden, aber es war noch zu erkennen, wie der Künstler Maria Magdalenas gelbes Haar gemalt hatte. Die Locken und Flechten fielen ihr in Wellen über die Schultern.

Als Martin noch den Kunstunterricht besuchte, hatte der

Zeichenlehrer, Tommy Cooper, ihm den Schlüssel für den Bücherschrank im Zeichensaal ausgehändigt.

»Schau dir die Sachen mal an, vielleicht findest du etwas, was dich inspiriert.« Martin blätterte ein Buch über Kunstgeschichte durch. Es gab eine Statue von David, aber er trug eine mit Ausziehtusche gemalte Badehose. Martin hielt die Seite gegen das Licht, um zu sehen, ob die Tusche dünn genug war, daß man hindurchsehen konnte. Sie war mattschwarz, opak, und er sah nichts als das Muster der Pinselstriche. Auf anderen Seiten waren ganze Bilder verunstaltet.

»Sir, was soll das alles?« fragte er und zeigte dem Lehrer eine schwarze Seite.

»Auf mein Konto geht es nicht«, antwortete Tommy Cooper.

Martin blätterte vor und zurück.

Auf der nächsten Seite war eine sonderbare Gestalt abgedruckt, die nicht mit Tusche übermalt war. Es handelte sich um eine nackte Frau, aber man konnte nichts erkennen, weil ihr Körper ganz mit Haaren bedeckt war. Einen Augenblick lang dachte er, es sei Schraffierung, aber nein, es waren eindeutig Haare. Sie war von Engeln umgeben – insgesamt vier. Auf der folgenden Seite war sie wieder zu sehen, diesmal von zwei Engeln getragen. Er las die Bildunterschrift:

Maria Magdalena, von zwei Engeln zum Himmel getragen.
Gedruckt von Gunter Zaimer, Augsburg 1470–1473.

Maria Magdalena war nicht behaart. Sie war eine Gefallene. Man mußte normal sein, um eine Gefallene zu sein, sonst wäre einem niemand verfallen. Er blätterte wieder zum ersten Druck zurück.

Maria Magdalena, von vier Engeln zum Himmel getragen.
Künstler: Michael Wolgemut & Hans Pleydenwurff.
Gedruckt von Anton Koberger, Nürnberg 1493.

Was sollte das? Davon stand in der Heiligen Schrift nichts. Sie wusch Christus die Füße, trocknete sie mit ihren langen Haaren und salbte sie. Aber von hier zum Aussehen eines Gorillas war es ein gewaltiger Sprung.

»Sir, warum ist Maria Magdalena so behaart?«

»Laß mich sehen.« Tommy Cooper beugte sich über das Buch.

»Vielleicht ist es Schraffierung – Kreuzschattierung. Um die Gestalt etwas abzudunkeln.«

»Dann hätten sie Ausziehtusche benutzen können, wie bei den restlichen Bildern.«

»Hat mit mir nichts zu tun, Brennan. Das waren die Machthaber.«

»Gegrüßet seist du, Maria, voll der Haare!«

»Kein Grund zu höhnen, Brennan. Wenn du mehr erfahren willst, frag einen von den Priestern.«

Draußen lugte die Sonne heraus. Die Buntglasfenster der Kapelle leuchteten prächtig. Noch nie hatte er Farben von solcher Strahlkraft gesehen. Jemand hatte gesagt, die Farben hätten diese Qualität, weil das Glas geschichtet sei. Doppelverglasung – blaues Glas vor rotem Glas ergab ein strahlendes Lila. Blau, vor Gelb geschoben, ergab ein sattes Grün. Wenn das Sonnenlicht durch die Kapellenfenster einfiel, nahm es die Farben der Glasscheiben an und breitete sie auf dem Fußboden aus. Auf den Holzbrettern erglänzten Unterwasserblau, tiefes Rubinrot, Violett, Selleriegrün. Es gab ein Fenster, das den heiligen Paulus auf dem Wege nach Damaskus zeigte. Saulus war auf die Erde gefallen, er stützte sich mit einer Hand und schirmte mit der anderen sein Gesicht gegen die hellen Strahlen ab, die das Antlitz des Herrn umleuchteten. Vom Verfolger zum Apostel im Handumdrehen. Die Fenster waren so wertvoll, daß man sie während des Krieges vergraben hatte.

Lärmend schlug eine Tür zu, und Martin erstarrte. Scheiße. Auf den Holzdielen der Sakristei lief jemand hin und her.

Nichts wie weg. Raus hier, aber dalli. Doch er rührte sich nicht. Es konnte Condor sein oder der Direktor. Vorher hatte er sich eine Reihe von Dingen ausgedacht, die er vorbringen konnte, falls er in der Kapelle erwischt wurde, doch jetzt ließen ihn seine Ausreden im Stich. Er würde stammeln und erröten, irgend etwas Dummes daherstottern. Am Ende vermutlich zugeben, daß er den Englischunterricht schwänzte, weil er seine Hausaufgaben nicht gemacht hatte. Warum konnte er nicht so sein wie Blaise?

»Was tust du denn hier, Junge?«

»Ich untersuche die Buntglasfenster auf die Effektivität ihrer Abdichtungen hin«, hätte Blaise geantwortet. »Für ein chemisches Experiment. Bei saurem Regen werden die Bleieinfassungen zerfressen.« Oder so ähnlich.

Nicht, daß Martin sich derlei nicht einfallen lassen konnte, aber er konnte es nicht ausführen. Er war ein denkbar schlechter Lügner. Man brauchte ihn gar nicht erst an einen Lügendetektor anzuschließen. Er ließ gleich die Katze aus dem Sack. Wer immer ihn befragte, er konnte ihm nicht in die Augen sehen, seine Schultern hingen herab, seine Stimme zitterte. Seine Grammatik verhedderte sich, seine Sätze gerieten ins Stocken und klangen töricht.

Martin stand da. Der einzige Ausweg waren die Donnerbalken. Auf Zehenspitzen schlich er sich an der Kreuzigungsszene vorbei zum Ausgang, öffnete, so leise er konnte, die Tür und ging hinaus. Draußen hielt er die Klinke fest, damit die Tür kein Geräusch machte, wenn sie ins Schloß fiel. Die Treppe und die Gänge waren immer noch still. Er würde einen Blick auf die Uhr werfen müssen, um zu sehen, wie lange er bis zum Klingeln noch ausharren mußte. Als er sah, daß es erst kurz nach halb war, konnte er es kaum fassen. Scheiße, er mußte immer noch zwanzig Minuten lang herumlungern. Leichte Beute.

Falls ihn jemand anhielt, wenn er den Korridor entlanglief, würde er sagen, daß er zur Toilette gehe. Oder zur Trinkfontäne, um einen Schluck Wasser zu trinken, weil ihm leicht unwohl sei.

Als er über den Hof zu den Toiletten ging, hielt er sich so dicht wie möglich an die Mauer. Niemand sah ihn. Die Donnerbalken waren schon eine merkwürdige Sache, wenn niemand da war. An den Wänden waren Kabinen; in der Mitte stand ein durchgehender Urinaltrog. Martin ging in eine Kabine, schloß die Tür hinter sich und verriegelte sie. Am ehesten hielt sich noch Joe Boggs hier auf, aber der stellte keine Gefahr dar. Er war das Faktotum, und eine seiner Aufgaben bestand darin, die Toiletten sauberzuhalten. Immer wieder hatte er die Kabinentüren gestrichen, um die Obszönitäten zu tilgen, aber was mit Messern und Zirkelspitzen ins Holz geritzt worden war, konnte man immer noch sehen. Riesige Schwänze, pralle Titten.

Die Klobrillen waren schon lange zertrümmert oder abgerissen worden, ohne je ersetzt worden zu sein. Es war kein Toilettenpapier mehr auf der Rolle, so daß er die Pappröhre benutzte, um den Porzellanrand abzuwischen, bevor er sich niedersetzte. Ein seltsames Gefühl beschlich ihn, eine Art Übelkeit, die ihm der Gedanke verursachte, daß er auf einem zahnlosen Unterkiefer saß. Wirklich empfindliche Gemüter gingen auf dem Rand des Klosettbeckens in die Hocke wie eine Art kotender Vogel. Er selbst war noch nie Zeuge gewesen, aber er hatte Schuhabdrücke auf dem Porzellan gesehen und die ekelhaften Ergebnisse schlecht gezielter Bemühungen.

Martin saß mit heruntergelassener Hose auf der Toilette und sah sich um. Hin und wieder patrouillierte Condor die Donnerbalken, bückte sich und lugte unter jede Kabinentür. Wenn er jemanden mit hochgezogener Hose dasitzen sähe, hätte er jedes Recht, eine Erklärung zu verlangen. Also war es besser, die Hose um die Knöchel schlackern zu lassen.

Als der wahrhaft kauzige Vater O'Hare bei ihnen zu Hause angekommen war, hatte er zu Martin gesagt: »Ich habe gehört, daß du Altardiener bist?«

»Ja, Hochwürden.«

»Kannst du morgen früh in meiner Messe ministrieren?«

»Ja, Hochwürden.«

»Sieben Uhr. Ziemlich früh, aber dafür hast du den Rest des Tages frei.«

»Aber wofür?« fragte Mrs. Brennan Martin hinterher.

Anderntags fuhrwerkte Mrs. Brennan in ihrem Morgenmantel herum und versuchte, Martin herauszuputzen. Martin war noch verschlafen. Seine Verrichtungen fühlten sich unwirklich an, die Geräusche um ihn herum waren undeutlich. Als der Priester endlich herunterkam, stürzte sich Mrs. Brennan auf ihn.

»Hier, ich bürste Sie ein wenig ab«, sagte sie. Mit zwei, drei geschickten Strichen der Kleiderbürste beseitigte sie die Schuppen auf seiner schwarzen Priestertracht. »Ihr Frühstück steht bereit, wenn Sie zurückkommen. Danach, so Gott will, kann ich selbst eben noch zur Neun-Uhr-Messe gehen.« Sie hielt ihm seinen schwarzen Mantel hin und streifte die Ärmellöcher über die steif nach hinten gestreckten Arme des Priesters. Beinahe hätte sie ihm noch wie einem Kind den Mantel zugeknöpft. Dann bürstete sie auch die Schultern des Mantels ab.

Während seines Besuches liefen die beiden jeden Morgen nebeneinander durch die Dunkelheit zur Kirche. Im Alter von zehn Jahren wußte Martin nicht viel zu sagen. Eigentlich war es Sache des Erwachsenen, das Gespräch in Gang zu halten, Vater O'Hare schien daran jedoch kein Interesse zu haben. Er war gebrechlich, schritt aber entschlossen aus. Es war sehr kalt, und die Pfützen waren mit Eis überzogen. Statt irgend etwas zu sagen, trat Martin auf die Eiskrusten, damit der Priester das knarrende Geräusch hörte, das er mit seinem Körpergewicht verursachte.

»Halt Schritt, halt Schritt.« Mehr sagte er nicht.

Um diese Tageszeit umfaßte die Gemeinde etwa zehn oder fünfzehn Menschen, die verstreut saßen und meist allein gekommen waren. Männer in Overalls auf dem Weg zur Arbeit. Mary Lawless war da, und links vom Mittelgang saß Schwester Gilliland. Die Kirche klang leer, weil jedes Geräusch hallte. Zum Beispiel, wenn die Tür quietschend aufging und dumpf zuschlug. Das Husten eines Mannes wurde vom Husten einer Frau beantwortet. Schritte, die den Gang entlangkamen – geräuschvoll auf dem Marmor, wieder anders auf den Metallgittern, die in den Fußboden eingelassen waren.

Am letzten Morgen seines Aufenthalts hatte Martin sich nach der Messe umgezogen und wartete im Umkleideraum der Meßdiener darauf, daß Vater O'Hare seine Gewänder ablegte. An den beiden vorhergehenden Tagen waren sie schweigend nach Hause gegangen. Nach einigen Minuten kam der Priester in schwarzem Anzug und weißem Kragen zur Tür. Martin wollte sich an ihm vorbeidrücken, doch der Priester verstellte ihm den Weg.

»Ich möchte ein offenes Wort mit dir reden, Martin.« Er wies auf die Bank unterhalb der Garderobe, an der Chorhemden und Soutanen hingen. Darunter standen schwarze Turnschuhe aus Segeltuch. Martin setzte sich. »Ich habe deiner Mutter versprochen, ein offenes Wort mit dir zu reden.« Vater O'Hare setzte sich neben ihn, und es kam Martin sehr linkisch vor. Er hatte noch nie einen Priester auf dieser Bank gesehen. Sie war niedrig gebaut, für Knaben. Vater O'Hares Knie sprangen vor, und er fuchtelte mit den Händen. Er sah auf seine Uhr. »Gibt es um acht Uhr eine Messe?«

»Ja, diese Woche wird sie von Vater Farquharson gelesen.«

»Dann müssen wir uns also beeilen. Wie alt bist du, Martin?«

»Etwas über zehn, Hochwürden.«

»Du weißt ... du weißt, daß du bedauerlicherweise ... daß ihr kein Zimmer habt ... verzeih mir, kein Zimmer, in dem ihr euch waschen könnt ... das nur zum Waschen da ist. Ein Badezimmer. Nun, deine Mutter hat mich gefragt ... Hast du schon einmal vom Fest der Beschneidung Christi gehört?«

»Ja, Hochwürden.«

»Weißt du, was das Fest der Beschneidung ist?«

»Ja, Hochwürden. Es ist das Fest – wenn es passiert. Nach Weihnachten.«

»Aber weißt du, was es ist?«

»Ja.« Martin schien unsicher.

»Die alte jüdische Religion verlangte, daß das Präputium bei jedem Jungen durch chirurgischen Eingriff entfernt wird, aus Gründen der Hygiene.« Vater O'Hares Stimme klang seltsam, als zittere sie. »Und unser Herr Jesus Christus, der in den jüdischen Glauben hineingeboren wurde, stellte keine Ausnahme dar. So wurde also sein Präputium abgeschnitten. In der Tat, es bringt unsere heilige Mutter, die Kirche, in einige Verlegenheit, daß es allein in Europa acht Schreine gibt, die dem göttlichen Präputium geweiht sind. Und die miteinander wetteifern, weil nur eines davon echt sein kann. Heute rümpft die Amtskirche die Nase darüber, aber unter den Laien besteht ein großes Verlangen nach Reliquien, nach etwas Konkretem. Und könnte es eine bedeutendere Reliquie geben als den Leib unseres gnädigen Herrn und Erlösers Jesus Christus? Das Grabtuch von Turin, das eine wahre Kreuz, das Schweißtuch der heiligen Veronika: all das sinkt zur Bedeutungslosigkeit herab neben diesem, dem eigentlichen Leib.« Martin hatte ihn noch nie mehr als ein oder zwei Sätze auf einmal sagen hören. Doch jetzt schien es unmöglich, ihn am Reden zu hindern. Und er redete sehr schnell.

»Meine Mutter wird warten, Hochwürden.«

»Da hast du recht, junger Mann.« Wieder blickte er auf seine Uhr. »Ich will mir schließlich keinen Ärger einhandeln, was?« Martin wußte nicht, was er sagen sollte. »Ein Teil des Problems hat vielleicht mit der Körperhygiene von Jungen zu tun. Ich habe der guten Seele versprochen, ein paar Worte darüber zu verlieren. Es kann ein furchtbarer Keimherd sein. Verstehst du?«

»Was, Hochwürden?«

»Das Präputium«, antwortete Vater O'Hare. »Wenn dein Präputium sehr lang ist. Ich denke, du wirst später keine Schwierigkeiten haben. Du brauchst es nur zurückzuschieben und das Ding in der Mitte wie eine kleine rote Eichel herauszupulen. Da sitzt der Schmand – Smegma –, und da mußt du dich jeden Tag waschen. Hast du gehört?«

»Jawohl, Hochwürden.«

»Aber eine Vorführung ist tausend Worte wert. Laß uns in die Sakristei zurückgehen. Eine kleine Untersuchung. Da drin gibt's eine Toilette.« Er stemmte sich in die Höhe und winkte Martin mit einer ausladenden Geste durch, wie ein Mann beim Kegeln. Martin ging voraus. Er war sich nicht sicher, was es mit dem Ganzen auf sich hatte. Die Toilettentür der Sakristei hatte eine Opalglasscheibe mit Blasen. Vater O'Hare öffnete sie und spähte hinein.

»Frei.« Er lächelte. Draußen schlug eine Tür, und auf den Dielen der Eingangshalle näherten sich Schritte. Die Tür zur Sakristei ging auf. Es war Vater Farquharson.

»Guten Morgen, Estyn. Martin.« Er rieb sich die Hände und beschwerte sich über die bittere Kälte. »Wie steht's?«

»Gut«, antwortete Vater O'Hare. Der alte Priester drehte sich um und ging zur Kirchentür. Er winkte Martin herbei. Vater O'Hare hielt dem Jungen die Sakristeitür auf.

»Was ist mit der Toilette, Hochwürden?«

»Geh nur, wenn du mußt.«

»Ich muß aber nicht.«

»Na schön.« Seine Stimme klang jetzt gereizt. »Dann komm halt, deine Mutter wird schon mit dem Frühstück warten.«

»Reisen Sie heute ab?« erkundigte sich Vater Farquharson.

»So ist es.«

»Dann komme ich vorbei, um mich zu verabschieden, bevor Sie aufbrechen.«

Auf dem Nachhauseweg wurde wenig gesprochen. »Ich werde deiner Mutter sagen, daß wir unsere kleine Unterredung hatten. Schließlich war sie es, die mich darum gebeten hat. Aber so wie's aussieht, glaube ich nicht, daß du ihr von unserem Gespräch berichten solltest. Frauen geraten bei solchen Dingen wie der Körperhygiene von Männern leicht in Verlegenheit. Also, versprochen? Kein Wort davon?«

Martin nickte. Vater O'Hare reichte ihm einen zusammengefalteten Zehn-Schilling-Schein.

»So ist's brav. Du willst doch deine liebe Mutter nicht in Verlegenheit bringen. Sie ist eine wandelnde Heilige.«

Martin hatte keiner Sterbensseele je von dem Gespräch erzählt, da das Gesagte ihn verwirrt hatte. Zu der Zeit hatte er keinen blassen Schimmer, wovon der Mann redete. Er konnte sich kaum auf die Wörter besinnen. Was war ein Präputz? Ein Waschen vor dem Putzen? Aber er wußte, daß sich etwas nicht ganz Geheuerliches zugetragen hatte. Und von dem Geld hatte er seiner Mutter auch nichts erzählt.

Die weißen Fliesen und das Glasdach der Toilette warfen die Geräusche zurück, verliehen ihnen ein scharfes Echo wie in einem öffentlichen Schwimmbad. Hin und wieder kam ein heftiges Zischen von der Reihe der Urinbecken in der Mitte, die automatisch gespült wurden und sich dann entleerten. Der Wassertank begann sich wieder zu füllen. Ein Knacken und Tröpfeln. Martin fand, daß den Geräuschen etwas unglaublich Einsames anhaftete. Schließlich hörte er in der Ferne die Pausenglocke läuten.

»Gott sei Dank«, sagte er und stand auf. Endlich konnte er sich sicher fühlen. Er nahm an, daß er auf Hintern und Schenkeln einen roten Striemen in Form eines Hufeisens hatte. Er zog die Hose hoch, schob den Riegel zurück und trat hinaus auf den Pausenhof. Er zündete sich eine Zigarette an, damit er sie halbwegs aufgeraucht hatte, bevor die Schnorrer eintrafen. In der Schachtel in seiner Brusttasche hatte er noch eine für den Nachmittag. Die Donnerbalken füllten sich rapide. Verschiedene Grüppchen standen beisammen, die Gälisch-Fußballspieler, die Halbstarken, die Hobbyisten. Unterstufenschüler wie Maguire kamen herein und blödelten herum. Maguire wohnte in Martins Nähe und glaubte offenbar, daß ihm dies das Recht gab, mit ihm zu reden, obwohl er Jahre unter ihm war.

»Brennan, laß mich mal ziehen.«

»Wenn du sie dir nicht leisten kannst, Söhnchen, dann rauch halt nicht.«

Aber er hielt dem Jungen die Zigarette hin. Maguire inhalierte einmal und dann noch einmal hastig.

»Sachte, sachte, du brauchst nicht gleich einen Hochofen daraus zu machen.«

Martin nahm seine Zigarette wieder entgegen. Die anderen trudelten ein und steckten sich Glimmstengel an. Mit einem einzigen Streichholz, das er zwischen den glasierten Kacheln anriß, zündete sich Brian Sweeny einen kurzen Stummel an.

»Guckt euch mal das winzige Ding an.«

»Harte Zeiten«, sagte Brian. »Beim Anzünden versengt man sich die Haare in den Nasenlöchern.« Der Lärmpegel in den Toiletten stieg an, je mehr jeder versuchte, über das Getöse hinwegzubrüllen. Die Luft füllte sich mit blaugrauen Rauchschwaden. Martin schob sich mit der Hüfte an ein Waschbecken und streifte seine Asche ab. Als sie mit dem Wasser in Berührung kam, verfärbte sie sich schwarz. Kavanagh gesellte sich zu ihnen.

»Warum warst du nicht im Englischunterricht?« fragte er.

»Ich hatte meine Hausaufgaben nicht gemacht«, antwortete Martin. »Das hasse ich.«

»Was?«

»Nicht sagen zu können: ›Ich gebe sie morgen ab.‹ Wenn man sie nicht abgibt, wenn er sie sehen will, gibt er einem das Gefühl, man ist ein hirnloser Arsch.«

»So schlimm ist er nun auch wieder nicht«, entgegnete Kavanagh.

»Ich habe gerade die längsten vierzig Minuten meines Lebens verbracht. Hab den ganzen Morgen auf verschiedenen Toiletten herumgesessen.«

»Hattest du Stuhlgang?« fragte Kavanagh.

»Wo ist Blaise?«

»Auf dem Weg.« In der rechten Ecke machten die Gälisch-Fußballspieler gehörig Krach. Einer von ihnen, ein Kleinwüchsiger namens Corscadden, versuchte es mit Übungen – zehn Klimmzüge am Türrahmen. Die anderen zählten laut und feuerten ihn an. Blaise gesellte sich zu Martin und Kavanagh. »Siehst du den Kleinen da drüben?« fragte Kavanagh. »Der Klimmzüge macht? Der ist so winzig, daß der Berufsberater ihm empfohlen hat, Holzfäller für Bonsaibäume zu werden.«

Nach dem Witz sagten sie eine Weile lang nichts. Blaise hatte die Hände in den Hosentaschen und lehnte mit dem Rücken an der gekachelten Wand. Er sagte: »Verglichen mit Symeon Stylites geht's uns gold.«

»Mit wem?«

»Wer ist 'n das?«

»Das war so 'n verrückter Typ im frühen Mittelalter, der den größten Teil seines Lebens auf einer achtzehn Meter hohen Säule gestanden hat. Zum höheren Ruhme Gottes.«

»Bist du sicher, daß es nicht Nelson war?«

»Oder ein Stehaufmännchen?«

»Nein, das war ein bißchen vor seiner Zeit. Er stand zur Buße auf der Säule. Den größten Teil seines Lebens.«

»Das ist doch nicht dein Ernst?«

»Doch, im Ernst. Er hat da oben die Messe gelesen. Die Leute sind herbeigeströmt, um ihn zu sehen.«

»Wenn er scheißen mußte, ist er da heruntergeklettert?«

»Heilige sublimieren.«

»Erinnert ihr euch noch an den Witz über den alten Knaben im Krankenhaus, der sich vollgeschissen hatte und der versuchte, das Gesicht zu wahren? Um es loszuwerden, hat er's zusammengerollt und im Krankensaal damit um sich geworfen.«

»Das ist doch völlig unlogisch.«

»Und dann bietet er jedem 'ne Lusche an. *Wenn die so sind wie deine Malteser, kannst du sie selber paffen.*«

»Was hat das mit irgendwas zu tun?« fragte Blaise.

»Ein Junge, der Selbstmord begehen möchte«, meinte Kavanagh, »wäre auf einer solchen Säule bestens plaziert.«

»Gott ist die Große Lüge«, sagte Blaise, »und wir sind die Generation, die's herausgefunden hat.«

»Du glaubst nicht an Gott?« fragte Martin.

»Du bist mir aber ein Schnellmerker«, sagte Blaise. Er wandte sich an Kavanagh. »Das ganze Gefüge der Religion hängt an einer Kleinigkeit.«

»Und die wäre?«

»Daß sie wahr ist. Und das ist sie offensichtlich nicht.«

»Wie willst du das beweisen?« fragte Kavanagh.

»Ich brauche nichts zu beweisen oder zu widerlegen. Auch nichts zu erklären. Ich habe keine Anhaltspunkte dafür, daß es einen Gott gibt. Ich habe keine Anhaltspunkte für ein Leben nach dem Tode.«

»Und was ist mit Genies wie Thomas von Aquin und … und …«

»Das entsprach den Auffassungen der Zeit. Ich meine, damals hat selbst jedes Genie akzeptiert, daß Gegenstände je nach Gewicht in unterschiedlichem Tempo fallen, bis Galileo daherkam. Dann sagte er, nein, laßt uns doch mal ein paar Sachen vom schiefen Turm von Pisa werfen.«

»Und was ist mit der Heiligen Schrift?« fragte Martin.

Blaise zuckte verächtlich mit den Achseln, dann sagte er: »Es sind die Gläubigen, die uns eine Erklärung schulden. Wissenschaft hat mit Beweisen und mit Wiederholbarkeit zu tun. Außer, wenn es um Gott geht. Dann wendet man ein ganz anderes Regelwerk an.« Kavanagh schien keine Lust zu haben, sich auf ein großangelegtes Streitgespräch einzulassen. Martin wußte, daß er gegen Blaise nicht gewinnen konnte. Eine Weile lange sagte niemand etwas.

»Ich scheiße auf die Theologie«, sagte Blaise, »wir müssen uns überlegen, wie wir in den Lagerraum gelangen.«

»Welchen?«

Blaise schaute Martin an und zog eine Augenbraue hoch.

»Und dann?« fragte Kavanagh.

»Dann müssen wir uns überlegen, wie wir den Umschlag öffnen können, ohne daß jemand es herausfindet«, sagte Martin.

»Habe ich schon getan. Gestern abend hat Condor die Hausaufgaben überwacht …«

»Condor!«

»… und er ist den ganzen Abend auf und ab gelaufen und hat in seinem Brevier gelesen. Er hatte einen Stapel Papiere auf seinem Schreibtisch liegen, und ich habe die Griechisch- und Lateinaufgaben der letzten Jahre gesehen. In ihren Originalumschlägen. Als er mir den Rücken zudrehte, habe ich mir einen ausgeliehen.«

»Hast du nicht!«

»Du Wahnsinniger...«

»Es ist eine wasserlösliche Gummierung. Wir könnten den Umschlag also mühelos über Dampf öffnen – unten, nicht oben, das würden sie zu leicht bemerken. Einen Prüfungsbogen herausnehmen, vielleicht Martin dazu bewegen, ihn abzufotografieren. Und alle drei bestehen wir die Prüfung mit Auszeichnung.«

»Das ist ein bißchen...«

»Was?« fragte Blaise.

»Ein bißchen heikel«, sagte Martin. »Moralisch gesprochen.«

»Kavanagh?«

»Weiß nicht«, antwortete Kavanagh. »Ich bin der gleichen Meinung. Scheint nicht ganz fair.«

»Die Prüfungen werden von Engländern aufgesetzt und abgehalten«, sagte Blaise. »Briten aus dem Norden Irlands, verfluchter Kulturimperialismus, das englische Schulsystem nachäffen, was anderes können sie nicht. Jeder Ire, der was auf sich hält, würde sich diese Prüfungen in den Hintern stecken, wenn er könnte.«

»Du hast eine seltsame Logik.«

»Stellt euch vor, was passieren würde, wenn ihr richtig gut abschneiden würdet«, sagte Blaise. »Wo könntet ihr mit Bestnoten hin?«

»Nach Oxford oder Cambridge...«

»Ins Zentrum des britischen Establishments.«

»Wir sind an einer katholischen Schule in Irland, die danach trachtet, eine englische Privatschule zu sein.«

»Du klingst so, als wärst du auf einer gewesen.«

»Ich kann nichts dafür, wie ich rede. Genausowenig wie ihr. Viel wichtiger ist, wie man denkt – obwohl, in deinem Fall, Martin, scheint es keinen großen Unterschied zu machen.«

»Wie kommst du darauf, daß wir wie eine englische Privatschule sind?«

»Wir *sind* nicht wie eine. Weit entfernt. Wir *versuchen* nur, wie eine zu sein. Aus blankem Neid. Der Englischlehrer, wie hieß er gleich?, schwärmt von Autoren wie Hardy, Evelyn Waugh und Rupert Brooke – *zeigt die Dorfuhr zehn vor drei?* Die glauben doch, sie schaffen eine Welt wie bei Enid Blyton.«

»Wage es nur nicht, unsere Enid schlechtzumachen«, sagte Kavanagh.

»Wir lernen Latein und Griechisch. Ihr habt mir erzählt, daß ihr dieses Sonett über Cromwell auswendig lernen mußtet. Wertvorstellungen des konservativen Establishments. Verdammt, das einzige Ziel der Schule besteht doch darin, ein oder zwei Leute nach Oxford oder Cambridge zu bugsieren. Alle anderen können christliche Gentlemen in den Niederungen der nordirischen Beamtenschaft oder katholische Lehrer werden.«

»Und was ist daran so schlimm?« fragte Martin. »Meine Großtante Annie hat gesagt: *Wenn du dich in der Schule anstrengst, mein Junge, kriegst du eine Stelle, wo du nicht im Regen stehen mußt.* Ihr zufolge war der ideale Posten in einem Postamt hinterm Schalter.«

»Für dich, Martin, war sie allemal zu ehrgeizig.«

»Leck mich doch am Arsch.«

»Das Establishment hat einen eingebauten Vorteil. Wir korrigieren lediglich das Ungleichgewicht. Das Establishment hat uns dieses Gefühl eingeflößt, uns ein Gewissen eingeimpft, um uns daran zu hindern, es zu überwinden. Sie klammern sich an ihre Macht. Mit der Begründung, daß es Chancengleichheit nicht gibt. Es gibt Typen in Privatschulen, Typen, die Nachhilfe bekommen, Typen, deren Alter sich nicht betrinkt und ihnen nicht die Scheiße aus dem Arsch prügelt.«

»Das ist doch Stuß, das weißt du ganz genau.«

»Nimm die Aufnahmeprüfung fürs Gymnasium. Im Norden Irlands gilt bis auf den heutigen Tag: Wenn du mit elf Jahren kein Erfolgsmensch bist, bist du für den Rest deines Lebens ein Versager. Vorher einen Blick auf die Prüfungsbögen zu werfen gleicht die Sache ein wenig aus. Einige von uns sind so clever *und* so verantwortungsbewußt, daß wir unsere eigenen Regeln aufstellen können. Mehr Geld zu haben ist Betrug. Ich bin mit mehr Geld als ihr auf die Welt gekommen, deshalb kann ich mir mehr Dinge leisten als ihr. Und daraus folgt, daß ich mehr Macht haben werde als ihr. Welcher Idiot behauptet, daß das System fair ist? Überleben lernen ist wichtiger. Wir erkunden doch nur eine alternative Methode, die Prüfung zu bestehen, und die erfordert ganz genausoviel Intelligenz. Und noch einige andere Eigenschaften dazu. Wie ist es, macht ihr mit?«

Sechstes Kapitel

Ein Nachmittag am Wasserwerk

Martin mußte sich bücken, um durch die Tür in den Raum zu gelangen, in dem die Religionsstunden für die Abgangsschüler stattfanden. Es war ein düsterer Raum voll leerer Schränke im ältesten Trakt der Schule. Man mußte hinten eine Wendeltreppe hoch. Die Fenster waren aus grauem Milchglas, weil sie auf das Nonnenkloster nebenan gingen. Den Unterricht erteilte Vater Barry, der geistliche Ratgeber. Er war recht jung und noch nicht lange ordiniert. Er trug eine schwarze Soutane und einen Schulterumhang. Sein weißer Priesterkragen ragte nur einen Zentimeter weit hervor und erinnerte Martin an den ersten Zahn eines Kleinkinds.

Sie hörten seine Schritte auf der Treppe, bevor er mit eingezogenem Kopf ins Klassenzimmer trat und den ersten Teil des Ave-Maria hersagte. Die Klasse respondierte. Er entschuldigte sich für seine Verspätung – da er die Treppe heraufgehastet war, war er ein wenig außer Atem. Sie konnten sehen, daß er über das, was ihn aufgehalten hatte, verärgert war. Langsam schritt er vor der Klasse auf und ab. Die Hände hatte er auf dem Rücken gefaltet. Kavanagh sagte: »Ist schon gut, Hochwürden, Sie können so spät kommen, wie Sie mögen.«

Anders als sonst lächelte Vater Barry nicht, sondern begann: »Sie werden in Kürze von hier abgehen und der Welt gegenübertreten müssen. Die meisten von Ihnen werden irgendeine Stelle bekommen. Und nächstes Jahr um diese Zeit werden Sie unter Angehörigen anderer Bekentnisse, anderer Glaubensrichtungen arbeiten. Es geziemt sich für uns, diesen Tatbestand nicht zu übersehen.« Er setzte sich, legte den Kopf in den Nacken und starrte zur Decke hinauf. »Wir sollten in der Lage sein, unseren katholischen Glauben zu verteidigen. Notfalls für ihn zu sterben. Ihn zu verteidigen, nicht aggressiv, sondern ruhig und mit Würde. In unserem letzten Trimester an dieser Schule werden wir also einige grundlegende Lehrsätze des Katholizismus durchnehmen, um sie gegen Angriffe schützen zu können. Das wird einige von Ihnen zwangsläufig mit Argumenten gegen unsere Religion in Kontakt bringen, die Sie bislang vielleicht noch nicht gehört haben. Aber Sie sind ja groß und häßlich genug dafür.« Er lächelte über seinen eigenen Scherz. »Glauben Sie, Sie könnten ein Streitgespräch mit einem Presbyterianer gewinnen, der seine Bibel in- und auswendig kennt? Wissen Sie, was Sie zu einem Agnostiker sagen würden? Wissen Sie überhaupt, was ein Agnostiker ist?« Während er auf eine Antwort wartete, starrte er auf seine gewichsten Schuhe. Mit dem Zeigefinger schob er seine Hornbrille zurück. »Hätten Sie Schwierigkeiten damit, Mr. Kavanagh?« Kavanagh rückte auf seinem Stuhl, als wolle er zu einer Antwort ansetzen, aber es kam nichts heraus. »Wie zuversichtlich wären Sie, Mr. Brennan? Vielleicht kommt es zu einer Diskussion in einer Imbißstube. Wären Sie imstande, sich zu behaupten?«

»Das käme auf die Frage an, Hochwürden.«

»Na schön. Wie würden Sie jemanden – sei er Moslem, Hindu, Jude oder Baptist – davon überzeugen, daß die katholische Kirche die eine, die wahre Kirche ist?« Martin saß da und starrte vor sich hin. Er hatte keine Ahnung, wo er anfangen sollte. »Irgend jemand?« Der geistliche Ratgeber sah in die Runde, dann stieß er einen hörbaren Seufzer aus.

»Oder könnten Sie zum Beispiel überzeugend beweisen, daß der jetzige Papst, der Bischof von Rom, der Statthalter Christi auf Erden ist?«

Martin hatte sich verschiedene Antworten auf die erste Frage zurechtgelegt, aber die zweite Frage brachte ihn aus dem Konzept. Er wußte, wenn er versuchte, eine Antwort zu finden, würden einige in der Klasse über seine Bemühungen lachen. Er war wirklich ein *Maulaffe.* Er machte den Mund zu und versuchte, den Anfang eines Satzes zu formulieren.

»Irgend jemand?« Vater Barry sah sich in der Klasse um, als säße sein Kopf auf einem Stativ. Er schwenkte ihn nach links, dann ganz nach rechts. »Wie kommt es, daß ich in dieser Schule Jungen den lieben langen Tag reden sehen – sie reden sogar im Unterricht, hinter vorgehaltener Hand –, aber wenn man sie bittet, *offiziell* zu reden, bringen sie keinen Piep heraus? Kein Wort, wenn es um Religion geht. Kein Wort, wenn es um Fragen der Moral geht. Über Klassen wie diese könnte ich verzweifeln.« Er blickte Martin direkt ins Gesicht und sagte: »Sie alle sind alt genug, um zu wissen, wozu wir hier sind. Sie alle sind alt genug, um zu wissen, daß es Probleme und Philosophien gibt, die durchgesprochen werden müssen. Sie sind ein intelligenter Haufen, die *crème de la crème.* Warum tun Sie's nicht hier? Ich wette, Sie tun's nach dem Unterricht. Auf den Donnerbalken.« Alles lächelte über den Pennälerausdruck aus seinem Mund.

Auf der Treppe hörte man Schritte, dann klopfte es an die Tür. Vater Barry ging hin, um zu öffnen. Es war ein Sextaner, der ihm sagte, es sei ein Anruf für ihn gekommen.

»Es wird nicht lange dauern«, sagte der geistliche Ratgeber. »Ich möchte, daß Sie sich während meiner Abwesenheit gebührlich benehmen. Mit anderen Worten, verhalten Sie sich Ihrem Alter entsprechend.« Und schon war er weg und stampfte die Treppe hinab.

Bei der Aussicht auf eine Art Freistunde stießen die Jungen einen Seufzer der Erleichterung aus. Sie entspannten sich und gähnten. Einige legten die Füße aufs Pult. In verschiedenen Ecken des Klassenzimmers brachten Gruppen ein Gespräch in Gang. Manchmal, wenn es still war, wurden auch zwischen den Gruppen Worte gewechselt. Als die Stunde zu Ende ging, schauten einige Jungen immer wieder auf die Uhr.

»Gleich ist die Stunde zu Ende.«

»Fabelhaft.«

»Was glaubt er denn, was wir ausfressen könnten?« fragte Kavanagh.

»Daß wir die Penne in die Luft jagen«, antwortete Sharkey.

»Wie die Nelson-Säule.« Mit dem Mund ahmte er das Geräusch einer Explosion nach. »War das nicht klasse, das Ding in die Luft zu sprengen, mitten in der O'Connell Street?« Es erhob sich zustimmendes Gekicher. Eine Stimme sagte: »Das war doch Blödsinn.« Alles drehte sich um. Es war Blaise. »Es hätte jemanden das Leben kosten können.«

»Quatsch mit Soße. Das war ein Glanzstück«, entgegnete Sharkey. »In so was sind die IRA-Leute Genies. Irland braucht mehr davon. Leute, die keine Angst davor haben, die Briten zu vertreiben. Was wir hier brauchen, ist ein gerechter Krieg. Wie auf Zypern.«

»Ein vereinigtes Irland«, sagte der Bonsai-Holzfäller.

»So was wird doch von niemandem mehr ernst genommen. Nationalismus hat noch keinem geholfen. Gewalt hat noch keinem geholfen. Ihr wollt zurück ins finstere Mittelalter.«

»Diese Provinz wurde in den zwanziger Jahren von probritischen, unionistischen, orangistischen Gewalttätern ausgeheckt.« Sharkey wurde leidenschaftlicher. »Daraus folgt, daß die einzige Möglichkeit, sie zu beseitigen, Gewaltanwendung ist – je mehr, desto besser, und je eher, desto besser. Die Bürger zweiter Klasse müssen Krieger erster Klasse werden.«

»Welchen Erwachsenen hast du so was schon mal sagen hören?« fragte Blaise. »Ein vereintes Irland ist nicht ein einziges Menschenleben wert.« Sharkey drehte sich zu Blaise um, funkelte ihn an und schürzte verächtlich die Lippen. »Wie schon Dr. Johnson gesagt hat: *Patriotismus ist die letzte Zuflucht eines Schurken.*« Dabei spielte er mit den Fingern seiner Hand. Er tat so, als wollte er sie abknicken, doch dann streckte er Zeige- und Mittelfinger in Sharkeys Richtung aus und bewegte sie leicht nach oben. Sharkey erhob sich halb von seinem Sitz.

»Heißt das, sich gebührlich benehmen?« fragte Martin.

»Und so, verehrte Zuhörer, endete die Diskussion mit Blut auf dem Fußboden«, sagte Kavanagh, indem er den Redegestus eines Kommentators nachahmte und ein imaginäres Mikrofon an den Mund hielt.

»Und ich weiß auch, wessen Blut«, sagte O'Grady, einer aus Sharkeys Lager.

Schritte auf der Treppe hinderten Sharkey daran, prompt von seinem Sitzplatz aufzuspringen. Er starrte Blaise an, und Blaise starrte zurück. Vater Barry duckte den Kopf und trat wieder ins Klassenzimmer.

»Wo waren wir stehengeblieben?« Keiner antwortete. »Ach ja, dabei fällt mir ein: Ich hatte gerade Ihre Unfähigkeit kritisiert, auch nur das geringste zu unserer Debatte beizutragen. Gibt es für die wenige Zeit, die uns heute noch verbleibt, eine Frage geistlicher Natur, die *Sie* gerne erörtern würden?«

Es folgte langes, angespanntes Schweigen. Die Drohung hing immer noch in der Luft. Sharkey sah sich nach Blaise um. Blaise hob eine Augenbraue. Vater Barry griff zur Taktik des lastenden Schweigens, um jemanden zum Reden zu bringen. Ostentativ setzte er sich auf seinen Stuhl, als wolle er sagen: Ich kann lange warten. Doch jeder wollte sich unsichtbar machen und blickte auf sein Pult nieder. Vater Barry lehnte sich zurück und verschränkte die Hände hinter dem Kopf. Endlich räusperte sich jemand und begann zu sprechen.

»Hochwürden, warum nicht mit dem Anfang anfangen?« Es war Blaise.

»Ein guter Anfang. Mit wem habe ich die Ehre?«

»Blaise Foley, Hochwürden.«

»Ach ja, richtig. Willkommen. Und Sie wollten sagen?«

»Wir haben vorhin schon darüber gesprochen. Auf den Donnerbalken. Wenn wir mit dem Anfang beginnen und herausfinden, daß es gar keinen Gott gibt, ersparen wir uns eine Menge Arbeit.« Im Klassenzimmer herrschte verblüfftes Schweigen. Irgendwo in der Ferne fiel eine Tür zu. Im Nonnenkloster spülte jemand Besteck. Martin sah zu Kavanagh. Kavanagh sah zu Martin und zog ein Gesicht, welches besagte: Ich kann nicht glauben, daß er das gesagt hat.

»Nur zu«, sagte der geistliche Ratgeber.

»Und wenn es keinen Gott gibt, können wir den Rest vergessen.« Vater Barrys Lippen schienen schmaler geworden zu sein. Er nahm die Hände hinter dem Kopf hervor und legte sie auf die Knie. Blaise schwieg lange, bevor er weitersprach. »Es will mir scheinen, daß es in dieser Schule zwei unterschiedliche Denkweisen gibt. Es gibt die wissenschaftliche Denkweise: Wir gehen ins Labor und führen Experimente durch, wir messen und wägen. Wir sammeln Beweise. Wissenschaft hat mit Beweisen und Beobachten zu tun. Wissenschaft hat mit Wiederholbarkeit zu tun. Aber in derselben Schule gehen wir vom Labor in dieses Klassenzimmer, und unsere Haltung wandelt sich grundlegend. Hier drinnen spekulieren wir und staunen. Das nennt sich Metaphysik. Dabei sind wir gerade aus der Physikstunde gekommen. Wir können Gott nicht messen, und daß wir Gott nicht messen können, hat seinen Grund: weil es ihn nicht gibt.«

Der geistliche Ratgeber setzte seine Brille ab und begann, sie mit seinem weißen Leinentaschentuch zu putzen.

»Irgend jemand?« fragte er.

Keiner rührte sich. Keiner sprach.

»Eine hübsche Idee, Gott zu messen. Aber Gott ist nicht zum Messen da. Er ist zum Anbeten da. Ein gänzlich anderes Unterfangen. Eine gänzlich andere Dimension. Als würde man versuchen, die Lautstärke eines Geräusches mit der Waage zu messen. Oder das Ausmaß an Liebe, das wir empfinden, mit einem Lineal.«

Blaise versuchte, das Wort zu ergreifen, doch Vater Barry fuhr fort: »Descartes, einer der größten Denker aller Zeiten, hat gesagt, man kann den menschlichen Körper als hochkomplizierte Maschine ansehen, aber zu einer Person wird er erst dann, wenn er mit einer körperlosen Seele verbunden ist. Den Körper können wir messen; die Seele nicht.« Blaise machte den Mund auf, doch Vater Barry war noch nicht fertig. »Aber ich denke, auf gewisse Weise haben Sie recht. Kant würde sagen, daß es kein rationales Argument gibt, mit dem sich die Existenz Gottes beweisen ließe. *›Ich mußte das Wissen entfernen, um dem Glauben Platz zu machen‹*, sagt er. Das Spirituelle läßt sich nicht aus deduktiver

Logik herleiten, sondern nur aus persönlicher Erfahrung – eine Art christlicher Existentialismus –, eine Erfahrung, die Ihnen, Foley, offensichtlich und bedauerlicherweise abgeht...«

Von weitem klingelte die Schulglocke. »Ein andermal, Foley, werden wir dies ausführlicher erörtern. Und ich würde es zu schätzen wissen, wenn die anderen sich etwas ausdenken könnten, um zu den Argumenten beizutragen.« Er stand auf und rauschte aus dem Zimmer. Beinahe hätte er vergessen, sich beim Hinausgehen zu ducken.

Es war Mittagspause. Das Klassenzimmer begann sich zu leeren. In der Tür stieß Sharkey mit Blaise zusammen.

»Schwuler Arsch.«

»Das ist ein gutes Argument«, sagte Blaise. Sharkey stieß Blaise an die Schulter und schubste ihn gegen den Türpfosten.

»He, verpiß dich«, sagte Blaise.

Sharkey ballte die Faust, aber Kavanagh packte sie und trennte die beiden Kämpfer. Kavanaghs Größe und Gewicht bedeuteten, daß er das Sagen hatte. Er drängte Sharkey hinaus und den Gang entlang und schirmte Blaise ab. Sharkey sagte höhnisch zu Blaise: »Nimm dich bloß in acht, du schwuler Arsch. Du wirst noch was erleben. Deine Kumpel werden nicht immer in deiner Nähe sein.«

Blaise war aschfahl geworden. Sie traten auf den sonnenbeschienenen Pausenhof.

»Das macht mich so was von wütend.« Blaise setzte sich mit dem Rücken zur Mauer auf den Boden und ballte die Fäuste. »Auf kurze Sicht siegt immer die Gewalt.«

»Sharkey ist doch 'n totaler Wichser«, sagte Kavanagh.

»Alles in Ordnung?« fragte Martin.

»Ja.« Martin und Kavanagh hockten sich links und rechts neben Blaise.

»Mensch, es ist ja richtig warm.« Kavanagh schloß die Augen und lehnte den Kopf zurück.

»Sharkey ist 'ne blöde Sau«, sagte Martin. »Ignoriere ihn einfach.«

»Gut zu wissen, daß er uns für Kumpel hält«, sagte Blaise. Er flatterte mit den Ellbogen wie ein Huhn und stieß beide Jungen gleichzeitig in die Rippen. Sie schubsten zurück. »Wißt ihr, was ich finde?« fragte Blaise. »Ich finde, wir sollten uns den Nachmittag freinehmen. In die Welt hinausschlendern. Soll doch die Schule mit ihrer Indoktrination ohne uns fortfahren.«

»Hört sich gut an.« Auch Martin wandte sein Gesicht der Sonne zu. »Also, ab in die Stadt?«

»Nee, Stadt ist scheiße«, sagte Kavanagh. »Wie wär's mit dem Wasserwerk?«

»Das ist ziemlich nah bei mir zu Hause«, sagte Martin. »Meine Ma oder eine von ihren alten Klatschtanten könnte mich sehen. Und ich habe ihr mein Wort gegeben, daß ich mir den Arsch wund büffele.«

»Es wird dich schon niemand sehen.«

»Vielleicht könnten wir ein bißchen pauken?«

»Ja, das wär was.« Kavanagh lachte.

Das dicke Mädchen mußte seinen freien Tag haben. Oder sie stand hinten und schälte Kartoffeln. Sie kauften sich Pommes mit Würstchen und aßen sie im Gehen aus der Tüte. Martin führte sie die Antrim Street hoch, aber auf der Straßenseite, die am weitesten von seiner Straße entfernt war. Er steckte den Kopf in den Kragen und starrte zu Boden. Blaise lachte ihn aus.

»Deine Mutter muß ja ein Drachen sein«, sagte er.

»Es sind doch bald Prüfungen«, entgegnete Martin. »Und ich habe ihr mein Ehrenwort gegeben.«

Ohne jemandem zu begegnen, der sie kannte, kamen sie am Wasserwerk an. Es war ein Park und doch kein Park, ein altes Wasserreservoir, das für den Publikumsverkehr geöffnet war. Gleich hinter dem Eingangstor stand ein großes Anschlagbrett, auf dem die Parkordnung ausgehängt war. Blaise blieb davor stehen, legte den Kopf in den Nacken und sah auf. Jede Zeile des kleingedruckten Texts begann mit: ES IST VERBOTEN. Es gab zweihundertachtundvierzig Dinge, die man nicht tun durfte.

»Wie in der Schule«, sagte Kavanagh.

»Und Schwerverbrechen wie Verleumdung oder Mord werden nicht einmal erwähnt«, sagte Blaise.

»Steht da nichts von Wichsen unter freiem Himmel?« fragte Martin.

»Wieso? Möchtest du dir was gönnen?«

»Du kannst mich mal.«

»Habt ihr schon den von dem totalen Wichser gehört?« fragte Kavanagh. »Jemand hat ihm einen Aufkleber auf den Pimmel geklebt: *Nur zur äußerlichen Anwendung.*«

Es gab drei Teiche in unterschiedlicher Höhe, die durch Grashänge und Wasserstraßen voneinander getrennt wurden. Der unterste war eher ein Fluß als ein Teich; der Schleusenkanal verschwand in einem schwarzen unterirdischen Tunnel. Da man ihn von der Straße aus einsehen konnte, waren alte Kinder- und Einkaufswagen hinabgeworfen worden, rostende Hindernisse, in denen sich anderes Gerümpel verfing. Martin hatte schon des öfteren Ratten gesehen. Die drei liefen die Stufen zum mittleren Teich hinauf, auf dem man Modellboote fahren lassen konnte – eine rechteckige Wasserfläche, die von Betonwegen gesäumt war. Mehrere erwachsene Männer ließen ihre Modelljachten von einer Seite zur anderen segeln. Die Boote sahen gut aus, ihre weißen Segel standen schräg zum Wasser. In den oberen Ecken des mittleren Teichs sammelte sich stets Treibgut an: Zigarettenkippen, Bonbonpapiere, Glasflaschen, Stöcke und Gräser. Im Herbst hüpften dort gestohlene Äpfel auf und ab, so sauer, daß sie nur angebissen waren. Wenn es windig wurde, bildete sich auf den kabbeligen Wellen eine bräunliche Gischt und bedeckte den ganzen Unrat mit sprühendem Schaum.

»Im Krieg«, sagte Martin, »glaubten die Deutschen, das wären die Hafenanlagen, und haben sie völlig zerbombt, einschließlich der umliegenden Häuser, den Bezirk meiner Mutter.«

Der oberste Teich war groß genug, daß man ihn See nennen konnte. Es schwammen Fische darin, und immer gab es eine große Schar schaukelnder Schwäne, die sich weiß vom Dunkel des Wassers abhoben. Von weitem bildeten ihre schlanken Hälse komplizierte Muster, sie senkten, hoben und bogen sich, um unter der Oberfläche nach Nahrung zu suchen, und putzten sich das Gefieder unter den Flügeln. Martin sah ihnen gerne dabei zu, wie sie zum Flug ansetzten, mit ihren flachen Schwimmfüßen Anlauf nahmen und in immer weiteren Abständen auf dem Wasser aufklatschten, bis es gar nicht mehr klatschte und der Vogel sich in der Luft befand. Seine Schwingen rauschten, und mit dem Hals durchbohrte er die Luft vor sich.

»Habt ihr schon mal gesehen, wie sie auffliegen?« fragte Martin. Die anderen beiden nickten.

»Es ist wie eine Watsche – *pitsch! patsch!*« sagte Blaise.

Vom obersten Teich aus waren die grünen Hügel zu sehen, die die Stadt umringten. Black Mountain, Divis, Squires Hill, Cave Hill, der »Höhlenberg« mit Napoleons Nase, die aus dieser Perspektive ins Auge stach – ein Kaiser, der auf dem Rücken lag und zum Himmel aufschaute.

Auf der anderen Seite des Sees mähte ein Traktor Gras, der Duft wehte herüber und vermischte sich mit dem brackigen Geruch des Wassers. Auf dieser Seite des Teichs war noch nicht gemäht worden: Als sie ans Ufer traten, reichte ihnen das Gras bis zu den Knien. Kavanagh breitete seinen Blazer aus, um sich darauf zu setzen. Die anderen taten es ihm nach. Als sie sich hinlegten, federten die langen Halme angenehm unter ihren Kleidern. Die Steine im Wasser waren nicht wie natürliche Steine, sondern Achtecke und massige Fünfecke, überwuchert von braunem Unterwassermoos, das wie feines Haar im Wasser wogte. Das Wasser zu ihren Füßen gab dauernd glucksende Geräusche von sich. Die Brise kräuselte die Oberfläche. In der Nähe der Schwäne ruderte ein Angestellter des Wasserwerks im Overall ein kleines Boot. Als er die Ruder einzog, konnten sie das dumpfe Geräusch hören. Sie hörten es den Bruchteil einer Sekunde später, als sie es sahen. Jetzt, wo sie windgeschützt waren, fühlte die Sonne sich warm an. Martin riß einen Grashalm aus und begann, an dem weißen, süßlichen Stengel zu kauen.

»Hey, das ist allemal besser als Schule.«

»Alles ist besser als diese Klitsche.« Blaise lag rücklings da und schaute zum Himmel auf. Unweit des Ufers schnellte ein Fisch mit einem Platscher aus dem Wasser. Martin war aufgefallen, daß Blaise nur selten lachte. Er äußerte Ulkiges und Ungeheuerliches, lachte aber so gut wie nie darüber. Gelegentlich lächelte er. Und es tat gut, ihn lächeln zu sehen.

»Hast du heute morgen Vater Barrys Gesicht gesehen, als du gesagt hast, daß es keinen Gott gibt?« fragte Martin. »Der hätte fast das Arschflattern gekriegt.«

»Ich finde, er hat's wie ein Mann genommen«, erwiderte Kavanagh. »Ein älterer Priester hätte dich in den Schwitzkasten genommen und schnurstracks ins Büro des Direktors abgeführt – zur sofortigen Relegation.«

»Wer ist Kant?« fragte Martin.

»Ein Philosoph«, antwortete Blaise.

Kavanagh ahmte einen vornehmen englischen Akzent nach und sagte: »In England stets verkannt.«

»So ist es«, sagte Blaise. »Seht, ein Mann, der ein Boot rudert.«

»Na und?«

»Was soll an einem Mann, der ein Boot rudert, schon so Besonderes sein?« fragte Martin.

»Es ist schön, ihm zuzusehen. Ein schönes Bild.«

»Ein Bild wofür?«

»Nichts. Ein schönes, anschauliches Bild.«

»Ich dachte, ein Bild müßte ein Bild *für* etwas sein. Für etwas anderes. *Eines der vorherrschenden Bilder in Macbeth ist Essen und Trinken.*«

»Und?«

»Und was?«

»Und was jetzt? Du hast gesagt, es müßte ein Bild *für* etwas anderes sein. Wofür steht all das Essen und Trinken in *Macbeth?*«

Martin zuckte mit den Achseln.

»Normalität. Banquos Geist macht alles kaputt.«

»Ihr habt die Lust verscheucht und die Geselligkeit gestört«, knurrte Kavanagh, *»durch höchst fremdart'ge Grillen.«*

»Also ist es nicht Banquo, der alles zuschanden macht, sondern Macbeth«, sagte Blaise. Auch er kaute jetzt an einem Grashalm herum, biß kleine Stückchen ab und spuckte sie aus. »Wir alle sind wie ein Mann, der ein Boot rudert. Wir kehren unserem Fahrtziel den Rücken zu. Wir können nicht nach vorn schauen, können nicht in die Zukunft blicken. Das einzige, was wir sehen, ist die Vergangenheit, die hinter uns liegt.«

»Sehr gut«, sagte Kavanagh. »Aber beim Kanuten steht die Sache anders.« Sie alle lachten.

Blaise faltete die Hände, legte sie hinter den Kopf und fragte: »Wo, glaubt ihr, werden wir in drei oder vier Jahren sein?«

»Was für eine haarsträubende Frage«, sagte Martin.

»Es wird leichter sein, zurückzuschauen. In drei oder vier Jahren werdet ihr sagen: Wißt ihr noch, wie wir die Schule geschwänzt haben und zum Wasserwerk gelaufen sind?« Schweigend dachten sie darüber nach. Wolken verhüllten die Sonne, und man konnte sehen, wie ihre Schatten über die Hügel strichen. Das Wasser schwappte unaufhörlich gegen das Ufer.

Nach einer Weile wandte sich Kavanagh an Blaise: »Wie ist es denn nun so als Internatszögling?«

»Die reinste Scheiße.« Blaise rümpfte die Nase. »Der Puff ist voller Bauernlümmel. Die glauben einfach alles. Im großen Schlafsaal soll es eine Geisternische geben – die Nummer 13 –, sie wird nie benutzt. In den dreißiger oder vierziger Jahren war da so 'n Typ aus Rasharkin, sein Alter war ein reicher Farmer, und der Junge hat zuviel Geld verspielt, er hat die Externen überredet, für ihn zu wetten. Am Ende hat er sich umgebracht, hat sich an den Schnürsenkeln seiner Fußballschuhe aufgehängt.« Blaise lächelte. »Er war halt nicht sehr ausgeglichen, oder jedenfalls sein Saldo nicht.« Alle drei lachten. »Wie ist der Fraß?«

»Die haben so Teepötte, an denen vorn und hinten Henkel sind. Und sie tun zuerst Zucker und Milch rein, wirklich widerlich!«

In diesem Augenblick näherten sich auf dem Weg zwei junge Mütter mit Kindersportwagen. Kavanagh richtete sich mit den Ellbogen auf, und Martin reckte den Hals. Beide Jungen folgten ihnen mit den Blicken. Blaise blieb flach liegen. Die Frauen trugen kurze Röcke, und beide hatten schöne Beine. Sie waren nur wenige Jahre älter als die Jungen.

»He, Blaise, nun schau dir das an.« Blaise hob den Kopf, blieb aber liegen.

»Frauen mit Kinderwagen?« Er klang ungläubig.

»Die erste ist 'ne Wuchtbrumme«, sagte Martin.

»Beide sind Wuchtbrummen«, sagte Kavanagh.

Als sie vorbeigegangen waren, blieben die Frauen stehen, und die Jungen konnten deutlich hören, wie eine von ihnen sagte: »Nun schau dir die Schweinerei an.« Sie bückte sich und wischte ihrem Kind mit einem weißen Taschentuch übers Gesicht. »Ich weiß nicht, wie er das immer anstellt. Der kleine Schmutzfink.« Als sie sich vorbeugte, entblößte sie ihre Schenkel.

»Himmel...«

»Leck mich...«

Blaise regte sich nicht. Er sagte: »Ihr seid doch krank.« Die Frauen würdigten die Schuljungen, die sich am Wasser auf dem Gras lümmelten, keines Blickes.

»Ach, ich liebe das H, das die Frauen in den Kniekehlen haben – wie Torpfosten«, sagte Kavanagh. »Wirklich wunderschön.«

»Ja, genau«, lachte Martin, der ihn bestens verstand.

»Das einzig wirklich Wunderschöne, das ich je gesehen habe...« Blaise wartete ab.

»Was?«

»Nun sag schon.«

»...war ein Junge namens McAllister.«

»Immer ruhig Blut.«

»Erklären Sie sich, junger Mann.«

»In meiner letzten Schule war ich eines Tages in der Turnhalle«, sagte Blaise, »hab mich wie immer gedrückt. Wenn man 'ne Entschuldigung hat, setzen sie einen oben auf die Sprossenwand. Jesus, wie ich Sport hasse. Jedenfalls war da dieser Junge namens McAllister. Er stand neben einem Sprungpferd – einem von diesen unglaublich häßlichen Dingern, viereckiger lederner Rumpf, vier Beine, die aus den Ecken ragen –, und durch die Fenster oben fielen die Sonnenstrahlen ein und beleuchteten ihn. Er war blond und hatte braune Augen. Er trug ein weißes T-Shirt. Und ich glaube, das war das Schönste, was ich je gesehen habe. Er im Sonnenlicht.«

»Hey, ich glaube, wir müssen uns vor diesem Kerl in acht nehmen«, sagte Martin.

»Nein, nein, ihr versteht mich falsch. Es hatte nichts mit Sex zu tun. Es war einfach nur schön. Wenn ihr zwischen dem einen und dem anderen nicht unterscheiden könnt, dann …«, Blaise hob die Schultern, »… dann seid ihr Dummficks.«

»Es gibt so 'ne und solche«, sagte Kavanagh.

»Wenn du die Wahl hättest, mit einer von den Frauen, die eben vorbeigekommen sind – mit der Wuchtbrumme, falls sie dir gefällt –, oder mit diesem McAllister ins Bett zu gehen, wer wäre es?«

»Du brauchst gar nicht zu fragen.«

»Wer von beiden wäre es?«

»Wenn du die Frage stellen mußt«, sagte Blaise, »würdest du die Antwort nicht verstehen.«

»Du bist also doch ein Homo.«

»Ganz gewiß nicht.«

»Meine Herren, meine Herren«, sagte Kavanagh. Er richtete sich auf, um eine Erklärung abzugeben. »Es gibt in dieser Welt nicht einen Mann, wie ansehnlich oder attraktiv auch immer, mit dem ich ins Bett gehen würde. Und es gibt keine Frau unter, sagen wir, dreißig, ganz gleich, in welchem Zustand, mit der ich *nicht* ins Bett gehen würde, abgesehen von meinen engsten Familienangehörigen.«

»Wieso?« fragte Blaise. »Stimmt mit denen was nicht?«

»Sie können mich mal, Mr. Foley.« Kavanagh fuchtelte mit

den Armen und schrie aus Leibeskräften: *»Eure Weiber, Töchter, Jungfrau'n, Matronen könnten aus nicht füllen den Abgrund meiner Lust.«*

»Immer ruhig Blut, Mann. Vielleicht ist das die Bedeutung des H in den Kniekehlen«, meinte Martin.

»Hure?« fragte Kavanagh.

»Wahrscheinlich eher Heilige.«

»Es ist noch nicht lange her, daß diese Mädels auf St. Dominic's gingen.«

»Tja, wahrscheinlich sind sie da geschwängert worden«, sagte Martin. »Meine innig geliebte Mutter behauptet, wenn's keine schlechten Frauen gäbe, dann gäb's auch keine schlechten Männer.« Er legte sich eine dünne Stimme zu, um sie nachzuahmen. Er pflückte einen gelben Löwenzahn und betrachtete den Stengel. Sofort trat ein Kreis milchiger Flüssigkeit aus.

»Das wichtigste Ereignis im Leben eines jungen Mannes ist der Verlust seiner Jungfräulichkeit.« Kavanagh blinzelte Blaise zu. »Jedenfalls war's das für mich.«

»Du willst uns wohl verschaukeln«, sagte Martin.

»Nein.«

»Wer war's denn?«

»Es wäre ungalant von mir, den Namen der Dame preiszugeben.« Kavanagh schwieg. »Oder *die* Namen.«

»Hatte sie denn mehrere Namen?« fragte Blaise. Kavanagh lachte und schüttelte den Kopf. »Die beste Geschichte über den Verlust der Jungfräulichkeit, die ich kenne, betrifft gleichfalls eine Frau mit vielen Namen. Die heilige Wilgefortis, Kümmernis oder Liberata – es steht nirgendwo verzeichnet, weshalb sie so viele Namen hatte. Sie war die Tochter des portugiesischen Königs und hatte gelobt, Jungfrau zu bleiben. Jedenfalls wollte ihr Alter, daß sie den König von irgendwo anders heiratet, und da hat sie wie verrückt gebetet. Gott erhörte sie, indem er ihr über Nacht einen Bart wachsen ließ. Und als der König von irgendwo anders sah, daß seine Braut einen Bart hatte, hat er sich nach Hause verpißt. Pronto.«

»Nett.«

»Und der König von Portugal war so erzürnt, daß er sie ans Kreuz schlagen ließ.«

»Es wird immer netter.«

»Und wann immer ihr ein Kreuz mit einer bärtigen Frau seht – das ist sie. Falls euch noch einer von ihren bescheuerten Namen einfällt.«

Die Sonne brannte. Kavanagh zog sein Hemd aus und legte sich auf den Rücken. Sein Oberkörper war weiß bis auf das dunkelrote V an seinem Hals. Er verschränkte die Hände hinter dem Kopf.

»So läßt sich's leben.«

»Wo wir schon mal bei Haaren sind. Schaut euch die Achselhöhlen an.«

»Und?«

»Italienerinnen rasieren sich nicht unter den Achseln«, sagte Martin. »Schon komisch.«

»Ich finde das sexy«, sagte Kavanagh. »Als würden sie mit zwei Ersatzmösen rumlaufen.«

Blaise lächelte. »Jetzt weiß ich, was ich tun muß«, sagte er. »Mit euch beiden herumalbern.« Lachend rollten sie im Gras herum. Martin hob den Kopf und hielt nach den Frauen mit den Babys Ausschau. Sie waren am anderen Ende des Parks angelangt, und er konnte immer noch schwach ihre Stimmen und die quietschenden Federn eines der Kinderwagen hören.

»Woher weißt du … du weißt schon …?«

»Ich kann dir nicht folgen, Brennan.«

»Woher weißt du … wie …?«

»Wie was?«

Martin nickte in Richtung der beiden Frauen.

»Wie man's macht?« Kavanagh kicherte und pflückte einen Grashalm für sich. »Instinkt. Der alte Brunfthirsch in uns allen. Die Natur nimmt die Sache in die Hand, wenigstens hab ich das immer gefunden.«

»Du willst uns verschaukeln.«

»Ein Ratschlag, Brennan, von einem erfahreneren Mann.

Wenn du es tust, vergiß das Gesicht nicht«, sagte Kavanagh. »Achte auf ihr Gesicht, und du wirst reichlich belohnt werden.«

»Hey, danke«, sagte Martin. Er machte ein schnaubendes Geräusch und kaute weiter an seinem Grashalm herum. »Wer hat euch beigebracht, wie ihr euch den Arsch abwischt?« Blaise und Kavanagh sahen ihn beide an. »Das ist ein ernstes Erziehungsproblem«, sagte Martin. »Mir hat's eine Großtante beigebracht.«

»Sie muß schon die Größte gewesen sein, wenn sie dir das beigebracht hat.«

»Das Papier zusammenzufalten«, fuhr Martin fort und überhörte, was die anderen sagten. »Von unten nach oben zu wischen und nicht umgekehrt. Wie viele Blätter. Habt ihr schon mal jemanden getroffen, der nur ein Blatt benutzt? Ein einziges Blatt, BEHANDELT MIT DEM DESINFEKTIONSMITTEL IZAL. Natürlich nicht. Jeder nimmt es doppelt, faltet es zusammen. Wollt ihr etwa diejenigen sein, die so mutig sind, nach bloßem Hinschauen zu sagen: Das ist fest genug. Das ist sicher.«

»Sicher?«

»Um zu verhindern, daß der olle Finger durchrutscht. Denn davor hat man doch Angst. Der braune Finger. Ah, Scheiße. Dann muß man ihn mit der Nagelbürste abschrubben.« Er krümmte und kringelte sich auf dem Gras und hielt seine rechte Hand mit der linken auf Armeslänge von sich. »Und sich den Finger vom Leibe halten. Für den Rest der Woche wollt ihr nicht mehr auf derselben Straßenseite gehen wie eure Hand. Hat euch das jemals jemand beigebracht?«

»Ich kann mich nicht erinnern«, sagte Kavanagh. »Ich bin sicher, meine Technik hat sich verbessert, seit ich zwei Jahre alt war. Aber ich kann mich nicht an Diagramme oder dergleichen erinnern. Wie steht's mit dir, Foley?«

»Ich habe seit meiner Geburt keinen Stuhlgang gehabt.« Blaise hob nicht den Kopf. »Und wußtet ihr, daß die Araber sich die Ärsche mit Steinen abwischen?« Er hielt einen Augenblick inne. »Vielleicht wäre es richtiger zu sagen, daß die Araber sich den Arsch – im Singular – mit Steinen abwischen. Jeder Araber hat nur einen Arsch.«

»Die Steine müßten natürlich im Plural sein.« Kavanagh kratzte seine Achselhöhle. »Wie schon gesagt, wer hat schon mal davon gehört, daß jemand nur ein Blatt Papier benutzt.«

»Die wären aber ziemlich schwer hinunterzuspülen«, sagte Martin.

»Ja, solche hatte ich auch schon in der Schüssel«, sagte Kavanagh.

»Egal, das war nicht die Frage, die ich gestellt habe«, sagte Martin. »Was ich wissen wollte, war, woher man weiß, wie es gemacht wird?« Es herrschte Schweigen. »Hast du es schon getan, Kavanagh?«

»Das fragst du mich andauernd.«

»Weil du mir nie eine richtige Antwort gibst.«

»Ich muß es wissen, und du mußt's herausfinden.«

»Ach, du kannst mich mal, du klingst wie eine von den alten Weibsen meiner Mutter. Blaise?«

»Nein, wovon auch immer du redest.«

»Es ist Definitionssache«, sagte Kavanagh. »Kommt drauf an, wie man *es* definiert.«

»Du weißt genau, was ich meine. Verdammt noch mal...«

»Wir alle haben eine gewisse Erfahrungsbreite. Der Tag, an dem du das erste Mal eine Brust berührt hast, der Tag, an dem du das erste Mal Hand an *sie* gelegt hast. Habe ich euch von dem neugierigen Schweinepriester erzählte, der mich im Beichtstuhl ins Verhör genommen hat? Wie ich gesagt hab, ich hätte eines Abends dieses Mädchen berührt, fragt er doch: ›Ist sie naß geworden?‹ Der hätte fast durchs Sprechgitter gesabbert. Und ich sage: ›Nein, Hochwürden, wir hatten einen Regenschirm.‹« Sie alle lachten, aber Martin war sich nicht ganz sicher, was daran so lustig war. Und er wollte nicht noch mehr Fragen stellen. Und sich bloßstellen.

»Also, ich will euch was sagen«, fuhr Kavanagh fort. »Die Nacht, in der wir's tun, in der wir drin sind – mit Sack und Pack –, rufen wir einander an.«

»Aha, dann hast du's also doch noch nicht getan«, sagte Martin und wies theatralisch mit dem Finger auf ihn. »Du könntest jederzeit mit dem dicken Mädchen in der Imbißstube anfangen.«

»Mit Isobel?«

»Sie betet dich an.«

»Ich glaube, die überlasse ich dir, Martin. Aber allmählich bin ich der gleichen Meinung wie Blaise«, sagte Kavanagh. »Du hörst einfach nicht zu. Sowie ihr die Sache hinter euch habt, geht ihr ans Telefon.«

»Das hätte ich vermutlich sowieso getan«, sagte Martin.

»Das ist unser Pakt: Sobald du von ihr runtergerutscht bist, gehst du ans Telefon. Steig ab und wähle. Ihm Rahmen des Machbaren, des Manierlichen. Im Ernst. Zu jeder Tages- und Nachtzeit, selbst wenn's drei Uhr morgens ist, wo immer ihr seid auf der Welt.« Kavanagh trat Blaise an die Schulter. »Ganz gleich, wie alt ihr seid.«

»Abgemacht«, sagte Martin. Blaise schnaubte nur. Kavanagh begann zu lachen.

»Ich kann mir die Szene schon so richtig ausmalen. Mein Alter ist ans Telefon gegangen, die Mutter steht im Nachthemd auf dem Treppenabsatz und lauscht übers Geländer. *Jesus, Maria und Joseph, es ist jemand gestorben. Warum sonst sollte jemand in dieser Herrgottsfrühe anrufen.*« Er tat so, als bedecke er die Sprechmuschel mit der Hand und blicke zu Mrs. Kavanagh auf dem Treppenabsatz empor. *»Es ist Martin. Er hat gerade eingelocht.«*

»*Ach, dem Himmel sei Dank,* sagt die Mutter.«

»Und wenn *du* anrufst, um *mir* Bescheid zu sagen, bin ich vielleicht gerade ausgegangen, und meine Mutter hat eine ihrer Abendgesellschaften mit Vater Farquharson und den anderen. *Ich fürchte, Martin ist nicht hier* – meine Mutter hat eine äußerst höfliche Telefonstimme. *Kann ich ihm etwas ausrichten?*«

»Ja, sagen Sie ihm, ich hätte endlich eingelocht.«

»Und mit wem spreche ich?«

»Kardinal Kavanagh.«

Kavanagh unterbrach ihn: »Du kannst mich mal. Mach mich doch nicht so klein: Seine Heiligkeit, der Papst.«

»Möchten Sie, daß Martin Sie zurückruft, Heiliger Vater?«

»Nee«, sagte Kavanagh. »Ich muß morgen früh um sieben Uhr in Sankt Peter die Messe lesen. Ich brauche meinen Schönheitsschlaf. Falls er Zeit hat, würde Martin vielleicht ministrieren wollen?«

»Eine Nacht auf dem kahlen Bergmädel«, sagte Blaise. Er lag auf dem Rücken und schielte mit zugekniffenem Auge zu den Hügeln hin. »Von hier aus sieht er wirklich aus wie Napoleons Nase. Der Kaiser. Da wir gerade von einem Pakt sprechen, sind die Herren mit von der Partie, was diese Prüfungsgeschichte angeht? Wie man das System betrügt, das einen betrügt?« Keiner antwortete ihm. Martin spürte, wie ihm der Magen nach unten rutschte. Er wollte nicht das Gesicht verlieren. Er machte weiter, weil er nicht wußte, wie er sich daran hindern konnte, weiterzumachen.

»Nun?«

»Ja«, sagte Kavanagh, »vorausgesetzt, wir werden nicht erwischt.«

»Gibt es irgendeine Möglichkeit, uns abzusichern?« fragte Martin. »So zu tun, als wär's ein Scherz gewesen, ein Schülerstreich? Vielleicht könnten wir einen Brief an die Schulleitung schreiben, den wir aufgeben, kurz bevor wir uns an die Arbeit machen? Wenn wir erwischt werden, können wir immer noch sagen, daß es ein Scherz war, daß wir die Prüfungsbögen nur deshalb stehlen, weil wir beweisen wollen, wie unfair das System ist.«

»So 'n Scheiß«, sagte Blaise. »Dann wüßten sie Bescheid und würden die Prüfung stornieren. Jeder müßte sie wiederholen. Wir drehen das Ding so, daß niemand davon erfährt. Außer uns. Und wir bekommen gute Noten. Menschenskinder, wir werden die besten Noten bekommen, die es je gegeben hat. Was wir auch verdient haben. Wo wir doch helle Köpfe sind. Was, Martin?«

»Hör auf, dich über mich lustig zu machen.«

»Aber wie kommen wir in den Raum?« fragte Kavanagh. Die Sonne war hinter einer großen Wolke verschwunden. Kavanagh kriegte eine Gänsehaut. Er zog sein Hemd wieder über, knöpfte es aber nicht zu.

»Wie gelangt man in *irgendein* Zimmer?« fragte Blaise.

»Indem man die Tür öffnet.«

»Man braucht einen Schlüssel. Wer hat den Schlüssel für den Raum?«

Martin und Kavanagh zuckten die Schultern.

»Joe Boggs«, antwortete Martin. »Er bewahrt sein Putzzeug darin auf.«

»Also, was tun wir? Sollen wir seinen riesigen Schlüsselbund klauen? Und dann stehen wir im Gang und probieren jeden Schlüssel aus, bis wir den richtigen finden?«

»Ich bin in Condors Zimmer gewesen. Er hat einen Schlüsselschrank an der Wand hängen.«

»Erzähl.«

»Jeder Schlüssel in der Schule müßte sich darin befinden.«

»Wie kommen wir da hinein?« fragte Blaise.

»In Condors Zimmer?«

»Er nimmt einen mit rauf, um einen zu verdreschen, wenn man geraucht hat. Jedenfalls mich. Letztes Jahr hat er eine Razzia bei den Donnerbalken gemacht. Ungefähr zehn von uns. Rauf in sein Zimmer. Und dann ...«

»Hör dir das an«, sagte Kavanagh.

»... zündet sich das Schwein doch seine Pfeife an und sagt: *Ich werde euch so lange züchtigen, bis sie ausgeht.*« Und er läuft die Reihe auf und ab und verprügelt uns. Dabei pafft er seine Sherlock-Holmes-Pfeife.«

»Der Mann ist doch ein Psychopath. Komm zur Sache«, sagte Blaise.

»Vor Condor hab ich einen Mordsbammel, er ist eine richtig fiese Sau, und langsam kam er auf mich zu. Bumm – bumm – bumm. Ich weiß noch jede verdammte Einzelheit. Ich hatte vielleicht eine Wut im Bauch. Der Geruch von dem Tabak – eigentlich rieche ich Tabak gern, aber während er uns die Leviten las, während er uns diese alte abgefackte Standpauke hielt, hat er die Pfeife in einem Aschenbecher ausgekratzt. Mit diesem verdammten Besteck, das er immer bei sich hat. Wie ein stinkender, nasser schwarzer Strohhalm. Hat wie sonst was gestunken. Konnte man im ganzen Zimmer riechen. Ich hab den Schlüsselschrank angestarrt, und im Schloß steckte ein ganz gewöhnlicher Schlüssel. Innen drin Haken mit Nummern und allem. Ich weiß noch, sein Zimmer hat er mit einem Sicherheitsschlüssel aufgesperrt, mit einem kleinen gelben Plastiküberzug.« Martin spuckte unvermittelt seinen zerkauten Grashalm aus und richtete sich auf. »Liest er jemals die Frühmesse?«

»Das tun doch alle Priester«, antwortete Kavanagh.

»In der Schule?«

»Ich weiß nicht.« Blaise zuckte die Achseln. »Spielt das eine Rolle?«

»Findet's heraus«, sagte Martin. Der Gedanke, der ihm gekommen war, stimmte ihn unruhig. Er stand auf und ging zu dem geteerten Weg. Hier und da war die alte Asphaltdecke aufgerissen, und es gab Schlaglöcher, die lose mit Steinen gefüllt waren. Martin bückte sich und suchte sich den größten aus. Er drehte sich um und schleuderte ihn, so hoch er konnte, über dem Wasser in die Luft. Der Stein stieg in die Höhe und verlangsamte seinen Flug, dann begann er zu fallen. Als er auf dem Wasser aufschlug, gab es einen dumpfen Laut. *Pitsch!* Martin las eine Handvoll Steine auf und ging den kurzen Hang hinab ans Ufer.

»Zehn Meter pro Sekunde pro Sekunde.«

»Wir nennen das den Furz des toten Mannes.«

Kavanagh sah, was Martin trieb, erhob sich ebenfalls und las selber eine Handvoll Steine auf. Blaise schaute ihnen zu.

»Wer am höchsten wirft, hat gewonnen«, sagte Martin. Kavanagh machte Anstalten zu werfen und bog seinen Körper so weit zurück, daß seine Wurfhand fast den Boden hinter ihm berührte. Er ließ die Hand nach vorn schnellen, und der Stein entschwand ins Blau des Himmels. Martin beschattete seine Augen. Blinzelte in das gleißende Licht. *Pitsch!* Der Stein schlug weit draußen auf dem Wasser auf. Das Wasser war schon so aufgewühlt, daß sich keine Kreise ausbreiteten, nur eine kleine Unebenheit. Die leichte Brise legte sich.

»Das ist das Geräusch, wenn etwas von einem Element in ein anderes übertritt«, sagte Blaise. »Wie wenn es die Schallmauer durchbricht.« Martin warf abermals. Dann Kavanagh. Jedesmal, wenn ein Stein ins Wasser fiel, machte er dasselbe befriedigende Geräusch. In dem Glauben, es gebe etwas zu futtern, begannen die Schwäne auf sie zuzuschwimmen. Der Wind war so weit abgeflaut, daß sich hinter jedem der Schwäne Kielwasser bildete.

»Eine Art Parabel«, sagte Kavanagh.

Martin warf abermals und sagte: »Wie wenn man einen Pfeil gerade in die Höhe schießt.« Es gingen ihnen die Steine aus, und sie hatten keine Lust, noch einmal auf den Weg hinaufzulaufen, um sich neue zu besorgen.

»Habt ihr schon mal von Zenons Aporien gehört?« fragte Blaise.

»Nee«, antwortete Kavanagh. Martins Antwort wartete Blaise gar nicht erst ab. Und Martin war sich dessen bewußt.

»Es sind Argumente gegen die Bewegung«, erklärte Blaise. Er ließ die anderen beiden aufstehen und stellte sie mit dem Gesicht zum Cave Hill in einem Meter Abstand voneinander auf. »Angenommen, es gibt einen Wettlauf, und du bist Achilles...« Er streckte die Hand aus und legte sie Kavanagh auf die Schulter.

»Ah, Herrgottsack. Meine Ferse.« Kavanagh faßte sich ans Bein, als hätte er Schmerzen. Blaise richtete ihn auf und hieß ihn strammstehen. Dann tat er zwei Schritte und winkte Martin heran.

»Und du bist die Dummfick-Schildkröte.« Blaise postierte Martin vor Kavanagh. »Achilles ist so siegesgewiß, daß er dir einen Vorsprung gewährt.«

»Muß er nicht einschlafen?« fragte Martin.

»Halt's Maul«, sagte Blaise. »Wenn ich sage ›Los!‹ ...« Kavanagh war schon losgerannt und hob übertrieben die Knie. »Verdammt noch mal ...« Kavanagh hörte den Ärger in Blaises Stimme, setzte seinen gespielten Schnellauf aber fort und lief in einem weiten Bogen übers Gras, bevor er zurückkam.

Blaise fuhr fort: »Wenn Achilles zu dem Punkt gelangt, wo unser Dummfick aufgebrochen ist, ist unser Dummfick schon ein Stück vorangekommen, stimmt's?«

»Verstehe«, sagte Kavanagh. Er hörte auf, auf der Stelle zu laufen.

»Ich finde immer noch, daß er einschlafen müßte, und ich renne an ihm vorbei – renne nicht an ihm vorbei, sondern schleppe mich an ihm vorbei.« Jetzt fing Martin an, Riesenschritte zu machen, seine Auffassung von Sich-Vorbeischleppen. Blaise versetzte ihm einen Faustschlag gegen die Schulter.

»Laß den Quatsch! Du denkst an Äsop.«

»Jedesmal, wenn Achilles hier ankommt, ist Dummfick schon ein Stück vorangerückt. Und so weiter, *ad infinitum.*«

Kavanagh ging Blaise an und warf ihn zu Boden. Martin wollte nicht übrigbleiben und stürzte sich auf die anderen beiden. Zu dritt rangen sie auf dem Gras. Als Martin aufblickte, sah er einen alten Herrn, der einen Spazierstock mit Silberknauf trug. Er führte seinen Hund spazieren, einen winzigen Jack Russell. Er schaute auf das Knäuel kämpfender Leiber herab und verdrehte die Augen. Der Knoten von Martins Schulkrawatte war auf die Größe eines Sixpence-Stücks zusammengeschnurrt und hing irgendwo unter seinem Ohr. Blaises Hemdschoß war herausgerutscht, und obwohl er lachte, brüllte er sie an, mit dem Unfug aufzuhören. Kavanagh tat so, als lasse er einen Flugzeugmotor aufheulen, und Martin schrie: »Was für ein Geräusch macht eine Schildkröte?«

Der alte Herr ging weiter und schwang seinen Spazierstock. Er sah aus, als hätte er große Lust, sich in das Handgemenge einzuschalten und alle drei nach Kräften zu verbleuen, weil sie um diese Tageszeit nicht in der Schule waren. Kavanagh nahm Blaise in den Schwitzkasten, und Blaise brüllte wie am Spieß. Es war nicht eindeutig, ob er nur so tat, als sei er wütend, oder ob er wirklich wütend war.

»Hör auf, du Arschgesicht. Oder ich bring dich um.«

»Ich bring ihn für dich um«, sagte Martin, packte Kavanagh unterm Kinn und drückte so fest zu, wie er sich traute. Schließlich ließ Kavanagh los.

»Wird auch langsam Zeit, ihr blöden ...« Blaise stand auf, knöpfte seine Hose auf und stopfte sein Hemd hinein. »... Scheißkerle«, sagte er. Sie wußten immer noch nicht, ob er wirklich sauer war oder nicht. Sein Gesicht war rot und sein Haar zerzaust.

Martin lockerte den Knoten seiner Krawatte und band sie neu. Dann ließen sie sich wieder aufs Gras fallen. Kavanaghs Brust hob und senkte sich. Allmählich beruhigte sich ihr Atem wieder. Keiner sprach. Martin lag dicht am Ufer. Er roch das gemähte Gras und ließ seine Hand im Wasser treiben.

»Hey, es ist ja richtig warm.« Martin trocknete sich die Hand an seiner Hose ab und zündete sich eine Zigarette an. Er schleuderte das Streichholz zum Wasser hin. Den scharfen Geruch des Schwefels roch er gern. Er legte sich hin. Auch im Gras gab es etwas, das gut roch, irgendeine Pflanze wie Strahlenlose Kamille oder Mädesüß oder so ähnlich. Er sah sich um, das Gras stand dicht vor seinem Gesicht. Er kniff ein Auge zu. Einige Halme waren flach und geädert, andere waren runde Stengel – gemischtes frisches Sommergras, das sich hierhin und dorthin bog und gegen den Himmel ein vollkommenes Muster bildete. Die Halme paßten in den Himmel, wie ein Schlüssel in ein Schloß paßt. Grasgrün und himmelblau. Dies waren die Farben, sie waren, wie sie hießen. Adjektive und Substantive. Gras und Himmel, grün und blau. Die Sonne schien warm auf den schwarzen Stoff seines Blazers. Er zog an seiner Zigarette und verspürte eine jähe Freude, in den Lungen und zwischen den Fingern. Einen Augenblick fühlte sich sein Kopf benommen an. Alles verband sich zu einer heftigen Anwandlung, weil die Dinge zusammenstimmten. Der Schlüssel im Schloß drehte sich. Durch Hinzufügen eines einzigen Tropfens wurde die Flüssigkeit klar. Alles andere, woran er dachte, trug zu dem Gefühl nur noch bei. Das Wasser am Rand des Sees fühlte sich warm und seidig an. Seine besten Freunde waren hier, und er war sich sicher, daß er die Prüfung diesmal bestehen würde. Er identifizierte die Aufwallung als Glücksgefühl. Er war überzeugt von seiner eigenen Unsterblichkeit. Und er war überzeugt, daß er sich für den Rest seines Lebens an dieses Gefühl erinnern würde. Es war wie das Gefühl, das er in Ardglass hatte, als er sich dagegen entschied, Priester zu werden. Er fragte sich, ob es etwas damit zu tun hatte, daß er lag. Damals hatte er auf einer Mauer gelegen, jetzt lag er im Gras. Er wußte, es war eine dümmliche Schlußfolgerung – wie das Kind, das glaubte, der Wind entstehe durch das Schütteln der Bäume –, aber es war lustig, und daß er es lustig fand, trug zu dem Eindruck, daß alles zusammenstimmte, nur noch bei. Plötzlich war das Rauschen der Schwäne zu hören, die sich aufschwangen und über sie hinwegflogen. Von einem Teil des Teichs zum anderen. Das Geräusch, wenn sie von einem Element in ein anderes eintraten. Das Geräusch, wenn ein Stein aus der Luft ins Wasser fällt. Wenn Schwäne von hier nach dort fliegen. Irgendwo gab es darin ein Moment der Liebe, aber er wußte nicht zu sagen, wo oder mit wem.

Gegen vier Uhr erhoben sich alle drei unwillkürlich und sammelten ihre Siebensachen ein. Langsam liefen sie auf dem Weg zurück, Blaise ging voran.

»Warum laufen wir in diese Richtung?« fragte Martin.

»Ich möchte zu mir nach Hause«, sagte Blaise, »bevor ich zurückgehe.«

»Wo ist zu Hause?«

»Da drüben«, erwiderte Blaise und nickte in Richtung Cave Hill.

»In einer Höhle?« fragte Martin.

»Ungefähr einen Dreiviertelkilometer in diese Richtung«, antwortete Blaise. »Ich möchte nachsehen, ob ich Post bekommen habe.«

»Post? Bekommst du denn Post?« Martin klang ungläubig.

»Ja, du nicht?«

»Nie. Bis auf die Prüfungsergebnisse.«

Sie liefen zu einem Tor neben dem Wasserwerk, das jedoch abgeschlossen war. Eisenstäbe mit tückisch scharfen Spitzen. Kavanagh kannte einen Weg auf die Säule hinauf, an der das Tor befestigt war, und konnte, hochgewachsen, wie er war, mühelos hinüberklettern. Martin verschränkte die Hände und machte eine Räuberleiter für Blaise.

Blaise setzte einen Fuß auf die Quersprosse des Tors, dann rief er Martin zu: »Rühr dich nicht.« Martin tat, wie ihm geheißen, und spürte den Druck von Blaises Schuh auf seiner Schulter. Dann hatte Blaise die Säule erklommen. Auf der anderen Seite half Kavanagh ihm hinab. Martin mühte sich, denselben Weg hinaufzuklettern, aber es gelang ihm nicht. Er stand da und schaute durch die Gitterstäbe.

»Nimm das andere Tor«, sagte Blaise und zeigte die Straße entlang. Martin wandte sich um und wollte eben losrennen, als der alte Herr mit dem winzigen Jack Russell auftauchte. Er holte einen Schlüsselbund aus der Tasche. Der Alte hatte die Situation mit einem Blick erfaßt. Er steckte seinen Spazierstock mit dem Silberknauf wie eine Zeitung unter den Arm und führte den Schlüssel ins Schloß. Das Tor öffnete sich scheppernd, doch der alte Mann verstellte Martin den Weg. Er pfiff seinen Hund herbei. Das winzige Ding rannte hindurch und blieb draußen neben Kavanagh und Blaise stehen.

»Willst du hinaus?« fragte der Alte.

»Danke«, sagte Martin. Er stahl sich durch das offene Tor. Der alte Mann schloß wieder ab und stopfte seine Schlüssel in die Tasche. Die drei Jungen schlenderten davon. Als sie außer Hörweite waren, fragte Martin: »Wieso hat der alte Arsch einen Schlüssel?«

»Früher war das mal Privateigentum«, antwortete Blaise. »Jeder im Klub hatte einen Schlüssel.«

»Dann haben sie die *hoi polloi* reingelassen«, sagte Kavanagh. »Abschaum wie dich, Brennan.«

»Ich dachte, die *hoi polloi* wären die Vornehmen?«

»Du denkst vermutlich an die Hautevolee«, sagte Kavanagh. »Ist es nicht ein bißchen seltsam, Internatsschüler zu sein, wenn dein Haus so nahebei ist?«

»Ja.«

Eine Weile liefen sie baumbestandene Alleen entlang. Dann nickte Blaise in Richtung einer Auffahrt, die fast ganz hinter einer hohen Hecke versteckt war. Im Garten wuchsen Bäume und Rhododendren.

»Wal in Sicht«, sagte er.

»Wir gehen nicht mit rein«, sagte Kavanagh.

»Du meinst, ihr wollt euch hier draußen herumdrücken?«

»Ja.«

»Ich bleibe nicht lange«, sagte Blaise.

»Wer ist denn zu Hause?« fragte Kavanagh.

»Woher zum Teufel soll ich das wissen?« entgegnete Blaise. »Ich bin seit Urzeiten nicht zu Hause gewesen.«

»Was *glaubst* du denn, wer zu Hause ist?«

»Ihr braucht mit niemandem zu reden«, entgegnete Blaise.

»Warum kannst du nicht meine Frage beantworten?«

»Mein Vater ist weg. Es sind höchstens mein Großvater und Susan da.«

»Wer ist Susan?«

»Die kümmert sich um uns, eine Mischung aus Haushälterin und Pflegerin. Der alte Knabe verliert allmählich den Verstand. Einmal hat er seinen Pißpott durchs Fenster geschmissen. Dachte, irgend jemand oder irgend etwas hätte es auf ihn abgesehen. Aber ihr braucht ihm ja nicht zu begegnen, und der Haushälterin auch nicht. Ihr könnt im Wohnzimmer bleiben. Ich mache euch Tee.«

»Ich hätte nichts gegen eine Tasse Tee«, sagte Martin.

»Gut, in Ordnung«, sagte Kavanagh. »Nach all unserer Arbeit würde uns eine große Kanne Nambarrie guttun.«

Das Haus lag ein gutes Stück abseits der Hauptstraße. Zwischen den Bäumen war nur ein Teil davon zu sehen. Graue Ziegelsteine, ein Fenster, etwas Efeu. Der Pfad, der zur Eingangstür führte, bestand aus einer Mischung aus Kies und Asche, und Martin war sich des Lärms bewußt, den ihre Füße in der Stille machten. Es war ein langer Nachmittag gewesen. Inzwischen schien ihnen der Gesprächsstoff ausgegangen zu sein. Blaise nahm ein Schlüsseletui aus der Hosentasche und wählte einen für die Haustür. Die Eingangshalle war schummerig, altmodisch. An einer Seite standen verglaste Bücherregale voller Gedichtbände. Der Fußboden war braun gefliest und mit Brücken bedeckt, damit er nicht so kalt wirkte. Martin fiel auf, daß die Brücken gewellt waren, so daß man fast darüber stolperte. Noch nie zuvor hatte er in einem Privathaus eine so große Eingangshalle oder eine so breite Treppe gesehen. Es gab eine schwarze, laut tickende Standuhr. Blaise blieb am Garderobentisch stehen und sah die Post durch.

»Wenn mein Dad weg ist, kriegt er immer tonnenweise Post. Sie stapelt sich.« Etliche der Umschläge waren für Blaise bestimmt. Er überflog den Stapel und legte seine zur Seite – Umschläge mit rot-weiß-blauem Rand: Luftpost aus Amerika. Einer aus Indien, einer vom Vatikan. Martin wußte sofort, woher sie stammten, aus der Zeit, als er noch Briefmarken sammelte. Ein brauner Umschlag schien Blaise besonders zu freuen.

Aus einem Zimmer am Ende der Eingangshalle rief eine Frauenstimme: »Wer ist da?«

»Ich bin's«, schrie Blaise. »Geht da hinein.« Er wies auf eine Tür. »Ich komme gleich.«

Es war ein Doppelzimmer mit zwei Kaminen, zwei Türen und zwei Fenstern. Am auffälligsten war der Konzertflügel am hinteren Fenster, dessen riesiger schwarzer Deckel angehoben war wie die Flosse eines Haifisches, so daß das Innere des Zimmers wirkte, als würde ihm Licht vorenthalten. An den Fenstern standen mehrere Aspidistren und Philodendren. Martin bemerkte, daß es nirgendwo religiöse Bildwerke gab, weder Gemälde noch Statuen. Neben einer der Pflanzen stand ein Metronom. An den Wänden hingen düstere Drucke. Es gab ein oder zwei leuchtend bunte abstrakte Gemälde. Martin stellte seine Tasche bei der Tür ab, ging zum Flügel und besah sich sein Inneres mit all den Saiten und Hämmern. Er zupfte eine Saite mit dem Finger, und sie zirpte etwas, dann verstummte sie wieder. Kavanagh steckte die Hände in die Hosentaschen und schaute sich die Ornamente auf dem Kaminsims an, Speerwerfer. Die Falttür zwischen den beiden Zimmern war ziehharmonikaförmig gegen die Wand zurückgeschoben worden. Martin setzte sich auf die Kante eines Sofas vor einem der beiden Kamine. Das Sofa war hart, und der Stoff fühlte sich rauh an.

»Das ist vielleicht ein Haus«, sagte Kavanagh. Seine Stimme war verhalten, damit seine Kritik nicht mitgehört wurde. »Glaubst du, Blaise ist in Ordnung?«

»Was?«

»Die Sache mit dem schönen Jungen in der Turnhalle.«

»Weiß nicht. Vielleicht ist er bisexuell.«

»Hast du den von dem Jungen gehört, der dachte, bisexuell bedeutet, daß man mit zwei Frauen ins Bett geht?«

»Nein, was ist mit dem?«

»Du kannst mich mal.«

Das Zimmer roch schwach nach Lavendel. Von weitem waren die Autos auf der Straße zu hören. Und das Ticken der Standuhr in der Eingangshalle. Der Teppich vor dem Sofa war fadenscheinig. Die Stelle, wo jedermann saß, die Stelle, über die im Lauf der Jahre sämtliche Füße hinweggeschlurft waren. Wo das Muster verschlissen war, sah man das gewebte Jutegarn. Kavanagh begab sich ans andere Ende des Zimmers, um zu sehen, was sich vor dem Fenster befand. Martin ging wieder zum Flügel. Die Notenblätter auf dem Ständer waren von Schubert. Er schlug einen Akkord an. Leise. Hörte, wie er verhallte.

»Wenn du aufs Pedal trittst, klingen sie länger nach«, sagte Kavanagh. Martin setzte den Fuß aufs Pedal und drückte drei andere Tasten. Der Klang schien eine üppige Mischung aus Braun und Creme, der endlos weitersummte. Der Klang paßte zu dem Zimmer, so wie der blaue Himmel vorher zu dem Gras gepaßt hatte. So wie eine Klinge in ihre Scheide paßt. Als der Akkord verklungen war, schlug er ihn abermals an. Und kostete ihn aus.

»Das klingt aber trübselig«, sagte Kavanagh. Martin zuckte mit den Schultern und ließ den Flügel stehen, um sich ein Bild über dem zweiten Kamin anzusehen. Kavanagh griff zu und setzte das Metronom in Gang. Geschwind klickte es hin und her. Er beugte sich vor und betrachtete es von nahem, um zu sehen, was auf der Skala geschrieben stand.

»Das ist *vivace.*« Er stoppte das Gerät und stellte es anders ein. Es klickte langsamer. Eine schleppendes Tempo. »Und das ist *adagio.*«

»Wer redet hier von trübselig«, sagte Martin. »Spiel wieder *vivace.*«

Kavanagh stellte das Metronom wieder auf das schnellere Tempo ein. Es knarrte, eine der Türen ging auf, und Martin blickte sich grinsend um. Anstelle von Blaise stand jedoch ein alter Mann vor ihm. Er war hochgewachsen, aber leicht gebeugt. Er hatte einen weißen Ziegenbart und trug eine Brille. Alle seine Bewegungen wirkten sehr alt, zittrig und unentschlossen.

»Wie seid ihr hier reingekommen?« zischte der alte Mann. Er bewegte sich durchs Zimmer und hob die Hand, um Martin zu schlagen. Dieser duckte sich unwillkürlich. Er wußte nicht, was er sagen sollte. Er wich dem alten Mann aus. Der Alte war unsicher auf den Beinen, als er sich umdrehte.

»Wie könnt ihr es wagen!« brüllte er. »Gottverdammte Einbrecher!« Er taumelte ein wenig, als er sich nach einer Waffe umsah. Kavanagh wollte etwas sagen, um den Alten zu beschwichtigen. »Und ihr habt die Stirn, es in eurer Schuluniform zu tun.« Das Metronom am Fenster machte klick-klack-klick. Auf der

Kaminplatte lehnte als Teil eines Kaminbestecks ein Schürhaken aus Messing. Martin sah, wie der alte Mann danach griff, und hatte genug.

»Komm, wir machen uns dünn«, schrie Kavanagh. »Ich will dem Alten keine überziehen müssen.« Martin hob seine Tasche auf und rannte durch die Eingangshalle. Die Tür hatte ein Sicherheits- und ein Einsteckschloß und bedurfte zweier Hände. Martin wartete darauf, daß Kavanagh das zweite Schloß entriegelte, dann waren sie auf und davon und rannten knirschend den Kiesweg hinunter. Beim Rennen merkte Martin, daß seine Knie zitterten.

»Der Kerl ist doch total bekloppt«, sagte er.

»Wie ein Berserker.« Kavanagh fing an zu lachen.

»Wie könnt ihr es wagen!« brüllte Martin. »Gottverdammte Einbrecher!«

»Und ihr habt die Stirn, es in eurer Schuluniform zu tun.«

Als sie die Hauptstraße erreichten, blieben sie stehen und schauten sich um. Kavanagh legte Martin den Arm um die Schultern, und sie kugelten sich vor Lachen. Der Alte stand in der Tür, schwang drohend den Schürhaken und brüllte lauthals mit dünner Fistelstimme. Von hier aus zuckte sein weißer Ziegenbart wie die Blume eines Kaninchens. Ein Warnsignal. Blaise war nirgendwo zu sehen.

Siebentes Kapitel

Eine schlaflose Nacht

Nichts für ungut, Mrs. Brennan, ich bin sicher, Sie sind die beste Mutter der Welt, aber der Junge ist *mager.* Die einzige Richtung, in die er wächst, ist nach oben. Keine Ahnung, wie er das anstellt, wo er doch mit einer Bäckerin wie Ihnen zusammenlebt. Ich wäre rund wie ein Ballon.«

Martin haßte es, wenn Mary Lawless über ihn spöttelte. Er trug ein Hemd mit offenem Kragen, und als er die Tür aufmachte, um sie hereinzulassen, hatte sie so getan, als wäre die Kuhle zwischen seinen Schlüsselbeinen ein Weihwasserbecken. Sie tauchte den Zeigefinger in die Mulde und bekreuzigte sich, als sie das Haus betrat.

Ihr folgte Schwester Gilliland, die sagte: »Wenn er noch magerer wird, haben Sie bald den Schutz und Trutz auf dem Hals, Mrs. Brennan.«

Später, als zum zweiten Mal das Essen herumgereicht wurde, sagte Mary Lawless: »Ich mache eine Diät.«

»Wozu?«

Sie tätschelte sich den Bauch und verdrehte die Augen zum Himmel.

»Martin, mach dich nützlich«, sagte seine Mutter. »Biete unseren Gästen die süßen Brötchen an.«

Mary Lawless schlug sie mit erhobenen Händen aus.

»Danke, ich bin hinlänglich gesättigt.« Mit ihrer Serviette tupfte sie sich die Mundwinkel ab, damit auch alle mitbekamen, daß sie satt war. Erst dann schien sie die Farbe der Serviette wahrzunehmen. »Marineblau gefällt mir sehr gut, Mrs. Brennan.«

»Oh, danke.«

»Ich finde dunkle Farben *so* attraktiv«, sagte Schwester Gilliland. »*So* stilvoll.« Sie hielt ihre Serviette gegen den Aufschlag ihres marineblauen Kleides, und beide paßten vorzüglich zueinander.

»Ich wußte ja, daß Sie kommen«, sagte Mrs. Brennan.

»Sie werden's mir nicht glauben«, bemerkte Mary Lawless, »aber an meinem Hochzeitstag hatte ich eine 50er Taille.«

»Wenn Sie mich fragen, hatten Sie auch ein elastisches Maßband«, erwiderte Schwester Gilliland. Vater Farquharson drehte sich in seinem Sessel um und beobachtete jeden, der sprach. Sein Gesicht hatte immer ein Lächeln parat.

Mary Lawless ließ nicht locker. »Nein, wirklich, eine 50er Taille.« Um ihren Umfang zu demonstrieren, formte sie einen Kreis, indem sie die Daumen und die Zeigefinger aneinanderhielt. »Das sind fünfzig Zentimeter.« Martin wollte den Teller mit süßen Brötchen auf den Couchtisch stellen, doch seine Mutter bedeutete ihm, ihn weiter herumzureichen.

»Das wäre ja wie ein Wal in einer winzigen Dose«, sagte Mrs. Brennan. »Und Sie haben die Würstchen im Schlafrock genommen.«

»Manchmal esse ich wie ein Scheunendrescher, und manchmal esse ich nur Gras. Mein Hunger ist jetzt gestillt.«

Martin setzte den Teller ab.

»Dann gibt's morgen mehr für mich«, sagte er.

»Iß auf, du bist noch ein Junge im Wachstum«, sagte Mary Lawless. »Kaum zu glauben, daß ich mal eine Stundenglasfigur hatte.«

»Ja, und wie die Zeit verronnen ist«, sagte Schwester Gilliland.

Mary Lawless stimmte in das allgemeine Gelächter ein, dann sagte sie: »Obst soll sehr gesund sein.«

»Ein Apfel pro Tag, mit dem Doktor kein' Plag«, versetzte Mrs. Brennan.

»Ich finde, Äpfel sind mühsam zu essen.«

»Ja, ich weiß, was Sie meinen.« Schwester Gilliland nickte. »Es ist schwierig, aus Äpfeln eine Mahlzeit zuzubereiten – ich meine, einem Mann, der völlig ausgehungert aus dem Pub nach Hause kommt, könnte man doch keinen Apfel vorsetzen. Außerdem hat Diäthalten eigentümliche Auswirkungen auf den Mundgeruch.«

»Wollen Sie mir etwa zu verstehen geben …?«

»Nein, nicht doch, Mary. Ich habe nur neulich mit Peter Faul gesprochen. Dem geht's gar nicht gut.«

»Ein schlimmer Anblick.«

»Geht's ihm nicht besser?«

»Nein. Bei weitem nicht.«

»Gelb wie ein Entenfuß.«

»Ja, es heißt, daß es ihm ausgesprochen schlecht geht.«

»Die Ärzte haben ihn schon aufgegeben.«

»Wirklich? Aber die Ärzte geben doch jeden auf.«

»Das können Sie laut sagen.«

»Allmächtiger.«

»Irgendwas stimmt mit seinem Gesicht nicht.«

»Ja, als hätte sich jemand auf ihn draufgesetzt, als er noch warm war.«

»Au, Mary, Sie haben eine kauzige Art, sich auszudrücken.«

»Man sah gleich, daß er nicht gut beieinander war. Sein Atem war… ein bißchen… Sie wissen schon.«

»Es gibt nichts Schlimmeres, sage ich immer.«

»Als was?«

»Schlechten Atem. Atem, der einen umhaut. Und das schlimmste ist, daß man selber es nicht merkt. Jemand muß es einem sagen.«

»Wenn es mir so ginge, würde ich bei einer Bank oder bei der Post arbeiten. Weit weg von den Leuten, mit denen man spricht.«

»In der Northern Bank haben Sie Trennscheiben.«

»Oder als Telefonistin. Das wäre für so jemanden genau die richtige Stelle.«

»Ich glaube, es kommt von den Zähnen.«

»Aber Putzen hilft nichts. Ich kannte mal einen Lehrer, der hat sich zehnmal am Tag die Zähne geputzt, aber wenn er

›Amen‹ sagte, sind hinten im Klassenzimmer die Pflanzen verdorrt.«

»Es ist das Zahnfleisch«, sagte Schwester Gilliland und nickte. »Pyorrhöe.«

»Und die Zunge«, sagte Mrs. Brennan. »Eine belegte Zunge verursacht Mundgeruch ... Ach, eins kommt zum andern.«

»Ein Pesthauch wie ein Drache.«

»Ich habe Martin immer beigebracht, sich morgens als erstes die Zunge abzuschaben.«

»Mit einem Zungenschaber«, sagte Martin.

»Nein, mit einem Löffel«, entgegnete seine Mutter.

»Das haben wir mal im Unterricht durchgenommen, *Alltagsleben im alten Rom.* Wenn die Römer verschwitzt und schmutzig waren, haben sie sich mit Öl eingerieben und das Ganze mit einem Stück Metall abgekratzt, einem sogenannten Schaber.«

»Die Dreckskerle.«

Wegen des Kraftausdrucks herrschte eine Weile Schweigen. Die Gäste lächelten höflich und schauten hinüber zu Vater Farquharson.

»Wie kommt es«, fragte Schwester Gilliland, »daß man kaum auf Namen trifft, die sich reimen? Eben ist mir aufgefallen, daß jemand mit dem Nachnamen Faul niemals Paul heißen würde. Paul Faul.«

»Heißt er nicht Peter?« fragte Mrs. Brennan.

»Ja, Peter Faul. Aber ich verstehe, was Sie meinen. Paul Faul? Ich bin mir nicht sicher«, sagte Mary Lawless. »Aber früher kannte ich mal einen gewissen Pete Street. Der wohnte hinter der Fachhochschule.«

»Es geht ja noch an, wenn es ein ›Mac‹ in dem Namen gibt«, sagte Mrs. Brennan. »Alan MacCallan klingt nicht allzu schlimm.«

Mary Lawless räusperte sich.

»Etwas, was mir schon immer durch den Kopf gegangen ist«, sagte sie. »Wenn man zwei Waagen hätte und würde auf jede einen Fuß stellen, wieviel würde man wiegen? Dürfen wir annehmen, daß die Summe der beiden Skalen dem Gewicht entspricht? He, Martin, ein heller Kopf wie du sollte das doch wissen. Was meinst du?« Martin lächelte und schüttelte den Kopf. Mary Lawless fuhr fort, ohne eine Antwort abzuwarten. »Selten, daß man gleich zwei Waagen nebeneinander findet. So daß ich nie die Gelegenheit habe, mein kleines Experiment durchzuführen.« Martin nickte. »Mein Problem ist, ich denke zuviel. Stimmt's, Martin?«

»Sie sind der Schrecken aller ehrlichen Menschen«, sagte Mrs. Brennan. »Aber keiner von uns wird jünger.«

»Hören Sie sich das an«, sagte Mary Lawless. »Gestern bin ich aus meiner Haustür getreten, und wer ist da und sonnt sich – niemand anders als Mrs. O'Neill ...«

»Das ist eine Dame, eine richtige Dame«, sagte Mrs. Brennan.

»Ja, ziemlich damisch«, sagte Mary Lawless. »Jedenfalls ich die Treppe rauf, die Treppe runter. Ich war ganz außer Puste, da sagt sie: *Mary,* sagt sie, *Sie werden mir noch eine richtig alte Schachtel.* Ist das nicht drollig?«

»Ach, das Alter ist auf dem Vormarsch«, sagte Schwester Gilliland.

»Ich seh's an meinen Händen«, sagte Mary Lawless.

»Was, schauen Sie denn nicht in den Spiegel?«

»Ja und nein. Aber wenn man in den Spiegel schaut, zieht man Dinge ab. Manchmal sitze ich da, und meine Hände sind hier ...« Ihre Hände ruhten auf ihren Schenkeln. »Und dann sage ich zu mir selbst: Wem in aller Welt gehören diese dicken Patschhände? Dann ziehe ich die Haut hoch, und sie bleibt so, wie bei Schaumgebäck. Es sind die Hände einer anderen Frau, es sind die Hände meiner Tante Tessie, und die ruht nun schon seit fünfzehn Jahren unter der Erde.«

»Ach, das ist wirklich traurig.«

»Traurig ist gar kein Ausdruck.«

»Manchmal sehe ich mich im Spiegel am Kleiderschrank und bin schockiert. Ich sage: *Barmherziger Gott, wie ist denn die hier reingekommen? Ich wußte gar nicht, daß es auch so alte Einbrecherinnen gibt.«*

»Der Körper ist eine Sache.« Vater Farquharson schüttelte den Kopf. »Aber sind Sie schon mal im Eilschritt in ein Zimmer gestürmt und haben gedacht, was will ich eigentlich hier?«

»Genauso geht's mir in diesem Augenblick«, sagte Mary Lawless. In dem, was der Priester gesagt hatte, erkannten sie sich alle wieder und nickten zustimmend.

»Der Geist«, sagte Mrs. Brennan, »bringt einen um.«

»Aber was ist mit der Seele?« fragte Schwester Gilliland. »Nach dem Körper und dem Geist – wie zeigt die Seele ihr Alter?«

»Ja, den Ausdruck habe ich schon häufiger gehört«, meinte Mrs. Brennan, »die arme alte Seele.«

»Ich denke, in einer Art spiritueller Weisheit«, antwortete Vater Farquharson in der Annahme, die Frage sei an ihn gerichtet. »Mit zunehmendem Alter nehmen unsere Gewohnheiten etwas Heiliges an. Das Ritual ist eine Art Trimm-dich für die Seele, nicht wahr?«

»In der Tat, so ist es, Hochwürden.«

»Martin, du bist heute abend sehr still«, bemerkte Vater Farquharson. »Habt ihr heute an der Schule euern Drill gehabt?«

»Drill?« Martin lachte.

»Oder wie immer das heute heißt. Leibeserziehung, Turnunterricht oder Sport.«

»Ja.«

»Macht es dir Spaß?«

»Es geht.«

»Was ist dein Lieblingsfach?«

»Naturwissenschaften.«

»Ein Mann der Zukunft, daran besteht kein Zweifel.«

»Haben Sie den Ausdruck schon mal gehört, Mary?« fragte Mrs. Brennen und sprach über die Unterhaltung hinweg. »Die arme alte Seele?«

»Ja. Aber ich glaube nicht, das es dasselbe bedeutet wie das, worüber wir eben gesprochen haben.«

»Oh, Pardon, Herr Wachtmeister!« Seine Mutter war sehr eingeschnappt. »Entschuldigen Sie, daß ich dazwischengeredet habe«, murmelte sie leise, aber so, daß jeder es hören konnte.

»Kann ich jetzt gehen?« fragte Martin.

Seine Mutter nickte und lächelte an ihm vorbei ihren Gästen zu. Als Martin das Zimmer verließ, hörte er Schwester Gilliland sagen: »Das letzte Mal, daß Sie eine 50er Taille hatten, Mary, war am Tag Ihrer Erstkommunion.«

Als die Gäste gegangen waren, bat ihn seine Mutter, ihr beim Abwasch zu helfen. Er grummelte ein bißchen, aber dann erklärte er sich bereit, abzutrocknen, wenn sie abspülte. Was bedeutete, daß sie vor ihm fertig war und sich hinsetzen konnte. Sie setzte sich auf den Stuhl am Kamin und lehnte den Kopf zurück.

Von dort rief sie ihm zu: »Dem Himmel sei Dank, daß ich die Füße ausstrecken kann. Seit heute morgen bin ich auf den Beinen. Fehlt dir was, mein Junge? Du bist so ruhig.«

»Nee.«

»Du bist ja ganz in Gedanken versunken.«

»Nee.«

»Hast du deine Schultasche gepackt für morgen früh?«

»Ja.«

Martin trocknete ab und räumte den letzten Teller weg. Sie hatte ihn an etwas erinnert. Er ging in die Küche und an ihrem Sessel vorbei zum Schrank. Er langte hinauf und holte die Knopfdose herunter. Die Dose war aus schwarzlackiertem Spanholz, hatte an der Seite ein Rosenmuster und oben eine Schiebeleiste mit einem eingelassenen D, so daß man sie mit dem Fingernagel aufziehen konnte. Er öffnete sie und begann den Inhalt zu durchstöbern. Es gab Knöpfe in allen Formen, Größen und Farben, mit denen er seit seiner Kindheit vertraut war, Knöpfe wie schwarze Käfer, welche aus Perlmutt, ein Kärtchen mit aufgenähten Haken und Ösen, winzige gestreifte Knöpfe, hölzerne Knebel, schlichte praktische Herrenknöpfe mit vier nüchternen Löchern in der Mitte.

»Mußt du soviel Krach machen?« fragte seine Mutter.

»Entschuldigung.«

»Was suchst du denn?«

»Nichts.«

»Martin, wofür hältst du mich? Du kommst herein, stürzt dich geradewegs auf den Schrank, holst die Knopfdose herunter, kramst darin herum, und du suchst nichts?«

»Nichts Wichtiges. Nur ein paar Knöpfe, an die ich mich erinnere. Wie den hier.« Er hielt einen mit gelblichem Pelz überzogenen Knopf in die Höhe. »Erinnerst du dich?«

»Ich weiß nicht, wo der herstammt.«

»Wahrscheinlich von Rupert dem Bär.«

Martin sah, was er suchte. Ein paar alte Sicherheitsschlüssel, die an einem Abschmelzdraht hingen. Er ließ einen davon in seine Tasche gleiten, stöberte aber eine Weile lang weiter.

»Könntest du mich um halb acht wecken?«

»Warum so früh?«

»Es gibt eine Messe für die Prüfung. In der Schulkapelle.«

»Schön, daß du sie dir diesmal zu Herzen nimmst.«

Nach einer guten Stunde im Dunkel seines Bettes lag er immer noch wach. Zumindest kam es ihm wie eine Stunde vor. Vielleicht waren es auch nur fünfzehn Minuten. Die Zeit war ein bißchen wie Mary Lawless' elastisches Maßband. Sie konnte sich dehnen. Unter verschiedenen Umständen. Wie etwa, als er versucht hatte, die vierzig Minuten herumzubringen, während er den Englischunterricht schwänzte. Auch im Dunkel des Schlafzimmers zog sich die Zeit hin. Der ganze Plan war der reinste Wahnsinn. Und doch hatte er sich freiwillig dafür gemeldet. Jesus. *Ob ich Pfirsiche verzehr?* Wenn er nicht bald Schlaf fand, wäre er zu gar nichts gut. Er kauerte sich zusammen und wälzte sich wieder im Bett. Priester waren merkwürdige Gesellen. Wenn er bei dem, was er vorhatte, erwischt wurde – es war nicht auszudenken. Seine Mutter würde in die Schule zitiert werden. Scheiße, wahrscheinlich würde sie eher zur Polizeiwache vorgeladen. Wenn er an etwas Langweiliges dachte, würde er vielleicht einnicken. Das Abendessen, das er eben hatte über sich ergehen lassen müssen, besonders die Beiträge des Priesters. Vater Farquharson war der Merkwürdigsten einer. Er war wie zwei grundverschiedene Menschen, einer, wenn er zu Besuch kam, ein anderer, wenn er in der Kirche war.

Die Konsekration des Weihwassers war ihm so was von peinlich gewesen. Das war, kurz nachdem Vater Estyn O'Hare bei ihnen genächtigt hatte. Martin war einer der Meßdiener für die Osterzeit, und eine seiner Aufgaben bestand darin, den Wasserbehälter zu Vater Farquharson vorn am Altar hinzuschieben. Es war eine Großteemaschine der Ladies of Charity, die acht Gallonen faßte und auf kleinen stählernen Laufrollen aufmontiert war. Die war vielleicht schwer. Als Vater Farquharson ihm das Zeichen gab, daß er soweit war, mußte Martin einen Mann bitten, ihm schieben zu helfen. Er errötete, als er sie anschob, und versuchte, so wenig Lärm wie möglich zu machen, doch die stählernen Rollen quietschten und ratterten auf dem Fußboden. Und sämtliche Gemeindemitglieder drehten sich zu ihm um und starrten ihn an, wie er sein Gewicht gegen das blöde Ding stemmte und mit ausgestreckten Armen schob, was das Zeug hielt. Und Vater Farquharson stand auf den Altarstufen, die Nase in die Höhe gereckt und ein Buch in den Händen. Dann verfing sich eine der Laufrollen in dem zerbrochenen Metallgitter im Fußboden, und als sie festklemmte, machte es *klack.* Das Wasser schwappte über den Rand der Teemaschine und klatschte mit einem *platsch!* auf den Boden, das jeder in der Kirche hören konnte. Vater Farquharson war ihm überhaupt kein Beistand. Dies war ein Ritual, unter keinen Umständen konnte er Martin zu Hilfe kommen. Mit einem leisen Seufzer wandte er den Blick ab. An alledem war einzig und allein Martin schuld. Er war gewarnt worden. »Gib acht, daß du nicht in dem zerbrochenen

Gitter hängenbleibst.« Aber wie hätte er nach vorn schauen können? Er befand sich hinter der verdammten Teemaschine und schob. Einer der Männer von der St. Vincent de Paul-Gesellschaft trat in den Mittelgang und hob die Laufrolle aus dem Gitter. Martins Ohren glühten vor Verlegenheit. Seine Turnschuhe rutschten auf dem nassen Fußboden aus, aber er schlug nicht hin. Als er zu den Altarstufen gelangte, begann Vater Farquharson mit der Segnung des Wassers. Er las Gebete aus seinem Brevier, gab Tropfen geweihten Öls und etwas Chrisam hinzu und machte – darin und darüber – mit dem Zeigefinger das Zeichen des Kreuzes, manchmal dreimal. Er behauchte es in Gestalt des Kreuzes und tauchte dreimal das untere Ende der brennenden Osterkerze ein. Und jedesmal, wenn er sagte, was er sagte, sagte er es in höherem Tonfall. Es war, als würde ihm jemand die Eier quetschen. Im religiösen Bereich schien die Drei, ebenso wie die Vierzig, eine bedeutsame Zahl zu sein: drei Personen in dem einen Gott, drei Ave-Maria, drei Kreuze auf Golgatha. Seine Mutter verwendete auch häufig die Vierzig. »Sie ist vergnatzt wie vierzig Katzen«, sagte sie und legte sich nicht etwa zu einem Nickerchen hin, sondern machte ihren »Vierzig Sekunden«-Schlaf. Wenn er doch nur für vierzig Sekunden Schlaf fände. Neununddreißig täten's auch schon. Wieder wälzte er sich im Bett herum.

Am nächsten Tag waren Martin und ein anderer Meßbub, Maginn, gebeten worden, das Weihwasser auszuteilen. Was Martin erstaunt hatte, war Vater Farquharsons Haltung nach dem Ernst der Darbietung vom Vorabend. Den ganzen Vormittag kamen und gingen Leute, sie brachten die unterschiedlichsten Flaschen mit, blaue Magnesiummilchflaschen, Limonadenflaschen, flache Whiskeyflaschen, die in eine Brusttasche paßten. Die beiden Jungen füllten sie mit Wasser aus der Teemaschine und gaben sie den Überbringern zurück, Maginn am Hahn, aus dem normalerweise der Tee floß, Martin über dem Wasserspiegel. Jede Flasche, die Martin waagerecht eintauchte, verursachte, als sie gefüllt wurde, ein angenehm glucksendes Geräusch. Vom vielen Eintauchen in das kalte Wasser waren seine Hände ganz rauh. Gegen Mittag kam Vater Farquharson ins Baptisterium.

»Na, Jungs«, sagte er, »wie stehen die Aktien?«

»Das Weihwasser geht bald aus, Hochwürden.«

»Heiliger Bimbam! Hervorragend. Dann machen wir wohl gute Geschäfte?« Vater Farquharson ging auf Zehenspitzen auf und ab. Er beugte sich vor und spähte in die Teemaschine. »Donnerwetter! Du hast recht. Eine drohende Dürre. Vielleicht kommt's daher, daß du gestern abend so viel auf dem Boden verschüttet hast, Martin.«

»Was sollen wir tun, wenn's ausgeht, Hochwürden?« fragte Marginn.

»Mann, dann füllt ihr eben mit Leitungswasser nach, hinten im Gemeindehaus.«

Martin sah erst Maginn, dann den Priester an, um sich zu vergewissern, daß es ein Scherz war. »Das hat schon seine Ordnung, alles ganz liturgisch. Benutzt den Eimer. Wenn der Berg nicht zum Propheten kommen will … Martin, nun schau nicht so besorgt drein. Sehr ihr, das hat alles mit Atomen zu tun. Was ihr hier habt, ist Konzentrat. Es leuchtet doch wohl ein, daß wir am Ostersamstag nur eine gewisse Menge davon weihen können, und trotzdem sollen wir damit das ganze Jahr über auskommen. Also fügen wir Wasser hinzu. Verdünnen es sozusagen. Um es zu verlängern.« Vater Farquharson verschränkte die Finger ineinander, und als er an ihnen zog, lösten sie sich nicht. »Die Atome kleben gewissermaßen aneinander fest. Habt ihr denn in der Schule gar keine Naturwissenschaften gehabt?«

Weshalb konnte er nicht einschlafen? Macbeth sprach von *Schlaf, der des Grams verworr'n Gespinst entwirrt.* Was sollte das nun wieder heißen? Manchmal war Shakespeare Scheiße, aber immer noch besser als dieser verflixte Milton. Verflixt und zugenäht – auch so ein Ausdruck. Als seine Mutter jung war, hatte sie viel vom Zunähen geredet und vom Strümpfestopfen. Sie besaß einen hölzernen Stopfpilz. Wenn sie den in den Strumpf steckte, ging ihr das Stopfen viel leichter von der Hand. Er wälzte sich hin und her. Von seinen Versuchen einzuschlafen war er ganz erschöpft. Sollte er aufstehen und sich eine heiße Milch machen? Das Heilmittel seiner Mutter. Aber wenigstens war ihm jetzt warm, und es gab kurze Perioden, da er in einen Halbschlaf hinüberdämmerte, in dem die Wörter sonderbar wurden, sich wiederholten und verzerrten. Wörter wie Gwein, Murock oder Feburat – was bedeuteten sie? Oder Pellagera, Fekulant und Mermisch? Sie waren wie Ortsnamen, die eine ihm unbekannte Gegend ausschilderten. Wieso verstörten sie ihn? Sie hatten eine fast körperliche Beschaffenheit, wogen zu schwer oder zu leicht, hatten scharfe Schmirgelpapierränder oder schnitten wie Papier in seine Lippe, wenn er sie aussprach, und auf dem gummierten Rand klebte Blut. Und sein Gesicht war zu dicht am Mond – wie feines Sandpapier … oder er fiel. Träume in der Geborgenheit seines Bettes, in denen er fiel und in denen sein Magen sich hob, waren die schlimmsten. Wenn das Gehirn die richtigen Chemikalien ausstieß, hatte er das Gefühl zu fallen. Es war abscheulich. Wie früher, als er noch ein kleines Kind war und die Erwachsenen ihn in die Höhe schleuderten und wieder auffingen. Beim ersten Mal mußte er gegickelt haben, denn wer immer es war, glaubte wohl, ihm Vergnügen zu bereiten, und warf ihn wieder und wieder in die Luft. Jedesmal, wenn er fiel, hob sich sein Magen. Der Onkel oder wer immer es war fand immer neue Varianten, um das Spiel noch gefährlicher erscheinen zu lassen, klatschte zwischendurch in die Hände oder schloß die Augen (zumindest tat er so), wenn Martin zu fallen begann. Was immer geschah, Martin jagte das Spiel einen Heidenschrecken ein, aber wunderlicherweise stand auf seinem Gesicht Entzücken geschrieben. Es war genau das gleiche Gefühl, das er jetzt empfand. Mit Blaise. Mit Kavanagh. Aber diesmal war sein Magen in Ordnung. Es war die Luft. Im pechschwarzen Dunkel. Er spürte den Luftzug. Er mußte unterscheiden, ob es die Luft war, die sich bewegte, oder er selbst. Wenn er es war, so mußte er herausfinden, ob er sich horizontal bewegte, sagen wir, mit hundert Stundenkilometern die Landstraße entlangraste durch die schwärzeste

Nacht. Oder ob er vertikal nach unten fiel und sein Gehirn nicht mitbekommen hatte, daß es mit dem üblichen Magenkrampf reagieren mußte. Ein Bauch voll – Adrenalin? Falls er senkrecht nach unten stürzte, stand ihm irgendein Ausweg offen? Noch war die Situation nicht brenzlig, aber er hätte sich doch zumindest gern damit beruhigt, daß es, zum einen, eine Art Trapez oder dergleichen gab und daß es, zum anderen, in Reichweite war. Und falls kein Trapez, dann doch wenigstens einen Fänger. Doch falls es ein Fänger war, der ihn auffing, indem er mit sicherem Griff seine Handgelenke umklammerte, so wie es laut Vater Farquharson die Atome taten, mochte einige Zeit verstreichen, ehe er merkte oder ehe sie gemeinsam merkten – denn wie sollte er den Geisteszustand des Fängers einschätzen können? –, daß sie alle beide fielen. Der sichere Griff war eine Illusion. Obwohl Sehnen, Knochen und Muskeln seine Hände umklammerten, waren die dünnen Beine des Fängers um keine Holzstange geschlungen. Der Fänger selber fand nirgendwo Halt. Aber nur keine Bange, unter ihnen gäbe es ein Sicherheitsnetz. Nur hatte er irgendwie erfahren, daß es noch nicht aufgespannt war. Seine Installation hatte sich verzögert. Das Netz lag flach auf dem Boden, und er würde auf der Stelle sterben, und seiner Haut wäre das Muster des Sicherheitsnetzes aufgedrückt. Und dann konnten die Leute ihn als Gitternetz für Schiffeversenken benutzen, bevor sie ihn begruben...

Achtes Kapitel

Frühmorgens in der Schule

Er erwachte früher als seine Mutter und war bereits angekleidet, als er sie rufen hörte. Ihm war nicht nach Essen zumute. Auf dem Schulweg rauchte er eine Zigarette, um seine Nerven zu beruhigen. Das war das Zeichen eines richtigen Rauchers: allein zu rauchen. Keine Sache der Geselligkeit. Oder der Angeberei.

Die Uhr im Postamt stand auf sieben Minuten vor acht. Er hatte reichlich Zeit. Immer mit der Ruhe, er wollte nicht zu früh ankommen. Aber er brauchte möglichst viel Zeit, um seiner Aufgabe nachzukommen. Scheiße, er war verrückt. Er wünschte, Kavanagh wäre mitgekommen, um Schmiere zu stehen. Es wäre eine Art Trost. Die einzige Möglichkeit, sich seinem Vorhaben gewachsen zu zeigen, bestand darin, nicht darüber nachzudenken. Daß er nicht geschlafen hatte, half auch nicht gerade.

Die Schulauffahrt war leer. Keine Menschenseele. Martin ging hinauf und hielt sich dicht an die Mauer des naturwissenschaftlichen Gebäudekomplexes. Wenn man sich dicht an die Mauer hielt, konnten einen die Lehrer im Hauptgang des Obergeschosses nicht sehen. Er wollte niemandem erklären müssen, weshalb er schon so früh zur Schule kam. Als erstes mußte er die Tasche loswerden. Er ließ sich Zeit. Im Umkleideraum war noch niemand. Auch nicht auf den Gängen. Er stieg die Treppe hoch und kam an der Besenkammer vorbei. Die Tür war dunkelbraun gemasert, die aufgemalte Nummer, 109, ein verblichenes Gelb.

So lautlos wie möglich lief er die Treppe hinauf zur Kapelle. Durch die farbige Glastür versuchte er zu erkennen, ob die Messe schon angefangen hatte. Dann hörte er Condors unverkennbare tiefe Stimme.

»Um uns auf die Feier der heiligen Mysterien vorzubereiten, lasset uns unsere Sünden bekennen. *Ich bekenne Gott dem Allmächtigen...«*

Die Jungen stimmten holperig ein, aber ihre Stimmen waren zu leise. Zu schüchtern. Martin wandte sich ab und ging, so schnell er sich traute, zum Eingang der Sakristei. Er öffnete die Tür, die nicht geschmiert war und quietschte. Zwei Stufen hinauf in den Gewänderraum. Sein Herz hämmerte. Die Tür zum Gewänderraum stand offen. Über Adrenalin wußte er aus dem Biologieunterricht Bescheid. Aber die Wirkung war rein seelisch bedingt. Bis jetzt konnte er immer noch mit einer Ausrede aufwarten. Ich wollte mich nur mal umschauen. Habe gestern was liegengelassen. Zuerst steckte er nur seinen Kopf zur Tür hinein. Niemand. Es duftete nach Osterglocken, aber er konnte nicht sehen, woher der Geruch kam. Hinter der Tür dröhnte Condors tiefe Stimme vom Altar herüber.

»Herr, erbarme Dich unser.« Darauf folgte ein Gemurmel, von dem er wußte, daß es die Antwort der Jungen war. *»Herr, erbarme Dich unser.«*

»Christus, erbarme Dich unser«, sprach Condor.

»Christus, erbarme Dich unser«, sprach Martin zu sich selbst. Condor hatte einen ganz schönen Zahn drauf. Da, das Kyrie war schon vorbei. Es gab schnelle Priester und langsame Priester, und dann gab es jene, die um Punkt halb fertig waren. Es war ein Lieblingsthema seiner Mutter, wenn sie sich mit ihren Gästen unterhielt. Vater Blaney war ein ganz Flinker, Vater White preschte einmal vor und ließ sich beim nächsten Mal Zeit. Aber wenn man es eilig hatte, war es wunderbar, Vater »Zwanzig Minuten« Toomey an den Altar treten zu sehen.

Vielleicht waren die Blumen, mit denen der Altar geschmückt war, Osterglocken. Martin suchte den Aufsatz der Gewänderkommode ab. Er mußte sich sputen. Da waren die abgelegten Sachen ja: das Pfeifenbesteck, die Streichholzschachtel, die Stifte, die Münzen, einige davon Kupfer, andere Silber. Und die Schlüssel. Zwei lange silberne, ein VW-Autoschlüssel mit einem schwarzen Miniaturreifen, drei Sicherheitsschlüssel, jeder davon mit einem andersfarbigen Plastiküberzug wie ein kleiner Schulterumhang. Der für Condors Zimmer war gelb. Martin holte tief Luft und hob den Schlüsselbund auf. Ich kann nicht glauben, daß ich das tue. Seine gummibesohlten Schuhe knirschten und knarrten auf den gebohnerten Dielen. Er trat auf den salbeigrünen Läufer, auf dem er blieb, bis er zur Tür hinaus war. Die quietschende Tür zum Gang fiel mit einem schweren, dumpfen Schlag ins Schloß. Heiliger Jesus, was tue ich da? Was immer es war, er brachte es besser wie ein geölter Blitz hinter sich. Wenn er jetzt angehalten und durchsucht wurde... Jetzt konnte er mit keiner Ausrede mehr aufwarten. Sir, wenn Sie bitte mit auf die Polizeiwache kommen und uns erklären wollten, wieso Sie einen Schlüsselbund bei sich tragen, der Vater O'Malley gehört? Aber so weit würde es nie kommen, Condor würde nie im Leben die Polizei rufen. Dazu war sie ihm viel zu verhaßt. Bei jedem Schritt klirrten die Schlüssel in der Tasche seines Blazers. Aber wer würde ihn schon anhalten und durchsuchen? Er sah doch vollkommen unschuldig aus. Es war alles seelisch bedingt. Jetzt war er im Lehrergang, von dem man auf die Auffahrt hinunterblickte. Immer noch niemand, weder auf der Auffahrt noch auf dem Gang. Von weitem hörte er das Glockenzeichen zum Sanctus. Scheiße, es wird spät. Condor hat wirklich einen Affenzahn drauf. Dabei war es erst ungefähr zehn nach. Verflucht, es geht einfach zu schnell. Die Korridorfenster sahen aus, als wären sie gerade geputzt worden, draußen war alles kristallklar. Das Morgenlicht fiel ein und bedeckte die cremefarbenen Wände mit hellen Vierecken. Ein Vogel sang, aber er konnte nicht sehen, wo er saß, und auf keinen Fall würde er anhalten und nachschauen. Er konnte auf die kahle Krone des Weidenbaums im Pausenhof hinabblicken. Um das Klirren der Schlüssel abzudämpfen, behielt er die rechte Hand in der Hosentasche. Er tastete nach dem Sicherheitsschlüssel und sah, daß es der mit dem gelben Plastiküberzug war. Er hielt ihn in der Schwebe, waagerecht, bereit, ins Schloß eingeführt zu werden, aber noch immer in seiner Tasche. Um die Ecke, an der Glasvitrine mit den Trophäen vorbei. Noch immer keine Menschenseele zu sehen. Dann hörte er ein Geräusch, eine Art Geklapper. Vom anderen Ende des Korridors kam Joe Boggs mit Eimer und Mop. Martin ging weiter und starrte aus dem Fenster. Ganz gleich, was in der Schule geschah, Joe Boggs mischte sich nie ein. Er war eine Art Zombie. Im Vorübergehen nickten sie einander zu. Daran, daß er den Eimer schräg hielt, konnte man sehen, daß er leer war. Der Stiel des Mops lehnte an seiner Schulter. Martin ging weiter, an Condors Zimmer vorbei, und lauschte auf Joe Boggs' Schritte. Er hörte, wie sie um die Ecke bogen, machte auf dem Absatz kehrt und ging den Weg zurück, den er gekommen war. Vor Condors Tür blieb er stehen und hob die Hand, als wollte er anklopfen. Doch aus seiner Hand zauberte er wie ein Magier die Schlüssel hervor. Der Schlüssel paßte genau: seine kleinen Zacken ließen sich ins Zylindergehäuse einführen. Martin sah nach links und nach rechts. Er drehte seine Hand, und die Tür ging auf. Ach, so einfach. Und schon war er im Zimmer. Er merkte, daß er eine Zeitlang den Atem angehalten hatte, und nachdem die Tür wieder geschlossen war, atmete er aus.

»Jesus.«

Das Zimmer war genauso, wie er es in Erinnerung hatte. Über dem Kamin hing ein großes, fast schwarzes Ölgemälde des heiligen Ignatius von Loyola. Der Kamin war mit einer Hartfaserplatte vernagelt. Über einem Bücherbord neben der Tür hing ein Schwarzweißbild Christi, des Erlösers der Welt. In der einen Hand hielt er einen Stab, in der anderen eine Kugel mit einem Kreuz darauf. Seine Augen waren gen Himmel gerichtet, als wolle er sagen: *Wer macht denn da oben so einen Krach?* Martin hatte Bilder von Christus gesehen, auf denen seine Augen dem Betrachter durchs ganze Zimmer folgten. Das wußte er vom Kunstunterricht in der Sexta: die optische Täuschung entstand dadurch, daß sich die Augen genau in der Mitte befanden. Blödmänner ließen sich davon beeindrucken. Dachten, das hätte mit Kunst zu tun. Das Zimmer roch stark nach Pfeifenrauch, Anis und Staub. Auf dem Kaminsims stand ein Pfeifenständer mit einem halben Dutzend Pfeifen, die Mundstücke in die Höhe gereckt. Der Pfeifenständer sollte ein Gatter mit fünf Querstreben vorstellen. Dahinter stapelten sich mehrere dunkelgrüne, mit CONDOR beschriftete Päckchen Tabak. Überall lagen Zeitungen und Akten herum. Auf dem Fensterbrett standen zwei ungegossene Terrakotta-Töpfe mit verwelkten hellbraunen, federartigen Pflanzen. Eine lehnte sich an ein dünnes Bambusrohr an. Es war schon seltsam, diese Leere. Diese Stille. Er ging zum Schreibtisch und beugte sich vor, um das Blatt Papier zu besehen, das an die Wand gepinnt war. Die Buchstaben und Zahlen schienen vor seinen Augen zu tanzen. Da er den Kopf schief hielt, konnte er die gestrichelte Linie, die sich über die Seite erstreckte, nicht verfolgen. Er versuchte, sie mit dem Finger nachzuzeichnen. Er zitterte stark. Himmel, in was für einer Verfassung er war! Unter seinem Gesicht stand ein Aschenbecher. Es stank nach halb aufgerauchtem, aus dem Pfeifenkopf gekratzten Tabak, wie geschwärztes, aufgeweichtes Stroh. Genau derselbe Geruch wie an dem Tag, als er verdroschen worden war, weil er geraucht hatte. Wenn er jetzt erwischt würde, gäb es nicht die geringste Ausrede. Dies war ein Einbruch. Ins Zimmer des Disziplinarleiters der Schule. Sofortige Relegation. *Du festgefugte Erde, leicht verwundbar, hör' meine Schritte nicht, wo sie auch wandeln, daß nicht ausschwatzen selber deine Steine mein Wohinaus.* Seine Mutter würde weinen, am Fuße des Kreuzes. Ein Leben ruiniert. Zwei Leben ruiniert. Scheiße, hör auf zu denken. Fang an zu tun. Und nichts wie raus! Er war sich nicht sicher, konnte sich nicht sicher sein, daß es die richtige Nummer war. In einer Dose mit Bleistiften und Kugelschreibern stak ein Lineal aus durchsichtigem Plastik. Er nahm es heraus und preßte es fest und so waagerecht wie möglich gegen die Seite.

Besenkammer 109 . . . . M7

Er ging zum Glasschrank. Er sprach mit sich selbst: »M sieben, M sieben.« Der Schrank war mit einem niedlichen kleinen Schlüssel versperrt, der im Schloß steckte. Martin drehte daran. Die Schranktür flog auf. Das Glas war schon alt, und als er hindurchschaute, zum Fenster hin, sah alles getrübt und gewellt aus. An dem Haken mit der Bezeichnung M7 hing ein Ring mit einem halben Dutzend Schlüssel. Martin prüfte nach, ob die Zakken an jedem der beiden Schlüsselbärte identisch waren. Einen Schlüssel zog er von dem Ring ab und ersetzte ihn durch seinen eigenen Schlüssel, den er in der Knopfdose aufgestöbert hatte.

Da klopfte es an der Tür.

Verfluchte Scheiße. Sein Herz jagte. Beinahe hätte er sämtliche Schlüssel fallen lassen. In Gottes Namen, wer war das? Was sollte er tun? Er brachte die Schlüssel zum Schweigen, indem er sie fest umklammerte. Unter der Tür fiel ein dünner Lichtstreif ein. Jemandes Schatten unterbrach ihn. Zwei Schatten, zwei Füße. Martin atmete durch den Mund, damit er nicht den leisesten Laut von sich gab. Als könnte das Geräusch der Bewegung ihn verraten, sah er sich langsam um. Er wollte schon beten, aber wie konnte er bei einer solchen Unternehmung beten? Wie konnte er um Hilfe bitten, wenn er nichts Gutes im Schilde führte? Bitte, lieber Gott, hilf mir, ich habe eben einen Schlüssel gestohlen, damit wir einen anderen Schlüssel stehlen können, damit wir die Prüfungsbögen stehlen und die bestehende Gesellschaft untergraben können. Wer immer vor der Tür stand, klopfte erneut. Alles schien sich im Zeitlupentempo äußerster Gefahr abzuspielen. Drei harte Schläge mit dem Fingerknöchel. *Poch, poch, poch. Das ist ein Klopfen!* Dasselbe Klangmuster wie beim ersten Klopfen. Beinahe *vivace.* Wie das Metronom. Ein Metronom maß die Zeit auf eine unwissenschaftliche Weise: statt Millisekunden und Sekunden verwendete es dümmliche italienische Wörter. Die Tür zitterte ein wenig in ihrem Rahmen. Plötzlich merkte Martin, daß er drauf und dran war, sich in die Hosen zu scheißen. Er mußte den Arsch zusammenkneifen, den Schließmuskel anspannen und es, so gut er konnte, einhalten.

Einmal hatte er ins Bett gemacht, aber da war er noch ein Kind gewesen, ein Dreikäsehoch. Es war während eines Traums passiert. Er hatte geträumt, daß er richtiggehend auf der Toilette war. Auf gewisse Weise war es also nicht seine Schuld. Er hatte eine Entschuldigung. Im Vergleich dazu, daß er sich in Condors Zimmer in die Hosen scheißen mochte, war das überhaupt nicht weiter schlimm. Er hielt an sich. Es war, als hätte er mit dem Arschloch an einer Zitrone gelutscht. Er wagte nicht, sich zu rühren, bis die Schatten an der Tür aufgaben und davongingen. Wer immer es war, blieb weiter stehen. Martin schaute zur Zimmerdecke auf, und als er wieder hinsah, verlief der Lichtstreif unter der Tür kontinuierlich. Der andere hatte aufgegeben und war gegangen. Wenn Condor hier wohnte, mußte es eine Toilette geben. Martin blickte sich im Zimmer um. Es gab drei Türen. Er hielt immer noch an sich. Er hielt an sich, ging zur ersten Tür und versuchte, sie zu öffnen. Es war ein Wandschrank, die zahlreichen Regalbretter voller Gläser und Flaschen: grüne Ginflaschen, Whiskeyflaschen. Die nächste Tür führte in ein Schlafzimmer. Im Spiegel sah er durch eine offene Tür im Schlafzimmer eine Toilette. Er legte die Hand an seinen Hintern, drückte fest und ging vorsichtig hinüber. Er zog seine Hose herunter, setzte sich hin und ließ los. Scheiße, was für ein Lärm. Es klang so wäßrig, als würde er schiffen. Er stöhnte laut auf und vergrub den Kopf in den Händen. Daher also kam der Ausdruck. Sich vor Angst in die Hosen scheißen. Vor Angst hätte er sich beinahe in die Hosen geschissen. Über die Schulter spähte er ins Schlafzimmer. Condor hatte sein Bett nicht gemacht. Auf dem Boden der Toilette lagen Zeitschriftenstapel, *Golfer's Weekly* und *Time.* Es gab ein kleines hölzernes Regal voller Bücher, und der erste Buchrücken war ein Abenteuerroman von Enid Blyton. Die hat keine Ahnung. In ihren Büchern scheißt sich niemand in die Hosen. Und wieso in Gottes Namen hatte Condor ein solches Buch im Regal? Die Frage stellte sich wirklich. Von wo er saß, konnte er den Wecker auf Condors Nachttisch sehen. Sechzehn Minuten nach. Vielleicht ließ er ihn die ganze Zeit vorgehen, damit er immer pünktlich zur Stelle war, genügend Zeit zur Verfügung hatte. Die Schüler verwalken konnte, die wirklich zu spät kamen. Seine Mutter tat das auch, ließ ihren Wecker immer vorgehen. Er riß einige Blätter Klopapier ab, faltete sie mehrfach und wischte sich ab. Und wiederholte den Vorgang. Der Gestank war fürchterlich. Ein Gestank nach Arsch und Übelkeit. Überhaupt nicht wie gewöhnlicher Stuhlgang. Sowie Condor zurückkam, würde er wissen, daß jemand auf seiner Toilette gewesen war. Martin sprang auf, zog sich die Hose hoch und schaute über die Schulter. Die Flüssigkeit auf dem Grund des Klosettbeckens hatte eine entsetzliche Farbe. Er betätigte die Spülung, eine Kette mit Porzellangriff. Er öffnete das Toilettenfenster, schob es, so weit es ging, nach draußen und hakte es im letzten Loch fest. Er nahm ein Handtuch vom Halter und wedelte damit einige Male zum geöffneten Fenster hin. Auf dem Weg aus dem Schlafzimmer warf er einen Blick auf den Wecker. Scheiße, schon fast zwanzig nach. Allmählich kam er ins Gedränge. Ein Blick in den Spiegel erschreckte ihn. Er hatte vergessen, daß er in Schuluniform war. Dann fiel ihm etwas anderes auf. Auf einem Stuhl neben dem Bett lag ein schwarzes Priestergewand, aus dessen Ausschnitt ein weißer Priesterkragen ragte. Martin bemerkte, daß auf der Innenseite des Kragens etwas geschrieben stand. Irgendwie kam ihm der farbige Schriftzug vertraut vor. Dann fiel es ihm ein. Es waren die Überreste der vertrauten Worte *Fairy Liquid.* Condors weißer Kragen war ein Stück Plastik, das er aus einer Flasche Spülmittel ausgeschnitten hatte. Jesus, wie tief konnte man sinken? Es war kaum zu fassen. Er schob die Glastür des Schlüsselschranks zu und schloß ab. Von der Zimmertür kam ein Geräusch. Kein Klopfen. Eine Art *wuuuiiisch.* Er beobachtete den Lichtstreif. Draußen bewegte sich etwas. Rhythmisch. Auf und nieder. Wieder fühlte er sich an ein Metronom erinnert. Das Geräusch verstummte, und er lauschte so angestrengt, daß er ein Klingen und Sausen im Ohr empfand. Dann das Glucksen von Wasser. Dann wieder das rhythmische *Wuuuiiisch.* Verflucht, das war Joe Boggs, der den Korridor aufwischte. Er hörte das Klappern des Eimergriffs. Joe Boggs mochte ein gottverdammter Zombie sein, aber wenn er sähe, wie Martin aus Condors Zimmer herausspazierte... Also wartete er. Was sollte er auch sonst tun? Und während er wartete, zitterte er. Wahrhaftig, seine Knie schlotterten. Das Auf und Ab des Mops war, als würde jemand ein- und ausatmen. Wie lange dauerte es, bis ein Korridor aufgewischt war? Martin ging wieder zu der Stelle, von wo aus man ins Schlafzimmer einsehen konnte. Eine Minute war verstrichen. Vor der Tür bewegte sich kein Schatten, aber das Wischgeräusch konnte er immer noch hören. Nur wußte er nicht, ob Joe Boggs zur Tür *hin* oder von der Tür *weg* wischte. Wenn er leise die Tür öffnete und Joe ihm den Rücken zukehrte, wäre er gerettet. Er könnte hinausschlüpfen, und niemand hätte ihn bemerkt. Aber wenn er die Tür öffnete und Joe ihm das Gesicht zuwandte... Das Risiko war zu hoch. Alles oder nichts. Wenn sie überhaupt wichtig ist, muß sie von allesbestimmender Wichtigkeit sein. Martin kniete sich nieder und legte den Kopf auf den Fußboden, um unter der Tür hindurchzuspähen. Er spürte eine Bewegung, aber das nutzte nichts: Schließlich wischte man rückwärts, niemand wischte vorwärts und betrat den Fußboden, den er gerade gewischt hatte. Er konnte glänzende Nässe sehen, hatte aber keine Ahnung, in welche Richtung der Hausmeister sich bewegte.

Auf dem Schreibtisch klingelte das schwarze Telefon. Das verfluchte Telefon klingelte und jagte ihm einen Heidenschreck ein. Schon wieder. Es klingelte und klingelte und klingelte und klingelte. Die Versuchung, den Hörer abzunehmen und es zum Schweigen zu bringen, war groß. Den Hörer zu heben und nichts zu sagen. Bloß zu verhindern, daß das verdammte Ding weiterklingelte, bloß zu verhindern, daß es ihn zum Wahnsinn trieb. Es klingelte immer zweimal. Klingel-lingeling. Klingel-lingeling. Klingel-lingeling. Er spürte es körperlich. In den Schläfen. Es läutete in seinen Augen. In seinem leeren Magen. Dann verstummte es gottlob. Er erhob sich. Da hörte er wieder den Eimergriff klappern, und es klang, als wäre es weit weg.

Los! Raus hier! Rasch bewegte er sich auf die Tür zu. Scheiße, das Badezimmerfenster. Er rannte durchs Schlafzimmer und schloß das Fenster, ließ es so zurück, wie er es vorgefunden hatte. Sein Gestank hing zwar immer noch in der Luft, war aber nicht mehr ganz so schlimm. Wieder zurück durchs Schlafzimmer – fünfundzwanzig Minuten nach –, und er war zur Tür hinaus. Er klopfte seine Tasche ab, um sich zu vergewissern, daß er Condors Schlüsselbund noch bei sich hatte. Er öffnete die Tür und streckte den Kopf hinaus. Niemand. Er trat aus dem Zimmer und machte die Tür zu. Joe mußte fortgegangen sein, um frisches Wasser zu holen. Aber der Fußboden war naß. Erst nach etwa fünf Schritten merkte er, daß es unter seinen Füßen naß war. Er blickte zurück. Tatsächlich, es gab Beweise: seine Fußabdrücke, die aus Condors Zimmer kamen. Und die Sohlen der Schuhe, die er trug, hatten ein bezeichnendes Zickzackmuster. Verdammte Scheiße. Sie waren nicht zu übersehen, wie die Fußstapfen eines Einbrechers im Schnee. Er mußte seine Spuren verwischen. Also ging er zurück, trat in seine eigenen Fußstapfen und lief zur Eingangshalle, wo der Fußboden zumindest teilweise getrocknet war. Die Fläche trocknete ungleichmäßig und zeigte die Bahnen und Streifen des Mops. Daraufhin ging er wieder den Korridor entlang, lief kreuz und quer über seine eigenen Abdrücke. Als er um die Ecke bog, in den ungewischten Teil des Korridors, hinterließ er auf dem trockenen Linoleum nasse Fußspuren. Himmel, was für ein Durcheinander. Was war er doch für ein verfluchter Dummkopf. Ein Dummfick, ein totaler Dummfick. Mittlerweile geriet er schon sehr ins Gedränge. Er mußte Condors Schlüssel zurückbringen, bevor die Messe zu Ende war, bevor Condor vom Altar kam. Jetzt konnte er die Uhr am Ende des Gangs sehen. Es war fünfundzwanzig nach. Condor ließ seinen verfluchten Wecker also tatsächlich vorgehen. Hätte er sich denken können. Wie sonst sollte Condor jeden Morgen Schlag neun oben auf der Auffahrt stehen? Martin wollte rennen, aber er ging im Schritt. Denn sobald er anfing zu rennen, würde wie aus dem Nichts irgendein Lehrer auftauchen

– Junge, hör auf zu rennen – und wissen wollen, warum man rannte und wohin man rannte und ob man noch nie etwas von Selbstdisziplin gehört hätte und wie leicht ein Unfall passieren könnte und ob er noch nie die Möglichkeit bedacht habe, daß er jemanden über den Haufen rennen könnte, und all so 'n Scheiß und noch mehr Scheiß. Also ging er im Schritt. Er konnte in die Sakristei gelangen und die Schlüssel zurücklegen, bevor Condor auch nur die Kommunion beendet hatte.

In diesem Augenblick kam der Direktor um die Ecke gebogen.

»Der frühe Vogel«, sagte er.

»Ja, Hochwürden.«

»Welchen Wurm wollen Sie denn heute morgen fangen, Martin?«

»Gar keinen, Hochwürden.«

»Dann verraten Sie mir doch – wie kommen Sie in Ihrer neuen Klasse zurecht?«

»Gut. Ganz gut.«

»Und die Prüfung? Wie steht's mit den Vorbereitungen?«

»Gut.« Aber er hatte bereits zweimal »gut« gesagt. Es wäre besser, wenn er etwas hinzufügte, damit er sich wie ein intelligenter Mensch anhörte. »Nicht schlecht. Es steht nicht schlecht.«

»Lernen Sie zu Hause auch hübsch fleißig?« Martin wollte nicht, daß es sich so anhörte, als ginge alles glatt, wollte nicht, daß es den Anschein hatte, als lege er es darauf an, von ihm loszukommen.

»Es fällt mir schwer, mich zu konzentrieren.«

»Ich weiß. Ich weiß. Aber es wird schon noch kommen. Welche Fächer haben Sie gewählt?«

»Englisch. Chemie und Physik. Und Latein.«

»Eine recht merkwürdige Kombination.«

»Sie waren es, der mir dazu geraten hat.«

»Ach, wirklich? Ich muß wohl schon an den Arbeitsmarkt gedacht haben. Irgendwelche Anzeichen, Martin? Irgendwelche Anhaltspunkte? Haben Sie sich schon entschieden?«

»Nein, Hochwürden.« Martin hielt den Schlüsselbund in

seiner Hosentasche fest umklammert. Die großen Chromschlüssel gruben sich in seine Hand. Der scharfe, gezahnte Teil, der sich im Schloß drehte. Und zwar so sehr, daß er schon damit rechnete, daß sie in seine Hand hineinschnitten und das Blut floß. *Was brachtest du die Dolche mit herunter?* Und er merkte, daß ihm noch immer die Knie in den Hosenbeinen schlotterten. Wenn der Direktor es mitbekam, würde er bestimmt danach fragen. Sie haben doch wohl keine Angst vor mir, Martin, oder?

»Haben Sie über eine Berufung nachgedacht?«

»Ja.« Der Direktor zog eine Augenbraue hoch. »Ich meine, Hochwürden, ich habe darüber nachgedacht. Aber ich glaube nicht...« Martin versuchte, seine zitternden Beine so zu halten, daß sie nicht an den grauen Hosenstoff stießen und der Außenwelt seinen Gemütszustand verrieten, schon gar nicht dem Herrn Direktor.

»Was? Sprechen Sie zu Ende.«

»Ich glaube nicht, daß ich eine Berufung habe.«

»Waren Sie dieses Jahr bei den Einkehrtagen in Ardglass dabei?«

»Ja, Hochwürden.«

»Und wie hat Ihnen das gefallen?«

»Es war gut. Ich meine, man wurde gefordert. Mußte nachdenken.«

»Wenn Sie sich weiter darüber unterhalten möchten, können Sie gern zu mir kommen und mit mir reden. Dazu bin ich schließlich da.« Er sprach über seinen Glauben an junge Männer, darüber, daß man darauf vertrauen könne, daß sie das Richtige taten. Einige Leute täten die jüngere Generation leichtfertig ab, er nicht. Nichts da, mein Freund. Die Jungen wüchsen jedesmal über sich selbst hinaus. Der Direktor fragte ihn weiter nach seiner Mutter und nach Vater Farquharson. Martin wäre am liebsten im Erdboden versunken. Die Uhr im Hintergrund zeigte bereits 8.30 Uhr. Seine Eingeweide wurde wieder ganz wäßrig, und er mußte den Arsch zusammenkneifen und seinen Schließmuskel anspannen. Er merkte, wie dringend er wieder auf die Toilette mußte. Dann hörte er in einiger Entfernung über ihm das Gepolter der Schüler, die sich aus den Bänken erhoben, Fußgetrappel und lautes Stimmengewirr, als die Jungen aus der Kapelle strömten.

»Ist es schon so spät?« fragte der Direktor und sah auf seine Uhr. »Vater McMullan muß seinen Fuß heute morgen auf dem Gaspedal gehabt haben. Fehlt Ihnen was, Martin? Was haben Sie denn?«

»Nichts, Hochwürden.« Die Schlüssel bohrten sich in die Haut seiner Hand.

»Na, dann einen guten Fang.«

»Wie bitte, Hochwürden?«

»Der frühe Vogel.«

»Ach so...«

Der Direktor setzte den Weg zu seinem Büro fort, die Hände auf dem Rücken verschränkt. Martin ging zur Sakristei. Was zum Teufel sollte er nur tun? Condor würde, genau in diesem Augenblick, seine Gewänder ablegen.

Er ging ins Ministrantenzimmer. Es waren zwei Meßdiener da. Sextaner, Internatsschüler. Einer von ihnen war ein kleiner McKelvey aus Cookstown – in jedem Jahrgang schien es einen von denen zu geben.

»Wo ist Condor?« Der kleine McKelvey wies mit dem Daumen ins Nebenzimmer. Martin stand da und wußte nicht, was er tun sollte. Er zitterte und schlotterte immer noch. Dann vernahm er Condors tiefe Stimme.

»Hat jemand meine Schlüssel gesehen?« Condor kam zur Tür. Dann ging er ins Umkleidezimmer der Ministranten, wo er, die Hand am Türpfosten, stehenblieb. Inzwischen trug er seine Soutane mit dem Schulterumhang.

»Nein, Hochwürden«, antwortete McKelvey. Erst da bemerkte Condor Martin.

»Brennan, was machen Sie denn hier?« Martin sagte nichts, weil er wußte, daß seine Stimme beben und ihn verraten würde. Er wußte nicht, wo er den Einfall oder die Kraft hernahm, sich in Bewegung zu setzen, aber er drückte sich an Condor vorbei in die Sakristei und tat so, als suche er nach den Schlüsseln. Als er sich an dem Priester vorbeischob, nahm er einen Geruch nach Tabak wahr. Sein Vorgehen wirkte so entschlossen, daß Condor und die beiden Meßdiener ihm folgten. Letztere blickten sich um. Martin ging ans Ende des Gewandtisches und hockte sich hin. Dort stand ein Papierkorb aus dunkelgrünem Metall.

»Sind sie das, Hochwürden?« Martin klirrte mit dem Schlüsselbund gegen das Metall und hielt ihn in die Höhe.

»Braver Junge.« Condor nahm die Schlüssel entgegen und steckte sie in die Tasche. Dann hob er seine anderen Utensilien auf, Münzen, die er einstrich wie ein Pokerspieler, sein Pfeifenbesteck und so weiter. »Um diese Morgenstunde haben wir nicht oft das Vergnügen Ihrer Gesellschaft, Brennan.«

»Nein, Hochwürden. Ich will einen Neuanfang wagen.«

»Was wollten Sie denn hier?«

»Ich wollte McKelvey etwas fragen.«

»Los, Jungs, beeilt euch.«

Und Condor war fort. Die Sakristeitür flog zu. Martin atmete aus.

»Jesus.«

»Was wolltest du mich denn fragen?« erkundigte sich der kleine McKelvey.

»Poch, poch.«

»Wer ist da?«

»Doktor.«

»Doktor Wer?«

»Woher wußtest du das?« Martin ging davon und hielt auf die Toiletten zu.

Durch den Stoff seiner Hosentasche fühlte er, ob der Schlüssel auch nicht verschwunden war. Er war noch da. Er konnte es nicht abwarten, ihn Blaise und Kavanagh zu zeigen.

Es war immer noch sehr früh. Draußen im Hof trieben sich ein paar Sextaner herum und kickten einen Tennisball gegen die

Mauer. Die letzten paar Schritte zur Toilette mußte Martin sich beeilen. Er wählte dieselbe Kabine wie damals, als er Wee Jackys Englischunterricht geschwänzt hatte. Dort fühlte er sich fast schon wie zu Hause. Er konnte gerade noch rechtzeitig Hose und Unterhose herunterziehen. Er setzte sich und ließ die letzten Reste aus sich heraussickern. Den Kopf hatte er in den Händen vergraben, und seine Ellbogen ruhten auf seinen Knien. Aber wo zum Teufel kam das alles her? In den vergangenen zwölf Stunden hatte er doch nur ein Würstchen im Schlafrock und ein Sandwich mit Eiern und Zwiebeln zu sich genommen. Vor lauter Nervosität war ihm der Appetit vergangen. Das konnte er sich nicht leisten. Er war schon mager genug. Wenn er doch nur mehr essen, mehr trainieren könnte. Er hatte schon daran gedacht, Bodybuilding zu treiben – sich Expander zu bestellen, für die er Anzeigen gesehen hatte –, aber es blieb bei dem Gedanken. Die waren viel zu teuer.

Er hörte Stimmen und roch Zigarettenqualm. Jungs, die vor Unterrichtsbeginn noch schnell eine paffen wollten. Die Fünf-vor-neun-Warnglocke läutete. Martin blickte um sich und sah, daß es kein Klopapier gab. Was für ein Scheißloch. Im Notfall gab es nicht einmal Papier. Dann merkte er, daß er noch nie zuvor, in all den Jahren nicht, in der Schule geschissen hatte. Dabei war er ein Jahr länger auf der Schule als die meisten. Seine Schultasche befand sich im Umkleideraum, so daß er keine Seite von seinem Notizblock herausreißen konnte. Er ging daran, seine Taschen zu durchsuchen. Wo er sich mit den Ellbogenspitzen aufgestützt hatte, waren auf seinen nackten Schenkeln zwei runde rote Flecken zu sehen. Das einzige, was er in seiner Innentasche fand, war ein Zettel, den seine Mutter ihm mitgegeben hatte. Sie hatte ihm das Versprechen abgenommen, ihn jederzeit bei sich zu führen. Darauf stand: »Im Notfall bitte einen Priester benachrichtigen.« Aber er war zu klein. Auf dem Grund seiner Blazertasche stieß er auf etwas Weiches und zog es hervor. Eine Serviette, marineblau und zerknüllt.

»Dank dir, Mutter.«

Als sie in der Mittagspause bei der Ladenzeile ankamen, erhob Kavanagh Einspruch. Blaise hatte gesagt, Kavanagh sei der größte und sehe deshalb am ältesten aus. Martin stimmte ihm zu: Kavanagh wirke am verantwortungsbewußtesten. Kavanagh sagte, das Personal von Car Accessories sei doch nicht blöd, das Alter von Jungen in Schuluniform wüßten sie allemal.

»Auch Schuljungen lassen sich Nachschlüssel machen«, sagte Blaise. Schließlich ging Kavanagh hinein und ließ sich das Doppel anfertigen, während die anderen beiden draußen warteten.

»Jetzt müssen wir nur noch herausfinden, wann die Prüfungsbögen eintreffen«, sagte Blaise. »Vielleicht sollte ich noch einmal anrufen. Wie heißt der Typ im Sekretariat?«

»Klöterich.«

»Nein, mit richtigem Namen. Ich kann doch nicht das Bildungsministerium anrufen und sagen: *Mein Name ist Klöterich.*«

»Wieso denn nicht«, sagte Martin. »Ich glaube, er heißt Maurice Collins.«

»Maurice Collins.« Blaise stieß den Namen mit soldatischem Schwung hervor.

Aus dem Ladeninneren hörten sie das metallisch wimmernde Sägegeräusch, wenn ein Nachschlüssel angefertigt wurde.

»Hast du Geld zum Anrufen?« fragte Blaise. Martin reichte ihm das bißchen Kleingeld, das er in der Hosentasche hatte. Weiter unten auf derselben Straßenseite gab es eine Telefonzelle.

»Sollen wir auf unseren Mann warten?« fragte Blaise.

Martin nickte. Kavanagh kam heraus. Auf seinem Handteller lagen zwei Schlüssel. Einer von ihnen war neu und glänzte. Blaise nahm ihn an sich. Den anderen übergab er Martin. Dann rieb er sich voller Genugtuung die Hände. Martin steckte den Schlüssel in die Hosentasche.

Sie liefen zu dem öffentlichen Fernsprecher und warteten draußen. In der Zelle stand eine Frau. Also war das Telefon zumindest in Betrieb. Als sie einhängte, drängten die drei Jungen in die Zelle. Blaise zog ein kleines Adreßbüchlein hervor und legte es auf das Bord. Er steckte Martins Münzen in den

Schlitz und wählte. Alle lauschten auf den Summton des Freizeichens.

»Ja, danke sehr. Mr. Livingstone, bitte.« Blaise legte die Hand auf die Sprechmuschel. Kavanagh mußte lachen und versuchte, nicht herauszuprusten. Blaise verdrehte die Augen und zischte ihnen zu, den Mund zu halten. Am anderen Ende der Leitung meldete sich jemand. Blaise nannte den Namen der Schule und fragte, wann mit der Lieferung der diesjährigen Prüfungsbögen zu rechnen sei.

Die winzige Stimme im Hörer fragte: »Mit wem spreche ich?«

»Klö ... Collins, Mr. Collins am Apparat«, antwortete Blaise. Martin krümmte sich und biß sich in den Zeigefinger. Kavanaghs aufgeschossener Oberkörper klappte wie ein Taschenmesser zusammen, aber er gab immer noch keinen Laut von sich.

»Einen Augenblick, bitte...« Es entstand eine Pause. Blaise lächelte und zog die Augenbrauen zusammen. Zu Kavanagh sagte er: »Klöterich ist ein netter Mensch, alle Welt mag ihn. Hallo?«

»Ja, hallo. Sie müßten am Dienstag, dem 25. eintreffen. Im Laufe des Vormittags.«

»Können Sie keine genaueren Angaben machen?« Kavanagh hatte immer noch mit seinem Lachanfall zu kämpfen und bedeutete Blaise mit einem heftigen Kopfschütteln, das Gespräch zu beenden, solange der andere nichts merkte. Blaise fuhr fort: »Ich bin ein vielbeschäftigter Mann, und falls Sicherheitsvorkehrungen eine Rolle spielen, muß ich anwesend sein, um besagte Bögen bei ihrer Ankunft in Empfang nehmen zu können.«

»Genauere Angaben kann ich Ihnen leider nicht machen. Zwischen elf und eins, mehr kann ich nicht sagen.«

»Nun gut, danke sehr, Mr. Livingstone. Ich danke Ihnen für Ihre Mühe.«

Als er einhängte, erhob sich ohrenbetäubendes Gelächter. In der beengten Zelle grölten sie los, was das Zeug hielt. Blaise wollte sagen, beinahe hätte er dem Bildungsministerium mitgeteilt, sein Name sei Klöterich. Kavanagh versuchte, sie darauf aufmerksam zu machen, daß Blaise dem Mann um ein Haar gestanden hätte, sein Name sei Klöterich. Und Martin brüllte, Blaise habe dem Mann doch tatsächlich gesagt, sein Name sei Klöterich. Der Knöchel seines Zeigefingers wies Biß- und Blutspuren auf.

Am Dienstag morgen hatten sie eine Unterrichtsstunde in Jacques Cousteaus Raum, von dem aus man die Auffahrt überblickte. Martin saß auf einem Hocker am Fenster und beobachtete das Kommen und Gehen. Nach elf Uhr fuhr ein marineblauer Lieferwagen vor, der Fahrer ging zum Haupteingang und verschwand aus seinem Blickfeld. In dem Lieferwagen saß noch ein anderer Typ. Martin sah seinen nackten Unterarm auf dem heruntergekurbelten Fenster ruhen. Der Typ schnipste die Asche von seiner Zigarette. Nach einer Weile kamen Condor und Klöterich aus der Richtung des Büros hinter der Trauerweide. Man hörte das Rollen von Metallrädern, und aus einer anderen Richtung kam Joe Boggs mit seinem Handkarren herbei. Martin gab den anderen mit dem Daumen ein Alles-klar-Zeichen und bat darum, auf die Toilette gehen zu können. Cousteau seufzte nur und nickte.

Martin lief die Treppe hinunter zum Haupteingang, um zu sehen, was er herausfinden konnte. Auf dem Gang stand Condor, die Beine gespreizt, die Hände in den Taschen, und machte die schwarze Glocke seiner Soutane so breit wie möglich. Hinter ihm, um die Ecke, mühten sich Klöterich und Joe Boggs mit dem Handkarren, der mit braunen Paketen beladen war, die Haupttreppe hinauf. Joe stand weiter oberhalb, Klöterich unter ihm. Er bückte sich, um die Räder die ausgetretenen Stufen hinaufzuwuchten, so wie er einer Frau mit ihrem Buggy helfen würde.

»Wo wollen Sie denn hin?« fragte Condor. In dem leeren Korridor hatte seine Stimme einen starken Widerhall.

»Auf die Toilette, Hochwürden.« Martin besah sich genau seinen Priesterkragen. Er wirkte völlig normal.

»Wissen Sie nicht, weshalb wir eine Pause haben?« Er winkelte den Arm an, um auf die Uhr zu schauen. »In zehn Minuten?«

»Ich konnte nicht länger warten, Hochwürden.«

»Sind Sie ein altes Weib oder was? Können Sie nicht mal zehn Minuten warten?« Er winkte ihn vorbei. Martin lief über den Hof zur Toilette. Er stand da und lauschte dem klagenden Zischen und Schäumen der Urinbecken, und als er glaubte, daß genügend Zeit verstrichen war, ging er wieder hinaus. Er stieg die rückwärtige Treppe empor und blickte den oberen Gang entlang. Die Tür zur Besenkammer stand offen, und Joe Boggs kam mit seinem Karren heraus. Jetzt, wo er unbeladen war, ratterte er noch ärger. Joe Boggs und Klöterich lachten über irgend etwas.

»Seht mal, wo ich mich neulich in der Telefonzelle gebissen habe.« Martin hielt ihnen seinen Zeigefinger hin. Als sie zu dritt im Umkleideraum saßen, schüttelte es sie immer noch vor Lachen. Zu diesem Zeitpunkt während der Mittagspause war er leer. Alle anderen waren zur Kantine gegangen, zu den Geschäften oder zu den Donnerbalken, eine rauchen.

»Ach, ich hab ganz vergessen, euch von Condors Kragen zu erzählen«, sagte Martin.

»Was ist mit dem?«

»Wenn ihr Condor nächstes Mal seht, schaut euch seinen Kragen genauer an.«

»Wieso?«

»Der Anschein trügt.«

»Was willst du damit sagen?«

»Er hat ihn aus einer Flasche *Fairy Liquid* ausgeschnitten.«

»Du willst uns auf den Arm nehmen.«

»Nein. Ich hab's mit eigenen Augen gesehen. In seinem Schlafzimmer.«

»Der gottverdammte Geizhals.«

»Wendehals«, meinte Blaise. »Was tun wir als nächstes?«

»Jetzt bist du dran«, erwiderte Kavanagh. »Den nächsten Schritt mußt du tun.«

»Hast du an die Taschenlampe gedacht?« Kavanagh zog eine Taschenlampe aus seiner Schultasche und leuchtete Blaise zum Beweis, daß sie funktionierte, ins Gesicht. »Niemand, aber auch niemand darf irgend etwas davon mitkriegen.« Blaise sah von einem zum anderen. Martin und Kavanagh nickten. »Wenn das rauskommt, sitzen wir tief in der Scheiße.«

»Bring sie zurück. Das ist mein Lebenslicht.«

»Du brauchst eine Art Zugluftstopper, damit das Licht nicht unter der Tür hindurchscheint«, sagte Martin. »Falls jemand vorbeikommt.«

»Um vier Uhr morgens?« Blaise klang verächtlich. Er hielt inne. »Hey, vielleicht sollten wir ein Ablenkungsmanöver veranstalten. Ein Rennpferd erschießen oder so was.«

»Wo würdest du um vier Uhr morgens ein Rennpferd hernehmen?«

»Wenn wir es erschießen, wecken wir alle auf.«

»Den sexuellen Athleten erschießen, wenn er auf der Aschenbahn wichst.« Bei dem Gedanken, mitten im Wichsen erschossen zu werden, kugelten sich alle drei vor Lachen.

»Aber wie willst du um vier aufwachen?« fragte Martin.

»Genauso, wie wenn ich um acht aufwache.«

»Danke.«

»Vor dem Einschlafen mußt du den Kopf acht- beziehungsweise viermal aufs Kissen zurückwerfen. Dann wachst du um die entsprechende Zeit auf.«

»Wenn du erwischt wirst, schluckst du Gift«, sagte Kavanagh.

»Und sagst ihnen, daß ich damit nichts zu schaffen habe«, sagte Martin. »Aber auch gar nichts.«

Seine Nase fühlte sich kalt an. Seine Lider ebenso. Er wälzte sich im Bett hin und her und hoffte, daß er auf der Seite einschlafen würde, auf der er gerade lag. Dann gab er's auf und drehte sich wieder auf die andere Seite. Er versuchte, sich auszumalen, was Blaise gerade tat. Er war noch nie im Schlafsaal der Internatsschüler gewesen und konnte ihn sich nur schwer vorstellen. Es war bestimmt noch nicht vier Uhr. Sein Schulkalender besagte, daß die Sonne um 4.52 Uhr aufging. Blaise war ein verrückter Kerl. Er hatte Martin gefragt, ob er jemanden kenne, der ein von W. B. Yeats signiertes Manuskript kaufen würde. Er hatte es ihm gezeigt, ein handschriftliches Dokument von drei Seiten Länge. Es war eine Einführung zu einem Text namens *Gesangsopfer* von Rabindranath Tagore.

»Ich hab's gelesen«, sagte Blaise. »Ist zwar Scheiße, könnte aber ein paar Pfund wert sein.«

»Wie bist du daran gekommen?«

»Es ist in meinen Besitz gelangt.«

Neulich hatte der geistliche Ratgeber ihnen von einem englischen König erzählt, der eine ziemlich lahme Ente war.

»Wieso nennen Sie ihn so?« hatte Blaise gefragt.

»Wie?«

»Eine lahme Ente.«

»Weil er genau der Typ war. Eine totale Katastrophe.«

»Eine lahme Ente zu sein ist doch völlig in Ordnung. Enten fliegen. Enten schwimmen viel. Lahm zu sein ist für eine Ente noch das geringste Ärgernis.«

»Es handelt sich um eine Redefigur, Foley. Ganz gleich, wie sie sich ableitet, sie bedeutet, daß jemand schwunglos und schwerfällig ist.«

»Ein König?«

»In verschiedenerlei Hinsicht. Er war der geborene Verlierer. *Wenn die Leute ein Wort gebrauchen, dann heißt es genau das, was sie für richtig halten – nicht mehr und nicht weniger.*«

»Wenn es ein Huhn wäre, Sir, wäre es ein angemessenerer Vergleich. Ein lahmes Huhn.«

Vielleicht hatte es etwas mit seinem Heiligennamen zu tun, aber Blaise hatte es wirklich mit Tieren. Normalerweise war er mit aller Gewalt auf Störung des Unterrichts aus; eines Tages jedoch, während der großen Pause, hatte sich ein schwarzer Köter die lange Schulauffahrt hinauf verirrt. Jimmy Flynn aus Martins Jahrgang ging hin und freundete sich mit ihm an. Er lockte ihn durch die Korridore zum Innenhof, und auf dem Fußboden machten seine Pfoten *klick* und *klack.* Er war ein armseliges Ding wie einer von den Strandhunden – nervös und zittrig –, die allem nachjagten, das man fortschleuderte, und den Schwanz einzogen, wenn man sie ausschimpfte, eine Töle von einem Hund. Auf dem überfüllten Pausenhof rannte er hierhin und dorthin und geriet wegen der Aufmerksamkeit, die ihm zuteil wurde, ganz aus dem Häuschen. Die Jungen fütterten ihn mit ihrem Pausenbrot und warfen Turnschuhe, die er apportieren sollte. Als es klingelte, befahl Jimmy Flynn dem Hund, bei Fuß zu gehen, und sagte: »Mit dem haben wir noch eine Menge Spaß. Ab in den Englischunterricht mit ihm!«

Doch da schaltete sich Blaise ein. Ohne eine Wort zu sagen, nahm er Flynn den Hund ab. Er bückte sich, packte ihn bei den Nackenhaaren und schleifte ihn zu einer Tür hinter dem Küchentrakt. Es war eine Tür in einer Tür. Eine Pforte. Er öffnete sie und ließ den Hund auf die Straße. Sein Vorgehen bagatellisierte er mit den Worten: »Der ist zu klug für diese Schule. Wenn wir ihn dabehalten, kommt er doch bloß auf den Hund.«

Ein andermal hatte der Religionslehrer sie nach einem Beispiel dafür gefragt, was sie für unmoralisch hielten. Blaise hatte geantwortet: »Pferde beim Stierkampf – die Pferde der Pikadore – die mit den gesteppten Decken über den Flanken, die Angst davor haben, auf die Hörner genommen zu werden. Denen sind die Stimmbänder durchtrennt worden, damit man ihre Schreie nicht hört. Weil es die Zuschauer verstören würde.« Danach hatte langes Schweigen geherrscht; die Schüler dachten darüber nach.

Er hoffte, Blaise würde vor dem Diebstahl der Prüfungsbögen kneifen. Dann wäre Martin aus dem Schneider. Er war bei Blaise und Kavanagh gut angeschrieben, weil er in Condors Zimmer eingedrungen war und den Schlüssel zur Besenkammer stibitzt hatte, doch falls Blaise ausstieg, sollte es ihm recht sein. Es würde kein Wort darüber verloren werden. Es wäre eine Riesenerleichterung. Vielleicht war Blaise ja nur ein Schaumschläger. Wenn es hart auf hart ging, wäre er der Aufgabe vielleicht nicht gewachsen. Martin stellte sich vor, wie er am Morgen den Korridor entlangkam.

»Und?«

»Die ganze Sache ist abgeblasen. Ich bin heute früh aufgestanden, aber es war einfach zu gefährlich.«

»Schade.«

»Ich glaube nicht, daß wir weitermachen sollten. Es ist zu riskant.«

Vermutlich würde Martin sich ein bißchen aufplustern: »Scheiße, und wofür habe ich meinen Hals riskiert, als ich in Condors Zimmer eingebrochen bin?« Aber nach einer Weile würde er sich nachgiebiger zeigen, mit den Achseln zucken und sagen: »Na ja, mir soll's recht sein.«

Ob Kavanagh wohl genauso empfand wie er? Er würde mit seiner Meinung nicht hinter dem Berg halten. Er würde sagen: »Wir werden in dieser Angelegenheit nicht fortfahren, Mrs. Macbeth. Das Ganze war eine schlechte Idee.« Oder könnte es sein, daß auch er nur Blaises Unterling war, daß auch er ihm hörig war? Vielleicht bildete Martin sich Kavanaghs Tatkraft und Willensstärke nur ein. Vielleicht war Kavanagh wie Martin – *Ob ich Pfirsiche verzehr?* Vielleicht war Kavanagh der Fänger in seinem Traum vom Fallen. Der selber nirgendwo Halt fand.

Er versuchte, sich an die Nase zu greifen, um sie zu wärmen, auf jedes Augenlid eine warme Fingerkuppe zu legen. Es mußte gefruchtet haben, denn er konnte sich an nichts mehr erinnern, bis er am nächsten Morgen erwachte und die Wörter aus seinen Träumen ihm im Kopf herumspukten, Wörter, von denen er überzeugt war, daß sie alle Probleme lösen würden. Garabande. Milchquistisch. Fockuental.

Neuntes Kapitel

Ein Fotoabend

Er traf Kavanagh am oberen Ende der Straße, und sie liefen durch den fisselnden Regen zur Schule.

»Und?«

»Glaubst du, er hat's getan?« fragte Martin. Kavanagh hob die Schultern und verzog das Gesicht gegen den Regen. Sie erwähnten ihn nicht wieder.

Die ersten beiden Stunden hatten sie frei, mußten aber wie alle anderen bereits um neun in der Schule sein. Kamen sie zu spät, würde Condor sie genauso wie an jedem anderen Tag verwalken – höchstens, daß er im Torbogen zum Naturwissenschaftstrakt Unterschlupf vor dem Regen suchte. Freistunden mußten im Studiensaal verbracht werden, mit Hausaufgaben.

Martin und Kavanagh gingen geradewegs hin. Überall roch es stark nach nassen Blazern, und die Fenster waren von innen beschlagen. Ein lebensgroßes Standbild des Curé d'Ars mit ausgestrecktem Arm überragte die Bankreihen. Er hatte eine Glatze, graue Locken, und von seiner Halsbinde hingen die beiden lila Streifen seiner französischen Priestertracht. Die Schüler legten ihm immer irgend etwas in die rechte Hand. An diesem Morgen war es eine Cola-Flasche. Jeder Junge in der Schule nannte ihn »Kurier Arsch«.

Martin und Kavanagh setzten sich jeder auf ein Pult, stellten die Füße auf die Sitze und unterhielten sich. Es war noch nicht neun Uhr, und noch war niemand aufgetaucht, der die Hausaufgaben überwachte. Bei den Freistunden kam es sehr darauf an, wer Aufsicht führte. Es konnte lastendes Schweigen herrschen. Bei jemandem wie Condor, der einen zwang, vierzig Minuten lang immer wieder dieselbe Zeile zu lesen. Vielleicht die

Seite umzublättern, falls sein Blick auf einen fiel. Oder es ging unbeschwerter zu, etwa bei Wee Clo oder Cousteau, wo hier und da geplaudert wurde.

In der Tür erschien Blaise. Er ging auf sie zu. Er hatte eine lederne Aktenmappe bei sich. Das war ungewöhnlich, denn als Internatsschüler trug er nur die Bücher bei sich, die er für die nächste Stunde benötigte.

»Und?« fragte Martin.

»Was und?«

»Menschenskind, nun sag schon«, drängte Kavanagh. »Wie ist es gegangen?«

»Ich hatte Mühe zu schlafen...«

»Ich auch...«

»Aber als ich um vier aufgestanden bin, war da irgendein blöder Hammel und hat rumgemacht. Ein Aufsichtsschüler. Ich hab ihn pissen hören, Junge, was hab ich den pissen hören, wie ein Mann auf Stelzen.«

»Und dann?« fragte Kavanagh.

»Bin ich wieder ins Bett gegangen.«

Martin und Kavanagh sahen einander an.

»Na, großartig«, sagte Martin. »Wir anderen setzen unser Leben aufs Spiel...«

»Aber als es im Schlafsaal ruhig war, bin ich wieder aufgestanden.« Blaise öffnete den Reißverschluß seiner Aktenmappe. »Und habe mich mit meiner Taschenlampe, meinem Badetuch und dem Schlüssel, den du mir so großmütig zur Verfügung gestellt hast, nach unten geschlichen. Und dies hier beschafft.« Er sah sich um, und als er lediglich Sextaner sah, die versuchten, ihre Hausaufgaben zu Ende zu bringen, holte er einen braunen Umschlag mit einem Cellophanfenster hervor. Er streckte ihn ihnen hin, während er in seine Aktenmappe spähte. Kavanagh hielt länger an sich als Martin. Martin nahm den Umschlag und betrachtete das Cellophanfenster. LEISTUNGSKURS CHEMIE, blaßgrün mit dem Datum von diesem Jahr, soundso viele Tage noch.

»Ich bin platt.« Ihm wurde schwach. Flau im Magen. Doch Blaise reichte ihm einen weiteren Umschlag. LEISTUNGSKURS PHYSIK. Blaßrosa.

»Jesus.« Und LEISTUNGSKURS ENGLISCHE LITERATUR und REINE und ANGEWANDTE MATHEMATIK in blauen, cremefarbenen und gelben Pastelltönen. Martin war wie betäubt und nahm jeden Umschlag entgegen, der ihm gereicht wurde.

»Heiliger Strohsack, Blaise«, sagte Kavanagh, neigte den Kopf zur Seite und las die Titel in den Cellophanfenstern.

»Ich bin platt. Schaff sie weg«, sagte Martin, als wäre er sich plötzlich der Gefahr bewußt. Er ergriff seine Tasche und stopfte die Umschläge hinter ein Ringbuch mit der Aufschrift »Englischnotizen«.

»Entspann dich«, sagte Blaise. »Und hier – hat nicht irgend jemand die mittlere Reife in Lateinisch als Voraussetzung für irgend etwas erwähnt?«

»Mich laust der Affe.«

»Ich habe eine gute halbe Stunde in der Kammer herumgestöbert.«

»Warum gibst du die alle mir?« fragte Martin.

»Es wäre ziemlich riskant für mich, die Dinger hier im Schulschlafsaal über Dampf zu öffnen«, antwortete Blaise. »Ich hab nicht mal Zugang zu einem Kessel.«

»Zugang zu einem blödsinnigen Kessel.« Martin wußte nicht, was er sagte.

»Wird man die nicht vermissen?« fragte Kavanagh.

»Bis zum Prüfungstermin wird niemand einen Umschlag vermissen«, erwiderte Blaise, »und bis dahin haben wir sie längst wieder zurückgebracht.« Blaise hielt ihm immer noch die Lateinaufgaben hin. Martin schien wie festgewurzelt.

»Es hat keinen Sinn, zwei Verstecke zu haben«, meinte Kavanagh. »Doppelt so leicht zu finden. Du nimmst sie alle, Martin.«

»Na, vielen Dank.« Martin nahm die Lateinaufgaben an sich und schob sie zu den anderen in seine Tasche.

Im Laufe des Tages veränderte der Regen seine Beschaffenheit, aber er hörte und hörte nicht auf. Der Niesel verwandelte sich in Schauer, und in jedem Klassenzimmer, in das sie gingen, prasselte es nur so gegen die Fensterscheiben. Martin sah zu, wie die Tröpfchen auf der Scheibe neben ihm zitternd ineinanderrannen. In einem Klassenzimmer gab es Sicherheitsglas, und die Regentropfen liefen zickzackförmig von einer Ebene des Drahtgeflechts zur nächsten. Die Fallrohre rauschten und gurgelten. Und den ganzen Tag über brannten die Prüfungsbögen ein Loch in seine Schultasche. Er ließ kaum den Gurt von der Schulter rutschen, wagte es nicht, sich auch nur einen Augenblick lang von ihr zu trennen. Nachdem er im Physikunterricht sein Lehrbuch hervorgeholt hatte, verkürzte er die Gurte und stellte die Tasche auf den vielbegangenen nassen Fußboden. Er vergewisserte sich, daß der Schultergurt um das Bein seines Hockers geschlungen war, und hob nicht einmal den Hintern vom Hocker. Jemand mochte sich einen Scherz erlauben und sie klauen, aus lauter Jux und Tollerei, mochte die Tasche auf dem nassen Pausenhof herumwerfen, und wie stünde es dann um ihn? Während der Englischstunde hörte es auf zu regnen, und einmal lugte sogar die Sonne hervor. Sie mußten die Hausaufgaben abgeben, Wee Jacky kam an den Pulten entlang und sammelte die Schulhefte ein. Normalerweise legten die Jungen sie ihm am Ende der Stunde beim Hinausgehen aufs Katheder, aber heute, ausgerechnet heute, kam er zu ihnen.

»Die Früchte Ihrer Arbeit, bitte, die Herren.« Martin öffnete seine Tasche und kramte nach seinem orangen Englischheft. Wee Jacky, der bereits ein rundes Dutzend Hausaufgaben in den Händen hielt, stand wartend da. Die braunen Umschläge waren deutlich zu sehen. Und er war sicher, daß Wee Jacky sie sah; allerdings konnte man nicht erkennen, worum es sich handelte. Mit klopfendem Herzen zurrte Martin wieder die Schnallen fest.

Zum letzten Mal an diesem Tag klingelte es, und alle hasteten die Auffahrt hinunter. Kavanagh blieb zu irgendeiner körperlichen

Ertüchtigung zurück, Stabhochsprung oder Basketballtraining. Sie hatten verabredet, sich später bei Kavanagh zu treffen. Und die Sache hinter sich zu bringen. Kavanagh hatte gesagt, daß seine Eltern mittwochs zum Ehemaligenverein gingen und seine Schwestern *nie* zu Hause waren.

Vom Schultor aus machte sich Martin auf den Heimweg. Nach dem Regenguß wirkte alles wie frisch gewaschen; Bäume, Bürgersteige, selbst die roten Busse sahen sauber aus. Seine Tasche war prall gefüllt mit der Fotoausrüstung, die er sich ausgeliehen hatte. Er hielt sich auf der Häuserseite des Gehsteigs. Dort lauerten weniger Gefahren. Er konnte es kaum fassen, die Art, wie er dachte. Wenn ein Lastwagen von der Straße abkäme und ihn anführe, würde man ihn ins Krankenhaus bringen. Man würde die Polizei hinzuziehen, und sie würden seine Tasche durchwühlen, um ihn zu identifizieren. Und auf die Prüfungsbögen stoßen, das war genauso, als würden sie die schlimmste Wichsvorlage der Welt finden. Einmal hatte er im Abfallkorb an einer Bushaltestelle ein Pornoheft entdeckt. Er konnte nicht an der Haltestelle stehenbleiben, um es durchzublättern – schließlich wollte er es genau unter die Lupe nehmen –, also ließ er es in seine Schultasche gleiten. Wäre er an jenem Tag überfahren worden, seine Mutter wäre vor dem Krankenhauspersonal wohl am liebsten im Erdboden versunken.

»Mrs. Brennan, wir müssen Ihnen Martins persönliche Habe aushändigen. Ich bin seine Sachen durchgegangen. Es tut mir furchtbar leid. Natürlich könnte er dieses Schundheft im Abfallkorb an der Bushaltestelle gefunden haben. Und der Bus hat ihn überrollt, bevor er sich einen runterholen konnte. Dessen sind wir uns gewiß. Vermutlich ist er also im Himmel.«

»Man muß Gott auch für weniger dankbar sein.«

Obwohl er schon mehrere Male bei Kavanagh zu Hause gewesen war, konnte er sich nie daran erinnern, welche der Türglocken funktionierte. Die viktorianische sah unbrauchbar aus. Der weiße Klingelkopf an der Tür zum Vorbau hallte dumpf irgendwo im hinteren Teil des Hauses. Um halb acht war es immer noch hell, und die Vögel sangen. Die Tür hatte ein Buntglasfenster, und er sah die Umrisse von Kavanagh, der herbeikam, um ihm aufzumachen. Die Diele war geräumig, so groß wie ein Zimmer, mit einer breiten Treppe. Kavanagh führte ihn ins Wohnzimmer und entschwand irgendwohin. Martin nahm die Tasche von der Schulter, setzte sich aufs Sofa und starrte zur Decke hinauf. Das Zimmer war so still, daß man den Verkehrslärm auf der Hauptstraße hören konnte. Das große Erkerfenster war mit dichtgemusterten Vorhängen verhüllt, die von Kordeln mit Troddeln zurückgehalten wurden. Die Blende für die Gardinenleiste hatte goldene Fransen. Alles wirkte äußerst strapazierfähig, auch die kastanienbraune Velourstapete mit dem Lilienmuster. Es war angenehm, mit den Fingern über die erhabenen Blumen zu streichen. Es gab zuviel zu sehen in dem Zimmer und doch nichts Interessantes. Es war etwa zehnmal so groß wie die gute Stube bei ihm zu Hause. Und die Bilder an den Wänden waren gräßlich: Wiesen mit Kühen an der Tränke neben einer Gruppe gerahmter Zeugnisse, die den Schwestern gehörten, beide älter. Eine hatte Zahnmedizin studiert, die andere Psychiatrie. Und von seinem Vater. Kavanaghs Alter war Arzt, aber nicht praktischer Arzt, sondern Facharzt in einem Krankenhaus. Weiter gab es ein Messingrelief von James M. Whistlers *Mutter.* Eine Kleiderbürste mit passendem Messinggriff. Irgendwo im Hause konnte er leise Musik hören. Country & Western. Es klang nach *The Padre of Old San Antone.* Er mußte an die Prüfungsbögen in seiner Tasche denken. Und plötzlich war ihm, aus keinem ersichtlichen Grund, hoffnungslos zumute. Unendlich traurig. Selbst der Sofastoff unter seiner Hand fühlte sich elend an. Das Gefühl war so stark, daß sich sein Magen zusammenkrampfte. Er schloß die Augen und wartete darauf, daß es vorüberging. Kavanagh steckte den Kopf zur Tür herein.

»Wie viele Löffel Zucker?«

»Aber ich habe gerade Tee getrunken.«

»Du könntest noch eine Tasse hinunterzwängen.«

»Zwei.«

Kavanagh zog den Kopf zurück, und er war wieder allein. Die traurige Weise hielt an. Ebenso der Verkehrslärm. Und die Katastrophe, in die sie verwickelt würden. Seine Glieder fühlten sich so schwer an, daß er sich nicht von der Stelle rühren konnte. Seine Muskeln waren wie Blei. Die Schwerkraft hatte ihn in ihrer Gewalt und wollte ihn durchs Sofa, durch den Fußboden nach unten ziehen. Scheiße, was für ein...

Kavanagh stieß mit dem Fuß die Tür auf und kam mit dem Tee herein. Für jeden von ihnen gab es ein Stück Kuchen. Sie tranken ihren Tee aus Porzellantassen.

»Das ist deutscher Kuchen«, sagte Kavanagh.

»Schmeckt gut«, erwiderte Martin. Er rieb sich den Puderzucker von den Fingern.

Mrs. Kavanagh, die sich offenbar zum Ausgehen umgekleidet hatte und großartig aussah in ihrem roten Kleid, den silbernen Strümpfen und den Riemchenpumps, kam herein, um ihn zu begrüßen. Sie blieb in der Tür stehen, als wolle sie nicht weiter stören. Sie hatte die Füße zu beiden Seiten der Tür gespreizt und legte die Hände auf die beiden Klinken. Als er sie so sah, spürte er, wie das Gefühl der Übelkeit von ihm wich.

»Das lobe ich mir, die grauen Zellen füttern«, sagte Mrs. Kavanagh. »Besonders in diesem Jahr.«

»Mm-mm.«

»Was glauben Sie, wie Sie abschneiden werden?«

»Keine Ahnung.«

»Klemmen Sie sich dahinter«, tadelte sie ihn in gespieltem Ernst. »Sie können nicht alles dem lieben Herrgott überlassen. Gebete sind ja schön und gut, aber fürs Büffeln gibt's keinen Ersatz.«

Kavanagh saß schweigend, mit gesenktem Kopf, dabei und nahm an dem Gespräch nicht teil. Martin erinnerte sich an den Tag, als Kavanagh bei ihm zu Hause Suppe gegessen hatte. Er hatte sich seiner Mutter geschämt, aber Kavanagh hatte keinen Grund, das gleiche zu empfinden. Mrs. Kavanagh war zwar alt, aber irgendwie sexy. Sie spielte mit der Tür, indem sie sie zwischen ihren Füßen leicht hin- und herschwenkte.

»Was wollen Sie nächstes Jahr unternehmen?«

»Wenn meine Noten es zulassen, will ich auf die Universität.«

»Um was zu machen?«

»Einen Abschluß.«

»Schön für Sie. Aber worin?«

Martin war gerade dabei, die Schultern zu heben, als von weitem das Telefon klingelte. Mrs. Kavanagh sagte: »Das ist für mich«, und als sie hinlief, hörte Martin das Klackern ihrer hohen Absätze auf dem gefliesten Fußboden. Kavanagh rollte mit den Augen. Martin widersprach ihm.

»Nee, nee. Die ist in Ordnung. Jedesmal, wenn ich hierherkomme, sieht sie jünger aus.«

Kavanagh schnaubte verächtlich.

»Meine Ma ist alt«, sagte Martin. »Wie Whistlers Mutter.«

»Wer ist das?«

»Der Maler, da drüben an der Wand.«

Kavanagh stand auf und besah sich die Messingtafel genauer.

»Hab ich gar nicht gewußt, daß es die Mutter von irgendwem ist, hab immer gedacht, das wär irgend 'ne alte Frau.« Er hielt inne und zog eine Grimasse. »Scheiße, es ist wirklich hoffnungslos.«

»Ja, ich war noch nie so hippelig.«

Sie stiegen die Treppe hinauf zu Kavanaghs Schlafzimmer. Auf dem Heizkörper im Gang lagen etwa zehn zarte Schlüpfer. Martin konnte den Blick nicht abwenden. Im Schlafzimmer sprachen sie nicht. Martin hob ein Kartenspiel auf und legte auf dem Teppichboden eine Patience. Nach einer Weile hörten sie, wie die Haustür zuschlug.

»Warte«, sagte Kavanagh. Martin hörte den Wagen davonfahren und beschleunigen. Kavanagh ging wieder nach unten, um den Wasserkessel zu holen. Martin saß da und schaute sich um. Im Schrankspiegel sah er sein Spiegelbild. Die Zimmereinrichtung war nicht ganz so schlimm wie unten. Kavanagh mußte seinen eigenen Geschmack durchgesetzt haben. Über dem Bett hing ein kleines hölzernes Kruzifix. Der altmodische Kamin war weiß angestrichen. Am Fenster ein Schreibtisch mit Stuhl. An der Wand über dem Schreibtisch hing ein Jahreskalender, auf dem jeder vergangene Tag mit schwarzer Tinte durchgestrichen war. Einige Tage im Juni waren rot umrandet, über jedem von ihnen stand der Name des Prüfungsfachs geschrieben.

An der Wand hatte Kavanagh gerahmte Fotos von sich. Ein Schnappschuß von ihm, wie er mitten im Hochsprung mit dem Stab über die Stange setzte; verschiedene Basketballmannschaften seit der Sexta, anfangs in ausgebeulten weißen Turnsachen, später in den grün-gelb gestreiften Trikots der Schulmannschaft. Auf jedem Bild saß Kavanagh in der Mitte, mit verschränkten Armen, gespreizten Knien und einem breiten Grinsen im Gesicht. *Cheese.* Und alle sagten *Fromage.* Stets trug er die Nummer 9.

»Wer hat die Aufnahme beim Stabhochsprung gemacht?«

»Ein Typ vom *Belfast Telegraph.* Bei den Schulwettkämpfen.«

»Ich werde welche von dir machen. Vielleicht noch dieses Jahr.«

Martin baute seine Ausrüstung auf. Das Stativ, dessen Teleskopbeine sich kaum ausziehen ließen, mit der daruntergeschraubten Kamera auf dem Schreibtisch, die auf den Prüfungsbogen gerichtete Schreibtischlampe, den Drahtauslöser, den Belichtungsmesser. Als er fertig war, ging er zum Fenster und schaute auf die Straße hinab. Zu beiden Seiten der Straße wuchsen Bäume aus den Gehsteigen. Hier und da waren die Wurzeln bloßgelegt. Die Blätter sahen wie gewaschen aus, hellgrün. Ein schwarzes Taxi fuhr vor. Es dauerte lange, bis jemand ausstieg. Der Motor lief noch, der Wagen zitterte. Der hintere Wagenschlag wurde geöffnet, und heraus trat Blaise mit seiner Aktenmappe.

»Ich freß 'n Besen ...«

Martin hörte die Türklingel, dann kamen Stimmen die Treppe herauf.

»Aber woher hast du gewußt, wo ich wohne?« fragte Kavanagh.

»Ich habe Klötenreich gefragt.«

»Klöterich. Er ist nicht klötenreich. Schau mal, wer hier ist«, rief Kavanagh zu Martin hinauf.

»Hallo«, sagte Martin. Obwohl Blaise viele verletzende Bemerkungen von sich gab, fühlte Martin sich in seinem Dabeisein wohler. Irgendwie sicherer.

Kavanagh ging in die Hocke, um den Kessel an eine Steckdose anzuschließen. Er fing fast auf der Stelle zu blubbern und zu brodeln an. »So, was führt dich her?« fragte er.

»Ich wollte die Gaudi nicht verpassen.«

»Noch gibt's keine Gaudi. Warte, bis wir genügend Dampfdruck beisammenhaben.«

»Das ist der andere Grund, weshalb ich gekommen bin.«

»Wieso?«

»Ich bin nicht ganz glücklich mit der Idee. Als ich den Dampf an Condors Umschlag ausprobiert habe, sah der am Ende gar nicht gut aus. Er ist zerknittert und hat Flecken bekommen. Selbst als er getrocknet war, sah er aus, als hätte sich jemand daran zu schaffen gemacht.«

»Ich dachte, du hättest nicht mal Zugang zu einem Kessel«, sagte Martin.

»Sei doch nicht so fade, Martin.«

»Nein, wirklich. Wo hast du's ausprobiert?«

»In der Schule gibt's Küchen.«

»Und was schlägst du nun vor, wie wir sie aufkriegen sollen?« fragte Martin.

»Mit einem Messer – irgendwas.«

Kavanagh und Martin sahen einander verständnislos an. Blaise holte ein Bündel großer brauner Manilaumschläge aus seiner Aktenmappe.

»Nach der Schule bin ich in die Stadt gegangen. Zum Büro des Staatsverlags. Mit Condors Original. Und habe nach Umschlägen gefragt, die ihm am nächsten kommen.« Er hielt sie

Martin hin. »Stellen Sie einen kritischen Vergleich an.« Martin öffnete seine Tasche und nahm die Umschläge mit den Prüfungsbögen heraus. Es war, als wären sie derselben Rolle strapazierfähigen braunen Papiers entnommen.

»Der reitende Bote des Königs...«

»Blaise, du bist ein verdammtes Genie.«

»Sie sind nicht billig«, sagte Blaise. »Ich rechne mit einem Beitrag.«

Auf Kavanaghs Schreibtisch lag ein glänzender Brieföffner in Form eines Schwertes. Blaise nahm ihn an sich.

»Also los«, sagte er. »Womit fangen wir an?«

»Wer die höchste Karte hat, darf wählen«, sagte Martin. Er schob die durcheinandergeratenen Patiencekarten zusammen und begann sie zu mischen. Dann stand er auf, ahmte einen Trommelwirbel nach und gab Kavanagh eine Karte. Als dieser sie umdrehte, war es die Herz Sieben. Der Trommelwirbel wurde fortgesetzt, und Blaise erhielt eine Kreuz Zwei. Sie alle lachten.

»Schwindler.« Das Geräusch, das Martin machte, schwoll zu einem Höhepunkt an, und er gab sich eine Karo Königin.

»Ein Scharlatan und Bauernfänger.«

»Englisch – als erstes sehen wir uns Englisch an«, sagte Martin.

»Egoist.«

Blaise blickte durch die Cellophanfenster und wählte den betreffenden Umschlag. Er setzte das Miniaturschwert am Falz an. Martin spürte es wie einen Dolchstoß in der Brust. Wieder überkam ihn ein Gefühl der Übelkeit. Blaise vollführte kleine Sägebewegungen und schlitzte den Umschlag auf. Dabei biß er sich auf die Unterlippe.

»Warte«, sagte Kavanagh. »Ich will ja nicht melodramatisch klingen oder als hätten wir's mit einem Film zu tun, aber auf welchem Stand ist die Kriminalistik, was Fingerabdrücke angeht?«

Die anderen beiden zuckten die Achseln.

»Wir sollten lieber davon ausgehen, daß Fingerabdrücke auf Papier zu erkennen sind«, meinte Blaise.

Wieder war Martin ganz und gar von einem Gefühl des Elends durchdrungen. Eine Weile lang konnte er nichts sagen.

»Jedenfalls auf Cellophan«, sagte Kavanagh. »Außen auf den Umschlägen können sie ruhig so viele Abdrücke finden, wie sie wollen, aber nicht auf den Prüfungsbögen.«

»Da dürftest du recht haben«, sagte Blaise.

»Halt.« Kavanagh stand auf und ging nach unten. Während er aus dem Zimmer war, wechselten Martin und Blaise kein Wort. Leicht außer Atem kam Kavanagh mit einer blauen Schachtel wie einer Spenderbox für Papiertaschentücher zurück. Aus dem Schlitz nahm er einen Handschuh aus durchsichtigem cellophanähnlichem Material und reichte ihn Martin.

»Vorsicht ist die Mutter der Porzellankiste, Monsieur Poirot. Erinnert mich daran, daß ich die Schachtel wieder hinstelle.« Er ahmte die Stimme eines Marktschreiers nach. »Eine Größe paßt für alle. Ob rechts, ob links, hier wird keiner gelinkt.«

Martin hatte das Gefühl, daß sein Schweigen auffiel. Bald würde er etwas sagen müssen. Als er die Cellophanhandschuhe überzog, schienen sie zu schrumpfen und sich seinen Fingern anzuschmiegen.

»Die sind ja richtig sexy«, sagte er.

»Laß mich mal ran«, sagte Kavanagh. Sie zogen sich alle welche über. Sie knisterten leise. Blaise zog den Stoß blaßblauer Prüfungsbögen heraus. Die beiden anderen konnten es nicht abwarten und beugten sich, um besser zu sehen, über seine Schultern.

»Was kommt dran?« fragten sie beide. Blaise reichte jedem von ihnen einen Prüfungsbogen und wandte sich der ersten Seite zu.

»Macbeth«, sagte er.

»Menschenskind, das wissen wir auch. Schließlich haben wir das ganze Jahr nichts anderes gepaukt, also muß es ja wohl drankommen. Wie lautet die Frage?«

»Bildersprache... Was trägt die Bildersprache bei... Ein Zitat von Caroline Spurgeon...«

»Das kann ich aus dem Effeff«, sagte Martin. »Darüber habe ich schon mal einen Aufsatz geschrieben. Schlecht sitzende Kleider und all so was. Wer kommt in der Lyrik dran?«

»Mmmh – John Donne – Milton – Hopkins.«

Lachend sprachen sie sämtliche Prüfungsfragen in Englisch durch, dann gingen sie daran, die anderen Umschläge zu öffnen.

»Sachte, Jungs«, sagte Kavanagh. »Ein bißchen systematischer. Hier tut ein bißchen Selbstdisziplin not. Fotos, Brennan.«

Der Englischprüfungsbogen wurde flach auf den Schreibtisch gelegt, und Martin las die Anzeige seines Belichtungsmessers ab.

»Ihr dürft nicht so herumlaufen«, sagte er. »Sonst zittert der Fußboden.« Er betätigte den Auslöser, und bei dem Geräusch erstarrten die anderen in übertriebenen Posen, wie beim Figurenschleudern. Martin ignorierte sie und zählte laut die Sekunden: »*Fuck the Queen* – eins. *Fuck the Queen* – zwei. *Fuck the Queen* – drei.«

Nach einer Weile war das Figurenschleudern nicht mehr so lustig, doch Martin fuhr fort, die Sekunden laut auszuzählen. Selbst wenn er sie nur in sich hineinmurmelte.

Als die Englischaufgaben abgelichtet waren, nahm Blaise einen der amtlichen Umschläge mit glänzender Gummierung und schob die Bögen wieder hinein. Kavanagh hatte einen tiefen Teller mit Wasser und aus dem Badezimmer einen Schwamm gebracht. Die gummierte Klappe wurde abgewischt und der Umschlag zugeklebt. Er sah einwandfrei aus.

»Was wollt ihr mehr?« sagte Blaise.

»Ein auf dem Rücken liegendes vollbusiges Mädchen«, sagte Kavanagh.

»Bittet, so werdet ihr nehmen, daß eure Freude vollkommen sei.«

»Was? Was willst du damit sagen?«

»Vielleicht nicht das einzig Wahre«, sagte Blaise. »Aber ein

Bild des einzig Wahren. Herrliche Damen und Herren, die ihre Waren herzeigen.«

»In deinen Träumen«, sagte Kavanagh.

»In deinen feuchten Träumen«, sagte Blaise.

»Pornos?«

»Wenn das so ist, kann ich auf die Bilder der Herren verzichten«, sprach Martin über seine Schulter.

»Wieviel zeigen sie denn her?«

»Alles, was euch interessiert, sie zeigen *mehr* als ihre Waren her.«

»Wo hast du das Zeug?«

»Nun beherrscht euch doch. Ich kann's besorgen.«

»Na, dann los. Nun gib schon her.« Martin warf Kavanagh einen durchdringenden Blick zu, um zu sehen, ob er es ernst meinte. »Reine Neugier«, sagte Kavanagh zu Martin. »Alles Bestandteil unserer Ausbildung.« Er ließ wie ein Hund die Zunge heraushängen. Martin rümpfte die Nase.

»Dieses Zeug. Ich weiß nicht so recht...«

»Martin hört sich so an, als wäre er dagegen«, sagte Blaise. »Aber das wußte ich schon vorher. Du bist so durchdrungen von den Wertvorstellungen des Establishments. Pornographie ist eine Klassenfrage. Die Leute ganz oben sagen den Leuten ganz unten, was sie sich ansehen, was sie lesen dürfen. Für den Zensor, der tagein, tagaus dasitzt und dieses Material begutachtet, ohne korrumpiert zu werden, ist es völlig in Ordnung; aber wehe, man zeigt es einem Burschen aus der Arbeiterklasse, der wird vollständig verdorben. Wie können sie es wagen?«

»Pornographie bewirkt doch bloß, daß man wichsen will. Und das kann nichts Gutes sein.«

»Was soll am Wichsen so verkehrt sein?« fragte Blaise. Martin verdrehte die Augen und lachte. Als könnte er nicht glauben, was er da hörte. Der Auslöser surrte und klickte. »Jeder tut es, also kann's nicht verkehrt sein.«

»Jeder ist sich selbst der Nächste.« Kavanagh lachte. »Glaubt ihr, daß sich auch Mädchen einen runterholen?«

»Nee, wie soll denn das gehen?« fragte Martin. »Die haben doch gar keinen Schwanz. Hat man mir jedenfalls beigebracht.«

»Du hast ja wirklich umwerfende anatomische Kenntnisse«, sagte Blaise. Auch er mußte lachen. Er wandte sich direkt an Kavanagh. »In England hat die Oberschicht das Sagen. Hier im irischen Torfmoor ist es der Klerus. Der stellt die Regeln auf. St. Patrick hätte besser daran getan, die Priester zu vertreiben statt der Schlangen …«

»Die Priester *sind* die Schlangen«, sagte Kavanagh. »In Kunstbänden schwärzen sie die Bilder. Angeblich hat Condor das höchstpersönlich verbrochen, hat die ganze Nacht aufgesessen und mit Ausziehtusche Badehosen gemalt.«

»Erinnerst du dich noch an die Quinta?« fragte Martin. »An die Biologiebücher, aus denen zwanzig Seiten herausgetrennt waren?«

»Die menschliche Fortpflanzung«, klärte Kavanagh Blaise auf. »Die dachten, wir wären so blöd, nicht im Register nachzuschauen.«

Während sich die beiden anderen unterhielten, arbeitete sich Martin methodisch durch die Prüfungsaufgaben in den anderen Fächern hindurch, blätterte um, drückte den Mittelfalz flach, indem er mit seinem behandschuhten Zeigefinger darüberrieb. Jedesmal, wenn der Auslöser betätigt wurde, klickte es angenehm. Bitte umblättern. Martin sagte, mit seinen durchsichtigen Handschuhen komme er sich vor wie ein Arzt, als würde er jedesmal, wenn er den Auslöser betätige, eine Spritze verabreichen. Blaise lag auf dem Bett, und Kavanagh lag auf dem Fußboden und streckte die Füße auf die Kaminplatte.

»Ich sollte jemanden finden, der mir vorher die Antworten aufschreibt – auf leeren Antwortbögen«, sagte Blaise. »Und der sie mit in die Prüfung bringt. Einer von euch könnte das für mich tun.«

»Dafür tauge ich nicht«, sagte Martin. »Wenn ich dir die Antworten gäbe, würdest du wahrscheinlich durchfallen. Selbst wenn ich die verfluchten Fragen weiß. Und ein Graphologe würde uns ins Gefängnis werfen lassen.«

»Dafür braucht's keinen Graphologen«, sagte Kavanagh. »Aber warum willst du sie nicht selbst beantworten?«

»Weil ich ein fauler Knochen bin.« Sie alle nickten lächelnd. »Und in Rechtschreibung bin ich ein Dummfick.«

»Das wäre nur ein zusätzliches Risiko«, sagte Kavanagh. »Beim Reingehen würden sie dich erwischen.«

»Ich muß pissen«, sagte Martin.

»Dritte rechts«, sagte ihm Kavanagh. »Vergiß nicht, die Handschuhe auszuziehen.«

»An deiner Stelle würde ich sie anbehalten«, rief Blaise ihm nach.

Im Badezimmer überlegte Martin, ob er sie nicht vielleicht doch lieber abstreifen sollte. Wenigstens den rechten. Schließlich entschied er sich dagegen. Das Cellophan des Handschuhs raschelte leise, als er den Hosenschlitz aufknöpfte. Das Badezimmerregal war überfüllt mit Shampooflaschen und Haarpflegemitteln, Lotions und Feuchtigkeitscremes, Deodorants und Parfüms; der Abfalleimer floß über von Wattebäuschchen mit Make-up; auf dem Regalbrett neben der Toilette lagen, für jedermann sichtbar, Nagelfeilen und Wachsstreifen, ein Marmeladenglas mit weichen Bürsten und Puderquasten, ganze Päckchen Monatsbinden und Tampons. Vollkommen rätselhaft. Zauberspruch und Zaubertrank. *Wann kommen wir drei uns wieder entgegen?* Außer der Badewanne gab es auch noch eine gesonderte Duschkabine. Er nahm einen Tampon aus der Schachtel und betrachtete ihn. Wie eine kleine weiße Pappröhre mit einem Faden. Eine kleine Dynamitstange. Er wollte nicht zu lange darüber nachdenken und legte ihn sorgfältig wieder so hin, wie er ihn vorgefunden hatte. Nur keine belastenden Fingerabdrücke. Bevor er pißte, hob er die Klosettbrille hoch. Als er fertig war, klappte er sie wieder herunter. Die Toilettenspülung wurde mit einem Hebel aus rostfreiem Stahl getätigt. Er wollte sich schon die Hände waschen, da fiel ihm noch rechtzeitig ein, daß er

Handschuhe trug. Es wäre großartig, ein solches Badezimmer zu haben.

Als er zu den anderen zurückging, hatte er das Gefühl, daß sie über ihn geredet hatten. Es herrschte eine lange Pause, ehe Kavanagh sagte: »Würde jemand teures Geld dafür bezahlen, zu wissen, welche Fragen drankommen?«

»Kommt nicht in Frage«, sagte Blaise. »Das würde sich wie ein Lauffeuer in der Schule verbreiten, und irgend jemand würde uns verpfeifen. Die Sache ist nur für uns drei bestimmt und für sonst niemanden.«

»Wir müssen unbedingt darauf achten, daß wir nicht zu gut abschneiden«, sagte Kavanagh. »Wenn wir alle drei achtundneunzig Prozent kriegen, riechen sie Lunte.«

»Die riechen auch schon Lunte, wenn Martin achtundfünfzig Prozent kriegt«, sagte Blaise.

»Du kannst mich mal.« Lautes, nervöses Gelächter. Kavanagh und Blaise waren in Hochform. Martin versuchte, sich in dieselbe Stimmung zu versetzen, aber es mißlang ihm.

»Was ist los, Brennan?« fragte Kavanagh.

»Nichts«, log Martin. Haßte er es schon normalerweise, wenn man über ihn herzog, so konnte er es jetzt, wo er sich so unsicher fühlte, überhaupt nicht verknusen. Unsicher wegen des Betruges. Wegen allem. Ihm war eher nach Weinen als nach Lachen zumute. Er hatte ein flaues Gefühl im Magen, wie in einem zu schnellen Fahrstuhl.

»Irgendwas geht Brennan auf den Wecker«, sagte Kavanagh.

»Stimmt doch gar nicht.« Er fuhr fort, die Seiten umzublättern, auf den Drahtauslöser zu drücken, laut die Sekunden auszuzählen. Doch er wußte, daß er einen schlüpfrigen Abhang hinunterrutschte und daß es keinen Halt gab, nach dem er greifen konnte, um sein Abrutschen zu verhindern. Ein Abhang war seitlich gerichtete Schwerkraft, Galileos schiefe Ebene.

Am nächsten Morgen in der Schule klopften Martin und Kavanagh an die Tür zum Lehrerzimmer und fragten nach Jacques

Cousteau, unter Verwendung seines richtigen Namens. Sie erklärten ihm, sie hätten eine doppelte Freistunde und wollten einen Film entwickeln. Er lieh ihnen seinen Schlüssel. Die Dunkelkammer war ein begehbarer Bücherschrank neben dem Physiklabor. Sie hielten es für besser, wenn Kavanagh draußen sitzen blieb, ein Wachtposten, der jeden, der ins Labor wollte, von der richtigen Spur ablenkte.

Martin saß drinnen, wo es vollkommen finster war. Pechschwarz. Er hatte schon einmal zugesehen, wie auf eine Straßendecke Pech gegossen wurde – eine ölige Melasse. Doch das Wort traf nicht ganz, denn Pech glitzerte und gleißte, während das Dunkel der Dunkelkammer überhaupt nichts Glänzendes an sich hatte. Als wäre es pelzig. In dem Sonett von Hopkins hieß es: *Ich wache und fühle den Balg der Nacht, nicht des Tages.* Ein Balg war eine Umhüllung mit Haaren. Hopkins in seiner Verzweiflung hatte die Empfindung, daß sein Gesicht hineingepreßt wurde. Doch selbst Pelz und Haar konnten schimmern. Das Dunkel der Dunkelkammer war ein mattes Schwarz, ein wattierter Sarg, der mit zugeschraubtem Deckel in die Erde hinabgelassen und mit anderthalb Metern Lehm bedeckt worden war. Kein Lichtstreif, kein Lichtpunkt. Keine Form. Ihre Form hatte sich völlig verflüchtigt und konnte nur durch Berührung festgestellt werden. Es war, als werde er von der Schwärze eingehüllt, sie war flach, eindimensional. Um sich zu vergewissern, daß sie nicht flach war, mußte er die Hand ausstrecken und etwas berühren. Er fand und sah die Dinge mit den Fingern. So mußten Blinde es erleben. *Schwarz, tiefschwarz, kohlschwarz im Glast des Mittags.* Schon wieder dieser verfluchte Milton.

Er fädelte die beiden Filme in die Box und goß die genaue Menge Entwicklerflüssigkeit hinzu, wobei er sich nur von seinem Tastsinn leiten ließ. Mit der Hand schwenkte er die runde Box langsam hin und her, er hörte ihr Gurgeln und lauschte auf das Ticken der Uhr. Wenn er im Dunkeln wartete, richtete er das Gesicht immer nach oben, wie eine Blume.

Was zum Teufel sollte er tun? Ihm war bei dem ganzen Betrugsmanöver nicht wohl. Er wünschte, er könnte sich in Blaises Selbstrechtfertigungsdenken hineinversetzen, aber zu solcherlei Argumenten war er noch nie in der Lage gewesen, schließlich konnte er nicht gut argumentieren, um sich *selbst* zu überzeugen. Die Gedanken, mit denen er am Morgen aufgewacht war, kreisten ihm den ganzen Tag im Kopf herum. Am Vorabend hatte er im ersten Begeisterungsrausch die Englischaufgaben durchgeschaut. Und konnte sie nicht vergessen, es war ein Ding der Unmöglichkeit. Aber die anderen hatte er sich noch gar nicht angesehen – Physik, Chemie oder Latein. Er hatte sie abgelichtet, das ja, aber wahrgenommen hatte er sie nur auf der Oberfläche, war blind für ihren Wortlaut. Er hatte sich darauf konzentriert, die Fotos richtig hinzukriegen, während die beiden anderen sich Notizen gemacht und darüber unterhalten hatten, welche Fragen denn nun eigentlich gestellt worden waren.

Martin hatte sich entschlossen, die Negative nach dem Entwickeln Blaise und Kavanagh zu übergeben und ihnen zu sagen, daß er nichts mehr damit zu tun haben wollte. Aber was, wenn Blaise recht hatte? Wenn das ganze Establishment korrupt war und ein solcher Betrug dazu beitragen würde, es zu Fall zu bringen? Veränderungen ließen sich nur durch eine Häufung von Einzelhandlungen herbeiführen. Irgendwo hatte er gelesen, daß die Fotografin Dorothea Lange die Vorstellung des Einzelbildes – die Theorie des Fotos als Schuß ins Schwarze – aufgegeben hatte: Es konnte nicht alles auf dem einen Stück Papier eingefangen werden. Besser war eine Bilderserie, noch besser ein ganzes Leben voller Bilder. Vereinfachen hieß verfälschen.

Am Vorabend hatten sie sich darauf geeinigt, daß Blaise die zugeklebten Umschläge wieder in die Schule mitnehmen würde. Es war Kavanagh gewesen, der vorgeschlagen hatte, daß Martin zur Sicherheit eine weitere Filmrolle mitbringen sollte, falls jemand wie Cousteau unangenehme Fragen stellte. Laßt mal den Film sehen, den ihr gerade entwickelt habt, Jungs. Dann wären sie erledigt gewesen. So saßen sie also umher und schnitten Gesichter, und Martin knipste sie. Um selber mit aufs Bild zu kommen, benutzte er den Selbstauslöser. Der Blitz schien das Zentrum seines Gesichtsfeldes zu einem schwarzen Loch zu versengen. Nachdem die Negative entwickelt waren und sie sich vergewissert hatten, daß sie auch wirklich in Ordnung waren, konnten die Prüfungsbögen, ganz säuberlich in ihren neuen Umschlägen, bei der erstbesten Gelegenheit wieder in die Besenkammer geschmuggelt werden, ohne daß irgend jemand es merkte.

Als das Signal des Kurzzeitweckers schrillte, erschrak er. Er goß die Entwicklerlösung aus und füllte ein Stop-Bad ein. Er wußte, daß Kavanagh den Wecker von draußen hören konnte. Er würde sich fragen, ob alles in Ordnung sei. Ob irgendwie Licht eingedrungen war. Während die Filme wässerten, ging Martin hinaus und gab Kavanagh grünes Licht. Kavanagh kam herein. Martin streifte das überschüssige Wasser auf den herabhängenden Streifen mit dem Quetscher ab und trocknete sie abschließend mit dem Fön. Er riß ein Blatt aus dem Notizblock, faltete es zu einer Art Brieftasche für die fertigen Negative und steckte sie in seine Innentasche. Genauso verfuhr er mit den Negativen von ihnen dreien beim Herumalbern.

»Zu den Donnerbalken, eine paffen.«

Es hatte bereits zur Pause geklingelt, und sie liefen über den überfüllten Schulhof.

»Worüber hat Blaise gestern abend geschwafelt, während ich mir einen abgebrochen habe, um die Aufnahmen zu machen?«

»Ach, der übliche Bombast.«

»Zum Beispiel?«

»Ausgerechnet Shelley. *Nichts, was meine Herren wußten oder lehrten, wollt' ich lernen.*«

»Shelley?«

»Blaise hält es für eine sinnvolle Annahme, zu behaupten, daß alles, was wir je gelernt haben, verkehrt ist.«

»Glaubst du das?« fragte Martin. »Das ist doch Quatsch mit Soße.«

»Ist es auch. So was sagt er nur, um dich auf die Probe zu stellen, um dich zum Nachdenken zu bringen.«

»Oder auf die Palme.«

Bei den Donnerbalken schoben sie sich zwischen den anderen hindurch zu ihrer angestammten Ecke. Einen Augenblick später traf Blaise ein. Er lächelte.

»Irgendwelche Entwicklungen?« fragte er. Er hatte eine Augenbraue, die sich wölbte und krümmte, wenn er sprach oder zuhörte. Wenn Martin etwas sagte und Blaises Augenbraue sich hochzog, wußte er, daß er verloren hatte.

»Haha.« Martin klopfte auf seine Innentasche.

»Gut.«

»Hast du die Prüfungsbögen gestern nacht zurückgebracht?« fragte Martin.

»Nein. Ich wollte sichergehen, daß die Negative in Ordnung sind.« Martins Miene mußte verraten haben, wie ihm zumute war. »Ist ja schon gut, Martin. Vertrau mir. Hör auf, dich zu sorgen. Ich bringe sie zurück, wenn der richtige Moment gekommen ist. Dann haben wir gewonnen.«

»Aber vorher noch nicht.«

»Wo sind sie jetzt?« fragte Kavanagh.

»Nicht *in,* sondern *unter* meiner Schublade. Im Schlafsaal.«

»Was meinst du damit?«

»Ein sicheres Versteck, der Spalt *unter* einer Schublade. Da bewahre ich auch das hier auf.«

Er holte einen flachen braunen Umschlag hervor und reichte ihn Kavanagh. Kavanagh öffnete ihn und spähte hinein. Er schob seine Hand hinein und zog ein kleines Foto heraus. Er wendete es, um es genauer anschauen zu können.

»Jesus.« In diesem Augenblick kam Sean McMahon, einer von Sharkeys irischen Republikanern, vorbei. Aus der Entfernung konnte er besser erkennen, um was für ein Foto es sich handelte.

»Meine Fresse«, sagte er, langte um Kavanagh herum und riß ihm das Foto aus der Hand.

»He, was soll 'n das?«

»Wo hast du das her?« rief McMahon.

»Das gehört Foley, gib das wieder her.« Kavanagh winkte mit den Fingern. »Ich hab's mir noch nicht mal angucken können.«

»Eine große Fotze – wie du«, brüllte McMahon. Er wich zurück zu der Stelle, wo Sharkey und sein Gefolge standen, bei den Kabinen rechter Hand. Kavanagh folgte ihm. McMahon streckte die Hand aus, gab das Foto an Sharkey weiter und grapschte nach dem Umschlag in Kavanaghs Hand. Es war keine richtige Prügelei. Jeder wußte, wann eine Prügelei losging – das Gewoge der Menge. Das hier war anders. Es war das reinste Gekalber, Herumgealber. Martin stand dicht neben Kavanagh.

»Was ist denn los?« Niemand schien Bescheid zu wissen. Blaise drängte sich in das Gewühl.

»Unanständige Fotos.« Ein Aufschrei.

»Laß sehen.« Kavanagh entriß Sharkey das Bild.

»Wer ist 'n das?«

»Hat die 'n Schlüpfer an?«

»Ist das deine große Schwester, Foley?«

»Kann man ihre Brustwarzen sehen?«

»Ich scheiß was auf ihre Warzen. Kann man ihre Brüste sehen?«

Blaise schrie ihnen zu, zurückzutreten. Er setzte seine Ellenbogen ein, um die Typen abzuschütteln, und versuchte, sich Platz zu verschaffen. Kavanaghs hünenhafter Körper schirmte Blaise vor der Bande, die auf ihn losging. Beide verstellten den Eingang zu der Kabine.

»Es ist nichts«, sagte Blaise. Kavanagh senkte die Stimme.

»Was ist das?«

»Nur ein paar Bilder. Zurück.« Blaise holte aus, als wolle er nach dem Menschenknäuel treten. Kavanagh assistierte ihm.

»Pöbel, hinweg«, schrie er und stieß sie zurück. *»Ihr Blöck'! ihr Steine! schlimmer als gefühllos!«*

»Was geht da vor sich?« schrie Martin von hinten. Kavanagh, der immer noch den braunen Umschlag und das Bild, das er

Sharkey wieder abgenommen hatte, an sich preßte, zog Martin und Blaise in die Kabine, schlug die Tür zu und verriegelte sie. Die Draußengebliebenen hämmerten mit den flachen Händen gegen die Tür. Jemand brüllte: »Die haben sich zum Wichsen eingeschlossen.«

»Gib uns den Barabbam.«

Kavanagh griff in den Umschlag und zog einen kleinen Stoß Bilder heraus. »Was haben wir denn da?«

»Das sind richtige Abzüge. Das sind keine Bilder aus einem FKK-Magazin«, sagte Blaise.

Die Bilder waren in Schwarzweiß. Blaise stellte einen Fuß auf den Porzellanrand des Klosettbeckens, während sich die beiden anderen Jungen die Fotos ansahen. Martin hatte die Hand ausgestreckt und wartete darauf, daß Kavanagh ihm das nächste Bild reichte.

»Hey«, sagte Kavanagh. Martin betrachtete das Foto. Zuerst konnte er nichts erkennen. Dann merkte er, daß es ein nacktes Mädchen war. Sie hatte die Beine in der Luft.

»Die hat ja Hängebrüste«, sagte Martin.

»Hast du ein Vergrößerungsglas dabei?« fragte Kavanagh.

»So was kriegt ihr nicht alle Tage zu sehen, was? Im *Playboy* findet ihr so was nicht«, sagte Blaise. Kavanagh blätterte die Fotos durch. Ein anderes Mädchen hatte die Beine weit auseinandergespreizt. Andere Fotos waren Nahaufnahmen. Keine Gesichter. Die anderen Jungen schlugen immer noch an die Tür und brüllten.

»Halt«, sagte Martin. Er war sich nicht sicher, was er da betrachtete. »Wer hat die aufgenommen?«

»Ein Gynäkologe«, antwortete Kavanagh.

»Was macht die da?«

»Woher soll ich das wissen?«

»Und was ist das?«

»Jedenfalls keine sehr gute Qualität«, sagte Martin.

»Verpiß dich, Cartier-Bresson«, sagte Blaise. »Was für einen Unterschied macht das?«

»Wenn es gute Qualität wäre, könntest du mehr sehen.«

»Ich möchte weniger sehen«, sagte Kavanagh. »Menschenskinder, Blaise. Wo hast du das Zeug her?« Blaise zuckte mit den Achseln. Martin entriegelte die Tür.

»Wo willst du hin, Martin?« fragte Kavanagh. Martin reichte Kavanagh die Bilder, die sie sich angesehen hatten. Kavanagh stopfte sie wieder in den Umschlag.

»Danach muß ich erst mal eine rauchen.« Martin konnte nicht aus der beengten Zelle hinaus, ehe Kavanagh sich vom Fleck rührte. Kavanagh warf erst noch einen Blick auf die letzten beiden Fotos, die er noch nicht angeschaut hatte. Ein Mädchen, das über einer Schüssel hockte und grinsend in die Kamera blickte. Was immer aus ihr herauskam, kam in Tröpfchen.

»Verfluchte Scheiße«, sagte er, knüllte sie zusammen und warf sie in die Toilette.

»Was fällt dir ein?« Blaise versuchte, die Bilder zu retten, besann sich aber eines Besseren. Im Klosettbecken waren braune Streifen zu sehen. Er schürzte die Lippen vor Ekel, als er sich vorbeugte. Kavanagh griff nach der Kette und zog. Die Toilettenspülung rauschte.

»Das war mein Eigentum«, sagte Blaise.

»Kannst du wiederhaben«, sagte Kavanagh. Er reichte Blaise den Umschlag mit den Bildern. Martin zog die Tür auf, und Kavanagh schubste Blaise in die Menge. Sie schoben sich hinter ihm hinaus und kämpften sich durch die Meute, die immer noch lautstark nach den Bildern verlangte. Als Martin wieder vor den Waschbecken stand, zündete er sich seine letzte Zigarette an.

»Die habe ich mir für den Nachmittag aufbewahrt.« Er zerknautschte die Schachtel und warf sie weg. Kavanagh schüttelte den Kopf.

»Das Zeug taugt ja nicht mal als Wichsvorlage.«

Blaise senkte die Schulter und bahnte sich einen Weg durch die Menge, verfolgt von Jungen, die immer noch auf einen Blick scharf waren.

Zehntes Kapitel

TAGE DER INQUISITION

Am Nachmittag ging während einer Doppelstunde Physik die Tür auf, und Condor kam herein. Im Flüsterton unterhielt er sich mit Cousteau, dessen Gesichtsausdruck plötzlich sehr ernst wurde. Er wandte sich den Jungen zu.

»Der Disziplinarleiter bittet um Ihre Aufmerksamkeit.«

»Ist er uns auf die Schliche gekommen?« fragte Kavanagh Martin über seine Schulter. Martin mußte schlucken. Die Negative in seiner Innentasche brannten sich in seine Rippen. Condor baute sich vor der Klasse auf und musterte kurz jeden der Jungen, bevor er zu sprechen begann. Er bewegte den Kopf hin und her und ging jede einzelne Bankreihe durch. Er sah tatsächlich so aus, als habe er ihnen eine schreckliche Nachricht zu übermitteln. Wie etwa die Ermordung Kennedys. Als er zu sprechen anhob, richtete er seine Worte an den Fußboden.

»Ich bin nun schon seit – oh, seit zwanzig Jahren – Lehrer, so lange bin ich schon mit Jungen zusammen – nein, noch länger, wenn ich meine eigenen Jugendjahre hinzurechne. Und es macht mir Freude. Große Freude. Ich mag Jungen. Ich habe den größten Respekt vor ihnen. Es macht mich stolz, mit ihnen Umgang haben zu dürfen. Doch manchmal geschieht etwas ... etwas, das mich zweifeln läßt. Und wenn mir an etwas so Grundsätzlichem wie meiner Bewunderung für junge Männer Zweifel kommen, ist das eine äußerst ernste Sache. An dieser Schule, einem katholischen Gymnasium, geht etwas vor, das mir allergrößte Sorge bereitet. Ich bin verzweifelt, und wenn es mir so geht, sollten die Alarmglocken läuten. Denn ich weiß, eine Angelegenheit von so enormer Bedeutung werde ich bis ans Ende der Welt verfolgen.« Martin wagte nicht, sich zu rühren. Er wollte Kavanagh sagen, daß das Spiel aus sei, doch konnte er es ihm nicht hinter vorgehaltener Hand zuflüstern. Condor entging nichts. Er hörte noch das leiseste Wispern. Martin zitterte, aber er wollte sich Kavanagh anvertrauen. Es kam ihm in den Sinn, etwas auf das Blatt vor ihm zu schreiben, das Kavanagh lesen könnte, etwa: *Er weiß es.* Doch Condor würde ihm gewaltig aufs Dach steigen: *Was meint Brennan in dem Moment aufschreiben zu müssen, wo ich seine ungeteilte Aufmerksamkeit verlange?* Es war verrückt. *Und was genau weiß ich denn?* So blieb Martin unbeweglich sitzen und starrte auf sein Pult.

»Ich werde jeden Stein umdrehen. Was immer für Ungeziefer darunter zum Vorschein kommen mag. Ich möchte jeden Oberstufenschüler in meinem Büro sprechen. Unter vier Augen. In alphabetischer Reihenfolge. Brennan, Sie machen den Anfang.« Ach, du liebe Scheiße. Condor wandte den Blick nicht von ihm ab, sondern starrte ihn durchdringend an. Er stieß die Klassenzimmertür auf und forderte Martin mit einer Armbewegung auf, das Zimmer zu verlassen. Martin trat durch die Bankreihen hinaus auf den Korridor. Er hatte keine Gelegenheit, Kavanagh die Negative zuzustecken.

Schweigend liefen sie den Korridor entlang. Condor ging einen halben Schritt hinter ihm. Beim Ausschreiten raschelte seine Soutane. Martin dachte daran, Condor vorgehen zu lassen und die Negative hinter einen der Heizkörper zu schieben. Er befühlte sie in der Innentasche seines Blazers, doch in diesem Augenblick sagte Condor: »Legen Sie einen Schritt zu, Brennan, wir haben nicht den ganzen Tag Zeit.« Als sie die Treppe hinaufstiegen, überholte Condor ihn. Ob er die Negative wohl übers Geländer werfen konnte, ohne daß Condor es merkte? Wenn er ihn dabei ertappte, wäre alles aus. *Was ist denn das? Das wollen wir uns doch mal genauer ansehen.* Da könnte er den Negativen auch gleich hinterherspringen. Kopfüber. Auf dem Terrazzoboden zu Matsch werden.

Vor der Tür zu seinem Zimmer langte Condor in die Tasche

und zog seinen Schlüsselbund hervor. Seine Schuhe quietschten auf dem Linoleum. Er wählte den Schlüssel mit dem gelben Plastiküberzug. Als er sich bückte, um die Tür aufzuschließen, beugte er sich zu Martin und schnupperte. Martin trat einen Schritt zurück.

»Sie rauchen, Brennan?«

»Nein, Hochwürden.«

»Das glauben Sie doch selbst nicht. Ich kann es meilenweit riechen. Habe ich Sie nicht in diesem Zimmer dafür bestraft?«

»Ich habe das Rauchen aufgegeben, Hochwürden.« Martins einziger Trost war, daß er keine Zigaretten bei sich hatte. Mit einem Klirren und Klimpern des Schlüsselbunds sperrte der Priester die Tür auf. Er steckte die Schlüssel wieder in die Tasche und knipste das Licht an.

»Sie sind doch der Fotograf, nicht wahr?«

»Es ist mein Wahlfach, Hochwürden.« Condor ließ sich auf dem Schreibtischsessel nieder. Martin blieb ihm gegenüber stehen. Schon wieder mußte er den Arsch zukneifen, damit er sich nicht in die Hosen schiß. Der Mistkerl wußte Bescheid. Martin spürte, wie seine Gedärme sich verflüssigten. Condor wiegte sich auf seinem Sessel. Unter seinem Gewicht gab dieser leise Tick- und Klick-Geräusche von sich, wie eine Feder, die man zusammenpreßt.

»Zeit für eine Leibesvisitation«, sagte der Priester.

Verdammte Scheiße, wie hatte er es nur herausbekommen? Irgendwie hatte er es in Erfahrung gebracht. Hatte Blaise sie verpfiffen? Martin leerte die Taschen seines Blazers. Ein Taschentuch, nicht mehr das sauberste, ein Heftchen Papierstreichhölzer.

»So, so, Sie haben das Rauchen also aufgegeben?«

»Es sind nur ein paar Streichhölzer.«

»Heute ist es mir nicht um Raucher zu tun. Es geht um ernstere Dinge. Was haben Sie in den Hosentaschen?« Martin steckte die Hände in die Hosentaschen. Man hörte Münzen klimpern. Er zog einige Kupfer- und Silbermünzen hervor, und plötzlich, verflucht noch mal!, hatte er den Sicherheitsschlüssel zur Besenkammer in der Hand. Er breitete den Inhalt seiner Hand auf dem Schreibtisch aus. Condor ging ihn flüchtig durch. Der Schlüssel sah aus wie jeder andere Sicherheitsschlüssel auch. Daraufhin deutete der Priester mit dem Zeigefinger auf seine Hosentaschen. Martin zog das Futter heraus. Er wußte, wo die Toilette war, doch wenn er jetzt austreten wollte, würde er sich verraten. Würde beweisen, daß er sich vor Angst in die Hose machte. Daß er wußte, wo sich das Scheißhaus befand, hinter dem Schlafzimmer.

»In Ordnung«, sagte Condor. Martin sammelte den Schlüssel und seine Münzen ein und verstaute sie wieder in seinen Hosentaschen. »Was ist mit der Innentasche?« Martin klopfte sacht dagegen. Er war verpetzt worden, bis hin zur betreffenden Tasche. »Ist da was drin?« Martin zuckte mit den Schultern und spannte seine Muskeln an. Condor stand auf, als mache er Anstalten, ihn zu durchsuchen.

»Nur ein paar Negative, ich hab sie heute morgen entwickelt, Hochwürden.« Er versuchte, das Zittern seiner Stimme zu unterdrücken. Gleichzeitig zog er seinen Schließmuskel zusammen.

»Negative! Lassen Sie mal sehen.«

Martin nahm die gefalteten Notizheftseiten aus seiner Innentasche und legte sie auf den Schreibtisch. Seine Knie zitterten, doch nicht so sehr, daß man es sah. Condor lehnte sich vor. Er faltete eine Seite auseinander und erblickte die Zelluloidstreifen. Er griff nach dem obersten.

»An den Rändern, Hochwürden.«

»Ich weiß, ich weiß.« Er klang verärgert. Mit spitzen Fingern hob er den Streifen an den gelochten Rändern auf und hielt ihn gegen das Licht, das durchs Fenster einfiel. »Was sind das für Aufnahmen?«

»Seiten eines Buches.«

»Was für eines Buches?«

»Eines Buches über *Macbeth* von Caroline Spurgeon. Ein Essay.« Condor starrte ihn mit haßerfülltem, ungläubigem Blick an. »Ein Buch aus der Bibliothek, das ich zurückbringen mußte.«

Condor setzte sich wieder hin. Der Sessel ächzte, als er sein Gewicht verlagerte. Er wandte den Blick von Martins Gesicht und nahm einen weiteren Streifen zur Hand, transparente Rechtecke mit nicht zu entziffernden schwarzen Quadraten. Er weiß es nicht. Verdammt noch mal, er weiß nicht, was er da anschaut. Er hat nicht die leiseste Ahnung. Condor befingerte die Negative, öffnete die zweite zusammengefaltete Seite und erblickte Negative, die anders aussahen. Er beugte sich vor.

»Was sind das für Aufnahmen?«

»Schnappschüsse, Hochwürden. Albereien.« Condor schaltete seine Schreibtischlampe ein und hielt den schwarzen Streifen dicht an die Glühbirne. Er starrte auf die schwarzen Gesichter.

»Von wem?«

»Kavanagh. Foley.«

»Sind Sie mit dem Neuen befreundet?«

»Ein bißchen. Eigentlich nicht. Er ist noch nicht sehr lange hier.«

»Wer ist der dritte?« Condor neigte seinen Kopf hin und her und versuchte die Person auszumachen.

»Das bin ich. Auf einigen Bildern bin auch ich drauf. Die Kamera hat einen Selbstauslöser.«

»Versuchen Sie nicht, mich mit Fachwissen einzuwickeln.« Er ließ das Negativ sinken und schaute Martin lange Zeit an. Es kam ihm wie eine Ewigkeit vor.

»Es bedeutet, daß man um die Kamera herumrennen und selbst mit ins Bild kommen kann.« Condor starrte ihn immer noch an. »Dann leuchtet ein kleines rotes Licht auf.« Condor legte das Negativ wieder zu den übrigen in dem gefalteten Papier. Nachdem er sämtliche Zelluloidstreifen untersucht hatte, lehnte er sich in seinen Sessel zurück. Es klang wie das Knistern von Silberpapier. Er griff in den Schlitz seiner Soutane, der zu seiner Innentasche führte, und holte eine durchsichtige Plastiktüte hervor, in der sich eine weitereTüte aus braunem Papier befand. Sie wies dunkle Feuchtigkeits- oder Fettflecken auf. Er nahm sie heraus und legte sie auf die Löschpapierunterlage seines Schreibtisches.

»Wenn Sie rauchen – und ich weiß, daß Sie das tun –, werden Sie wohl Ihrer Sucht im WC-Trakt gefrönt haben, in der Großen Pause, stimmt's oder nicht?«

»Ich bin in der Pause rübergegangen, Hochwürden. Um mich mit einigen von den Jungs zu treffen. Der Rauch setzt sich in der Kleidung fest.«

»Also, wer hat denn nun geraucht?«

Martin zuckte mit den Schultern. »Hab ich nicht gesehen, Hochwürden.«

»Haben Sie sonst irgend etwas gesehen? Ist Ihnen irgend etwas Ungewöhnliches aufgefallen?«

Martin zuckte mit den Schultern und schüttelte den Kopf.

»Gab es ein Scharmützel?«

»Ein was, Hochwürden?«

»Einen Streit, eine Kabbelei?«

»Nein, Hochwürden.«

Condor zog die Schublade seines Schreibtisches auf. Er durchstöberte ihren Inhalt – Federhalter, Bleistifte, Büroklammern –, bis er eine Laborpinzette fand. Mit der einen Hand griff er nach der Papiertüte und öffnete sie. Dann zupfte er mit der Pinzette ein Stück zusammengeknülltes Toilettenpapier heraus.

»Während meiner Inspektionsrunde habe ich dies hier gefunden. Haben Sie so etwas schon einmal gesehen?« Mit Hilfe der Pinzette faltete er die Lagen des Toilettenpapiers auseinander. Eingewickelt in das Toilettenpapier waren zwei zerknitterte und feuchte Schwarzweißfotos. Offenbar waren die verdammten Dinger nicht weggespült worden. Martin versuchte, sich lässig zu geben. Er beugte den Oberkörper vor.

»Was ist das?«

»Das reicht.« Bevor Martin irgendwelche Einzelheiten erkennen konnte, hatte Condor sie mit dem Toilettenpapier zugedeckt. »Sie haben derartige Fotos also noch nie zu Gesicht bekommen?«

»Nein, Hochwürden. Habe ich nicht... Was gibt's denn darauf zu sehen?«

»Das tut nichts zur Sache.« Condor schaute Martin mit steinerner Miene an. Sein Blick tastete das ganze Gesicht des Jungen ab, prüfte es auf Wahrhaftigkeit. Martin versuchte, nicht zurückzuzucken und nicht zu erröten. Er wußte nicht, worauf er seinen Blick ruhen lassen sollte. Er war nicht gut darin. Er entschied sich dafür, daß das Gefährlichste in diesem Fall das Beste sei, und starrte das Toilettenpapier auf dem Schreibtisch an, als sei er neugierig. Condor biß sich auf die Lippe, dann sagte er: »Wenn jemand diese Bilder weggespült hätte, hätten Sie's bemerkt, nicht wahr, Brennan?«

»Ja, Hochwürden. Nein, ich meine – vielleicht auch nicht.«

»Nun?«

»Ich weiß nicht, worauf Sie hinauswollen, Hochwürden. Ich weiß überhaupt nicht, worum es hier geht.«

Condor lehnte sich vor und stützte seine Ellbogen auf den Schreibtisch. Er wechselte den Tonfall. Er versuchte, nicht wie ein Lehrer zu klingen, sondern so, als wäre er Martins Freund.

»Es geht hier nicht um... schlechtes Benehmen. Es geht um etwas *so* Schwerwiegendes, daß ... mir die Worte fehlen. Es geht um... die unsterbliche Seele. Nein, es geht um *mehr* als das. Um die unsterblichen Seelen von 562 Jungen. Begreifen Sie jetzt, worauf ich hinauswill?«

Martin nickte. Aber er versuchte, verwirrt auszusehen, um Condor davon zu überzeugen, daß er von der Angelegenheit nichts wußte.

»Es geht hier nicht darum, andere zu verpfeifen. Es geht um das ewige Schicksal von Menschenseelen.«

»Ich habe keine Ahnung, Hochwürden.« Der Priester ging daran, die Fotos mit der Pinzette wieder in die braune Papiertüte zu stecken. »Wirklich nicht die geringste Ahnung.«

»Ich möchte, daß Sie mit *niemandem* darüber sprechen. Haben Sie mich verstanden, Brennan?«

»Ja, Hochwürden.«

»Wenn Sie jedoch auch nur die geringste Kleinigkeit erfahren, möchte ich es wissen. Es gibt keine Belohnung außer der Befriedigung zu wissen, daß Sie eine gute Tat vollbracht haben.« Condor ließ seine Hände in die Taschen gleiten und lehnte sich in seinem Sessel zurück. »Stimmt es, daß Vater Farquharson bei Ihnen zu Hause ein- und ausgeht?« Martin nickte. »Ihre Mutter ist eine alleinstehende Frau, es wäre schrecklich für sie herauszufinden, daß Sie mit so etwas zu tun haben.«

»Aber das habe ich nicht.« Condor starrte ihn lange an, so lange, daß Martin begann, still vor sich hin zu zählen: der Priester ist ein Arsch eins, der Priester ist ein Arsch zwei, der Priester ist ein Arsch drei...

»Zurück in die Klasse mit Ihnen. Und schicken Sie den nächsten herein.«

Während er zum Klassenzimmer zurückeilte, blickte Martin aus den Korridorfenstern. Im Mittelkreis des Wee Field saß ein Schwarm Möwen, die alle zu den Handballplätzen schauten. Einige flogen auf und umkreisten die Torpfosten. Noch durch das Glas der Fensterscheibe konnte er ihre mechanischen Schreie hören. Er fragte sich, wie es aussähe, wenn er wieder in die Klasse zurückkäme. Coyle hatte eine Woche lang nicht am Unterricht teilgenommen. Wenn er sagte: »Foley, er will dich sprechen«, würde jeder annehmen, er hätte gepetzt, jeder wäre überzeugt, er hätte Blaise verpfiffen.

Als er die Tür öffnete, schauten sämtliche Schüler, die sich auf ihre Arbeit konzentrierten, zu ihm auf. Aller Augen ruhten auf ihm. In der Stille des Klassenzimmers konnte er noch immer die Möwen hören. Er trat auf den Lehrer zu und sagte: »Wer immer als nächster dran ist.« Cousteau konsultierte das Klassenbuch.

»Coyle.«

»Nicht da, Sir.«

»Foley«, sagte er. Blaise erhob sich von einer Bank auf der gegenüberliegenden Seite des Klassenzimmers und ging hinaus.

Martin rutschte wieder auf seinen Platz. Kavanagh drehte sich halb zu ihm herum und zog eine Augenbraue hoch.

»Später«, sagte Martin mit Lippensprache. Die Stunde würde in wenigen Minuten zu Ende sein. Die Pausenklingel ertönte. Alle strömten nach draußen auf den Flur. Kavanagh konnte es kaum abwarten.

»Also, was hat er von dir gewollt?«

»Die Schmuddelfotos.« Kavanagh pfiff durch die Zähne.

»Nicht die Prüfungsbögen?«

»Nein, aber...«

»Was weiß er?«

»Er hatte die Scheißdinger bei sich. In seiner Tasche. Eingewickelt in Toilettenpapier, obwohl ich keine Ahnung habe, woher er das blöde Toilettenpapier hat. Da drüben gibt's doch nie welches. Die Blätter müssen im Klo geschwommen haben. Jedenfalls sind sie nicht weggespült worden.«

»Was für 'ne Scheiße.« Kavanagh schüttelte den Kopf.

»Du wirst es nicht glauben. Er hat mich durchsucht. Jede einzelne Tasche. Und der Oberarsch hat doch glatt die Negative von den Prüfungsbögen gesehen. Aber er hat nicht geschnallt, was er da vor sich hatte.«

»Jesus.« Kavanagh tat, als sinke er in Ohnmacht.

»Er hat sie gegens Licht gehalten.« Martin imitierte Condors Armbewegung.

»Und er hat echt nicht durchgeblickt?«

»Nein.«

»Welche von den Schmuddelbildern hat er denn gefunden?«

»Konnte ich nicht sehen. Aber ich vermute, es waren die, die du ins Klo geworfen hast, sie waren feucht. Er muß ihnen nachgetaucht sein.«

»Cousteau der Zweite«, sagte Kavanagh und pfiff durch die Zähne. Sie gingen zusammen zu der Treppe, die Blaise herunterkommen würde, wenn er aus Condors Zimmer trat.

»Die Fotos waren wirklich das Letzte. Himmel, der wird komplett durchdrehen.«

»Total überschnappen.«

»Jede Wette.«

»Uns scharf rannehmen.«

»Kannst du ihn dir vorstellen, wie er die Fotos von den Mädchen im Klo gefunden hat, mit dem Gesicht nach oben schwimmend?«

»Wohl eher mit der Fotze nach oben.« Beide lachten. Dann wurden sie wieder ernst.

»Glaubst du, Blaise wird ihm standhalten?« fragte Martin.

»Klar, bei einigen anderen bin ich mir da nicht so sicher.«

»Bei wem?«

»Da waren 'ne ganze Menge Leute dabei. Jeder hat's mitbekommen.«

»Aber wer würde singen?«

»Sharkey und seine Clique sind nicht gerade gut auf Blaise zu sprechen.«

»Aber die würden doch wohl dichthalten?«

Kavanagh zuckte mit den Achseln.

»Vielleicht. Vielleicht auch nicht.« Sie saßen auf einem Fensterbrett am Fuß der Treppe und warteten. Martin starrte auf seine abgewetzten Schuhe. Als die Treppe knarrte, schauten beide auf. Blaise kam allein die Treppe hinunter. Er zog eine Hand auf dem Geländer hinter sich her. Martin und Kavanagh warteten.

Blaise sagte: »Der Typ ist ein totaler Dummfick.« Am Fuß der Treppe bog er in den Korridor. Zu dritt gingen sie den Korridor entlang. »Zweimal hat er mir mit ewiger Verdammnis gedroht. Als das nicht die gewünschte Wirkung zeigte, hat er's mit der Polizei versucht. So wie man einem Kind mit dem Schwarzen Mann droht. Meinte, daß ich hinter der Sache stecke, wegen meiner Vergangenheit.«

»Nun ja, recht hat er, oder?«

Blaise ignorierte Martin.

»In einem bin ich mir vollkommen sicher«, sagte Blaise, »die Polizei herbeizurufen wäre das letzte, was er je tun würde. Könnt ihr euch vorstellen, daß er das tun würde? Diesen Haufen protestantischer Drecksäcke zu bitten, der Sache auf den Grund zu gehen? Ihnen freie Hand zu geben? Das möchte ich erleben!«

»Hattest du irgendwelche von den Schmuddelfotos bei dir? Hat er dich gefilzt?«

»Bist du bescheuert?«

»Wo hast du sie hingetan?«

»Zu den Prüfungsbögen.«

»Wann?«

»In der Mittagspause.«

»Ach, du liebe Scheiße.«

»Was hat er gesagt?« fragte Kavanagh.

»Nichts von Bedeutung.«

»Hat er sich nach meinen Negativen erkundigt?« wollte Martin wissen.

»Nein.«

»Also weiß er nichts.«

»Wie sollte er auch?«

»Jemand hätte feststellen können, daß die Prüfungsbögen fehlen.«

»Bist du bescheuert?« sagte Blaise. »Zwei Dummficks unter einem Dach ...«

»Eins ist klar, wir müssen die Umschläge noch heute nacht zurückbringen.«

»Ja. Da hat er recht«, sagte Kavanagh. »Wir würden alle wesentlich besser schlafen.«

»Was hat er sonst noch gesagt?« fragte Martin. Blaise zuckte mit den Schultern.

»Wollt ihr wissen, was ich ihm gesagt habe?« Sie nickten.

»Ich habe ihm gesagt, daß ich zwar im Sinne der Anklage unschuldig sei, aber stolz darauf, des öfteren das schwarze Schaf abzugeben.«

»Hast du nicht.«

»Du lügst wie gedruckt.«

»Und dann habe ich ihm noch gesagt: ›Alle anderen Schafe

sind fromm; das schwarze Schaf lehrt sie, selbständig zu denken. Und wenn Sie weiter so auf Ihrem fetten Arsch herumsitzen, hau ich Ihnen eins in die Fresse, daß Ihnen die Lust an schwarzen Schafen für den Rest Ihres Lebens vergeht...‹«

Kavanagh und Martin lachten. Blaise grinste und sagte: »Als nächsten möchte er Gallagher sprechen. Habt ihr eine Ahnung, wo der steckt?«

Beim Abendessen starrte Martins Mutter ihn an.

»Fehlt dir was?«

»Nein.«

»Du bist so schweigsam.« Er zuckte mit den Achseln und kaute weiter. »Du mußt dich hinter die Prüfungsvorbereitungen klemmen, die Ärmel hochkrempeln, es dauert nicht mehr lange.«

»Das hatte ich auch vor.« Er konnte es nicht ertragen, wenn sie ihm auftrug, etwas zu tun, das er sich ohnehin vorgenommen hatte. Und das passierte ständig. Es sah so aus, als würde er immer nur ihr gehorchen. »Soll ich das Geschirr abwaschen?«

»Nein, es sind ja nur ein paar Teller«, sagte sie. »Das besorge ich schon selbst. Geh du nur an deine Arbeit.« Er trank seinen Tee bis zur Neige, gerade so weit, daß er keine Teeblätter in den Mund bekam, und stand vom Tisch auf. Sie blieb sitzen und musterte ihn.

»Darf ich aufstehen?« sagte sie.

»Darf ich aufstehen?« sagte er. Er wollte sie spüren lassen, daß er verärgert war. »Wir sind doch nur zu zweit. Du siehst doch, daß ich fertig bin.«

»Der wahre Gentleman benutzt das Buttermesser auch dann, wenn er allein ist. *Besonders,* wenn er allein ist.« Naserümpfend schaute sie an ihm herauf. »Und was, wenn ich fragen darf, sind deine Pläne für heute abend?«

»Pauken.«

»Wo?«

»Hier.«

»Gott sei Dank. In der Bibliothek scheinen sich nur Mädchen aufzuhalten, die dich ablenken. Sprichst du jemals das Gebet, das ich dir gegeben habe?«

»Ja.«

Er suchte seine Bücher zusammen, legte sie auf ein altes Reißbrett und trug sie in die gute Stube zu dem Sessel, in dem Vater Farquharson bei seinen Besuchen saß. Weil er der Aufrechteste sei. Er stand neben der Porzellanvitrine und hatte eine gerade Rückenlehne und Armlehnen aus Holz. Martin setzte sich und legte das Reißbrett über die Armlehnen. Er saß da wie ein Baby auf seinem Hochstuhl. Die Oberfläche des Reißbretts war zerfurcht. Es wurde häufig als Schneidebrett benutzt. Die Einschnitte waren so tief, daß er, wenn er darauf schrieb, immer eine Unterlage benötigte, damit sich die Rillen nicht durchdrückten und ihn beim Schreiben behinderten. Das Gebet seiner Mutter steckte hinten in seinem Hausaufgabenheft. Als er es herausnahm, hatte es ebenfalls die Wölbung seines Hinterteils angenommen. Er hatte keine besondere Lust, es zu lesen, denn wenn er es tat, gehorchte er ihr ja schon wieder, doch seine Augen glitten die Zeilen entlang:

Schülergebet zum heiligen Antonius

Glorreicher heiliger Antonius, der du voll der göttlichen Weisheit der Heiligen bist, ich stelle mein Lernen unter deinen Schutz. Laß mein Wissen nach deinem Vorbild im Herzen Jesu und im Herzen Mariens gegründet sein. Mit Hilfe deiner Gebete will ich versuchen, mein Lernen mit reiner Absicht und im Geist der Buße als Pflicht auf mich zu nehmen. Erflehe vom Vater des Lichts, Er möge mir eine schnelle Auffassungsgabe, ein sicheres Urteil und ein gutes Gedächtnis gewähren. Erwirke für mich die Gnade, mit Methode, Ausdauer und Geduld zu arbeiten, um die Gaben zu entwickeln, die ich von Gott empfangen habe, und sie zu Seinem höheren Ruhme einzusetzen. Bitte Gott, meine Bemühungen zu segnen, auf daß ich meine Prüfungen bestehen und bei allem Erfolg stets demütig bleiben möge. Amen.

Warum nur waren Gebete immer in einer so antiquierten Sprache abgefaßt? Voller Wörter wie *glorreich* und *erflehen* und *gewähren,* die man sonst nie verwendete? Das G von *glorreich* war riesig und farbig verziert wie eine Seite aus dem *Buch von Kells.* Er dachte daran, das verschlungene Muster abzuzeichnen. Es würde ihm schwerfallen – eine Art Gitterwerk, um das sich Weinblätter rankten. Mit dem Bleistift führte er ein paar Striche aus. Doch man benötigte verschiedene Farben, um die einzelnen Elemente deutlich voneinander abzuheben. Er ermahnte sich. Das blöde Gebet lenkte ihn bloß von seiner Arbeit ab. Mit einiger Entschlossenheit steckte er es wieder in die letzte Seite seines Aufgabenhefts. Was nun?

Er wußte, daß mit Sicherheit eine Frage zu *Macbeth* vorkommen würde. Zu Beginn des Schuljahres hatte er einen Aufsatz über die Bildersprache des Stücks geschrieben und ein B++ dafür bekommen, seine schulische Bestleistung. Die von Caroline Spurgeon gestellte Frage spielte ihm also genau die richtigen Karten zu. Er begann damit, noch einmal seine Antwort durchzulesen, in der Hoffnung, sie sich einprägen und in der Prüfung Wort für Wort wiedergeben zu können:

Lady Macbeth ist die Übeltäterin. Sie stiftet Macbeth an. Sie sagt: »Füllt mich vom Wirbel bis zur Zeh', randvoll, mit wilder Grausamkeit.«

Er würde die Fragen zu Milton und Hopkins beantworten müssen. Doch was für einen Sinn hatte das? Er konnte ja nicht beurteilen, ob seine Aufsätze gut oder der reinste Schwachsinn waren. Wenn er, um zu erfahren, ob sie etwas taugten, das Ergebnis seiner Bemühungen dem Englischlehrer zeigte und sämtliche Fragen anschließend in den Prüfungsbögen vorkämen, sähe das ziemlich verdächtig aus. *Haben Sie etwa eine Kristallkugel, Brennan?*

Er war eben ein hoffnungsloser Fall, wenn es ans Büffeln ging. Immer wieder mußte er denselben Satz von vorn durchlesen. Aber er war entschlossen, daß ihm das heute abend nicht widerfahren würde. Er nahm einen Kugelschreiber zur Hand und prüfte, ob er funktionierte. Ja, er funktionierte. Oben auf der Seite hinterließ er eine blaue Schlangenlinie. Martin holte seine Ausgabe von *Macbeth* hervor und begann, darin zu blättern. Doch er wußte nicht, wo er anfangen sollte. Er setzte den Kugelschreiber wieder auf die Schlangenlinie und verlängerte sie nach vorn und hinten, bis sie aussah wie ein Knäuel Stacheldraht. Nach und nach wurde etwas Interessanteres daraus. Teile davon malte er aus, fügte Dreiecke und Schatten hinzu. Allmählich entstand in der oberen Ecke seiner Seite ein abstraktes Kunstwerk. Zum Ausmalen verwendete er andere Farben, das Schwarz des Bleistifts, die rote Tinte des Kugelschreibers. In seiner Federmappe aus Plastik hatte er einen grünen Kugelschreiber. Wenn sie fertig war – obwohl man nie sagen konnte, wann eine Kritzelei fertig war –, konnte man sie sich immer wieder vornehmen. Er sollte noch eine Tasse Tee trinken, bevor er anfing. Nach dem Tee würde er richtig loslegen. Der Tee würde seine Konzentration steigern.

»Wozu in Gottes Namen willst du denn jetzt schon wieder Tee? Hast du nicht eben erst deinen Tee getrunken?« Er setzte eine neue Kanne auf, goß sich einen Becher ein und trug ihn ins Wohnzimmer. Er trank etwas davon ab, damit die Tasse nicht so voll war, aber der Tee war zu heiß zum Schlucken. Inzwischen hatte er den Dreh heraus, wie er sich in den Sessel quetschen mußte.

1. Tasse zwischen den Büchern und Notizen aufs Reißbrett stellen und aufpassen, daß er sie nicht verschüttete und seinen Aufsatz bekleckerte.
2. Brett vorsichtig anheben.
3. Langsame Drehung um die eigene Achse.
4. Sich rückwärts in den Sessel setzen, dabei das Brett waagerecht halten und die Tasse balancieren.
5. Tee trinken.
6. Büffelei fortsetzen.

Er war fest entschlossen, daß er diesmal etwas ausrichten würde. Irgend etwas würde in seinen harten Schädel hineingehen. *Erwirke für mich die Gnade, mit Methode, Ausdauer und Geduld zu arbeiten.*

Er fand, daß es ihm half, wenn er in den Büchern Sätze unterstrich. Damit er die Unterstreichungen hinterher, wenn er das Buch zurückgeben mußte, wieder ausradieren konnte, verwendete er einen Bleistift. Doch dann kam es manchmal vor, daß er fast die ganze Seite unterstrich. Das war natürlich witzlos. Weil sein Blick dann von der einen Zeile angezogen wurde, die nicht unterstrichen war. Von der Zeile, die unwichtig war. Dann hätte er das Unterstreichen auch gleich seinlassen können. Dennoch unterstrich er einiges in seiner *Macbeth*-Ausgabe, hinten in den Essays. Nach einer Weile wandte er sich wieder seinem eigenen handschriftlichen Aufsatz zu. Die Handschrift war häßlich und neigte sich nach links. Er hatte die Ellbogen aufs Brett gestützt und den Kopf auf die Hände gelegt. Er starrte auf den Text. Die Wörter sahen aus, als seien sie auf dem Grund eines Flusses geschrieben, und flimmerten ihm vor den Augen. Ständig ging ihm durch den Sinn, daß er die Prüfungsbögen gestohlen hatte. Er kam sich schlecht vor. Alles Mogelei. Aus Sicherheitsgründen hatten sie sich darauf geeinigt, daß niemand von ihnen die Fragen abschreiben durfte. Man konnte sie mit einer großen Lupe lesen oder indem man das Dia an die Wand warf. Für den heutigen Abend hatte er die Negative Kavanagh überlassen. Das gab ihm etwas Luft. Heute abend würde er sich ganz dem Büffeln widmen. Er trank seinen Tee aus und versuchte, sich zu konzentrieren.

Lady Macbeth ist die Übeltäterin. Sie stiftet Macbeth an. Sie sagt: »Füllt mich vom Wirbel bis zur Zeh', randvoll, mit wilder Grausamkeit.«

Seine Augen wanderten von der Seite. Er schaute sich das Muster der Einkerbungen auf dem Reißbrett an. Sie schienen alle parallel zu verlaufen. Er riß eine Seite aus seinem Schreibheft und legte sie auf das Brett. Mit einem Bleistift rubbelte er über das Papier. Die Furchen waren deutlich zu erkennen. Er hob das Papier auf und besah sich wieder die Einschnitte selbst. Irgendwann hatte jemand auf dem Brett mit Farbe hantiert. Mit verschiedenen Farben. Magnolie und Himmelblau. Er zwang seine Augen zum Text zurück.

Lady Macbeth ist die Übeltäterin. Sie stiftet Macbeth an. Sie sagt: »Füllt mich vom Wirbel...«

Die Schmuddelfotos kamen ihm wieder in den Sinn. Die Frau mußte gepinkelt haben. All die Haarbüschel und Brüste. Und dann die abrasierten Stellen. Die sahen vielleicht komisch aus. Als hätte jemand Pilzflechte. Es waren wirklich nur Amateurfotos. Schlecht beleuchtet, bei einigen sah man sogar die Körnung. Kaum zu glauben, daß Mädchen sich so in Pose setzten. Doch der Beweis lag vor, sie hatten es getan. Und die Kamera hatte es aufgezeichnet. Er war aufgegeilt, spürte, wie er einen Steifen bekam. Das war schlimm. Wenn er so weitermachte, würde bei seiner Arbeit gar nichts herauskommen. Und dazu noch in Vater Farquharsons Sessel. *Er möge mir eine schnelle Auffassungsgabe, ein sicheres Urteil und ein gutes Gedächtnis gewähren.* Er mußte etwas tun, um sich von seiner Leistengegend abzulenken. Er ergänzte die linke Seite der Kritzelei, indem er sie um eine Form vergrößerte, die einer Pyramide glich. *Mich dünkt, sie sieht aus wie ein Kamel.* Oder war es ein Wiesel? Stammte das aus *Hamlet* oder aus *Macbeth?*

Lady Macbeth ist die Übeltäterin. Sie stiftet Macbeth an. Sie sagt: »Füllt mich vom Wirbel bis zur Zeh', randvoll, mit wilder Grausamkeit.«

Draußen fuhr ein Lastwagen vorbei. Etwas in der Porzellanvitrine klirrte vorübergehend. Er ließ den Blick zum untersten

Bord gleiten. Kam das Geräusch vom Royal Doulton oder vom Wedgewood? Es mochten die Teller gewesen sein, die aufrecht an der Rückwand standen, oder die aufgestapelten Tassen und Untertassen vorn in der Vitrine. Seine Mutter war sehr stolz auf ihre Porzellanvitrine. Es war ein aus Luft, Glas und dünnen Walnußholzleisten gefertigtes Möbel, dessen obere Seitenkanten abgerundet waren. Der Holzrahmen hatte die Form eines vierblättrigen Kleeblatts. Die Rückwand im Inneren war mit gelber Seide überzogen, die ein Muster aus gezackten Blitzen aufwies. Statt Regalbrettern gab es Glasplatten. Auf der obersten stand ihre Beleek-Kollektion. Das Material war so dünn, daß man durch das Porzellan hindurch den Schatten der eigenen Finger sah, Porzellan zum »Hindurchspucken«, wie Mary Lawless sich ausdrückte. Hier und da war die Bauchung mit kleinen grünen Kleeblättern verziert. Auf der mittleren Platte bewahrte sie ihre Gläser auf. Es gab Vasen und Väschen aller Art, etliche venezianische Kelchgläser mit spiralig gewundenen lila Stielen und ein, zwei Waterford-Kristallgläser. Es ging ausschließlich darum, die Gegenstände zur Schau zu stellen. Bei ihren Abendgesellschaften verwendete sie immer nur einige wenige davon. Alle zwei Jahre wurde der Inhalt der Vitrine hervorgeholt und gereinigt. Er spülte, und sie trocknete ab. Dabei durfte er jeweils nur ein Teil in die Spüle legen. Er erinnerte sich daran, wie er einmal die Sachen in die Vitrine zurückgeräumt hatte und zwei venezianische Kelchgläser aneinandergestoßen waren. Es hörte sich an wie der Klang einer Glocke, und seine Mutter kam, die Hände aufs Herz gelegt, ins Zimmer gerannt und rief: »Jesus, Maria und Joseph, ich hab schon gedacht, sie wären hin und entzwei.«

Lady Macbeth ist die Übeltäterin. Sie stiftet Macbeth an. Sie sagt: »Füllt mich vom Wirbel bis zur Zeh', randvoll, mit wilder Grausamkeit.« Macbeth selbst ist auch nicht gerade schuldlos, denn er hat vorher gesagt: »Verbirg dich, Sternenlicht! Schau' meine schwarzen, tiefen Wünsche nicht!«

Schwarze, tiefe Wünsche. Seine Wünsche drehten sich nicht um Mord, sondern er sehnte sich danach, die kleinen Brüste zu befühlen, die er auf den Fotos gesehen hatte. Und wenn sie ihm erst einmal das erlaubte, würde sie ihm vielleicht auch erlauben, sie zwischen den Beinen zu berühren. Wie würde sich das anfühlen? Schon wieder bekam er eine Erektion. Wenn er auf die Toilette ginge und sich einen runterholte, vielleicht würde er sich dann besser konzentrieren können und mit seiner Arbeit vorankommen. Vielleicht würde Gott es ihm verzeihen, da es ein so *praktischer* und *guter* Grund für Selbstbefriedigung war. Doch dieses dunkle, feuchte Örtchen benutzte er nur, wenn er gar keine Alternative hatte. Er würde warten und ein paar Papiertaschentücher mit ins Bett nehmen. Doch das war noch verwerflicher, geschah es doch mit Vorbedacht. Wie, wenn Blaise recht hatte und überhaupt nichts Schlimmes daran war? Gott hatte Männer geschaffen und sie mit einem Apparat ausgestattet, der ihnen höchste Lust verschaffte, *und sie dann damit im Stich gelassen.* Ich meine, was erwartet Er denn? Er mußte aufhören, an schmutzige Dinge zu denken. Er kam nicht vom Fleck.

Wie sollte diese ganze Sache mit den beschissenen Prüfungsbögen nur enden? Wenn irgend jemand davon erfuhr, war er verratzt. Er war wie der Ruderer in seinem Boot. Er saß mit dem Rücken zur Fahrtrichtung. Er schaute in die Vergangenheit, der Zukunft abgewandt. Hatte Angst davor, hinzublicken. Er sah bereits seine Mutter mit blassem, sorgenvollem Gesicht Condor an dessen Schreibtisch gegenübersitzen. Eine schreckliche Vorstellung. Er bedurfte einer weiteren Tasse Tee.

Seine Mutter saß vor dem Fernseher. Ihre Füße hatte sie hochgelegt. Er schaltete den Kessel an.

»Schon wieder Tee?«

»Ja.«

»Kommst du gut voran?«

»Ein ganzes Stück.«

»Braver Junge. Das höre ich gern.«

»Möchtest du auch eine Tasse?«

»Nein, danke, mein Junge.«

Er brühte den Tee auf und schenkte sich ein. Auf dem Weg durchs Wohnzimmer blieb er kurz stehen, sah sich einen Moment lang die Nachrichten an und nahm einen kleinen Schluck.

»Du könntest Tee trinken, bis er dir zu den Ohren wieder herauskommt«, sagte seine Mutter, ohne den Blick vom Bildschirm abzuwenden. Mit der Gesäßbacke setzte er sich auf die Lehne des Sessels. »Kommt nicht in Frage. Zurück an deine Arbeit!« Nach einer Weile stand er auf und ging wieder ins Wohnzimmer. Methodisch befolgte er das Sechs-Punkte-Programm, bis er wieder mit dem Brett auf dem Schoß auf seinem Sessel saß und Tee trinkend seine Studien aufnahm. *Erwirke für mich die Gnade, mit Methode zu arbeiten.* Mit wiederbelebter Entschlossenheit wandte er sich seinem Aufsatz zu.

»Füllt mich vom Wirbel bis zur Zeh', randvoll, mit wilder Grausamkeit.« Macbeth selbst ist auch nicht gerade schuldlos, denn er hat vorher gesagt: »Verbirg dich, Sternenlicht! Schau' meine schwarzen, tiefen Wünsche nicht!«

Es wäre gut, wenn er die Vorbereitungen für die Englischprüfung abschließen könnte. Er hatte sich noch nicht entschieden, ob er sich die Prüfungsfragen in Physik und Chemie anschauen sollte. Über die Lateinprüfung konnte er sich ein andermal Sorgen machen.

Lady Macbeth ist die Übeltäterin. Sie stiftet Macbeth an. Sie sagt: »Füllt mich vom Wirbel bis zur Zeh', randvoll, mit wilder Grausamkeit.«

Martin trank einen weiteren Schluck. Ob es wohl etwas Interessantes im Radio gab? Als Hintergrundmusik? Er verwarf den Gedanken. Es würde ihn nur aus dem Konzept bringen. Seine Konzentrationsfähigkeit stören.

Lady Macbeth ist die Übeltäterin. Sie stiftet Macbeth an. Sie sagt: »Füllt mich vom Wirbel bis zur Zeh', randvoll, mit wilder Grausamkeit.«

Lad y Mac beth istdie Übe ltä terin. Sie stif tet Macbethan. Si esagt: »Fülltmich vomWir belbis zurZeh', randvollmit Wald samkeit.«

LadyMacbethistdieÜbeltäterinSiestiftetMacbethanSiesagt: »Fülltmich, vomWir Wirbel belbis bis biszurZeh' Zeh'rand vollmit voll mit Wald Geruh sam keit.«

Vergiß nicht, o Herr, bei allem Erfolg stets demütig zu bleiben.

Elftes Kapitel

Eine Zeit der Vergeltung

In den ersten beiden Stunden war Blaise nirgends zu sehen. Zur Doppelstunde vor der Mittagspause kam er zu spät und setzte sich in die Nähe der Tür, nicht zu Martin und Kavanagh. Martin versuchte, Blickkontakt mit ihm aufzunehmen. Als es zur Pause klingelte und der Klassenraum sich leerte, stürzten Martin und Kavanagh auf ihn los.

»Wo zum Henker hast du gesteckt?«

»Hatte zu tun.«

»Also, hast du die Umschläge zurückgebracht?«

»Halt's Maul.« Er sah sich nach der offenen Tür um. »Laßt uns zur Aschenbahn gehen. Da können wir ungestörter reden.«

Es war ein grauer Tag. Nicht daß es regnete, aber in der Luft hing der Geruch von Regen. Die Jungen schlenderten lässig, doch ihre Gesichter waren angespannt. Martin und Kavanagh sprachen kein Wort.

»Ihr werdet's nicht glauben«, sagte Blaise, »aber ich habe verschlafen.«

»Du hast sie nicht zurückgebracht?« Martin kreischte fast. Er vergewisserte sich, wie weit die nächste Gruppe Jungen von ihnen entfernt war. »Leck mich – lässiger geht's wohl nicht, was?«

»Es ist nicht so einfach, wie ihr denkt«, sagte Blaise. »Im Schlafsaal sind schließlich auch noch andere. Ich konnte meinen Wecker nicht auf vier Uhr morgens stellen – ich hätte doch alle geweckt. Dann hätten sie wissen wollen, wo ich hinwill. Und warum zum Henker ich um vier Uhr morgens in der Schule Päckchen herumschleppe? Und was in den Päckchen drin ist? Also hab ich den Wecker nicht gestellt. Und bin nicht aufgewacht. So einfach ist das.«

»Ach du Scheiße, sieh mal, wer da ist.« Kavanagh nickte mit dem Kopf in Richtung Big Field. Die Gälisch-Fußball-Mannschaft in ihren grünen Trikots und gelben Shorts war beim Mittagstraining und gruppierte sich um das Tor herum. Zwischen den Pfosten stand Condor und erteilte ihnen Anweisungen. Er trug einen schwarzen Mantel über seiner Soutane, klatschte und rieb sich die Hände. Alle anderen Sportarten in der Schule wurden vom Turnlehrer unterrichtet, doch was die Fußballmannschaft anging, hatte einzig und allein Condor zu bestimmen.

»Schaut euch an, wie Condor aussieht – in seinen Stiefeln«, sagte Blaise.

»Guckt euch mal seinen Kragen an, wenn ihr in seiner Nähe seid«, sagte Martin.

»Der hat früher auf Grafschaftsebene gespielt, wißt ihr. Für Tyrone.«

»Also, das hebt ihn in meinen Augen nun wirklich auf ein Podest«, meinte Blaise. »Ein Fußballer, der mal für die Grafschaft Tyrone gespielt hat. Der Inbegriff eines Dummficks.«

Condors tiefe Stimme schallte bis zu ihnen über den Platz.

»Eine Runde gedreht. Los!«

Die Spieler drängelten sich und begannen, am Rand des Spielfelds entlangzulaufen. Martin sagte zu Blaise: »Verdammt noch mal, heute nacht *mußt* du einfach aufwachen. Ich hab letzte Nacht kaum geschlafen. Ich hab dagelegen, an die Decke gestarrt und daran gedacht, was du wohl gerade machst. Was alles schiefgehen könnte. Ich hab mir Sorgen gemacht, und du hast gepennt.«

»Das ist wirklich rührend.« Blaise zog die Augenbraue hoch, ungläubig, daß sich jemand wegen einer solchen Kleinigkeit so sorgen konnte. »Nur keine Panik.«

»Ich kriege auch schon Ringe unter den Augen«, sagte Kavanagh. »Heute nacht, aber wirklich, Foley. Menschenskinder.«

»Ja, ja.«

Sie waren an der Bahn angekommen, und die Fußballer liefen so nahe an ihnen vorbei, daß sie ihre stampfenden Fußtritte und ihren hechelnden Atem hören konnten.

»Weiter so, Jungs«, rief Kavanagh. Die drei Jungen fanden ein Plätzchen auf einer Bank am Fußweg unter den Bäumen, setzten sich und sahen dem Training zu. Eigentlich sahen sie nicht richtig zu – es war etwas, was sich vor ihren Augen abspielte. Die Sonne brach durch die grauen Wolken, blieb aber schwach und milchig, und die Luft war kühl. Mit gesenkter Stimme sprachen sie über die Fragen, die in den Prüfungsbögen für Physik, Chemie und Mathematik gestellt wurden. Martin schwieg, er bemühte sich, nicht allzu genau zuzuhören, versuchte, sich nicht zu erinnern. Das Lauftraining war zu Ende, und Condor versammelte seine Mannschaft um sich. Sie hockten oder saßen auf dem Boden, und er redete.

»Wetten, daß der mit denen nicht über Fußball spricht?« sagte Kavanagh. »Das ist immer noch die Inquisition.« Nachdem er gesagt hatte, was er zu sagen hatte, warf Condor der Mannschaft einen Ball zu und erlaubte ihnen, in den zehn Minuten bis zum Mittagessen herumzubolzen. Ohne sonderliches Interesse begannen sie, den Ball aufs Tor zu kicken. Condor drehte sich um und ging auf die drei auf der Bank zu.

Erst sah es so aus, als würde er mit einem Nicken an ihnen vorbeigehen, aber dann hielt er direkt auf sie zu.

»Gerade habe ich der Mannschaft etwas gesagt, was sie noch nicht wußten.« Er legte den Kopf zur Seite und starrte auf sie herab. »Wo fanden die ersten organisierten Spiele in der Welt statt, Jungs?«

»Die Olympischen Spiele?«

»In Griechenland?«

»Nein.« Condor schüttelte bedächtig den Kopf. »Das war in Irland.« Die drei Jungen lachten. Condor sagte: »Die Olympischen Spiele haben sich die Spiele von Tailteann zum Vorbild genommen – die alten irischen Spiele. Die meisten Nationen blicken über ihre Schulter zu einer Schwesternation. Die Griechen hatten den Blick auf Irland gerichtet. Die ›Wiege der abendländischen Zivilisation‹ mußte also erst mal ihre Schularbeiten machen, als sie hierherkam, Jungs. Ist das nicht was? Brennan, macht Sie das nicht stolz? Mr. Kavanagh?«

»Ja, ein bißchen schon.«

»Bevor die Engländer überhaupt aus den Betten kamen, historisch gesehen. Die Griechen haben von uns gelernt.«

»Gibt es auch eine griechische Hurling-Mannschaft, Hochwürden?«

»Immer eine schlaue Antwort parat, was, Foley?«

»Wenn überhaupt, Hochwürden, dann war das eine schlaue Frage«, sagte Blaise. Condor starrte ihn an, ohne zu lächeln. »Ich habe gestern vergessen, Sie zu fragen, Foley – wo hält sich Ihr Vater im Moment auf?«

»An der Iowa State University. Ich glaube, die Stadt heißt Ames.« Martin warf einen Blick auf Condors Fußballstiefel unter den Saum seiner Soutane. Der Priester unternahm einen halbherzigen Versuch, im hohen Gras den Schlamm von den Stiefeln abzustreifen. Als er den Stiefel zur Seite drehte, blitzten die Aluminiumstollen in der Sohle auf.

»So – meine Herren«, sagte er. »Irgendwelche Kunde?« Alle drei schüttelten den Kopf. »Ich habe genug Respekt vor Ihnen und vor Ihren Familien, um zu wissen, daß Sie in eine solche Angelegenheit nicht verwickelt wären. Ich werde Sie also nicht mehr danach fragen. *Ich* weiß, daß *Sie* Bescheid wissen.« Er legte eine Pause ein, dann zog er den Saum seiner Soutane hoch und stellte den Fuß auf die Bank, auf der sie saßen. Eine nonchalante Gebärde. Er stützte den Ellbogen aufs Knie. Martin wertete es als eine Geste, mit der er versuchte, sich bei ihnen einzuschmeicheln. »Ich will nur sagen, daß ich nicht allzu bestürzt wäre, wenn ›derjenige, welcher‹ am Ende das kriegt, was er verdient. Eine Abreibung. Nicht einfach nur eine kleine Abreibung, sondern eine richtige Abreibung. Eine solche Abreibung, wie jener Herr sie eben verdient. Und ich würde wegschauen. An einem bestimmten Tag zu einer bestimmten Zeit hätte ich etwas anderes zu tun. Haben Sie mich verstanden?« Alle drei Jungen nickten. »Wir können unsere Leute hier selbst auf Bügelfalte bringen. Trotz dem, was ich gestern zu Ihnen gesagt habe, Foley.« Condor trug grün und weiß gestreifte Fußballsocken und hatte seine schwarzen Priesterhosen hineingestopft wie zum Fahrradfahren. »Ich wünsche Ihnen einen guten Tag, meine Herren.« Er ging fort, die Hände hinter dem Rücken verschränkt, und seine Stollen hinterließen ein Muster auf der schwarzen Aschenbahn. Er hatte den breitbeinigen, schwankenden Gang eines Mannes, der auf Schiffen gearbeitet hat. Einmal drehte er sich um, um die Wirkung seiner Worte abzuschätzen. Auf seinem Gesicht zeichnete sich eine Art wissendes Lächeln ab.

Als er außer Hörweite war, sagte Kavanagh: »Es wird ernst.« Die drei Jungen blickten zu der Fußballmannschaft hinüber. Sie waren noch immer beim Torschießen, gaben aber nichts darum, ob sie nun trafen oder nicht. Diejenigen, die gerade nicht dran waren, standen, die Hände in die Hüften gestemmt, dabei und sahen in Richtung der drei Jungen auf der Bank.

»Der Wichser hat mich in die Falle gelockt«, sagte Blaise. »Wenn er's *uns* gesagt hat, dann hat er's auch *denen* gesagt.« Es herrschte Schweigen, während sie darüber nachdachten.

»Vielleicht sollten wir uns dünnmachen«, sagte Kavanagh.

»Ich hoffe, der beschuldigt nicht uns *alle*«, sagte Martin. Kavanagh sah ihn an. Blaise zog die Augenbraue hoch. »Ich muß erst mal eine rauchen.«

Auf den Donnerbalken stellten sie sich hinter den durchgehenden Urinaltrog in der Mitte, weg von der Tür. Martin bot Blaise eine Zigarette an, doch der lehnte ab. Dann besann er sich eines anderen.

»Die beruhigenden Eigenschaften des Nikotins«, sagte Martin. Er zündete Blaise die Zigarette an. »Es geht nicht darum, Partei zu ergreifen. Ich will mit solchen Sachen einfach nichts zu tun haben.«

»Mit was für Sachen?«

»Schmuddelbildern.«

»Meinst du etwa, ich?« sagte Blaise. »Daran hab ich doch kein Interesse. Ich gehe ja auch nicht zu Teekränzchen.«

»Ja, die hasse ich auch«, sagte Martin. Er inhalierte tief.

»Was?« fragte Kavanagh.

»Teekränzchen. Klischees. Arschlöcher, die den Weltuntergang vorhersagen.«

»Tut mir leid«, sagte Blaise, »ist mir nur so rausgerutscht. Ich hab nicht darüber nachgedacht.«

»Wenn Condor einen Krieg anfängt, ist Vietnam wie ein Teekränzchen dagegen.«

Martin ahmte den Tonfall eines Zeitungsverkäufers nach: »Ich hasse das.«

»Windbeutel und Tee und irgendwelche Kuchen mit roten Kirschen obendrauf.« Kavanagh versuchte, sich andere dazu passende Dinge auszudenken. Irgendwo war ein fremdes Geräusch zu hören.

»Falls du je zu einem Teekränzchen eingeladen werden solltest«, sagte Blaise, »wär's schön, mit einer Maschinenpistole unter dem Mantel und den Taschen voller Handgranaten hinzugehen und jede einzelne alte Frau mit Hut umzubringen, sie mit einer Machete zu zerhacken, auf sämtliche Leichen zu pissen, Napalm draufzuschmeißen, ihnen die Scheiße aus dem Hirn zu blasen und dann rumzurennen und zu schreien: *Ich versuche, das Teekränzchen in ein Vietnam zu verwandeln, weil ich die Presse nicht der Verbreitung von Klischees bezichtigen will.«* Über dem Rauschen und Gurgeln des Wassers, das durch die Pißbecken strömte, war wieder das fremde Geräusch zu hören. Wie Metall auf Stein.

»Vergewaltigung und Brandschatzung«, sagte Kavanagh. »Man sollte keine Gelegenheit auslassen. Wenigstens nicht bei den Jüngeren.« Einige von den Typen neben ihnen entfernten sich.

»Ich ziehe es vor, Vergewaltigung als unerwiderten Sex aufzufassen«, sagte Blaise. *»Ein Pressesprecher war heute nicht in der Lage, die Szene zu beschreiben, da das Teekränzchen aus seinem Aufgabenbereich entfernt und überflüssig geworden war. Es war, als hätte man meinem*

Köcher den spitzesten Pfeil genommen, klagte er.« Wenn er rauchte, hielt Blaise die Zigarette zart zwischen seinen langen, weißen Fingern und schloß beim Inhalieren die Augen. Inzwischen standen sie nur noch zu dritt in der Ecke und lachten über ihre eigenen Witze.

Das fremde Geräusch war immer noch zu hören. Ein bißchen klang es wie das Hufgetrappel von Pferden. Ein Klappern. Ein Geräusch, wie wenn sich etwas Hartes über Pflastersteine bewegt.

»Was ist das?«

»Weiß nicht.« Sie hörten auf zu sprechen und lauschten. Dann merkten sie, daß sie nicht allein waren. Sharkey kam hinter einer Seite des Urintrogs hervor, O'Grady von der anderen. Jetzt lag auf der Hand, was es für ein Geräusch war. Die beiden waren immer noch so angezogen wie auf dem Fußballplatz. Es war das Geräusch, das ihre Fußballstiefel auf dem Boden machten. Wenn sie sich bewegten, knirschten die Metallstollen auf dem Steinbelag. Mittlerweile waren sie zu sechst oder siebt.

»Da kommt die Scheißmiliz«, sagte Blaise. Sharkey gestikulierte mit bleichem Gesicht zu Martin und Kavanagh hinüber.

»Ihr beiden da, kommt mal her.«

»Was willst du?« fragte Kavanagh. Sharkey deutete mit einem Kopfnicken nach links. Kavanagh ging zu ihm hinüber. Martin folgte ihm, sah aber aus dem Augenwinkel etwas Grün-gelb-Gestreiftes, als O'Grady sich auf Blaise stürzte. Im Nu war Sharkey an ihnen vorbei. Er versetzte Blaise einen scharfen Tritt, und der schrie leise auf. »Was zum Teufel...« Andere Typen aus der Mannschaft hielten Martin und Kavanagh fest. Jemand hatte seinen Arm so straff um Martins Hals gelegt, daß er ihm den Adamsapfel abdrücken konnte. Die Donnerbalken waren vom Rappeln und Klappern der Stollen auf dem Steinboden erfüllt. Als Blaise gegen eine Toilettentür taumelte, flog sie auf. Alles schrie. »Hey! Was ...« und »Verdammte Scheiße«. Kavanagh rang mit zwei oder drei Gestalten in Fußballtrikots. Martin schlug hin, und der Ärmel seines Blazers landete im Abfluß des Urintrogs. Das Wasser, das durch den Trog schoß, war eiskalt. Für Martin spielte sich alles in Zeitlupe ab. Blaise war halb am Schreien, halb bemühte er sich, seinen Angreifern gut zuzureden, sie zu besänftigen. Vom Fußboden aus sah Martin, wie jemand Blaise gegen die Brust trat und dieser in einer Kabine rückwärts zu Boden ging. Einen Moment sah Martin es, sah Blaises Kopf rucken, als er gegen den Rand des Klosettbeckens prallte. Die Flugbahn seines Sturzes wurde kurz unterbrochen, als er im Fallen aufschlug. Von dem Geräusch, Knochen auf Porzellan, konnte einem schlecht werden. Alle hatten es gehört, noch über das Klappern der Stollen hinweg. Die Typen in Trikots drängten sich in die Kabine und versetzten ihm Fußtritte.

»Nicht ins Gesicht!« rief jemand. Kavanagh versuchte, sie zurückzuhalten, und schrie sich heiser. Sharkey befahl der Mannschaft aufzuhören. Und binnen Sekunden waren sie alle auf und davon, um sich umzuziehen, und die Toilettenanlage war leer. Die Spülung der Urintrogs lief, und das einzige Geräusch war das des Wassers, das in den Abfluß strömte. Kavanagh hatte einen Schlag ins Gesicht abbekommen, und auf seiner Wange klebte ein Streifen gelbe Rotze und Blut. Sein Hals und sein Hemdkragen waren mit Schlamm beschmiert. Seine Schulkrawatte war so eng zugezogen, daß sie wie die gestreifte Schlinge eines Henkers aussah. Er ging in die Hocke.

»Komm schon, Blaise«, sagte er.

»Fehlt ihm was?« fragte Martin. Er fand es abscheulich, daß sein Ärmel von Pisse und Wasser naß war. Kavanagh strengte sich an, Blaise aufzuhelfen, doch sackte dessen Körper immer wieder in sich zusammen. Martin erschrak über Blaises aschfahles Gesicht. Mit seinen geschlossenen Augen wirkten seine hellen Augenwimpern noch länger als sonst.

»Den hat's erwischt«, sagte Kavanagh.

»Laß mich mal.« Martin bemühte sich, Blaise an den Schultern hochzuziehen. Sein Kopf rollte auf die Seite. Er versuchte, ihm einen leichten Klaps auf die bleichen Wangen zu geben, wie er es in Filmen gesehen hatte. Kavanaghs Gesicht war ebenfalls kalkweiß.

»Vielleicht sollten wir ihn besser nicht bewegen«, sagte Kavanagh. »Für den Fall, daß etwas gebrochen ist.«

»Leg das auf den Boden.« Martin zog seinen Blazer aus und faltete ihn wie ein Kissen. Den nassen Flecken auf dem Ärmel rieb er trocken. »Vielleicht sollten wir einen Arzt holen...«

»Ich glaube, er braucht einen Krankenwagen.« Kavanagh berührte Blaises Handgelenk und suchte nach dem Puls. »Geh ins Sekretariat und sag Klöterich Bescheid.«

Martin fing an zu rennen. Vor den Donnerbalken hatte sich eine Gruppe von Jungen zusammengeschart, um zu sehen, was passiert war. Einige Typen stellten sich Martin in den Weg und versuchten, ihn zurückzustoßen. Er warf sich auf sie, und als sie seinen Gesichtsausdruck sahen, ließen sie ihn durch. Martin sprintete. Falls es eine ernste Sache war, war er froh, ihr zu entkommen. Vor Angst machte er sich fast in die Hosen. Der Schulhof wimmelte von Schülern, und Püffe austeilend mußte er sich im Laufschritt einen Weg durch die Menge bahnen.

»Paßt auf – aus dem Weg.« Er kämpfte sich durch den Korridor, der ebenfalls überfüllt war. Er stieß die Tür zum Sekretariat auf, und das erste, was er hörte, war Condors Stimme hinter der Trennwand. Martin klopfte an die Milchglasfenster des Schalters. Niemand antwortete. Klöterich sagte etwas zu Condor. Martin klopfte abermals, diesmal sehr viel energischer.

»Immer mit der Ruhe, Junge.« Mit einem leisen Knirschen des Kugellagers wurde das Fenster zurückgeschoben, und Klöterich spähte heraus. Condor stand an den Kamin gelehnt.

»Es hat einen Unfall gegeben. Foley ist verletzt. Er ist drüben auf den Donner... in der Toilette. Vielleicht braucht er einen Krankenwagen.«

»Was? Was erzählst du da, Brennan?«

»Es ist Foley, Vater. Er liegt einfach nur da.« Condor betrachtete Martins Gesichtsfarbe, seine Hemdsärmel und begriff, daß es ein Notfall war.

»Gott im Himmel.« Condor kam hinter der Trennwand hervor und rief: »Falls nötig, nehme ich mein eigenes Auto.« Und damit rannte er durch die Außentür. Als sie Condor rennen sahen, teilte sich die Menge der Schüler, um ihn durchzulassen. Martin folgte ihm, blieb aber zurück. Er hatte Angst, daß Blaise schon tot war, wenn sie endlich bei ihm ankämen.

Kavanagh und Martin saßen in einem leeren Klassenzimmer. Die Klingel zum Schulschluß hatte schon vor Ewigkeiten geschellt, und die Schule leerte sich immer binnen Minuten. Kavanagh war eben aus dem Krankenhaus zurückgekehrt, wo er den ganzen Nachmittag verbracht hatte. Er hatte Martin seinen Blazer zurückgegeben. Nun saß er auf seinem Pult, hatte die Füße auf den Sitz gestellt und den Kopf auf die Hände gestützt. Martin saß auf einer Bank auf der anderen Seite des Ganges ihm schräg gegenüber.

»Was meinst du?«

»Weiß nicht«, sagte Kavanagh.

»Jesus.«

Die Tafel war tagelang nicht abgewischt worden und mit allem möglichen vollgekritzelt. *Sein Bestes versuchen. Thomas Becket. Leck mich… Fiat lux.*

»Glaubst du, er kommt durch?«

Kavanagh starrte weiterhin auf seine Füße.

»Klar doch.«

»Hat er irgendwas gesagt?«

»Nee. Er hat nur dagelegen. Sein Puls ging. Dann ist Condor gekommen und hat alle rausgeschmissen, er hat ihn nur einmal angeblickt und ihm den Akt der Reue ins Ohr geflüstert. Zu mir hat er gesagt, ich sollte dableiben und weitersprechen. Dann ist er rausgerannt, um seinen Wagen zu holen. Wo zum Henker bist du abgeblieben?«

»Er hat gesagt, es dürfte niemand rein.«

»Und du hast getan, was man dir gesagt hat. Braver Junge. Du verdienst eine Eins. Ich dachte, man sollte ihn besser nicht bewegen, aber Condor hat ihn einfach hochgehoben. Ich mußte mit ihm hinten im Auto sitzen. Condor ist gerast wie ein Irrer. Die ganze Zeit hat er gerufen, er würde ihm die Krankensalbung geben, sobald wir im Krankenhaus angekommen wären.«

»In welchem?«

»Um die Ecke. Das Mater.«

»Hat der Arzt irgendwas gesagt?«

»Nein.«

»Hat Condor irgendwas gesagt?«

»Nein. Der hat keinen Piep von sich gegeben.«

»Hast du ihm erzählt, was passiert ist?«

»Nein. Ich glaube, der weiß, was passiert ist.«

Martin zog sich der Magen zusammen. Es war, als quetschte eine Hand in seinem Bauch seine Gedärme zusammen. Er wußte nicht, wie er es sagen sollte. Wenn er es nur sagen könnte, würde der Druck nachlassen.

»Du weißt, was das bedeutet«, sagte er.

»Was?«

»Daß wir die Prüfungsbögen finden und zurückbringen müssen.«

»Ja, daran hab ich auch schon gedacht, als ich hinten im Auto saß. Scheiße. Wir sind richtige Scheusale.«

»Wie meinst du das?«

»Daß wir daran denken – gerade jetzt. Der Typ könnte abkratzen.«

»Wir bringen es besser so schnell wie möglich hinter uns, bevor jemand anders sie findet.« Kavanagh sah sehr groß und geknickt und benommen aus. Fast hatte es den Anschein, als würde er anfangen zu weinen. Martin wußte nicht, was er tun sollte. Er sagte: »Er wird schon durchkommen. Das ist nur der Schock. Morgen ist er bestimmt da, so gut wie neu. Und dann können wir ihm sagen, daß wir die Prüfungsbögen zurückgebracht haben.«

»Hat mir gar nicht gefallen, wie der aussah.«

»Der kommt schon durch. Er wird aufwachen und den Arzt einen Dummfick nennen.«

»Und was, wenn er nicht aufwacht?«

»Sei nicht so verdammt pessimistisch.«

Lange Zeit saßen sie so da und sagten nichts. Martin versuchte, nicht in Panik zu geraten, und überlegte, was am besten zu tun sei.

»Wenn wir die Prüfungsbögen zurückbringen, ist ja nichts gewesen.« Kavanagh reagierte nicht. Martin stand auf und ging zur Tafel. Auf der Leiste unter der Tafel lag ein Tafelwischer – ein kleiner Holzblock mit einem aufgeklebten Stück Filz. Er machte sich daran, die Tafel zu putzen. »Die Inquisition wird wieder tätig werden, besonders wenn Blaises Alter es mitbekommt. Die werden kommen und seine Sachen durchsuchen. Und die Pornofotos finden. Und die Prüfungsbögen.«

Kavanagh hob den Kopf. »Können sie dir und mir irgendwas anhängen?«

»Nicht das geringste. Aber wenn sie die Pornofotos und die Prüfungsbögen finden, kommen sie auch zu uns – weil wir die einzigen Kumpel sind, die er hatte.«

»Und wir können sagen, daß wir nichts wissen.«

Der Klassenraum füllte sich mit Kreidestaub. Martin spürte, wie seine Kehle trocken wurde. Er begann, den Tafelwischer gegen die Tafel zu drücken, und hinterließ einander überlappende Abdrücke auf dem Schiefer. Er konnte die Kreide regelrecht schmecken.

»Wenn es in dieser Sache eine gründliche Untersuchung gibt«, sagte Kavanagh, »dann sind meine Chancen, Medizin zu studieren, im Arsch.«

»Dann sind deine Chancen, irgend etwas zu studieren, im Arsch.« Die Sonne kam hervor und schien durchs Fenster ins Klassenzimmer herein, so daß der umherwirbelnde Kreidestaub stumpf wirkte. »Aber das sind wir ihm schuldig.«

»Was?«

»Klar Schiff zu machen.«

»Wir sind es *uns selbst* schuldig. Selbstschutz. Zukunftsaussichten? Null. Kannst du gut lügen?«

»Darin bin ich eine totale Niete«, sagte Martin. Von weitem konnten sie im Korridor Füßegetrappel hören.

»Die beiden Sachen müssen wir ganz und gar auseinanderhalten. Auf keinen Fall dürfen die Pornofotos und die Prüfungsbögen in einem Atemzug genannt werden. Niemand, aber auch niemand, darf die Prüfungsbögen auch nur erwähnen. Und wenn Condor droht, dir den Schwanz mit heißen Nadeln zu spicken – von irgendwelchen Prüfungsbögen hast du keinen Schiß Ahnung.«

Türen knallten.

»Das sind die Internatsschüler, die zum Abendessen gehen«, sagte Martin.

»Die Landeier, die Bauernlümmel, die die Nase in den Trog stecken.« Kavanagh rutschte von seinem Pult. »Gut, schnappen wir uns einen.« Sie gingen zum Speisesaal und zogen einen Sextaner zur Seite.

»Wo pennt Foley?«

»Im Kleinen Schlafsaal.«

»Zeig ihn uns.« Der Junge führte sie nach oben und zeigte ihnen die Schlafzelle 17. Dann jagten sie ihn davon. Sie mußten sich hineinschleichen, denn den Externen war der Zutritt zum Schlafsaal verboten. Wenn irgend jemand sie erwischte, gäbe es eine weitere Untersuchung.

»Ich stehe Schmiere«, sagte Kavanagh. Er stellte sich an die Tür und spähte den Korridor hinauf und hinab. Gleichzeitig bemühte er sich, nicht gesehen zu werden. Er trieb Martin an. Der Saal war riesig und stank nach Schweißfüßen und Körpergeruch, vermischt mit Desinfektionsmitteln und Karbolseife – auf den Waschbecken, die entlang der Wand angebracht waren, lagen rote Blöcke Lifebuoy-Seife. Im Saal gab es an die dreißig Schlafzellen, die auf drei Seiten durch hölzerne Trennwände abgeteilt waren, genau wie im Exerzitienhaus in Ardglass. Martin bewegte sich, so schnell er konnte, ohne Lärm zu machen. In jeder Schlafzelle standen ein Bett und ein krankenhausgrüner Metallspind. Auf dem Spind in Blaises Schlafzelle stand ein Glas Wasser, auf dessen Boden sich Bläschen gebildet hatten. Die Trennwand reichte nicht ganz bis zum Boden, und Martin bückte sich, um nachzusehen, ob irgendwo Beine oder Füße zu sehen waren. Unter jedem Bett lagen Koffer. Martin zog Blaises Koffer hervor und schlug den Deckel zurück. Aus der Entfernung sah er, wie Kavanagh den Kopf schüttelte.

»Nein.« Er zeigte auf den Spind. Martin zog eine Perücke hervor, die dieselbe Farbe hatte wie Blaises Haar, und hielt sie in die Höhe. Er runzelte die Stirn. Wieder wies Kavanagh mit dem Finger. Martin ging zu dem Spind neben Blaises Bett. Er zog die oberste Schublade auf. Einige der Bläschen lösten sich vom Boden des Glases und stiegen an die Oberfläche. Sie fielen sozusagen nach oben. Die Schublade war mit Socken und Unterwäsche vollgestopft, alles sorgfältig gefaltet. Er nahm die Schublade vollständig aus der Öffnung heraus und legte sie aufs Bett. In der leeren Öffnung des Spinds fand er eine Handvoll Umschläge, darunter den mit den unanständigen Fotos. Sie lagen flach dort, wo die Schublade gewesen war. Vom Eingang her gab Kavanagh ihm dringliche Signale. Er verließ seinen Posten an der Tür und kam zu Martin herüber.

»Wo ist der Schlüssel für die Besenkammer?« fragte Kavanagh.

»Woher soll ich das wissen?« Martin drehte den Kopf in alle Richtungen und sah zur Tür. »Vielleicht hat Blaise ihn – in seiner Tasche.«

»Na, das ist ja wunderbar.« Kavanagh durchwühlte die Schublade im Spind und suchte unter den Socken nach dem glänzenden Nachschlüssel. »Du mußt doch das Original haben.«

»Ja.«

»Und warum hast du das nicht *gesagt?*«

»Weil du mich nicht *gefragt* hast, verdammt noch mal.« Martin nahm den Schlüssel aus seiner Hosentasche. Es war das erste

Mal, daß er Kavanagh in Panik geraten sah. Kavanagh schob die Lade wieder in ihre Öffnung und knallte sie zu. Martin reichte ihm die Umschläge.

»Wir sitzen echt in der Scheiße, da gibt's kein Vertun.«

»Schon gut, schon gut. Wir haben ja das Zeugs. Komm schon.« Kavanagh betrachtete die Umschläge in seiner Hand und zauderte. »Versteck sie.« Kavanagh schob sie sich unter die Achsel und knöpfte seinen Blazer zu. Sie gingen in Richtung Treppe. »Laß uns weitergehen. Nachsehen, ob jemand rumhängt«, sagte Kavanagh.

»Die nimmst du an dich.« Er gab ihm den Umschlag mit den unanständigen Bildern zurück. »Vernichte sie. Vollständig. Verbrenn die Mistdinger.« Der Umschlag war zu dick, als daß er in seine Innentasche paßte, deshalb faltete Martin ihn in der Mitte und schob ihn so tief in die Hose, daß nicht einmal ein kleiner Rand zu sehen war. Dann knöpfte er seinen Blazer zu.

Sie liefen zu dem Korridor, der zur Kapelle führte und in dem sich die Besenkammer befand. Da sämtliche Internatsschüler im Speisesaal saßen, hallte das Gebäude stark, hörte sich wie das an, was es war – eine leere Schule.

»Mir gefällt das nicht. Es ist verdammt riskant«, flüsterte Kavanagh. Beide bewegten sich behutsam und versuchten, sowenig Lärm wie möglich zu machen.

»Was sollen wir denn sonst tun?« Martin sah sich um, aber im Korridor war niemand.

Als sie zu der Tür mit der Nummer 109 kamen, blieb Kavanagh stehen. »Du oder ich?« fragte er.

»Du hast doch bis jetzt noch keinen Handschlag getan«, sagte Martin.

»Gib doch nicht so an.«

»Ich muß die Pornofotos loswerden.« Kavanagh blickte sich wachsam um.

»Der Schlüssel?«

Martin gab ihm den Schlüssel und ging bis zu der Ecke weiter, wo der Korridor eine scharfe Biegung machte. Auch hinter der Biegung war der Korridor leer. Martin war beruhigt. Als er allein in Condors Zimmer gewesen war und sich fast in die Hose geschissen hätte, hatte er sich nicht so gefühlt. Aber jetzt, wo Kavanagh dabei war, war es anders, so als ob nichts schiefgehen könnte.

Er nickte Kavanagh zu. Kavanagh blickte in die andere Richtung, dann hob er den Arm, schob den Schlüssel ins Schloß und öffnete die Tür. Martin begann zu zählen. In der Besenkammer ging das Licht an. Scheiß ins Bett eins – Scheiß ins Bett zwei – Scheiß ins Bett drei.

»Nun mach schon, du blöder Sack.«

Als er bei Scheiß ins Bett vierzehn angekommen war, ging das Licht aus, und Kavanagh kam wieder zum Vorschein. Martin hörte, wie die Tür zur Besenkammer zuschnappte. Dann kam Kavanagh den Korridor entlanggestiefelt.

»Nichts wie weg, Kleiner«, sagte er.

Martin ging neben ihm her. In Windeseile hasteten sie die Treppe hinunter, kaum daß sie die Stufen berührten. Dann den Korridor entlang und hinaus auf den Schulhof.

»Vielleicht sollten wir ihn besuchen? Auf dem Heimweg?«

»Nee«, sagte Kavanagh.

»War da drin alles in Ordnung? In der Besenkammer?«

»Ja.« Vor lauter Anstrengung, Schritt zu halten, atmete Martin schneller. Er war bei weitem nicht so fit wie Kavanagh. Als sie an der Auffahrt anlangten, drehte Kavanagh sich zum Schulgebäude um.

»Jesus.«

»Was ist?«

»Dreh dich nicht um. Geh einfach weiter.«

»Was?«

»Condor beobachtet uns.«

Mit starrem Blick ging Martin weiter.

»Von wo?«

»Vom Obergeschoß.«

»Scheiße. Meinst du, der hat uns gesehen?«

»Er müßte blind sein, wenn er uns nicht gesehen hat – wir sind die einzigen hier.«

»Ich meine, im Korridor?«

»Nee – da hättest du ihn doch gesehen«, sagte Kavanagh. »Der guckt nur aus dem Fenster. Ein bißchen Luft schnappen. Ist schließlich ein schöner Abend.«

Sie gingen weiter, als wär's die natürlichste Sache der Welt. Martin schlenkerte seine Tasche in eine bequemere Position über die Schulter. Typisch Junge eben.

»Vielleicht reden wir lieber weiter«, sagte Martin.

»Ja, bis wir ihm den Rücken zuwenden. Denk dir was aus.«

»Haben Sie in letzter Zeit ein paar Pfund auf die relative Geschwindigkeit von Quadrupeden der Spezies Canis oder Equus gesetzt?«

»Nein, habe ich nicht«, versetzte Kavanagh. »Es entspricht nicht meinen Gepflogenheiten, auf solche Art zu spekulieren. Verfügte ich über Geld in Hülle und Fülle, ich würde es anderweitig verausgaben.«

»Sie versetzen mich in Erstaunen, mein Herr. Wurde mir doch von anderer Seite glaubwürdigst versichert, daß Sie die eigene Seele aufs Spiel setzen würden für die Geschwindigkeit eines Tieres. Relativ zu seinen Artgenossen. Guckt er noch?«

»Weiß nicht«, antwortete Kavanagh. »Ich will mich nicht umdrehen.«

Inzwischen waren sie in die Auffahrt eingebogen und hatten die Schule im Rücken.

»O gücklich Pferd, Antonius' Last zu tragen!«

»Der Teufel brenn' dich schwarz, milchbleicher Lump!«

»Ist schon in Ordnung. Laß gut sein.«

Schweigend legten sie auf der linken Seite der Auffahrt fünfzig Meter zurück. Dann hörten sie hinter sich ein Motorengeräusch, das unverkennbare Knattern eines VW. Kavanagh drehte sich um.

»Ach, du lieber Himmel.«

Es war Condor. Der Priester lehnte sich über den Beifahrersitz und kurbelte das Fenster herunter.

»Lauft ihr nach Hause, Jungs?«

»Ja, Hochwürden«, sagte Kavanagh. Martin spürte den Umschlag mit den schmutzigen Fotos in seiner Tasche. Er zögerte.

»Vielleicht sollte ich zu Fuß...«

»Steigt ein«, sagte Condor. »Ich fahre euch hin.« Condor öffnete die Beifahrertür und versetzte ihr einen kleinen Stoß nach außen. Als er sich hinter dem Steuer wieder aufrichtete, konnte er ihre Gesichter nicht mehr sehen. Die Jungen blickten einander an. Martin kletterte auf den Rücksitz, Kavanagh setzte sich nach vorne.

»Das war mal wieder ein Tag«, sagte Condor und seufzte schwer. Die Jungen nickten. »Der Sicherheitsgurt.« Kavanagh sah sich um, zog den Sicherheitsgurt nach vorn und hakte ihn ein. Condor legte den ersten Gang ein, und sie setzten sich in Bewegung. Der linke Winker klappte hoch. Der Wagen roch nach abgestandenem Pfeifenqualm. Von der heruntergefallenen Asche war die Ablage neben dem Schaltknüppel ganz grau. Als er den Wagen anhielt und darauf wartete, in die Hauptstraße einbiegen zu können, schaukelte der kleine grüne Tannenbaum am Innenspiegel. Ein Galgenbaum.

»Ich wollte mich bei euch Jungs nur dafür bedanken, was ihr heute alles getan habt.« Weder Martin noch Kavanagh sprachen. Beide Jungen sahen nach rechts und nach links, warteten auf eine Lücke im fließenden Verkehr und hofften, daß die Reise so bald wie möglich zu Ende ginge. Was glaubte Condor aus ihnen herausquetschen zu können? In all den Jahren, in denen Martin auf der Schule war, hatte er noch nie jemanden nach Hause gebracht. »Ich habe gerade mit dem Krankenhaus telefoniert, und die hatten keine guten Neuigkeiten. Es heißt, daß sie ihn womöglich operieren müssen. Falls er innere Blutungen erlitten hat. Alles, was mit dem Gehirn zu tun hat...« Er schnalzte mit der Zunge und schüttelte den Kopf. Plötzlich war die Straße frei, und sie fuhren aus der Auffahrt. »Aber mit Gottes Hilfe wird noch alles gut.« Martin hörte die Gangschaltung und den hochgejagten Motor. Noch nie zuvor hatte er Condor aus dieser Perspektive erlebt. Er fragte sich, ob er aus diesem Blickwinkel wohl den Schriftzug *Fairy Liquid* sehen könnte, aber es gab nicht den leisesten Anhaltspunkt. Condors Nacken sah aus wie das Schwarze Brett in der Schule, als hätte jemand ihn mit Heftzwecken durchlöchert. Und in einigen der Löcher saßen Mitesser. Aber dafür konnte er nichts. Wie hätte er seinen eigenen Nacken sehen sollen? Blaise hatte ihnen von einem lächerlichen Ritual erzählt: Jeden Abend nach dem Waschen mußten sie sich von einem Schlafsaalpräfekten kontrollieren lassen. Warum hatten sie Condor nicht gesagt, daß er Mitesser auf dem Nacken hatte? Vielleicht handelte es sich um eine Hautkrankheit? Martin gab sich Mühe wegzuschauen. Du solltest dich in der Beurteilung eines Menschen nicht von dessen Äußerem beeinflussen lassen. Er betrachtete Condors Hände auf dem Lenkrad, die schwarzen Haarbüschel auf den Fingerknöcheln, und erinnerte sich daran, wie er sie, wenn er ministrierte, mit Wasser übergoß.

Vielleicht lag Blaise genau in diesem Augenblick im Sterben. Das war etwas, woran er nicht denken konnte.

Jetzt, wo sie im Hauptverkehr fuhren, hatte Condor offenbar das Gefühl, freier sprechen zu können.

»Also, was ist passiert?« Die beiden Jungen zuckten die Schultern.

»Ich war auf der anderen Seite. Ich bin mir nicht sicher.«

»Wie ist es mit Ihnen, Martin? Haben Sie gesehen, was passiert ist?«

»Eigentlich nicht.«

»Gab's einen Anlaß? Kommt schon, Jungs, das ist eine ernste Angelegenheit.«

»Mir fällt nichts ein.«

»Mir auch nicht.«

»Jungs, irgendwann kommt der Zeitpunkt, wo ihr aufhören müßt, Schulbuben zu sein. Das alles lassen wir jetzt hinter uns.« Seine Stimme hatte einen Tonfall, der irgendwo zwischen

Schmeichelei und Vernünftigkeit angesiedelt war. »In der Toilettenanlage hat es einen Unfall gegeben, soviel weiß ich selbst. Was ich wissen will, ist, wie und warum?«

»Es gab böses Blut – nach einer Religionsstunde.«

»Eine Prügelei?«

»Muß wohl so gewesen sein.«

»Foley ist hingefallen.«

»Böses Blut – zwischen wem?«

»Da bin ich mir nicht sicher.«

Condor seufzte.

»Böses Blut – weswegen?«

»Ich bin mir wirklich nicht sicher.« Condor schüttelte ungläubig den Kopf.

»Mit euch Jungs – das ist, als würde man mit der Mafia reden. Versuchen wir's anders. Wie gut kennen Sie Foley?« Kavanagh drehte sich zum Rücksitz um, wo Martin saß. Er hatte die Mundwinkel herabgezogen.

»Nicht besonders gut, aber...«

»Ich glaube, er kannte keinen, als er in die Schule kam«, antwortete Martin. »Er hat mit uns rumgehangen – ein bißchen. Wenn sonst niemand da war.« Martin konnte sehen, daß Condor ihn beobachtete. Seine Augen im Rückspiegel sahen aus, wie wenn jemand aus einem dunklen Briefschlitz hervorschaut. Sie huschten zwischen dem Rücksitz und der Straße vor ihm hin und her.

»Interne und Externe haben nicht viel miteinander zu schaffen«, sagte Kavanagh. Condor drehte sich halb zu ihm im Beifahrersitz um und sagte: »Aber in seinem Kopf war er ein Externer.« Es entstand eine lange Pause.

Wie unglaublich grob von Condor, das Innere von Blaises Kopf zu erwähnen! Am liebsten hätte Martin ihm einen Genickschlag versetzt. »Seinen Vater haben wir noch nicht erreichen können. Weiß Gott, was der sagen wird. Das ist eine der schlimmsten Aufgaben, die ein Priester auf sich nehmen muß – Überbringer schlimmer Kunde zu sein.« Condor schüttelte den

Kopf. Sein Haar war schwarz und drahtig. »Daß ein kleines Gerangel in den Toiletten aber auch zu einem solchen Unfall führen muß. Wenn es zu dergleichen kommt, sind schmächtige Jungen viel verletzlicher. Er war schon ein komischer Kerl – hat gar keinen Sport getrieben. Ist es ihm schwergefallen, Freunde zu finden?« Wieder zuckten die beiden Jungen mit den Schultern und sagten nichts. »Was ich da neulich gesagt habe… Oben am Sportplatz. Ich bin sicher, daß es nichts damit zu tun hat. Nie und nimmer wäre Foley in eine solche Angelegenheit verwickelt gewesen.«

»Nein, Hochwürden«, sagte Martin

»Ganz bestimmt nicht«, sagte Kavanagh.

»Dann ist das alles doppelt bedauerlich. Irgendein schwarzes Schaf bildet sich ein, ungeschoren davonzukommen. Aber die Zeit wird schon noch kommen. Die Zeit wird kommen.«

Sie näherten sich einem Fußgängerübergang. Auf dem Bürgersteig standen ein Mädchen und seine Mutter und warteten darauf, die Straße überqueren zu können. Condor bremste ab und hielt an. Er lächelte ihnen zu, als sie langsam auf die andere Straßenseite hinübergingen. Als sie den Bürgersteig erreicht hatten, blickte Condor nach rechts und links, um sich zu vergewissern, daß sonst niemand die Straße überqueren wollte. Erst dann fuhr er weiter.

»Heute mittag am Sportplatz – ich habe da ein bißchen dick aufgetragen. Was ich meinte war, daß jemand, der den Korpsgeist verdirbt, eine Strafe verdient. Habe ich da nicht recht, Jungs?«

»Jawohl, Hochwürden.«

»Und wer einem dieser Kleinen, die an mich glauben, Ärgernis gibt, dem wäre es besser, daß ihm ein Mühlstein an den Hals gehängt und er ins Meer geworfen würde.«

»Hier können Sie mich absetzen, Hochwürden, hier rechts«, sagte Martin. »Das ist meine Straße.«

Condor betätigte den Winker, um nach rechts einzubiegen, und wartete in der Mitte der Fahrbahn.

»Welche Hausnummer?« Martin sagte ihm die Hausnummer, und er fuhr ihn bis vor die Haustür. »So, da wären wir. Beförderung von Haus zu Haus. Ein Trinkgeld wird nicht erwartet.« Kavanagh stieg aus und klappte seinen Sitz nach vorne, dann stieg Martin aus. »Nochmals vielen Dank für alles, Martin«, rief Condor und beugte sich tief über das Lenkrad, um ihn sehen zu können. »Und ein paar Gebete würden nichts schaden.« Kavanagh stieg wieder ein. Condor wartete, bis Martin die Haustür geöffnet hatte, dann salutierte er.

»Bist du's, Martin?« kam die Stimme seiner Mutter aus der Küche. Er berührte seine Innentasche, um sicherzugehen, daß der Umschlag noch immer darin verborgen war. Dann trat er ihr entgegen.

»Wirklich, sehr modisch«, sagte sie.

»Was?«

»Dein zugeknöpfter Blazer.«

Er ging hinaus auf die Toilette, verriegelte die Tür und sah sich die Bilder noch einmal an. Obwohl die Beleuchtung schummrig war, waren sie längst nicht so sexy wie das Heft, das er an der Haltestelle gefunden hatte. Und überhaupt, wie konnte er sich mit so etwas beschäftigen, während sein Freund im Krankenhaus lag? So etwas tun, während Blaise womöglich im Sterben lag. Die Fotos beunruhigten ihn. Sie gaben ihm das Gefühl, ein Voyeur zu sein. Er mußte sie so schnell wie möglich loswerden. In der Schule hatte es nicht geklappt, sie in der Toilette hinunterzuspülen – das hatte das ganze Theater ja überhaupt erst heraufbeschworen. Sie draußen auf einem Spaziergang irgendwo in einen Abfalleimer zu werfen würde bedeuten, daß jemand anders sie in die Finger bekommen könnte. Womöglich gar ein Kind. *Dem wäre es besser, daß ihm ein Mühlstein an den Hals gehängt…* Er würde sie auf jeden Fall verbrennen müssen. Aber die ganze Zeit ging seine Mutter in der Küche ein und aus.

»Kann ich mir im Wohnzimmer ein Feuer anmachen? Ich will ein bißchen lernen.«

»Ich hab nur noch wenig Kohlen übrig, und der Händler liefert nicht vor Dienstag. Ich versuche, damit hinzukommen. Warum gehst du nicht nach oben und nimmst das Elektroöfchen?«

Er ging auf sein Zimmer und legte sich aufs Bett. Unten, bei seiner Mutter, hatte er weinen wollen, so wie er es als Kind getan hatte. Wenn er gefallen war oder sich irgendwie weh getan hatte, war er nach Hause gerannt und hatte alles zurückgehalten, bis er im Haus war. Dann öffneten sich sämtliche Schleusen, und seine Mutter kam zu ihm, um herauszufinden, was ihm fehlte. Aber inzwischen war er dafür zu alt. Er hatte ihr nicht einmal erzählt, was Blaise zugestoßen war. Sie würde es nicht verstehen. Sie würde dumme Fragen stellen oder Fragen, die man nicht beantworten konnte, so peinlich waren sie.

»Aber *warum* haben sie ihn niedergeschlagen? Warum gehst du nicht zum Schulleiter und erzählst ihm, was du gesehen hast? War er ein *guter* Junge? Am besten sprichst du jetzt ein Gebet für ihn.«

Mit hinter dem Kopf verschränkten Händen blieb er auf der Bettdecke liegen, bis sie ihn zum Abendessen rief. Danach ging er wieder auf sein Zimmer. Seine Mutter sah fern. Er fand es fast unmöglich, auch nur eine einzige Zeile zu lesen. Von unten hörte er die Erkennungsmelodie für jede ihrer Sendungen. Er hatte keine Lust, hinunterzugehen und mit ihr fernzusehen. Wenn sie gemeinsam fernsahen, saß sie dauernd wie auf glühenden Kohlen und war auf etwas »Schlüpfriges« gefaßt. Dann wechselte sie den Kanal.

»Was gibt's auf BBC?«

Wenn es auch auf BBC etwas »Schlüpfriges« gab, schaltete sie den Fernseher aus.

»Genug ferngesehen für heute«, sagte sie dann.

Er versuchte, in seinen Chemieaufzeichnungen zu lesen. Wieder und wieder sah er, wie Blaises Kopf aufprallte, hörte das laute Krachen des Schädelknochens auf dem Rand des Klosettbeckens. Wie hypnotisiert stierte er auf die Seite. Und konnte die

Erinnerung daran nur dadurch vertreiben, daß er den Kopf schüttelte. Die Wörter prallten von seinem Bewußtsein ab, als befinde sich davor eine Art Schutzvorrichtung, eine Glaswand. Wenn das seine Art zu büffeln war, würde er die Prüfung wieder nicht bestehen.

Vor dem Schlafengehen ging er nach unten, um eine Tasse Tee zu trinken und ein Sandwich zu essen.

»Hast du immer noch den Blazer an?«

»Da oben ist es nicht warm.«

In den regionalen Spätnachrichten gab es nichts von Interesse. Er wollte, daß sie eine Meldung zu Blaise brächten. Seine Mutter gähnte und sagte: »Kannst du nachlegen?«

In der Küche hatten sie eine Feuerstätte, die die ganze Nacht über brannte. Eine Sofona. Er zog die Vorhänge zurück, um etwas Licht auf den Hof zu lassen, und ging hinaus zum Kohlenschuppen. Er häufte eine Schaufel Kohle aufs Feuer. Dann bedeckte er die Kohle mit feinem Grus. Er legte die Schaufel beiseite. Als er wieder hereinkam, war seine Mutter dabei, das Feuer zu dämpfen, indem sie feuchte Teeblätter und Kartoffelschalen, die sie in dem Plastikbehälter bei der Spüle aufgehoben hatte, auf den Grus schüttete und diesen mit der zierlichen Kaminschaufel platt drückte. Er haßte es, wenn sie das tat. Es war, als müsse er die Schwerarbeit leisten, während nur sie imstande war, den intelligenten Teil der Arbeit zu verrichten. Sie strahlte ein Gefühl der Genugtuung aus: Dinge, die normalerweise im Abfalleimer landeten, trugen dazu bei, die Heizkosten zu mindern. Sie stellte den Kaminschutz davor und schob die Luftklappe zu, bis nur noch ein winziges Rauchfähnchen von dem schwarz glänzenden Grus aufstieg.

»Schlafenszeit«, sagte sie.

»Nacht.«

»Vergiß nicht, ein paar Gebete zu sprechen.«

»Nein.«

Er ging auf sein Zimmer und überlegte, ob er sich umziehen sollte. Wenn seine Mutter hochkäme, fände sie es seltsam, ihn um zwei morgens in seinem Blazer dasitzen zu sehen. So stieg er denn in seine Schlafanzughose und hängte seinen Blazer über die Lehne des Stuhls neben seinem Bett. Nur noch wenige Zentimeter trennten ihn von den Fotos in seiner Tasche. Er stellte sein Kopfkissen aufrecht und ging zu Bett.

Ich scheiß was auf Gebete. Er war nicht in der Stimmung dazu, glaubte nicht daran, daß sie noch fruchteten. Bei brennendem Licht lag er da und starrte vor sich hin.

Eine halbe Stunde verging. Er vernahm keinen Laut. Er stieg aus dem Bett, öffnete die Zimmertür und lauschte. Seine Mutter ließ ihre Schlafzimmertür stets offenstehen, damit er sich, wenn er spät nach Hause kam, auf dem Weg in sein Bett bei ihr meldete.

»Schönen Abend gehabt?«

»Ja, ein paar angenehme Einbrüche. Beim letzten hab ich 'ne volle Flasche Wodka ergattert, so daß ich pföllig beschoffen bin.«

»Ah, wie schön für dich, Liebling. Aber kotz nicht zu laut. Gut's Nächtle!«

Sie schnarchte nicht laut, aber er konnte Schlafgeräusche aus ihrem Zimmer hören. Ein rhythmisches Atmen, schmatzende Lippen. Er ging zu seinem Blazer und nahm den Umschlag aus der Innentasche. Er wußte, daß sie ihn dabei ertappen konnte, wenn er sich die Treppe hinunterschlich, also zog er sein Schlafanzugoberteil über und klemmte sich den Umschlag unter den Arm. Er preßte den Arm an den Körper und stahl sich leise die Treppe hinunter. Als er an ihrer offenen Tür vorbeikam, hörte er ihre tiefen, regelmäßigen Atemzüge. Der Lichtschalter in der Küche klickte immer laut, so daß er ihn behutsam nach oben drücken mußte, bis das Licht anging. Die Tür drückte er äußerst langsam zu, weil sie einen Kugelschnäpper hatte, der, wenn man sie zu schnell schloß, laut zuschnappte. Das Kaminbesteck lehnte aufrecht neben der Kaminplatte. Er nahm den Schürhaken zur Hand und öffnete die Klappe. Zwischen den Streben glühte rot die Schicht unter dem schwarz rußenden Grus. Der Umschlag klebte an der Haut über seinen Rippen. Als er ihn abriß, hatte er das Gefühl, als würde er ein Heftpflaster abziehen. Er nahm sich das erste Foto vor und schob es zwischen den Streben hindurch ins Feuer, stieß es, ohne es anzusehen, mit dem Schürhaken tiefer hinein. Bilder im Feuer. Ein Spiel, das seine Mutter gerne mit ihm gespielt hatte, als er klein war. Das Foto erglühte und ging in Flammen auf. Kleine blaue Flämmchen züngelten an den Rändern entlang. Es krümmte und verbog sich. Er verbrannte sie. Endlich. Schaffte sie sich vom Hals. Der grauweiße Rauch, der von dem Grus aufstieg, nahm zu. Er schob das zweite Foto hinein. Das erste hatte sich schwarz verfärbt, und als der Luftzug es erfaßte, blinkten winzige Lichtpunkte auf. Die nächsten beiden schob er zusammen hinein, zwei Frauen mit einander zugewandten Gesichtern. Er hielt inne. War da ein Geräusch? Er stopfte sich den Umschlag unter den Arm und horchte. Er öffnete die Tür. Der Kugelschnäpper klirrte leise, als er zurückschnellte. Nichts. Er konnte nicht einmal die Atemzüge seiner Mutter hören. Aber das war ein schlechtes Zeichen. Sie mochte wach sein. Gleich würde sie in ihrem Nachthemd vor ihm stehen, das Haar zurückgebunden.

»Was treibst du denn da um diese nachtschlafende Zeit?«

»Ich hatte kalte Füße.«

Behutsam schloß er wieder die Tür und fuhr mit seiner Verbrennungsaktion fort. Brüste und Lächeln, offene Fotzen und nackte Hintern. Schließlich schob er den Umschlag selbst zwischen den Gitterstäben des Kamins hindurch. Er stieß einen Seufzer aus und schloß die Klappe. Er war so erleichtert, daß er die Sache hinter sich hatte, daß er sorglos wurde und den Schürhaken aus Versehen polternd auf die Kaminplatte fallen ließ. Scheiße. Du totaler Dummfick.

Er ging in die Wirtschaftsküche und setzte Wasser auf. Als es gekocht hatte, füllte er es in eine Wärmflasche. Oben knarrte ein Dielenbrett. Er hörte die Stimme seiner Mutter.

»Bist du's, Martin?« Er öffnete die Küchentür.

»Ich bin's nur«, antwortete er. Er knipste das Licht aus und stieg die Treppe empor.

»Was treibst du denn da um diese nachtschlafende Zeit?«

»Ich hatte kalte Füße.«

»Warum machst du dir keine Wärmflasche?«

»Hab ich doch gerade«, sagte er.

Im Bett verbrühte die Wärmflasche ihm die Füße, und er bedeckte sie mit einem Handtuch und klemmte sie sich zwischen die Knie. Er war froh, daß er die Dinger endlich losgeworden war. Und daß Kavanagh die Prüfungsbögen zurückgebracht hatte. Es war wie das Gefühl, das man nach der Beichte hatte. Eine Erleichterung. Das einzige Opfer war Blaise. Aber an der Schule war noch nie jemand gestorben. So etwas hatte es noch nicht gegeben. Also würde Blaise vermutlich genesen, und sie würden wieder zu dritt zusammenkommen. Und sollte etwas Entsetzliches geschehen, blieben nur er und Kavanagh zurück. Aber es war wenig wahrscheinlich, daß Blaise wieder soweit hergestellt wäre, daß er die Prüfung ablegen konnte. Martin malte sich die Turnhalle aus, wie sie letztes Jahr – im Jahr seines Scheiterns – ausgesehen hatte, mit ihren Kokosmatten zur Schonung des rissigen Ahornholzbodens und der vorübergehend an der Sprossenwand aufgehängten Uhr. Dieses Jahr würde Blaises Pult mit seiner in Kreide aufgemalten Prüfungsnummer darin stehen, leer wie Banquos Platz. Vermutlich würde während der gesamten Prüfungswochen derselbe ungeöffnete linierte Antwortbogen darauf liegen. Er wußte, trotz der Wanduhr würden die lernbegierigen Jungen, die Angeber, darunter auch Kavanagh, ihre Armbanduhren abziehen und vor sich aufs Pult legen. Ihre Ausrüstung – Kugelschreiber und Bleistifte, Lineale und Radiergummis – vor sich ausbreiten. Die Seufzer und Ächzer der Prüflinge, nachdem man ihnen das Zeichen gegeben hatte, die Fragebögen aufzuschlagen. Das entmutigende Gefühl, daß er die Antworten nicht wußte, obwohl er die Fragen kannte. Die feuchten Hände. Die unglaubliche Schwierigkeit, den ersten Satz zu Papier zu bringen. Das angestrengte Schreiben, bis die Finger wund waren und das Blut aus seinem Arm zu weichen schien. Die Gewißheit, daß er programmiert und eingestuft wurde, damit die Gesellschaft ihn verwerten konnte. Hier fabrizierten sie Schlüssel für Schlösser. Und indem er sein Bestes versuchte, tat er sein Schlechtestes. Das Gefühl, daß der aufsichtführende Lehrer jeden Augenblick zu ihm herantreten, ihm auf die Schulter klopfen und sagen würde: Durch genaue Analyse Ihrer Antwort haben wir Anlaß zu der Vermutung, daß Sie Kenntnis von der Frage hatten. Wie mag das zugehen?

Um elf Uhr und um halb vier das Geräusch, wenn dem aufsichtführenden Lehrer Tee und Kekse gebracht wurden. Das Kratzen der Kekse auf dem Teller, das Geräusch des Löffels, mit dem er den Tee in der Porzellantasse umrührte, das Zubeißen und das Kauen mit geschlossenem Mund. Und das alles im totenstillen Prüfungssaal. Letztes Jahr war der aufsichtführende Lehrer unentwegt die Gänge auf und ab geschritten. Dabei hatte er in einem Buch gelesen. Kavanagh schrieb wie immer drauflos, und am Ende mußte ihm der aufsichtführende Lehrer den Antwortbogen geradezu gewaltsam entreißen. Und Martin selbst würde sich weigern, seine Kenntnis der Aufgaben zu seinem Vorteil auszunutzen, und sein Möglichstes tun, die Prüfung zwar mühelos, aber doch nicht mit Auszeichnung zu bestehen. Und er sah nicht voraus, daß er mit dieser seiner Absicht derartig bewundernswerten Erfolg hatte, daß er nur mit knapper Mühe und Not bestand. Er stellte sich vor, was bei den Abendgesellschaften seiner Mutter gesagt werden würde. Wenn er durchfiel, würde man *nicht* über ihn sprechen. Falls er mit Ach und Krach bestand, konnte er schon Vater Farquharson sagen hören: »Bestanden ist bestanden. Glückwünsche sind angebracht. Der Weltrekord im Hochsprung ist auch nur um Haaresbreite verbessert worden.«

»Was soll das eigentlich heißen, ›mit Ach und Krach‹«, würde Mary Lawless sagen. »›Mit Ach‹ verstehe ich ja noch, aber ›mit Krach‹? Hier gibt's doch keinen Krach deswegen.«

Schwester Gilliland würde schief lächeln und etwa folgendes sagen: »In hundert Jahren wird man kein Wort mehr darüber verlieren.«

Und seine Mutter wäre den Tränen nahe, weil ihre Gebete erhört worden waren. Martin hatte sich also doch noch als braver Junge erwiesen. Selbst wenn er nicht fürs Priesteramt ausersehen war. Er fluchte nicht, wußte, was ein Gedeck war, konnte sich seine Krawatte selber binden, trug die richtige Haarlänge und hatte nicht das geringste Interesse an Sex.

Zweiter Teil

Zwölftes Kapitel

Eine Nacht im Labor

Wegen der Unruhen fand der Abendunterricht mitten am Nachmittag statt. Martin stand da und wartete darauf, daß seine Objektträger sich verfärbten. Als es soweit war, wusch er den Farbstoff ab, und die auf dem Glas klebenden Schnitte sahen aus wie die Blümchen eines marineblauen Blumenkohls. Er hob den Objektträger auf und betrachtete ihn unter dem Mikroskop. Wieder raste ein Rettungswagen mit heulender Sirene aus dem Krankenhaus davon. Netze dunkelblauer Zellkerne. Wenn man doch nur seine Gedanken färben könnte. Die Gesamtmenge aller Gedanken im Laufe eines Lebens – das wäre die Seele. Womöglich besah er sich gerade die Seele dieses armen Teufels. Die amerikanischen Sirenen waren eine neuere Entwicklung. Vor den jüngsten Unruhen mußte man sich mit Tatü-tata begnügen. Das Heulen der neuen Sirenen dagegen hatte etwas ziemlich Elegantes. Es jagte den Menschen einen heiligen Schrecken ein. Ein abstürzender Klang – wie das Gefühl in der Magengrube, wenn man fiel. Auf und ab wie eine Sinuskurve. Die angehenden Laboranten blickten einander an.

Der Lehrer kam von seiner Zigarettenpause zurück und gab bekannt, daß etwas vorgefallen sei. Daß sie darauf achten sollten, welchen Heimweg sie wählten. Es seien Busse verbrannt worden, so daß es höchstwahrscheinlich keinen normalen Busbetrieb gebe. Wer ein Auto dabeihabe, könne anderen eine Mitfahrgelegenheit anbieten. Im Norden und Westen der Stadt sei es ruhig und daher ratsam, sich in eine dieser beiden Richtungen aufzumachen. Aber was für einen Sinn hatte es, fragte sich Martin, sich in eine Richtung aufzumachen, in die man gar nicht wollte?

Sämtliche Kursteilnehmer gingen gemeinsam aus dem Saal. Im Fahrradschuppen lächelte Martin einem Mädchen mit blonden Haaren zu, das er bisher noch nicht gesehen hatte. Sie hüpfte leicht auf einem Bein und steckte sich ihre Hosenklammern an.

»Kann ich dir eine Mitfahrgelegenheit anbieten?« fragte er.

»Nein, ich habe ein Fahrrad.«

»Ich auch.«

Warum mußte er immer solche beschissenen Witze reißen? Wovon redete er da, es war ja nicht einmal ein Witz. Vielleicht konnte er ein Gespräch in Gang bringen, aber um welchen Preis? Was für ein verrückter Typ, würde sie sagen und Angst haben, über ihre Schulter blicken. Vermutlich kam sie von einem der Krankenhäuser, denn sie hatte ein Namensschildchen, das er nicht lesen konnte. Er würde sie kennenlernen. Ihre Fahrräder würden sie zusammenbringen. Vielleicht hätte sie in der kommenden Woche bereits vergessen, was er gesagt hatte. Vielleicht. Sie schloß ihr Fahrrad auf, und als sie an ihm vorbeiwitschte, schenkte sie ihm ein nervöses Lächeln.

Der Kurs setzte sich aus Laboranten verschiedener Krankenhäuser, verschiedener Institutionen zusammen. Das Trimester war schon fast vorüber. Nächstes Jahr würden sie die bescheuerte Multiple-Choice-Prüfung ablegen müssen. Sich *diesen* Prüfungsbogen vorher anzusehen würde nicht schaden. Und er würde nicht die geringsten Gewissensbisse dabei verspüren.

Er kramte seinen eigenen Schlüssel hervor und machte sich an dem Schloß zu schaffen. Der Farbstoff hatte seine Fingerspitzen schwarz verfärbt. Was für einen Stuß sie lernen mußten: verschiedene Methoden, verschiedene Gewebeproben zu färben, um bestimmte Zellen nachzuweisen. Die ganze Scheiße konnte man in einem Buch nachschlagen. Aber in diesem Beruf mußte man Prüfungen bestehen. Das Institut wollte, daß man in eine Prüfung hineinging, sich hinsetzte und die sechzehn Schritte herunterleierte, die man benötigte, um den Querschnitt einer Bauchspeicheldrüse mit Hämatoxylin und Eosin zu färben. Blau und rosa. Wozu das Ganze? So wie Köche Kochbücher besitzen, so besaß jeder Laborant ein Lehrbuch mit den sechzehn Schritten. Er konnte lesen, er konnte die Schritte ausführen. Nun ja, wenn man sich auf einer einsamen Insel befand und aufgefordert wurde, bestimmte Schnitte einer Bauchspeicheldrüse mit Hämatoxylin und Eosin zu färben, und wenn man kein Buch bei sich hatte, dann vielleicht...

Prüfungen waren Scheiße. Er hatte die Schulabschlußprüfung bestanden, aber nur mit Ach und Krach. Kavanagh, der hatte natürlich hundsföttisch gut abgeschnitten. Für ein Genie wie ihn machte es keinen oder kaum einen Unterschied, ob er Hilfestellung bekommen hatte oder nicht. Martin wußte, daß er selber auch nicht eben dumm war, aber die Fragen, die ihnen gestellt wurden, waren abscheulich. Vergleichen Sie dieses Gedicht mit jenem Gedicht, warum schreibt der Autor dies und das? Einmal hatte Blaise im Englischunterricht gesagt, es sei eine völlig angemessene Reaktion, vor einem Kunstwerk zu verstummen. Und Wee Jacky hatte lediglich geantwortet: »Versuchen Sie das mal Ihrem Prüfer klarzumachen.«

Das Schloß ging auf, und er steckte es in die Tasche. Er bestieg sein Rad und strampelte langsam zum Hinterausgang. Er hatte frei, und der Abend ließ sich schön an. Er legte die Hände dicht nebeneinander auf das Mittelstück seines Rennlenkers und ließ sich Zeit. Er versuchte, sich eine gefahrenfreie Strecke auszudenken: die Grosvenor Road hinunter, dann über die Boyne Bridge, die Sandy Row hinauf und zur University Road. Normalerweise hätte er sich nach dem Unterricht nach links gewandt und wäre nach Hause geradelt. Um sich von seiner Mami füttern zu lassen. Aber heute abend fuhr er zu seinem Arbeitsplatz zurück, zum Labor im Anatomischen Institut der Universität. Zum ersten Mal in seinem Leben hatte er Nachtschicht. Um Kavanagh auszuhelfen, diesem Mistkerl. Also lenkte er das Rad nach rechts. Er mußte über Lenkstangen nachdenken. Der vergangene Winter war unglaublich kalt gewesen. Trotz Handschuhen waren seine Hände auf dem morgendlichen Weg zur Arbeit blau gefroren. Vielleicht sollte er wirklich ernst machen mit seiner Idee einer Lenkerheizung. Aber seine Mutter hatte immer etwas zu meckern, wenn er das Fahrrad in die Küche schob.

»Was willst du denn hier drin mit dem Ding, Martin?«

»Das geht dich nichts an.«

»Komm mir bloß nicht frech, mein Junge. Noch hast du keinen eigenen Hausschlüssel, weißt du. Du zerreißt mir noch das Herz. Weiß Gott, was ich angestellt habe, daß ich eine solche Behandlung verdiene.«

Natürlich konnte er den Wasserkessel auch auf den Gehsteig tragen. Das Fahrrad auf den Kopf stellen und das kochende Wasser in die Lenkstange gießen. Dann die Korken hineinhämmern. Aber er wußte nicht, wie weit die Hohlräume des Fahrrads reichten. Würde das heiße Wasser durch den ganzen Rahmen laufen und womöglich auf die Straße sickern? Es hörte sich ziemlich gefährlich an, weswegen er es vermutlich noch nie ausprobiert hatte. Und was wäre mit dem Rost?

»Eines Tages werden sie dich noch tot hier hereintragen, und ich werde keine Schuld daran haben. Ich hasse diesen Drahtesel. Du tätest besser daran, das Fahrgeld für den Bus zu zahlen. Dann hättest du wenigstens noch dein ganzes Leben vor dir.«

Manchmal befolgte er ihren Rat und fuhr mit dem Bus. An Vormittagen, an denen er nicht mit Lenkstangen hantieren mußte, löste er das Problem der kalten Hände, indem er sich in jeden Handschuh ein warmes hartgekochtes Ei stopfte. Hinterher, in der Mittagspause, verzehrte er sie.

Jetzt war es sehr still, er konnte das Surren seiner Reifen auf dem Asphalt hören. Es gab nur wenig Verkehr. Die Ampel sprang auf Rot um. Er hielt an. Vor McGladdery's Autosalon. Zumindest war es McGladdery's Autosalon gewesen, als er das letzte Mal Abendunterricht gehabt hatte. Jetzt fehlte das Dach. Die Fensterscheibe fehlte ebenfalls, bis auf ein paar gezackte Glassplitter im Rahmen. Alles war verrußt, verrostet und verbrannt. Ein Bagger versuchte, den Schutt zu beseitigen. Dröhnend fuhr er vor und zurück, schaufelte die verbrannten Trümmer mit dem

Baggerlöffel auf und entlud sie auf die Ladefläche eines Lastwagens. Auf einem Abschleppwagen stapelte sich eine Anzahl verbrannter Autowracks. In der Luft hing noch immer Rauchgeruch. Feucht und verbrannt. Wie nach einem Grillabend, wenn man auf die Holzscheite gepißt hat. Metallstreben ragten auf, Holzbalken waren schwarz versengt – ein Muster von schwarzen Vierecken. Wie Alligatorleder. Ein Typ mit einer Schultertasche lief umher und machte Aufnahmen. Mit einer guten Kamera. Dem Aussehen nach eine Hasselblad.

Die Ampel schaltete auf Grün um. Martin fuhr an. Es war ein seltsames Gefühl, im Blickpunkt der Welt zu leben. In seinem Wohnort spielten sich bemerkenswerte Dinge ab. Es machte nichts, daß es *schlimme* Dinge waren. Man war stolz darauf, daß man überhaupt wahrgenommen wurde. In jeder Zeitung, jeder Fernsehsendung der Welt gab es Bilder von seiner Stadt. Daß es Bilder von einer Stadt waren, die in Brand gesteckt oder in die Luft gesprengt wurde, gehörte nicht zur Sache.

Die nächste Ampel stand auf Grün. Schon komisch, es war Stoßzeit, und es hätte viel betriebsamer sein müssen. Doch je mehr er sich dem Stadtzentrum näherte, desto ausgestorbener wurden die Straßen. Mit einiger Geschwindigkeit bog er nach rechts ab zur Boyne Bridge. Die Straße war mit Pflaster- und Ziegelsteinen übersät. Statt einer Hauptstraße wirkte sie wie Ödland. Was zum Teufel war vorgefallen? Ein Lieferwagen stand in Flammen, und die Luft war vom Gestank brennenden Gummis erfüllt. Er versuchte, zwischen den Trümmern hindurchzusteuern, prallte aber gegen einen zerbrochenen Ziegelstein. Vor ihm zersplitterte eine Flasche. Verdammte Scheiße, was ging hier vor? Er sah über die Schulter. In der Straße gegenüber standen Landrover und eine Phalanx Polizisten. Burschen rannten zum Scheitelpunkt der Brücke vor und schleuderten Geschosse über die Straße. Martin auf seinem Fahrrad befand sich mitten im Getümmel. Er machte abrupt kehrt und zog sich zurück. Mit einem Plauz fuhr er auf den Gehsteig, wo weniger Zeug auf dem Boden herumlag. Er stand in den Pedalen und sauste den Hügel hinab. Irgend etwas prallte gegen seinen Rücken. Ein halber Ziegelstein oder dergleichen, er wußte nicht, was. Er ahnte es nur, verspürte jedoch keinen Schmerz. Er bog um die Ecke, aus der Schußlinie, und hielt, so schnell er konnte, auf die City Hall zu, noch immer auf dem Gehsteig. Wieso konnten diese Scheißkerle einen auch nicht vorwarnen? VORSICHT. STRASSENSCHLACHT IM GANGE. Jesus Christus. Man hätte ihn erschießen, ihm ein Gummigeschoß in den Arsch oder sonstwohin feuern können. Als er das Gefühl hatte, aus der Schußlinie zu sein, machte er halt und gesellte sich der Zuschauermenge zu.

»Was ist los?«

»Ein Krawall.«

»Weshalb?«

»Wie soll man das wissen? Wahrscheinlich hat irgend jemand irgendwas gesagt.«

Inzwischen war nicht mehr viel los – das gelegentliche Klirren einer Glasflasche, die auf dem Straßenpflaster zerbarst, und ein schwer zu verstehendes Gebrüll: »Ihr verdammten Schweine!« oder so ähnlich. Die Polizei stand in Bereitschaft.

Martin sah auf seine Uhr. Er mußte sich beeilen. Jetzt, wo die Sandy Row versperrt war, mußte er einen langen Umweg auf sich nehmen. Er mußte etwas für Kavanagh erledigen. Und ihm war gesagt worden, Zeit sei von entscheidender Bedeutung. Und er mußte ein Messer schleifen. Er schob das Fahrrad an und schwang sich in den Sattel, während es rollte. Langsam radelte er die Great Victoria Street entlang, näherte sich Shaftesbury Square, wo die Ulster Bank stand, mit den beiden Statuen von Elizabeth Frink im Gemäuer. Sie hießen Fliehende Gestalten oder Fallende Gestalten. Aber der Volksmund hatte sie Scheck und Wechsel getauft. Der Verkehr strömte aus allen Richtungen. Aus den Seitenstraßen kamen irgendwelche Scheißkerle auf ihn zugeschossen. Schnurstracks auf ihn zu. Er umfuhr den Square, dann trat er in die Pedale und jagte keuchend die Steigung zur Universität hinauf. Bäume, grüne Rasenflächen, Vogelgesang.

Er ging in die Eingangshalle, schob das Fahrrad an der Pförtnerloge vorbei, erkannte aber den diensthabenden Beamten nicht und nickte ihm deshalb auch nicht zu. Er redete nur selten mit einem von denen – lauter Orangisten. Binnen weniger Tage nach seinem Arbeitsantritt hatten sie gewußt, was *er* war. Und händigten ihm die Institutspost schweigend aus. Martin konnte sich schon denken, daß er die Anstellung nur deswegen bekommen hatte, weil der Professor, der das Bewerbungsgespräch geführt hatte, aus Australien kam und die Regeln, die hier galten, nicht kannte oder, was wahrscheinlicher war, es vorzog, sie zu ignorieren.

Der Boden in der Eingangshalle war wie ein Schachbrett, nur daß die schwarzen Fliesen besser erhalten waren als die weißen und die weißen Quadrate sich leicht nach innen wölbten. Er lief über die Unebenheiten, und sein Fahrrad neben ihm tickte gleichmäßig. Vor der Tür sah er ein Mädchen mit einem Rucksack im Säulengang stehen. Es war immer sehr mühsam, das Fahrrad hinauszubugsieren. Das Mädchen zog die schmale Tür zu sich und hielt sie ihm auf. Sie lächelte ihm zu, aber er war zu verlegen, um zurückzulächeln, weil sie zu edel für ihn war. Und sein Fahrrad stieß scheppernd gegen die Tür. Der Rand des Metallpedals schlug ihm gegen das Schienbein. Er verzerrte das Gesicht und wollte schon losfluchen, besann sich aber eines Besseren. Als er das Fahrrad hinausgezwängt hatte und in Richtung auf das viktorianische Gebäude aus rotem Ziegelstein am anderen Ende des Innenhofs schob, war das Mädchen durch die Tür gegangen und verschwunden.

Die Uhr über dem Säulengang schlug jede Stunde schwach sechsmal. Zweimal am Tag zu recht. Wie jetzt: Als er über den Innenhof lief, war es sechs Uhr. Das Anatomische Institut war von gepflegten Grünflächen umgeben, die in horizontalen Streifen gemäht waren, Gelb und Dunkelgrün, den Farben eines Eierkürbisses. Vor den Fenstern im Erdgeschoß wuchsen einige Japanische Zierkirschen. Sie hatten nur noch wenige Blüten. Die abgefallenen rosa Blütenblätter lagen in den Rinnsteinen verstreut. Auf einer Seite, vor dem Theologietrakt, wuchs ein schiefer Goldregen, der von einem Aststrunk daran gehindert wurde, daß er sich noch tiefer senkte. Für einen Baum mit giftigem Samen genau der richtige Ort: vor der Theologie.

Martin hatte keine Lust, sein Fahrrad abzuschließen, sondern nahm es mit durch die Kellertür und stieg die Treppe zu seinem Labor hinauf. Er zog seinen weißen Kittel über und besah sich sein Schienbein: noch durch sein Hosenbein hindurch hatte er sich an dem Pedal blutig gestoßen.

Das Mikrotommesser lag in seinem Kasten wie in einem kleinen Sarg. Behutsam hob er es heraus und legte es auf den Objekttisch des Mikroskops. Der vergößerte Rand war zerfressen und uneben. Die Schneide eines scharfen Messers sollte vollkommen gerade sein. So wie der Meereshorizont. Er würde Stunden benötigen, es zu schärfen. Martin goß Öl auf die Glasplatte, dann fügte er Schmirgelpulver hinzu – die geringstmögliche Menge, die er von der Klinge eines Skalpells abklopfte. Das Schleifgerät war wie ein Schallplattenspieler, nur daß es statt des Saphirs ein Messer gab. Auf dem Pulver zischte es ständig, doch wann immer das Messer gewendet und die andere Seite geschliffen wurde, verstummte das Geräusch. Morgen würde es scharf genug sein, daß man ein Haar der Länge nach spalten konnte. Wenn er nur wüßte, wie. Er schloß den Deckel des Geräts, um das Geräusch zu mindern. Salvador Dalí, dieser verrückte Hund, hatte zusammen mit Luis Buñuel den Film *Un chien andalou* gedreht und darin einen Augapfel gezeigt, der, bevor man wegschauen konnte, von einem Rasiermesser zertrennt wurde. Martin haßte alles, was mit Augäpfeln zu tun hatte – inzwischen die einzige Sache, bei der ihm immer noch komisch im Magen wurde. Dalí war nichts als ein Selbstdarsteller mit einem dämlichen Zwirbelbart. Je ausgefallener der Bartwuchs, desto uninteressanter die Persönlichkeit. Er sah auf seine Uhr. Zehn nach sechs. Alle anderen waren gegangen, der Haupteingang verschlossen. Er mußte den Zeitplan holen, den Kavanagh ihm in seinem Zimmer hingelegt hatte.

Auf einer Bank neben der Tür stand eine leere Flasche. Es hatte keinen Sinn, sie an sich zu nehmen, weil sich um diese Zeit niemand im Gebäude aufhielt. Dies alles war Bestandteil seiner Strategie, sich während der Arbeitsstunden ungestört im Gebäude zu bewegen und sich mit diesem oder jenem zu unterhalten. Die Flasche trug er immer bei sich. Falls ihn jemand anhielt, war er unterwegs, um sie nachzufüllen. Hatte er sie gerade gefüllt, so befand er sich auf dem Rückweg, um seiner Arbeit nachzugehen.

Im Gang lief er auf dem braunen Linoleumstreifen in der Mitte. Zu beiden Seiten standen ganze Reihen grauer Metallspinde, die meist von männlichen Angestellten benutzt wurden. Die weiblichen Angestellten hatten in der Damentoilette eigene Spinde. Auf dem leeren Gang quietschten seine Schuhe. Am Schwarzen Brett am anderen Ende des Ganges schien die Sommersonne auf den Fußboden.

Er kam am Präpariersaal vorbei. Zu seiner Überraschung nahm er hinter der Opalglasscheibe eine Bewegung wahr. Er öffnete die Tür. Dr. Cowie wandte ihm den Rücken zu und stellte gerade seinen Gurt mit Werkzeugen und Papieren zusammen. Aber meine Güte, was war denn mit den Leichen los? Einige von ihnen streckten die Beine in die Luft. Es sah abscheulich aus, als seien sie vom Himmel gefallen und würden jeden Augenblick landen. Der Raum roch stark nach Formalin, so stark, daß ihm die Augen brannten. Dr. Cowie drehte sich um und musterte ihn über seinen Brillenrand hinweg.

»Hallo.«

»Ich dachte, es wären schon alle gegangen«, sagte Martin.

»Ich will gerade aufbrechen.« Der Arzt klappte seine Brille zusammen und steckte sie ins Futteral. »Was machen Sie denn noch so spät hier?«

»Ich bin heute nacht hier.«

»Wegen des Kellerjazz?«

»Nee. Davon weiß ich nichts.«

»Jeden ersten Mittwoch im Monat. Also?«

»Ich muß was für Kavanaghs Abschlußarbeit erledigen«, erwiderte Martin. »Was denn für Jazz?«

»Das Übliche. Was immer die da unten spielen, wer weiß? Sind Sie Fan?«

»Ich mag Blues, New Orleans. Manchmal ist moderner Jazz auch ganz gut.«

»Was müssen Sie für Kavanagh tun?«

»Ein Experiment mit Zeitmessung. Es wird die ganze Nacht dauern.«

»Und wieso kann Kavanagh das nicht selber machen? Wo steckt er?«

»Er spielt Basketball. In Dublin.«

»Und wer bezahlt einem Laboranten für eine ganze Nacht die Überstunden?«

»Es handelt sich um einen Gefallen. Er ist mein Freund. Wir sind zusammen zur Schule gegangen.«

Dr. Cowie schnaubte leise vor sich hin. Sein weißer Kittel sah aus, als sei er geradewegs aus der Wäscherei gekommen. Man hätte sich daran schneiden können.

»Und was für Tagwerk können wir dann morgen noch aus Ihnen herauszuschlagen hoffen?« Martin antwortete nicht. »Für wen spielt er denn Basketball?«

»Er gehört der Universitätsmannschaft an.«

»Groß genug ist er ja. Ist er auch gut?«

Martin hielt ihm die Tür auf. Dr. Cowie schob sich an ihm vorbei, als Martin mit einem Kopfnicken auf die nahen Tische deutete.

»Und weshalb sind die so?«

»Wie?«

»Daß sie die Beine in der Luft haben?«

»Ach, die Studenten sezieren das Perineum.«

»Ach so.«

Martin stieg die enge Wendeltreppe hinauf zu der Kammer, in der die Studenten arbeiteten. Kavanagh und seine Freundin

Pippa hatten beschlossen, ein zusätzliches Studienjahr einzulegen, bevor sie ihr Praktikum in einem Krankenhaus machten. Natürlich war es Pippas Entscheidung gewesen, und Kavanagh folgte ihr, wohin auch immer sie ihn führte. Es hieß, für eine Frau sei es ungewöhnlich, sich soviel Zeit zu lassen. Die Dachkammer war leer. Er ging zu Pippas Arbeitsplatz am Fenster und blickte sich um. Sie war sehr ordentlich. Sehr christlich. Dann entdeckte er zwischen ihren Büchern ein Wörterbuch. Er schlug das Wort »Perineum« nach: »*Perineum* [griech.-lat.], das, Mittelfleisch, Damm, Bezirk zwischen After und äußeren Geschlechtsteilen.« Er lächelte und legte das Wörterbuch wieder an seinen Platz zurück. Wie schön zu wissen, daß in einem Wörterbuch, das Pippa gehörte, eine schmutzige kleine Begriffsbestimmung wie diese stand. Und daß auch sie eins hatte. Pippas Perineum. Er ging zu Kavanaghs Arbeitsplatz. Dieser hatte ihm die gewünschten Papiere hingelegt.

Auf dem Rückweg zum Labor hörte er die Kellertür zuschlagen. Der Knall dröhnte den Fahrstuhl- und den Treppenschacht herauf. Dr. Cowie ließ seinen Wagen an und fuhr davon. Stille – bis auf die Spatzen, die draußen zirpten. Und durch eine offene Tür das Tröpfeln eines Spülkastens in der Damentoilette. Er war noch nie auf der Damentoilette gewesen. Er drückte die Tür auf und ging an den Kabinen vorbei. Die Türen standen offen, und die Klosettbrillen waren alle heruntergeklappt. An der Wand eines Nebenraums hing ein Tampax-Automat, und ein Tisch war von Reihen hoher Spinde umgeben. Mit der freien Hand berührte er verschiedene Gegenstände. Überall lagen Bücher herum, meistens Exemplare von Henry Grays *Anatomy of the Human Body.* Er faßte sie an. An Haken hingen einige schlaffe, weiße Kittel, die aussahen, als gehörten sie niemandem. Mit dem Handrücken strich er darüber. Ein Regenschirm und ein altmodisches Halstuch. Ein kleiner quadratischer Spiegel auf einem Fensterbrett. Ein einzelner smaragdgrüner Handschuh. Er legte seine Papiere auf den Tisch und streifte den Handschuh über. Er war aus weichem Kunstleder und so straff, daß er seine Hand zusammenquetschte, sie fast zerdrückte. Er zog ihn wieder aus und legte ihn an dieselbe Stelle zurück, wo er ihn gefunden hatte. Seine Hand nahm ihre alte Form an. Er schnupperte den zarten Duft, der ihm von dem Handschuh anhaftete.

Ein Spind stand weit offen – ein Paar bequemer brauner Lederschuhe, deren Spitzen nach außen zeigten und in denen sich entzündete Fußballen abdrückten, vom stundenlangen Herumstehen im Präpariersaal. Auf dem Regal stand eine Flasche Atrixo-Handcreme. Er langte hinauf, schraubte den Verschluß auf und tat einen Klacks auf seinen Handteller. Dann verrieb er ihn mit den Händen und atmete tief ein. Der defekte Spülkasten gurgelte und tropfte noch immer.

Er stieg die knarrende Holztreppe hinunter zu seinem Labor und las sich Kavanaghs Anweisungen durch. Sie waren nicht sonderlich kompliziert. Die erste Ratte mußte um sieben Uhr dran glauben. Unten auf der Seite stand in Kavanaghs großer Blockschrift:

NICHTBEFOLGUNG DIESER ANWEISUNGEN
ZU DEN VORGESCHRIEBENEN ZEITEN
ZIEHT DEN SICHEREN TOD NACH SICH.

Das Tierhaus befand sich im Keller, fünf schlecht belüftete Räume. Die Decke war niedrig. Martin konnte sie mit dem Handballen berühren. Im mittleren Raum brannte ein Ofen, der noch ein wenig Hitze abgab. Dr. Cowie nannte ihn »die Verbrennungsanlage«. So ein Schwachsinn. Ein vornehmer technischer Fachausdruck für den Ofen unten.

»Bringen Sie ihn nach unten zur Verbrennungsanlage.«

Der Rost war sehr tief, und wenn ein Feuer loderte, toste es zum Kamin hinauf. Wenn man den metallenen Schirm vor die Öffnung hielt, entstand ein angsteinflößendes Geräusch. Dann wurde das Feuer fast weiß, und der Kaminmantel schien vor lauter Aufwind zu pulsieren und zu vibrieren.

Schon in der ersten oder zweiten Arbeitswoche war Martin

gebeten worden, etwas in den Keller hinunterzubringen. Vielleicht wollte Dr. Cowie ihn auf die Probe stellen, sehen, wie er reagieren würde. Eigentlich war er Embryologe, und an dem betreffenden Tag war er, ganz von sich überzeugt, ins Labor gekommen.

»Martin, schauen Sie sich das an.« In einer Hand hatte er eine weiße Mullbinde, in der anderen ein Skalpell. Er trug weiße Chirurgenhandschuhe. »Soeben eingetroffen. Ein herrliches Exemplar.«

Er trug sein Geheimnis zur Spüle und begann es auszuwikkeln. Die letzte Gazeschicht blieb an dem Eingewickelten kleben, und das erste, was Martin sah, war Blut. Er versuchte, nicht zurückzuzucken. Zusammengerollt in dem Blut lag etwas Blasses, Geleeartiges, so groß wie eine kleine Faust. Dr. Cowie lächelte und wartete darauf, daß Martin erriet, was er da vor sich hatte. An einigen Stellen war das Blut schwarz.

»Nun? Was meinen Sie?«

»Ein Fötus.«

»Ins Schwarze getroffen.« Dr. Cowie benutzte das Skalpell als Wundschere und hob mit der Klinge ein winziges durchsichtiges Ärmchen an. »Etwa vierzehn Wochen alt. Sehen Sie die Finger? In diesem Stadium ist alles schon voll ausgebildet.« Er ließ den Arm sinken und beugte sich vor. »Sehen Sie das? Wissen Sie, wie man das nennt? Lanugo – fetale Wollhärchen –, er ist über und über damit bedeckt.«

Das einzige, was Martin sah, war, wie wehrlos er aussah. Seine Streichholzärmchen und -beinchen waren gekrümmt, die Fäustchen geballt. Der Fötus hatte sich zu einer Kugel zusammengerollt, wie man es tat, wenn man sich vor Fußtritten schützte. Im Vergleich zum Rumpf war der Kopf riesig, so wie man sich ein außerirdisches Wesen vorstellt.

Dr. Cowie holte eine Geburtszange hervor und hob den Fötus an der Nabelschnur hoch. Martin fragte: »Was hat ihm gefehlt?«

»Nichts. Die Mutter mußte sich wegen einer anderen Geschichte einer Notoperation unterziehen. Werfen wir einen Blick in sein Inneres.« Dr. Cowie nahm den Fötus in die linke Hand, indem er ihn mit dem Daumen unters Kinn faßte. Er setzte das Skalpell auf der Brust an. Sie ließ sich mühelos öffnen. »Das ist die Leber. Im Alter von neun Wochen ist sie enorm und füllt den ganzen Brustkorb.« Dr. Cowie fuhr fort, mit Martin zu reden, als habe er es mit einem ganzen Kurs zu tun. »Irgendwelche Fragen?« Martin schüttelte den Kopf. Aber er gab sich lernbegierig.

»Worin wollen Sie ihn konservieren?«

»Ich habe genügend im Alter von vierzehn Wochen. Bringen Sie ihn nach unten zur Verbrennungsanlage. Sie wissen, wo der Keller ist?«

Als er mit der Mullbinde in der Hand den Korridor entlanglief, verspürte er das blödsinnige Verlangen, langsam zu gehen. Begräbnisreden kamen ihm in den Sinn. *Er war ein großartiger Bursche.* Oder: *Sein ganzes Leben lang wollte er nur...* Nichts davon traf zu. Er trug die Mullbinde mit dem Fötus in den Keller und blieb vor dem Feuer stehen, das vor lauter Asche grau geworden war. Hier und da war noch rote Glut zu erkennen.

Er erinnerte sich daran, wie er zum ersten Mal eine schwangere Frau gesehen hatte. Er war mit seiner Mutter die Straße entlanggegangen, wahrscheinlich hatte er sie bei der Hand gehalten. Da kam ihnen eine Frau entgegen, die ihren Mantel über der ungeheuren Wölbung ihres Bauches straff zugeknöpft hatte. Als sie vorüberging, flüsterte er seiner Mutter zu: »Hast du die gesehen? Sie hat eine Schüssel oder so was unterm Mantel.«

Er blickte ihr über die Schulter nach. Seine Mutter ging weiter.

»Psst. Red nicht so laut«, sagte sie. So wie ihre Augen umherhuschten, wußte er, daß irgend etwas nicht stimmte.

»Was ist mit der?«

»Sie kriegt ein Kind.«

»Hat sie dafür die Schüssel gekauft?«

»Sei nicht albern.«

»Was ist daran albern?«

»Das Kind ist in ihr drin.«

»Ach so.«

Damals fand er es sehr merkwürdig. Wie konnte ein Kind in ihr drin sein? Befand es sich unter ihrem Mantel? Wie bekam es Luft? Mußte sie es nachts herausnehmen, damit es frische Luft schnappen konnte? Wozu wollte sie eine Schüssel die Straße entlangschmuggeln?

In jedem Raum waren Käfige an den Wänden übereinandergestapelt, die meisten davon voller Ratten und Mäuse. Einige Meerschweinchen. Aus den Käfigen drang ständiger Lärm, ein Piepsen, Quieksen und Scharren. Er las sich Kavanaghs Angaben durch, fand den gesuchten Käfig und trug ihn nach oben ins Labor.

Von einer Watterolle zupfte er ein Bäuschchen ab und stopfte es in ein Steingefäß von der Größe einer Keksdose, dann spritzte er Äther darauf, bis die Watte feucht und dunkel war. Er sog den Duft des Gases ein und sah, wie die Luft über dem Gefäß flimmerte. Als Deckel benutzte er eine Glasscheibe, damit er sehen konnte, was sich in dem Gefäß tat. Er rieb sich die Nase; die Atrixo-Handcreme verströmte noch immer einen schwachen Geruch. Der Käfig mit den Ratten stand auf dem Labortisch. Es war, als könnten sie den Äther riechen. Sie stießen Angstlaute aus, die zunahmen, als er den Drahtdeckel ihres Käfigs lüftete. Er hob eine weiße Ratte an ihrem unbehaarten Schwanz heraus, ließ sie in das Gefäß fallen und schob den Glasdeckel darüber. Der machte ein schabendes Geräusch. Dann sah er auf die Uhr. Die Ratte kauerte sich hin, rieb sich Nase und Augen, zuckte mit den weißen Schnurrhaaren und nieste. Sie geriet in Panik, stellte sich auf die Hinterbeine und suchte nach einem Fluchtweg. Während sie an der Innenwand des Gefäßes Pfote über Pfote legte, machte sie leise Kratzgeräusche. Die Watte war mit schwarzen Kot-Ovalen übersät. Gelbe Flecken, wie Pisse im Schnee. Die rosa Äuglein, die zitternden Barthaare. Plötzlich kippte sie nach hinten um und lag mit pumpenden Flanken auf der Seite. Dann hörte sie auf, sich zu bewegen. Ihre Äuglein wurden zu durchsichtigem Gallert – ein sicheres Anzeichen dafür, daß sie tot war. Martin hob sie am Schwanz wieder heraus. Auf der Seite, mit der sie auf dem Äther gelegen hatte, hatten die Haare sich zu nassen, gelblichen Stacheln verdreht.

Auf dem Labortisch lag ein Stoß alter Zeitungen, auf denen man arbeiten konnte. Er nahm eine zur Hand und löste das linke Bein aus dem pelzigen Leib. Es sah aus wie eine winzige rohe Hühnerkeule. Er legte es in ein Gefäß mit Kochsalzlösung, das er mit der genauen Zeitangabe beschriftete. Den Rest wickelte er in Zeitungspapier und warf das Päckchen in den Abfalleimer. Er würde später alles zusammen verbrennen. Er hatte Hunger. Oft dachte er, er würde gern einmal Ratte versuchen.

Einmal hatte ihnen der geistliche Ratgeber der Schule von der Belagerung Derrys erzählt. Die Lage hatte sich so verschärft, daß die Menschen Ratten fingen und als Nahrungsmittel verkauften, sechs Pence das Stück. Kavanagh hatte aufgezeigt und gefragt: »Wieviel ist das in heutiger Währung?«

Aber diese Ratten hier waren sauber, zart und mager – eine gute Züchtung. Er malte sich aus, er würde wie seine Mutter eine Abendgesellschaft geben und kleine Stückchen davon auf hölzernen Cocktailspießchen servieren. Ein eingelegtes Zwiebelchen, ein Stück Ananas, geröstete Ratte, einen Tomatenschnitz.

»Mmm, das schmeckt aber köstlich«, würde Schwester Gilliland sagen.

»Was ist denn das, Mrs. Brennan?« würde Mary Lawless fragen, »die sind einfach himmlisch.«

»Ach, das hat sich Martin ausgedacht«, würde seine Mutter erwidern.

»Was ist das, Martin? Was essen wir da?«

»Ratte.«

»Ahhhhhh, Jesus, Maria und Joseph, ich muß mich fürchterlich übergeben.«

Nachdem er seine Stelle angetreten hatte, wurde er sich der

Anatomie von Lebewesen bewußt. Etwa Hühnchen. Wenn er aß, vergegenwärtigte er sich die Sehnen, die Muskelbündel, die zu schwarzen Fäden verkochten Blutgefäße. Wenn er durch das alles hindurchbiß, gelangte er zu dem leicht bläulich schimmernden Knochen. Lammkoteletts wurden zu Rippen. Und irgendwie stieß ihn das Wissen um die Anatomie des Tieres leicht ab. Er dachte schon daran, Vegetarier zu werden, machte aber nie ernst damit.

Er griff in seine Tasche, nahm den Wecker heraus, den seine Mutter ihm geliehen hatte, und stellte ihn auf eine Stunde später. Er tickte laut.

Als er sich am Morgen fertiggemacht hatte, um zur Arbeit zu radeln, hatte seine Mutter zu ihm gesagt: »Ich werde dich vermissen.«

»Es ist doch nur für eine Nacht«, hatte er entgegnet. Sie hatte ihn angestarrt.

»Martin, das war doch nur Spaß.«

Ob er wohl sein Bett aufstellen sollte? Wie lächerlich. Jetzt dachte er schon um sieben Uhr abends ans Schlafengehen, nur weil er nicht in seinem eigenen Bett liegen würde. Von Ferien abgesehen, hatte er das letzte Mal vor drei oder vier Jahren außer Haus geschlafen, bei den Schweigeexerzitien in Ardglass.

Kavanagh hatte ihm von irgendwoher ein Feldbett der Landwehr besorgt, ein straff über Metallstangen gespanntes salbeigrünes Segeltuch. Zusammen mit seinem Schlafsack mochte es angehen. Wenn er es jetzt aufschlug und auf dem Boden stehenließ, wäre es ihm nur im Weg. Er würde darüber stolpern und sich noch etwas brechen. Trotzdem klappte er es auseinander, so gut er konnte. Es war das gleiche Spiel wie mit einem Liegestuhl.

»Verdammte Scheiße«, sagte er immer wieder. Er brauchte eine Ewigkeit. Schließlich stand das Ding – elastische fünfzehn Zentimeter über dem Fußboden. Er rollte seinen Schlafsack auseinander, legte sich darauf und probierte aus, wie komfortabel es war – auf dem Rücken, die Hände hinter dem Kopf verschränkt. Nicht schlecht. Er hopste ein wenig auf und ab. Ganz und gar nicht schlecht. Das Segeltuch knarrte wie Kohlblätter. Aber es war bequem. So ließ es sich leben. Er konnte sich hinlegen und zu den Sternen aufschauen. Er versuchte, sich auf die Seite zu legen. Schon wieder quietschende Geräusche. Wenn er die Knie anwinkelte, ragten sie über den Rand des Bettrahmens hinaus. Da es ein Bett der Landwehr war, konnte er nur in der Position »Stillgestanden!« schlafen. Er streckte sich aus und betrachtete seine Füße, dann legte er den Kopf zurück und besah sich die Decke. An Ketten hingen Leuchtstoffröhren herab. Wenn die IRA Wind davon bekam, daß er auf einem Feldbett der Landwehr nächtigte, würde sie ihn womöglich abknallen.

Das Messerschleifgerät zischte immer weiter, pausierte, um die Schneide zu wenden und die andere Seite knirschend auf der Mattglasplatte zu schärfen. Er packte sein erstes Sandwich aus und lief den Gang entlang, um dem Lärm zu entrinnen. Er würde in der Stille der Teeküche speisen.

Er zündete den Bunsenbrenner an und schob ihn unter den Dreifuß, auf dem der Wasserkessel stand. Er wog den Kessel in der Hand. Er enthielt genug Wasser für einen Becher. Er tat einen Teebeutel in seinen Lieblingsbecher, den größten. Normalerweise war die Teeküche überfüllt. Um elf Uhr und um vier. Kaffeepausen auf der Arbeit waren eine gute Sache. Alle, alle kamen: Ärzte, Laboranten, Studenten – zuweilen der Professor. Aus den Plaudereien ließ sich stets das eine oder andere lernen.

Gestern hatte Walter Graves, einer der jungen Ärzte, gesagt: »Das Herz eines Radfahrers – sagen wir, die Typen bei der Tour de France –, deren Herz ist groß genug, daß es das Blut eines Elefanten pumpen könnte. Sie sterben jung, an Kardiomyopathie.«

»Was ist das?« erkundigte sich Martin.

»Ein übergroßes Herz. Ein überanstrengtes Herz.«

»Mensch, ich fahre mit dem Rad zur Arbeit«, sagte Martin. »Werde ich etwa auch tot umfallen?«

»Great Victoria Street und die Alpen sind zweierlei, Martin.«

»Es ist die beste körperliche Bewegung, die man im Sitzen absolvieren kann.«

»Nein, nein, Ihr Herz wird bis zum Ende schlagen.«

»Bis man überfahren wird.«

Heute morgen wurde der Tod des großherzigen Arthur bekanntgegeben. Seine Mutter verwendete diesen Ausdruck, wann immer er Leuten einen Gefallen tat. Als er sagte, daß er die Nacht durcharbeiten würde, um Kavanagh zu helfen – ohne Bezahlung –, wußte er schon, was auf ihn zukam: »Uh! Der großherzige Arthur.«

An den Wänden der Teeküche standen Bücherregale. Es gab aktuelle Anatomiebücher, aber auch Nachdrucke älterer Folianten – Galen und Vesal. Der Vesal war großartig, ein Künstler wie Leonardo oder seinesgleichen. Die bizarren Gestalten standen, sei es aufrecht oder an einer Säule lehnend, in einer Landschaft oder saßen, die Faust aufs Kinn gestützt, und ihre Muskeln waren herausgetrennt und hingen wie lose Schnürsenkel herab.

Es gab auch einen Fotoband, Eadweard Muybridges *The Male and Female in Motion.* Die Menschen rannten, krochen, sprangen, trugen Eimer voll Wasser und Gott weiß, was sonst noch, und waren alle aus verschiedenen Winkeln aufgenommen. Aber das Wichtige daran war, daß sie all das splitterfasernackt taten. Als er den Band zum ersten Mal zu Gesicht bekam, hatte er kaum seinen Augen getraut. Sie trugen keinen Fetzen am Leib. Und das Experiment war bereits in den neunziger Jahren des 19. Jahrhunderts durchgeführt worden. Irgendwo in Amerika. Das einzige Problem war, daß die Fotos sehr klein waren – auf einer Doppelseite zwölf oder fünfzehn Bewegungsaufnahmen – und er ein Vergrößerungsglas zu Hilfe nehmen mußte, um sich die Frauen richtig anschauen zu können. Einen Blick auf ihren Teppich zu erhaschen. An den Männern und ihren winzigen weißen Pimmeln hatte er wenig Interesse.

Der Fotograf, Muybridge, war offenbar leicht verrückt gewesen. Er hatte herausgefunden, daß irgendeine Arschbacke seine Frau gebumst hatte und er der Vater eines Kindes war, das von einem anderen stammte. Das stimmte ihn überhaupt nicht froh, und so zog er denn los und bumste den Kerl, der seine Frau gebumst hatte. *Bums.* Mit einer Knarre. Mausetot. Er kam davon, weil, wie zu dieser Zeit üblich, die Jury befand, daß er recht daran getan hatte. Es war der Wilde Westen mit Pferden und Saloons und Revolvern und die Beine von sich werfenden Frauen und was nicht noch.

Die ganze Bewegungsfotografie hatte damit angefangen, daß man in Erfahrung bringen wollte, ob ein Pferd mitten im Galopp alle vier Hufe gleichzeitig vom Boden hebt. Für irgend jemanden damals war das wichtig. Und es hatte ebensoviel mit Zeiterfahrung zu tun wie mit Anatomie. Man konnte regelrecht den Ablauf von Millisekunden verfolgen. Der Hintergrund sämtlicher Aufnahmen war dunkel, mit weißen Linien wie auf Millimeterpapier. Jemand, der von der oberen Hälfte in die untere Hälfte des Bildes fiel, konnte kartographiert, mit der Uhr gestoppt werden. Je öfter Martin sich das Buch ansah, desto weniger sexy waren die Bilder. Aber er begann es aus anderen Gründen zu mögen. Etwa die Bildunterschriften: *Eine Frau übergießt eine andere Frau mit einem Eimer Wasser, Ein Sprung von Stein zu Stein über einen Bach* – nur, daß es gar keinen Bach gab, das Modell befand sich immer noch im Hof des Fotografen vor dem Zaun aus Millimeterpapier. *Dreht sich erstaunt um und rennt davon, Zertritt einen Hut, Schmiede hämmern auf einem Amboß, Handstandüberschlag, gestört von einer fliegenden Taube.*

Das alles sollte hochwissenschaftlich sein, aber ihm kam es einfach nur komisch vor. In den Naturwissenschaften war kein Platz für Humor; lebender Beweis dafür war Dr. Cowie. Zum Beispiel die Störung durch die fliegende Taube: Der Typ trug eine Windel – er mußte schüchterner gewesen sein als die anderen. Als er eben zu seinem Handstandüberschlag ansetzt, läuft ihm diese beschissene Taube in den Sucher und kommt mit aufs Bild. Als sie sich umblickt, sieht sie den verrückten Typen mit seinem Handstandüberschlag auf sich zukommen und fliegt sehr zu Recht davon. Standbild ihres Abflugs. Ein festgebannter Augenblick. Das Bild hätte heißen sollen: *Taube fliegt davon, gestört von verrücktem Typ mit Windel.*

Er bekam ein Gefühl für die Leute auf den Bildern. Wenn er sich durchs Vergrößerungsglas die Frau anschaute, die die andere Frau mit dem Eimer Wasser übergoß, konnte er den Schreck im durchnäßten Gesicht der Frau sehen, an ihrer Körperhaltung ihr Mißfallen ablesen, das Vergnügen der Frau sehen, die auf einem Hocker stand und den Eimer über ihr ausleerte. All das an einem Tag mit hellem Sonnenschein und scharf umrissenen Schatten Ende des vergangenen Jahrhunderts irgendwo in Amerika. Und die Frauen denken, ist dieser Typ Muybridge übergeschnappt, pervers oder was? Und wieviel Geld verdienen wir an diesem saublöden Nachmittag, daß wir im Evakostüm vor so vielen Kameras herumalbern? Himmel noch eins, Mildred, laß uns nach Hause gehen und was essen.

Wenn es die Freundinnen seiner Mutter gewesen wären, die einander mit Wasser überschütteten, das wäre vielleicht eine Bilderfolge geworden. Eine nackichte Schwester Gilliland und eine hüllenlose Mary Lawless. Das wäre vielleicht eine Vorführung gewesen. Aber es hätten Eimer mit Weihwasser sein müssen, um sie dazu zu bewegen, es pudelnackt zu tun. Mit abgelaufenen Teppichen. Sexy wie Stahlwolle. *Zwei einander taufende Frauen.*

Das Wasser begann zu kochen. Er goß es in seinen Becher und schwenkte den Teebeutel. Als er das Päckchen mit Sandwiches auswickelte, fiel ihm wieder die Pingeligkeit seiner Mutter auf: Sie waren in vier zierliche Dreiecke geschnitten. Sie hatte ihm zwei Sandwiches zubereitet: Salat zur Teestunde, Schinken zum Abendessen.

An Abenden, wenn Vater Farquharson nicht kommen konnte, drehte sich das Gespräch unweigerlich um Gebrechen. Und wenn Martin ins Zimmer trat, verstummten die Frauen. Oder senkten die Stimme. Eines Abends erwähnte Mary ihre »Saumgegend«.

»Reichlich gewagt, Mary.« Mrs. Brennan blickte in Martins Richtung. »Hart an der Grenze.«

»Mary, Sie sollten einen Spezialisten zu Rate ziehen. Im Mater soll's einen sehr guten neuen Arzt geben.«

»Kommen Sie mir bloß nicht mit dem.«

»Wieso? Haben Sie ihn denn gesehen?«

»Ihn gesehen?« Sie schaute in die Runde und hielt inne.

»Martin, hol uns doch noch etwas Milch.«

»Aber der Krug ist doch noch halb voll.«

»Tu, was man dir sagt.«

»Aber...«

»Sie sind alle gleich, die jungen Leute von heute«, sagte Mary Lawless und zwinkerte Martin zu. »Haben keine Ahnung, was sie mit sich anfangen sollen, wissen einfach nicht, was sie als nächstes anstellen sollen.«

Als Martin mit dem gefüllten Krug zurückkam, war Schwester Gilliland am Reden.

»Meine Fußballen sind völlig entzündet. Ich kann's mir nicht erklären, aber bei diesem Wetter komme ich einfach nicht in meine Schuhe.« Sie hielt ihren Fuß zur näheren Begutachtung hoch und drehte den Schuh hierhin und dorthin. »Am Ende mache ich das Herumstehen auf der Station dafür verantwortlich. Als ich noch ein zierliches Persönchen war.«

»Betrachten Sie Ihre entzündeten Fußballen als Medaillen«, sagte Mary Lawless, »die Sie sich durch Ihre Aufopferung im Dienst an anderen erworben haben.«

Er goß sich das letzte bißchen Milch in seinen Becher und rührte um, bis der Tee eine satte braune Farbe annahm. Mit dem Löffel fischte er den Aufgußbeutel heraus und sah sich nach einer Lektüre um. Vor ihm auf dem Tisch lag *Gray's Anatomy.* Ein dicker, schwerer Foliant. Er öffnete sich wie von selbst auf Seite 168, und da waren sie. DIE WEIBLICHEN GESCHLECHTSTEILE. Das Gelobte Land. Es erinnerte ihn an etwas, das er in einer katholischen Zeitschrift gesehen hatte. In *Der Ferne Osten.* Seine Mutter war auf diese und eine weitere Publikation namens *Der katholische Kamin* abonniert. Sie waren ihnen regelmäßig von der

Legion Mariens ins Haus geliefert worden. Von der Kanzel war der priesterliche Rat ergangen, daß Eltern mit kleinen Kindern wegen ihrer obszönen Bilder, ihrer abstoßenden Moral und ihrer heidnischen Einstellung keine englischen Zeitungen ins Haus bringen sollten. Statt in der geistigen Erziehung der Jugend eine Lücke entstehen zu lassen, sollten sie gute irisch-katholische Veröffentlichungen beziehen, mit unterhaltsamen Geschichten und Artikeln, verfaßt von Menschen, denen man vertrauen konnte. Es stehe der Kirche nicht an, Vorschläge zu machen, aber *Der Ferne Osten* sei eine gute Empfehlung. Die Zeitschrift war gespickt mit Fotos von Priestern in Tropenkleidung – weiße Soutane, gelegentlich ein Tropenhelm –, umringt von glücklichen Schwarzen, die in Gesellschaft von Leuten namens Pater Seamus, Pater Malachy oder Pater Finbar eine dankbare Miene aufsetzen mußten. Die nämlichen Priester verfaßten Artikel, die ebensogut dem *Reader's Digest* entstammen mochten. Es gab auch eine Kinderseite – Colum's Corner –, die erzieherisch wertvolle Spiele enthielt. Und es gab zahlreiche Aufnahmen von Kindern, deren Mütter sie gezwungen hatten, ein Foto von sich einzuschikken und dazu einen niedlichen Brief zu schreiben. Die Bildunterschriften lauteten *Peadar McGrath wohnt in der Main Street, Kenmare, aber das übrige Kerry ist einigermaßen sicher* oder *Mary Jo, Noël und Philomena O'Leary, Carrigaline, Co. Cork während einer Feuerpause.* An dieser Stelle tauchte Pudsy Ryans Kolumne auf, sie hieß »Main Takepuch«. Angeblich war es von einem Jungen verfaßt, der nicht richtig buchstabieren und keine Satzzeichen setzen konnte, aber in Wahrheit stammte es aus der Feder eines der Priester. Das war vielleicht ein dummes Zeug: *Onkil Gorge ißt führ ein Paar Take hier und er ißt erkerlicher als ein Sak Kattzen.*

Jungen wie Pudsy wuschen sich nur ungern. Oh, was für ein Racker! Pudsy Ryan tat immer ungehörige Sachen, über die man lachen sollte. Aber er wichste nie, da war sich Martin ziemlich sicher. Das wäre ein Heidenspaß gewesen – *Pudsy ryan hohlt Sich ainen runter oder Wenn sie vollen raist sich am riehmen.* Aber um ihm

Gerechtigkeit widerfahren zu lassen, für derlei Machenschaften war Pudsy noch ein bißchen jung.

Er einnerte sich an das Bild eines Mannes auf dieser Witzseite mit leicht schütterem Kraushaar und Krausbart. Das Gesicht war ganz von Haaren umrahmt. Er hatte Runzeln auf der Stirn und Runzeln auf dem Kinn – ein Gesicht wie eine Faust – und zog eine finstere Miene. Zog eindeutig eine finstere Miene. Aber wenn man ihn umkippte, lächelte er. Eindeutig froh. Das Gesicht war froh und traurig zugleich. Je nachdem, wie man es betrachtete.

Seite 168 von *Gray's Anatomy* enthielt eine Abbildung, die dem seltsamen Gesicht auf der Witzseite von *Der Ferne Osten* entsprach. Wie ein Mop. Rätselhaft, sexy, seltsam. Es war die Frontalaufnahme einer Frau mit gespreizten Schenkeln, auf der alles benannt war. URETHRA, ÖFFNUNG DER VAGINA, ANUS, BARTHOLINSCHE DRÜSEN, KLITORIS, MONS VENERIS. Die Geographie einer Landschaft, zu der er noch nie hingefunden hatte. Enid Blytons *Spielplatz der Abenteuer.* Er überflog die Seite und las erneut: »Jede Schamlippe hat zwei Oberflächen, eine äußere, die pigmentiert und mit kräftigem Kraushaar bewachsen ist; und eine innere, die glatt ist, mit einem Talgdrüsenbalg besetzt, und in Scheide und Harnröhre übergeht…«

Er ging daran, sein Sandwich zu verzehren, eine Mischung aus rösch und matschig, wie er es liebte. Frisch gemachte Salat-Sandwiches schmeckten entsetzlich. Sie mußten stundenlang reifen. Das Brot mußte von der Tomate, die sich mit der Butter und der Mayonnaise vermengte, durchweicht sein, das Rückgrat jedes Salatblatts fest und leicht knackig und der Dotter des hartgekochten Eis trocken, das Eiweiß dagegen eine gewisse Glitschigkeit aufweisen.

Als er zu Ende gegessen hatte, klappte er das Buch zu und trug seinen Becher mit dem noch immer heißen Tee zu seinem Labor. Er sah das aufgestellte Feldbett und vermied es, darüber zu stolpern. Den heißen Tee stellte er auf den Fußboden. Er legte sich äußerst behutsam auf den Schlafsack, damit das Bett nicht zusammenstürzte, und streckte sich aus. Bevor er die Hände hinter dem Kopf verschränkte, sah er auf seine Uhr. Bis zur nächsten Ratte blieben ihm noch zwanzig Minuten. Sein Magen knurrte, und es verlangte ihn nach etwas Süßem. Seit er das Rauchen aufgegeben hatte, überkam ihn nach dem Essen immer dieses Bedürfnis. Früher nach einer Zigarette, jetzt nach Schokolade oder etwas Zuckerhaltigem. Er wurde ganz fickrig. Aber für so etwas hatte er keine Zeit. Er kam sich sehr allein vor, von allem abgetrennt. So war ihm schon seit den Schweigeexerzitien nicht mehr zumute gewesen. Die drei ungewöhnlichen Tage waren wichtig für ihn gewesen. *Wenn sie überhaupt wichtig ist, muß sie von allesbestimmender Wichtigkeit sein.* Er hatte eine wichtige Entscheidung dort getroffen. Sich GEGEN das Leben als Priester entschieden. Und das wiederum hatte ihn allmählich zu dem Umkehrschluß verleitet: Wenn sie nicht von allesbestimmender Wichtigkeit ist, ist sie überhaupt nicht wichtig.

Er mußte wieder an den Fötus denken, an das Begräbnis, als er die Stufen zum Kellergeschoß hinabstieg. Er hatte nicht für ihn beten wollen. Er hatte ihm einen anderen Namen geben wollen als »er«. Etwas Namenloses zu verbrennen war ihm irgendwie verkehrt vorgekommen. War der Fötus männlichen oder weiblichen Geschlechts? Evelyn. Einige Namen taugten für beide Geschlechter. Hilary war auch so ein Name. Er hatte dem Ofen des Tierhauses eine Schaufel voll Kohle nachgelegt und sie mit Hilfe des Metallschirms zum Glühen gebracht. Ehe er den Fötus ins Feuer warf, wickelte er, um einen letzten Blick auf ihn zu werfen, die Mullbinde auseinander. Da lag er, rosig, im Profil. Sein Gewebe war durchsichtig und enthüllte die Zierlichkeit der Arm- und Beinknochen, Finger und Zehen. Ein zum Stillstand gekommenes Leben. Wie ein Foto. Ein noch nicht begonnenes Leben.

Er faltete die Mullbinde wieder zusammen, steckte die Enden fest und warf das Bündel ins Feuer. Die Mullbinde loderte kurz auf, an den Rändern züngelten blaue Flämmchen. Da fielen ihm wieder Blaise und die Schmuddelfotos ein. Wie sie verbrannt waren. Das also war es, was Sex anrichtete. Der Ofen unten. Er wandte sich ab und ging davon. Als er die Treppe hinaufkletterte, zitterten ihm die Beine.

Bevor sein Tee abkühlte, konnte er rasch zur Students' Union und wieder zurück. Sich ein KitKat oder Pinguin kaufen. Vielleicht ein Wagon Wheel. Er stand auf und sah nach, ob er genügend Geld bei sich hatte. Er zog seinen weißen Kittel aus, hängte ihn an seinen Haken an der Tür und begab sich nach unten. Der Innenhof war leer, als er zwischen den ordentlichen Rasenflächen hindurchging. Es war ein schöner Abend, die Sonne hatte sich herausgewagt und hing niedrig am Himmel. Martin warf einen langen, schrägen Schatten. Von der Sandy Row wehte noch immer ein Geruch nach verbranntem Gummi herüber. Er schaute beim Wachpersonal vorbei und sagte, er werde die ganze Nacht im Institut verbringen. Sie antworteten, der Professor habe ihnen bereits Bescheid gegeben.

Das Geschäft der Studentengewerkschaft hatte bis spätabends geöffnet. Er kaufte sich sein KitKat und machte sich auf den Rückweg. Der Verkäufer hatte ihm zwei Zehn-Pence-Stücke Wechselgeld herausgegeben. Im Gehen klimperte er mit ihnen. Dann rieb er ihre gerändelten Ränder aneinander. Münzen, hatte er den Eindruck, waren so groß wie Mülleimerdeckel. Im Biochemischen Institut gab es eine Reinemachefrau namens Bella, in deren Körper sich eine Münze gebohrt hatte. An ihrem freien Tag war sie in die Stadt gegangen, um eine Tasse Tee zu trinken. Wenn eine Bombe explodiert, wird alles zu Schrapnell. Darunter auch eine Untertasse mit Trinkgeld. Die Explosion hatte sie überlebt, aber für den Rest ihres Lebens hatte sie ein Zehn-Pence-Stück in ihrem Becken stecken. Es befand sich so dicht neben einem lebenswichtigen Organ, daß der Chirurg es für das beste hielt, es an seinem Platz zu belassen. Es wurde ihr auferlegt, sich nicht zu überanstrengen. Danke für den Ratschlag. Was war in ihrem Verstand haftengeblieben? Oder war dieser außerstande, die Ungeheuerlichkeit des Vorfalls zu begreifen? Eben noch bläst du auf deinen frisch eingeschenkten Tee, bevor du in deinen Keks, vielleicht einen Empire-Keks, beißt, vielleicht beugst du dich auf deinem Stuhl ein wenig vor, und eine Millisekunde später wirst du durch eine Schaufensterscheibe fünf Meter weit auf die Straße hinausgeschleudert, und beide Arme sind gebrochen, dein rechtes Bein gleich mehrfach, deine Haut ist abgeschürft, dein anderes Knie von einer Suppenschale aufgeschlitzt, und in dein Becken hat sich eine Zehn-Pence-Münze gebohrt. Und das alles für die edle Sache eines anderen. Auf der Straße sitzen Leute, aus denen spitze Knochen ragen. Noch immer gab es Streit darum, wer für diese Bombe verantwortlich war. Ob es die IRA war, die Loyalisten oder die Briten – was für einen Unterschied machte das? Bella würde Mühe haben, je eine Nacht durchzuschlafen.

Wenn man eine Explosion hörte – wenn es denn eine war –, das war schlimm. Unheilverkündend. Wenn ihr nicht das Tatütata der Löschfahrzeuge vorausging, bedeutete es, daß es keine Vorwarnung gegeben hatte. Daß es Tote und Verletzte geben würde. Einmal, als er abends nach Hause ging, hatte er in der Ferne eine solche Explosion gehört. In den Abendnachrichten hatte es geheißen, es habe fünf Tote gegeben. In einer Kneipe hinter der Universität.

Das Mädchen mit dem Rucksack war immer noch da. Sie war in den Innenhof getreten und stand dort mit geschlossenen Augen, das Gesicht der Sonne zugewandt, die Haare hell beschienen. Wie sie so dastand, sah sie wirklich gut aus. Ihre Sonnenbrille, die auf dem blonden Haar saß, Jeans, ein weißes T-Shirt. Um die Schultern hatte sie einen weißen Wollpullover geschlungen und die Ärmel lose auf der Brust verknotet. Die Schatten der Kolonnaden durchschnitten die Steinplatten des Gehwegs. Als sie seine Schritte hörte, schlug sie die Augen auf. Je näher er kam, desto besser sah sie aus. Bloße Arme, gebräunte Haut. Was für ein Gesicht! Ihre Haare waren gekraust wie Kiefernholzspäne oder aus einer Uhr hervorquellende Spiralfedern.

Er war zu schüchtern, um ihr direkt in die Augen zu sehen. So blickte er auf die Steinplatten und lächelte ihr ihm Vorübergehen flüchtig zu.

»Ach, hi«, sagte sie. Sein Herz schlug ihm in der Brust. Redete sie etwa mit ihm? Er war der einzige in der Nähe. Er betrachtete sie. Sie hatte ein Gesicht zum Gernhaben. Sie lächelte und sprach eindeutig ihn an. »Weißt du, wo das Anatomische Institut ist?«

»Ja«, antwortete er und wies in die Richtung. »Da drüben. Wo ich hingehe.«

Sie liefen nebeneinander her. Sie war genauso groß wie er. Ihre Augen waren auf gleicher Höhe.

»Gehst du zu dem Jazzabend?« fragte sie.

»Nein. Später vielleicht. Ich glaube, es fängt erst später an.« Er stotterte ein bißchen, wußte nicht, ob er zu einer vollmundigen Erklärung ansetzen sollte, daß er hier arbeitete und so weiter. Blablabla. »Da drüben müßte es einen Aushang geben.«

Sie würde den ganzen Weg bis zur Tür mit ihm gehen. Jesus. Worüber sollten sie sich unterhalten?

»Dein Akzent«, sagte er. »Amerikanisch?«

»Nee«, lachte sie. »Weißt du's nicht?«

»Keine Ahnung.«

»Australien.«

»Ich hab dich für eine Amerikanerin gehalten. Vielleicht wegen des Jazz.«

»Nee. Ich habe nur gesagt, daß ich mich da mit jemandem treffen würde. Mit einem Landsmann.« Mehr sagte sie dazu nicht. Sie überließ es ihm. Was er da eben gesagt hatte, von wegen Amerikanerin und Jazz, war so was von saublöd. O Jesus.

»Schöner Abend«, sagte er.

»Ja.«

»Du mußt dich in acht nehmen, wo du dich in der Stadt herumtreibst. Vorhin, als ich vorbeigekommen bin, gab's auf der Straße einen Zwischenfall.« Das Mädchen blieb stehen, bückte sich und starrte etwas auf dem Gehweg an.

»Was ist das?«

»Behaarte Raupen. Hier nennen wir sie Granny Greybers.« Zwei Raupen schoben und krümmten sich behende über den Asphalt des Gehwegs, braun und borstig zwischen den rosafarbenen Kirschblütenblättern.

»Wie zwei entflohene Augenbrauen«, sagte Martin.

»Auf der Suche nach einer Stirn«, sagte das Mädchen.

Es war ein blaues gotisches Portal, dessen Flügel sich im Spitzbogen trafen. Jede Hälfte war mit Aushängen, Heftzwekken und den abgerissenen Ecken früherer Bekanntmachungen übersät. Sie beugte sich ein wenig vor, um zu lesen, und brummelte vor sich hin. Sie streckt die linke Hand aus und lehnte sich gegen die steinerne Säule des Eingangs. Die Innenseite ihres Arms war blasser, blaugeädert. Einige Haarsträhnen fielen ihr ins Gesicht, und sie stülpte die Unterlippe vor und blies an ihrem Gesicht hoch. Die Haare wehten. Zitterten auf ihrer gebräunten Schläfe. Wie kommt es, daß sie nicht von sich selbst hingerissen ist?

»Da steht's«, sagte Martin. »Peetie Red Wallace and His Bald Eagles. Um neun Uhr.«

»Das ist ja noch 'ne Ewigkeit hin.« Sie schaute auf ihre Uhr.

»Magst du ein Stück KitKat?«

»Glaubst du, daß ich in der Zwischenzeit verhungern werde?«

»Die sollten bald aufmachen«, sagte er, »die Band muß ihre Ausrüstung aufbauen.« Er riß die rote äußere Hülle von seinem KitKat und brach durch das Silberpapier hindurch eine Riegelhälfte ab. Er streifte das Stanniol zurück und hielt ihr den Riegel hin.

»Danke«, sagte sie. »Sehr höflich.«

»So hat mich meine Mutter aufgezogen.«

»Da hat sie aber eine Glanztat vollbracht. Wieso veranstalten sie den Jazzabend ausgerechnet in einem Anatomischen Institut?« Martin fiel keine gescheite Antwort ein. »Tanzen da die Gerippe?«

»Es ist ein guter Saal, der untere Hörsaal – die Atmosphäre ist nicht schlecht.« Er schaute auf seine Uhr. »Ich muß los. Ich gehe nicht durch diese Tür. Ich nehme den Hintereingang.«

»Warum die Eile?«

»Ich muß ... ich muß was umbringen.« Scheiße, warum hatte er das nur gesagt? Er hatte Angst davor, über Ratten zu reden. Deshalb hatte er sie nicht erwähnt. Aber das machte die Sache nur noch schlimmer. Ihre Augen weiteten sich, sie waren so groß und dunkel. »Es ist ein Experiment. Vielleicht erkläre ich es dir später. Wenn ich dich beim Jazz sehe.« Sie schob das letzte Stück ihres KitKat in den Mund und leckte sich die Schokolade von den Fingerspitzen.

»Klasse Futterage, Kumpel«, rief sie ihm nach. Er hastete davon und stöhnte vor sich hin. Du blöder Sack, was wird sie von dir denken? *Ich muß los, was umbringen.*

Als er mit dem Aufzug hochfuhr, fiel ihm ein, daß er, zwar sehr schwachbrüstig, aber doch ein Treffen verabredet hatte. Er würde das Mädchen später wiedersehen.

Er schob die Scherengitter hinter sich zu und hastete, zwei Stufen auf einmal nehmend, die Treppe zur Bibliothek des Anatomischen Instituts hoch. Wenn er schnell genug hinaufgelangte, konnte er noch einen Blick auf sie werfen, wie sie denselben Weg über den Innenhof zurückging. Er war froh, daß er den weißen Kittel ausgezogen hatte, bevor er das KitKat kaufte – darin wirkte er wie ein Bauernlümmel. Fast so bescheuert wie die Wachleute. Als er die Tür zur Bibliothek aufstieß, quietschte sie laut. Er rannte zum Fenster, das auf den Innenhof blickte. Da war sie, sie hatte ihren Rucksack auf dem Boden abgestellt und setzte sich auf eine der Bänke. Er sah ihr zu, wie sie die Füße auf die Bank schwang und sich längs setzte. Die Tür zur Bibliothek schloß sich langsam. Als sie zufiel, kehrte wieder Stille ein. Sie, auf der Bank, bewegte ihren Arm und richtete ihr Haar.

Auf einem Labortisch standen etliche monokulare Mikroskope, deren Objektträger verschiedene Gewebeproben enthielten. Er nahm eines und schob den Objektträger zur Seite. Dann stülpte er das Mikroskop um, stellte das Okular und den konkaven Spiegel ein und richtete es auf den Innenhof. Den Trick hatte ihm einer der Typen in der Embryologie beigebracht – wie man aus einem Mikroskop ein Teleskop macht. Er mußte das Gerät auf einem Regal vor dem Fensterbrett aufstützten, weil seine Hand, wenn er es hielt, so zitterte, daß er nichts sehen konnte. Da war sie wieder – ganz nahe – und füllte die kreisrunde Linse aus. Sie sah großartig aus. Sie hob die Hand und fuhr sich geistesabwesend durch die Haare, gegen den Strich. Es war schön, wenn Frauen das taten und sich dabei auf etwas anderes konzentrierten. Wenn sie in Musikläden einen Stapel LPs durchgingen, jede einzelne flüchtig musterten, in einer Bibliothek saßen und lasen und ihre Augen Zeile für Zeile über die Seite huschten. Die Hand unterm Kinn. In eine Vitrine mit Büchern blickten und an einem Kettchen mit einem silbernen Kreuz nestelten. Was für ein anziehendes Gesicht. Aufmerksam. Sie anzusehen. Das Gefühl naher Ohnmacht, als sie ihn anblickte. Er wäre fast umgekommen. Wie sie unwissentlich ihr Ohrläppchen berührte. Er mußte an ein Mädchen denken, das, die Hostie im Mund, den Mittelgang der Kirche entlanggekommen war. Das war etwas anderes. Es war das Gegenteil der ersten beiden Dinge, die er sich ausgemalt hatte. Mädchen, die von der Kommunion kamen, waren befangen und scheu. Sie wußten, daß man sie beobachtete – die meisten rissen wie Rennpferde den Kopf zurück. Was Frauen attraktiv machte, war ihr völliger Mangel an Befangenheit. Am allerattraktivsten waren sie, wenn sie ganz sie selbst waren. Es half, wenn sie schöne Brüste hatten. So wie jetzt. Die Australierin saß ganz allein in der Abendsonne da, ihrer viktorianischen Umgebung hingegeben. Sie hatte schöne Brüste.

Noch besser war es, eine Frau vor sich hinlachen zu sehen, vorausgesetzt, sie war nicht völlig behämmert. Das Mädchen, das in der Bibliothek ihr Buch liest, lächelt plötzlich. Was auf der Seite so komisch war, lebt vorübergehend in ihren Augen. Eine

Frau, die ganz allein eine Straße entlanggeht, erinnert sich an eine Bemerkung, eine Handlung und kann nicht an sich halten. Sie prustet los und schlägt die Hand vors Gesicht. Sie weiß, daß sie vor lauter Fremden zuviel preisgibt. Vielleicht hat sie eins über den Durst getrunken; vielleicht hat sie gerade ein interessantes Gespräch in einem Pub oder einem Café hinter sich. Was auch immer, als Martin eines Abends auf seinen Bus wartete, gab sie ihm von ihrer Lieblichkeit. Es war, als sähe man ein Foto ihrer Seele und ihr Gesicht sei eine Art Bildschirm innerer Vorgänge.

Plötzlich war die Australierin aus dem Okular verschwunden. Er erhob sich und sah aus dem Fenster. Sie schlang ihren Rucksack über die rechte Schulter und kämmte sich mit den Fingern verkehrt herum durch die Haare. Sie steuerte aufs Eingangstor zu. Martin sah ihr nach, bis sie im Säulengang verschwunden war.

Am Tag nach der Bekanntgabe der Prüfungsergebnisse hatte er eine Stunde mit einem Berufsberater verbracht, der mit ihm sämtliche Berufssparten von Kunst über Forstwissenschaft bis hin zum Zollwesen durchsprach.

»Würde Ihnen eine Stelle in den Naturwissenschaften zusagen? An der Universität?« Der Mann zog einen Zettel aus der Brusttasche.

»Ich mache alles. Für den Anfang.«

»Dann begeben Sie sich auf schnellstem Wege dorthin.«

Er ging zu Fuß zur Universität und ließ sich den Weg zum Anatomischen Institut zeigen. Es war das düsterste Gebäude, das er je gesehen hatte, wie aus der Zeit Dickens'. Als er die Treppe zum Büro hinaufstieg, fiel ihm auf, daß alles braun war. Ein undefinierbarer Geruch, der ihm die Augen beizte, hing in der Luft. Er klopfte am Büro an, und eine ältliche Frau rief ihn herein.

»Ich komme wegen der Stelle als Laborant.«

»Ja, wir haben Sie schon erwartet.«

Die Frau hatte einen Akzent wie die Queen. Sie führte ihn

in einen leeren Hörsaal und gab ihm ein Formular zum Ausfüllen.

»Ich hoffe, Sie haben nichts dagegen, hier zu warten.«

Martin setzte sich auf die unterste Bank gegenüber der Tafel. Es stand nichts angeschrieben, aber er konnte die grauen, rechteckigen Spuren eines Tafelwischers erkennen. An der Wand hing das Bild eines durchsichtigen Mannes, das seinen Blutkreislauf zeigte, wie zwei ineinander verschlungene Bäume, ein blauer und ein roter. Auch hier drinnen war alles mahagonifarben: Bänke, Rednerpult, die getäfelten Wände. Vor einem offenen Fenster wehte eine Verdunkelung in der Brise und bauschte sich in den Saal. Jedesmal, wenn sie zurücksackte, klackte die untere Holzstange. Von weitem pfiff jemand. Er legte das Formular auf die Sitzbank und füllte es aus. Ganz gleich, was sie ihn fragten, er würde, sooft er konnte, sagen: »Ich weiß nicht, aber ich bin lernbegierig.«

Nach einer Weile kam die ältliche Sekretärin herein und begleitete ihn in das Zimmer des Professors. Auch dieses war braun. Der Professor saß hinter seinem Schreibtisch auf einem riesigen, reichverzierten, thronartigen Stuhl mit Holzschnitzereien und rotem Plüsch. Es war ein überaus beleibter Mann mit runden Backen, weißen Haaren und einem warmen Lächeln. Selbst seine Ohrläppchen waren rundlich. Neben ihm stand ein sehr viel kleinerer Mann in einem weißen Kittel. An einem Ständer zu seiner Rechten hing ein vollständiges Skelett. Der Professor stellte sich und Mr. Knox, seinen Cheflaboranten, vor. Der Cheflaborant trug ein ständiges Lächeln zur Schau, als bade er stets in hellstem Sonnenlicht. Das Lächeln schien ihn willkommen zu heißen, und obwohl er nicht wußte, ob es in der Situation angebracht war, schüttelte Martin jedem die Hand. Die Hände des Professors waren so groß, daß er das Gefühl hatte, Boxhandschuhe zu schütteln. Der Professor wies auf einen Stuhl, und Martin setzte sich. Er versuchte, sich zu entspannen, und ließ die Schultern herabhängen.

»Bei uns brauchen Sie nicht nervös zu sein«, sagte der Professor. »Die erste Frage lautet: Warum haben Sie sich auf diese Stelle beworben?«

»Ich habe mit dem Typen ... mit dem Beamten von der Berufsberatung gesprochen. Er hat gesagt, hier gäbe es eine Stelle. Ab sofort.«

»Das sind Umstände, keine Gründe. Weshalb gerade diese Stelle?«

»Weil sie auf dem Zettel stand, den er mir gegeben hat.«

»Wenn er gesagt hätte, Verkehrsplanung und -überwachung, hätten Sie sich dann auch dafür beworben?«

»Ich weiß nicht.« Martin zögerte. »Ich bin mir nicht sicher.« Er lächelte nervös.

»Das sind keine Fangfragen. Ich versuche nur, etwas über Sie herauszufinden. Eigentlich will ich nur wissen, ob Sie sich für Naturwissenschaften interessieren.«

»Ja.«

Der Akzent des Professors war sonderbar – schlanke Vokale. Er beugte sich vor und betrachtete das Formular, das Martin ausgefüllt hatte.

»Haben Sie eine Vorstellung davon, was die Stelle beinhaltet?«

»Tut mir leid. Ich weiß es nicht, aber ich bin lernbegierig.«

»Im Augenblick könnten wir durchaus ein zusätzliches Paar Hände gebrauchen.« Mr. Knox nickte. »Wir würden Sie dem einen oder anderen Forschungsprogramm zuteilen. Sie könnten Schnitte anfertigen, im Tierhaus aushelfen, den Studenten zur Seite stehen, bei Vorlesungen Dias zeigen. Sie müßten Abendkurse besuchen, um sich zu qualifizieren.«

»Versteht sich.« Er schien zuviel zu nicken. Bald würde ihm der Kopf abfallen. »Ich bin lernbegierig.«

»Es könnte sein, daß Sie auch mit der Leichenhalle zu tun haben werden. Würde Sie das beunruhigen? Sind Sie bei so etwas empfindlich?«

»Nicht mehr als jeder andere auch.«

»Menschen, die ihren Leichnam der Wissenschaft überlassen, sind wir zu tiefstem Dank verpflichtet. Sie müssen zu allen Zeiten mit Respekt und Würde behandelt werden. Ein vormaliger Professor hier war ein solcher Gentleman, daß er jedesmal, wenn er am Präpariersaal vorbeikam, den Hut lüftete. Aber das sollte ich einem anderen Menschen nicht erst sagen müssen.« Der Professor sah zu seinem Cheflaboranten auf, dann deutete er auf Martin.

Mr. Knox räusperte sich und fragte: »Haben Sie schon einmal mit Tieren gearbeitet?«

»Nicht so richtig. Zu Hause haben wir eine Katze.«

»Immerhin, ein Anfang. Können Sie einen Stecker auswechseln?«

Martin starrte auf das Skelett, das an seinem Schädel hing. Er hatte keinen Schimmer, wie man einen Stecker auswechselte.

»So was bringen sie einem in der Schule nicht bei.«

»Wer wechselt denn bei Ihnen zu Hause die Stecker aus?« fragte der Professor.

»Die Katze.« Martin gab ein dümmliches Lachen von sich. Es trat Stille ein. Mr. Knox legte die Stirn in Falten, und der Professor hob eine Augenbraue. »Nein, nein, nebenan wohnt ein Mann, der meiner Mutter den Staubsauger und solche Sachen repariert. Die Katze gehört ihm.«

»Ich sehe, daß Sie sich für Fotografie interessieren. Sind Sie gut darin?«

Der Professor lächelte. Seine Frage schien nicht zum Einstellungsgespräch zu gehören.

»Ich glaube, ja. Ich meine, ich hoffe.«

»Hier wird viel fotografiert. Mit Dunkelkammern und dergleichen sind wir gut ausgestattet. Da sind Sie also am richtigen Ort.« Martin fragte sich, ob er recht gehört hatte. Er hatte noch nie ein Einstellungsgespräch gehabt, und doch schien der Mann ihm sagen zu wollen, daß er die Stelle bekommen hatte.

Er begann sein Mikroskop-Teleskop abzubauen. Der Innenhof war leer. Die einzige Bewegung war das leichte Gekräusel im

Goldregen, wenn die Luft durch ihn hindurchging. Er behauchte das Okular, wischte es mit einem Tuch ab und schraubte es wieder fest. Als alles wieder zusammengesetzt war, schob er dem nächsten Studenten zuliebe einen Objektträger mit einem Bauchspeicheldrüsenschnitt unter die Linse. Er wandte sich vom Fenster ab, dem kleinen historischen Bestand in der Ecke zu. Dort hing ein Druck von Rembrandts *Die Anatomie des Dr. Tulp.* Dr. Tulps linke Hand schwebte in anmutiger Gebärde über dem linken Arm eines Leichnams, den er soeben seziert hatte, als habe er komplizierte elektrische Leitungen verlegt. Daneben hing ein moderner Siebdruck, der dasselbe Gruppenbild mit Dr. Tulp zum Gegenstand hatte, aber mit verzerrten Gestalten. Es gab Zeichnungen von Vesal, ein Bild Galens, verschiedene Gipsköpfe, die veraltete Auffassungen der Phrenologie demonstrierten. Einer der Köpfe gehörte einem Mörder des 19. Jahrhunderts, der für seine Verbrechen gehenkt worden war. Martin fand, daß seine Gesichtszüge eine große Ähnlichkeit mit Blaise aufwiesen.

Neben dem historischen Teil gab es eine Nische mit einer ledernen Arztcouch. Auf der hatte er im vergangenen Jahr gethront, schweißnaß. Eines Tages hatte der Professor ihn gefragt, ob er sich ein paar Pfund hinzuverdienen wolle. Martin hatte genickt.

»Dafür sind Sie schlank genug. Ja, geradezu ideal. Wie würde es Ihnen gefallen, Modell zu stehen – in der Oberflächenanatomieprüfung?«

Martin zögerte.

»Braucht Ihnen wirklich nicht peinlich zu sein. Es würde bedeuten, daß man an dem betreffenden Tag ein paar Dinge an Ihnen aufzeigt. Sie vielleicht ein bißchen abtastet. Eher Bizeps als Glutäus maximus.«

Am Tag der Prüfung hatte er, in eine graue Armeedecke gehüllt, in der Nische der Bibliothek des Anatomischen Instituts gesessen, lediglich mit einer marineblauen Badehose bekleidet. Er hatte versucht, in seinem Buch zu lesen, doch angesichts der vielen Ablenkungen war es ihm schwergefallen. Die Decke roch schwach nach Gaultheriaöl und Sonnenmilch, und an den Wollfusseln hafteten getrocknete Grashalme. Seine Schenkel klebten am Plastikstuhl. Den meisten Platz in der Nische nahm die Ledercouch neben ihm ein. Er lauschte dem Stimmengemurmel der Prüfer und Studenten auf der anderen Seite des Saals. Nicht jedem Studenten wurden Fragen zu dem Modell gestellt. Bisher war er nur von Kerlen untersucht worden.

Jetzt waren Schritte zu hören, und um die Ecke des Alkovens bog der Professor mit einer jungen Chinesin. Beide trugen weiße Kittel.

»Bitte auf den Tisch, wenn es Ihnen recht ist.« Der Professor sprach in ungewöhnlich freundlichem Tonfall mit Martin – als stehe das Modell über den Dingen. Martin ließ die Decke von den Schultern gleiten und erhob sich. Was, wenn er eine Erektion bekam? Er rutschte auf die alte Ledercouch. Als er sich hinlegte, mußte er nach Luft schnappen, so kalt fühlte das Leder sich auf seinem nackten Rücken an.

»Machen Sie eine Faust«, sagte der Professor. Martin ballte die Faust, und das Mädchen beantwortete Fragen nach den weißen Sehnen an seinem Handgelenk. Er wurde geprüft. Sie wurde geprüft. Ihre Stimme zitterte vor Anspannung, und ihr Englisch war nicht gut. Ihre Fingerspitze war das einzige Mal, daß sie ihn berührte, eiskalt. Der Professor deutete auf ähnliche Sehnen in Martins rechtem Fuß. Das Mädchen schien perplex. Martin hätte ihr liebend gern geholfen, doch er hatte keine Ahnung, wovon sie sprachen. Irgendwie hatte er das Gefühl, ihr helfen zu müssen, weil sie über *seine* Körperteile sprachen.

Inzwischen waren der Professor und das Mädchen verstummt, das Mädchen wartete auf einen rettenden Einfall. Martin hob, das Kinn auf der Brust, den Kopf und blickte zu seinen nackten Füßen hinunter, die im Winkel von zehn vor zwei vor ihm lagen. Er hatte keine Absicht, einen Steifen zu bekommen, fand es aber immer noch besser als die winzige, zufällige Spitze, die sich in diesem Augenblick in seiner marineblauen Badehose abzeichnete. Der Stoff hatte sich zu einem scharfen Punkt zusammengezogen, als verstecke er in der Leistengegend ein Cocktailspießchen. Er wollte es nicht glatt streichen oder sonstwie die Aufmerksamkeit darauf lenken. Ein zitterndes Mädchen mitten in einer mündlichen Prüfung – zumal eines, das nicht sonderlich gut abschnitt – würde sich nicht im mindesten dafür interessieren, ob es sich um eine kleine Falte oder einen kleinen Penis handelte. Martin hüstelte und drehte sich halb um. Die Falte verschwand. Er stützte sich wieder auf die Ellbogen. Aus irgendeinem Grund begann er zu schwitzen. Es hatte wohl mit Nervosität zu tun, dabei war ihm gar nicht ängstlich zumute. Der Schweiß rann ihm aus der Achselhöhle und tropfte auf das Leder der Couch. Es war das Mädchen. Deswegen war er so verkrampft.

»Füße sind außerordentlich komplizierte Gebilde«, sagte der Professor. »Sechsundzwanzig Knochen und ebenso viele Gelenke und Muskeln. Einmal müssen sie sich wie ein starrer Hebel verhalten, ein andermal wie eine biegsame Sprungfeder. Erzählen Sie mir, was Sie über die Versorgung des Fußes mit Blut wissen.« Es trat eine lange Pause ein. Die Antworten des Mädchens waren von Pausen und von Stottern durchsetzt. Martin wollte sagen, daß ihre Kenntnisse der Oberflächenanatomie oberflächlich waren. Da er ihr Elend nicht länger mitansehen konnte, wandte er den Blick ab.

»Worüber lächeln Sie?« fragte der Professor.

»Nichts, gar nichts, Sir.«

»Ich dachte schon, ich hätte versehentlich einen Scherz gemacht.« Der Professor machte eine Handbewegung, um anzuzeigen, daß das Modell nicht länger benötigt wurde. »Danke für Ihre Mitwirkung.«

Die beiden drehten sich weg und ließen Martin zurück. Er rutschte von der Couch und wischte sich mit der Decke die Schweißtropfen ab. Es war nicht gerecht. Die Chinesen und die anderen ausländischen Studenten mußten sich nicht nur mit Medizin, sondern auch noch mit Englisch abmühen. Er setzte sich hin und nahm sich wieder die erste Seite seines Buches vor. Fast sogleich wurde er abermals unterbrochen. Er hörte eine neue Stimme. Es war Máire O'Malley, ein Mädchen, das er von St. Dominic's kannte. Er war viele Male mit ihr zusammen in der Stadt gewesen, wenn alle nach der Stadtbücherei Kaffee trinken gegangen waren. Kavanagh hatte sich ganz in seinem Element gefühlt, umringt von Mädchen. Máire hatte schöne dunkle Augen und ein hübsches Lächeln. Verfluchte Scheiße – was, wenn sie herüberkam und Fragen zu seinem Körper beantworten mußte? Und er lag da mit seinem spitz in die Luft ragenden Pimmel und seinem aus den Achselhöhlen triefenden Schweiß. Er war zu dünn. Sein Brustkorb sah aus wie zwei Xylophone.

Sie wurde nicht zu ihm geführt, um ihn zu untersuchen, doch als sie ging, winkte sie ihm in Hüfthöhe flüchtig zu, um ihm zu erkennen zu geben, daß sie ihn gesehen hatte.

Von weitem hörte er es klingeln. Der Scheißwecker. Er hatte vergessen, daß er eine weitere Ratte töten mußte. Da lungerte er in der Bibliothek des Anatomischen Instituts herum, wenn er eine Arbeit zu verrichten hatte. Er raste in sein Labor und brachte den Wecker mit einem Schlag zum Schweigen. Wie manch anderer im Norden Irlands hatte er eine Nacht des Tötens vor sich.

Er hörte, wie die Hintertür zuplauzte, und ging zum Treppenabsatz, um nachzusehen, wer es war. Die metallenen Gitter schlossen sich. Er beugte sich übers Geländer, konnte aber nicht erkennen, wer drinnen war. Der Fahrstuhlmotor begann zu brummen, und der Aufzug ruckte an. Das Treppenhaus war düster, und als der Aufzug die Stockwerke passierte, fiel das Licht aus seinem Innern durch das Gitterwerk der Tür auf den Fußboden. Die Winde war groß und bewegte sich langsam, zur Beförderung von Leichen. Der Fahrstuhl hielt an, erst wurden die inneren Scherengitter aufgeschoben, dann die äußeren. Heraus trat Kavanagh, eine Adidas-Tasche in der Hand.

»Du Hund«, sagte Martin. Seine Stimme hallte im Treppenhaus. »Was willst du denn hier.«

»Dich kontrollieren.« Beide mußten lachen.

»Jawohl, Sir. Alle vollzählig angetreten.« Martin tat so, als salutiere er. »Ich dachte, du wärst in Dublin, Basketball spielen?«

»Eine Gruppe vermummter Subjekte hat anders entschieden. Es scheint, daß ihre Barrikade ohne unseren Minibus unvollständig war.«

»Was, ihr seid entführt worden?«

»So haben sie's genannt.«

»Verdammt, habt ihr Schiß gehabt?«

»Und ob. Netter Kerl, mit Kopfschützer und Maschinenpistole. Hat sich offenbar für John Wayne gehalten.« Er setzte seine Tasche ab und schob mit beiden Händen zuerst das innere, dann das äußere Scherengitter zu. »Das Schwein. Da mußten wir halt unsere Sachen nehmen und Leine ziehen. Irlands Kampf für die Freiheit ruiniert Basketballturnier.«

»Gab es keine andere Möglichkeit...?«

Kavanagh schüttelte den Kopf. »Nordirische Basketballmannschaft bleibt aus. Was für ein beschissenes Land!«

Kavanagh hob seine Tasche auf, und sie gingen zum Labor.

»Und wie kommst du voran?«

»Gerade eben habe ich eine getötet. Bleiben noch siebzehn.« Kavanagh streckte die Hand aus und klopfte ihm auf den Rükken seines weißen Kittels.

»Wacker, wacker. Nur weiter so.«

»Was soll das heißen? ›Nur weiter so.‹ Willst du die Sache nicht übernehmen?« Er dachte an seine halbe Verabredung mit der Australierin. Er könnte sie beim Jazz treffen, und vielleicht könnten sie woandershin gehen.

»Ich habe schon mit Pippa telefoniert.« Kavanagh setzte sich mit dem Gesicht zur Lehne rittlings auf den Holzstuhl. »Hättest du was dagegen weiterzumachen? Als wäre nichts vorgefallen?« Martin zögerte. »Du würdest mir einen großen Freundschaftsdienst tun.« Sollte er ihm von der Australierin erzählen? Früher hätte er es ihm brühwarm beigebracht, aber seit Pippa auf der Bildfläche erschienen war, hatte sich allmählich etwas zwischen ihnen verändert. Als sie noch in der öffentlichen Bücherei büffelten, hatte sie sich Kavanagh vom Leibe gehalten. Vor der Prüfung war sie einmal in der Woche mit ihm ausgegangen, und auch das nur am Wochenende. Sie habe zu tun, hatte sie gesagt. Er war völlig verrückt nach ihr. Und Martin konnte einfach nicht begreifen, warum. Vielleicht, weil sie so unerreichbar war. Eine gerettete Seele. Eine Christin ohne Schminke. Aber sie war ja auch so schön, daß sie gar keine benötigte.

»Wohin wollt ihr denn?«

»Weiß nicht. Vielleicht zu Pippa.«

»Ich bleibe hier und reiße mir für deine verfluchte Arbeit den Arsch auf, während du mit ihr in der Gegend herumgondelst?«

Bei dem Spruch zuckte Kavanagh leicht zusammen.

»Martin, es läuft nicht so gut zwischen uns.« Er senkte die Stimme und schüttelte den Kopf. »Wir hatten gestern abend Streit. Es ist sehr ernst, und ich muß die Sache wieder einrenken. So bald wie möglich.«

»Worum ging's denn?«

»Um alles – und um nichts.«

»Das ist ziemlich unmißverständlich.«

Martin wußte nicht, was er sagen sollte oder wie er Kavanagh beibringen konnte, daß er ohne sie viel besser dran wäre. Sie ist eine Katastrophe. Am Ende löschen Frauen wie sie den letzten Funken Leben in dir aus. Die mit ihrer ständigen Selbstgerechtigkeit. Nimmt *sie* irgendwas von *dir* an?

Kavanagh saß da, starrte vor sich hin und biß sich auf die Lippe. Dann kratzte er sich am Kopf, und Martin sah, daß seine Hand zitterte.

»Alles in Ordnung?«

»Ja.«

Martin legte ihm die Hand auf die Schulter. Halb drückte, halb tätschelte er sie.

»Wie wär's mit 'nem Kaffee?« fragte Martin.

»Tee?«

»Ja. Ich könnte 'ne Pause gebrauchen. Von *deiner* Arbeit.«

»Wie ist das Bett?« Kavanagh stand auf und prüfte es mit Blicken.

»Das luxuriöseste Stück Segeltuch, dem ich je begegnet bin.«

Sie gingen den Korridor entlang zur Teeküche, und Martin setzte Wasser auf.

»Komisch, daß man den Körper nicht daran hindern kann, zu reagieren.«

»Worauf?«

»Flucht oder Kampf.«

»Wovon redest du?« fragte Martin. »Von ihr oder von der Entführung?«

»Der Anblick einer Knarre – hier.« Kavanagh hielt den Zeigefinger ans Gesicht. »Und es ist nicht die Knarre. Sondern, was die Knarre bedeutet. Reden hat keinen Sinn. Du tust, was man dir sagt, ob du nun willst oder nicht. Resultat: Wut.«

»Bist du sicher, daß du nicht von Pippa sprichst?« fragte Martin lachend. Aber Kavanagh lächelte nur.

»Leck mich am Arsch«, sagte er und setzte sich.

Das Wasser im Kessel kochte, und Martin goß ihnen ein. Mit einem Löffel rührte er den Teebeutel um, und als das Wasser braun genug war, reichte er die Tasse Kavanagh. »Keine Milch. Tut mir leid.«

Sie setzten sich einander gegenüber an den Tisch. »Also, was ist los?«

Kavanagh kühlte seinen Tee mit etwas Leitungswasser. Er nippte daran und stellte die Tasse ab.

»Sie will Schluß machen. Sie sagt, wenn wir weiter miteinander gehen wollen, reicht es nicht, daß ich mich zusammennehmen kann. Ich muß glauben. Sie sagt, daß sie nicht mit jemandem gehen will, der ein ganz anderes Glaubenssystem hat als sie.«

»Na, dann nichts wie weg von ihr.«

»Aber ich will nicht von ihr weg.« Er konnte Martin nicht in die Augen schauen. »Für sie ist das Christentum so wichtig. Es ist keine oberflächliche Angelegenheit – wie Musik oder deine Haarfrisur. Es ist ihr ganzes Leben.«

»Und was sollst du tun?«

»Ich soll ihr versprechen, daß ich mich bemühen will ...«, Kavanagh zuckte mit den Achseln, »... mehr zu glauben. Es ist keine bloße Frage des richtigen Lebens. Sie sagt, es muß von hier kommen.« Mit der geballten Faust berührte er seine Brust. »Ich weiß, daß sie nicht trinkt oder vor der Ehe ... Das alles akzeptiere ich. Habe ich immer. Aber jetzt will sie, daß ich den Herrn als meinen Erlöser akzeptiere. Ich soll akzeptieren, daß ich ein Sünder bin.«

»Na, bist du ja auch.«

»Es ist todernst.« Kavanaghs Stimme wurde schärfer. »Sie sagt, es reicht nicht aus, nur so zu tun, als ob. Ich muß mich bemühen zu glauben, oder es hat keinen Sinn, daß wir miteinander gehen. Unser Leben muß ein Dreier sein mit Jesus in der Mitte.«

Martin spielte weiter mit seinem Teelöffel. Ihm war nach Lachen zumute. »Keine Ahnung«, sagte er. »Aber du weißt ja, was ich von dem ganzen Scheiß halte.«

»Pippas Glaube hat nichts mit Wundern à la Lourdes zu tun. Aber sie sagt, daß sie betet. Eine medizinische Heilung beschert jemandem ein paar Jahre mehr auf Erden, aber eine spirituelle Heilung verändert uns für alle Ewigkeit.«

»Schwere Kost.«

»Hast du damit Probleme?« Kavanagh hob die Tasse und pustete in seinen Tee. Er nahm einen Schluck und schaute auf, dann stellte er die Tasse wieder hin. Er schien nicht zu wissen, wohin mit seinen Händen.

»Das hört sich alles so *gerettet* an«, sagte Martin, »ganz nach Bibelfreak.«

»Du argumentierst so stereotyp. Du benutzt Etiketten.« Kavanagh nickte nach draußen. »Der bornierte Konfessionenstreit machte die Sache auch nicht leichter. Ich dachte, die Feindschaft zwischen Protestanten und Katholiken wäre vorbei, eine Sache der Vergangenheit.«

Martin hörte auf zu lächeln und sagte: *»Wenn sie überhaupt wichtig ist, muß sie von allesbestimmender Wichtigkeit sein.«*

»Ja, genau.«

»Blaise würde es nicht billigen.«

Kavanagh schnaubte.

»Blaise war eine Hypothek.« Kavanagh stand auf und drehte den Stuhl unter sich, so daß er wie vorher im Labor verkehrt herum darauf saß. Mit den Ellbogen stützte er sich auf die Lehne.

»Hast du von ihm gehört?«

»Sein Großvater ist am Wochenende beerdigt worden. Erinnerst du dich? Der mit dem weißen Ziegenbart. *Wie könnt ihr es wagen!«* Martin äffte einen brüllenden alten Mann nach, der mit der Faust droht. *»Gottverdammte Einbrecher!«*

»Der war nur ein bißchen daneben.« Martin konnte sehen, daß Kavanagh das Thema wechseln wollte, aber er blieb hartnäckig.

»In der Zeitung stand, er sei Yeats-Forscher gewesen. Wußtest du das?« Kavanagh schüttelte den Kopf – nein. »Ich habe auch gehört, daß der Vater, als er zur Beerdigung nach Hause kam, die Anzeige wegen Körperverletzung zurückgezogen hat.«

»Ach ja?«

»Die Schule hat das sehr gefreut. Besonders unseren Freund, den Disziplinarleiter.«

»Den hab ich kürzlich gesehen. Wie er die Falls Road entlangstolziert ist.«

»Condor?« Martin schüttelte den Kopf. »Jesus.«

Kavanagh nickte zustimmend.

»Schlechte Erfahrungen. Schlechte Erinnerungen.« Er nahm wieder einen Schluck Tee. »So was läßt man lieber hinter sich.«

»Warum bist du nicht gleich zu Pippa gegangen?« fragte Martin. »Statt hierherzukommen. Dann hätte ich nichts davon mitgekriegt.«

»Ich will offen sein ... Außerdem wird sie nicht vor zehn oder so zu Hause sein.«

»Wo ist sie jetzt?«

Es trat Schweigen ein. Kavanagh verlagerte sein Gewicht und stützte die Ellbogen noch fester auf die Stuhllehne. Martin wandte sich zu ihm und wartete auf eine Antwort.

»Sie geht zum Tanzgottesdienst.«

»Meine Fresse, das ist ja nicht zu fassen...« Martin fing an zu lachen. Kavanagh nickte.

»So weit hergeholt ist es nun auch wieder nicht. Man benutzt seinen Körper zum Gebet. Und außerdem hält sie sich damit fit, sagt sie.«

»Mehrzwecktraining.« Martin war immer noch am Lachen. »Das hört sich so nach Kumbaya an, nach Tamburin...«

»In der Vergangenheit sind sämtliche Künste – Malerei, Musik, Architektur – zum größeren Ruhme... als Gebetsform verwendet worden. Ich verstehe nicht, worüber du lachst.« Kavanaghs Miene verfinsterte sich. »Warte nur, bis du dein eigenes Damaskuserlebnis hast, Martin.«

»Himmel, du hörst dich ja selber schon so an wie einer von denen. Nun werd doch mal locker, Mann. Darf ich dich was fragen?«

»Nur zu.«

»Warum tust du das?«

»Ich versuche, einen Ausweg zu finden. Mein Leben so gut zu führen, wie ich es eben vermag.«

»Damit du in den Himmel kommst?«

»Lohn spielt dabei keine Rolle. Was soll daran so schlimm sein, wenn Pippa im Keller einen Mittagstisch für die dritte Welt organisiert? Was soll daran so schlimm sein, wenn ich Teil einer Gemeinschaft von Gutmenschen bin? Glauben ist sinnlos, solange man nicht ganz davon überzeugt ist. Wie du gesagt hast: *Wenn sie überhaupt wichtig ist, muß sie von allesbestimmender Wichtigkeit sein.* Die Tatsache, daß Pippa nicht mit mir ins Bett steigen will, ist keine Einschränkung, sondern selbst auferlegt, freiwillig. Es ist das mit Liebe akzeptierte Gesetz Christi, und wenn ich damit nicht einverstanden bin, sagt sie, steht es mir frei, mich von ihr zu trennen. Ihr Körper wird ihr Geschenk an mich sein, wenn die Zeit für die Ehe gekommen ist, und nicht vorher. Wann und wo immer der Herrgott es gestattet.«

Martin schüttelte den Kopf und starrte Kavanagh an. So hatte er ihn noch nie erlebt. Es war, als rede er mit einem Fremden. Er hatte das Gefühl, ihm nicht einfach in die Schulter boxen oder seine Haare raufen oder »Verdammt!« sagen zu können.

Kavanagh fuhr fort: »Christ zu sein hat nichts mit Zimperlichkeit oder Zaghaftigkeit zu tun. Christen sind die stärksten Menschen auf diesem Planeten. Wenn du gegen den Strom schwimmen willst, mußt du stark sein. Wir alle bewundern den Lachs, weshalb nicht auch den Christenmenschen?«

»Du hörst dich geradeso an wie ein Sonntagsschullehrer«, sagte Martin. »Wer hat dir das alles eingeredet?«

Die Quersprossen von Kavanaghs Stuhl knarrten unter seinem Gewicht. Er verzog das Gesicht.

»Die Gedanken stammen von Pippa. Die Worte von mir.« Kavanagh blickte Martin herausfordernd an. »Aber es liegt bei Pippa und mir, eine Lösung zu finden. Bei sonst niemandem.«

»Vermutlich.«

Kavanagh schüttete den Rest seines Tees in den Ausguß.

»Ohne Milch schmeckt er mir nicht.« Er erhob sich. Er konnte wieder lächeln. »Also. Wirst du die Nachtarbeit für mich erledigen? Wie vereinbart?«

»Ja, natürlich.«

»Irgendwelche Fragen?«

»Nein.«

»Es kommt alles auf die richtige Zeitnahme an. Aber das weißt du ja.«

»Jawohl, Meister.« Martin faltete die Hände und machte eine kleine Verbeugung.

»Das werde ich dir nie vergessen, Martin. Du bist ein Pfundskerl.« Er legte seinen Arm auf Martins Schulter, und gemeinsam gingen sie zur Treppe. »Und ich sehe dich morgen im Lauf des Tages?«

»Hör mal, ich meine, wo du jetzt wieder da bist, könntest du mich morgen früh vielleicht ablösen. Heute abend bringst du die Sache mit Pippa in Ordnung, und morgen früh kommst du hierher und führst die Arbeit zu Ende. Ich werde völlig geschlaucht sein, ganz gleich, was passiert.« Kavanagh schwieg und kaute an seinem Fingernagel. Martin sagte: »Irgendwann muß ich auch mal wieder nach Hause. Vielleicht um die Unterhosen zu wechseln.«

»Na schön. Das ist nur recht und billig. Ich seh dich morgen in aller Herrgottsfrühe.« Kavanagh grinste. Der Aufzug stand immer noch in ihrem Stockwerk. Kavanagh zog die Scherengitter auf. Martin hielt ihn mit einer Hand zurück.

»Kennst du schon den mit dem Test?«

»Nein.«

»Mit dem Test, ob man seine Unterhosen waschen muß oder nicht?«

»Nein.«

»Du klatschst sie gegen die Wand, und wenn sie klebenbleiben, brauchst du frische. Wenn sie runterrutschen, tun sie's noch für einen Tag.« Kavanagh verzog angeekelt das Gesicht.

»Das ist ja widerlich«, sagte er.

Martin mußte über seinen Witz laut lachen. Kavanagh zog die Gitter zu. Sie winkten einander zu. Martin ging zurück ins Labor und horchte auf das Geräusch des absackenden Fahrstuhls. Auf seinen leisen Fall. Das Klappern der auf- und zuscherenden Gitter am Ende des Schachts. Den Knall der Eingangstür.

Das Messerschleifgerät im Labor schliff und schmirgelte immer noch vor sich hin. Er fühlte sich bedrückt. Wie konnte das nur geschehen? In der Schule waren sie die besten Freunde gewesen, und jetzt rannte Kavanagh einer geretteten Seele hinterher. Unter Ausschluß aller anderen Beziehungen. Er ließ es zu, daß sein Gehirn mit christlichem Scheiß angefüllt wurde. Blaise hätte eine Antwort parat gehabt. Blaise hätte Kavanagh in jedem

Wortgefecht vernichtend geschlagen. Pippa versuchte, dem Kerl das Hirn zu trepanieren. Ihm ein Loch in den Schädel zu bohren und ihn mit einer bestimmten Lebensweise vollzustopfen – oder eher, mit einer bestimmten Sterbensweise. Sie versuchte, ihm den Arm auf den Rücken zu drehen, bis die Knochen splitterten und er sich ergab. Blaise hatte recht: Frauen zerstörten Männerfreundschaften.

Kavanagh war schon immer so gewesen, seit ihrer ersten Begegnung. Besitzergreifend. Wollte niemals zweiter sein. Zum Beispiel, als er mit dem Stabhochsprung begonnen hatte. Der Turnlehrer hatte ihm gesagt, daß er wahrscheinlich zu groß sei, um dabei erfolgreich zu sein. Es sei eine Sportart, die von Jungen mit durchschnittlichem oder kleinem Körperwuchs dominiert werde. Alles drehe sich um Behendigkeit und Timing, darum, sich am Stab hochzuhangeln. Aber Kavanagh liebte diese Disziplin und trainierte jeden Tag nach dem Unterricht in der Turnhalle, bis sie ihm in Fleisch und Blut überging. Mit dem angewinkelten Stab nahm er Anlauf, pflanzte ihn in den Einstichkasten und hangelte sich an ihm hoch. Unter seinem Gewicht bog sich der Stab durch, wurde wieder gerade und katapultierte ihn nach oben. Er durfte nicht vergessen, den Stab in letzter Sekunde wegzustoßen, die Füße zusammenzuhalten und über die Sprunglatte zu setzen, die Bauchmuskeln gekrümmt und angespannt, dann der lange Fall auf die Sprungkissen in der Grube, gleichzeitig darauf achten, daß die Sprunglatte noch an ihrem Platz ist und nicht auf ihn herabpoltert. Inzwischen war der Stab selbst zu Boden gefallen. Martin hatte all dies mitbekommen, weil Kavanagh ihn bei den vielen Gelegenheiten, wenn der Turnlehrer nicht anwesend sein konnte, darum gebeten hatte, ihm zu assistieren. Wenn Kavanagh sich darin üben wollte, sich an dem Stab hochzustemmen – statt mit ihm Anlauf zu nehmen und ihn einzustechen –, sparte er eine Menge Zeit und Kraft, falls es jemanden gab, der ihm den in den Kasten gesetzten Stab hielt. Martin hatte sich dazu bereit gefunden. Er brauchte nichts weiter zu tun, als den Stab in einem bestimmten Winkel zu halten, Kavanagh kam auf ihn zugerannt, sprang ab, ergriff den Stab, hangelte sich an ihm hoch und setzte über die Latte.

Dann sprang er von der Matte herunter, redete mit sich selbst, schüttelte den Kopf und lief zurück, um wiederum auf Martin und den Stab zuzusprinten. Das ging so endlos fort, bis Kavanagh davon überzeugt war, Fortschritte erzielt zu haben. Anschließend liefen sie gemeinsam die Straße hoch.

Es machte sich bezahlt, denn Kavanagh gewann den Wettbewerb und stellte einen neuen Schulrekord auf, indem er am Sportfest einen Sprung von 3,18 Metern Höhe bewältigte. Vor einer Zuschauermenge, die zur Hälfte aus Mädchen bestand. Martin fand es erstaunlich, Gruppen von Mädchen in Sommerkleidung zu sehen, die die aus diesem Anlaß mit Kalk markierte Aschenbahn des Big Field entlangschlenderten. In ihrem Gefolge zu laufen und ihr Parfüm zu riechen. Sie lachen zu hören und ihre Fußabdrücke auf dem Boden zu sehen, wo zuvor nur Jungen gegangen waren. Ein Pappschild im Korridor zu sehen, auf dem mit schwarzer Farbe »DAMEN →« aufgemalt war. Jungen erröten zu sehen, wenn sie die Mädchen in ein Gespräch verwickelten. Die Priester laut auflachen zu hören, wenn sie sich mit den Müttern und Schwestern der Jungen unterhielten, klatschten und sich die Hände rieben. Aus irgendeinem Grund löste das alles in ihm ein Weh aus, das er sich nicht erklären konnte. Es hatte etwas hoffnungslos Trauriges an sich.

Und natürlich war Martin zur Stelle, um die Wettkämpfe auf Film zu bannen. Es gelangen ihm wirklich erstklassige Schnappschüsse von Kavanagh beim Stabhochsprung, doch das Bild von seinem Rekordsprung war nicht gut geraten. Wie immer Kavanagh verewigt war, man konnte die Beine seiner Shorts hinaufgucken. Da oben war etwas – Unterhose oder Pimmel –, es war nicht scharf genug, und Kavanagh war so peinlich berührt, daß er für den Abdruck in der Schulzeitung eine frühere Aufnahme auswählte, als die Latte noch etwas niedriger gehangen hatte.

Dann geschah etwas, das Martin beinahe den Atem verschlug. In der Menge, die auf der schwarzen Aschenbahn flanierte, erspähte er das Mädchen, das er in der Bibliothek gesehen hatte, das Mädchen, das sich die Vitrine angeschaut und ihm am Ende ein flüchtiges Lächeln geschenkt hatte. Als er sie erkannte, überkam ihn eine ungeheure Panik. Sie lief ach so lässig daher und unterhielt sich mit Eddie Downie. Martin starrte sie an. Er konnte es kaum fassen, daß sie dasselbe Universum bewohnten. Er ließ sie den ganzen Nachmittag nicht aus den Augen. Einmal rannte er los und holte Kavanagh ein. Redete irgendwelchen Blödsinn daher, sagte, er wolle eine Aufnahme von ihm machen, wie er allein am Rand des Feldes stand. Er postierte ihn und wartete, stellte sämtliche Berechnungen im Kopf an, um nur ja keinen Fehler zu machen. Eddie Downie und das Mädchen näherten sich, und als sie auf gleicher Höhe waren, aber auf der anderen Seite des Zauns, vor dem Kavanagh stand, fing Martin zu knipsen an. Zu jedem Zeitpunkt wußte er genau, wo sie sich gerade aufhielt: ob sie beim Weitsprung zusah, zwischen den Baumreihen wandelte oder an dem Lieferwagen, den die Schule hatte kommen lassen, um die Zuschauer mit Speisen und Getränken zu versorgen, ein Eis erstand.

Blaise hatte am Sportfest durch Abwesenheit geglänzt. Als die Wettkämpfe beendet waren, ging Martin zum Büro, um Klöterich die Fotoausrüstung zurückzugeben. In diesem Augenblick kam Blaise an dem Weidenbaum im Innenhof vorbeigeschlendert.

»Wo hast du dich denn herumgetrieben?« fragte Martin.

»Überall und nirgends. Bin spazierengegangen.«

»Warst du auf dem Big Field?«

»Nein. Sportfeste sind auch nur eine Methode, die Mehrzahl der Schüler zu demütigen. Alle bis auf die Sieger.« Martin zuckte die Achseln. Er suchte keinen Streit, weil er immer noch ganz von dem Mädchen erfüllt war, das sich mit Eddie Downie unterhalten hatte. »Noch so eine Prüfung mit einer besonders niedrigen Erfolgsquote. Damit will ich nichts zu schaffen haben.«

»Kavanagh hat den Schulrekord im Stabhochsprung gebrochen.«

»Hast du gute Aufnahmen gemacht?«

»Ein paar.«

»Woher weiß man das?«

»Ich kann sie vor meinem geistigen Auge sehen. Man friert den Gegenstand gewissermaßen ein.« Blaise sah ihn gespannt an. Die beiden machten kehrt und gingen in dieselbe Richtung. Blaise lächelte ihm zu. Durch ihre Blazer hindurch berührten sich ihre Ellbogen.

»Die Hälfte von dem, was ich sage, solltest du nicht weiter beachten«, sagte Blaise. »Manchmal ist es gut, naiv zu sein, für einen Fotografen ist es wichtig. Die Dinge wie beim ersten Mal zu sehen. Das darf dir nicht abhanden kommen.«

Martin konnte es nicht abwarten, mit Downie zu reden, nachdem er die Ausrüstung zurückgegeben hatte. Es wäre zum Kotzen, wenn sie dessen Freundin wäre.

»Mit wem hast du dich da vorhin unterhalten, Downie?«

»Wieso fragt mich jeder danach?«

»Wer war das?«

»Meine große Schwester – Patricia.«

Jetzt wußte er ihren Namen. Er konnte sein Glück kaum fassen. Patricia Downie. Ein Name mit weichem Klang. Wie Eiderdaun. Eine fallende Feder.

Anderntags entwickelte er die Bilder vom Sportfest, aber die einzigen, die er sehen wollte, waren die von Eddie Downies Schwester. Er machte eine Vergrößerung der Aufnahme von Kavanagh, wie er mit gekreuzten Armen am Rand des Feldes stand. Falls ihn jemand fragte, war es ein Bild von seinem Kumpel. Doch hinter seinem Kumpel stand Patricia Downie, die ihm ihr wunderhübsches Gesicht zuwandte, um einen Blick auf den Athleten zu erhaschen, der da abgelichtet wurde. Martin bewahrte das Bild zwischen den Büchern auf dem Kaminsims in seinem Schlafzimmer auf, wo er es betrachten konnte, wann immer ihm danach zumute war.

Er hatte sie nur einmal wiedergesehen. An einem Samstagnachmittag in der Stadt, als sie aus Robinson & Cleaver's kam und mißfällig zum regenschweren Himmel aufblickte. Er saß auf dem Oberdeck eines Busses, und sein erster Impuls war, heftig an die Fensterscheibe zu klopfen, um ihre Aufmerksamkeit zu erregen, doch dann merkte er, wie vergeblich eine solche Geste wäre. Einen Augenblick später spannte sie einen weißen Regenschirm auf, und er konnte nur noch ihre Füße sehen. Sie lief um die Ecke zum Donegall Place. Sie trug dunkle Stiefel. Ihm fiel auf, daß sie sehr große Füße hatte.

Während er schweigend vor sich hin arbeitete, fragte er sich, ob die Australierin wohl auftauchen würde.

Kurz vor neun Uhr hörte er etwas, was wie Musik klang. Zuerst nur schwach. Als spielte irgendwo ein Radio. Es hörte sich an wie *Blue Moon.* Der Jazzabend hatte begonnen. Es war keine Melodie, sie wärmten sich nur auf. Zwei Stockwerke entfernt. Saxophon, Piano, Schlagzeug.

Zur vollen Stunde tötete er eine weitere Ratte, dann säuberte er den Labortisch. Er wusch sich gründlich die Hände. Wer wollte schon nach einer frisch ausgeweideten Ratte riechen, wenn er zu seinem ersten, wenn auch zaghaften Rendezvous ging? Er zog seinen weißen Kittel aus. Er trug Jeans und ein Jeanshemd. Eigentlich sollte er sich rasieren. Für alle Fälle. Er stellte den Durchlauferhitzer an. Das Gas zischte laut, und er konnte blaue Flammen sehen. Als er seiner Mutter erzählt hatte, daß er über Nacht arbeiten mußte, hatte sie einen Beutel für seinen »Kram«, wie sie es nannte, hervorgeholt. Sie tat eine Zahnbürste hinein, Rasierzeug – dabei rasierte er sich in Wirklichkeit höchstens alle zwei, drei Tage – und zuunterst einen Teelöffel. Sie riet ihm, sich am Morgen als erstes die Zunge damit abzuschaben.

Er füllte einen Becher mit heißem Wasser. Um sich sehen zu können, holte er den kleinen Spiegel aus der Damentoilette herbei. Als er fertig war, schwamm der Becher voll graublauer seifiger Flüssigkeit, in der seine Haare wie Sandkörner kreisten. Kurz die Zähne geputzt, die Zunge abgeschabt, und er war einsatzbereit. Er legte den Spiegel wieder dahin, wo er ihn gefunden hatte.

Die Korridore wurden düsterer und kamen ihm mit den fernen Jazzklängen seltsam vor. Nach den Vorlesungen hallten sie gewöhnlich vom Geplauder der Studenten und vom Krachen der metallenen Spindtüren wider. Am Treppenabsatz blieb er stehen und lauschte. Das Saxophon, dessen Klänge zum Treppenhaus heraufwehten, hatte einen weichen Paul-Desmond-Sound. Unten brannte Licht, und es ertönten Stimmen.

Vor der Tür zum Hörsaal im Kellergeschoß hatte jemand einen Tisch aufgestellt und nahm Geld entgegen. Er sprach mit einem bärtigen Typen in Ledermontur, der einen Motorradhelm in der Hand hielt. Der Typ fragte, wieviel es koste, und verzog das Gesicht, als er die Antwort vernahm.

»Scheiße, wer spielt denn? Miles Davis?« Der Türsteher lachte und winkte den Motorradfahrer in den Saal. Dann schaute er zu Martin auf. Das einzige Geld, das Martin bei sich hatte, war das Wechselgeld von seinem KitKat.

»Ich arbeite hier«, sagte Martin.

»Pardon?«

»Ich bin Laborant in diesem Bau.«

»Und?«

»Ich dachte, ich bekomme vielleicht Ermäßigung.« Der Türsteher sah ihn an.

»Den Saal kriegen wir umsonst«, sagte er. »Das Geld ist für die Band.«

»Ich muß die ganze Nacht hier rumhängen, damit ich zuschließen kann«, entgegnete Martin. Der Typ hielt einen Schlüsselbund in die Höhe.

»Das besorgen wir immer selbst.« Warum war der Scheißkerl so stur?

»Ich wollte mich nur mal umgucken, ob da jemand drin ist.«

Der Türsteher schien ihm nur sehr ungern zu erlauben, sich umzuschauen, aber schließlich deutete er mit den Augenbrauen zum Hörsaal.

»Ich schätze, an so einem Abend können wir jeden Zuhörer gebrauchen.«

Martin nickte ihm eine Art Dankeschön zu und trat ein. Der Saal roch nach Räucherstäbchen, vermutlich um den Gestank nach Formalin und Kreidestaub zu überdecken. Oder roch es nach Marihuana? Jazzcombos standen in einem gewissen Ruf. Martin kannte den Saal bei Tageslicht, er wußte, daß er kreisförmig angelegt war und nur leicht anstieg. Um ein erhöhtes Podium war er mit gekrümmten Bänken bestückt. Die gebogenen Wände waren von Glasschränken gesäumt. Bis auf ein paar Scheinwerfer, die auf die Band herabstrahlten, war es dunkel. Sie hoben die glänzenden Flächen des Schlagzeugs hervor, spiegelten sich in dem metallischen Gelb des Saxophons und tauchten die Scheitel der Musiker in weißes Licht. Er brauchte eine Weile, bis seine Augen sich an das Dämmerlicht gewöhnt hatten. Der Saxophonist hatte seine Schildmütze verkehrt herum aufgesetzt. Der Pianist trug eine Sonnenbrille, und wenn er den Kopf zurückwarf, blitzte das reflektierte Scheinwerferlicht in seinen Brillengläsern auf. Es war so schummrig, daß nur schwer auszumachen war, ob es überhaupt irgendwelche Zuschauer gab, geschweige denn, wen. Die Musik verstummte, es gab vereinzelten Applaus und ein paar Juchzer.

Die Lichter gingen an. Im Saal wurde es so still, daß man hören konnte, wie der Motorradfahrer den Reißverschluß an seiner Ledermontur aufzog. Von der Australierin war keine Spur zu sehen. Der Klavierspieler beugte sich zu seinem Mikrofon vor und sagte: »Danke, sehr freundlich.« Seine Stimme hörte sich an, als käme sie aus dem Innern des Mikrofons. Man konnte ihn atmen hören. »Ihr alle. Ihr alle sieben, die ihr Chaos und Krawallen getrotzt habt, um hierherzukommen.« Er zündete sich eine Zigarette an, und der Rauch zog zu den Scheinwerfern hinauf. Sein Akzent war eine Mischung aus Derry und New York. »Bis die Massen herbeiströmen, hört euch mal das an.« Mit gesenktem Kopf begann er die perlenden Anfangsakkorde von *Blue Monk* zu spielen. Einige unter den Zuhörern erkannten das Stück, klatschten und johlten ein bißchen. Martin schob sich auf eine Bank und hörte zu. Die Musik zog ihn in ihren Bann. Bei Jazz hatte er immer das Gefühl, sich ihr ganz überlassen zu müssen; jeder Widerstand machte ihre Wirkung zunichte. In gewisser Weise war es ein angeberisches Zuhören. Man klopfte mit dem Fuß im Takt oder wippte mit den Knien, nickte mit dem Kopf, wiegte sich ein bißchen mit dem Oberkörper. Dann stellte er fest, daß er die Musik wirklich genoß. Es war wie Religion: Sobald man skeptisch wurde oder sie sich vom Leib hielt, verlor sie ihre Macht.

Dies war der Hörsaal, in dem Pippa ihren Mittagstisch mit Brot und Käse organisierte. Die Leute entrichteten ihren Obolus und konnten soviel essen, wie sie wollten. Zur Mittagszeit wurden die Jalousien hochgezogen, und durch die hohen Fenster flutete das Tageslicht herein. Auf den Bänken waren Großhandelsbecher Margarine und Riesenstapel Weißbrot sowie dazu passende viereckige Scheiben Käse ausgebreitet – zwei Sorten, orange und gelb. Es gab einen Korb mit knusprigen Baguettes und kleinere, auserlesenere Käsesorten für die Feinschmecker, die sich hierher verirrten. Pippa und ihre Mitarbeiterinnen verkauften Limonade, und der Erlös kam der Christian Aid zugute. Martins Anregung indes, eine Party mit Brot, Käse und Wein hätte mehr Schwung, wurde ignoriert. Wann immer er konnte, kam Kavanagh vorbei, er setzte sich zu Martin und unterhielt sich mit ihm, wobei er stets über die Schulter zu Pippa hinschaute, die ihren Aufgaben nachkam – Mitgefühl bezeigte, Nettigkeit ausstrahlte, überzeugt davon, daß sie Leben rettete.

Martin war überrascht, wie gut die Band war. Live-Konzerte hatten etwas: Die Typen spielten die Musik direkt vor ihm. Sie griffen sie aus der Luft, formten sie und gingen mit ihr mit. Das war etwas ganz anderes, als sich Schallplatten anzuhören. Martin sah, wie der Türsteher hereinkam, stehenblieb und sich umschaute. Obwohl es stockfinster war, bückte sich Martin, um seinen Schnürsenkel zuzubinden. Er tat nicht nur so, er tat es wirklich. Löste ihn, dann band er ihn mit einer Doppelschleife. Als er wieder aufschaute, war der Türsteher verschwunden.

Durch den Lichtspalt in der Tür traten weitere Zuhörer herein. Der Saal füllte sich. *Blue Monk* kam zu einem in die Länge gezogenen Abschluß. Alle wußten, daß es zu Ende ging, und fingen an, zu klatschen, zu johlen und auf den Bänken zu trommeln und ihren Applaus mit der Musik zu vermischen.

»Hi«, sagte eine Stimme hinter ihm. Er wandte sich um. Es war die Australierin.

»Du bist's.«

»Was?«

»Du bist's.«

»Wer sollte ich sonst sein?«

»Nein, das ist nur so eine Redensart, eine Grußfloskel.«

»Also guten Tag.«

Sie befreite sich aus ihrem Schultergurt und stellte den Rucksack auf den Fußboden.

»Hast du schon deinen Freund getroffen?«

»Noch nicht. Wird verdammt schwer sein, ihn hier drin zu finden.« Sie schirmte die Augen gegen das gleißende Scheinwerferlicht ab und ging weiter nach vorn, um die Gesichter im Publikum abzusuchen. Als sie niemanden erkannte, kam sie zu Martin zurück.

»Kein Glück?«

»Nein.«

Das gefiel ihm, daß sie wieder zu ihm zurückkam. Sie hätte sich ja auch allein nach vorn setzen können, aber sie tat es nicht. Sie ließ sich auf eine Bank neben ihm gleiten.

»Was ist das für ein Saal?«

»Der wird für alles mögliche benutzt«, antwortete Martin. »Vorlesungen, Jazz – manchmal werden hier Mittagessen mit Käsebroten für die Hungernden Afrikas veranstaltet.«

»Ein ziemlich weiter Weg«, sagte sie. Er lachte ihr zuliebe. »Hast du das Ding getötet?«

»Ja.« Er nickte. »Rattentot.«

»Ich weiß nicht, ob mir das zusagt.«

Der Klavierspieler beugte sich zu einem seiner Mikrofone.

»Ihr seid alle herzlich willkommen«, sagte er. »Ich heiße Peetie Red Wallace. Und das hier ist die Band.« Während sie zur nächsten Nummer übergingen, *Baby Please Don't Go,* stellte er sie der Reihe nach vor. Das Publikum applaudierte jedem von ihnen. Inzwischen wirkten die Stellen unter den Scheinwerfern wie blaue Rauchkegel.

»Arbeitest du hier drin?« fragte die Australierin.

»Nicht *hier* drin, aber – ja.«

»Im Anatomischen Institut?«

»Ja, oben.«

»Heiliger Strohsack.«

Zwischen den einzelnen Nummern ging die Beleuchtung an, damit die neuen Zuhörer einen Sitzplatz finden konnten. Immer mehr Leute kamen zur Tür herein. Alles unterhielt sich. Das Mädchen sah auf und blickte sich um.

»Was ist denn in den ganzen Schränken?«

»Sachen.« Er zuckte die Achseln. »Zeug.«

»Danke, daß du so offen und ehrlich mit mir bist.«

»Die Scheiben sind von innen schwarz angestrichen, damit niemand hineinschauen kann. Einige Sachen sind ziemlich grausig. Die würdest du lieber nicht sehen wollen.«

»Was für *Sachen,* was für *Zeug?*«

Martin schwieg und betrachtete sie.

»Sachen, die schiefgegangen sind – in Flaschen. Mißgeburten, Wasserköpfe, siamesische Zwillinge, die an der Brust zusammengewachsen sind.«

»Und die alle hören sich die Musik an?«

»Ich glaube, das Schlimmste ist die Kopfhaut eines Säuglings. Man hat sie ihm vom Schädel abgezogen und ausgebreitet, wie in Cinemascope. Sieht echt widerlich aus.« Das Mädchen schnitt eine Grimasse. Sie beugte sich zur Schranktür vor. Zu ihm. Sie roch nach Talkumpuder. Oder nach etwas Ähnlichem.

»An einigen Stellen ist die Farbe abgeblättert. Kann man da was erkennen?«

»Nur wenn man genau hinschaut. Wenn die Lichter aus sind, sieht man nichts.« Sie legte die Hand um die Augen und preßte das Gesicht dicht an die Scheibe. Die nächste Nummer begann, und die Beleuchtung im Zuschauersaal wurde abgeblendet. Gemeinsam saßen sie da. Der Drummer spielte mit Besen. Martin neigte sich zu ihr.

»Klingt wie verstreuter Zucker«, flüsterte er ihr ins Ohr. Eine drahtige Strähne ihres Haares berührte seinen Mund. Sie nickte. Der Tenorsaxophonist hakte sein Instrument aus dem Gurt und stellte es auf einen Ständer. Dann holte er zwei Teile einer Silberflöte hervor und schob sie ineinander. Während er spielte, bewegte sich der Scheinwerferkegel hin und her, auf und ab, je nach Einfallswinkel. Das Mädchen neben Martin wurde unruhig. Nach der Nummer sagte sie: »Was soll ich nur tun? Der Typ ist immer noch nicht da, und es wird schon spät.«

»Dein Freund?«

»Er ist nicht mein Freund. Ein Spinner aus Melbourne, der mir eine Wohnung besorgen wollte, wo ich umsonst pennen kann. Wenn er nicht auftaucht, muß ich mir eine Jugendherberge oder ein B & B suchen. Und die sind verdammt teuer.« Sie sah auf ihre Uhr, indem sie das Handgelenk so hochhob, daß sie sie im Licht der Bühnenscheinwerfer ablesen konnte. »Verdammte Scheiße.«

»Was?«

»Gibt's hier ein Telefon? Ich hab dem Türsteher gesagt, ich hätte kein Geld und wollte nur jemanden treffen. Er hat gesagt, du auch? Und wie ein Blödian hab ich gefragt, was es kostet. Er hat gesagt, daß fast jeder hier drin behauptet, nach jemandem zu suchen. Ich hab ihm gesagt, daß ich diese beschissene Musik verabscheue, da hat er mich reingelassen.«

»Ich dachte, du magst Jazz?«

»Nö, hab ich nie behauptet.«

»Möchtest du oben telefonieren?«

»Ja.«

Martin ging voraus. Sie hob ihren Rucksack auf und folgte ihm.

Als sie die Treppe hinaufstiegen, betrachtete er sie, wie sie sich vor ihm bewegte und den Kopf im Gleichgewicht hielt. Im Hauptgang hörte er vor dem Hintergrund leiser Jazzmusik ihrer beider Schritte. Bis auf das Licht, das aus der Tür zu seinem Labor auf den Korridor fiel, war es dunkel.

»Das ist ja richtig unheimlich hier«, sagte sie. »Bringst du die Dinger hier um?«

»Ja.«

»O mein Gott, und das ist ein Animist... ein Anatomisches Institut?« Sie war stehengeblieben und sah sich um.

»Ja.«

Sie streckte die Hand aus und berührte seinen Ellbogen. Mitten im Gang hielt sie ihn an. Die Stimme zu einem Geflüster gedämpft.

»Wo sind die Zombies?«

»Die was?«

»Die Leichen?«

»Hier drin.« Er deutete mit dem Kopf nach links zum Präpariersaal.

»Jesus, wie viele?«

»Vielleicht fünfzehn.«

Sie pfiff leise durch die Zähne.

»Ist abgeschlossen?«

»Ja, aber ich kann einen Schlüssel besorgen.«

»Ohhh.« Sie fröstelte. »Kann ich einen Blick hineinwerfen?«

»Nee, das ist nichts zum eben mal Reinschnüffeln.«

»Ich will ja gar nicht schnüffeln, aber ich würde gern mal hineinschauen. Ich habe noch nie einen Toten gesehen.«

»Noch nie?«

Sie schüttelte den Kopf.

»Keine toten Verwandten?«

»Nicht, daß ich wüßte. Als meine Großeltern starben, war ich noch ein Kleinkind. Ich mag es, wie du redest.«

»Danke, gleichfalls.«

»Ich könnte deinem Akzent die ganze Nacht zuhören. Bei dir würde selbst das Telefonbuch gut klingen.« Ihr Lächeln gefror, und sie rümpfte die Nase. »O mein Gott, hier stinkt's aber... Was ist denn das für ein Geruch?«

»Formaldehyd.«

»Zum Kotzen. Man könnte meinen, daß jemand Zwiebeln schneidet.«

»Ja, es beizt einem die Augen. Es kommt von da her.« Er nickte zum Präpariersaal hinüber, dann schob er sie zum Licht, das aus dem Labor fiel. Als sie im Zimmer standen, zeigte er auf das Telefon. Sie befreite sich von ihrem Rucksack und blieb vor seinem Bürostuhl stehen.

»Setz dich«, sagte er, dann zog er sich zur Tür zurück. »Wenn du eine Außenleitung haben willst, mußt du die Neun vorwählen.«

»He, wo gehst du hin? Ich will hier drin doch nicht mutterseelenallein sein.«

»Ich dachte, du wolltest... telefonieren. Ungestört.«

»Wage es bloß nicht, mich allein zu lassen.« Einer Seitentasche ihres Rucksacks entnahm sie ein Notizbuch, das sie auf dem Schreibtisch aufschlug. »In einem Saal voller Zombies.«

Auf der anderen Seite des Labors sah Martin auf seine Uhr, hob eine weitere Ratte am Schwanz heraus und ließ sie in das Äthergefäß fallen. Die Australierin sprach die Telefonnummer laut vor sich hin. Noch bevor sie zu Ende gewählt hatte, war die Ratte verendet. Er blickte über die Schulter zu dem Mädchen hin. Angewidert verzog sie das Gesicht.

»Was riecht denn hier so nach Krankenhaus?« fragte sie.

»Äther.«

»Was ist das für ein Geräusch?«

Martin hob die Achseln. Einen Augenblick konnte er nicht denken.

»Das Messerschleifgerät.«

»Davon bekomme ich eine Gänsehaut.« Er beugte sich vor

und stellte es ab. Er hatte es mitten im Wendevorgang abgestellt, und die Schneide mit etwas schwarzem Pulver und herabtropfendem Öl befand sich mitten in der Luft.

Sie stand immer noch, hielt den Hörer ans Ohr und besah sich eingehend die ganze Ausrüstung, die mit Schriftband gekennzeichneten Flaschen und Gläser. Das Freizeichen tutete endlos. Er wandte ihr den Rücken zu und schirmte sie von seiner Arbeit ab. Er löste das Bein der Ratte heraus und legte es in das Glas mit Fixiermittel. Auf dem Etikett trug er die Zeitangabe ein. Mit den Fingern fuhr sie sich gegen den Strich durch den Haaransatz. Sie sah ihn an und lächelte. Er lächelte zurück. Schließlich meldete sich am anderen Ende der Leitung jemand. Sie fragte nach dem Typen, den sie kennengelernt hatte. Es war die falsche Nummer. Martin wickelte den blutigen Rattenkadaver in mehrere Bögen Zeitungspapier und warf ihn in den Abfalleimer. Von unten starrte ihn das Bild Nixons an. Die Australierin vergewisserte sich, daß die Nummer, die sie gewählt hatte, die Nummer war, die sie aufgeschrieben hatte. Sie war es. Sie legte auf.

»Das Schwein«, sagte sie. »Wußte ich's doch, daß er mir eine falsche Nummer gegeben hat.«

»Annähernd richtige Telefonnummern taugen nichts«, sagte er. Sie biß sich auf die Unterlippe. »Und jetzt?«

»Und jetzt was?« Sie warf ihr Notizbuch in den Rucksack und setzte sich auf den Drehstuhl. Sie drehte sich im Kreis und starrte geradeaus vor sich hin. »Wie nennt man das?« Sie zeigte darauf.

»Binokularmikroskop.«

»Das finde ich wirklich Scheiße, mir eine falsche Nummer zu geben.«

»Bist du dir sicher, daß du sie richtig aufgeschrieben hast?«

»Sicher bin ich mir sicher.« Sie drehte sich immer noch im Kreis. »Schaust du da durch?«

»Ja.«

»Darf ich mal?«

»Klar doch.« Er beugte sich vor und stellte das Mikroskop an. Er holte ihr einen Objektträger.

»Gib mir eins von deinen Haaren.« Sie zog sich eine blonde Strähne ins Gesicht und schielte dabei fast vor Anstrengung.

»Warte«, sagte er und wählte sorgfältig ein einzelnes Haar, das er mit der Wurzel ausriß.

»Autsch, das tut weh.« Sie kräuselte die Nase. »Ich habe ihm gleich nicht über den Weg getraut. Jemandem aus Melbourne darf man nie vertrauen.« Er benetzte seinen Zeigefinger und klebte das Haar auf den feuchten Abdruck, den er auf der Glasscheibe hinterlassen hatte. Er stellte das Gerät scharf ein und forderte sie auf hindurchzusehen. Sie strich sich mit beiden Händen die Haare aus dem Gesicht und näherte sich dem Mikroskop.

»Du brauchst dein Auge nicht zuzukneifen, es ist kein Teleskop.« So wie sie dasaß, war sie nicht auf der richtigen Höhe, also stand sie auf. Sie ließ ihre Haare los, stützte sich mit beiden Händen links und rechts vom Mikrofon auf den Labortisch und sah hindurch.

»Verdammt, das ist ja wie 'ne Eisenstange«, sagte sie. Sie berührte keinen der Knöpfe. In jedem ihrer Augen brannte ein winziger Lichtpunkt, der durch die Okulare kam. Dann richtete sie sich auf und zog die Augenbrauen hoch. »Was für ein Gerät. Hast du ein Branchenverzeichnis da?«

»In der Teeküche gibt's eins.« Er machte Anstalten, es zu holen.

»Laß mich bloß nicht allein.« Sie machte Spaß, aber eigentlich auch wieder nicht. »Wo wir schon dabei sind, gibt's hier 'n Örtchen? Ich komme um.«

»Eine Toilette?« Sie nickte. »Ja.« Er ging zur Tür, und sie folgte ihm. Er deutete auf das Dunkel der kleinen Treppe. »Da gibt es Licht.«

»O nein, so geht's nicht. Du kommst hübsch mit und zeigst sie mir.«

»Na schön.« Er lachte halb verlegen. Er geleitete sie die Treppe hoch und steckte den Kopf zur Tür hinein. Er tastete nach dem Lichtschalter und knipste ihn an. Die Leuchtröhren flackerten, gingen wieder aus und endlich an.

»Bitte sehr«, sagte er.

»Laß die Tür offen – *und rühr dich nicht vom Fleck.*« Martin setzte sich auf die Schwelle, und sie begab sich in eine der Kabinen. Die Spülkästen sangen und tropften immer noch. Er schaute unter der Kabinentür hindurch auf ihre Stiefel zu beiden Seiten des weißen Porzellanbeckens und auf ihre Jeans, die ihr auf die Knöchel gerutscht waren. Er hörte, wie sie pißte und an der Klopapierrolle riß. Dann ging brüllend die Spülung, und sie kam heraus und warf krachend die Tür hinter sich zu.

»In Rekordzeit.« Martin knipste das Licht aus, und sie gingen wieder nach unten. Im Labor setzte sie sich wieder auf den Bürostuhl.

»Also, was willst du jetzt tun?« fragte Martin.

»Weiß nicht. Ein richtiger Reinfall. Ich fahre morgen zurück. Wieviel Uhr ist es?«

»Fast zehn.« Sie saß da, verzog das Gesicht und dachte nach. Martin sagte: »Ich meine – bitte mißversteh mich nicht oder so, aber du kannst gerne hierbleiben, wenn du magst.«

»In diesem Saal?« Ihre Stimme überschlug sich fast vor Ungläubigkeit. »Allein? Im Haus der Toten?«

»Ich werde hiersein«, entgegnete er. »Die ganze Nacht über. Ich habe Dinge zu erledigen. Das erste Mal in meinem Leben habe ich Nachtschicht. Wir können uns abwechselnd aufs Feldbett legen.« Sie schürzte die Lippen. »Ich mache nur Spaß.«

»Das ist wirklich ein gespenstischer Ort. Die Abos wären im Nu von hier weg ...«

»Die Abos?«

»Die Aborigines. Die schwarzen Ureinwohner Australiens. Sie sind sehr abergläubisch. Gruselzeug, hat was mit ihren Toten zu tun.«

»Ich glaube, du machst zuviel Aufhebens darum. Um die Sache mit den Toten. Du wirst dich daran gewöhnen.«

»Ans Totsein?«

»Nein – bei Toten zu sein.« Sie legte die Füße auf die Bank und schaukelte auf dem Stuhl hin und her. Dann griff sie in ihre Tasche und holte ein winziges rundes Töpfchen hervor.

»Was ist das?«

»Vaseline. Damit meine Lippen nicht austrocken.« Sie stippte ihren Mittelfinger in das Töpfchen und trug die feuchte Salbe auf. Dann wischte sie den glänzenden Finger an einem Papiertaschentuch ab und schmatzte mit den Lippen, um die Feuchtigkeit gleichmäßiger zu verteilen.

»Magst du einen Kaffee?« fragte Martin.

»Gern.«

»Der Kaffee ist in der Teeküche.«

»Sehr irisch«, sagte sie laut lachend. »Der *Kaffee* ist in der *Tee*küche.«

Bevor er aus dem Labor ging, stellte er wieder das Messerschleifgerät an. Damit es weiterschliff, solange sie sich woanders aufhielten. Auf dem Weg durch den Korridor fragte er sie: »Wenn du keinen Jazz magst, was für Musik magst du dann?«

»Alles mögliche – ich weiß nicht. Ich vermute, alles.«

»Zum Beispiel?«

»The Monkees, Sonny & Cher. Elvis, ich weiß nicht.«

In der Teeküche füllte er den Kessel und zündete den Bunsenbrenner an. Sie nahm den Rucksack von der Schulter und setzte sich. Der Stuhl knarrte, so wie er unter Kavanaghs Gewicht geknarrt hatte.

»Ist dir kalt?«

»Jedenfalls nicht warm«, antwortete sie.

»Ich schätze, die Heizung ist abgestellt. Ist mir gar nicht in den Sinn gekommen.«

Sie begann sich heftig den bloßen Arm zu reiben.

»Sieh nur. Schau dir die Gänsehaut an.« Sie hielt ihm ihren Arm hin. Unter ihrem T-Shirt zeichneten sich ihre Brustwarzen ab.

»Vielleicht liegt's nur an mir. Zu Hause ist Hitze eine Selbstverständlichkeit.« Während sie darauf warteten, daß das Wasser zu kochen begann, spürte er die ersten Anzeichen einer Erektion, die von dem Anblick ihrer steifen Brustwarzen herrührte.

»Hier nennen wir's Hühnerhaut. Weißt du, was das ist?«

»Die kriegt man, wenn man friert.«

»Ja, aber auch wenn einem heiß wird, ausgelöst wird's von einer Temperaturschwankung.«

»Bei Hitze kriege ich nie eine Gänsehaut.«

»Wenn du in ein heißes Bad steigst, bekommst du da keine Gänsehaut?«

»Doch.« Ihre Augen leuchteten auf. »Du hast recht. Mensch, du bist ja ein Genie. Woher weißt du das alles?«

Er kreuzte die Beine und versuchte, seinen Ständer zu verdecken.

»Unter den Haarbälgen der Haut gibt es einen Muskel, den Arrector pili. Bei Kälte oder Angst zieht er sich zusammen, und die Haare stellen sich auf.«

»Uuuh... wie haarsträubend.«

»Manchmal nicht schnell genug, um heiß und kalt unterscheiden zu können.« Er ahmte die Stimme eines Roboters nach. »Biep-biep Temperaturschwankung, Temperaturschwankung.« Dann bediente er sich wieder seiner eigenen Stimme. »Und deshalb richten sich deine Haare auf, wenn du in heißes Wasser steigst.«

»Gescheiter Junge.«

Sie saßen einander gegenüber. Jeder hatte einen Ellbogen auf den Tisch gestützt. Sie untersuchte eingehend ihre Haut. Das Gerede von Schwellgewebe machte die Sache noch schlimmer. *Wir könnten versuchen, das Ding mit einem kalten Löffel zu bearbeiten.* Auf dem Tisch neben dem Wasserkessel stand eine kleine Heftmaschine aus Stahl und blauem Plastik. Er lächelte.

»Was ist?« fragte sie.

»Nichts.« Er könnte ein paar Heftklammern in seinen Pimmel treiben, der Länge nach, seiner *wachsenden* Länge nach, dann würde er bald kürzer werden. Ihn in Weihwasser tunken. Wie die Osterkerze am Ostersamstag. Dreimal. Ihn mit Eiswürfeln aus Weihwasser salben.

»Was ist daran so lustig?«

»Nichts«, erwiderte er. »Es ist nur, daß man mich nicht alle Tage bittet, Wache zu schieben, während ein Mädchen schiffen geht.«

Sie lächelte. Auf beiden Seiten ihres Mundes bildete sich eine zarte Falte, so als stünde ihr Lächeln in Klammern.

»Ich wollte an dem bewußten Örtchen halt nicht allein bleiben.« Auf einem metallenen Aktenschrank lagen mehrere frischgewaschene weiße Kittel.

»Hier«, sagte Martin. »Warum ziehst du dir nicht einen davon über? Der wird dich warm halten.« Er begann den Kittel auseinanderzufalten. Er knisterte vor Stärke. Er faltete die zusammengepreßten Ärmel auseinander, stand auf und hielt den Kittel vor sich, um seinen Zustand zu verbergen.

»Hier.« Er hielt ihr den Kittel hin, so daß sie hineinschlüpfen konnte. Sie steckte die Arme in die Ärmel und zog den knisternden Kittel, noch immer fröstelnd, enger um sich.

»Jetzt bin ich eine Ärztin«, sagte sie. Sie schenkte ihm ein nettes Lächeln und setzte sich wieder. Er war sich der Stille bewußt und leicht verlegen.

»Wie heißt du eigentlich?« fragte er.

»Dr. Atkins.«

»Vorname, bitte?«

»Cindy.«

»Martin Brennan.« Er beugte sich vor und schüttelte ihr die Hand.

»Du bist sehr formvollendet, Martin, sehr höflich.«

»So bin ich nun mal erzogen worden. Gib Pfötchen, schieb Wache, wann immer erforderlich, ganz gleich, unter welchen Umständen.«

»Bei uns würde deswegen niemand auch nur eine Augenbraue hochziehen.«

»Nicht einmal zwei entflohene Augenbrauen?«

»Ja – weißt du noch – die Grannys... Wie hießen die doch gleich?«

»Granny Greybers.«

»Die haben mir wirklich gefallen, Martin. Die waren süß.«

»Die Show der fliehenden Augenbrauen.«

»Sie haben so sachlich getan. ›Wir haben einen wichtigen Termin – und zwar schon bald.‹« Sie wollte ein paar geschäftige Bewegungen mit den Armen machen, doch die gestärkten Ärmel hinderten sie daran. Martin löffelte Kaffeepulver in zwei Becher und goß kochendes Wasser drauf.

»Tut mir leid. Keine Milch da.« Er bot ihr Milchpulver an, aber sie rümpfte die Nase. Sie trank ihren Kaffee schwarz, mit zwei Würfeln Zucker. Ein leiser Schauder durchlief sie, und sie umfaßte den heißen Becher mit beiden Händen.

»Es wäre gut, wenn du was Stärkeres dahättest.«

»Zentralheizung«, sagte Martin.

»Die Vorfahren meiner Mutter stammen aus Irland, vor Urzeiten – McGimpseys.«

»Was trinkst du gern?«

»Wein. Inzwischen produziert Australien 'ne Menge guten Wein. Immer haben wir das Image biersaufender Rugbyspieler gehabt. Aber das ändert sich jetzt alles...«

»Jetzt sind es weinsaufende Rugbyspieler.«

»Spielst du Rugby?«

»Nein, ich bin Katholik.« Er war erleichtert, daß sein Schwanz wieder geschrumpft war.

»Was zum Teufel hat das damit zu tun?«

»Hier spielen Katholiken Fußball oder Gälisch-Fußball.«

»Ich bin Protestantin.« Sie reckte ihm das Kinn entgegen und lächelte gespielt angriffslustig.

»Du reist aber mit leichtem Gepäck«, sagte er, »für eine Protestantin.«

»Das ist mein kleinerer Rucksack. Der andere ist in Schottland.«

»Was hat er da zu suchen?«

»Ich arbeite da. In einem Hotel in Ballachulish, an der Westküste.«

»Wie ist das so?«

»Ein ziemlicher Reinfall.«

»Und was treibst du hier?«

»Ich hatte ein paar Tage frei. Ich wollte Nordirland mit eigenen Augen sehen. Alle sagen: ›Bloß nicht. Du bist verrückt.‹ Wenn ich so was höre, will ich erst recht. Mein Vater sagt andauernd, tu dies nicht und tu jenes nicht – dann weiß ich, was ich ausprobieren muß. Ich war bisher noch nie in Kriegsgebiet.«

»Und wie findest du's?«

»Nun laß mir doch mal Zeit…«

»Hast du Angst?«

»Hier drin, ja.«

»Du hast mehr Grund, da draußen Angst zu haben. Das Land wimmelt von verrückten Arschlöchern.« Er seufzte und sah sie an. »Aber die Unruhen sind nicht nur deprimierend. Wir haben auch unbeschwerte Momente.«

»Als da wären?«

»So was nennt sich Sarkasmus.«

Sie pustete in ihren Kaffee und nahm vorsichtig einen Schluck.

»Wo bist du denn gewesen?«

»Überall.«

»Und wie findest du's?«

»Irische Typen sind die nettesten Typen, denen ich je begegnet bin.«

»Wirklich?«

»So was nennt sich Sarkasmus.«

»Na schön. Hört sich nach bitterer Erfahrung an. Wo?«

»Ein Ort namens Limavady.«

»Das wundert mich gar nicht.« Er lächelte sie an. »Was hat dir dein Vater gesagt, was du nicht tun sollst?«

»Das wäre gepetzt.« Sie biß sich auf die Unterlippe und lächelte zurück. »Mein Vater ist Pfarrer. Evangelischer Pfarrer.«

Martin zuckte mit den Achseln. »Er züchtet Bienen. Kennst du dich mit Bienen aus?«

»Sie stechen. Ich hasse sie.«

»Das ist ein bißchen ungerecht.«

»Ich bin einmal gestochen worden, das hat mir gelangt. Sie haben keinerlei Daseinsberechtigung.«

»Süßer ...« Bei dem Wort »Süßer« tat er so, als gelte es ihm: »Ja? Redest du mit mir?«

»... Honig.«

Sie lachte über seinen Spaß. »Fabelhaft – wie aus dem Band *Gelächter ist die beste Medizin* oder *Wie das Leben so spielt.* Vielleicht schicke ich es sogar dem *Reader's Digest* ein. Die zahlen an die fünfhundert Eier, wenn sie so etwas veröffentlichen.«

»Für einen Spaß?«

»Ja, im Ernst.«

»Ist der Kaffee trinkbar?« Sie nickte.

»In einem Bienenstock gibt's drei verschiedene Arten Bienen: eine Königin, ein paar hundert Drohnen und fünfzigtausend Arbeiterinnen. Die Drohnen sind männlichen Geschlechts. Sie stechen nicht. Ihre Lebensaufgabe besteht darin, die Königin zu begatten ...«

»Nicht schlecht, wenn du ...«

»Wußtest du das?« Martin schüttelte den Kopf. »Hör dir das an. Wenn die Königin soweit ist, tritt sie ihren Hochzeitsflug an, und die armen Kerle müssen ihr nachjagen. Die schnellsten und kräftigsten Drohnen holen sie ein und müssen sich mitten im Flug mit ihr paaren ...«

»O mein Gott ...«

»Wenn sie die Sache hinter sich haben und versuchen, ihr Ding rauszuziehen, reißt es ab, und sie sterben und fallen zur Erde.«

»Stimmt das?«

»Ja.«

»Was für ein beschissenes Ende«, sagte Martin. Er zog ein Gesicht. Dann gab's das also wirklich – ein Sich-zu-Tode-Fallen. Die Phantasie, der sie in der Schule nachgehangen hatten, war gar nicht so abwegig, auch wenn es bloß einer Biene zustieß. Da hat man nun zum ersten Mal eingelocht, und plötzlich verspürt man diesen ungeheuren Schmerz, und die ganze verfluchte Armatur fliegt ohne einen weiter. Sie reist waagerecht dahin, und man selbst saust hinab – und hat sich ein Loch in den Unterleib gerissen. Ein Loch, wo früher mal der Schwanz saß. Und der Wind heult an einem vorbei, so stürmisch, daß man das Blut einbehält. Und man denkt: »War's das? Und dafür hab ich mich nun mein ganzes Leben abgerackert?« Der Lohn dafür, daß man der Größte, Beste, Schnellste und Geilste war, bestand darin, daß man nur einmal eingelocht hatte. Aber einmal war immer noch besser als keinmal.

»Was ist daran so lustig?«

»Nichts.«

»Hast du eine Freundin?«

»Nö.« So, wie er es sagte, hörte es sich an, als hätte er nicht die geringste Chance.

»Ein gutaussehender Junge wie du?«

»Noch mehr Sarkasmus?«

»Nein, du bist… du verströmst was. Ich weiß nicht, was.« Er sah verwirrt aus, rümpfte die Nase, als mache sie sich über ihn lustig.

»Körpergeruch?«

»Nein. Verrat mir eins. Was ist ein Orangist?«

»Ein verschollener Volksstamm.« Martin lachte. »Eine Abart der Protestanten. Die haben einen Klub, den Orange Order, und ihr einziger Lebenszweck besteht darin, zum Herrgott zu beten und auf öffentlichen Straßen auf und ab zu marschieren. Bevor man eintreten kann, muß man einen Nichtintelligenztest bestehen.« Er hielt inne, um zu sehen, ob sie begriff. »Oder müßte man durchfallen?«

»Woher soll ich das wissen?«

»Er trägt eine Melone und um den Hals eine orangefarbene Schärpe. Es sind schon Orangisten zur Welt gekommen, die marschieren konnten, bevor sie laufen lernten. Und es gibt eine Komponente, die darin besteht, Ärgernis zu erregen. Die danken es einem nicht, daß man ihnen erlaubt, in einem öffentlichen Park herumzumarschieren – nein, es muß eine öffentliche Straße sein, die durch katholische Wohngebiete führt. Ihr könnt uns mal, sagen sie, wir tun, was uns beliebt. Um die Angelegenheit etwas komplizierter zu machen, könnte er natürlich auch ein Blackman sein und eine schwarze Schärpe tragen. Dann wäre er Mitglied des Royal Black Preceptory oder wie immer das heißt. Und er könnte beides auf einmal sein. Orange und schwarz.«

»Wie eine Biene«, sagte sie und lachte.

»Stimmt. Und als wäre das immer noch nicht kompliziert genug, gibt's noch eine andere Truppe, die Apprentice Boys.« Er hob das Branchenverzeichnis auf. »Hast du hiernach gesucht?«

»Danke.«

Er schlug es auf und las mit nordirischem Akzent: »Eagle Werkzeuge und Ausrüstung. Mit Zuversicht leihen und kaufen. Verleih – Verkauf – Wartung – Instandsetzung. Wasserpumpen – Preßlufthämmer – Rammen – Entfeuchter – Abstreifer – Bodenfräsen... Als nächstes: ELITE Geräteverleih. Auch Ausleihe für einen Tag möglich. Motorsägen. Schweißgeräte. Schleifgeräte. Transformatoren.«

»Was tust du da eigentlich?«

»Ich mach dir eine Freude.«

Sie schüttelte immer noch verwirrt den Kopf.

»Mein Akzent.« Da fiel ihr wieder ein, was sie über seine Stimme gesagt hatte, und sie mußte lachen.

»Ach ja. Ich dachte schon, du wärst übergeschnappt. Aus deinem Mund klingt es wie purer Nonsens.«

Auf dem Rückweg zum Labor blieb sie stehen und fragte: »Was ist da drin?«

»Die Bibliothek. Aber sie enthält keine Bücher.«

»Was denn dann?«

»Zeug. Bestimmte Exemplare.«

»Kann ich mal sehen?«

»Da gibt's nichts zu sehen.«

»Ist sie abgeschlossen?«

»Nein.« Sie rannte die beiden Stufen hinauf und drückte die Klinke nieder. Die Tür ging quietschend auf. Martin sagte: »Wenn dir danach ist, ein paar alte Knochen zu besichtigen, bist du am richtigen Ort.« Er folgte ihr die Stufen hinauf und fand den Lichtschalter. Zuckend ging eine ganze Batterie von Leuchtröhren an. Sie blickte sich in der düsteren Bibliothek um und besah sich die Möbel, die Glasschränke, die an den Wänden standen.

»Gespenstersaal Nummer zwei. Nein, Nummer drei. Gespenstersaal Nummer drei«, sagte sie. Sie drang weiter in den großen Saal vor und berührte die Tischplatten links und rechts mit den Fingerspitzen. Er folgte ihr.

»Schau dir das an«, sagte er. Er nahm ein Glas mit einem Fötus herunter. Dieser war behandelt worden, so daß sein Gewebe fast durchsichtig war, nur die mit Alizarin scharlachrot gefärbten Knochen nicht.

»Was ist das?«

Martin knipste einen von mehreren Röntgenleuchtkästen an der Wand an und hielt das Glas vor das opalartig schillernde Licht.

»Je-sus«, sagte sie. »Ist der nicht niedlich?« Sie starrte auf den Fötus und berührte das Glas mit den Fingern. Es war, als versuche sie, den Fötus anzufassen, und das Glas sei ihr im Weg. »Auch er ist der Sohn einer Mutter.« Sie ging weiter, sah sich um, betastete.

»Was ist das?« Sie lehnte sich vor und betrachtete einen Gegenstand in einem flachen Glas.

»Eine Lunge.« Sie schnitt ein Gesicht. »Eine Raucherlunge. Siehst du all das schwarze Zeug da?«

»Rauchst du?«

»Früher, in der Schule. Aber dann hat man mir erklärt, was der Rauch anrichtet – hier drinnen.«

»Der verdammte Kittel ist so sehr gestärkt, daß ich nicht mal die Hände in die Taschen stecken kann.« Martin beugte sich zu ihr und riß mit einem trockenen Geräusch die Taschen auf.

»Bitte sehr.«

»Danke, Martin.« Sie steckte beide Hände in die Taschen und beugte den Oberkörper vor, um *Die Anatomie des Dr. Tulp* in Augenschein zu nehmen. Als ihr die Haare in die Augen fielen, blies sie sie aus dem Gesicht. Der moderne Farbdruck erweckte ihr Interesse. Angewidert zog sie die Nase kraus.

»Das ist aber nicht sehr gut«, sagte sie. »Das ist etwa die Note, die ich in der Elementarschule bekommen hätte.«

»Elementarschule?«

»Grundschule. In Kunst war ich nicht gut. Sechs von zwanzig wäre zu gut für mich gewesen.«

»Kapiere ich nicht.«

Sie deutete auf den unteren Rand des Drucks. Darauf stand mit Bleistift gekritzelt: 6/20.

Er lachte und erklärte ihr, dies sei keine Schulnote, sondern die numerierte Auflage. Sie machte ein verlegenes Gesicht, indem sie die Mundwinkel herabzog und zugleich die Augen verdrehte. Dann stimmte sie in sein Gelächter über ihren Irrtum ein.

»Ich dachte, es wäre eine Note.«

»Das wäre großartig«, sagte er. »Stell dir den ersten Druck einer Auflage von 100 Stück vor, und alle Welt sagt: *Taugt nichts, aber Sie sollten 99/100 sehen. Glänzend!*« Als sie aufgehört hatte zu lachen, streckte sie die Hand aus und berührte den Modellkopf.

»Ich mag seinen Haarschnitt.« Lachend schlängelten sie sich zwischen den Regalen hindurch. Plötzlich blieb sie stehen.

»Buuuuhh«, sagte sie. Es war wie das Geräusch, das man macht, um Kinder zu erschrecken. Sie starrte auf das vollständige Gerippe, das mit dem Schädel an einem Haken in der Ecke hing.

»Was ist?« fragte Martin. Sie zeigte hin. Einen Augenblick lang begriff Martin nicht, was vor sich ging. Er war so an Skelette gewöhnt, daß er vergessen hatte, daß sie gruselig sein sollten.

Sie rückte dichter an ihn heran, legte ihre Hand auf seinen Oberarm, hielt sich an ihm fest und lugte um ihn herum.

»Du willst mich wohl veralbern«, sagte Martin.

»Nein. So was sehe ich gar nicht gerne.«

Er lachte und legte ihr den Arm um die gestärkte Schulter. Er drückte sie. Sie wich vor ihm zurück zur Tür hin.

»Der Anfang und das Ende«, sagte sie.

»Was?«

»Die Knochen eines Fötus und die Knochen eines Toten.«

Als sie die Stelle erreichten, wo die Gänge sich kreuzten, war der Jazz deutlicher zu hören. Es war eine Version des *St. Louis Blues.* Cindy begann mit den Hüften zu wackeln und in ihrem Kittel zu tänzeln. Im Dämmerlicht stelzte und stakste sie auf dem mittleren Linoleumstreifen entlang. Dann machte sie kehrt, kam auf ihn zu und verfiel in ein paar Twist- oder Jive-Schritte. Der weiße Kittel stand offen, und sie bewegte sich darin wie ein Klöppel in einer Glocke.

»Komm. Das wird uns aufwärmen«, sagte sie und hob die Arme über den Kopf. Aus Blödsinn fing er an, ihr gegenüber Tanzschritte zu machen und ihre Bewegungen nachzuahmen.

»Gut. Das machst du gut.«

Aber die Musik war so weit weg, daß sie ihre eigenen Bewegungen, das trockene Knistern ihrer Kleider, das Quietschen und Schlurfen ihrer Schuhe hören konnten. Sie streckte die Hände aus, sie berührten einander, und langsam drehte sie sich zum Rhythmus der Musik. Martin, der sie zu halten versuchte, kam vom Linoleum ab und trommelte mit den Händen auf den Spindtüren.

»Auf los geht's los«, rief sie. Es war ihm ein wenig peinlich, wie sie es sagte, wie eine Pfadfinderin oder eine Moderatorin der Fernsehsendung *Blue Peter,* die mit den Fingern schnipste. Alle ihre Aufmunterungsversuche blieben erfolglos. Die Musik brach ab.

»Da hast du's«, sagte Martin. »So geht's mir immer.«

»Warte«, erwiderte sie. »Da kommt noch was.«

Sie liefen den Korridor entlang zum Treppenabsatz hin, wo die Musik heraufgedrungen war, und lauschten. Als sie eben am Präpariersaal vorbeikamen, setzte die Musik von neuem ein. Ein langsamer Bluesklang, der sich von der Nummer, zu der sie eben getanzt hatten, erheblich unterschied.

»Das ist *St. James Infirmary*«, sagte er. »Paßt genau zu dem Saal, vor dem wir stehen.« Halb sang er, halb sprach er die Worte in einem schleppenden amerikanischen Akzent: *»Saw ma baby there – laid out on a long white table, so white, so cold, so bare.«*

»Ach, bitte nicht. Warum kann ich nicht mal einen Blick hineinwerfen?« Sie nickte zum Präpariersaal hin.

»Das ist kein Zoo«, antwortete Martin. »Es wäre eine Art Respektlosigkeit. Wir hatten hier mal einen Professor, der jedesmal, wenn er vorbeiging, seinen Hut lüpfte.« Sie sah, daß die Tür ein altmodisches Eisenschloß hatte, kniete nieder und versuchte, durchs Schlüsseloch zu spähen.

»Warum hat er das getan?«

»Um die Toten zu ehren.«

»Blumensträuße, meinetwegen. Aber den Huft lüpfen? Nein, danke. Ich seh ja überhaupt nichts.«

»Steh auf.« Sie erhob sich und rückte näher an ihn heran.

»Mach schon, Martin, nur einen Blick. Nur ganz kurz. Ich versprech's dir.«

»Es ist schon fast dunkel. Wenn ich um diese Zeit das Licht einschalte, haben wir im Nu das Wachpersonal auf dem Hals.«

»Eine Taschenlampe?«

»Bei der Vorstellung, einen Einbrecher zu fangen, wären sie noch schneller zur Stelle.«

Er bewegte sich rückwärts aufs Labor zu.

»Komm her, mein Kätzchen«, sagte sie. Sie hielt ihm die Arme entgegen, als mache sie Spaß. Er nahm ihre Hand in die seine und umfaßte mit der anderen ihre Hüfte unterm Kittel. Noch unter dem Stoff ihres T-Shirts fühlte sie sich fest und straff an. Zu der langsamen Musik machten sie langsame Schritte.

»Mein Vater hat mir beigebracht, Bienen zu streicheln«, sagte sie. »Ihnen über den Pelz zu streicheln, so daß sie in einen Trancezustand verfallen, sie in eine Art Ekstase zu versetzen.«

»Was?«

»Es ist eine Methode, sie zu hypnotisieren. Das lieben sie. Es ist, als würde man ein Huhn auf eine Linie Kokain ansetzen.«

»Was redest du da?«

»Ach, nur so.«

»Wenn du redest, kann ich die Musik nicht hören. Dann komme ich aus dem Takt.«

»Zum Teufel mit dem Takt.« Sie legte ihm beide Hände auf die Schultern, dann um den Hals. Er spürte, wie sie ihre Hände auf seinem Nackenhaar verschränkte – so hatte er alte Frauen die Hände zum Gebet falten sehen. Sie tanzten, als würde sie ihm die Schritte beibringen, und sein Körper war immer noch ein Stück weit von ihrem entfernt. Er legte ihr die Hände auf die Arme und spürte, wie sich die Härchen auf ihren Unterarmen aufrichteten. Elektrisch, als wäre ihre Haut statisch aufgeladen. Sie summte die Worte zur Musik und wiegte ihren Kopf hierhin und dorthin. Dann winkelte sie die Arme an und zog seinen Kopf näher an sich heran. Ihre Stirnen berührten sich. Da trat er ihr auf den Schuh.

»Tschuldigung.«

»Keine Ursache.« Sie begann zu lachen. »Wenn du tanzt, darfst du nie auf deine Füße schauen.«

»Tu ich ja gar nicht, ich schaue auf deine.«

Ob er versuchen sollte, sie zu küssen? War es dafür zu früh? Würde sie schallend herauslachen? Oder noch schlimmer? Ihm eine Ohrfeige geben wie im Film? In Belfast sagte man dazu: ihm eine klatschen. Nora Rice war eine gutaussehende Psychopathin aus der Gegend, die angeblich derartige Vergeltungsschläge führte. Dutzende von Typen hatten sie gevögelt und offen damit geprahlt. Aber wenn der falsche Typ es mit ihr versuchte, kriegte er eins aufs Maul, kriegte eine geklatscht. So ging das Gerücht. Das war der Preis. Das war der Lohn. Das hatte er davon, wenn ihr sein Gesicht nicht paßte. Aber zuvor hatte die

Australierin gesagt, er sei ein gutaussehender Junge. Und jetzt wich sie auch nicht gerade vor ihm zurück. Sie verströmte einen wunderbar süßen Duft. Er würde einen Kompromiß versuchen. Seinen Kopf an ihre Schulter lehnen und abwarten, wie sie reagierte.

»Bist du müde?« fragte sie. Grinsend hob er den Kopf, bis sein Gesicht vor ihrem stand. Er küßte sie. Seine Lippen berührten sie so flüchtig, daß er sich immer noch zurückziehen und behaupten konnte, es sei ein Versehen. Verzeihung, ich bin zu weit gegangen. Ich dachte, daß du vielleicht … Aber sie hielt ihm ihren Mund entgegen und ließ es geschehen. Nicht nur beugte sie sich in seinen Kuß, vielmehr bewegte sie ihre Lippen angenehm schlängelnd auf den seinen. Jesus, jetzt wird's interessant. Sie gab einen Laut von sich, als wolle sie etwas sagen, aber es war nur eine Stimme in ihrer Kehle, die nicht zum Wort wurde. Und ehe er sich's versah, schnellte ihre Zunge in seinen Mund. Blitzschnell. Rein und raus. Fast ehe ihm aufging, was es war. Und abermals, flink wie eine Schlange. Und er schob seine Zunge in *ihren* Mund. Er schmeckte wie weiches Kupfer. Rauh wie Wildleder. Und bevor er wußte, wie ihm geschah, hatte sie ihr Gesicht abgewandt, tanzte wieder mit hoch erhobenem Kopf und lächelte ihn an. Sie sagte: »Nun schau dir uns an. Wir tanzen in einem Totenhaus.«

»Möchtest du woandershin?«

»Wie alt bist du, Martin?«

»Wieso willst du das wissen?«

Sie zuckte mit den Schultern.

»Vielleicht siehst du jünger aus, als du bist?« Bevor er etwas sagen konnte, fügte sie hinzu: »Das ist als Kompliment gemeint.«

Die Musik verstummte. Cindy ging auf das Licht zu, das aus dem Labor drang. Martin folgte ihr. Im Saal stemmte sie sich auf den Labortisch.

»Geht das hier?«

»Ja.«

»Ich hole mir hier doch wohl keine Krankheit im Hintern?«

»Nein.«

Sie schlenkerte mit den Beinen. Martin lief auf ihre Seite des Labortisches und stellte das Heizgerät neben seinem Schreibtisch auf höchste Stufe. Der heiße Luftstrom wärmte unverzüglich seine Knöchel. Zugleich machte das Gerät einen beträchtlichen Lärm, von dem das Geräusch des Messerschleifgeräts übertönt wurde. Martin ging wieder zu dem Käfig mit den Ratten und beförderte eine weitere ins Jenseits.

»Was tust du da?« fragte sie.

»Arbeiten.« Als er fertig war, wusch er sich die Hände und trocknete sie an dem Rollhandtuch. Dann trat er zu ihr. »Also, was hast du vor?«

»Weiß nicht, es ist ein bißchen spät, um nach einer anderen Schlafstelle zu suchen. Kann ich hier pofen?«

»Klar.«

»Auf dem ollen Schlafsack pennen?«

»Ist recht.«

»In dem Kittel komme ich mir vor wie eine von euern Nonnen.« Sie ließ sich vom Labortisch gleiten und zog den weißen Kittel aus, dann öffnete sie ihren Rucksack. Sie holte einen weißen Wollpullover hervor und streifte ihn über. Dann reichte sie ihm den Kittel, und er hängte ihn an den Haken an der Labortür.

»Ach, warte, ich hab was in meinem Rucksack. Das mußt du sehen.« Sie griff in den Rucksack und förderte eine Art Puppe zutage. »Ist der nicht fabelhaft? Mein eigener kleiner Leppercorn – ein Angehöriger des Kleinen Völkchens. Er war so süß, ich konnte einfach nicht an ihm vorübergehen. Sein grüner Hut und sein kleiner Knüppel. Schau dir sein Gesicht an. Die Frau im Laden nannte ihn einen kleinen Schlingel. Sie hatte auch einen Namen für den Knüppel.«

»Shillelagh.«

»Und was ich auch so niedlich finde, man bekommt ein Formular, das man ausfüllen muß: daß man ihn für den Rest seines Erdenlebens lieben wird. Schau.« Sie zeigte ihm das Formular.

»Eine Art Vertrag.« Martin betrachtete ihn eine Weile, bevor er ihn zurückgab.

»Ich habe einen Leprechaun geheiratet«, sagte er.

»Leppercorn? Wie sprichst du das aus?«

»Lep-ra-hon.«

»Lep-ra-haun?«

»Richtig.« Martin lachte, dann blickte er auf seine Uhr. »Willst du das Tierhaus sehen?«

»Von mir aus. Was gibt's denn da zu sehen?«

»Rate mal.«

»Tiere.«

»Volltreffer. Ich muß mir da unten einen neuen Schwung besorgen. Oder willst du lieber hierbleiben?«

»Es stinkt ein bißchen«, sagte Cindy. Im Tierhaus piepste und raschelte es. Vom Fußboden bis zur Zimmerdecke war es mit Regalen voller Zinkkäfige versehen, jeder mit einer Wasserflasche aus Plastik ausgerüstet. Martin führte sie herum. Sie schlich von einem kleinen Raum zum nächsten und spähte in die Käfige. Dabei strich sie ihre Haare zu beiden Seiten ihres Gesichts zurück. Sie nahm eine der Flaschen zur Hand und versuchte, einer Ratte Wasser zu geben. Die schnüffelte und begann zu lecken.

»Schau mal, sie trinkt.« Martin erzählte ihr, wie verhaßt ihm diese Aufgabe war. Die Wasserflaschen nachzufüllen. Den Kaltwasserhahn voll aufzudrehen, jede der Flaschen darunterzuhalten, bis sie überfloß. Dann den Tropfenzähler wieder aufzusetzen. Seine Hände pochten immer vor Kälte. Das einzige Gefühl, das er hatte, war schierer Schmerz. Es erinnerte ihn an das schmerzhafte Kältegefühl zur Osterzeit, als er in der Kirche das Weihwasser austeilte. Wenn er in den Hunderten Käfigen das Wasser erneuert hatte, trocknete er sich die Hände ab und versuchte, sie am Ofen zu wärmen.

»Die sehen so was von niedlich aus mit ihren kleinen, rosa Äuglein und ihren Schnurrhaaren. Sind das alles Ratten?«

»Ein paar Mäuse sind auch dabei.«

Martin überprüfte das Etikett und wählte den gewünschten Käfig aus.

»Mensch, Martin! Komm mal her. Nun schau dir das an.« In der Ecke eines Käfigs hatte eine Ratte Junge geworfen. Sie sahen fürchterlich aus – fünf oder sechs rosa Dinger. Sie waren nicht glänzend oder glatt, sondern trocken und rosa, mit pudrigem Flaum überzogen – wie Himbeeren. Ihre Köpfe und Gesichter waren noch nicht voll ausgebildet, von Ohren keine Spur, die Äuglein noch geschlossen. Blind, haarlos – und doch ständig in Bewegung.

»Die sind wie fünf kleine Babyfinger«, sagte sie mit einer Babystimme.

»Da schlägt dein mütterlicher Instinkt durch.«

Martin legte dem Feuer nach und ließ es mächtig bullern. Um sich aufzuwärmen, setzten sie sich auf zwei Hocker und hielten die Hände übers Feuer. Cindy sagte, der Saal sei wie ein Raum, in dem man sich Gruselgeschichten erzähle, doch als Martin ihr eine zu erzählen begann, hielt sie sich die Ohren zu. Er erzählte ihr vom Nebenzimmer, wo der Leichenbestatter die Leichen präpariere. Venen und Arterien würden auseinandergehalten, indem man blauen oder roten Farbstoff injiziere. Er erzählte ihr von dem Tierhauswärter, dem gemeinen Frank, der einmal zu Experimentierzwecken Wachteln gehalten habe. Jeden Tag las er ihre Eier auf und briet sie – etwa fünfzehn Stück, winzige weißgelbe Spiegeleier, so groß wie Zehn-Pence-Münzen. Und dann schob er sie zwischen zwei Brotscheiben. Sandwiches mit gebratenen Wachteleiern. Ihr Lieblingssandwich war Brot mit Kondensmilch gewesen, sie nannte sie weiße Marmelade. Die Kohle verglühte rasch und zerfiel zu grauer Asche. Die Rückwand des Kamins war rußig, und punktierte Linien gelben Lichts schlängelten sich nach oben und nach unten.

»Die nennt man Soldaten auf dem Vormarsch«, sagte er.

»Mensch, mein Gesicht ist schon ganz rot«, sagte sie und befühlte ihre Haut. Martin behielt die Zeit im Auge.

Als sie über die Treppe zum Labor zurückkamen, hörten sie Stimmen und Gelächter, Autotüren fielen zu, und Wagen rollten davon. Es mußte auf Mitternacht zugehen. Der Jazzabend war zu Ende. Martin blieb auf dem Treppenabsatz stehen, um zu lauschen, und lehnte den Käfig, den er trug, gegen das Geländer. Als die Eingangstür zuschrammte, hallte der Knall durchs ganze Treppenhaus.

»Das dürfte der pampige Kerl gewesen sein.«

»Wer?«

»Der sture Typ an der Tür.«

Bis auf das Scharren im Käfig herrschte Stille. Martin sah Cindy an. Sie zwinkerte ihm zu. In diesem Augenblick kam ihm die Möglichkeit in den Sinn, daß sie Tierrechtlerin war. Alle Anzeichen deuteten darauf hin: Sie war ein ausgemachter Hippie – etwa wie sie Puppen und Lebewesen sentimentalisierte –, der Umstand, daß sie in keiner Weise den Tierschutz erwähnt hatte, was darauf hindeutete, daß sie etwas zu verbergen hatte. Vielleicht war sie eine verkappte Journalistin, die einen vernichtenden Artikel schreiben würde, in dem er namentlich und mit Anschrift genannt würde. Oder sie war gekommen, um sämtliche Tiere freizulassen und das Gebäude niederzubrennen.

Im Labor sagte Martin: »Ich muß es tun.«

»Das Töten, meinst du?«

Martin nickte.

»Ja.«

»Wie süß. Wen mußt du umbringen?«

»Eine von denen.«

»Was hat sie dir getan?«

»Es ist ein Experiment.«

»Ich bin auf der Seite der Ratte«, sagte sie, setzte sich auf seinen Bürostuhl und drehte sich im Kreis. Sie knipste ein kleines Radio an und wechselte sofort den Sender. Es knisterte, fiepte und rauschte, während sie suchte. Sie entschied sich für Musik – eine alte Nummer der Beatles – und stellte die Lautstärke höher.

Er widmete sich wieder seiner Arbeit. Cindy sah sich auf dem Schreibtisch um und fand einen Pappkarton mit glänzenden Schwarzweißfotos.

»Darf ich?«

»Klar.« Sie ging sie durch.

»Hast du die aufgenommen?«

»Ja.«

»Mensch, du bist ja richtig gut.«

»Danke. Ich will die besten auswählen und ein Buch daraus machen.«

»Ein Buch? Du willst einen Fotoband veröffentlichen?«

»Nein. Ich meine, ich will mein eigenes Album zusammenstellen.«

»Kapiere. Was machen die Jungs da?« Sie hielt ein Foto hoch. Martin blickte über die Schulter.

»Die stehen herum. Es war ein religiöses Wochenende. Einkehrtage.«

»Bist du religiös?«

»Nicht mehr.«

Sie sah ihn an, und er hob die Schultern. Dann wandte sie sich wieder den Fotografien zu.

»Da bist ja du. Wer sind die beiden anderen Typen? Der hier sieht niedlich aus.« Martin unterbrach seine Arbeit und ging zu ihr.

»Das ist Kavanagh. Der Typ, für den ich das Experiment hier durchführe. Wir sind zusammen zur Schule gegangen.«

»Der sieht richtig gut aus. Und der hier?«

»Das ist Blaise. Auch ein Typ von meiner Schule. Ein verrückter Kerl.«

»So sieht er auch aus.«

»Den haben sie in der Schule zusammengeschlagen. Wir dachten schon, er wäre tot.« Ihre Augen weiteten sich.

»Wer hat das verbrochen?«

»Ein paar Typen, mit Fußballstiefeln, ist nicht weiter wichtig. Man hat ihn ins Krankenhaus gebracht, aber nach einem Tag ist er wieder zu Bewußtsein gekommen. Jemand mußte die Prüfung für ihn schreiben – es hatte sich herausgestellt, daß ein paar Knochen in seiner Hand gebrochen waren. Ein Amanuensis.«

»Was ist das?«

»Einer, der den Antwortbogen für dich ausfüllt. Du sitzt da mit dem Arm im Gips und sagst ihm, was er schreiben soll.«

»Das würde mir aber gar nicht passen. Wenn ich das tun müßte, würde ich in allen Fächern durchfallen.« Sie lachte ein bißchen. »Ich bin auch so in allen Fächern durchgefallen. Wo hält sich der Typ jetzt auf?«

»Blaise hat in der Abschlußprüfung die besten Noten erzielt, die es in Nordirland je gegeben hat. Er ist nach Cambridge gegangen. Um Jura zu studieren.«

»Ein kleines Genie.«

»Ein großer Intrigant. Es wird gemunkelt, der Amanuensis sei bestechlich gewesen.«

»Stimmt das?«

»Ich weiß nicht. Seit der Schlägerei habe ich nicht mehr mit ihm geredet.«

»Also, der da studiert Medizin«, sie stieß mit dem Finger nach dem Foto, »und der hier studiert Jura... Wirst du das dein ganzes Leben lang weitermachen?« fragte sie.

»Weiß nicht.«

»Was meinst du?«

»Es ist wie ein Mann, der ein Boot rudert. Wir kehren unserem Fahrtziel den Rücken zu. Wir können nicht in die Zukunft blicken.«

»Sehr hübsch, wie du das gesagt hast. Ah, aber wie hältst du's mit der Astrologie? Liest du in den Sternen?«

»Quatsch.«

»Ein *bißchen* wissenschaftlich ist es schon. Ich befrage meine Sterne jeden Tag.«

»Verbirg dich, Sternenlicht! Schau' meine schwarzen, tiefen Wünsche nicht!« Sie sah ihn an und legte die Stirn in Falten.

»Was soll das heißen?«

»Das stammt aus *Macbeth.* Habt ihr das durchgenommen?«

»Nein.«

»Wie fandst du's in der Schule?«

»Scheiße.« Sie unterhielten sich über die fürchterlichen Lehrer, die sie gehabt hatten. Ihre redeten sich immer »den Mund fusselig«, seine »leierten ihren Stoff herunter«. Aber von den gestohlenen Prüfungsbögen erzählte er ihr nichts. Dann würde sie ihn bestimmt fragen, was für Noten er bekommen hatte, und er würde gestehen müssen, daß er eben noch durchgerutscht war, obwohl er die Prüfungsfragen bereits gekannt hatte. Und er würde ihr völlig beschränkt vorkommen. Als sie den Karton mit Fotos durchgegangen war, setzte Cindy wieder den Deckel auf. Martin ging zur anderen Seite des Labors. Sie hob die Stimme und rief ihm zu: »Worum geht's in deinem Experiment?«

Er fragte sich, ob die Tierrechtlerin jetzt mit ihrem Verhör begonnen hatte.

»Es ist nicht *mein* Experiment. Es ist Kavanaghs. Für seine Abschlußarbeit.« Die deutsche Ausrede – wir haben nur Befehle befolgt. »Ich bin das Faktotum, und Kavanagh ist der Wissenschaftler. Herr und Knecht. Na ja, so schlimm ist es nun auch wieder nicht... Läßt sich nur schwer erklären.«

Da sie zugegen war, legte er ein neues Wattebäuschchen auf den Boden des Gefäßes, das er mit frischem Äther tränkte.

»Es riecht ja schon wieder so«, sagte sie laut.

»Ich *liebe* diesen Geruch«, erwiderte Martin. Sie hob das Beschriftungsgerät vom Schreibtisch und begann damit herumzuspielen. Es ähnelte der Maschinenpistole eines Gangsters – aus Chrom mit einer runden Nummernscheibe, die, wenn man daran drehte, jeden Buchstaben des Alphabets zeigte. Sie preßte wie bei einem Nußknacker die Griffe zusammen. Bei jedem Klick schob sich das Band weiter, so daß man einen anderen Buchstaben aufdrucken konnte.

»Ich dachte, du wolltest arbeiten?«

»Der Zeitpunkt ist wichtig.« Um Mitternacht tat Martin eine weitere Ratte in das Steingefäß. Nachdem er das Bein herausgelöst und den Kadaver entsorgt hatte, durchquerte er das Labor und kam auf Cindy zu.

»So«, sagte er, »jetzt hab ich eine Pause verdient.«

»Schau her. Ich habe meinen Namen geschrieben.« Sie zog das bedruckte Band heraus und schnitt es mit der kleinen Guillotine ab. Dann hielt sie es ihm hin – auf Schwarz gedruckte weiße Lettern. CINDY ATKNS. Sie grinste ihn an.

»Das war sehr schön«, sagte sie.

»Was?«

»Der Kuß im Korridor.« Der Bürostuhl schwankte vor und zurück, als sie sich bewegte und sich mit den Füßen abstieß. Er legte ihr die Hände auf die Schultern und begann, sachte ihre Muskeln zu massieren. Wie ein Masseur knetete er sie mit den Daumen und zog mit den Fingern die Haut zurück. Aber er überragte sie zu sehr, um sie nochmals küssen zu können. Sie hinderte ihn nicht daran, ihr die Schultern durchzuwalken, sondern neigte ihren Kopf zurück. Dann richtete sie sich wieder auf und musterte ihr Stück Schriftband.

»Scheiße, ich hab das ›I‹ ausgelassen.«

»Du hast dein ›I‹ vergessen, dein Ich, dein Selbst? Wie selbstlos von dir«, sagte Martin. Sie wirbelte herum und sah ihm ins Gesicht. Die Vorderkappen ihrer Stiefel berührten sein Schienbein. »Ist es möglich, eine selbstlose Handlung zu vollführen? Über solche Fragen haben wir früher die ganze Zeit gestritten. Weißt du, man führt ein vollkommen selbstloses Leben, um in den Himmel zu kommen. Man tut etwas für einen Fremden, weil man will, daß er einen mag. Der Kumpel auf dem Foto – der, der zusammengeschlagen worden ist – hat sich sehr für Philosophie interessiert.«

»Oder man tut Dinge für Menschen, nur weil sie nett sind?«

»Die Leute oder die Dinge?«

»Beides.« Sie drehte den Stuhl um 180 Grad und zeigte auf ihre Schultern. Mit beiden Händen bündelte sie die Haare an ihrem Hinterkopf zu einem Büschel. Er begann, ihre Muskeln zum Rückgrat hin zu kneten.

»Das ist dein Trapezmuskel.«

»Ist mir ganz gleich, wie du ihn nennst«, sagte sie und neigte den Kopf vor. Sie hatte die Augen geschlossen. Ob er es wagen durfte? Er haßte die Ungewißheit, haßte es, nicht zu wissen, ob er einen Schritt weitergehen durfte oder nicht. Er wußte nicht, ob er, wenn er ihre Brüste berührte, die ganze Episode – die bis dahin äußerst angenehm verlaufen war – aufs Spiel setzen würde. Würde sie wütend aufspringen und rufen: »Was unterstehst du dich? Für wen zum Teufel hältst du dich eigentlich? Wer hat dir gesagt, daß du so etwas tun kannst? Jesus – Männer! Männer!« Und den Rucksack über die Schulter geworfen, würde sie die Treppe hinunterstampfen und die Nacht auf einer Parkbank verbringen. Noch schlimmer war der Gedanke an ihren Hohn. »Und du hast dir eingebildet, ich würde es mit einem mageren Mistkerl wie dir tun wollen? Ich habe schon richtige Männer, zweimal so groß wie du, abgewiesen. Hast du je die Typen vom Bondi Beach gesehen? Von Sex verstehst du aber auch gar nichts, oder? Du hast keinen blassen Schimmer, was? Du willst es doch nur deswegen tun, damit du vor deinen Kumpels damit angeben kannst.«

»Dein Trapezmuskel ist verspannt. Das kommt vom Rucksacktragen«, sagte er. Jedenfalls wollte er das sagen. Aber es kam verkehrt heraus. Seine Stimme stockte. Um es zu überdecken, hüstelte er ein wenig.

»Vom Backpacktragen«, sagte sie. Seine Stimme zitterte, weil das, was passierte, passierte. Aber er versuchte, das, was passierte – noch immer passierte –, nicht zu unterbrechen. Er wollte ihre Aufmerksamkeit nicht darauf lenken, daß seine Stimme nur deshalb zitterte, weil er sie berührte.

»Was?« Sie hatte noch immer die Augen geschlossen. Ihr Kopf drehte sich langsam und gab dem Druck seiner Daumen nach. Der Pullover, den sie übergezogen hatte, war dick gestrickt, voller Zopf- und Brombeermuster, und er konnte ihre Schultern darunter nicht sehr deutlich spüren. Aber er konnte den Duft riechen, der von ihr zu ihm aufstieg, einen angenehm milchigen, süßen, seifigen Duft, vielleicht von dem Shampoo in ihren Haaren. Inzwischen wärmte die Hitze des Gebläses den ganzen Raum und wehte die Haarsträhnen an ihrer Schläfe auf. Seine Hand schirmte sie gegen den Luftstrom ab. Um sich näher an sie heranzutasten, schob er seine Hände an ihrem Nacken unter ihren Pullover. Unter ihr baumwollenes T-Shirt. Der DJ im Radio plapperte weiter. Martin hoffte, daß er nichts spielen würde, was die Stimmung verdarb, einen Triumphmarsch oder dergleichen oder schlimmer noch, eine Ceilidh Band. Aber wenn er das Radio ausstellte, wäre es auch wieder zu eindeutig. Der DJ legte eine langsame Blues-Nummer auf, die Martin nicht kannte. Cindy gab denselben Kehllaut von sich wie vorher im Korridor. Dann legte sie ihre Hände auf seine, um sie an ihrem Vormarsch zu hindern. Hielt sie fest. Das war's, hier hört es bei ihr auf. Jetzt wird sie sich zu mir umdrehen und etwa folgendes sagen: Nein, das ist überhaupt keine gute Idee. Es hat keinen Sinn, mich zu erregen, wenn es zu nichts führt. Ich glaube ernsthaft, ich sollte jetzt gehen. Aber ihre Hände blieben nur einen Moment lang auf den seinen ruhen, während sie sich den Pullover auszog. Ohne daß er ein Wort sagen mußte, schien sie zu wissen, worauf Martin hoffte. Und sie zog ihren Pullover auf eine Weise aus, die ihn erstaunte – streifte ihn nicht über den Kopf, weil sich dann ihr T-Shirt hochgeschoben und ihre Taille entblößt hätte, sondern indem sie die Arme nach unten aus den Ärmeln lüpfte, und zwar so diskret, daß sie nichts freimachte. Dann weitete sie den Ausschnitt, damit er sich über ihren Kopf schieben ließ, ohne ihr Haar zu zerzausen – wie ein Priester, der sein Meßgewand ablegt. Ihr weißes T-Shirt war warm und die Baumwolle kaum von dem zu unterscheiden, was darunter lag. Sie ließ sich zurücksinken, und entspannt öffneten sich ihre Schenkel. Die ganze Zeit über wartete er darauf, daß sie ihn unterbrach und etwas Forsches sagte wie: Das reicht jetzt, warum gehen wir nicht spazieren? Oder: Ich habe mich nur deshalb darauf eingelassen hierzubleiben, weil ich dir vertraut habe. Es erstaunte ihn, daß sie Dinge tat, ohne darum gebeten worden zu sein. Es war, als wollte sie sie tun und getan haben. Das war so außergewöhnlich an der Sache. Durch das T-Shirt berührte er ihre Brüste, und sie gaben nach. Langsam wandte sie den Kopf, sah zu den vorhanglosen Fenstern hinüber und fragte, ob man hereinschauen könne. Er sagte ihr, daß es sich bei dem Gebäude gegenüber um das Theologische Institut handele und um diese nachtschlafende Zeit niemand dort zugegen sei. Nirgends war auch nur ein einziges Licht zu sehen. Er wollte schon sagen, selbst Gott sei nach Hause gegangen, aber dann entschied er sich dagegen, aus Angst davor, den Zauber zu brechen. Was, wenn sie über seinen Scherz lachte, sich auf die Schenkel klatschte und eine weitere Tasse Kaffee verlangte? Also hielt er den Mund. Es war gut, nicht zu sprechen. So ermöglichte er ihr, sich darauf zu konzentrieren, was vor sich ging. Draußen war es mittlerweile völlig finster, lediglich ihre Spiegelbilder waren im Fenster zu sehen. Ein Mädchen, das auf einem Drehstuhl schaukelte, hinter ihr ein Junge, der ihr den Nacken und die Schultern massierte. Er beugte sich vor und begann sie zu küssen. Obwohl sich ihre Münder berührten, schaukelte sie immer noch auf dem Stuhl hin und her. So wie sie den Pullover ausgezogen hatte, ohne darum gebeten worden zu sein, entledigte sie sich auch ihres T-Shirts. Sie war sehr braun – karamelfarben –, und ihre Brüste waren bloß. Auf ihrem Rücken war kein weißer Bikinistreifen zu sehen. Er kniete vor ihr nieder, zwischen ihren Knien. Sein Gesicht drehte sich zu ihr hinauf, sie lehnte sich vor und küßte ihn von oben herab, so daß er spürte, wie ihm ihr Speichel in den Mund floß. Als der Kuß zu Ende war, betrachtete er ihren Oberkörper. Er fragte: »Darf ich?«, und als sie lächelte, berührte er ihre Brüste, als wären sie eine abstrakte Idee. An seinen Fingern war immer noch das Hämatoxylin zu sehen, wie die Tinte eines Schuljungen. Sie hielt seine Hände fest, um einen genaueren Blick darauf zu werfen.

»Farbstoff«, sagte er.

»Nein.« Sie legte seine Hände wieder auf ihre Brüste, und er fuhr fort, sie zu berühren, bis er eine ungefähre Ahnung hatte, was als nächstes auf ihn zukam. Die Radiomusik verstummte, und der DJ begann zu reden.

»Willst du das Radio an oder aus?«

»Ich will alles aus«, sagte sie und zog sein Hemd hoch. »Einschließlich dieses verdammten Messerschleifgeräts.« Er lachte, stand auf und stellte das Gerät ab. Sie schaltete das Radio aus. Die Stille war wunderbar.

Er wußte, worauf das Ganze hinausführte. Aber er war sich nicht ganz so sicher, was es beinhaltete. Natürlich wußte er, daß es mit seinem Penis und ihrer Vagina zu tun hatte. Aber das war fast so, als würde man sagen, Schach habe mit einem quadratischen Brett und zwei Gruppen verschiedenfarbiger Figuren zu tun. Es gehörte mehr dazu. Um mit jemandem eine Partie Schach spielen zu können, bedurfte es weiterer Informationen. Woher wußte man, wie man die *Bewegungen* vollführte? Und dabei dachte er nicht an die der Schachfiguren. Kavanagh hatte gesagt, er müsse sich die Frau als seine Hand vorstellen. Als seine Fingernägel? Fingerknöchel? Tat sie's, oder man selbst? Fiel es zeitlich mit dem *Stöhnen* zusammen? In welchem Tempo *bewegte* man sich? In welchem Tempo mußte man *stöhnen?* Es gab einen Witz über einen Außerirdischen, der zwei Menschen dabei zusah, und als er hörte, daß es weitere neun Monate dauerte, um die Leibesfrucht zur Welt zu bringen, fragte er: *Wozu dann am Ende die Eile?* Witze eigneten sich nicht zur Informationsbeschaffung. Und die Dinge benennen zu können half auch nicht viel weiter. Kavanagh nannte es *stoßen.* Aber Martin blieb dabei, es *Bewegung* zu nennen. War es möglich, es zu tun und sich nicht zu bewegen? Was, wenn man ihn ins falsche Loch einführte? Da unten gab es doch alle möglichen Löcher. Würde sie es einem sagen? *Das ist meine Urethra, in die du da eingedrungen bist.* Oder – mein Gott, er würde vor Scham im Erdboden versinken! – *Das ist mein Arsch.*

Als er zu ihr zurückeilte, fragte sie ihn erneut, wie alt er sei, und als er erwiderte, daß Frauen es schließlich auch nicht mögen, wenn man ihnen diese Frage stellt, lachte sie, zauste ihm das Haar und sagte, er sei noch feucht hinter den Ohren. Da spiele sich für sie gar nichts ab. Und er fragte sie, wo – wo es sich für sie abspiele, und sie erhob sich von dem Drehstuhl, löste ihre Schnürsenkel und sah ihn dabei lächelnd von der Seite an. Und nachdem sie die Stiefel von sich geschleudert hatte, stieg sie aus ihren Jeans und stand nur in Socken und weißem Höschen vor ihm. Sie schnallte seinen Gürtel auf und ließ die Hose zu Boden gleiten. Dann hakte sie ihre Daumen in den Bund seiner Unterhose, hob sie über seinen Schwanz und ließ ihn aus ihr heraussteigen. Er berührte sie – und kam so schnell wie der Kratzer eines Federkiels.

Und war zutiefst beschämt.

Die kleinen Samenklümpchen fielen mit einem sonderbar gleichförmigen Geräusch zu Boden – klitsch-klatsch. Er schämte sich und wiederholte ein ums andere Mal, wie leid es ihm tue. Sie zog ihn an sich, und ihre Arme umschlangen seine Taille unter dem Hemd. Sie sagte ihm, er solle sich nicht sorgen, solch ein Vorpreschen sei sehr liebenswert. Es sei so süß, wenn es passiere. Sie hätten noch die ganze Nacht vor sich, um es richtig hinzukriegen. Aus dem Spender auf dem Labortisch zupfte sie ein Papiertaschentuch und wischte über den Fußboden. Sie lächelte immer noch. Er witzelte, sie wische das Leben von Millionen auf. Dieser Stamm sei nun wirklich verloren. Er entschuldigte sich immer noch, den Körper halb gekrümmt vor Scham. Sie bat ihn, sein Hemd auszuziehen und sich mit ihr aufs Feldbett zu legen. Er sagte, er sei zu dünn, ein zu magerer Mistkerl, um vor einem anderen Menschen sein Hemd auszuziehen. Sie erwiderte, das sei um vieles besser, als ein fetter Mistkerl zu sein. Sie wollte seine Muskeln sehen. Er krempelte die Ärmel hoch, winkelte seinen Arm an und ließ seinen Bizeps spielen. Der Muskel bildete einen schwachen Hügel. Und er grinste. Er sagte, wie komisch es sei, daß seine Ellbogen nicht seine Haut durchstießen, so spitz wie sie waren. Sie küßte ihn und führte ihn, während sie sich weiterküßten, zum Feldbett. Im Schleifschritt, wie ungelenke Tänzer.

Sie lagen beisammen und unterhielten sich. Martin saß halb auf, ihr Kopf ruhte auf seinem Hemd. Sie zeigte auf ein erhabenes Muttermal an seinem Handgelenk und schnitt eine Grimasse.

»Das ist meine Sultanine«, erklärte er. »Die spare ich mir für die äußerste Notsituation auf. Falls ich auf halbem Wege den Mount Everest hinauf verhungere. Dann vertilge ich sie.«

»Du bist ganz und gar widerlich.«

Sie sprachen wieder von der Musik, die ihnen gefiel. Dann von Filmen. Martin erzählte ihr von einem seiner Lieblingsfilme, Stanley Kubricks erstem Spielfilm *Die Rechnung ging nicht auf.* Davon, wie die Zeit darin aufgesplittert und auf interessantere Art wieder zusammengesetzt wurde. Davon, wie Sterling Hayden an seinem Streichholz kaute. Dann erinnerte sie sich an *In der Hitze der Nacht* und daran, wie Rod Steiger an *seinem* Streichholz kaute. »Mista Tibbs«, sagte sie immer wieder mit erhobenem Kinn und heruntergezogenen Mundwinkeln ganz im Stile von Rod Steiger. Er erinnerte sie daran, daß die Figur mit Vornamen Virgil hieß. Virgil Tibbs. Und der beste Film aller Zeiten war für sie *Love Story* mit Ryan O'Neal und Ali McGraw. Aber den Film hatte er nicht gesehen. Also erzählte sie ihm den Hergang. Sie brauchte ziemlich lange dazu. Und während sie redete, streichelte er ihre Haut, was immer ihm am nächsten war, ihre Schulter, ihre Brüste, ihren Hals, ihren Arm.

»Das ist schön«, sagte sie. Sie war sehr braun, und ihr unglaublich feines Körperhaar war blond. Es erinnerte ihn an die Muster von Eisenspänen in einem magnetischen Feld. Er hielt seine Hand über ihre Haut, ließ sie in der Schwebe und spürte, wie er etwas berührte und doch nichts berührte.

»Ich mag deine Haare«, sagte er.

»Danke.« Sie hob den Kopf und zog sich ein paar Strähnen ins Gesicht.

»Nein, ich meine die Haare auf deiner Haut.«

»Ich bin nicht behaart.« Ihre Stimme klang gereizt.

»Warum bekommst du dann Gänsehaut? Für jede Talgdrüse muß es ein Haar geben.«

»Vielleicht auf meinen Unterarmen.« Sie schaute hin und rieb sich mit dem Zeigefinger übers Handgelenk. »Manchmal unter meiner Armbanduhr. Im Dunkeln, wie Pilze. Igitt!«

»Hast du schon mal von Maria Magdalena gehört?«

»Willst du damit etwa höflich andeuten, daß ich eine Hure bin?«

»Nein. In der Schule habe ich in einem Kunstband Zeichnungen gesehen, auf denen wurde sie von Engeln zum Himmel getragen, aber sie war behaart wie ein Gorilla.«

»Ich versteh nicht ganz, worauf du hinauswillst.«

»Sie hatte ihr sündhaftes Leben aufgegeben, ihre eleganten Kleider weggeworfen und war nackt in die Wüste gezogen. Aber es gab ein Problem: Wenn sie von einem Priester die Kommunion empfing, wäre sie für diesen ein Anlaß zur Sünde gewesen. Also hat sie gebetet, und ihre Gebete wurden erhört, und ihr Körper wurde durch ein Wunder mit Haaren bedeckt.«

»Das hat sie nun davon. Wer hat dir denn das erzählt?«

»Ein Priester. Er hat gesagt, es sei eine Heiligenlegende, der man keinen Glauben schenken dürfe. Ich hatte die Zeichnungen gesehen und nachgefragt. Das war seine Erklärung.« Sie begann, sein Hemd aufzuknöpfen. »Nun zieh schon das Hemd aus und laß mal sehen, wie behaart *du* bist.«

Er hinderte sie daran, es weiter aufzuknöpfen, und zog das Hemd über den Kopf. Ihre Augen wanderten über seinen weißen Oberkörper.

»Nicht ein einziges Haar. Mensch, was ist dann da passiert?«

»Weiß nicht.« Auf seiner Schulter waren ein paar Kratzer und getrocknetes Blut zu sehen. »Ach ja, ich bin heute auf dem Fahrrad in einen Straßenkrawall geraten. Irgend jemand hat mich getroffen. Ich hab versucht, über die Brücke zu radeln.« Mit den Fingern betastete sie den Rand der Wunde.

»Was war es denn?«

»Weiß nicht, ein halber Ziegelstein. Ich habe nicht weiter nachgeforscht.«

»Morgen wirst du einen Bluterguß haben.« Sie küßte um die

Wunde herum. »Vielleicht solltest du etwas auftragen. Damit sie sich nicht entzündet.«

»Und hier, sieh dir das an«, sagte er und zeigte auf die Stelle, wo er sich am Fahrradpedal das Schienbein aufgeschürft hatte. »Daran bist du schuld, als du zur Tür hereingekommen bist.« Sie erhob sich vom Feldbett, und unter Martins Gewicht kippte es um. Beinahe wäre er auf den Boden gerollt, und beide mußten lachen. Cindy ging auf Socken zu ihrem Rucksack und holte einen Waschbeutel hervor. Sie stellte ihn auf den Fußboden und hockte sich davor nieder. Das Spiel und die Kurve ihrer Wirbel. Wieder strich sie sich die Haare zurück.

»Warum tust du das immer?«

»Was?« Er ahmte ihre Geste nach. »Ach, das. Dadurch bekommt mein Haar mehr Körper.«

»Solange dein Körper nicht mehr Haare bekommt.«

»Leck mich.«

»Nein, nein, ich mache nur Spaß. Du siehst umwerfend aus.« Sie fand, wonach sie gekramt hatte, und kam grinsend zu ihm zurück.

»Du siehst auch nicht gerade schlecht aus.« Sie setzte sich hinter ihn, und er verspürte etwas Kaltes auf der Schulter.

»Was ist das?«

»Salbe.«

»Aber was für eine?«

»Eine Mischung aus Krokodilscheiße und Vegemite, dem Brotaufstrich aus Hefeextrakt.«

»Nein, was ist es denn nun wirklich?«

»Heilsalbe. Die schadet dir schon nicht.« Sie hatte etwas davon an den Fingern übrig und bückte sich, um die Wunde auf seinem Schienbein einzucremen. Dann wandte sie ihm ihr Gesicht zu, um sich für ihre gute Tat küssen zu lassen. Sie berührten und streichelten sich weiter. An ihren Händen roch er die leicht parfümierte Wundsalbe. Er stellte fest, daß die Kerbe zwischen ihren Schlüsselbeinen weich war, der hohe Spann ihres Fußes hart. Irgendwann hatte sie ihre Zehennägel kastanienbraun angemalt, sie aber nicht weitergepflegt. Er wies sie darauf hin. Sie küßten sich. Er fragte sie, was sie beruflich tat. Sie antwortete ihm, daß sie gleich nach dem Schulabschluß eine Friseurlehre absolviert habe und in einem Friseurgeschäft in Sydney arbeite, in King's Cross. Wenn sie sich nach ihren Reisen endlich niederließ, ihre Wanderjahre hinter sich hatte, beabsichtigte sie, einen eigenen Friseurladen zu eröffnen, vielleicht unter dem Namen Scissors Palace wie der in Las Vegas. Ob er begriff? Ja, ja, natürlich. Sie hatte sich den Namen nicht selbst ausgedacht, sondern irgendwo auf ihren Reisen ein Friseurgeschäft dieses Namens gesehen und ihn ziemlich raffiniert gefunden. Sie war überzeugt davon, daß Reisen bildete, und ihr wirklicher Ehrgeiz bestand darin, Disney World in Florida zu besuchen. Er fand die Hitze an der Innenseite ihrer Schenkel merkwürdig. Wieder küßten sie sich. Allmählich versiegte ihr Redestrom, sie streifte ihr Höschen herunter und erlaubte ihm, sie zu küssen, wenn er wollte. Er war sich nicht sicher und sah in ihr Gesicht und dann wieder auf das, was Gray ihre »Fortpflanzungsorgane« nannte.

»Deine Haare – sind so anders.«

»Ja, meine Haare im Untergeschoß haben eine andere Farbe als meine Haare im Obergeschoß, weil ich eine geschickte Friseuse bin.« Sie zeigte auf die Stelle zwischen ihren Beinen, und zögernd bückte er sich und küßte sie. Es war zwar kein ganz flüchtiger Kuß, aber doch eher eine Art kurzer Gutenachtkuß, und sie sagte, danke bestens. Was immer von ihm erwartet wurde, er wußte, daß er es ihr nicht recht machte. Es war wie eine Prüfung, als sei er aufgefordert, Milton und Keats miteinander zu vergleichen, und von Keats hatte er überhaupt nichts gelesen und von Milton nur ein einziges Gedicht. Ihm fehlte eindeutig ein großer Teil dessen, was erforderlich war, um die Prüfung zu bestehen. Aber dies hier war um so vieles schlimmer. Es war peinlich. Niemand war peinlich berührt, nur weil er von Milton keinen blassen Schimmer hatte. Ihm fiel wieder Kavanaghs Ratschlag ein, auf ihr Gesicht zu achten. Er fand es schwierig, wenn nicht gar unmöglich, zugleich auf ihr Gesicht *und* auf ihr Perineum zu achten. Er bückte sich wieder zu ihr hinab und wiederholte den Vorgang.

»Wovor hast du Angst?«

»Nichts.«

»Woher dann die Begeisterung?« Er sah sie an. Er war überzeugt, daß sie sich über ihn lustig machte.

»Wir haben gerade mit Bakteriologie angefangen.« Sie sah ihn an und war sich der Bedeutung des Wortes nicht ganz sicher.

»Hygiene.«

»Glaubst du etwa, ich wasche mich nicht?«

»Nein, nein, natürlich nicht.«

Er hatte schon mal so in der Tinte gesessen. Er erkannte die Gefahrenzeichen. Mit den weiblichen »Fortpflanzungsorganen« war er zum ersten Mal auf einem Grillabend in Berührung gekommen, als es dunkel war. Er hatte sich mit einem Mädchen geküßt. Sie mußte eine der Veranstalterinnen gewesen sein, denn sie roch nach Paraffin und Holzkohlenrauch. Anschließend hatten sie einen Strandspaziergang unternommen und sich später in den Sand gelegt und ein bißchen aneinander herumgefummelt. Mit ihrer Hilfe war er gekommen, und als alles vorbei war, gingen sie ans Wasser, und er sagte: »Hast du was dagegen, wenn ich mir die Hände wasche?«

»Nur zu«, sagte sie. Er hockte sich hin und wartete darauf, daß eine Welle auf ihn zurollte. Dann paddelte er mit der Hand im Salzwasser. Als er sich umsah, war sie fort, lief halb gehend, halb rennend zurück zum Grillfest.

Wieder deutete Cindy auf die Stelle zwischen ihren Beinen. Halb rechnete er damit, die kleinen geraden Linien zu sehen, die ihre Körperteile bezeichneten. Er kannte das Diagramm in *Gray's Anatomy* ebensogut wie die Landkarte von Irland, doch was er jetzt vor Augen hatte, war wie ein auf den Kopf gestelltes Irland. War das Galway oder Cork? Belfast war zu Dublin geworden. Die richtigen Linien waren die Abdrücke der Gummibänder an ihrer Taille und an der Innenseite ihrer Schenkel.

Wenn er die anatomischen Bezeichnungen laut hersagte, wie

waren sie auszusprechen? Wie sollte er erraten, wie man Urethra aussprach? Oder die Bartholinschen Drüsen? Die Kenntnis der medizinischen Bezeichnungen half überhaupt nichts. Und die Pennälerausdrücke verbesserten die Sache auch nicht. Ihr Muff. Ihr Busch. Ihr Arsch. Ihre Möse. Ihr Arschloch. Sie würde ihm eine Ohrfeige geben, wenn er vor ihr solche Wörter in den Mund nahm.

»Ich mag dein Unterholz«, sagte er. Sie lächelte über sein Wort. Der Begriff »Pudenda«, den er im Wörterbuch nachgeschlagen hatte, wurde folgendermaßen definiert: »Primäre Geschlechtsmerkmale, besonders die einer Frau. Von lat. *pudendus* = schimpflich, schändlich.« Er richtete sich auf und teilte ihr seinen Fund mit.

Er streichelte sie weiter mit den Fingern. Sie wechselte ihre Lage, zuckte mit den Achseln und sagte: »Ich kenne auch ein paar lateinische Wörter.«

»Was denn?«

»*Terra nullius* – leeres Land – Australien.«

»Terra incognita«, sagte er. »Eine unerforschte Region.«

»Oh, das ist schön. Ja.«

»Unser Lateinlehrer hieß Ned Kelly.«

»Das glaube ich dir nicht.«

»War das nicht ein australischer Revolverheld?«

»Ein toller Hecht. Ein bißchen weiter nach unten.«

»Ich weiß, daß er gehängt worden ist.«

Statt einer Antwort griff sie nach unten und berührte ihn. »Lazarus ist von den Toten auferstanden.«

»Wußtest du, daß das ein Bruder Maria Magdalenas war?«

»Bist du nervös?«

»Nein.«

»Martin?« Sie drehte sich um und sah ihn an. Es war, als sei ihr plötzlich ein Licht aufgegangen. »Ist es für dich das erste Mal?«

»Nein«, antwortete er. Aber es klang nicht sehr überzeugend, und so fügte er hinzu: »Bisher war's immer im Dunkeln.«

»Ich möchte dich in mir«, sagte sie. Jesus. Was meinte sie damit nun schon wieder? Konnte sie ihn verschlucken? Oder einen Teil von ihm? War das wie bei der Kommunion? Die Bitte war so verwirrend. Als wäre sie vierzig Punkte wert, eine der gewichtigeren Prüfungsfragen, wie der Aufsatz.

»Eh...«, sagte er.

»Ja. Es ist ungefährlich«, sagte sie. »Ich nehme die Pille.« Er ahnte, daß sie kurz davorstand, die Führung zu übernehmen. Fragen wie: Wohin mit seinem Kolben? Wie sich bewegen? waren kurz davor, beantwortet zu werden. »Ich zeig's dir.« Als sie sich bewegte, kippte das Bett von neuem. »Das ist aber gar nicht lustig.« Sie zog den Reißverschluß des Schlafsacks ganz auf, so daß er zu einer Art Steppdecke wurde, die sie auf dem Boden ausbreitete. Sie lud Martin ein, sich darauf niederzulassen. Dann setzte sie sich rittlings auf ihn und führte ihn in sich ein. Da hörte er einen Schuß. Es war unzweifelhaft ein Schuß. Keine Fehlzündung. Es folgte ein weiterer Feuerstoß. Er lag da und sah ihr zu, wie sie sich bewegte, auf ihm auf und nieder glitt, fast ohne die Hüften zu bewegen. Er blickte ihr ins Gesicht, um herauszufinden, ob sie den Schuß ebenfalls gehört hatte. Sie sagte nichts, sondern bewegte sich einfach weiter. Er überlegte, ob er ihr sagen sollte, daß er sie liebe, damit sie sich besser fühlte. Er jedenfalls empfand größte Dankbarkeit ihr gegenüber. Solche Großzügigkeit hatte er noch nie erlebt.

»Ich liebe dich«, sagte er.

»Sei doch nicht so blöd.« Sie stieß die Worte keuchend aus. »Sei nicht albern.«

Während sie sich kreisend drehte, hielt sie sich mit beiden Händen die Haare, als könnten sie wie eine Perücke davonfliegen. Dann begann sie sich selbst zu berühren. Zuerst langsam. Martin hatte das Gefühl, als brauche er sich gar nicht mehr zu beteiligen. Er lief Gefahr, zum Zuschauer seiner eigenen Initiation zu werden. Sie stöhnte und stieß wieder dieselben Kehllaute aus. Lauter und lauter. Martin fragte sich, ob die Wachleute durch die Korridore patrouillierten. Hatten sie die Schüsse gehört? Oder hatten sie sie gar selber abgefeuert? Es fehlte nur noch, daß irgendein bigotter Orangist in Uniform hereinkam und sie auf frischer Tat ertappte. Den katholischen Jungen an die Luft setzte – wegen sexuellen Verkehrs auf dem Universitätsgelände. Aber mit Cindy stimmte irgend etwas nicht. Irgend etwas stimmte ganz eindeutig nicht mit ihr. Sie hatte die Augen geschlossen, schrie und schüttelte die Haare von einer Seite zur anderen. Jesus, sie hatte eine Art Anfall. Verfluchte Scheiße, ausgerechnet jetzt. Martin hätte ebensogut im Tierhaus sitzen können, so wenig beachtete sie ihn. Hatte er ihr etwas angetan, daß sie so heftig reagierte? Hatte sie einen Herzinfarkt? Ihr Atem war völlig durcheinandergeraten. Er kriegte kaum mit, daß er kam, so besorgt war er um die Frau, die da auf ihm herumritt. Sie jagte ihm eine Heidenangst ein. Oder war sie etwa angeschossen worden? Hatte sich eine Kugel verirrt und war in ihren Rücken eingedrungen? Im Geiste ging er durch, was er zu tun hätte: die Pförtnerloge anrufen und einen Leichnam melden. Im Anatomischen Institut? Soll das ein Scherzanruf sein? Hat es mit der Schießerei von vorhin zu tun? Oder wenn nicht die Pförtnerloge, dann Kavanagh. Ich bin entjungfert worden, aber die Frau ist mit schweren Verletzungen ins Krankenhaus eingeliefert worden. Liegt auf der Intensivstation. Mit einem unterdrückten Schrei erstarrte sie und hörte auf zu atmen. Jesus. Fick mich eins, fick mich zwei, fick mich drei. Herr Vorsitzender, gerade hat sie aufgehört zu atmen. Es kam Martin wie eine Ewigkeit vor, ehe sie auf seiner Brust zusammensackte. Erschütterungen durchliefen sie, und sie küßte ihn auf den Hals. O Martin, Martin, Martin, Martin, sagte sie. Sie keuchte dicht an seinem Ohr.

»Bist du schon wieder gekommen?« fragte sie.

»Gekommen?«

»Ja.«

»Ja.«

Er schlang seine Arme um sie. Was mußte er als nächstes tun? Sie sagte dauernd Hmmmmm und schmiegte sich an ihn an.

»*Consummatum est*«, flüsterte er ihr ins Ohr.

»Was?«

»Noch was Lateinisches.«

»Was bedeutet das?«

»Es ist vollbracht, die Ehe ist vollzogen.«

»Du redest den größten Blödsinn daher, den ich je gehört habe.«

Es dauerte lange, bis sich ihr Atem wieder beruhigt hatte. Es hörte sich großartig an, da sich ihre Nase dicht neben seinem Ohr befand.

»Weißt du noch, daß du mir erzählt hast, wie du Bienen streichelst?« fragte er sie.

»Ja.«

»Ihren Pelz. Ist das ein richtiger Pelz?«

»Weiß nicht. Fühlt sich so an.«

»Glaubst du, man könnte daraus einen Pelzmantel machen – achtundfünfzigtausend Bienenpelze zusammennähen? Einen Bienenpelzmantel?«

»Klar«, antwortete sie. Dann sagte sie lange nichts.

»Wann hast *du* zum ersten Mal…?«

»Weiß nicht. Da, wo ich herkomme, war ich ein Spätzünder. Eben fünfzehn geworden.« Sie richtete sich auf und sah ihm ins Gesicht. »Für dich war's wirklich das erste Mal.«

»Woher weißt du das?«

»Das spürt man. Du brauchst dich deswegen nicht zu schämen. Habe ich recht?« Er nickte und grinste. Sie verwuschelte ihm die Haare und drückte ihn an sich. »Wie süß. Wirklich süß, das zu wissen. Und ich bin überglücklich, die Versucherin gewesen zu sein.«

Er überlegte, ob er den Gang entlanglaufen und von der Teeküche aus Kavanagh anrufen sollte. Aber er hatte die Nummer von Pippas Haus nicht. Das wäre ein kleiner Triumph. Die Tamburinfrau ans Telefon zu holen und sie zu bitten, Kavanagh eine Nachricht zu übermitteln – er, Martin, habe soeben eingelocht. Aber dann würde Kavanagh ans Telefon gehen und sich nach dem Experiment erkundigen. Jesus, er hatte versäumt, eine Ratte zu töten. Vielleicht sogar zwei. Die Zeit verfliegt, wenn man ... Martin hatte sich wahrhaftig verfickt. Was sollte er als nächstes tun?

Cindy drehte sich um und legte sich auf den Bauch. Vielleicht war sie verheiratet und hatte ihm nur nichts davon erzählt. Auf dem Schreibtisch lag das Buch von Muybridge. Als jemand Muybridges Frau gevögelt hatte, war er mit der Knarre auf ihn losgegangen. Vielleicht war es Cindys Mann gewesen, der da draußen geschossen hatte.

»Komm her«, sagte Cindy. Sie tätschelte den Schlafsack neben sich. Er war naß. »Igitt, du bist ja wie eine Schnecke – hinterläßt eine Schleimspur.« Als Martin sich setzte, wandte er sich ihr zu und grinste übers ganze Gesicht.

»Du bist auch ziemlich schlüpfrig, wenn ich das mal so sagen darf.« Sie schlug ihm auf den nackten Rücken.

»Du bist wie eins von den Tieren, die herumziehen und ihr Revier markieren.«

»Das hast *du* doch hinterlassen. Ich hab's dir gegeben. Du hast's auslaufen lassen.« Er stand wieder auf und griff nach einem Tuch neben dem Ausguß. Gerade wollte er den Fleck wegwischen, da hielt er inne.

»Warte einen Augenblick, warte«, sagte er. Aus einer Schachtel auf dem Labortisch holte er ein Glasplättchen und rieb damit an der feuchten Stelle auf dem Schlafsack.

»Was tust du da?«

»Wart's ab.« Er hob eine Pipette auf und tröpfelte einen Tropfen auf das Glas. »Salzlösung. Aus dem Toten Meer gewonnen.« Er bedeckte es mit einer hauchdünnen gläsernen Abdeckplatte. »Komm her.« Er legte die Glasplatte auf den Objekttisch des Mikroskops, stellte es scharf ein und dämpfte das Licht ab. »Schau dir das an.«

Sie stand auf und zog den Schlafsack über die Schultern. Dann beugte sie sich vor und spähte in das Binokel.

»Würmer.« Sie sah zu ihm auf. »Wer den Wurm nicht wagt, wird den Fisch nicht fangen.«

Die Schlafsackdecke verhüllte ihren Körper nur unvollständig. Ihr Rücken war bloß. Martin schmiegte sich von hinten an sie an, und sie waren wie zwei Löffel in einer Besteckschublade.

»Laß mich mal hindurchsehen«, sagte er. Sie drehte den Kopf herum. Das ganze Haar fiel ihr auf eine Seite. Er blickte auf das bewegte Bild hinab. Sein eigener, mikroskopisch kleiner Same, der sich schlängelte und zappelte. An den Rändern waren Vorreiter, deren Schwänze sie wie Propeller voranpeitschten. Sie alle hatten fürchterliche Eile, blinde Eile. Wie Geschöpfe auf der Flucht. Verknäuelten sich wie Schlangen. Ein Natterngezücht. »Im Toten Meer ist Leben.«

»Sehr eindrucksvoll. Dein Glibber.«

»Bist du sicher, daß du...«

»Ja, natürlich...«

»Es war ein Holländer – Anton von Leeuwenhoek –, der das Sperma entdeckt hat, im siebzehnten Jahrhundert.«

»Ich bin sicher, es gab Typen, die hatten es schon vorher entdeckt.«

»Und Paracelsus hat geglaubt, daß man, wenn man menschliches Sperma und Pferdemist vierzig Tage lang miteinander verkocht, einen kleinen Mann erschaffen kann...«

»Wie lange würde ein großer brauchen?«

»Paracelsus war der Auffassung, daß er keine Seele hätte. Das wäre das einzige, was ihm fehlte. Und das will ein Wissenschaftler gewesen sein. Wie sehr kann man sich irren?«

»Keine Ahnung.«

»Das ist der Stuß, den man in Abendkursen lernt.«

Der Himmel wurde heller, schieferfarben. Cindy fragte Martin, wieviel Uhr es sei.

»Viertel nach vier.«

»Es wird schon hell. Ein anderer Tag, ein anderer Taler.« Martin antwortete ihr nicht. Sie kam zu ihm und legte die Arme um seine Taille. »Wenn es hell wird, können wir uns dann in dem Saal umschauen?«

»In welchem Saal?«

»Wo ihr die Leichen aufbewahrt?«

»Was soll das?«

»Ich will sie einfach nur sehen. Ich bin von Natur aus neugierig.« Sie tat so, als fürchte sie sich. »Wirst du neben mir stehen?« Er sah sie an. Sie lächelte unsicher und machte bitte, bitte.

»Na schön, wenn du darauf beharrst.«

»Aber laß mich nicht im Stich...«

»Nein.«

Sie stieß einen langen, leisen Stöhnlaut aus. Martin dachte, er hätte was mit dem Sex zu tun. Noch etwas, worin er sich nicht auskannte.

»Ooooaaaah«, sagte sie. »Ich komme fast um vor Hunger. Ich könnte den Blumenschmuck eines Leichenwagens verschlingen. Sex macht mir Appetit.«

»*Niemand hat größere Liebe denn die* – daß er sein letztes Sandwich teile.«

»Im Ernst?«

Er nickte.

»Alle Achtung.«

»Bist du Vegetarierin?«

»Eine Australierin Vegetarierin?«

»Verdammt.«

»Wieso?«

»Wenn du Vegetarierin wärst, hätte ich es allein aufessen können.« Er holte sein Päckchen mit dem Schinkensandwich hervor und lächelte, als er es auswickelte. Da lag es vor ihm, in vier Dreiecke geschnitten, die Kanten abgetrennt. Es war, als hätte er neben der splitterfasernackten Frau seine Mutter bei sich.

»Magst du Senf?« Sie nickte. Sie saßen, ohne viel zu sprechen. Sie breitete den Schlafsack wieder auf dem Feldbett aus und setzte sich darauf, dann rollte sie sich, immer noch kauend, auf die Seite.

»Ich bin fix und fertig.« Sie versuchte, den Schlafsack ganz über sich zu ziehen. Aus ihrem angewinkelten Arm und der weichen Innenseite ihres Ellbogens formte sie ein Kissen.

Martin machte Anstalten, sich anzukleiden. Er hopste umher und versuchte, in seine Hose zu steigen.

»Ich hasse es, wenn das passiert, wenn man sich mit den Zehen im Schritt verfängt. Bist du schon mal in Italien gewesen?«

»Uh-huh.«

»Für die Italiener sind Finger und Zehen genau dasselbe. *Dite.* Auseinanderhalten kann man sie nur im Zusammenhang.«

»Uh-huh?«

»Wenn ich sage, bohr dir nicht mit dem *dite* in der Nase. Dann weißt du, daß es nicht dein Zeh ist.«

Sie sagte nichts. Er stopfte sich das Hemd in die Hose und schnallte seinen Gürtel fest. Als er seinen nackten Fuß bewegte, hinterließ er vorübergehend einen dampfenden Umriß auf dem Linoleum. Er zog sich Socken und Schuhe an, stellte erst den einen, dann den anderen Fuß auf den Hocker und band sich die Schnürsenkel zu. Sein weißer Laborkittel lag immer noch da, wo er ihn hingelegt hatte. Er überlegte, ob er ihn überziehen sollte.

»Scheiß der Hund drauf«, murmelte er. Es war fast halb fünf morgens – wer brauchte einen weißen Kittel?

Als er sich nach Cindy umschaute, war sie eingeschlafen. Er ging zu ihr und kauerte sich hin. Ihre Kniekehle war entblößt – etwas, das der Schlafsack nicht bedeckte. Eingekerbt in ihrer Haut sah er den blassen Buchstaben H. Ihm fiel wieder Kavanagh ein und der Tag am Wasserwerk, als sie geschworen hatten, einander anzurufen, sobald sie eingelocht hätten. Er stand wieder auf und kostete die Erinnerung aus. Er roch an seinen Fingern, und sie war immer noch da. Ihr Aroma. Er betrachtete sie. Sie atmete tief, und ihr Gesicht war völlig entspannt. Nach jedem Atemzug waren die Vibrationen eines leisen Schnarchers zu hören. Dann ließ sie leise, fast unvernehmlich, zwei kleine Fürze. Sie hörten sich an, als klatsche jemand kaum merklich in die

Hände. Vielleicht sollte er Kavanagh wirklich anrufen. Ihm die ganze Geschichte verklickern. Die ganze Lochgeschichte. Ach nein, lieber nicht. Der wäre nur sauer, um diese Stunde angerufen zu werden. Es war eine dumme Idee.

Um aufzuholen, tötete er die verlangte Anzahl Ratten alle auf einmal. Dabei ging er so leise vor, wie er konnte, damit Cindy nicht aufwachte, schob den Glasdeckel behutsam über das Äthergefäß und wieder zurück. Er sah auf seine Uhr, aber inzwischen war es egal. Er beschriftete die Exemplare, als hätte er sie Schlag eins, zwei und drei getötet. Das würde Kavanaghs Resultate durcheinanderbringen, vielleicht sogar seine Abschlußarbeit vermasseln, und er, Martin, hätte daran schuld. Würde Kavanagh ihm glauben? Er würde das Experiment wiederholen müssen, und dann würde er herausfinden, daß Martin geschummelt hatte. Aber wissenschaftliche Experimente waren nie so eindeutig. Nur selten war es so wie bei der Titration, wenn sich etwas Schwarzes dank dem Zusatz eines einzigen Tropfens Säure weiß verfärbte. Er könnte es dabei belassen, gar nichts sagen. Falls Kavanagh das Experiment wiederholen wollte, weil die Resultate nicht übereinstimmten, würde er ihm helfen. Aber es wäre eine Sauarbeit. Vielleicht konnte er ihm sagen, daß er es verschwitzt hatte, eingeschlafen war. Jesus, weshalb sollte er lügen? Weshalb konnte er seinem besten Kumpel nicht die Wahrheit gestehen? Ich bin abgelenkt worden. Eine Frau. Sex. Weil Kavanagh sich so verändert hatte. Kavanagh hatte ihn verraten. Blaise hatte recht: Frauen störten bei Männerfreundschaften nur.

Als er fertig war, ging er zur Teeküche und holte einen Holzstuhl. Neben dem Feldbett war kein Platz frei, so daß er auf die andere Seite des Labortisches ging. Von hier aus konnte er sie nicht sehen. Er stellte den Stuhl mit den beiden anderen in einer Reihe auf. Er wußte, daß er nicht würde schlafen können, aber er war müde und wollte sich ausstrecken. Er schleuderte seine Schuhe von sich und legte sich rücklings auf die drei Stühle – einer für seine Beine, einer für seinen Hintern, einer für seinen Kopf und seine Schultern. Er faltete die Hände auf dem Bauch und kam sich ein bißchen wie ein Leichnam vor. Aber der mittlere Stuhl knarrte ein wenig, und das beruhigte ihn, daß er nicht tot war.

Er mußte doch eingenickt sein. Als er aufwachte, war das Labor schon sehr viel heller, und er hatte eine Erektion. Der Himmel veränderte seine Farbe. Die Vögel sangen. Dem Klang nach zu urteilen, voller Schnörkel und Triller, eine Amsel. Da fiel ihm wieder das Mädchen ein. Eine Sekunde lang fragte er sich, ob er sie nur geträumt hatte. Aber er hörte ihr leises, katzenhaftes Schnarchen. Als er sich aufschwang, knarrte der mittlere Stuhl ein wenig, und einen Moment blieb er, den Kopf in den Händen vergraben, benommen auf ihm sitzen. Er zog seine Schuhe an und stapfte um den Labortisch herum. Es war fast die volle Stunde und an der Zeit, eine weitere Ratte zu töten. Er arbeitete geräuschlos, um sie nicht zu wecken. Das einzige, was er von ihr sehen konnte, waren ihr Kopf und Arm und Schulter, beide nackt. Als er auf sie hinabschaute, schlug sie die Augen auf, zog die Nase kraus und lächelte.

»Hi«, sagte sie.

»Guten Morgen.«

»Was machst du da?«

»Meine Arbeit. Ich bin ein Ratten-Serienmörder.«

»Wofür bringst du sie um?«

»Für meinen Kumpel Kavanagh.«

»Ha, ha, ha.« Sie gähnte laut und dehnte sich.

»Ich bin mir nicht ganz sicher. Ich bin hier nur das Faktotum.«

»Mach dich nicht kleiner, als du bist. Wozu das alles?«

»Es hat was damit zu tun, wie eine bestimmte Droge sich auf die Knochen und das Knochenmark auswirkt.«

»Was für eine Droge?«

»Ich weiß nicht so recht. Phyto – hämo – irgendwas. Glutinin. Jedenfalls hat Kavanagh gestern um fünf Uhr all den Ratten dieses Zeug eingespritzt, und ich muß ihm dabei helfen, jede volle Stunde eine von ihnen um die Ecke zu bringen. Dann wird er nachprüfen, was mit dem Knochen passiert ist. Und mit dem Mark.«

»Und das ist kein Heilmittel gegen irgendwas?«

»Nö. Es sei denn, etwas geht ganz furchtbar schief. Aber wer weiß. Dann wird er die Ratten zu anderen Tageszeiten damit spritzen, um zu sehen, ob es irgendeinen Unterschied macht. Wußtest du, daß wir einen zirkadianischen Rhythmus haben?«

»Ganz gewiß nicht.«

»Der Tag hat vierundzwanzig Stunden, stimmt's? Der Körper reagiert auf Invasionen zu unterschiedlichen Tageszeiten unterschiedlich. Die meisten Menschen sterben um drei Uhr morgens. Wer Nachtschicht hat, ist angespannt und reizbar.«

Er schwieg und sah sie an, dann raufte er sich plötzlich die Haare und schrie aus voller Kehle: »Das ist einfach fürchterlich. Meine erste Nachtschicht, und ich bin so verflucht reizbar ...« Ihre Augen weiteten sich, und er hörte auf zu schreien. »Witz zu Ende.«

»Ich dachte schon, du meinst es ernst. Jesus, hast du mich erschreckt.« Martin schloß seine Arbeit ab und wusch sich am Ausguß die Hände. Cindy raffte den Schlafsack unterm Kinn fest. »Auf Invasionen reagiere ich zu jeder Tages- und Nachtzeit schlecht. Mensch, gerade fällt mir ein. Du hast eine Menge Ratten ausgelassen.«

»Ich hatte jedes Zeitgefühl verloren. Ich war anderweitig beschäftigt.«

»Du Schwindler.« Er lächelte ihr zu und trocknete seine Hände am Rollhandtuch ab. Dann hockte er sich zu ihr.

»Wie wär's mit einer angenehmen Invasion?« Er küßte sie. »Ist unter dem Schlafsack Platz für mich?«

»Nur, wenn ich mir den Saal anschauen kann.«

»Welchen?«

»Den Totensaal.« Martin nickte. »Versprochen?«

»Ja.«

»Sag's.«

»Versprochen.« Da rutschte sie ein wenig zur Seite und ließ ihn unter den Schlafsack schlüpfen. Ihr Mund schmeckte nach Schlaf. Er koste und streichelte sie, und sie schwelgte in seinen Liebkosungen und gab ihre leisen Kehllaute von sich. Als er sie zwischen den Beinen berührte, sagte er: »Du bist wirklich ziemlich schlüpfrig.«

»Gleich und gleich gesellt sich gern«, sagte sie. Sie hatten wieder Sex, und diesmal fand Martin ihn besser, vermutlich weil er sich auf Kavanaghs Ratschlag besann und gehörig auf ihr Gesicht achtete. Jesus, was, wenn Kavanagh beschloß, früher hereinzukommen? Ins Labor schlenderte und sie auf frischer Tat ertappte? Martin hätte beinahe über seine nackte Schulter zur Tür geschaut. Was sollte er tun? Einfach sagen: »Das ist der wichtigste Tag meines Lebens. Würdest du uns bitte noch ein paar Minuten gönnen?«

Hinterher fragte Martin sie, ob sie gerne eine Tasse Tee hätte. Er zog sich an und brachte den Stuhl zurück. Er wußte, wo er den Schlüssel für den Präpariersaal herbekam.

»Frühstück«, sagte er. In jeder Hand eine Tasse, stieß er mit dem Fuß die Tür auf. Cindy war angekleidet und las im Stehen ein Buch, das flach auf dem Labortisch lag. Er stellte die Tasse vor sie. Er hatte noch einen Riegel KitKat übrig, den er mit ihr teilte.

»Jesus«, flüsterte sie.

»Was?«

»Sieh dir das an.«

»Was?« Sie las in einem Histologielehrbuch.

»Das ist ja furchtbar. Ich kann's nicht glauben, daß jemand so was tut.«

»Wovon redest du?«

Sie zeigte auf das Bild einer weißen Maus. Mit flacher Schulmädchenstimme las sie vor: *»Foto einer Maus, der zwölf Tage zuvor in der vorderen rechten Augenkammer ein befruchtetes Mäuseei eingepflanzt wurde.«*

»Und?«

»Das ist so was von furchtbar. Schau dir das arme Ding doch an.« Das Auge glänzte und trat fast aus seiner Höhle.

»Das ist nicht nett.«

»Du sagst es. Es ist die reinste Folter.«

»Ich will's ja nicht verteidigen, aber es ist nur ein Experiment. Das ist die rauhe Wirklichkeit. Wenn du mit Blutvergiftung ins Krankenhaus eingeliefert wirst, muß irgendein Versuchskaninchen dafür sterben.« Er beugte sich vor und schlug das Buch zu. »Laß dich davon nicht erschrecken. Ich hab dir doch gesagt, daß es hier jede Menge Sachen gibt, die nicht für die allgemeine Öffentlichkeit bestimmt sind.«

Sie hob die Tasse und umfaßte sie mit beiden Händen.

»Jesus«, sagte sie leise.

»Komm, ich will dich aufheitern. Laß uns einen Blick auf die Toten werfen.« Sie lächelte kläglich.

»Kann ich meinen Tee mitnehmen?«

»Das wird dir auch nicht viel helfen.«

Martin entriegelte die Tür zum Präpariersaal. Er stieß sie halb auf und trat ein. Dann hielt er sie ihr auf. Sie neigte den Kopf zur Seite und zögerte. Er konnte nicht recht ausmachen, ob sie sich wirklich ängstigte oder nur schauspielerte. Sie hielt sich die freie Hand vor den Mund und trat durch die Tür.

»Je-sus.« In dem milchigen Licht sah sie sich unter den fünfzehn Tischen um. Die Luft war morgenfrisch. Obwohl sich die Fenster auf den Innenhof im ersten Stock befanden, waren sie weiß angestrichen, um zu verhindern, daß man hereinsehen konnte. Die Studenten hatten mit Skalpellen ihre Namen und Geburtsdaten in die weiße Farbe gekratzt. Cindy tat so, als sei sie ein Baby, verzog den Mund hinter ihrer Hand zu einem geraden Strich und hielt sich, so dicht sie konnte, an Martin. Doch mehr noch als der Anblick nahm sie der Geruch nach Formaldehyd mit, und mit Zeigefinger und Daumen hielt sie sich die Nasenlöcher zu. Sie stellte ihre Tasse Tee auf dem Abtropfbrett einer Spüle ab und ergriff Martins Hand.

»Der Geruch is ja furchbar. Wie kann man ihr amen?«

»Man gewöhnt sich dran. Genauso wie man sich daran gewöhnt, Tote zu sehen.«

»Wie bisar«, flüsterte sie. »La mich nich allein. La meine Had nich lo.« Sie lugte über seine Schulter. Dann ließ sie ihre Nase los. »Warum haben einige von denen die Füße in der Luft?«

»Die sezieren das... das Ding – da unten.«

»Das Arschloch.«

»Ja, drumherum.«

Es war, als wolle sie im Meer schwimmen gehen. Sie ging es langsam an. Füße, Knöchel, sich an die neue eiskalte Temperatur gewöhnen. Dann bis zu den Knien. Hingucken und schnell wieder weggucken. Wieder hingucken. Als würde sie mit ihm tanzen, schob sie ihn zum nächsten Tisch, stützte ihre Stirn auf seine Schulter und blickte zu Boden. Dann hob sie das Gesicht und spähte über seine Schulter. Sie fröstelte, so wie man fröstelt, wenn man ganz untergetaucht ist, wenn das kalte Wasser über dem sonnenheißen Rücken zusammenschwappt.

»Wie eigenartig, einen Toten zu betrachten.« Sie rückte von ihm ab und ließ ihre Hand an ihm herabsinken. Sie blieb stehen und sah direkt in das Gesicht eines Leichnams. »Sogar einen, den man nicht gekannt hat. Ein Licht ist erloschen. Der Laden dicht. Tiefer kann man nicht sinken.« Cindy wandte den Kopf, um das Gesicht eingehender zu mustern, so wie jemand den Kopf wendet, um den Titel eines Buches im Regal zu lesen. »Tante Dinkie.«

»Das machen die Mediziner auch. Geben den Leichen einen Namen. Um sich darüber lustig zu machen. Mildred oder Tarquin oder so ähnlich.«

»Meiner Tante Dinkie wie aus dem Gesicht geschnitten.«

Sie rollte ein bißchen mit den Augen, dann wandte sie ihre Aufmerksamkeit dem Leichnam auf dem nächsten Tisch zu. Es war der eines mageren, alten Mannes, der die Beine in der Luft hatte. Seine Haut war ledrig und grau, rhinozerosfarben. Die Stellen, an denen der Körper mit dem Aluminiumtisch in Berührung gekommen war, hatten sich gelb verfärbt und waren eingedrückt, so wie ein Huhn aussieht, wenn man es über Nacht auf einem Teller liegen läßt. Jetzt waren die gelben Körperteile sichtbar, weil man den Leichnam angehoben hatte, um das Perineum sezieren zu können. Sein kleiner, grauer Schwanz war zur Seite geschoben worden, aus dem Weg damit, und auf ein Cocktailspießchen gespießt. Sein mausgraues Schamhaar lag flachgedrückt, wie Gras an einem über die Ufer getretenen Fluß.

»Das ist wirklich grausig«, sagte sie.

»Ich dachte, du findest es geil?«

Obwohl sie ihre Nase losgelassen hatte, hielt sie immer noch die Hände in die Höhe und bedeckte ihre untere Gesichtspartie, äugte über ihre Finger hinweg. Sie ging weiter zum nächsten Tisch.

»Es sind so viele«, sagte sie.

»Du hast noch nie eine Leiche gesehen – plötzlich siehst du vierzehn.«

»Ist das ein Mann oder eine Frau?« Das Haupthaar war bis auf graue Stoppeln glattrasiert. Die Brust hätte beiden Geschlechtern gehören können. Die Geschlechtsorgane wurden gerade seziert. »Die sehen alle aus, als wären sie halb angekaut. Ich möchte weinen und kann es nicht.«

Martin hatte die Hände auf dem Rücken gefaltet. Die weißgekachelten Wände waren mit Plastikdiagrammen des Nervensystems, des Muskelsystems und des menschlichen Skeletts bedeckt. Er ging zur Tafel und wieder zurück. Cindy sah auf das Gesicht einer weiteren Toten hinab. Sie wandte sich ab und zeigte entsetzt unter den Tisch.

»Was ist das?«

»Was?«

»Das Zeug, das da heraustropft?«

Martin zuckte mit den Achseln. »Das ist bloß das Fixiermittel.«

»Das ist der erste Tisch mit Penis, den ich gesehen habe.«

Unter jedem der rostfreien Stahltische stand ein Eimer, auf

den ein Überlaufrohr wies. »Siehst du den Eimer? Da tun sie die Reste hinein.«

»Was für Reste?«

»Was von jedem Leichnam übrigbleibt. Die Knöchelchen. Die Haut. Wenn sie ihn zergliedern.«

»Igittegitt.«

»Jeder Leichnam erhält ein christliches Begräbnis, ich berichtige mich: ein Begräbnis seiner Wahl. Alle ihre Reste werden zusammengelesen und in einen Sarg getan. Ob Jude, Moslem oder Atheist, wir kümmern uns um Sie. Feuer- oder Erdbestattung, Sir? Und schließlich wollen Sie nicht mit anderen vermengt werden. Sie wollen nicht, daß Tante Dinkies Kniescheibe im Sarg eines alten Rabbiners auftaucht, nicht wahr? Also muß alles in den richtigen Eimer. Und vom Eimer in den Sarg mit dem richtigen Namen. Ich habe sie im Kellergeschoß gesehen. Am Jüngsten Tag wird die Trompete erschallen. Und es macht die allergrößten Umstände, wenn die Leute miteinander vermengt worden sind.«

»Du solltest es nicht ins Lächerliche ziehen«, sagte sie. »Vergiß nicht, daß ich Pfarrerstochter bin. Und immer noch an Gott glaube.«

»Gott ist die Große Lüge, und wir sind die Generation, die's herausgefunden hat.«

»Das ist ein bißchen viel am frühen Morgen.«

»Früher hab ich gedacht, es gäbe eine gewisse ausgleichende Gerechtigkeit. Wenn der fette Kapitalist stirbt, erhält er in der Hölle seine wohlverdiente Strafe, und sein dürres Opfer kommt in den Himmel. Aber wir alle enden so. Dies ist die einzige Form des Ausgleichs. Die Waage bleibt in der Schwebe. Jeder stirbt, jeder vergeht.« Martin sah sich im Präpariersaal um. »Vielleicht ist es unser aller wohlverdientes Ende.«

An jedem Tisch gab es eine Reihe Barhocker für die Studenten, und Cindy rutschte auf einen drauf. Martin ging zu ihr und blieb vor ihr stehen. Sie hatte die Beine gespreizt.

»Ich wünschte, ich wäre nicht gekommen«, sagte sie. »Ich

dachte, es wäre furchterregend. Aber es ist einfach nur traurig. So schrecklich traurig.« Behutsam begann er die Innenseiten ihrer Schenkel zu berühren.

»Nicht«, sagte sie.

»Entschuldige.« Sie war den Tränen nahe. Sie ließ sich vom Hocker gleiten und blickte auf eine Frau hinab. Von hinten legte Martin tugendhaft die Arme um sie und schmiegte seine Wange an ihre. Beide betrachteten sie die Leiche. »Wahrscheinlich hatte sie ungefähr sechs Gören«, sagte Cindy. »Hat ihnen die Haare zu Zöpfen gebunden. Rothaarige Belfaster Gören mit Sommersprossen. Gute Steinwerfer.«

»Wahrscheinlich ist sie nicht von hier.«

»Was?«

»Die schaffen sie hier herüber. Wir schaffen unsere dort hinüber – nach London oder Leeds.«

»Wozu?«

»Wenn sie nicht von hier sind, sind die Chancen geringer, daß ein Student die eigene Oma aufschneiden muß.«

»Allmächtiger Gott. Sie ist nicht nur tot, sondern auch noch fern der Heimat.« Sie schloß die Augen und kämpfte gegen ihre Tränen an. Martin faltete seine Hände auf ihrem Bauch.

»Dann laß uns gehen«, sagte er. »Wußte ich's doch, daß das keine gute Idee war.« Er drückte sie sanft, um sie zur Tür zu bugsieren. Sie ließ es geschehen. Auf dem Gang küßte er sie, aber sie erwiderte seinen Kuß nicht. Er wollte sie berühren, doch sie hinderte ihn daran und trat zur Seite.

»Ich fühle mich ganz wund«, sagte sie. Sie ging den Korridor entlang zum Labor. Martin sperrte zu und folgte ihr. »Ich habe meinen Tee vergessen«, sagte sie. Martin ging wieder zurück, schloß den Präpariersaal auf und brachte ihr ihren Tee. Als er ins Labor trat, hatte sie wieder das Histologiebuch aufgeschlagen. Sie betrachtete das Foto und rieb sich dabei die Lippen mit Vaselin ein. Mit dem Kopf deutete sie auf das Foto.

»Das hier ist schlimmer als das im Saal«, sagte sie. »Die sind wenigstens tot. Die spüren nichts mehr.«

Er ging zu ihr und klappte das Buch zu.

»Warum schaust du es dir an, wenn es dich ärgert?«

»Weil ich es kaum glauben kann. Ein schwangeres Auge. Kannst du dir die Schmerzen vorstellen? Und daß ein anderer sie dir verursacht?«

Er versuchte, sie zu umarmen, aber sie wandte sich ab und ging daran, ihre Zahnbürste und ihre anderen Sachen in ihrem Rucksack zu verstauen.

»Ich werde versuchen, die Morgenfähre zu kriegen. Ich glaube, es geht eine um sieben.«

»Das Experiment hab *ich* doch nicht durchgeführt.«

»Das weiß ich. Aber ich bring's mit dir, mit diesem Gebäude in Verbindung.«

»Mann, nun sei doch nicht so ernst.«

Sie schüttelte so heftig den Kopf, daß ihre Haare flogen, als wolle sie den Gedanken verjagen.

»Mann, ich bring dich mit... mit was Schönem in Verbindung. Mit etwas wirklich Schönem. Cindy.« Sie erlaubte ihm, sein Gesicht an ihrer Schulter zu bergen und sie in die Arme zu nehmen.

»Trotzdem, ich will die Morgenfähre kriegen«, erwiderte sie. »Dein Sandwich hat zwar gut geschmeckt, aber ich muß dringend was frühstücken. Mein Magen denkt, daß mir die Kehle durchgeschnitten ist.«

»Sagt man das in Australien?«

»Nein. Aber im schönen Schottland.«

Er legte den Schlüssel zum Präpariersaal zurück an seinen Platz und begleitete sie die Treppe hinunter. Wieder das Echo und das Knirschen ihrer Schuhe auf dem Stein.

»Es war schön, dich kennengelernt zu haben«, sagte Martin.

»Lügner.« Cindy blickte immer noch finster drein.

»Nein, wirklich«, sagte Martin. »Komm schon, wir hatten es wirklich nett miteinander. Also, ich jedenfalls. Ich mag dich wirklich.« Sie sah ihn an und hob die Augenbraue.

»Na, danke«, sagte sie.

»Wozu der Sarkasmus?« Cindy stieg weiter die Treppe hinunter. Sie hob den Rucksack höher auf ihre Schultern. »Cindy?«

»Ich finde, was du tust, ist wirklich traurig.«

»Was?«

»Zu Tieren so grausam zu sein. Sie zu töten, zu zerlegen.«

»Ich bin nicht grausam zu Tieren.«

»Was du nicht sagst.«

»Himmel noch mal, das gehört zu meiner Arbeit. Wie könnte ich hier Laborant sein, wenn ich mich weigerte?«

»Du könntest dir eine andere Stelle suchen. Als Friseur. In einem Hotel arbeiten.«

»Als Friseur.« Seine Stimme klang schrill und hallte im Treppenhaus wider.

»Siehst du, du hältst mich wirklich für ein Dreckstück.«

»Tu ich nicht.« Sie blieben auf der Treppe stehen.

»Die ganze Nacht hindurch hast du mich auf die Probe gestellt und durchblicken lassen, daß ich ein Dreckstück bin.«

»Cindy.« Er versuchte, den Arm um sie zu legen, aber der Rucksack war ihm im Weg. »Das stimmt nicht. Stimmt ganz und gar nicht. Du bist wunderbar.« Er zog ihren Kopf mit dem Haarschopf auf seine Schulter. Dann ließ sie sich auf den Mund küssen. Nach dem Kuß preßte sie die Lippen zusammen, als sei sie wieder den Tränen nahe. »Das darfst du nicht sagen.«

»Na schön, vielleicht bin ich paranoid.«

»Das bist du wirklich.« Er öffnete die Tür und stieß sie weit auf. »Die Nacht war wunderbar. Wie wär's mit einer Adresse?«

»Ich glaube, in dem Hotel höre ich auf«, sagte sie. »Wenn du magst, gebe ich dir die Adresse meines Vaters in Australien. Da wäre ich zu erreichen. Falls du jemals nach Australien kommst. An den Bondi Beach.«

»Gut.« Sie zog ein winziges Spiralheft heraus, und er reichte ihr seinen Kugelschreiber. Sie schrieb die Adresse auf und riß die Seite leise ratschend aus dem Notizbuch heraus. Martin warf einen Blick darauf, sah in großer, dicker, nach links geneigter

Handschrift *c/o Rev. Jake Atkins.* »Danke. Es war schön mit dir«, sagte er. »Mach's gut.«

Als sie davonging, hob sie die Hand und wackelte, statt ihm ein Lebewohl zuzuwinken, mit den Fingern.

Wieder im Labor, stellte er erneut das Messerschleifgerät an und lauschte seinem rhythmischen Schleifgeräusch. Wie hypnotisiert stand er da und schaute ihm zu – schaute zu, wie die silberne Klinge gewendet wurde, wie sich die Glasplatte langsam drehte. Wie ein Hypnotiseur, der eine goldene Uhr pendeln läßt. Ein Pendel. Einfache harmonische Bewegung. Wenn es keine Schwerkraft gäbe, gäbe es auch keine Pendel. Ob Glatzkopf Ned Kelly sich in so etwas auskannte? Auch die Zeit spielte dabei eine Rolle. Wie lange jede Schwingung dauerte. Das wiederum kam auf die Länge des Pendels an. Warum hing er wie ein Dummfick absurden Gedanken nach? Er mußte sich antreiben. Aus der Trance erwachen, in die er versunken war. Er bewegte seinen Arm. Und kratzte sich die Oberlippe. Seine Finger rochen nach Sex. Nach Cindy. Er lächelte und streifte sich durchsichtige Plastikhandschuhe über. So brauchte er sich nicht die Hände zu waschen, wenn er mit seiner Arbeit fertig war. Er war völlig kaputt. Wenigstens für ein paar Stunden würde er sich hinlegen müssen. Das einzige, was half, war Schlaf. Er erinnerte sich an eine der Abendgesellschaften seiner Mutter, als sie sich diesem Thema zugewandt und es des langen und breiten abgehandelt hatten.

»Und wie geht's Mary?«

»Ich kann nicht klagen, Hochwürden.« Sie ließ sich in den Sessel sinken, und es klang, als wäre ihr Luft entwichen. Als sie es sich bequem gemacht hatte, sagte sie: »Was rede ich da? Schließlich bin ich unter Freunden. Ich hänge in den Seilen. Entsetzlich. Nicht eine Nacht in dieser Woche habe ich gut geschlafen.«

»Es muß was in der Luft liegen«, meinte Schwester Gilliland. »Seit Dienstag hab ich kein Auge zugetan.«

»Wie wär's mit einem Täßchen heiße Milch?« fragte Mrs. Brennan.

»Ach nein, danke, meine Gute. Ich warte auf den Tee.«

»Nein, ich meine, vor dem Einschlafen. Nachts.«

»Pardon, meine Liebe«, erwiderte Mary Lawless. »Ich dachte, Sie wollten mir heiße Milch anbieten. Jetzt, in diesem Augenblick. Und ich denke, was kommt Mrs. Brennan in den Sinn, herumzulaufen und ihren Gästen mitten am Abend heiße Milch anzubieten?«

»Ich hab mich auch schon gefragt«, sagte Schwester Gilliland. Vater Farquharson lächelte und begann in sich hineinzukichern.

»Worüber amüsieren Sie sich so, Hochwürden?« fragte Mrs. Brennan.

»Nichts, Mrs. Brennan. Gar nichts.« Aber er lächelte immer noch. Mrs. Brennan fragte ihn zum zweiten Mal. Er setzte eine ernste Miene auf.

»Ich amüsiere mich sehr leicht. Mein Narrenbein liegt heute abend dicht an der Oberfläche«, sagte er. »Hat eine von Ihnen schon mal von dem bedeutenden Geistlichen Monsignor Ronald Arbuthnott Knox gehört?«

»War das nicht ein schottischer Protestant?«

»Da haben Sie recht«, sagte Mary Lawless.

»Nein«, entgegnete Vater Farquharson. »Das war jemand ganz anderes. Sie sprechen von John Knox – ein Ekel sondergleichen. Der Mann, von dem ich rede, war ein Gelehrter und ein Gentleman. Ronnie Knox nahm sich der unbedeutenden Aufgabe an, die ganze Heilige Schrift zu übersetzen. Erst das Neue Testament. Dann das Alte Testament.«

»Hätte er nicht besser daran getan, andersherum anzufangen?«

»Am Anfang anzufangen.«

»Darum geht es jetzt nicht«, sagte Vater Farquharson. »Ich sage nur, daß er ein Mann von großer intellektueller Begabung war. Und zur Entspannung schrieb er Kriminalgeschichten.«

»Hat er sie etwa unter dem Pseudonym Pater Brown veröffentlicht?«

»Nein...«

»Agatha Christie?«

»Jeff Chandler?«

»Soviel ich weiß, hat er sie unter seinem eigenen Namen veröffentlicht.«

»Das war aber mutig von ihm.«

»Wozu braucht's einen Hund, wenn man selber bellen kann?« fragte Mrs. Brennan.

»Die Sache ist die«, sagte Vater Farquharson, »er war kein guter Schläfer.«

»Dann wußte er wohl nichts von heißer Milch? Was, Mrs. Brennan?«

»Da hört sich doch alles auf.«

»Und ich erinnere mich, irgendwo gelesen zu haben – oder hat es mir jemand erzählt? –, nein, ich glaube, ich habe es gelesen. Schon als Vierjähriger litt er unter entsetzlicher Schlaflosigkeit, und als er gefragt wurde, wie er – ein Kind! – damit zu Rande kam, antwortete er: ›Ich habe einfach dagelegen und über die Vergangenheit nachgedacht.‹ Im Alter von vier Jahren!« Vater Farquharson kicherte und schlug sich leicht auf den Schenkel. Mrs. Brennan sah sich in der Runde um.

»Die meisten Kinder können im Alter von vier Jahren sprechen«, sagte sie.

»Was für ein kleiner Racker!« sagte Schwester Gilliland. »Ich hätte ihm einen kleinen Klaps gegeben, dann hätte er sich in den Schlaf geweint. Bibel hin, Bibel her.«

»Im Alter von vier Jahren«, sagte Mary Lawless, »kann er nicht gerade viel Vergangenheit gehabt haben, um darüber nachzugrübeln.«

»Genau darauf wollte ich hinaus«, versetzte Vater Farquharson. »Das ist ja das Amüsante daran.«

»Ah, jetzt verstehe ich, was Sie meinen, Hochwürden.«

»Alle Tage bis ans Ende der Welt.«

»Ich weiß noch, wie die Alten davon gesprochen haben, daß sie Baldriantropfen nehmen. Um einschlafen zu können.«

»Von Baldrian habe ich auch schon mal gehört, aber was genau ist das?«

»Ein Beruhigungsmittel«, antwortete Schwester Gilliland. »Etwas Einschläferndes. Eine Droge.«

»Ich habe immer ein Buch auf dem Nachttisch liegen«, sagte Mary Lawless. »Einen Kriminalroman. Meistens genügt eine Seite, und ich bin eingeschlafen. Aber nicht diese Woche. Nichts da, mein Freund.«

»Sind Sie schon einmal aufgewacht mit dem Buch auf der Brust, und die Lichter brennen noch?«

»Schon des öfteren.«

»Machen Sie sich um irgend etwas Sorgen?«

»Ich mache mir um *alles* Sorgen.«

»Mein Problem ist nicht, daß ich nicht einschlafen kann«, sagte Schwester Gilliland. »Sondern daß ich im Dunkeln aufwache, um halb fünf oder fünf. Und hellwach bin. Dann stehe ich auf, gehe in die Küche, mache mir einen Kräutertee und pfeife wie Ronnie Ronald.«

»Zitronenbalsam soll sehr hilfreich sein.«

»Und Hopfen.«

»Hopsen würde mich ganz vom Schlaf abbringen«, meinte Mrs. Brennan.

»Hopfen, nicht Hopsen. Die Blätter, aus denen Bier gebraut wird.« Alle begannen zu lachen. Sie lachten so sehr, daß sie kaum sprechen konnten. Mary Lawless kugelte sich in ihrem Sessel, und ihr Busen wogte. Schwester Gilliland streckte die Beine von sich und warf den Kopf zurück. Vater Farquharson bedeckte seine Augen, weil ihm Mrs. Brennans Irrtum peinlich war, und biß die dritten Zähne zusammen. Mrs. Brennan selbst setzte mehrere Male zu sprechen an, aber was immer sie sagen wollte, ging im nächsten Lachanfall unter. Schließlich brachte sie es heraus.

»Und ich hab doch tatsächlich gedacht, ich müßte um vier

Uhr morgens in der Küche herumhopsen und darauf achten, daß ich meine heiße Milch nicht verschütte.« Und wieder fingen alle zu lachen an. Allmählich legte sich das Gelächter, aber in kleinen Wellen kam es wieder – sie tupften sich mit Taschentüchern die Augen, in ihren Gesichtern stand ein Lächeln, und es gab ein heftiges Köpfenicken.

»Wenn's noch lustiger zuginge, wär's kaum auszuhalten«, sagte Mary Lawless.

»Wie schon gesagt, heiße Milch ist unschlagbar. Vielleicht mit einem Teelöffel Honig«, meinte Mrs. Brennan.

»Und ohne Hopsen.«

»Nein, das Hopsen können wir uns schenken.«

Sie hatten sich wieder gefangen. Einen Augenblick lang schwiegen sie alle.

»Auweia, es besteht kein Zweifel, wir werden alle ziemlich kauzig.«

»Alle bis auf den letzten Mann.«

»Das Alter ist auf dem Vormarsch. Es wird uns alle niedertrampeln.«

»Jedem Kauze seine Schnauze«, sagte Mary Lawless, und da mußten sie schon wieder alle lachen.

»Und was hatte es mit dem Laudanum auf sich, wo wir schon mal dabei sind?« fragte Mary Lawless. »Meine Oma hat auch immer davon gesprochen.«

»Ich glaube, das war schlicht und einfach Opium«, sagte Schwester Gilliland. »Schon wieder eine Droge.«

»Jeder Tag endet mit dem Mysterium des Einschlafens«, meinte Vater Farquharson, »und jeder Morgen beginnt mit dem Wunder des Erwachens.«

»Hübsch ausgedrückt, Hochwürden.«

»Ach, beinahe hätte ich es vergessen«, sagte Mary Lawless. »Martin, reich mir doch mal die Handtasche herüber. Ich habe ein paar Fotos dabei.«

»Ich liebe Fotos«, sagte Schwester Gilliland und rieb sich heftig die Hände, so daß es nach trockener Haut klang. Mary

Lawless verabfolgte die Fotos Mrs. Brennan zu ihrer Linken, die sie an Schwester Gilliland weitergab, die sie Vater Farquharson reichte, der sie Mary Lawless aushändigte. Mrs. Brennan betrachtete eingehend das erste Foto.

»Die hat ja Arme wie Schenkel«, sagte sie. »Wer immer das ist.«

»Das ist meine Schwester.«

»Ach, *das* ist Ihre Schwester? Die hat aber ein süßes Lächeln.« Einen Augenblick lang herrschte Schweigen. Während sie jedes der Bilder betrachteten und weiterreichten, murmelten sie nur vor sich hin.

»Ich schneide den Leuten immer die Köpfe ab«, sagte Mary Lawless.

»Bei mir sind's die Füße«, erwiderte Schwester Gilliland. »Ich schneide sie immer an den Knöcheln ab. Irgendwie halte ich die Kamera nicht richtig.«

»Nun sehen Sie sich an, wie jung Sie auf dem hier sind. Mary Lawless, man möchte schwören, Sie wären fünfundzwanzig.«

»Für Ihr Alter sehen Sie viel zu jung aus.«

»Sehr fotogen. Wie man so sagt, die Kamera liebt Sie.«

»Ist das nicht eine großartige Erfindung? Die Kamera?«

»Wie alles andere auch«, sagte Vater Farquharson. »Man kann sie zu guten und zu bösen Zwecken gebrauchen.«

»Was könnte man mit einer Kamera schon Böses anstellen, Hochwürden?« Mrs. Brennan runzelte die Stirn. Vater Farquharson blickte zur Zimmerdecke auf, dann zu Martin, der auf dem Fußboden saß. Mrs. Brennan bekam es mit.

»Ich glaube, Sie haben recht, Hochwürden.«

»Ein wahres Wort.«

»Ich würde das hier vergrößern lassen«, sagte Schwester Gilliland.

»Ich denke, ich bin schon groß genug?«

»Die Fotos rufen Erinnerungen wach.«

»Das tun sie gewiß. Es ist schon lange her, daß wir einen Blick in die Pralinenschachtel geworfen haben.«

»Wenn du das tust, gehe ich«, sagte Martin.

»Oohh, er schämt sich.«

Später wurde die Pralinenschachtel doch hervorgeholt, und wieder einmal hechelten sie die Vergangenheit der Familie Brennan durch. Schulfotos, kleine Schwarzweißfotos – einige Sepiadrucke. »Ich weiß nicht, wovon Sie alle reden. Wir konnten uns gar keine Kamera *leisten*«, sagte Mrs. Brennan.

»Und wer hat all die Aufnahmen gemacht?« fragte Mary Lawless.

»Nachbarn, Freunde. Viele davon sind Schulfotos – man hat für jedes einzeln zahlen müssen. Und die Leute schenken einem Abzüge.«

»Straßenfotografen, erinnern Sie sich noch? Die haben einen auf der Straße oder an der Seepromenade von Bangor geknipst. Oder nur so getan. Sind vor einem in die Hocke gegangen und haben so getan, als würden sie klicken. Fast immer einen Typ mit einem Mädchen, die angeben wollten. Wenn man gesagt hat, daß man eins kaufen will, haben sie ein zweites Foto gemacht. Das richtige. Gerissen, was?«

»Ach, denen ist man nicht gewachsen.«

»Schlüpfrige Gesellen, das stimmt.«

»Nur durch Gottes Gnade...«

»Heute macht man das nicht mehr, daß man jemandem seinen Namen und seine Anschrift nennt und ihm das Geld aushändigt, ohne was dafür zu bekommen.«

»Nein, mein Herr«, sagte Vater Farquharson. »Vertrauen ist eine Sache der Vergangenheit. Die Leute von der St. Vincent de Paul müssen wie ein Luchs aufpassen, wenn die Kollekte herumgeht.«

»Damit sich die Leute nicht selbst bedienen?«

»Sie sagen es, Schwester Gilliland. Sie sagen es.«

Mary Lawless ging die Bilder durch.

»Du blinzelst immer in die Sonne, Martin«, sagte sie.

Es gab eine vergrößerte Atelieraufnahme des fünfjährigen Martin.

»Ein kleines Engelchen«, sagte Schwester Gilliland.

»Ach, ich könnte ihn auffressen«, sagte Mary Lawless. Jedesmal, wenn das Bild herumgezeigt wurde, erzählte seine Mutter dieselbe Geschichte.

»An dem Tag hatte ich vielleicht zu tun, bis deine Haare flach anlagen. Am Ende mußte ich Eiweiß benutzen, damit es so kleben blieb, wie ich es haben wollte.«

»Ich gehe«, sagte Martin.

»Bleib sitzen, wo du bist«, rief Mary Lawless, »und nimm dein Lob wie ein Mann entgegen.«

Er brauchte etwa eine halbe Stunde, um den Rest seiner nächtlichen Arbeit nachzuholen: zum Tierhaus hinunterzugehen, um einen weiteren Schwung Ratten zu holen, sie zu töten und zu sezieren, die einzelnen Exemplare mit den falschen Zeiten zu kennzeichnen. Er bewegte sich schleppend, fühlte sich sehr müde. Er schien alles aus einer Distanz wahrzunehmen, als befinde sich eine Glasscheibe zwischen ihm und dem, was er betrachtete. Er hörte, wie die Tür am unteren Ende der Treppe geschlossen wurde und wie die Fahrstuhlgitter zuschlugen. Das war bestimmt Kavanagh. Martin verließ den Raum, um ihm entgegenzugehen. Als der Fahrstuhl nach oben glitt, hörte er Gesprächsfetzen. Kavanagh hatte jemanden bei sich. Der Fahrstuhl hielt mit einem Ruck an.

»Martin«, sagte Kavanagh. »Schau mal, wer hier ist.« Die Scherengitter wurden zur Seite gezogen.

»Sturzbetrunken bin ich, trotzdem gut, dich zu sehen, Martin.« Es war Blaise mit einem Frank-Sinatra-Hut. Er trug eine Jeans-Latzhose ohne Hemd: Hosenträger und Schnallen lagen auf der nackten Haut.

»Ich freß 'n Besen ...«, stammelte Martin und schüttelte ihnen die Hand.

»Besoffen *und* bekifft.« Blaise umarmte ihn mit seiner freien Hand und jaulte ein paarmal. Martin spürte Haare auf seiner Wange. Blaise hatte sich einen Ziegenbart wachsen lassen. Er sah tatsächlich aus wie ein Negativ seines Großvaters. »Wo hast du denn diesen bärtigen Scheißer aufgelesen?«

»Wir sind auf derselben Party gelandet«, sagte Kavanagh. »Und er war einfach nicht davon abzubringen, hierherzukommen und dich zu besuchen.«

»Und es gab nichts mehr zu trinken. Es waren schon alle gegangen. Nirgends offen. Und es war mein Geburtstag. Nicht heute – gestern. Und so weiter und so weiter.«

»Wir haben vorhin von dir gesprochen«, sagte Martin. Die drei gingen den Korridor entlang. Kavanagh in der Mitte.

»Wißt ihr noch?« fragte Kavanagh, indem er die Arme durchstreckte, sich auf den Schultern der beiden hochstemmte und in die Luft sprang. Martin und Blaise wankten ein wenig, doch fünf oder sechs Schritte lang hielten sie ihn oben, bis Kavanagh keine Kraft mehr in den Armen hatte und zwischen ihnen auf den Boden fiel. »Stramme Kerls, ihr beiden. Es war die Berührung deiner nackten Haut, Foley, die mich schwach gemacht hat.«

»Dabei wollten wir dich bis zu der niedrigen Tür da tragen«, sagte Blaise. Dann jaulte er noch ein paarmal. Sein Gejaule hallte durch das Institut. Sie betraten das Labor.

»Scheiße, ich kann's nicht glauben«, sagte Martin. Auf Blaises Wangenknochen glitzerte etwas.

»Pippa und ich waren auf einer Party in der University Street, alle waren am Quasseln, und ich sagte mir, *die Stimme kennst du doch.* Es war unser Freund hier – hat in der Ecke vor sich hin gegrummelt.«

»Du willst mir also sagen«, fragte Martin, »daß ich hier für deine Abschlußarbeit geschuftet habe, während du dich auf einer Party herumtreibst?«

»So ist es gestern halt gekommen. Ich mußte unbedingt mit ihr reden, um alles auf die Reihe zu bringen. Ein Freund eines Freundes hat eine Party geschmissen – du weißt doch, wie es so ist.«

»Ich selbst hatte auch so was wie 'ne Party hier.«

»Echt?« Kavanagh wartete auf eine Erklärung.

»Nee«, sagte Martin, »ich habe deine Arbeit erledigt.«

Blaise ließ sich auf das Feldbett fallen und schob sich den Hut ins Gesicht.

»Ich bin immer noch 'n bißchen blau«, sagte er. »Mach mir 'n schwarzen Kaffee, Martin. Weil's mein Geburtstag ist.«

»Das sagtest du bereits«, bemerkte Martin. »Was sollen denn die Klamotten?«

»Man soll die Feste feiern, wie sie fallen.«

»Du siehst aus wie ein amerikanischer Farmerssohn.«

»Zu Beginn des Abends hatte ich meinen Strohhut auf, aber irgendein Scheißkerl ist damit durchgebrannt und hat mir dieses blöde Ding dagelassen.«

»Was für ein Geburtstag war's denn?«

»Ein runder. Der zwanzigste.« Blaise sprach in die Krone seines Frank-Sinatra-Hutes. »Nee, ich lüge, ich bin viel älter.« Martin nahm Blaise bei der Hand und zog ihn hoch. Blaise legte den Arm um ihn.

»Die Utensilien für die Kaffeezubereitung befinden sich anderweitig.« Martin drehte sich zu Kavanagh um und zeigte auf den Käfig. »Vielleicht solltest du jetzt die Sache in die Hand nehmen. Es ist fast an der Zeit.«

»Ja, ja. Ich glaube, ich brauche auch einen Kaffee«, sagte Kavanagh. »Sonst schneide ich mir noch meinen eigenen Finger ab, verdammt noch mal.«

»Du nuschelst ziemlich«, sagte Martin und musterte ihn. Kavanagh grinste. »Du bist *wirklich* ganz schön besoffen. Also, wie ist es nun gelaufen – mit Pippa?«

»Die reinste Katastrophe. Sie hat mich stehenlassen. Es ist aus.« Kavanagh zuliebe setzte Martin ein mitleidiges Gesicht auf, dann wandte er sich rasch Blaise zu. »Gehen wir. Suchen wir uns was zu trinken.« Die Arme umeinander geschlungen, torkelten sie den Korridor entlang zur Teeküche. Kavanagh folgte ihnen. Martin fühlte Blaises nackte Schulter unter seiner Hand. Blaise taumelte ein wenig zur Seite.

»Halt dich auf dem Linoleum«, sagte Martin. »Was treibst du so in letzter Zeit?«

»Was?«

»Ich habe gehört, du studierst in Cambridge Jura.«

»Da bist du schlecht informiert. Nicht auf dem laufenden.«

»Nun?«

»Erinnerst du dich an den Tag am Wasserwerk?«

»Ja, das war ein schöner Tag.«

Alle drei lächelten.

»Die Kniekehlen der Mädchen. Das große H...« Kavanagh grinste.

»Nein, es war die Sonne und der Geruch und all das Grün.« Martin nickte.

»Ich erinnere mich an den Mann, der das Boot ruderte«, sagte Blaise. »Das war schön. Ein Mann, der ein Boot rudert. Er konnte nicht in die Zukunft schauen, und wir konnten es ebensowenig.« In der Teeküche steuerte Martin einen Sessel an, und Blaise ließ sich hineinplumpsen. Martin setzte Wasser auf. Blaise legte den Kopf zurück und rezitierte ins Leere: »*Kinder einer künft'gen Ära, die ihr diese empörte Seite lest, wisset, daß in einer frühern Zeit Liebe! süße Liebe! als Verbrechen galt.* Blake.« Martin stellte drei Tassen hin und löffelte Kaffee hinein. »Martin, gibt es in diesem Laden nichts zu trinken?«

»Ich fürchte, nein.«

»Ich erinnere mich daran, wie du einmal gesagt hast, Oxford und Cambridge seien grauenvoll. Und trotzdem bist du dorthin gegangen. Warum?«

»Es sind vorzügliche Lehranstalten. Als ich das gesagt habe, hatte ich noch keine Ahnung davon, was vorzüglich bedeutet.«

»Wenn du nicht Jura studierst, was machst du statt dessen?«

»Nichts. *Dolce far niente.*«

»Hör auf, in Rätseln zu sprechen.«

»Ich muß mal pullern.« Er stand auf. »Wo ist die nächste Toilette?« Martin führte ihn aus der Teeküche. Die Tür zur Damentoilette stand offen, und es war noch so früh, daß keine Studentinnen da waren.

»Hier rein. Die Herrentoilette ist im nächsten Stock.« Blaise war ziemlich wackelig auf den Beinen, als er die Treppe hinaufstieg. Er hob ein Bein, ohne es gleich aufzusetzen, wie es manchmal Hühner tun. Martin machte sich solche Sorgen um ihn, daß er draußen wartete. Wie er es bei Cindy getan hatte. Eine völlig andere Erfahrung.

Aus Blaises Kabine drangen laute Geräusche. Blaise schrie: »Wie ein Kerl auf Stelzen.«

Als er herauskam, machte er sich nicht die Mühe, seine Hände zu waschen.

»Martin Brennan«, sagte er. »In der Schule habe ich dich wirklich gemocht.«

»Angemerkt hat man's dir nicht.«

»Ach, komm. Es war doch nur ein Trimester...«

Auf dem Treppenabsatz legte Blaise seinen Arm um Martin, und die beiden gingen zurück zur Teeküche. Kavanagh war auf seinem Stuhl fast eingeschlafen. Blaise setzte sich neben die Tür.

»Nun, Martin, was hast du in der Zwischenzeit angestellt?«

»Eigentlich so gut wie nichts. Trinken gelernt...«

»Wo?«

»Im Ehemaligenverein.«

»Mit meinem alten Herrn«, lachte Kavanagh, wach geworden.

»Gehst *du* da hin?«

»Nur selten, an den Abenden, wenn mein alter Herr nicht da ist. Die meiste Zeit bleibe ich auf dieser Seite der Stadt. Doch das wird sich jetzt alles ändern.«

»Und was machst du im Ehemaligenverein?«

»Billard spielen.«

»Mit wem?«

»Mit Brian Sweeny – und mit anderen Typen. Manchmal spielen wir Poker«, sagte Martin. »Ist das nicht irre – alles, woran sie dich in der Schule gehindert haben, dazu ermuntern sie dich jetzt, wo du Ehemaliger bist.«

»Und?«

»Abendkurse. Fürs Labor.« Martin schaute nachdenklich auf. »Und ich bin in einen Fotoklub eingetreten.«

»Schmuddelfotos? Die Trenchcoatbrigade?«

»Nee, rehbraune Strickjacken. Die haben ein paar gute Leute. Gute Dunkelkammern.«

»Und er ist immer noch auf der Suche nach Sex«, sagte Kavanagh.

Martin begann, Wasser in die Kaffeetassen zu gießen.

»Ihr könnt ihn entweder schwarz trinken oder schwarz«, sagte er.

»Wonach riechst du?« Kavanagh schnupperte an Martin herum.

»Nach Äther vielleicht.« Blaise schoß von seinem Stuhl hoch.

»Äther! Ihr habt Äther hier?«

»Ja.«

»Warum ziehen wir uns den nicht rein?«

»Was?«

»Na, den Äther, eine alte nordirische Tradition. Hast du noch nie von den Äthersäufern von Ulster gehört?«

»Was?«

»Eine der wenigen schönen Traditionen, die aus dieser Provinz hervorgegangen sind.«

»Du bist wohl völlig durchgeknallt?«

»Nein, im Ernst. In Tyrone – Ende des letzten Jahrhunderts haben die Jungs sich den reingeschüttet. Man muß sich die Nase zuhalten. Aber dann ist man zehn Minuten lang angetörnt.«

»Du würdest umkommen.« Martin lachte.

»Du würdest einfach nur kotzen«, sagte Kavanagh.

»Was meinst du damit – ›einfach‹? Wäre das nicht genug? Wo ist die Flasche?« fragte Blaise. »Die Rülpser sollen umwerfend sein.«

»Ich glaube dir kein Wort.«

»Das *British Medical Journal* schätzt, daß es 1890 in Mittel-Ulster fünfzigtausend Äthertrinker gab. Ich möchte es ausprobieren. Ich fühle mich übergangen.«

»Schlag dir diesen Schwachsinn aus dem Kopf, Blaise«, sagte Martin. »Ich hab in diesem Laden zu tun. Und gleich kommen die Leute zur Arbeit. Was soll ich dem Professor sagen? Äh, ich hab ihn den Äther einfach so trinken lassen.«

»Her mit dem Zeug.« Blaise stand auf, doch Kavanagh bohrte ihm den Zeigefinger in die Brust und stieß ihn zurück auf seinen Stuhl.

»Martin hat recht. Sie gehen ein Stück zu weit, Mr. Foley.«

»Ich möchte ihn ausprobieren, nur einmal.«

»Es muß sicherere Methoden geben, jemanden vom Stuhl zu hauen.« Martin reichte Blaise seinen Kaffee.

»Da sieht man's wieder. Das ist der Martin, den ich kenne. Immer auf der Suche nach einem *sicheren* Weg, etwas Gefährliches zu tun.«

»Wartet mal«, sage Kavanagh und verschwand.

Blaise war auf seinem Stuhl zusammengesunken. Er streckte Martin die Arme entgegen und sagte: »Möchtest nicht falsch spielen, und dennoch unrecht gewinnen. Habe ich recht, Martin?«

»Nein. Hast du nicht. Es heißt: *Möchtest falsch nicht spielen, und unrecht doch gewinnen.*«

»Ich scheiß auf dich und deinen Korrektheitsfimmel.«

Kavanagh kam mit einer Viereinhalbliterflasche klarer Flüssigkeit zurück.

»Damit kommen wir in die Gänge«, sagte er.

»Was ist das?« Blaise nahm seinen Hut ab und schielte Kavanagh an.

»Reiner Alkohol. Fast hundert Prozent.«

»Es geschehen noch Zeiten und Wunder.«

»Er schmeckt nach nichts, wirklich – wie der allerbeste Wodka.« Kavanagh kippte etwas davon in Blaises Kaffeetasse.

»Hier, damit dir ein paar Haare auf der Brust wachsen.«

»Nein, danke.« Blaise schnupperte daran. Als er den verdunstenden Alkohol einatmete, mußte er husten.

»Immer mit der Ruhe.« Kavanagh schüttete ein wenig in seine eigene Tasse. Martin legte seine Hand über die dritte Tasse.

»Nee, ich bin mit dem Fahrrad unterwegs.«

»Red keinen Scheiß«, sagte Blaise. »Komm, mach mit. So oft kommen wir nicht zusammen. Zur Erinnerung an die alten Zeiten.«

Kavanagh wartete auf Martins zustimmendes Nicken.

»Nur einen Schluck«, sagte Martin. Kavanagh schüttete ihm sehr viel mehr als nur einen Schluck ein. »Das reicht.« Blaises Hustenanfall hatte ihn vorsichtig gemacht. Als Martin die Tasse langsam an den Mund hob, stieg ihm von seinen Fingern Cindys Geruch in die Nase. Das Aroma war intensiv und wunderbar.

»Auf uns«, sagte Blaise. »Auf die beschissenen Provinzler.« Sie stießen an und tranken.

»Warum sollten wir auch nicht Provinzler sein?« fragte Martin. »Schließlich leben wir in der Provinz Ulster.«

»Mit provinziellen Einstellungen«, sagte Kavanagh. »Ich meine, schau uns doch an – wir sitzen um sieben Uhr morgens in einem Totenhaus, saufen Fusel und reden über alte Zeiten.«

»Ich bedaure sehr, daß wir uns nicht den Äther vorgenommen haben. Eine verpaßte Gelegenheit, wenn es je eine gab. Und wer redet von alten Zeiten?« fragte Blaise. »Ich bestimmt nicht.« Kavanagh setzte sich an den Labortisch. Martin lehnte seinen Stuhl gegen die Wand. Der Alkohol im Kaffee schmeckte gut und verursachte ein Nachbrennen. Kavanagh seufzte schwer.

»Ach, Scheiße«, sagte er.

»Das habe ich dich lange nicht sagen hören«, bemerkte Martin.

»Was soll ich nur tun?«

»Mit Pippa?« Kavanagh nickte und legte den Kopf in die Hände. »Das Mädchen bedeutet mir alles.«

»Vielleicht hat sie dich nicht verdient«, sagte Blaise. Kavanagh warf den Kopf zurück, als sei ihm soeben eine andere Idee gekommen.

»Jeden Tag werde ich ihr hier begegnen. Neben ihr arbeiten.«

»Wie ist es ausgegangen?« fragte Martin.

»Schluß. Aus. Ende.«

»Vielleicht kommt ihr ja wieder zusammen.«

»Völlig ausgeschlossen. Deshalb habe ich mich doch mit diesem Typen hier besoffen.«

»Was macht ›dieser Typ‹ denn nun? Er verweigert mir die Auskunft.«

»Dieser Typ«, sagte Blaise, »hat Jura studiert und ist dann unter großen Schwierigkeiten zur Philosophie übergewechselt. Um im metaphorischen Sinn Wittgenstein zu Füßen zu sitzen, einem Mann von erstaunlichem Genie. Habt ihr von dem schon mal gehört?«

»Vit – wie?«

Kavanagh schüttelte den Kopf: nein, er hatte noch nicht von ihm gehört.

»Er konnte hervorragend pfeifen. Ein virtuoser Pfeifer. Man sagt, er konnte die Brahmsschen *Variationen über den Choral Sankt Antoni* von Anfang bis Ende pfeifen.« Alle drei lachten. »Das ist nicht erfunden. Es ist die reine Wahrheit. Nicht genug, daß er die philosophische Landschaft verändert hat, er tat dies gleich zweimal. Er schrieb zwei Meisterwerke, die einander widersprechen. Er hat erkannt, daß philosophische Probleme auf den unbedachten Mißbrauch von Wörtern zurückzuführen sind. Gedankenlose Rede kostet Menschenleben. In Cambridge gibt es Leute, die ihn noch kannten.«

»Außerordentlich«, sagte Martin.

Blaise ignorierte ihn und fuhr fort: »*Ein Notschrei kann nicht größer sein als der eines einzelnen Menschen.* Ich hielt diesen Satz zunächst für äußerst hoffnungsvoll – sehr erhebend –, bis ich mich an die Leidensfähigkeit einiger Menschen erinnerte. Ich bin ausgezeichnet vorangekommen –, nicht daß ich die Sache selber so gesehen hätte –, bis es die Universitätsleitung für angeraten hielt, daß ich meine eigenen philosophischen Untersuchungen außerhalb der akademischen Welt fortsetze.«

»Hat man dir den Laufpaß gegeben? Vermutlich wirst du sagen, du hättest ihn nicht verdient«, meinte Kavanagh.

»Wofür denn?« fragte Martin.

»Er will es mir einfach nicht sagen.« Kavanagh ging mit dem Alkohol wieder von Tasse zu Tasse. Martin lehnte ab, indem er seine Tasse wegriß, sie an die Brust drückte und mit der Hand zudeckte. Er hatte einen leeren Magen, und schon die erste Hälfte des Kaffees blies ihm den Kopf leer. Blaise hob die Rechte.

»Wittgenstein sagt irgendwo, daß man, wenn man die Welt verbessern will, sich selbst verbessern muß.«

»Und wie steht es mit dir?«

»Ich tue mein Bestes.«

»Wobei?«

»Um mich zu verbessern«, sagte Blaise. »Über mich selbst will ich nur soviel sagen: *De maximo ni curat lex.* Für diejenigen, deren Latein etwas rostig ist oder die von dem beschissenen Glatzkopf Ned Kelly unterrichtet wurden: Auf Riesen findet das Gesetz keine Anwendung.«

»Ja, schon, aber was für ein Gesetz haben sie angewendet?« fragte Martin.

»Das Gesetz von Angebot und Nachfrage«, erklärte Blaise. »Und zum aktuellen Zeitpunkt ist die Nachfrage wesentlich größer als das Angebot. Vielleicht könnte Martin uns aushelfen. Kannst du Marihuana beschaffen, Martin?«

»Nein.«

»Gestern abend hattest du noch genug, um ein ganzes Regiment vollzudröhnen.«

»Aber im Moment sind meine Taschen leer.«

»Hast du *dafür* büßen müssen?« fragte Kavanagh.

»Die Polizei hat sich sehr für mich interessiert. Für meine Ge*wohn*heiten. Für meine Wohnung – leider war ich nicht zu Hause. Und ich habe gegen meine eigenen Regeln verstoßen.

Hatte meine Spuren nicht verwischt. Hundert Pfund Strafe. Die Universität konnte oder wollte kein Auge zudrücken.«

»Sieht so aus, als hättest du Pech gehabt«, sagte Kavanagh.

»Das kann man wohl sagen. Es hat mich mal wieder erwischt.« Blaise hielt ihm seine Tasse entgegen. »Ich habe keinen Kaffee mehr.«

»Nimm etwas Wasser, oder es brennt dir den Mund weg.« Kavanagh stand da und sah kopfschüttelnd an Blaise hinunter. »Martin, gibt es hier eine Kamera?«

»Ja.«

»Wir müssen ein Bild von dem Kerl machen, in diesen Klamotten, mit diesem Bart.«

»Bei der Fotografie geht's um Oberfläche«, sagte Blaise. »Deshalb ist Martin so daran interessiert.«

»Mach schon, hol eine Kamera«, sagte Kavanagh.

»Nee.« Martin wollte sich nicht vom Fleck rühren. Er drehte sich zu Blaise um und sagte: »Die Kamera lehrt die Leute das Sehen. Auch ohne Kamera. Und die Dinge so zu sehen, wie sie sind, ist genauso gut, als würde man in Romanen seine Phantasie spielen lassen. Wenn nicht gar besser. Cartier-Bresson spricht davon, daß man versuchen muß, das Wesen einer Sache auf einem einzigen Foto einzufangen ...«

»Nun, dann ist er halt ein Dummfick.«

»Martin, nun mach schon«, sagte Kavanagh. »Mach ein Foto von uns dreien. Wie beim letzten Mal bei uns zu Hause. In drei oder vier Jahren machen wir wieder ein Foto. Wir dokumentieren unser Leben ...«

»Nur, wenn du ein Foto von mir mit einem Schädel machst«, sagte Blaise. »Wie Hamlet. Hier sind wir an der richtigen Adresse. Hier finden wir einen Schädel.«

»Sogar im richtigen Zimmer«, sagte Martin. Er öffnete den Aktenschrank neben sich und zog einen cremefarbenen Schädel hervor, den er Blaise reichte.

»Ein Prachtexemplar. Ist der echt?«

»Natürlich.«

»Nicht aus Plastik oder so?«

»Nein.« Um die Stirn ging ein Schnitt, und das Schädeldach ließ sich wie ein Deckel abheben. Es wurde von kleinen Messinghaken und -ösen gehalten. Blaise öffnete den Schädel und äugte hinein. Mit Grabesstimme sprach er in den Hohlraum: »Wo ist deine Seele?«

Martin verließ den Raum und kam mit einem Tuch, einem Stativ und einer Kamera zurück. Er drapierte das Tuch als Hintergrund über eines der Bücherregale und stellte Blaise davor auf. Das Stativ verwendete er nicht. Blaise hielt den Schädel hoch und starrte, Profil an Profil, in seine leeren Augenhöhlen. Der Latz seiner Hose bildete Falten, so daß man von der Seite her seine Brust sehen konnte.

»Steck das verdammte Ding wieder rein«, sagte Martin.

»Was?«

»Deine Brustwarze.« Blaise rückte Latz und Hosenträger zurecht.

»Ich weiß, wer das ist«, sagte er. »An dem Gesicht kam mir irgendwas bekannt vor.«

»Wer ist es?« Kavanagh grinste in Erwartung seiner Antwort.

»Mary Anne McCracken. Henry Joys Schwester.«

»Das zieht nur einmal«, sagte Kavanagh. Martin sagte den beiden, sie sollten die Klappe halten, und operierte mit dem Belichtungsmesser. Durchs Fenster fiel schon ziemlich viel Tageslicht ein. Er stellte die Blende und die Tiefenschärfe ein.

»Er versucht uns mit Wissenschaft zu blenden«, sagte Blaise zu dem Schädel. »Hör auf zu grinsen, es ist nicht lustig.« Martin begann zu knipsen. Nach jeder Aufnahme schob er den Film mit dem Daumen schnell weiter. Er ließ den Kameraverschluß klicken, hörte das befriedigende Geräusch der Mechanik. Einige Aufnahmen machte er im Quer-, andere im Hochformat.

»Wie kommt das Flitterzeug auf deine Backen?« fragte er.

»Ich hab's aufgetragen, bevor ich gestern abend ausgegangen bin.«

»Entschuldige, daß ich danach frage«, sagte Martin. »Hast du was von Sharkey gehört?«

»Nein.«

»Weißt du noch, wer das war?«

»Ja«, sagte Blaise, während er weiter den Schädel anstarrte, »der war in unserem sogenannten Religionsunterricht. Der republikanische Scheißkerl. Ein begnadeter Blödmann.«

»Und er war der Anführer der Bande, die dich zusammengeschlagen hat«, sagte Kavanagh.

»In meinem Kopf herrscht da völlige Leere. Tage, die entschwunden sind.«

»Nun, er weilt nicht mehr unter uns«, sagte Martin.

»Ach du Schande!«

»Er wurde vor einem Jahr von einem Scharfschützen der Armee erschossen.«

»Was hatte er angestellt?«

»Es war nachts. Keine Ahnung. Wahrscheinlich hat er versucht, den Scharfschützen der Armee umzulegen.«

»Männer, die im Dienst verkehrten Denkens zielgenau schießen.«

»Das ist gut.«

»Muß es auch sein. Das stammt von dem nordirischen Dichter Louis MacNeice.«

»Aha.« Während er mit der Kamera klickend um ihn herumging, imitierte Martin Blaises Grabesstimme von vorher: »Wo ist Ihre Seele, Mr. Foley?«

»Ich habe keine.«

»Laß Yorick aus dem Spiel.« Martin nahm den Schädel und legte ihn auf den Tisch. Er machte weitere Bilder von Blaise. Wie er in diese und jene Richtung schaute. Mit schrägem Hut. Ohne Hut.

»Hast du hier was gelernt, Martin?«

»Ich weiß, wie man eine große Flasche leert.«

»Jawohl, indem man sie austrinkt.«

»Nein, zum Leeren einer Flasche gehört mehr, als du denkst. Wenn du sie einfach umdrehst, dauert es ewig, bis sie leer ist. Die

Flüssigkeit fällt dann *ker-plunk, ker-plunk, ker-plunk* in den Abguß.« Am Boden kauernd, machte er immer noch Aufnahmen. »Aber wenn du die Flüssigkeit schwenkst, erzeugst du einen Strudel, und sie schießt nur so aus der Flasche. Das beschleunigt den Vorgang.«

»Das ist wirklich gut zu wissen«, sagte Kavanagh.

»Deshalb habe ich es euch erzählt.«

»Warum schreibst du nicht ein Buch darüber?« fragte Blaise. Er nahm einen weiteren Schluck aus seiner Tasse. »*Flaschenleeren für Anfänger.* Dafür muß man sich nicht schämen. Wittgenstein war im Krieg Laborassistent in Guy's College.«

Kavanagh drängte sich auf einigen Bildern neben Blaise und mimte den Irren.

»Jetzt alle drei«, sagte er und winkte Martin herbei, »mit einer Flasche abs. Alk.«

Allmählich wurde er richtig betrunken. Faselte dummes Zeug. Sprach nur noch undeutlich. Martin montierte die Kamera auf das Stativ und schaltete den Selbstauslöser ein. Den Rest des Films verwendete er für Fotos, wie sie zu dritt die Arme umeinanderlegten. Mit Grimassen, so ziemlich wie beim letzten Mal. Mit zugekniffenen oder verdrehten Augen. Kavanagh tat so, als ziehe er an Blaises Ziegenbart. Und Blaise ließ es zu. Er wurde genauso betrunken wie Kavanagh.

»Einen Russen am Bart zu zupfen ist die schlimmste Beleidigung. Es ist schlimmer, als ihm ins Gesicht zu spucken.«

Martin spulte den Film zurück.

»Mit den Abzügen muß ich warten, bis sich der Boß einen Tag frei nimmt. Er mag es nicht, wenn wir Privatfilme entwickeln.«

Blaise stand auf und sackte auf einem anderen Stuhl zusammen. Er wies auf den Schädel auf dem Tisch. »Ich weiß. Ich weiß, was schön wäre. Wir könnten aus dem Schädel trinken.«

»Sei nicht so doof«, sagte Martin. »Es würde nur aus den Löchern fließen.«

»Nicht, wenn man es geschickt anstellt«, sagte Blaise.

»Warum in aller Welt würdest du das wollen?« fragte Kavanagh. »Wir haben doch Tassen.«

Blaise schnippte die winzigen Messinghaken zurück und lüftete die Schädeldecke. Kavanagh zeigte ins Innere des Schädels und sagte mit geheuchelter Dummfickstimme: »Das *foramen magnum.* Das große Loch für die Wirbelsäule. Da tropft der Alkohol raus.«

Blaise drehte das Schädeldach so um, daß eine kleine Schale daraus wurde. Er hielt sie wie ein offenes Scheitelkäppchen.

»Schenk ein«, sagte er. Kavanagh rührte sich nicht.

»Jetzt ist ihm die Sicherung völlig durchgebrannt«, sagte Kavanagh.

»Nur einen Schluck.«

»Mensch, das geht ein bißchen zu weit«, sagte Martin. »Schließlich *war* das mal jemand.«

Blaise lachte und äffte Martin nach.

»*Schließlich war das mal jemand.* Na und?«

»Warum würdest du daraus trinken wollen?«

»Aus Jux und Tollerei.«

»Das mußt du schon selber machen«, sagte Kavanagh. Doch Blaise konnte sich nicht bequemen, von seinem Stuhl aufzustehen. Er setzte das Dach wieder auf den Schädel und schloß die Messinghaken.

»Der würde sich auf meinem Kaminsims bestens machen«, sagte er. »Würde man ihn vermissen?«

»Und ob man ihn vermissen würde. Es ist Dr. Cowies Vorzeigemodell.« Martin hob den Schädel auf und legte ihn wieder in die Schublade des Aktenschranks. »Und wenn die Sache herauskäme, würde ich hochkant rausfliegen.« Er wollte sich abwenden, besann sich jedoch eines Besseren und schloß die Schublade ab. Er steckte die Schlüssel in die Tasche, setzte sich hin und gähnte. Sein eigenes Gähnen steckte ihn zu neuerlichem Gähnen an. Er lehnte sich in seinem Stuhl zurück. Er kippte ihn so weit zurück, daß er in einem steilen Winkel an der Wand lehnte. So konnte er auch den Kopf gegen die Wand lehnen.

»Ich hänge in den Seilen«, sagte er. Seine Augenlider, die oberen und unteren, bewegten sich langsam aufeinander zu. Es geschah im linken und im rechten Auge gleichzeitig, zumindest nahm er an, daß es gleichzeitig geschah. Blaises Stimme schien erst den Raum zu füllen, dann Martins Kopf. Hin und wieder sprach auch Kavanagh. Er hatte die tiefere Stimme. Zusammen klangen sie wie Musik. Und da wußte Martin, daß er nicht einschlafen durfte, wenn die beiden Menschen, die er am liebsten mochte, mit ihm im selben Zimmer saßen und sie gemeinsam tranken und sich unterhielten. Sein Stuhl war auf seinen Hinterbeinen fest ausbalanciert. *Gebt mir einen Platz zum Stehen, und ich werde die Erde bewegen.* Wer hatte das noch gleich gesagt? Martin verstand zwar, was die beiden anderen von sich gaben, konnte aber nicht darauf reagieren.

»Schau dir unseren Freund an.« Kavanaghs Stimme.

»Fest eingeschlafen.« Blaises Stimme.

»Er war die ganze Nacht auf.«

»Das waren wir auch.«

»Kein Durchhaltevermögen.«

»Alkohol ist der Treibstoff, der dich durch die Nacht bringt.«

Martin fühlte sich wie hypnotisiert. Wach, doch unfähig zu handeln.

»Wir sind ungeschoren davongekommen, stimmt's? Bei den Prüfungsbögen.«

»Ja.«

»Niemand hat je davon erfahren.« Blaise lächelte. »Wer hat sie zurückgebracht?«

»Ich. Martin hat deine Bilder verschwinden lassen. Sagte, er hätte sie verbrannt. Condor hat nie davon erfahren.«

»O doch, hat er wohl. Der Arsch hat das Thomas-Becket-Zitat umgekehrt. Der Priester hat gesagt: ›Befreit mich niemand von diesem lästigen Schüler?‹«

»Woher weißt du das?«

»Er hat es mir gesagt – nicht direkt. Am Tag des Verhörs. Martin hätte die Fotos verkaufen sollen. Du hättest sie verkaufen sollen«, schrie Blaise. »Eh, Mr. Brennan? Wittgenstein sagt über Gespräche, daß sie wie ein Brauch sind, bei dem man jemandem einen Ball zuwirft, den er zurückwerfen soll. Doch gewisse Leute kapieren das nicht und stecken ihn in die Tasche. Ende des Gesprächs. HABE ICH NICHT RECHT, MARTIN?« Warum schlief er nur immer ein? Litt er unter der Schlafkrankheit? Warum gab es andere Zeiten, da er überhaupt nicht schlafen konnte? Er hörte, wie Blaise aufstand und wie seine Stimme näher kam. Vor Erschöpfung war er wie gelähmt. Kavanaghs Stimme sagte: »Nee, nee, das ist unfair.«

Blaise trat das Stuhlbein nach außen, und Martin fiel. Mit einem Schreck und einem Schrei wachte er auf. Und war sich bewußt, daß Kavanagh und Blaise ihn aufgefangen hatten, bevor er auf den Boden aufschlagen konnte. Der Holzstuhl klapperte laut unter ihm weg.

»Zum Teufel, was tut ihr Kerle da?«

»Dein Leben retten.«

Sie legten ihn auf dem Linoleumfußboden ab, und er blieb wie benommen dort liegen. Nach etwa einer Minute stand er auf.

»Ich haue ab«, sagte er. »Ich bin zu lange nicht mehr zu Hause gewesen.«

Blaise umarmte ihn. Martin spürte wieder seinen Bart. Vor Müdigkeit fühlte er sich nicht in der Lage, seine Bewegungen zu koordinieren. Tappte hilflos hin und her. Konnte kaum sprechen.

»Wo ist denn heute dein Zuhause?«

»Eine Wohnung in Cambridge.«

»Eine besetzte Wohnung«, sagte Kavanagh.

»Bis die Tage«, sagte Martin. »Tut mir leid, ich bin völlig abgefuckt. Aber das ist eine andere Geschichte.«

»Bis dann.« Kavanagh klopfte Martin auf seinem Weg aus der Tür auf die Schulter. »Vielleicht bis morgen.«

»Die Zukunft ist nur die Vergangenheit, die darauf wartet, zu geschehen«, sagte Blaise.

»Ein typischer Ausspruch von Blaise.«

Um sich zu verabschieden, wackelte Blaise auf die gleiche Weise mit den Fingern, wie Cindy es getan hatte. Kavanagh ließ sich schwer auf seinen Stuhl zurückfallen und vergrub den Kopf den Händen.

Die große Tür schlug hinter ihm zu, und er ging, sein Fahrrad schiebend, vom Institut fort in den Tag. Die Kälte half ihm, wach zu werden. Im Innenhof stach ihm die frühe Morgensonne in die Augen. Aber sie schien noch nicht sehr warm. Das helle Licht hüllte die Universitätsgebäude in dunkle Schatten. Die Vögel sangen aus voller Kehle. Die Rinde des Kirschbaums glänzte wie dunkles Messing. Das Gelb des Goldregens hing völlig reglos. Zwei Tauben flogen, geräuschvoll mit den Flügeln flatternd, im Innenhof herum. Sie jagten über die Dächer dahin, stürzten aus dem blauen Himmel herab und retteten sich vor dem Fall, indem sie gerade noch rechtzeitig die Flügel spreizten und mit einem Aufblitzen ihrer blaugrauen und weißen Federn herabglitten. Als sie gelandet waren, gurrten und girrten sie. Es galt mehrere Stufen zu erklimmen, so daß er sein Fahrrad nicht sofort bestieg. Er liebte es, das Rad am Sattel zu schieben. Ein geringfügiges Lehnen nach links oder rechts, der Lenker drehte sich, und das Rad fuhr in die gewünschte Richtung. Von hinten führen. Es war ein delikater Balanceakt, der ganz seiner Kontrolle unterlag. Als er zur Treppe gelangte, stieß er das Rad gegen die Stufen und drückte hinten auf den Sattel, so daß es sich aufbäumte wie ein Pferd.

Auf der Straße zu radeln war ein seltsames Gefühl. Er sah Leute, die die Nacht in ihren Betten verbracht hatten, vornübergebeut und mit verschwollenen Augen aus ihren Häusern traten und ihre erste Zigarette anzündeten. Er sah sich selbst, vor Jahren, mit schlafweißem Gesicht, wie er beim Zeitungsladen auf Kavanagh wartete, damit sie gemeinsam zur Schule gehen konnten. Der große Kerl lachend, den Kopf zurückwerfend. Bis heute eine Sache der Vergangenheit, doch jetzt bestand die Hoffnung, daß es wieder dazu kommen könnte – jetzt, wo Pius Pippa ihm den Laufpaß gegeben hatte. Martin würde sich anstrengen müssen, wenn er wollte, daß es dabei blieb. Es lag in Kavanaghs ureigenstem Interesse. Sich einer Frau zuliebe »retten« zu lassen war ausgemachter Blödsinn. Er hoffte, daß er nicht allzu deprimiert war oder allzusehr litt. Das durfte ihm nicht passieren. Das durfte niemandem passieren.

Er radelte langsam, ließ sich Zeit. Seine Hände auf dem Mittelstück der Lenkstange. Die Wiederbegegnung mit Blaise war schon irre. Er war garantiert homosexuell – oder schwul, wie man es heute nannte. Doch aus irgendeinem Grund störte es Martin nicht. Es war einfach typisch für Blaise, einen anderen Weg einzuschlagen. So war er nun mal veranlagt. Er erinnerte sich an das merkwürdige Gedicht des heiligen Johannes vom Kreuz von dem Mann, der Christus nachstellte, ihn küßte und mit einem Knutschfleck zurückkam – *»meinen Hals hat er versehrt«*. Er hatte das Gedicht und was darin geschah akzeptiert, so wie er jetzt Blaise akzeptierte. Martin verspürte nicht die geringste Lust, zu sein wie er, doch hatte er auch nicht den Wunsch, ihn zu bremsen. Ebensowenig wie er schwul sein wollte, wollte er auch nicht wild sein. Blaise war ein gescheiter, widerspenstiger, verrückter Kerl. Martin nicht. Er hatte das Gefühl, daß, sobald Blaise auf der Bildfläche erschien, Gefahr in der Luft lag, Unvorhersagbarkeit in jeder Hinsicht – ebenso gefährlich wie eine geschärfte Klinge, die nicht in ihrem Futteral steckte. Auf eine gewisse Weise mochte er das, auf eine andere nicht. Er, Martin, war ein *Ob-ich-Pfirsiche-verzehr?*-Typ, während Blaise die Pfirsiche mitsamt dem Stein herunterschlang. Blaise zu beobachten war so, als sähe man sich einen Film an: Es machte Spaß, aber man war froh, nicht selber darin vorzukommen. An diesem Morgen war Martin froh, sich von Blaise entfernen und Kavanagh das Aufräumen überlassen zu können.

Es waren viele nervös dreinschauende Polizisten unterwegs. Er fragte sich, ob es eine Explosion gegeben habe, die er nicht gehört hatte. Ob jemand getötet worden war. Manchmal, wenn der Wind falsch stand, war nichts zu hören. Die verdammten

Unruhen dauerten nun schon Jahre. Hunderte waren umgekommen. Wie lange würden sie noch anhalten? Wie viele würden noch sterben müssen? Neulich im Wohnzimmer hatten sie endlos über die Lage diskutiert.

»Sagen Sie mir ein für allemal«, fragte Mrs. Brennan, »worum geht es bei der ganzen Sache eigentlich?«

»Fragen Sie die andere Seite«, antwortete Schwester Gilliland. »Haben die nicht damit angefangen?«

»Da mögen Sie recht haben.«

»Hat nicht der Typ von der Ravenhill Road die Krawalle 1964 provoziert, indem er die Polizei dazu aufhetzte – und das alles nur wegen einer irischen Trikolore im Schaufenster?«

»Erzählen Sie mir bloß nicht, es seien Katholiken gewesen, die aus dem Auto gesprungen sind und den armen Kerl in der Falls Road erstochen haben.«

»Und hat nicht die andere Seite den Barmann ermordet – ihn mausetot geschossen –, nur weil er Katholik war? Und waren es nicht die Protestanten, die die ersten Bomben haben hochgehen lassen, Wasserleitungen in die Luft sprengten...«

»Haben die nicht auch den ersten Polizisten umgebracht?«

»Jedenfalls hat nicht die Legion Mariens die Bombay Street ausgeräuchert.«

»Was ist in diesen Leuten vorgegangen?«

»Sie haben vorsorglich Rache geübt.«

»Und dabei waren sie fein raus. Die hatten keinen Grund zur Klage. Schließlich hatten *wir* weder Arbeit noch Häuser.«

»Ein wahres Wort.«

Martin mußte nicht länger die Tabletts für die Abendgesellschaften ins Wohnzimmer tragen, doch wenn er zu Hause war, fand er stets einen Vorwand, sich im Zimmer aufzuhalten, sobald das Essen serviert wurde. Es hatte sich nicht viel verändert, außer daß Father Farquharson eine neue Gemeinde am anderen Ende der Stadt zugewiesen worden war. Deshalb kam er jetzt weniger regelmäßig, da es an manchen Abenden bereits gefährlich war, sich nur »vor die Tür zu wagen«.

»Du hast doch bestimmt *Macbeth* durchgenommen, Martin?« fragte er.

»Ja, Hochwürden.«

»*Ich glaub' es, unser Land erliegt dem Joch; es weint und blutet; jeder neue Tag schlägt neue Wunden ihm.* Nicht schlecht, mein Gedächtnis, was? Ich habe den Text seit zweiundvierzig Jahren nicht mehr angeschaut.«

»Damals wußte man noch, wie man unterrichtet, Hochwürden«, sagte Mrs. Brennan. »Da wurde nicht herumgemacht wie heute. Wo alles den Schülern überlassen bleibt.«

»Es heißt, daß wir hier einsame Weltspitze im Leute-Zusammenflicken sind«, sagte Schwester Gilliland.

»Goggelmoggel-Land«, sagte Mary Lawless.

»Das Land, wo niemand sicher ist.« Angesichts der Ereignisse bekam Mrs. Brennan fast Angstzustände.

»Stahlbolzen anstelle von Gelenken«, sagte Schwester Gilliland, »Titaniumplatten anstelle zertrümmerter Knochen.«

»Was soll man nur tun?«

»Wenn sie keine Materialien mehr haben, Mrs. Brennan, könnten sie Ihre Tortenteller verwenden«, sprach Father Farquharson. »Bestes Zinn.«

»Die können sie gerne haben. Wenn meine ollen Zinnteller Leben retten könnten ...«

»Natürlich müßten sie erst mal in die richtige Form gebracht werden.«

»Der Junge aus Belfast mit dem Titanium-Kranium ...«, sagte Schwester Gilliland.

»Rhabarber oder Apfel, Sir? Was hätten Sie lieber?« fragte Mary Lawless. »Protestant oder Katholik?«

Zum Shaftesbury Square hin fiel die Straße leicht ab, so daß er fast im Leerlauf fahren konnte. Er stellte sich vor, er sei Billy Graham, der Prediger – wie er Fußballstadien mietete, um heidnische Massenversammlungen abzuhalten, den Bekehrten zu predigen. »Es gibt keinen Gott. Wir sind allein auf dieser Welt. Es gibt niemanden sonst. *Sinn Féin* – nur uns selbst. Wer nicht glaubt, stehe auf und verlasse den Saal durch den nächsten Ausgang. Aber wenn ihr weiterhin glauben wollt, so hört euch das Zeugnis meines Freundes Mr. Foley an. Und wenn ihr ihm nicht glaubt, so schenkt meinem anderen, erst kürzlich reformierten Kumpel Mr. Kavanagh Gehör.«

Die Nacht war vorbei. Scheiße, was für eine Nacht. Die Nacht der schwarzen Schafe. Cindy, die ihn gelassen hatte. Blaise, der wieder in ihr Leben eingetreten war. Sein Schwanz fühlte sich noch wund an. Vom Einsatz. Doch jetzt war es angenehm, ein Nachglühen. Wie der reine Alkohol. Er hatte darauf gebrannt, Kavanagh und Blaise von Cindy zu erzählen. Aber dann hätte Kavanagh mitbekommen, daß er der Genauigkeit seines Experiments herzlich wenig Aufmerksamkeit geschenkt hatte. Doch Kavanagh war ziemlich besoffen gewesen. Vielleicht konnte Martin die Fehlmessungen *ihm* in die Schuhe schieben. Wahrscheinlich würde er sich kaum noch daran erinnern können. Vielleicht würde er ihm eines Tages davon erzählen. Ob vor oder nach der Examensarbeit, mußte er noch entscheiden.

Das Beste am Sex war, daß er ihn jetzt hinter sich hatte. Er würde sich darüber keine Sorgen mehr machen müssen. Er würde wie Kavanagh eine Augenbraue hochziehen und sagen: »Der wichtigste Tag im Leben eines jungen Mannes ist der Tag, an dem er's zum ersten Mal treibt.« Aber es war längst nicht so einfach. Das eigentliche Ereignis, der Verlust seiner Unschuld, war schlimm gewesen. Was ihm gefallen hatte, war das Vorspiel. Aber vielleicht würde er ja besser werden. Wer spielte schon beim ersten Mal perfekt Basketball?

Er begann sich wacher zu fühlen, bekam einen zweiten Kraftschub. Doch er konnte nicht aufhören zu lächeln. Er mußte bescheuert aussehen – radelnd und lächelnd. Die Frau von neulich, die, als sie aus dem Pub kam, vor sich hin gelächelt hatte über etwas, das jemand gesagt, oder über jemanden, den sie gesehen hatte – er erinnerte sich, daß er sie dafür gemocht hatte. Er stellte sich jemanden auf dem Gehsteig vor, der ihn,

Martin, in diesem Augenblick sah, wie er lächelte, und ihn dafür mochte.

Auf der anderen Straßenseite sah er ein Mädchen den Hügel einer Seitenstraße auf die Hauptstraße hinunterkommen. Aus der Entfernung hatte er das Gefühl, sie zu kennen. Nein, er wußte, daß er sie kannte. Oder daß er sie kennen wollte. Sie trug gelbe, sehr sommerliche Kleidung. Ihr Rücken war gerade, und sie hatte eine graziöse Haltung. Aus Angst, auf etwas aufzufahren, etwa einen Bus, mußte er ständig wieder nach vorn schauen. Aber er starrte sie so lange an, wie er sich traute. Jesus. Es war Patricia Downie, die von der Vitrine in der Bibliothek. Das Gespenst, die Spiegelung. Ihre Frisur war anders, aber sie war's – eindeutig.

Wieder nahm sie ihn sofort für sich ein, wie damals beim Sportfest. Wenn sie etwas war, dann eher noch anziehender. Ihre Haare waren jetzt blond. Manchmal kam das durch die Sonne. Und sie waren länger. Martin machte mehrere Schlenker und wich den Autos aus. Er zog die Bremsen an und fuhr neben einem Geländer auf den Gehsteig. Während er sie auf der anderen Straßenseite im Auge behielt, schloß er sein Fahrrad am Geländer einer Kirche an. Er befürchtete, sie könnte verschwinden. In einem Laden, in einem Bus. Er wollte sie so lange wie möglich im Blickfeld behalten. Über ihre Schulter hatte sie eine Tasche geschlungen. Martin schaute nach rechts und nach links und fädelte sich durch den Verkehr auf die andere Straßenseite. Ohne ihn zu bemerken, bog sie auf die Hauptstraße. Er versuchte, jedes Detail von ihr in sich aufzunehmen.

Doch an einer Bushaltestelle blieb sie stehen und verzog, ganz für sich, das Gesicht. Da sonst niemand dastand, mußte sie wohl einen Bus verpaßt haben. Sie würde zu spät zur Arbeit kommen. Er hielt an. Sollte er auf sie zugehen? Er hatte das Gefühl, daß ihm der Alkohol vom frühen Morgen immer noch Mut einflößte. Er hatte sich noch nicht völlig verflüchtigt. Und weil es reiner Alkohol war, hatte er den Vorteil, daß man, anders als bei Wodka, keine Fahne riechen konnte. Vielleicht war er so müde, daß es keine Rolle spielte. Vielleicht hatte er sich irgendwie verändert.

»Hallo.« Er grüßte sie mit solcher Selbstüberzeugung, daß sie leicht zurückzuckte. Sie lächelte, da sie dachte, es sei ihre Schuld, daß sie ihn nicht erkannte. Sie hatte noch Schlaf in den Augen. Immer noch lächelnd, wartete sie darauf, daß er etwas sagte. »Ich war zusammen mit deinem kleinen Bruder Eddie in der Schule. Wie geht's ihm?«

»Gut.«

»Was macht er?«

»Eine Lehrerausbildung. In London, Strawberry Hill.«

»Du bist früher öfters in der Bibliothek gewesen.«

»Ein-, zweimal.«

»Ich erinnere mich noch an dich. Wie geht's dir?«

»Danke, gut.«

»Ich wußte gar nicht, daß du hier in der Nähe wohnst.«

»Gleich da vorne. In der Magdala Street.«

»Und, was machst du? Was ist aus *dir* geworden?«

Sie war groß und schaute ihm direkt in die Augen. Er wollte sterben. In Ohnmacht fallen. Doch dies war die Hauptverkehrszeit. Eine Ohnmacht würde ihn nicht weiterbringen. Jeden Augenblick konnte ein Bus kommen. Sie blickte ihn durchdringend an, versuchte, sich daran zu erinnern, wer er war. Ein Mann reihte sich hinter ihnen ein und zündete sich eine Zigarette an.

»Nichts Besonderes«, sagte sie. »Für eine Lehrerausbildung habe ich nicht genug Punkte bekommen. Ich wollte nämlich auch Lehrerin werden.«

»Ich lese gerade ein Buch – *Weisheit des Orients* –, darin steht, wenn man das Bedürfnis zu unterrichten verspürt, soll man warten, bis es vorübergeht. Man soll nur dann unterrichten, wenn man nicht unter dem Zwang steht, es tun zu müssen.« Sie starrte ihn an und hob eine Augenbraue. Gleichzeitig lächelte sie. Offenbar hatte sie keine Ahnung, wer er war. Es bestand die Gefahr, daß Schweigen einkehrte. Dann fiel ihm auf, daß sie um den Hals dasselbe kleine silberne Kreuz trug, das sie an dem Tag in der Bibliothek getragen hatte. Zwei weitere Frauen schlossen sich der Warteschlange an. »Tut mir leid, das sollte keine Kritik sein. Es ist nur eine Weisheit.«

»Vielen Dank.« Sie lachte.

»Und, was hast du statt dessen gemacht?«

»Ich bin im Staatsdienst.«

»Meine Mutter hat es sehr mit dem Dienen.« Sie schaute auf ihre Uhr. Dann trat sie einen Schritt vor, um die Straße nach ihrem Bus abzusuchen.

»Und du?« fragte sie. »Was ist aus *dir* geworden?« Sie hatte ihm eine Frage gestellt. Das Gespräch hatte eine völlig neue Wendung genommen. Patricia Downie zeigte Interesse an ihm. Gewissermaßen. Sie hatte die Frage über die Schulter an ihn gerichtet, während sie die Straße nach ihrem Bus absuchte, aber immerhin – es war eine Frage. Sie hatte etwas in Gang gesetzt. Die Sache lief perfekt. Mittlerweile erstreckte sich die Warteschlange über den Unterstand hinaus. Ihre Augen zertrennten bestimmte Gedankenverknüpfungen in seinem Gehirn. Er konnte nicht mehr denken. Er war müde, wollte an Ort und Stelle auf ihrer Brust einschlafen. Die Verbindung zwischen Denken und Sprechen war fast völlig abgerissen. Ihr Blick hatte lebenswichtige Stromwege durchschnitten. Sie zeigte nur deshalb Interesse an ihm, weil sie ihn nicht gut genug kannte. Bislang. Warten wir's ab. Er fiel. Er segelte in ihrer Gegenwart durch die Luft. Stürzte herab. Ungeschützt, da das lose Fleisch seiner Wangen im Wind knatterte und sein Haar sich anfühlte, als stehe es zu Berge. Das Plexiglas des Unterstands hinter ihrem bezaubernden Kopf war mit Filzschrift-Graffiti bedeckt. Obszönitäten. Schwänzen und Klöten. Perineen. Oder sagte man »Perinea«?

»Uni. Ich habe einen Job an der Uni.«

»Sehr gut.«

Die Bushaltestelle lag gegenüber dem Bonne Bouche. Eine Frau ging hinein, schloß die doppelten Glastüren auf, öffnete den Laden. Als sie drinnen war, bückte sie sich, um die auf der Fußmatte liegende Post aufzuheben. Er war sich bewußt, daß die Leute in der Schlange ihn hören konnten, und senkte die Stimme.

»Hättest du Zeit für einen Kaffee?« Die Worte kamen ihm spontan über die Lippen. Ein Kaffee würde ihn aufwecken. Eine Koffeinspritze. Seinem Geplapper Sinn verleihen. Sie lehnte sich ein wenig vor.

»Wie bitte?«

»Hättest du Zeit für einen Kaffee?«

Sie lachte. Ihr Mund war wundervoll.

»Ich bin auf dem Weg zur Arbeit.«

»Tut mir leid. Ich bin völlig durcheinander. Ich habe eine Nachtschicht hinter mir.«

»An der Uni?«

Jetzt mußte er lachen. »Ja, Notfall-Philosophie. Ein Notruf.« Sie lächelte und wandte schnell wieder den Kopf ab, um die Straße hinaufzuschauen. Ihr Haar folgte der Bewegung ihres Kopfes mit einiger Verzögerung, wie ein raschelnder Rock.

»Ach, komm doch.« Sie bewegte ständig ihre Füße. Erneut fiel ihm auf, wie groß sie waren. »Meinst du, es hat eine Bombendrohung gegeben?« fragte sie.

»Nein, die Busse verkehren offensichtlich noch.«

»Sie fahren nur nicht dahin, wo ich hinwill.«

»Morgen vielleicht?« fragte er.

»Was?«

»Einen Kaffee. Was für ein Tag ist heute?«

»Freitag.«

»Morgen einen Kaffee. Am Wochenende. Hier.« Er zeigte mit dem Kopf über die Straße aufs Bonne Bouche. »Mußt du arbeiten?«

»Nein.«

»Elf Uhr?« Einen Moment sagte sie nichts.

»Aber...«

»Den alten Zeiten zuliebe...«

»Zwei Uhr würde mir besser passen.« Wieder schaute sie auf ihre Uhr, dann die Straße hinauf. Sie zappelte wieder. Ihre Fußrücken waren gebräunt. Ein Bus bog um die Ecke, und sie entspannte sich sichtlich. Er konnte nicht glauben, was sie gesagt hatte. Sie hatte seine Einladung angenommen. Er war verabredet. Mit Patricia Downie.

»Wenn es den alten Zeiten zuliebe sein soll, sollte ich vielleicht deinen Namen wissen.«

»Martin Brennan.«

Sie streckte die Hand aus. Martin hob automatisch seine Hand. Einen Augenblick lang war er verwirrt. Er dachte, sie wollte ihm die Hand schütteln, doch sie machte nur eine Geste auf die Straße zu und von ihm weg – er konnte sie unmöglich ergreifen. Dann ging ihm auf, daß sie die Hand ausstreckte, um den Bus anzuhalten. So ein Mist. Hatte sie bemerkt, daß er seine Hand bewegt hatte? Da stand er nun, wollte ihre Verabredung wie ein Pferdehändler mit einem Händedruck besiegeln, und sie winkte lediglich dem blöden Busfahrer. Der Bus hielt an, und die Schlange der Wartenden rückte in kleinen Schritten vor.

»Ich heiße Patricia Downie«, sagte sie. Und schon war sie verschwunden. Er stand wie angewurzelt da und sah, wie sie auf seiner Seite des Busses auf dem unteren Deck Platz nahm. Als der Bus anfuhr, lächelte sie ihm zu und winkte leichthin. Er war also doch kein Dummfick.

Er ging zurück zu seinem Rad und schloß es auf. Er konnte es kaum fassen, was ihm da gelungen war. Mit Patricia Downie. Das Fahrrad legte los, als führe es ein Eigenleben, und er schwang sich im Laufen darauf. Es fühlte sich an wie ein Teil von ihm. Er hatte noch nie auf einem Pferd oder einem anderen Reittier gesessen, doch stellte er sich vor, daß es sich genauso anfühlen würde. Die Kontrolle, die er darüber hatte – Neigung, Gewicht, Nuancen des Steuerns und Lenkens –, wie er sich zwischen dem Bus und dem Gehweg hindurchschlängelte. Pegasus war ein Pferd mit Flügeln, und während er um den verkehrsreichen Platz radelte, hatte er das Gefühl, sich auf einem solchen Fabeltier zu bewegen, dahinzugleiten. Es hatte mit der Schwerkraft und ihrer Überwindung zu tun. Die Morgenluft teilte sich vor ihm, als er sich durch sie hindurchbewegte, und schloß sich wieder hinter ihm. Eben setzte der Stoßverkehr ein. Aus allen Richtungen kamen Autos auf ihn zugeschossen, doch es schien ihm belanglos. Er stand über alledem. Er fädelte sich zwischen den Fahrzeugen hindurch, rief Fußgängern Warnungen zu. Er blickte hinauf und nahm die beiden riesigen, von Patina überzogenen Gestalten von Frink in sich auf, die hoch oben auf der weißen Seite der Ulster Bank standen. Der obere Leib war horizontal, der untere, in einem Winkel von fünfundvierzig Grad, schien geflügelt zu sein. Eigentlich sollte er irgendwann einmal anhalten und Aufnahmen machen, es war ein so ausdrucksstarkes Bild. Zwei ausdrucksstarke Bilder. Den Job im Labor hatte er übergangsweise angenommen, und dieser Übergang hatte viel zu lange gedauert. Vielleicht hatte Cindy ja recht: Er sollte nach etwas anderem Ausschau halten. Er sollte nachdenken, was er mit seiner Fotografie anfangen könnte. Tief drinnen spürte er, daß sie ihm immer wichtiger wurde. Es war das, was er am liebsten tun würde. Aber wie könnte er es anstellen? Wie könnte er sein Leben von Licht und Schatten bestimmen lassen? Wie das von Macbeth. Von Raum und Zeit? Von Silbernitraten auf Papier. Was ist eine Fotografie anderes als ein Bild, das zur Betrachtung einlädt? Wie dasjenige, das an der Wand der Ulster Bank über ihm schwebte. Der Halt vor dem Fall. Martin hatte immer angenommen, daß die Figuren sich im freien Fall befänden, wie aus dem Himmel verstoßene Engel. Hinabgesandt, wie Blaise. Auseinander- und zusammenfallend. Horizontal, langgestreckt, wie das Paar auf dem Motorrad, das in seiner Straße unter dem Bus ums Leben gekommen war. Oder er stellte sie sich als amerikanische Börsenhändler in den zwanziger Jahren vor, die sich auf dem Gehsteig zu Tode stürzten. Opfer der Schwerkraft und des Kapitalismus zugleich. Seine Träume vom Fallen waren wie die Adoleszenz. Man wußte nie, wo man sich befand. Man wußte nicht, was man wußte, zumindest konnte man seinem Wissen nicht trauen. Die Leute konnten in Gelächter ausbrechen. Oder sie konnten nicken und zustimmen. Genauso wie im Traum oder im wirklichen Leben. Es gab keine Möglichkeit, es zu wissen. Entweder geriet man an etwas Solides und Dauerhaftes, das fest verankert war, oder an etwas Solides und Dauerhaftes, das mit derselben Geschwindigkeit wie man selber fiel. Genau das geschah tatsächlich. Die Menschen glaubten, festen Boden unter den Füßen zu haben, während sie in Wahrheit mit der Erde durch den Weltraum stürzten. Newtons unbekanntes Bewegungsgesetz. Ein schwarzes Schaf fällt mit derselben Geschwindigkeit wie ein weißes Schaf. Er hatte auch noch eine andere Deutung: daß die Frinkschen Statuen aufstrebende Leiber darstellten – zwei, die, vom Aufwind der Hoffnung beschwingt, emporgetragen wurden. Im Begriff, einander körperlich zu berühren. Mit einem lauten, metallischen Klirren. Ein ersterbender Fall – das war ein Begriff aus der Musik – für eine Trompete. Hatte das Mädchen ihn soeben abgeschossen? Würde sie sich morgen um zwei Uhr in ihrem Schlafzimmer lachend des Jungen an der Bushaltestelle erinnern oder, schlimmer noch, sich überhaupt nicht mehr an ihn erinnern? Oder würde sie ihm gegenübersitzen, die Lippen rot von Erdbeertorte, mit dem Löffel in der Zuckerschale spielen und gelegentlich mit diesen Augen zu ihm aufschauen und sagen: Ja, ich möchte mein Leben mit dir teilen – noch ehe du mich gefragt hast.

Inhalt

ERSTER TEIL

Erstes Kapitel
Einkehrtage 9

Zweites Kapitel
Ein morgendlicher Schulgang 57

Drittes Kapitel
Mittagspause 90

Viertes Kapitel
Ein Abendspaziergang 105

Fünftes Kapitel
Vierzig Minuten 138

Sechstes Kapitel
Ein Nachmittag am Wasserwerk 165

Siebentes Kapitel
Eine schlaflose Nacht 197

Achtes Kapitel
Frühmorgens in der Schule 210

Neuntes Kapitel
Ein Fotoabend 233

Zehntes Kapitel
Tage der Inquisition 257

Elftes Kapitel
Eine Zeit der Vergeltung 278

Zweiter Teil

Zwölftes Kapitel
Eine Nacht im Labor 309

Bernard MacLaverty

Annas Lied

Roman

Aus dem Englischen

von Hans-Christian Oeser

1999. 280 S. Ln.

ISBN 3-250-60020-2

MERIDIANE 20

Annas Lied ist das einfühlsame fiktive Porträt einer jungen Komponistin auf ihrem Weg zu ihrer Kunst, der Musik, und zu Liebe und Erfüllung in ihrem Leben.

»Ein poetischer Roman über Musik und Mutterschaft.«

Kirkus Review

»Bernard MacLavertys Roman ist in jeder Hinsicht ein Triumph. Er ist gleichermaßen das sensible Porträt einer jungen Frau und ein Zeugnis der erstaunlichen und ermutigenden Veränderungen im heutigen Irland. In einer ehrlichen und präzisen Prosa ist *Annas Lied* ein bewegender Roman, der triumphierend und voller Freude in seiner eigenen besonderen Musik endet.« *Brian Moore*

Thomas Hürlimann
Fräulein Stark

Novelle
2001. 192 S. Ln.
8. Auflage
ISBN 3-250-60075-X
MERIDIANE 75

Der Stiftsbibliothekar hat während eines langen Sommers seinen Neffen zu Besuch. Um den kostbaren Boden des barocken Büchersaales zu schützen, soll der Nepos an die Besucher Filzpantoffeln austeilen. Der Junge merkt bald, daß sich ihm neue Welten eröffnen – die der Bücher und des anderen Geschlechts.

»Dies ist das listigste Buch, das Hürlimann je geschrieben hat.«
Gunhild Kübler, Die Weltwoche

»... direkt in den Bücherhimmel.« *Michael Braun, Basler Zeitung*

»Ein wirklicher Lesegenuß.« *Gerd Scobel, WDR*